Ayọ̀bámi Adébáyọ̀
Das Glück hat seine Zeit

Ayọ̀bámi Adébáyọ̀

DAS GLÜCK HAT SEINE ZEIT

Roman

Aus dem Englischen
von Simone Jakob

PIPER

Mehr über unsere Autorinnen, Autoren und Bücher:
www.piper.de/literatur

Die englische Originalausgabe erschien 2023 unter dem Titel
A Spell of Good Things bei Canongate Books Ltd, Edinburgh.

Von Ayọ̀bámi Adébáyọ̀ liegen im Piper Verlag vor:
Bleib bei mir
Das Glück hat seine Zeit

Unser Versprechen für mehr Nachhaltigkeit
Klimaneutrales Produkt
FSC®-zertifiziertes Papier
Hergestellt in Deutschland

FSC
www.fsc.org
MIX
Papier | Fördert gute Waldnutzung
FSC® C014496

ISBN 978-3-492-07146-8

Gesetzt aus der Stempel Garamond
Satz: Satz für Satz, Wangen im Allgäu
Druck und Bindung: GGP Media GmbH, Pößneck
Printed in Germany

*Für Ọ̀láaJésù. Geliebte Schwester,
danke für das großartige Geschenk
deiner Freundschaft.*

Verwandte

Geht ein Elefant über hartes Felsgestein,
Sehen wir seine Spuren nicht.
Geht ein Büffel über hartes Felsgestein,
Sehen wir seine Spuren nicht.

T. M. Aluko, *Kinsman and Foreman*

Caro schäumte vor Wut. Nachdem einer ihrer Lehrlinge ihr die Einladung zur Konferenz vorgelesen hatte, hatte sie sie quer durch den Raum in den Müll geworfen. Die Ehefrau irgendeines Politikers wollte vor dem Schneiderverband eine Rede halten, und der Vorsitzende hatte die Frau zu ihrer nächsten Konferenz eingeladen. Natürlich hatte er es sich nicht nehmen lassen, darauf hinzuweisen, dass die Frau des Politikers die Tochter eines Schneiders war. Caro war sich fast sicher, dass das eine Lüge war. Diese Leute würden behaupten, mit sonst wem verwandt zu sein, wenn es ihnen half, an die Macht zu kommen. Es ärgerte Caro, dass sie nun ihre Zeit damit verschwenden mussten zuzuhören, wie diese Frau für ihren Mann Wahlkampf betrieb. Dafür bezahlte sie keine Verbandsgebühren.

Caro ging zum Mülleimer in der Ecke ihrer Schneiderwerkstatt, fischte die Einladung wieder heraus, zerriss sie in winzige Fetzen, trat auf die kleine Betonplattform vor ihrem Geschäft hinaus und warf sie in die Luft. Sie würde dem Verband bei nächster Gelegenheit mitteilen, was sie davon hielt. Nicht, dass es jemanden scherte. Alle wussten, dass der Vorsitzende von den Politikern Geld nahm, damit er sie zu den Konferenzen einlud. Wenn die Wahlen näher rückten, würden die Verbandsmitglieder selbst von der plötzlichen Großzügigkeit diverser Amtsanwärter profitieren. Die Ehefrauen oder Schwestern der Kandidaten brachten Schüsseln voll Reis, Ölfässchen und meterweise Waxprint-Stoffe mit zu den Konferenzen, auf denen die Gesichter und Logos der Kandidaten prangten. Die Politiker selbst – es waren fast ausschließlich Männer – kamen nie persönlich vorbei, um zu beantworten, was sie, einmal im Amt, zu tun gedachten.

Einige der anderen Mitglieder warfen Caro Arroganz vor, weil sie sich weigerte, Reis und Öl anzunehmen oder sich Kleider aus den nutzlosen Waxprint-Stoffen zu nähen. Doch sie fühlte sich deshalb niemandem überlegen; die meisten, wenn nicht gar alle, hatten Kinder, für die sie die Lebensmittel gut gebrauchen konnten. Außerdem wussten sie, dass diese Dinge das Einzige waren, was sie in den nächsten vier Jahren von den Politikern bekommen würden. Warum sollten sie also nicht so viel Reis und Öl an sich raffen, wie sie konnten, wenn es die einzige sogenannte Dividende der Demokratie war, die sich für sie in Reichweite befand? Caro hatte Verständnis für die Beweggründe ihrer Kolleginnen und Kollegen, aber das machte das Ganze nicht weniger frustrierend. Wie oft hatten die Repräsentanten der Politiker schon versprochen, dass die Stromversorgung in Ordnung gebracht würde, sobald ihr Kandidat ins Amt gewählt wurde? Waren nicht alle im Schneiderverband immer noch von Generatoren abhängig? War nicht erst vor zwei Wochen eine von ihnen im Schlaf gestorben, weil sie die Abgase des Generators eingeatmet hatte? Das dritte Opfer in drei Jahren. Über diesen letzten Todesfall hatte Caro nicht einmal mehr weinen können. Stattdessen hatte sie tagelang die Wut als ein dumpfes Pulsieren in ihrem Kopf verspürt, obwohl sie sich kaum an das Gesicht der Verstorbenen erinnerte.

In knapp einem Jahr standen Wahlen an. In den nächsten Monaten würden überall Wahlplakate auftauchen, jeder Zaun, jede Mauer im Umkreis würde mit den Gesichtern der Männer zugekleistert werden, deren Lächeln schon jetzt zeigte, dass ihnen nicht zu trauen war. Beim letzten Mal war ihre Fassade von oben bis unten mit den Wahlplakaten irgendeines Senators zugeklebt worden, weil ihr Geschäft direkt an die Straße grenzte. Sie durfte nicht vergessen, bald »PLAKATE VERBOTEN!« an die Mauer malen zu lassen. Sie konnte einen ihrer Lehrlinge darum bitten. Wahrscheinlich Eniola.

TEIL I

Sag allen, es wird gut

Erstickte Wut sucht heim wie der Wind,
plötzlich und unsichtbar.
Die Menschen haben keine Angst vor dem Wind,
bis er einen Baum fällt.
Dann sagen sie, er war zu stark.

Sefi Atta, *Sag allen, es wird gut!*

1

Eniola beschloss, so zu tun, als wäre es nur Wasser. Ein schmelzendes Hagelkorn. Nebel oder Tau. Vielleicht war es sogar etwas Gutes: ein vereinzelter Regentropfen, einsamer Vorläufer einer wahren Sintflut. Die ersten Regenfälle des Jahres bedeuteten, dass er bald endlich wieder eine Agbalumo-Frucht essen konnte. Die Obstverkäuferin am Stand vor seiner Schule hatte gestern einen Korb mit Agbalumo im Angebot gehabt, aber Eniola hatte keine gekauft, weil, wie er sich einredete, seine Mutter ihn oft gewarnt hatte, wenn man die Früchte vor dem ersten Regen esse, bekomme man Bauchkrämpfe. Doch wenn die Flüssigkeit in seinem Gesicht Regen war, würde er sich in ein paar Tagen den süßen, klebrigen Saft einer Agbalumo von den Fingern lecken, auf dem faserigen Fruchtfleisch herumkauen, bis es eine gummiartige Konsistenz hatte, die Samenkapseln knacken und seiner Schwester die Samen schenken, die sie halbieren und daraus Ohrringe zum Ankleben machen würde. Und so versuchte er, sich vorzumachen, es wäre nur Regen, auch wenn es sich nicht so anfühlte.

Er spürte die Blicke des guten Dutzend Männer, die sich um den Stand des Zeitungsverkäufers drängten, obwohl sie die Augen niedergeschlagen hatten. Stumm und starr standen sie da, wie die ungehorsamen Kinder, die von einem bösen Zauberer in Stein verwandelt worden waren, eine Geschichte, die ihm sein Vater früher oft erzählt hatte.

Als Kind hatte Eniola immer die Augen zugekniffen, wenn er in Schwierigkeiten war, in der Gewissheit, für jeden, den er nicht sehen konnte, unsichtbar zu sein. Obwohl er wusste, dass die Augen zu schließen und zu hoffen, dass er sich in Luft auflöste, ebenso albern war, wie zu glauben, dass Menschen in Stein verwandelt werden konnten, machte er auch jetzt die Augen zu. Natürlich löste er sich nicht in Luft auf. So viel Glück hatte er nicht. Der wackelige Verkaufstisch befand sich immer noch so dicht vor ihm, dass seine Oberschenkel die daraufliegenden Zeitungen berührten. Der Verkäufer, den er Egbon Abbey nannte, stand noch immer neben ihm, und die Hand, die er schwer auf Eniolas Schulter gelegt hatte, bevor er sich geräuspert und ihm ins Gesicht gespuckt hatte, ruhte immer noch dort.

Eniola strich sich über die Nase, und sein Finger näherte sich dem feuchten Gewicht des Schleims. Stumm vor Verblüffung, dass etwas so Unerwartetes ihre Alltagsroutine unterbrach, schienen alle Männer, selbst Egbon Abbey, den Atem anzuhalten und darauf zu warten, was als Nächstes passieren würde. Nicht einer von ihnen zog die Chelsea-Fans damit auf, dass Tottenham ihr Team am Vorabend vernichtend geschlagen hatte. Niemand stritt über den offenen Brief, den ein Journalist und Politiker über andere Politiker verfasst hatte, die angeblich in Menschenblut badeten, um sich vor bösen Geistern zu schützen. Alle waren verstummt, als der Speichel des Verkäufers Eniola im Gesicht traf. Und jetzt ließen die Männer, die sich jeden Morgen um den Stand scharten, um über die Schlagzeilen zu diskutieren, Eniola nicht aus den Augen. Sie wollten sehen, wie er reagieren würde. Sie wollten, dass Eniola den Verkäufer schlug, ihn anschrie, ihn beleidigte, in Tränen ausbrach, oder noch besser, sich ebenfalls räusperte, den Auswurf im Mund sammelte und Egbon Abbey seinerseits ins Gesicht spuckte. Eniola fuhr sich mit der Hand über die Stirn; er war zu langsam gewesen. Der Schleim war ihm schon seitlich die Nase hinuntergelaufen und hatte eine feuchte, klebrige Spur auf seiner Wange hinterlassen. Die zähe Flüssigkeit wegzuwischen kam nicht mehr infrage.

Er spürte, wie etwas gegen seine Wange gedrückt wurde, verzog das Gesicht und stieß gegen den Zeitungsstand. Um ihn herum murmelten ein paar Leute »Tut mir leid«, als er sich am Tisch festhielt, um nicht das Gleichgewicht zu verlieren. Einer der Männer hatte ihm ein blaues Taschentuch ins Gesicht gedrückt.

»*Hin se*, Sir«, sagte Eniola, als er es annahm; und er *war* dankbar, obwohl das Stück Stoff schon mit weißen Striemen überzogen war, die abblätterten, als er es sich an die Wange hielt.

Eniola sah sich in der kleinen Menschentraube um und straffte die Schultern, nachdem er sich vergewissert hatte, dass niemand von seiner Schule dort war. Nur Erwachsene drängten sich um den Tisch. Manche Männer waren schon für die Arbeit angezogen und zupften an zu fest gebundenen Krawatten oder schlecht sitzenden Jacketts herum. Viele trugen verblichene Pullover oder Bomberjacken, deren Reißverschlüsse bis zum Hals hochgezogen waren. Die meisten der Jüngeren, deren Namen er ein »Brother« voranstellen musste, um keine Kopfnuss zu kassieren, hatten vermutlich erst vor Kurzem ihren Abschluss an der Fachhochschule oder der Universität gemacht. Sie lungerten oft den ganzen Vormittag an Egbon Abbeys Stand herum, lasen, redeten oder notierten sich Stellenanzeigen aus den Zeitungen in Notizbücher oder auf Papierfetzen. Dann und wann halfen sie dem Verkäufer mit Kleingeld aus, aber keiner kaufte eine Zeitung.

Eniola wollte das Taschentuch zurückgeben, doch der Mann winkte ab und blätterte in einer Ausgabe der Wochenzeitung *Alaroye*. Wenigstens war niemand da, der seinen Klassenkameraden berichten konnte, wie der Verkäufer ihn fast eine Minute lang angefunkelt hatte, bevor er ihm ins Gesicht spuckte. Es war so überraschend gekommen, dass er den Kopf erst zur Seite gedreht hatte, als er schon spürte, wie die Feuchtigkeit an seiner Nase hinunterlief, und dass es selbst die Männer zum Schweigen brachte, deren Stimmen sonst in der ganzen Straße zu hören waren. Wenigstens hatten Paul und Hakeem, Klassenkameraden von ihm, die in dieser Straße lebten, es nicht mitbekommen. Nachdem Paul ein altes Video von einem Auftritt des Komikers Klint da Drunk in *Night of a Thousand Laughs* gesehen hatte, eiferte er Klint nach. Seitdem verbrachte er jede Unterrichtsstunde, in der ein Lehrer nicht aufgekreuzt war, damit, durch die Klasse zu taumeln, gegen Tische und Stühle zu stoßen und seinen Klassenkameraden Beleidigungen zuzulallen.

Eniola rieb sich die Wange, um die übrige Feuchtigkeit auf der Haut zu verteilen. Wenn auch nur der kleinste Rest Speichel auf seiner Wange zu sehen war, wenn er auf dem Heimweg an Pauls Haus vorbeikam, würde es bei der knapp einstündigen Vorführung des Jungen vor der Klasse heute nur um ihn gehen. Paul würde behaupten, Eniola sabbere im Schlaf, habe sich nicht gewaschen, bevor er die Schuluniform anzog, oder komme aus einer Familie, die sich keine Seife leisten könne. Alle würden ihn auslachen. Er lachte ebenfalls, wenn Paul andere Schüler drangsalierte. Die meisten seiner Witze waren nicht einmal lustig, doch in der Hoffnung, dass Paul weiterhin seine Aufmerksamkeit auf das bedauernswerte Opfer konzentrierte, das er sich für den Nachmittag ausgesucht hatte, lachte Eniola über alles, was er sagte. Wenn Paul jemand anderen aufs Korn nahm, dann normalerweise ein Mädchen, das nicht über seine Witze lachte. Normalerweise. Doch an einem schrecklichen Nachmittag hatte Paul aufgehört, über die abgewetzten Schuhe einer Klassenkameradin herzuziehen, um zu verkünden, Eniolas Stirn sehe aus wie das dicke Ende einer Mango. Eniola, der immer noch über das Mädchen mit den abgewetzten Schuhen lachte, merkte, während die Klasse stattdessen in Gelächter über ihn ausbrach, welches er noch Monate später in seinen Träumen hörte, dass er den Mund nicht mehr zubekam. Er wollte aufhören zu lachen, konnte es jedoch nicht. Weder als ihm vor lauter Tränen der Hals wehzutun begann, noch als seine Klassenkameraden verstummten, weil die Chemielehrerin fünf Minuten vor dem Ende ihrer Stunde in den Raum platzte. Er lachte und lachte, bis sie ihm befahl, sich mit dem Gesicht zur Wand in eine Ecke zu knien.

Er bräuchte einen Spiegel … nein. Nein. Er würde keinen der Männer hier fragen, ob auf seinem Gesicht noch Flecken zurückgeblieben waren. Auf keinen Fall. Eniola nahm die Hand von der Wange und schaute mit zusammengekniffenen Augen zu dem dreistöckigen Gebäude auf, in dessen erster Etage Pauls Familie lebte. Sie teilten sich die vier Räume der Wohnung mit zwei anderen Familien und einer alten Frau, die keine Verwandten hatte. Diese Frau stand jetzt vor dem Haus und streute Körner für die gackernden Hühner zu ihren Füßen in den Sand. Kein Paul. Vielleicht hatte er sich schon auf den Weg zur Schule gemacht. Aber vielleicht lungerte er auch nur im Treppenhaus oder im Flur herum, bereit, aus dem Haus zu treten, sobald Eniola vorbeiging.

Eniola drückte gegen die vorspringende Stelle an seiner Stirn, die seine Nasenwurzel überragte, als wollte er sie in den Schädel zurückpressen. Vielleicht sollte er einfach an dem Haus vorbeirennen. All das war die Schuld seines Vaters. Die Dinge, die Paul womöglich über ihn sagen würde, die Männer, die seine geballten Fäuste beäugten, als erwarteten sie, er würde den Zeitungsverkäufer verprügeln, die Wut des Verkäufers selbst. Besonders die Wut des Verkäufers. Denn es war sein Vater, der dem Mann Tausende Naira schuldete, sein Vater, der seit Monaten *The Daily* auf Pump kaufte, damit er alle Stellenanzeigen lesen konnte, sein Vater, der heute Morgen darauf bestanden hatte, dass Eniola den Verkäufer um eine weitere Ausgabe anbetteln sollte. Und so hätte die stinkende Mischung aus Speichel und Auswurf eigentlich im Gesicht seines Vaters landen sollen.

Er spürte eine Hand auf der Schulter und wusste, wem sie gehörte, noch bevor er sich zu dem Verkäufer umdrehte. Der Mann stand so dicht bei ihm, dass Eniola den Gestank seines Atems riechen konnte. Wobei der auch von seinem eigenen Gesicht stammen konnte. Denn obwohl er sich den Speichel abgewischt hatte, der Geruch war geblieben. Egbon Abbey hustete, und Eniola wappnete sich. Was konnte der Verkäufer ihm noch antun? Ihm ins Gesicht schlagen, sodass er mit einem nicht zu übersehenden Bluterguss im Gesicht oder einer gebrochenen Nase nach Hause käme, was Eniolas Vater verraten würde, was hier passiert war?

»Du wolltest die *Daily*? Hier hast du sie.« Der Verkäufer gab Eniola mit der aufgerollten Zeitung einen Klaps auf den Arm. »Aber wehe, ich erwische dich oder deinen Vater noch einmal hier, hörst du? Sag's ihm. Sag ihm, wenn ich einen von euch beiden noch mal sehe, werde ich mit meiner Faust in eurem Gesicht ein blaues Wunder vollbringen, verstanden? Jeder, der euch begegnet, wird glauben, ihr wärt von einem Laster überfahren worden. Ich warne dich – entscheidet euch nicht für das Unglück.«

Eniola hätte dem Verkäufer am liebsten die Zeitung in den Rachen gestopft. Er wünschte sich, sie auf die rote Erde zu werfen und darauf herumzutrampeln, bis sie völlig zerfetzt war – oder zumindest, sich umzudrehen und Egbon Abbey einfach stehen zu lassen, ohne die Zeitung angenommen zu haben. Solchen Unsinn musste er sich ständig von Erwachsenen gefallen lassen, selbst von seinen Eltern. Er wusste, der Verkäufer würde sich nie für seinen Wutausbruch entschuldigen; er würde eher aus dem Rinnstein trinken, als zuzugeben, dass es falsch gewesen war, Eniola ins Gesicht zu spucken. Die Zeitung diente auch als Entschuldigung. Bei der Vorstellung, ein Erwachsener, seine Mutter oder sein Vater, könnte sich für irgendetwas bei ihm entschuldigen, hätte er fast laut aufgelacht.

»Hast du dich in eine Statue verwandelt?«, fragte der Verkäufer und stupste Eniola mit der *Daily* gegen die Brust. Bald würde sein Vater wieder genug Geld haben, um ihn loszuschicken, eine Zeitung zu kaufen. An dem Tag würde er den ganzen weiten Weg zum Wesley Guild Hospital laufen und sie dort erstehen. Auf dem Rückweg würde er am Stand von Egbon Alley vorbeigehen und darin blättern, sodass der boshafte Mann es sehen würde. Aber zuerst musste sein Vater eine Stelle finden. Und so nahm Eniola die Zeitung an, murmelte etwas, was man mit einem Dank hätte verwechseln können, und rannte davon. Weg von dem Verkäufer mit seinem stinkenden Atem, vorbei an Pauls Haus, wo die alte

Frau mit einem Küken kämpfte, an dessen Federn sie einen roten Faden befestigen wollte, schneller und schneller, den Abhang hinunter nach Hause.

*

Sein Vater schien die Seiten der *Daily* beim Umblättern nur mit den Fingerspitzen zu berühren. Oder vielleicht auch nur mit den Fingernägeln – das konnte Eniola, der bei der Tür stand, nicht genau erkennen. So viel Vorsicht, und das, nachdem er sich zweimal die Hände gewaschen und es abgelehnt hatte, sie sich an einem Stück Stoff abzutrocknen; er hatte sogar die Spitzenbluse verschmäht, die Eniolas Mutter aus ihrer Spezialbox gefischt hatte, in der sie ihre Sammlung von Spitze und *Aso-oke*-Stoffen aufbewahrte. Stattdessen war er im Zimmer auf und ab geschritten – von der Wand zum Bett, vom Bett zur Matratze auf dem Boden, von der Matratze auf dem Boden zum Schrank mit den Töpfen, Tellern und Tassen – und hatte die Arme hochgehalten, bis die Feuchtigkeit verdunstet war. Er hatte sich sogar mit jedem Finger gegen die Augenlider getippt, bevor er Eniola bat, ihm die *Daily* zu reichen. Wenn sie zehn Ausgaben beisammenhatten, konnten sie sie gegen Geld oder Essen bei einer der Frauen eintauschen, die Erdnüsse, gebratene Yamswurzel und geröstete Kochbananen in ihrer oder einer benachbarten Straße verkauften. Eniola wäre Essen lieber gewesen, besonders wenn es von jener Verkäuferin kam, die die Kochbananen genau so briet, wie er es mochte, außen knusprig, innen noch saftig. Aber seine Eltern verlangten immer Geld für die Zeitungen, und je sauberer sie waren, desto mehr waren die Frauen bereit, dafür zu bezahlen.

Sein Vater war noch zu jung, um zu ergrauen. Das hatte

zumindest seine Mutter gesagt, als sie zum ersten Mal ein graues Haar auf Baamis Kopf ausgerissen hatte; sie behauptete, wenn man sie mitsamt der Wurzel auszupfe, würden sie schwärzer nachwachsen als zuvor. Und doch war im letzten Jahr innerhalb eines Monats jede einzelne Strähne auf Baamis Kopf grau geworden. Das Grau hatte sich rasend schnell von Baamis Schläfen über jeden Quadratzentimeter seiner Kopfhaut ausgebreitet, sodass Eniola sich innerhalb weniger Wochen alte Fotos seines Vaters anschauen musste, um sich daran zu erinnern, wie dieser ausgesehen hatte, als seine Haare noch schwarz gewesen waren.

Auf einem zerknitterten, abblätternden Bild steht Baami neben einer Tür und schaut mit schmalen Augen in die Kamera, als wollte er den Fotografen warnen, ja kein schlechtes Bild zu machen. Sein Haar war nicht nur an den Schläfen, sondern auch überall sonst schwarz. Ein Scheitel auf der linken Seite enthüllte ein Stück seiner glänzenden Kopfhaut. An der Tür prangte – so, dass man es gerade noch auf dem Bild erkennen konnte, obwohl ein Ende davon abgeschnitten war – ein schwarzes Namensschild mit der Aufschrift »Vizedirektor« in goldener Kursivschrift. Darunter stand, auf ein rechteckiges Blatt Papier getippt, das aussah, als wäre es erst vor Kurzem angebracht worden und würde bald wieder abgerissen werden, Baamis Name: Mr. Busuyi Oni. Baami stand kerzengerade da, die Schultern so weit zurückgenommen, dass Eniola sich fragte, ob er vielleicht deshalb nicht lächelte, weil ihm die Schulterblätter wehtaten. In den Jahren, seitdem das Foto aufgenommen worden war, hatte Baami aufgehört, Kameras oder Menschen direkt anzublicken. Nur Eniolas Mutter bestand immer noch drauf, dass er ihr in die Augen sah, wenn er mit ihr redete. Sprach er dagegen mit Eniola oder seiner Schwester, schaute er mit unruhigem Blick auf ihre Füße hinunter, als würde er wieder und wieder ihre Zehen zählen.

Baami faltete die *Daily* zusammen und räusperte sich. »Was, wenn du das Gemüse verkaufst, das wild im Hinterhof wächst? Ich kann dir bei der Ernte helfen …«

»Nein, nein, nein, das kann man auf keinen Fall verkaufen, Baba Eniola. Schau dir die Zeitung bitte genau an. Hast du sie von vorn bis hinten studiert?«, fragte Eniolas Mutter.

»Hast du etwas gefunden?«, fragte Eniola.

Sein Vater schlug die Zeitung erneut auf, ohne zu antworten. Eniola wäre am liebsten nach draußen gegangen, um sich das Gesicht zu waschen, doch er fühlte sich genötigt, bei seinen Eltern zu bleiben. Außerdem hatte er sich heute schon gewaschen, und seine Mutter hatte die Seife in einem ihrer zahllosen Verstecke deponiert. Wenn er sie jetzt um Seife bat, würde sie wissen wollen, wozu er sie brauchte. Sie würde nicht lockerlassen, bis er ihr erklärte, warum er sie haben wollte, nicht einmal dann, wenn er seine Meinung änderte und ihr erzählte, dass er sie doch nicht brauchte. Sie würde ihn dazu bringen, ihr zu gestehen, was passiert war, sie fand immer einen Weg. Und er wusste, sobald er seine Geschichte zu Ende erzählt hatte, würde sie zu dem Verkäufer eilen und ihm ins Gesicht spucken, bis sie einen trockenen Mund bekam. Und das wollte er nicht. Ja, er hätte liebend gern erlebt, wie der Verkäufer versuchte, dem Zorn seiner Mutter zu entgehen, aber das hätte bedeutet, dass noch mehr Leute von seiner Demütigung an diesem Morgen erfuhren. Im Grunde brauchte er keine Seife. Vielleicht sollte er sich das Gesicht nur mit Wasser und dem Schwamm waschen, den er benutzte, wenn ihnen die Seife ausging.

Er hätte gleich in den Hinterhof gehen können, aber Busola war nicht im Zimmer. Vielleicht fegte sie gerade den

Hof, wusch Teller ab oder schrubbte den Topf, in dem ihre Mutter am Vorabend *amala* gekocht hatte. Es war besser zu warten, bis sie zurückkam, denn er wollte seinen Vater nicht mit der Zeitung allein lassen. Wann immer es ging, blieb er bei seinem Vater, damit der nicht allein war. Seine Mutter war zwar ebenfalls hier, aber sie verhielt sich seltsam. Sie saß am Fußende des Bettes und faltete wieder und wieder die Bluse, die sie Baami zuvor angeboten hatte.

»Niemand kauft *gbure*«, sagte sie. »Die wächst jetzt überall im Hinterhof, niemand kauft sie. Selbst Hunde und Ziegen haben *gbure*-Blätter im Hinterhof.«

Eniola lehnte sich gegen die Wand; es machte keinen Unterschied, ob *gbure* überall im Hinterhof oder auf jedem Quadratzentimeter dieses Zimmers, auf seinem Kopf oder dem seiner Eltern wuchs. Wie viel hätte sie seiner Mutter schon eingebracht? Es würde nie für Busolas und seine Schulgebühren reichen. Das wusste er, weil er selbst in den Ferien *gbure* auf der Straße verkauft hatte. Obwohl er den ganzen Weg zum Krankenhaus gegangen war, im Zickzack über den Markt, am Palast vorbei, dann bis zur Christ Apostolic Church neben der Brauerei, hatte er kaum mehr als die Hälfte davon losbekommen.

Eniolas Vater hustete. Anfangs schien es, als würde er sich nur räuspern, aber bald wurden seine Schultern von einem Anfall geschüttelt, bis er nach Luft schnappte. Seine Mutter warf die Bluse aufs Bett, füllte einen Becher bis zum Rand mit Wasser, ging, ein Rinnsal in ihrem Kielwasser hinterlassend, zu Baami und legte ihm die Hand auf die Schulter. Sein Vater trank das Wasser in einem Zug aus, doch der Husten blieb hartnäckig, bis er seine Knie umfasste und sich auf das Bett setzte.

»Und du, wann willst du in die Schule gehen?«, fragte

Eniolas Mutter und rieb ihrem Mann den Rücken, während der Husten langsam nachließ.

»Ich … ich wollte nur wissen, ob Baami etwas in der Zeitung gefunden hat.«

»Nimm jetzt deine Tasche und geh«, sagte seine Mutter.

Baami deutete mit dem Finger in Eniolas Richtung. »Keine Sorge, ich habe etwas Vielversprechendes gesehen, etwas sehr, sehr Vielversprechendes, Eniola. Ich schreibe noch heute die Bewerbung.«

»Ich kann dir helfen, sie zur Post zu bringen«, sagte Eniola.

»Das ist nicht nötig – deine Mutter kann sie mitnehmen, wenn sie zum Markt geht.«

»Ich dachte, sie geht nicht zum –«

»Wieso sehe ich immer noch deinen Schatten in diesem Haus?« Seine Mutter deutete mit weit ausholender Geste auf das Zimmer. »Sag deiner Schwester, sie soll aufhören zu tun, was auch immer sie tut, und zur Schule gehen. Wozu sollen wir versuchen, eure Schulgebühren aufzubringen, wenn ihr sowieso zu spät kommt?«

»Ja, *ma*.« Eniola nahm seine Schultasche. »Kann ich Salz haben?«

»Wieso bittet das Kind mich um Salz, obwohl es längst in der Schule sein müsste? Willst du etwa heute Morgen einen Topf Suppe kochen, Eniola?«

»Ich – ich habe mir noch nicht die Zähne geputzt.«

Seine Mutter sah ihn mit zusammengekniffenen Augen an, als wäre da, wo sein Kopf sein sollte, eine große Kokosnuss. Er rührte sich nicht, schaute weiter in ihre Richtung, denn er wusste, wenn er den Blick abwandte, würde sie ihn verdächtigen zu lügen. Gleichzeitig vermied er es, ihr direkt in die Augen zu sehen. Das hätte sie als Mangel an Respekt betrachtet, als einen Beweis, dass er sich in einen wilden Vogel verwandelt hatte, der ihr ins Gesicht fliegen würde, wenn sie ihn nicht mit einem gezielten Schlag abwehrte. Er hatte nicht bemerkt, dass er den Atem anhielt, bis sie mit dem Kopf auf den Schrank mit den Töpfen, Tellern und einem kleinen Sack Salz deutete.

Eniola schaufelte einen gehäuften Löffel voll in seine Hand und ballte sie zur Faust.

Busola war gerade damit fertig, den Topf auszuwaschen, als Eniola den Hinterhof betrat. Sie gab ihm eine große Schüssel Wasser, die sie nicht benutzt hatte, damit er keins vom Brunnen in der Ecke des Hofs holen musste. Der Harmattan überzog seine Beine mit einer feinen Staubschicht, trocknete seine Lippen aus und ließ seine Arme von den Ellbogen bis zu den Fingerspitzen kribbeln wie eine Million Nadelstiche. Er spritzte sich Wasser ins Gesicht und schrubbte sich mit dem Salz die Nase, bis die Haut sich wund anfühlte, als könnte sie sich jeden Moment schälen. Wieder und wieder wusch er sich das Gesicht, bis die Schüssel leer war. Und doch glaubte er immer noch, das feuchte Gewicht zu spüren, schale Zwiebeln und faule Eier zu riechen. Und noch etwas anderes, das er nicht einordnen konnte, obwohl er den ganzen restlichen Vormittag darüber nachdachte.

2

Herniorrhaphie – der Patient schnarchte mit offenem Mund, sein Schnurrbart zitterte. Achtzehn Stunden waren seit dem Eingriff vergangen. Keine Komplikationen. Wuraola notierte ihre Empfehlung. Er konnte am nächsten Morgen entlassen werden. Sie hielt die Fallunterlagen schräg, um das Licht vom Gang auszunutzen; die Lampen über den Patientenbetten wurden immer schon lange vor Mitternacht abgeschaltet.

Appendektomie – septisch und sediert. Er war im Bad gewesen, und nachdem seine Tochter ihn eine Stunde lang gefragt hatte, warum er nicht herauskam, hatte sie in Panik die Tür aufgebrochen und den Siebzigjährigen halb bewusstlos in der Dusche gefunden. Sie hatte ihn in die Notaufnahme gebracht, trotz seines Protests, der Schmerz sei erträglich, er brauche nur etwas Ruhe und seine Kräutermischung, den er selbst dann noch wiederholte, als er in den Operationssaal gebracht wurde. Als man ihn am nächsten Morgen bei der postoperativen Besprechung fragte, warum er tagelang den Schmerz eines perforierten Blinddarms ausgehalten habe, ohne jemandem davon zu erzählen, hatte er die Arme verschränkt und dem Chirurgen erklärt: »*Boo ni hin se a mo wiako ni mere? Ako ra i sojo.*« Und Professor Babajide

Coker, Allgemeinchirurg und derzeitiger Vorsitzender der Ijesa Elite Men's Progressive Union, hatte genickt, als hätte er jedes Wort des alten Mannes verstanden.

Professor Coker war ein guter Freund von Wuraolas Vater. Ihre Familie richtete die Treffen der IEMPU oft bei sich zu Hause aus, und Wuraola hatte den Mitgliedern Chili-Schnecken serviert oder ihre Whiskeygläser aufgefüllt, seit sie ein Teenager war. Professor Coker, der exakt fünf Jahre vor der Unabhängigkeit in Lagos geboren worden war, informierte neue IEMPU-Mitglieder stets schon Minuten nach Beginn der Veranstaltungen, dass er direkt von der Christ Church School in der Broad Street auf das King's College gewechselt sei, als man in diesem Land noch eine anständige Bildung bekommen habe. Meist gelang es ihm, die Anekdote einfließen zu lassen, wie er seine Frau kennenlernte, die anlässlich einer interschulischen Debatte das Queen's College besucht habe, bevor er damit schloss, dass seine Jahre an dieser erstklassigen Institution die Krönung seiner Ausbildung gewesen seien. Wo sonst sei es möglich, sich ein so tadelloses medizinisches Grundverständnis anzueignen? Wo? Waren andere Ärzte anwesend, wischte er ihre Beteuerungen, die Great Ife University oder die Medilag der Universität von Lagos seien besser, kurzerhand beiseite. Die Stimmen der Männer wurden lauter, überschlugen sich, bis Wuraola nicht mehr verstehen konnte, was sie sagten. Ihr Vater, der in Lagos Jura studiert hatte, beteiligte sich nicht an den Gesprächen, bei denen es hoch herging, nicht einmal dann, wenn er von Medilag-Absolventen und anderen Alumni der Universität von Lagos darum gebeten wurde, für seine Alma Mater Partei zu ergreifen. Er schwieg, bis eins der Hausmädchen ihm etwas ins Ohr flüsterte. An dem Punkt schlug er dann mit der Gabel gegen sein Glas, woraufhin es wieder so ruhig wurde, dass er – hauptsächlich den neuen Mitgliedern zuliebe – verkünden konnte, die Pfeffersuppe werde in Kürze aufgetragen und die Männer sollten Wuraola oder einem aushelfenden Dienstmädchen Bescheid geben, ob sie die Suppe mit Ziegenfleisch oder mit Wels serviert haben wollten. Seit Beginn ihres Medizinstudiums in Ife wurde Wuraola oft von Ärzten, die diese Hochschule besucht hatten, in dieselbe Diskussion verwickelt. Und obwohl ihr Vater meist noch ein paar lobende Worte über seine Universität fand, ehe die dampfenden Schüsseln mit Pfeffersuppe alle für eine Weile zum Schweigen brachten, schien es ihm nichts auszumachen, wenn Wuraola die besseren Argumente hatte und seine Alma Mater in ein schlechtes Licht rückte. Sie merkte, wie stolz er darauf war, dass aus ihr eine Person geworden war, die man für diesen schon seit einer Ewigkeit schwelenden Streit vereinnahmen konnte. Er verbarg sein Lächeln, indem er an seinem Glas nippte, das sich jedoch kaum zu leeren schien.

Seitdem Professor Coker den Vorsitz der IEMPU von Wuraolas Vater übernommen hatte, richtete ihre Familie die Treffen nur noch dann aus, wenn Professor Cokers Frau unter einer ihrer Allergien litt und tagelang unpässlich war.

Professor Babajide und Professorin Cordelia Coker waren vor mehr als zwei Jahrzehnten in die Stadt gezogen, als sie noch zum alten Bundesstaat Oyo gehörte. Damals hatten die Gründungsmitglieder der IEMPU sich dafür eingesetzt, dass die Stadt zur Hauptstadt würde, wenn der neue Staat irgendwann aus dem alten entstand. Es ging das Gerücht, Professor Coker – fest entschlossen, als Gouverneur zu kandidieren, sobald das, was alle immer noch als militärisches Intermezzo betrachteten, ein Ende fand – habe noch am selben Abend, als der Bundesstaat Osun und seine neue Hauptstadt geschaffen wurden, jemanden angeheuert, der ihm Ijesha beibringen sollte. Doch nach all der Zeit und etlichen angeblichen Unterrichtsstunden konnte der Mann nicht mehr auf Ijesha sagen oder verstehen als *»hinle awe«*, was er mit dem Selbstvertrauen eines kompetenten Sprechers äußerte, ehe er sich stotternd wieder auf Yoruba oder Englisch beschränkte, sobald das Gespräch über den Austausch von Höflichkeiten hinausging. All das hielt ihn nicht davon ab zu nicken, als würde er den Siebzigjährigen verstehen, der wiederholte: *»Ako i sojo awe, ako i sojo.«* Später am Tag, als er Wuraola Instruktionen für die Überwachung seiner Patienten gab, fragte Professor Coker sie, was der alte Mann gesagt habe.

Wuraola seufzte, als sie sich erneut den Fallunterlagen zuwandte. Wenn es dem Patienten gelang, das hier zu überstehen, würde er seine Worte vielleicht zurücknehmen, denn das, was er Feigheit nannte, hätte ihm besagte Scherereien erspart und ein freies Bett für die Männer bedeutet, die die Notaufnahme womöglich heute Nacht abweisen musste. Ihr Handy vibrierte an ihrem Oberschenkel, als sie zum nächsten Bett ging.

Rektopexie – der Mann zögerte, als er sich umzudrehen versuchte, und verzog das Gesicht, als der Katheter seinen Körper daran erinnerte, was möglich war und was eine ganze Weile lang nicht möglich sein würde.

Sie nahm das Handy aus dem Stationskittel und klappte es auf. Kunle. Sie klappte es wieder zu und schob es in die hintere Tasche ihrer Jeans, wo es erneut zu vibrieren begann, als sie die nächsten Fallunterlagen zur Hand nahm.

Pankreatektomie – er war seit dem Mittag bewusstlos, konnte jedoch jeden Moment aufwachen und würde dann den Rest der Nacht kein Auge mehr zutun. Aber wenigstens hätte er dank des Morphins keine Schmerzen. Seine Pankreatektomie war die erste, bei der Wuraola assistiert hatte, seit sie in der Chirurgie eingesetzt wurde. In der Nacht vor der OP war sie kurz vor Sonnenaufgang mit dem Kopf auf den Seiten von *Clinical Pancreatology for Practising Gastroenterologists and Surgeons* eingeschlafen. Doch am Ende hatte sie während des Eingriffs nicht einmal das Instrumentensieb berühren dürfen.

Im Krankenhaus gab es seit über einem Monat keinen Strom mehr, was an sich nicht ungewöhnlich war. Das wahre Problem war die Treibstoffkrise, die seit einer Woche anhielt, weil die Tankwagenfahrer, die Bohrinselarbeiter oder sonst wer streikten. Wuraola war oft zu müde, um mehr als die Schlagzeilen zu lesen, doch sie vermutete, dass irgendeine Gewerkschaft zum Streik aufgerufen hatte, dass das die Treibstoffkrise ausgelöst hatte und dem Krankenhaus das Dieselöl für den Generator ausging. Ein Memo über ein weiteres Energiesparprogramm wurde in die Verteilfächer einsortiert und mit bunten Reißzwecken am Schwarzen Brett befestigt, als der Streik begann. Während die Intensiv- und die Neonatalintensivstation ununterbrochen mit Strom versorgt wurden, bekamen andere Stationen und OPs nur welchen zugeteilt, wenn ein Eingriff es erforderte. Und so operierten die Fachärzte, ohne dabei zu unterrichten. Sie ließen die Ärzte in der Ausbildung nicht einmal assistieren. Es schien, als wären die beiden Chirurgen zu dem Schluss gekommen, dass die zusätzlichen Sekunden, die ein unerfahrener Arzt in der Ausbildung oder im Praktikum brauchte, um einen Schnitt auszuführen oder eine Wunde zu vernähen, ein Neugeborenes den Strom für das Beatmungsgerät kosten konnten, wenn die Treibstoffknappheit anhielt.

Als Wuraola die Aufgabe zugeteilt bekam, vor den Pflegekräften herzugehen, die den Patienten nach der OP durch die dunklen Flure schoben, musste sie kichern, als sie aus dem OP trat. Sechs Jahre Ausbildung, und die einzige Fähigkeit, die man ihr bei einer zwölfstündigen Operation abverlangte, war, ein Handy hochzuhalten, um mit der Taschenlampe die Pflegekräfte zu lotsen?

Der Eingriff war gut verlaufen. Aber die Ärzte wussten schon jetzt, dass die OP sein Leben nicht retten würde. Verlängern? Ja, um ein paar Wochen oder Monate, wenn er Glück hatte. Aber konnte man wirklich von Glück reden, wenn man in seinen noch verbleibenden Tagen von Schmerzen gequält wurde oder von Morphin benebelt war? Wuraola wusste es nicht.

Der Bruder des Patienten kam jeden Abend vorbei, um für ihn zu beten. Er hatte Wuraola mehr als einmal erklärt, dass die Ärzte sich irrten, dass aus den wenigen Monaten, die sie ihm prognostiziert hatten, Jahre, Jahrzehnte werden würden, weil es dem Patienten nach diesem vorübergehenden Rückschlag vorherbestimmt sei, ein seltenes, kostbares Wunder zu erleben: ein langes *und* glückliches Leben. Er hatte so überzeugt geklungen, dass Wuraola sich grausam vorkam, als sie ihn an die Prognose erinnerte und die Warnung wiederholte, die man dem Patienten vor der Operation mit auf den Weg gegeben hatte. Eine Pankreatektomie war in diesem Krebsstadium eine reine Palliativmaßnahme.

Der Bruder kniete auch jetzt wieder vor dem Bett des Patienten, die Stirn auf das Metallgitter gelegt, und murmelte seine Gebete. Wie gewöhnlich presste er sich ein ledergebundenes Buch an die Brust. Die Pflegekräfte hatten Wetten darüber abgeschlossen, ob es eine Bibel oder ein Koran war, weil er während der Besuchszeit bei verschiedenen Gelegenheiten mal in Begleitung von Frauen aufgetaucht war, die im

Schneidersitz um das Bett herumhockten und ihren Hidschab zurechtzupften, bevor sie ihre Gebete an der Tasbih abzählten, und mal von Frauen in weißen Gewändern, die dem Patienten Holzkreuze auf die Stirn pressten.

In der letzten Woche hatte er, ehe er fragte, ob einige der Frauen ihn auch nachts begleiten oder an seiner Stelle kommen könnten, zu Wuraola gesagt: »Doktor, ihr Frauen seid Gott näher, und wir alle wissen, dass Gebete nach Mitternacht besser wirken.«

Wuraola hatte ihm erklärt, dass die Krankenhausvorschriften das nicht gestatteten, es sei denn, die Frau, die die Nacht dort verbringen wolle, sei die Ehefrau, Tochter oder Mutter eines Patienten. Vielleicht auch eine Cousine, wenn man es nicht so genau nahm und die diensthabenden Pflegekräfte einverstanden waren, aber wer auch immer dort bleiben wolle, müsse zur Familie gehören. Als der Mann erklärte, sein Bruder sei kinderlos und unverheiratet, ihre Mutter sei vor Jahren gestorben und keine ihrer Schwestern lebe in Nigeria, hätte Wuraola ihm fast geraten zu lügen, eine der betenden Frauen sei seine Schwester. Obwohl sie seine Beterei als störend empfand und sich vorstellte, dass es noch schlimmer wäre, zwei oder mehr Frauen nach den Besuchszeiten dort zu haben, war sie geneigt, ihm den Wunsch zu erfüllen. Und sei es nur, um ihm eine Verschnaufpause zu verschaffen. Sie war sich recht sicher, dass der nächste histologische Befund den Betenden dazu zwingen würden, sich dem Verlust trotz seiner unermüdlichen Hingabe eher früher als später zu stellen.

Der Patient war, einen Monat bevor Wuraola ihre Assistenzzeit in der Chirurgie angetreten hatte, in die Chirurgie eingeliefert worden. Als eine Pflegekraft Wuraola informierte, der Betende habe jede Nacht am Fußende des Bettes ausgeharrt, seit der Patient eingeliefert worden war, hatte sie ihn dafür bewundert. Bis dahin hatte sie eine so unermüdliche Hingabe nur auf der Kinderstation erlebt. Dort schliefen die Mütter, und auch der eine oder andere Vater, wochenlang auf dem Flur, lagen auf Holzbänken oder in Waxprint-Stoffe gehüllt auf dem Boden, benutzten Handtaschen oder ihre Arme als Kissen. In ihrer ersten Woche in der Chirurgie fragte sie sich immer, wenn sie Dienst hatte, ob ihre Geschwister an ihrem Bett wachen würden, sollte sie selbst so krank werden. Motara würde sich bestenfalls in der Nähe des Krankenhauses ein Hotelzimmer nehmen, Layi würde Geld schicken und vielleicht alle paar Wochen zu Besuch kommen. Er hasste Krankenhäuser, obwohl *er* der erste Arzt der Familie gewesen war, und sein Abschlussfoto war auch das Erste, was man sah, wenn man das Schlafzimmer ihrer Mutter betrat. Wuraola wäre es ohnehin lieber, wenn sie sich fernhielten; sie würden sich am Ende nur zanken und die anderen Patienten stören. Ihre Eltern würden kommen, kein Zweifel. Wenn sie die Wahl hätte, wer bei ihr sein sollte, hätte sie sich für ihren Vater entschieden. Anders als ihre Mutter, deren Besorgnis sich in diversen Versuchen äußern würde, dem medizinischen Personal seine Arbeit zu erklären, würde er sich zurückhalten. Er würde ihr etwas von I. K. Dairo auf seinem Discman vorspielen und dazu leise summen.

Der Betende versprach stets, leise zu sein, aber sein Gemurmel wurde unweigerlich zu lautem Stöhnen, das auf der ganzen Station zu hören war. Es dauerte keinen Monat, bis Wuraolas Bewunderung in Gereiztheit umschlug. Und gerade in dem Moment, als ihr Handy erneut vibrierte, gab er plötzlich ein widerhallendes Stöhnen von sich, das ein Pulsieren in ihrem Kopf auslöste.

In all den endlosen Stunden und Jahren ihrer Ausbildung hatte ihr niemand erklärt, wie viel Übung man für den Umgang mit Verwandten und Freunden brauchte. Nichts hatte Wuraola auf den Mann vorbereitet, der sich an sie klammerte und ihren Kittel mit Rotz beschmierte, als der Fötus seiner Frau nach einem Abort ausgeschabt werden musste, oder auf die erboste Frau, die sie geschlagen hatte, als sich herausstellte, dass ihrem Sohn ein Bein amputiert werden musste, oder auf den Mann, der sich, obwohl man ihm erklärt hatte, sein Freund sei in die Leichenhalle gebracht worden, weigerte, die Station zu verlassen, bis der Sicherheitsdienst ihn nach draußen zerrte. Niemand hatte ihr beigebracht, wie man einen Mann davon überzeugte, dass sein Bruder an Bauchspeicheldrüsenkrebs starb und er an dieser Tatsache nichts ändern konnte.

Fairerweise musste man sagen, dass einer ihrer Professoren das sehr wohl erwähnt haben konnte und sie nur in Gedanken woanders gewesen war, weil die Bemerkung während ihres Einsatzes in der Psychiatrie oder in der Gesundheitsvorsorge fiel. In ihrem vorletzten und letzten Jahr im Medizinstudium hatte sie sich ständig ausgemalt, wie es sein würde, Ärztin im Praktikum zu sein. Einlieferungen betreuen, Operationen vorbereiten, Patientendaten aufnehmen und einen tadellosen Behandlungsplan aufstellen. In den endlosen Stunden im überfüllten multidisziplinären Labor II im vormedizinischen Jahr hatte sie sich mit detaillierten Träumen über zukünftige Klinikeinsätze die Zeit vertrieben. Wie erleichtert würde sie sein, das Labor hinter sich zu lassen und im Krankenhaus zu arbeiten. Auf Stationen, in Operationssälen, sogar in der Leichenhalle ein und aus zu gehen. Seit sie den Abschluss in der Tasche hatte und Assistenzärztin war, hatte sich ihr Fokus darauf verlagert, wie es in der Facharztausbildung sein würde. Vor Kurzem war ihr der Verdacht gekommen, dass sie immer rastlos sein würde. Vielleicht gehörte sie zu den Menschen, bei denen Zufriedenheit immer in der Zukunft verortet war, knapp außer Reichweite.

Sie berührte den Betenden an der Schulter. Er verstummte und sank auf das Bettgitter. Er wirkte hager, fast ausgezehrt. War das schon immer so gewesen, oder lag es daran, dass er die Brille abgenommen hatte, sodass seine Augen eingesunkener aussahen als sonst? Sie trat näher an ihn heran, während er mühsam auf die Beine kam. Hatte er bei ihrer ersten Begegnung nur schlank gewirkt, sah er jetzt aus, als könnte ihn ein Windhauch davonwehen.

Bevor sie etwas sagen konnte, setzte er zu seinen üblichen Entschuldigungen an. »Liebes, ich kann einfach nicht gehen. Ich werde ganz leise sein, ja? Flüstern.« Er senkte die Stimme, bis sie kaum noch hörbar war. »Ich flüstere nur noch, hören Sie?«

Er wandte sich von ihr ab und legte die Hände auf das Bettgitter, bereit, sich wieder hinzuknien.

Wuraola holte tief Luft. »Mr. … Mr. … Sie müssen gehen, Sir.«

Der Mann drehte ihr den Oberkörper zu und umklammerte das Gitter, als würde er sonst hinfallen. »Liebes, ich kann ihn nicht verlassen.«

»Sie müssen gehen, Sir. Sofort.«

Er öffnete den Mund, als wollte er noch etwas sagen, tat es jedoch nicht. Sie versuchte, Blickkontakt zum Pflegepersonal herzustellen, das hinter einem Schreibtisch neben der Tür saß. Eine Schwester schlief, ein Pfleger war in ein Lehrbuch vertieft, das er in einem scheinbar unmöglichen Winkel auf dem Schoß hielt, vermutlich, um sich wach zu halten.

Wenn die Situation außer Kontrolle geriet, konnte sie immer noch seinen Namen oder auch nur »Pfleger« rufen, da sie zu erschöpft war, um sich an einen anderen Namen als ihren eigenen zu erinnern.

»Ich habe Verständnis dafür, dass Sie beten möchten«, sagte sie. »Aber Sie sind zu laut.«

Sie wartete, doch der Mann widersprach nicht. Still stand er da. Sagte kein Wort, schloss jedoch auch nicht den Mund. Seine Haltung hatte nichts Herausforderndes, und sie erkannte, dass es keinen Streit und keinen Grund dafür geben würde, den Sicherheitsdienst zu rufen. Dieser Mann hatte nicht vor, die Stellung zu halten; er konnte sich nur nicht mehr erinnern, was er mit seinem Körper anstellen sollte, wenn er gerade nicht kniete.

»Ich habe Sie mehrfach verwarnt.«

Dann flüsterte der betende Mann, sodass sie es kaum hören konnte: *»Yeye mi.«*

Wuraola war sich nicht sicher, ob er sich mit dieser höflichen Anrede an sie richtete oder ob er wirklich nach seiner verstorbenen Mutter rief, nach dem Trost suchte, den sie ihm einst geschenkt hatte, und sie bitten wollte, ihn, seinen Bruder oder sie beide zu retten.

»Ich muss auch an die anderen Patienten denken«, sagte Wuraola.

Der Mann nickte, ließ das Gitter los und schickte sich an zu gehen. Sie sah zu, wie er zur Tür schlurfte, und zum ersten Mal fiel ihr auf, dass er das linke Bein stärker belastete als das rechte.

Wuraola wandte sich dem Patienten zu. Puls: achtzig Schläge pro Minute. An der Stelle, wo sein Handgelenk, dessen Falten in die Lebenslinie übergingen, kaum noch von seiner Handfläche zu unterscheiden war, war die Haut des

Mannes papierdünn und schuppig. Sie griff in die Tasche ihres Arztkittels – Kaugummi, Stift, Kaugummi, Ersatzstift, Notizblock, noch mehr Kaugummi, Zopfband – ah, da! Sie fischte eine winzige Flasche Handdesinfektionsmittel heraus und gab etwas davon in ihre Handfläche. Als sie es einmassierte, fiel ihr die Silberrandbrille des Betenden ins Auge, die bei den Füßen seines Bruders lag. Er musste sie zum Beten abgenommen hatte. Die Gläser brachen das Licht aus einer Glühbirne in der Nähe, sodass es in ihre Richtung fiel. Die Strahlen trafen ihr Gesicht wie eine scharfe Zurechtweisung. Vielleicht hätte sie ihn bleiben lassen sollen. Sie stellte sich vor, wie er durch die Krankenhausflure irrte, gegen Wände stieß, Mülleimer umwarf oder in den Rinnstein fiel, während er den Weg zum Parkplatz suchte. Sie hätte ihn nicht wegschicken sollen, doch noch während sie die Brille nahm und zur Tür ging, beschlich sie der Verdacht, dass er seine Stimme sehr wohl dämpfte, sobald der diensthabende Arzt ein Mann war. Einen der Jungs hätte er wahrscheinlich auch nicht »Liebes« genannt. Da war sie sich fast sicher.

Die schlafende Krankenschwester am Empfang war mittlerweile aufgewacht und gähnte.

»Ich bin nur mal kurz …« Wuraola deutete mit der Brille auf die Tür. »Rufen Sie mich, wenn …«

Der Pfleger und die Schwester nickten.

Der Flur war menschenleer, aber bis zum Sonnenaufgang waren es noch zwei Stunden, und selbst mit der Brille hätte er das Krankenhaus wohl nicht verlassen können. In den meisten Vierteln, zumindest jenen, in denen der Betende wahrscheinlich wohnte, gab es selbst auferlegte Ausgangssperren von Mitternacht bis Sonnenaufgang. Der Ein- und Ausgang war in den Stunden dazwischen nur bei medizinischen Notfällen möglich. Etliche Straßen würden noch abgesperrt sein, und die Zugangspunkte waren mit zwei bis sechs bewaffneten Wachen bemannt. Es hieß, einige von ihnen zwangen diejenigen, die gegen die Ausgangssperren verstießen, bis zum Morgengrauen auf dem Asphalt auf und ab zu wandern. Selbst die Gnädigeren bestanden darauf, dass die Übeltäter bis zum Ende der Ausgangssperre warteten, ehe sie sie passieren ließen.

Am Ende des Flurs erspähte sie ihn draußen auf dem Asphalt; er ging auf die Krankenhauskapelle zu. Sie wollte ihm zurufen: »Mister? Mister?« Dann erwog sie, es mit »Entschuldigung, Sir« zu versuchen, brachte es jedoch nicht über sich. Sie kannte seinen Namen, aber wie lautete er noch mal?

Während des Studiums hatte sie verächtlich die Lippen geschürzt, als sie einen der Ärzte im Praktikum hören sagte, sie müssten nach dem chronischen Leberschaden auf der Männerstation sehen, denn sie war stolz darauf, die Namen aller Patienten zu kennen, die sich in ihrer Obhut befanden. Und jetzt, kaum ein Jahr später, rannte sie einem Mann nach, den sie fast jeden Tag sah, und konnte sich weder an seinen Namen noch an den seines schwer kranken Bruders erinnern.

Allerdings hatte sie seit drei Tagen kaum geschlafen. Eigentlich durfte man nicht an drei Tagen hintereinander Dienst haben, aber das Krankenhaus konnte sich nicht mehr Assistenzärzte leisten. Und so hatte sie vor zwei Nächten Dienst auf der chirurgischen Männerstation gehabt, gestern Nacht in der Notaufnahme und heute Nacht wieder auf der chirurgischen Männerstation. Auf ihrem Rotationsplan war lediglich ihr Dienst in der Chirurgie verzeichnet. Schichten in der Notaufnahme dauerten nur bis Mitternacht, waren also nicht so anstrengend. Doch in der letzten Nacht war der Strom der Patienten nicht abgerissen, und der Typ, der sie um Mitternacht ablösen sollte, war einfach nicht aufgekreuzt und hatte ihre Anrufe nicht angenommen, und so war sie bis zum Morgen geblieben. Ja, sie war hungrig und müde und konnte sich nicht an den Namen des Betenden erinnern, aber eine Infusion hätte sie immer noch mit verbundenen Augen legen können. Sie hatte den ganzen Tag nur eine Packung Kekse gegessen, doch sie wusste, sie konnte immer noch mit ruhiger Hand einen Luftröhrenschnitt durchführen, und vielleicht war das die Hauptsache. Dass sie Wie-auch-immer-er-hieß ein, zwei zusätzliche Stunden verschaffen, ihn so lange wie möglich am Leben erhalten konnte, bevor sein Körper zwangsläufig Verrat an ihm beging, wozu alle Körper verdammt waren.

Der Mann blieb schwankend auf der kleinen Rasenfläche vor der Kapelle stehen. Dann sank er auf die Knie. Wuraola rührte sich nicht, aus Angst, er könne in Tränen ausbrechen oder wieder zu jenem Gott beten – welcher auch immer es war –, den er schon seit Monaten anflehte. Aber er legte sich nur ins Gras, das Gesicht dem mondlosen Himmel zugewandt.

»Mr. … Verzeihen Sie, Sir, es tut mir sehr leid, aber ich habe Ihren Namen vergessen. Sie haben Ihre Brille liegen gelassen.«

Der Betende sagte nichts und machte keine Anstalten, die Brille anzunehmen.

»Sir?«

Wuraola näherte sich ihm, kniete sich neben ihn und griff instinktiv nach seinem Handgelenk. Er fing an zu schnarchen, noch ehe sie ihn berührte, und sie atmete auf. Neben ihm lag sein ledergebundenes Buch. Vorsichtig, um ihn nicht zu wecken, legte sie die feine silberne Brille darauf. Auf dem

Rückweg zur Station fischte sie ihr Handy aus der Jeanstasche.

Kunle hatte neun Mal angerufen.

3

Es nützte nichts, wenn Eniola sie daran erinnerte, dass ihre Klassenzimmer in verschiedenen Gebäuden lagen. Seine Mutter bestand trotzdem darauf, dass er auf Busola wartete, bevor er aufbrach. Sie sollten den Weg zur und von der Glorious Destiny Comprehensive Secondary School möglichst jeden Tag gemeinsam gehen, und sie hatte Eniola sogar das Versprechen abgenötigt, seine jüngere Schwester bis zu ihrem Sitzplatz zu begleiten, bevor er sich zu seinem eigenen begab.

An den meisten Tagen waren ihre weißen Socken bereits mit rotem Staub bedeckt, wenn sie nach knapp zehn Minuten Fußmarsch das erste Schulgebäude erreichten, und Eniola dachte an die weiterführende Schule, die er ursprünglich hatte besuchen sollen, wie ihm sein Vater versprochen hatte. Dort gab es bestimmt keinen roten Staub auf den Wegen. Wahrscheinlich führten dort Straßen mit Gehsteigen, Fußwege und grasbewachsene Pfade von den Wohnheimen zu den Klassenzimmern und Laboren.

Eniola war neun gewesen, als sein Vater ihm das Versprechen gegeben hatte. Damals hatte er sich nicht vorstellen können, dass er auf dieser dummen Glorious Destiny School landen würde. Er war in der fünften Grundschulklasse gewesen, und seine Mitschüler waren dabei, sich auf die allgemeine Aufnahmeprüfung für die Sekundarstufe vorzubereiten. Da das Grundschulsystem eigentlich auf sechs Schuljahre ausgelegt war, bestand sein Vater jedoch darauf, dass Eniola dort noch die sechste Klasse absolvierte, anstatt wie die meisten anderen auf die weiterführende Schule zu wechseln.

Eniola hatte sich wochenlang den Kopf zerbrochen, wie er seine Eltern davon überzeugen konnte, dass er bereit für die weiterführende Schule war. Er war größer als die meisten Schüler der ersten Jahrgangsstufe der Junior Secondary School, denen er auf seinem Schulweg begegnete, und hatte bessere Noten als die Hälfte seiner Klasse. Er hatte alle Umrechnungs- und Multiplikationstabellen auf der Rückseite seines Olympic-Übungshefts auswendig gelernt und beherrschte das Einmaleins von eins mal eins gleich eins über zwölf mal zwölf gleich einhundertvierundvierzig bis hin zu vierzehn mal vierzehn gleich einhundertsechsundneunzig. In den Wochen vor seinem neunten Geburtstag fegte Eniola das Wohnzimmer, bevor seine Mutter am Morgen dazukam, hörte auf, sich darüber zu beklagen, dass er nicht draußen mit den Nachbarskindern Fußball spielen durfte, weil er auf Busola aufpassen sollte, und verbrachte – da er nicht groß genug war, um das Auto komplett zu waschen – seine Samstagvormittage damit, die Reifen des blauen VW Käfers seines Vaters zu schrubben. Obwohl er vermutete, dass er kurz vor der Heiligsprechung stand, hatte er Sorge, all seine guten Taten könnten von den Eltern unbemerkt bleiben, und so verkündete er eines Sonntags auf dem Weg zum Gottesdienst, er wolle Messdiener werden. Er war erleichtert, als seine Mutter entgegnete, sie werde es nicht erlauben, da es ihn von der Schule ablenken könnte. Dennoch sprach er in den folgenden Tagen oft davon, wie gern er Messdiener werden wolle, weil das einen guten Eindruck bei seinem Vater hinterließ, der glaubte, dieser brennende Wunsch beweise, dass er in Ehrfurcht vor dem Herrn aufwachse.

Ihre damalige Wohnung lag nicht weit von der Crystal Nursery and Primary School entfernt, und an den meisten Tagen ging Eniola zusammen mit den Nachbarskindern dorthin. Doch an seinem neunten Geburtstag fuhr sein Vater ihn zur Schule. Schmollend saß er auf dem Beifahrersitz neben seinem Vater, während der Geburtstagskuchen, der auf seinen Wunsch mit weißem, blauem und gelbem Zuckerguss verziert worden war, auf dem Rücksitz zusammen mit den Oxford Cabin Biscuits und einigen eisgekühlten Flaschen Zobo hin und her rutschte. Auch wenn sein Vater vorsichtig fuhr, holperten sie von einem Schlagloch ins nächste. Eniola wollte etwas sagen, als sie vor dem Schulgebäude anhielte, brachte jedoch nur heraus: »Ich bin der Einzige in meiner Klasse, der keinen Ugo C. Ugo hat. Alle anderen haben das Buch. Ist das fair?« Dann brach er in Tränen aus. »Ist das fair?«, heulte er wieder und schluchzte noch lauter. Sein Vater tätschelte ihm den Rücken in dem vergeblichen Versuch, ihn zu beruhigen. Als Eniola bemerkte, dass einige seiner Klassenkameradinnen und -kameraden ihn im Vorbeigehen durch das heruntergekurbelte Fenster anstarrten, nahm er sich schließlich zusammen.

»Was für ein Benehmen ... Hör mal, ich darf nicht zu spät zur Arbeit kommen. Lass uns heute Abend darüber reden«, sagte Eniolas Vater und trommelte mit den Fingern auf das Lenkrad. »Komm schon, bringen wir die Sachen rein.«

Eniola blieb im Wagen sitzen, als sein Vater ausstieg und die Rückbank abräumte. Einige Schüler versammelten sich ums Auto, um zu helfen, und riefen Eniola »Herzlichen Glückwunsch« zu, doch der antwortete nicht. Er konnte nicht glauben, wie dumm er gewesen war. Wie hatte er nur all die Stunden vor dem Badezimmerspiegel verschwenden können, um sich auf den Moment nach dem heutigen Abendessen vorzubereiten, wo er in aller Ruhe mit seinen Eltern hatte reden wollen? Schweigend saß er da, starrte auf seine Sandalen und kämpfte gegen den Drang an, mit dem Klettverschluss zu spielen. Wo waren all die Argumente, die er sich zurechtgelegt hatte, all die vernünftigen Dinge, die er hätte sagen können, anstatt wie der kleine Junge, für den seine Eltern ihn hielten, zu jammern: »Ist das fair?« Warum waren ihm die richtigen Worte nicht über die Lippen gekommen, wie er es geplant hatte? Er begann wieder zu weinen, schniefte jedoch diesmal nur leise vor sich hin, statt zu schluchzen.

Er merkte erst, dass sein Vater wieder ins Auto eingestiegen war, als es ruckelnd und quietschend ansprang. Eniola tastete nach dem Türgriff.

Sein Vater hielt ihn am Handgelenk fest. »Komm, wisch dir das Gesicht ab, bevor du reingehst. Lass die anderen nicht sehen, dass du geweint hast.«

An diesem Abend überreichte Eniolas Vater ihm eine brandneue Ausgabe von Ugo C. Ugos Buch mit Übungsfragen für die Aufnahmeprüfung. Einen Moment lang glaubte er, er hätte sich endlich gegen seine Eltern durchgesetzt, aber sein Glück währte nur so lange, bis sein Vater zu sprechen begann.

»Du kannst die Prüfung jetzt ablegen, wenn du das willst, aber« – er hob einen Finger – »wenn du noch ein Jahr wartest und die sechste Klasse abschließt, was, wie ich dir unzählige Male erklärt habe, eine unverzichtbare Station auf dem Weg durch unser Bildungssystem ist – unverzichtbar, sage ich dir. Obwohl die meisten Schulen heutzutage ohnehin machen, was sie wollen. Wie auch immer, wenn du dich an die Regeln hältst und bis zur sechsten Klasse wartest, kannst du auf die Unity School in Ikirun gehen. Deine Entscheidung.«

Eniola hatte auf die Unity gehen wollen, seit Collins, dessen Familie in der Wohnung über ihm wohnte, vor drei Jahren dorthin gewechselt war und in den Ferien immer mit Geschichten über Spaß und Freiheit zurückkehrte, von denen Eniola wusste, dass er sie nie erleben würde, wenn er auf eine Schule in der Nähe wechselte. Wann immer er das College erwähnte, sagte seine Mutter, sie werde ihm nie erlauben, dieses oder irgendein anderes Internat zu besuchen. Sie hielt ihm endlose Vorträge, er sei zu jung, die Älteren würden ihn schikanieren, womöglich schließe er sich einer üblen Gang an, und am Ende werde er ohne Manieren und Bildung nach Hause kommen. Nun, da es seinem Vater irgendwie gelungen war, sie zu überzeugen, Eniola auf die Unity School gehen zu lassen, brauchte er nicht lange zu überlegen, bevor er zustimmte, ein weiteres Jahr auf der Grundschule zu bleiben.

Nach dem Versprechen seines Vaters fiel es Eniola leichter zuzuhören, wenn seine Klassenkameraden mit der weiterführenden Schule prahlten. Nun konnte er erzählen, dass er nach Ikirun gehen würde. Zwar ein Jahr, nachdem alle anderen auf die weiterführende Schule gewechselt waren, aber ging irgendwer von ihnen aufs Internat? Auf eine Unity School? Eniola schaffte es fast jeden Tag, das College zu erwähnen, und er erzählte Collins' Geschichten weiter, bis er sah, dass einige seiner Freunde neidisch wurden. Ihr Neid tröstete ihn, als sie ihre Aufnahmeprüfungen ablegten, auf verschiedene weiterführende Schulen gingen und ihn zurückließen, um zusammen mit zwei anderen Jungen, die beide durch die Aufnahmeprüfungen gefallen waren, die sechste Grundschulklasse abzuschließen. Bald würde er wie Collins sein. Er würde dreimal im Jahr nach Hause kommen, und die anderen Jungs aus der Nachbarschaft würden sich um ihn scharen, wenn er Geschichten darüber zum Besten gab, was er ohne elterliche Aufsicht alles angestellt hatte. Er dachte jeden Tag daran, während er allein zur Schule und nach Hause ging. Die Freunde, die ihn früher begleitet hatten, waren nicht mehr in seiner Klasse, und auch wenn sie ihm fehlten, machte das nichts. Er würde bald wie Collins sein. Das würde alles wettmachen, er brauchte nur abzuwarten.

Und dann, am Ende des ersten Halbjahrs der sechsten Klasse, nur wenige Wochen vor Weihnachten, wurde sein Vater zusammen mit knapp viertausend anderen Lehrerinnen und Lehrern im ganzen Land entlassen. Zuerst änderte sich zu Hause nichts. Sein Vater verließ an den Werktagen das Haus um 7 Uhr morgens, die Krawatte ordentlich gebunden, mit Klecksen von nicht überall gründlich verteilter, glänzender Pomade im Haar, doch mit stets untadeligem Seitenscheitel. Eniola glaubte immer noch, er werde wie geplant auf die Unity School in Ikirun wechseln. Schließlich war es nur eine Frage der Zeit, bis der Gouverneur erkennen würde, dass er im Begriff war, die öffentlichen Schulen zugrunde zu richten, und die Lehrerinnen und Lehrer allesamt mit einer persönlichen Entschuldigung wieder einstellte. Zumindest einige Lehrkräfte müssten zurückkommen, und Eniolas Vater, mit all seiner Erfahrungen und seinen Qualifikationen, würde bestimmt zu denen gehören, die unverzichtbar waren. Es würde nicht mehr lange dauern. Wie sollte die Schule ohne das Fach Geschichte den Lehrplan einhalten? Wie? Nacht für Nacht schlief Eniola neben Busola auf dem Sofa ein, während seine Eltern diese Diskussion führten, anstatt das Abendgebet zu sprechen.

Im Radio erklärte einer der Berater des Gouverneurs, dass die meisten der eingesparten Lehrkräfte Fächer wie Kunst, Yoruba, Ernährung, islamische und christliche Religionslehre unterrichteten, die die Entwicklung des Landes nicht vorantrieben.

Was sollen unsere Kinder in der heutigen Zeit noch mit Yoruba anfangen? Was? Sehen Sie, was wir jetzt brauchen, ist Technik – Technik und Wissenschaft. Und was haben sie davon, wenn sie mit Wasserfarben malen? Das ist doch alles, was sie im Kunstunterricht lernen, oder? Mit Wasserfarben zu malen.

Der Mann im Radio lachte.

Weihnachten war vorbei. Es war der erste Tag des neuen Jahres, und einige Eltern seiner Freunde, von denen viele ebenfalls ihre Arbeit verloren hatten, waren zum Abendessen gekommen. Während der Mann weiterlachte, merkte Eniola, dass er die Schärfe der Pfeffersuppe in der Schale vor sich nicht mehr wahrnahm und das Fleisch nach nichts mehr schmeckte. Es war, als würde er Wasser löffeln. Als er nach den Ferien wieder zur Schule ging, setzte er *Ausgabenkürzung* und *Wiederanstellung* auf die Liste der neuen Wörter, die er während der Weihnachtsferien gelernt hatte.

Einige Monate später raste der blaue Käfer seines Vaters auf dem Nachhauseweg an ihm vorbei. Am Steuer saß ein ihm unbekannter glatzköpfiger Mann. Als er nach Hause kam, war die einzige Reaktion seiner Mutter auf die Frage nach dem Auto, dass sie ihn aufforderte, erst seine Hausaufgaben zu erledigen, bevor er dumme Fragen stellte, den Küchenboden zu wischen, bevor er ihre Ruhe störte, und den Vorgarten zu fegen, bevor er ihr den letzten Nerv raubte. Erst eine Woche später erzählte sie ihm, dass das Auto verkauft worden war. Da hatte sein Vater schon aufgehört, um 7 Uhr morgens das Haus zu verlassen, aß nicht mehr mit der Familie zu Abend und verließ sein Zimmer kaum noch. Seine Mutter begann, die Morgengebete zu übernehmen, und verhaspelte sich bei Worten, die Eniola im Schlaf aussprechen konnte, während sie ihm und Busola aus der *Andacht zum kostbarsten Blut unseres Herrn Jesu Christ* vorlas.

Kurz darauf mussten sie aus der Dreizimmerwohnung ausziehen, die vor der Entlassung seines Vaters ihr Zuhause gewesen war. Als die Familie in die neue Wohnung zog, die räumlich gesehen nur ein paar Häuser weiter lag, zeitlich jedoch fast ein Jahrhundert älter zu sein schien, hatte Eniola noch angenommen, der Umzug sei nur vorübergehend. Er hatte geglaubt, dass sie spätestens in ein paar Monaten wieder in einer Wohnung mit Badezimmer und mindestens einer Toilette leben würden. Doch er hätte schon damals, als sie die Wohnung mit eingebauter Küche und Jalousien verließen, nachdem der Fernseher, die Bettgestelle und Sofas verkauft worden waren und sein Vater erfolglos versucht hatte, den Videorekorder zu Geld zu machen, obwohl selbst die Videotheken nur noch DVDs verliehen, wissen müssen, dass seine Eltern es sich nicht mehr leisten konnten, das Schulgeld für die Unity School in Ikirun aufzubringen. Aber sein Vater war Geschichtslehrer. Sein Vater war Geschichtslehrer, und der lachende Mann im Radio hatte Geschichte nicht zusammen mit den anderen Fächern erwähnt, die in der heutigen Zeit nutzlos waren. Geschichte war wichtig. Das hatte sein Vater ihm gesagt.

In der neuen Wohnung schien sein Vater ganz zu erstarren. Er lag stundenlang im Bett, dem Zimmer den Rücken zugekehrt, das Gesicht zur Wand gedreht, und weigerte sich, etwas zu essen. Wenn Eniola ihn fragte, ob er trotzdem auf die Unity School gehen könne, gab es kein Anzeichen dafür, dass er den Jungen gehört hatte.

Schließlich verkaufte Eniolas Mutter all ihren Schmuck und bekam dafür gerade genug Geld, um die Anmeldegebühren für die Glorious Destiny Comprehensive Secondary School und das Schulgeld fürs erste Halbjahr zu bezahlen. Die staatliche Unity School war einfach zu teuer, aber sie weigerte sich, ihn auf eine der gebührenfreien öffentlichen Schulen zu schicken.

»Und das nennen sie kostenlose Bildung. Kostenlose Bildung, dabei ist die Hälfte der Lehrer nicht mehr da«, hatte sie gesagt, als sie ihr Schmuckkästchen in eine Tasche packte, um die Schmuckstücke einem *mallam* zu verkaufen. »Das ist, als würde man den Leuten ein kostenloses Mittagessen versprechen und ihnen dann gekochte Holzstöcke zu essen geben. Fangt erst mal an der Glorious Destiny an, wir werden euch auf eine bessere Schule schicken, wenn das hier vorbei ist. Macht euch keine Sorgen.«

Die Glorious Destiny Comprehensive war in einem heruntergekommenen dreistöckigen Gebäude untergebracht, das früher das Haus eines wohlhabenden Händlers gewesen war. An Geburtstagen oder bei Namensgebungszeremonien kam es nicht selten vor, dass Priester oder Imame sich in ihren Gebeten auf den Händler bezogen: *Möge dein Wohlstand vom Hof zur Heimstatt fließen wie bei Adenrele Aremu Makinwa.*

Es hieß, dass die Kinder des Händlers, in der Gewissheit, dass ihr Erbe die Ausgaben mehr als abdecken würden, nach seinem Tod jeden Tag ein Dutzend Kühe schlachten ließen, um geladene und ungeladene Gäste zu unterhalten. In Zelten, die eine ganze Woche lang die halbe Straße blockierten, wurde gespeist, getanzt und getrunken. An einer dieser Feiern hatte Eniola mit seinem Vater teilgenommen. Er musste damals sechs gewesen sein. Seine Mutter war hochschwanger mit Busola gewesen, und sie lebten immer noch ein Stück weiter oben die Straße hinauf, in der Wohnung mit den Jalousien und der Toilette. Wenn er heute zur Schule ging, erinnerte er sich manchmal an diesen Tag vor zehn Jahren zurück. Wie er damals zusammen mit seinem Vater über dieselbe Straße zu einer Beerdigungsfeier gegangen war und die Menschen stehen geblieben waren, um seinem Vater die Hand zu schütteln, ohne sich daran zu stören, dass er ihnen die linke reichte, weil er mit der rechten Eniola festhielt. Wie sie die Feier mit nichts weiter verlassen hatten als zwei Plastikfächern mit dem aufgedruckten Bild des Verstorbenen, obwohl seine Mutter zu Hause geblieben und an ihrem Tisch genug zu essen übrig geblieben war, um damit eine der schwarzen Plastiktüten zu füllen, die sie jetzt immer in ihrer Handtasche dabeihatte, wenn sie uneingeladen zu Partys ging. Damals hatte es zu Hause noch genug zu essen gegeben, und es war nicht nötig, so zu tun, als wären sie noch nicht bedient worden, um eine zweite Portion Jollof-Reis zu bekommen, die seine Mutter in die Plastiktüte schüttete und in ihrer Handtasche versteckte, wenn niemand hinsah.

Eniola dachte gern an die Beerdigung zurück; wie er damals die Straße entlanggehüpft war, seine Hand in die Hand des Mannes geschmiegt, für den andere Männer zur Begrüßung stehen blieben. Manchmal half ihm die Erinnerung zu vergessen, dass sein Vater zu einem Mann geworden war, der das Haus am liebsten nach Einbruch der Nacht verließ, weil seine Gläubiger ihn im Dunkeln nicht so leicht erkannten.

Nachdem Mrs. Suleiman, die pensionierte Grundschullehrerin, der die Glorious Destiny Comprehensive Secondary School gehörte, den Kindern Makinwas das Haus abgekauft hatte, bevor sie einige Monate später die Schule mit einem Dutzend Schülerinnen und Schülern eröffnete, hatte sie Eniolas Familie zu Hause besucht, um seinem Vater die Position des Schulleiters anzubieten. Eniola hatte gerade das Abendessen beendet und beobachtete vom Tisch aus, wie sein Vater sich im Sessel zurücklehnte, den er einige Jahre später würde verkaufen müssen, und lachte. In dem schrillen Ton, den er oft benutzte, wenn er seine Kinder ermahnte, hatte Eniolas Vater Mrs. Suleiman erklärt, dass ihre Schule lediglich »unzureichend qualifizierte Absolventen« hervorbringe und dass er seine Position im öffentlichen Schulsystem nicht aufgeben werde, um Teil eines »halb garen Projekts« zu werden, das nicht einmal eine ordnungsgemäße staatliche Zulassung aufweise. Und so kam es, dass Eniola, selbst als er die Aufnahmeprüfung bestanden hatte und seine Schullaufbahn an der Glorious Destiny Comprehensive fortsetzte, für eine Weile glaubte, dass er auf keinen Fall die gesamten sechs Jahre seiner Sekundarschulzeit dort verbringen würde. Irgendwann, und zwar in naher Zukunft, erwartete ihn die Unity School in Ikirun.

Während seines ersten Halbjahrs an der Glorious Destiny erzählte Eniola seinen Klassenkameraden häufig, dass er im nächsten Schuljahr auf eine richtige Schule gehen werde, in der es keine provisorischen Klassenzimmer gab, wo Stühle gegen Schranktüren gelehnt wurden. Dort schrien die Schulkinder nicht auf, weil die Familie von Buschratten, die in einem dieser Schränke lebte, beschloss, am Sozialkundeunterricht teilzunehmen.

Während der langen Ferien am Ende seines ersten Schuljahres auf der Glorious Destiny, an einem der regnerischen Tage Mitte August, verschwanden die drei »Ghana-Must-Go«-Nylonbeutel, in der sich die Bücher seines Vaters befanden, seit sie aus der alten Wohnung ausgezogen waren. Diesmal brauchte Eniola, anders als beim Auto, bei den Möbeln, dem Fernseher und dem Kühlschrank, nicht zu fragen, was passiert war. Er tat es trotzdem, und als die Antwort seiner Mutter in den Geräuschen von Donner und Regen unterging, wusste er, dass er Mitte September in das baufällige dreistöckige Gebäude zurückkehren würde, um sein zweites Schuljahr anzutreten. Es würde kein Entkommen geben.

Nachdem die Bücher seines Vaters verschwunden waren, versuchte Eniola, die Unity School zu vergessen. Seine Klassenkameraden allerdings, vor allem die Jungs, die er gefragt hatte, warum ihre Eltern sie nicht auch auf eine Schule schickten, an der sie die Mensa nicht mit Ratten, Eidechsen und sogar der einen oder anderen Schlange teilen mussten, ließen das nicht zu. Zu Beginn jedes Schuljahres – JSS 2, JSS 3, SS 1 und jetzt SS 2 – fragten sie ihn, was er denn noch an der Glorious Destiny suche. Waren die Straßen nach Ikirun gesperrt? Nahm die Unity keine neuen Schüler mehr an? War sie geschlossen worden? Niedergebrannt? Überschwemmt worden? Irgendwann vor Ende der JSS3 fingen einige Jungs an, ihn Unity statt Eniola zu nennen, und zu Beginn der Oberstufe nannten ihn fast alle in seiner Klasse so, selbst die Mädchen. Auch jetzt, als er sich mit Busola der Schule näherte, rief ihn jemand bei seinem Spitznamen. Er schaute auf und grinste, als würde ihm das nichts ausmachen. Man durfte nicht zulassen, dass sie einen weinen sahen.

»Geh ruhig zu deinem Freund«, sagte Busola. »Du brauchst nicht mitzukommen.«

»Das ist nicht mein Freund.«

Im letzten Jahr hatte die Schulleitung alle Unterstufenklassen in einem neuen Gebäude inmitten eines dichten Waldes untergebracht, der früher das Ende der Straße markiert hatte. Seitdem hatte sich ein Trampelpfad zu dem Neubau der Glorious Destiny gebildet. Der Pfad führte in ein Tal und verlief durch einen Bach, bevor das Gelände erneut anstieg, sodass man einen Abhang hinaufgehen musste, um zu dem ungestrichenen Komplex mit den Klassenzimmern zu gelangen, der in der Mitte einer Lichtung stand – eine Insel inmitten von Gestrüpp und hohen Bäumen. Eniola ging jeden Morgen dorthin, obwohl seine eigene Klasse sich immer noch in dem baufälligen, dreistöckigen Gebäude befand. Er begleitete Busola bis zum Rand der Lichtung, bis sie nur noch wenige Schritte von ihrem Klassenzimmer entfernt war. Sie beschwerte sich den ganzen Weg über, dass sie niemanden brauche, der sie zur Schule brachte.

Sie sei alt genug, um allein zur Schule zu laufen, kapierte er das denn nicht?

Sie werde ihrer Mutter kein Sterbenswörtchen verraten, wenn er sie allein gehen ließe, nur einmal, nur dieses eine Mal.

Wer hatte ihn denn zur Schule gebracht, als er in ihrem Alter war? War er nicht allein gegangen? Warum musste jemand sie begleiten? Nur weil sie ein Mädchen war?

Eniola hatte sich im Laufe der Zeit angewöhnt, sie zu ignorieren und sich auf seine eigenen Gedanken zu konzentrieren, sodass er ihre Stimme wie aus weiter Ferne hörte, ohne ihre Worte zu verstehen. Es war seine Aufgabe, sie zur Schule zu bringen, und falls, wie ihre Mutter andeutete, seine Anwesenheit für Busola einen zusätzlichen Schutz darstellte, würde nichts, was sie sagte, ihn davon abbringen. Nicht, wenn er es ihrer Mutter versprochen hatte.

Busolas Stimme wurde oft lauter, wenn sie das dreistöckige Gebäude passierten, als könnte ihn das überzeugen, rechts abzubiegen und in sein eigenes Klassenzimmer hinaufzugehen. Wenn sie erst einmal den Bach erreicht hatten, schien sie sich mit seiner Anwesenheit abgefunden zu haben.

»Temi hat gestern hinter der Schule einen Cashew-Baum entdeckt und meint, die Früchte sind reif«, sagte sie jetzt und stellte den rechten Fuß auf einen der Steine, die eine Brücke über den flachen Bach bildeten. »Wir gehen in der Pause dorthin.«

»Dieselbe Temi, die du letzte Woche eine Lügnerin genannt hast?«

Busola streckte die Arme aus und schwankte leicht hin und her, als sie über die Steine balancierte. Eniola blieb dicht hinter ihr und richtete seinen Körper nach ihren Bewegungen aus, bereit, sie aufzufangen, falls sie das Gleichgewicht verlor.

Jedes Mal, wenn sie ein Gewässer überquerte, breitete Busola die Arme aus wie Flügel, als wollte sie sich in die Luft erheben und darüberfliegen. Das hatte sie schon als Kind getan, selbst als sie noch so klein war, dass sie getragen wurde.

»Lauf Temi in der Pause nicht in den Wald hinterher, Busola, hinter der Schule könnten Schlangen sein.«

»Ich hab vor gar nichts Angst.« Sie schüttelte ihren Rock aus, um die Pollen loszuwerden, die sich am Saum verfangen hatten, als sie durchs Gras gelaufen waren.

»Du hast also keine Angst mehr vor Kakerlaken, wie?«

»Jetzt verschwinde schon, hör auf, mir nachzulaufen. Willst du, dass alle mich für ein Kind halten?«, sagte Busola und starrte ihn finster an, während sie sich dem Klassenzimmerkomplex näherten.

»Von unreifen Cashews kriegst du Bauchschmerzen.«

»Ist ja nicht dein Bauch, oder? Jetzt geh endlich. Du kommst noch zu spät zu deiner Morgenversammlung.«

Eniola drehte sich um und machte sich auf den Rückweg zum Trampelpfad. Am Rand der Lichtung warf er einen letzten Blick zurück, um sich zu vergewissern, dass Busola hineingegangen war und ihn nicht mehr sehen konnte. Dann rannte er los. Er fürchtete sich vor vielen Dingen. Er hatte Angst vor Wäldern und Büschen, selbst vor kniehohem Gras. Wenn er das Gelände vor und hinter dem Bach durchquerte, wo die Elefantengrashalme über seinem Kopf raschelten, wurde er das Gefühl nicht los, dass im Dickicht einer der *iwins* lauerte, wie seine Mutter ihn gewarnt hatte, als er jünger war. Mittlerweile war ihm natürlich klar, dass ihre Geschichten ihn davon abhalten sollten, zu tief im Wald zu spielen. Trotzdem glaubte er, eine Präsenz zu spüren, die es auf ihn abgesehen hatte, wenn er sich allein durchs Unterholz bewegte. Später würde er vielleicht zugeben können, dass es nichts anderes war als seine eigene Furcht, die über seinen Körper hinauswuchs und quasi einen zweiten Schatten bildete, der ihm durch das Gras folgte. Doch im Moment stellte er sich jedes Mal, wenn seine Füße den Boden berührten, eine Schlange vor, die mit dem grünen Blattwerk verschmolz, sich um seinen Knöchel wand und ihre Giftzähne in seine Haut schlug. Er rannte immer schneller und hielt erst an, als er den Waldrand erreichte, wo er eine Weile keuchend stehen blieb, die Händen auf die Knie gelegt.

Er warf einen Blick auf den Balkon des obersten Stockwerks und sah, dass die Schülerinnen und Schüler bereits dort aufgereiht standen. Die Morgenversammlung hatte begonnen. Er war spät dran, aber nicht so spät, dass er bestraft würde. Zumindest hoffte er das, als er so schnell auf das Gebäude zuging, wie es der krampfartige Schmerz in seinem Knöchel zuließ. Seitlich am Gebäude war nachträglich eine Treppe angebracht worden, nachdem das Erdgeschoss während der Regenzeit überschwemmt worden war. Er sprintete die Stufen hinauf, wo ihm keine anderen Schüler mehr begegneten, und stürmte auf den Balkon in der dritten Etage. Er versuchte, sich zwischen die anderen Schüler zu mogeln, ohne dass eine der Lehrkräfte ihn bemerkte, und schob sich in die erste Reihe vor ihm, ohne darauf zu achten, ob es sich hierbei um seine Klasse handelte.

Mr. Bisade, der einzige Mathelehrer der Schule und zugleich der Schulleiter, hielt seine tägliche Ansprache. In einer Hand hielt er einen mit Bändern geschmückten Pokal, in der anderen eine Peitsche. Neben ihm stand Hakeem, der seit der Unterstufe alle anderen in Eniolas Klasse in Englisch übertrumpfte. Grinsend hob der Schulleiter den Pokal über den Kopf, während er weitschweifig erzählte, wie Hakeem bei einem weiteren Schulquiz eine weitere Trophäe für die Schule gewonnen habe. Hakeem, der tief liegende Augen und eine hervortretenden Stirn hatte, die aussah, als wäre sie ihm nachträglich aufgesetzt worden, war nicht nur der einzige Schüler in Eniolas Klasse, der dieses Jahr bei einem Schulquiz oder einer Debatte einen Preis gewonnen hatte; er war auch der Einzige in der ganzen Schule, der je erfolgreich von einem Wettbewerb zurückgekehrt war.

»Wir sind sehr stolz auf dich«, sagte Mr. Bisade und übergab Hakeem den Pokal.

Hakeem machte Anstalten, sich hinzuknien, aber Mr. Bisade umfasste seine Schultern und zog ihn in eine Umarmung.

»*Oya*, einen Applaus für Hakeem, muss man euch erst dazu auffordern?«, rief Mr. Bisade und knallte mit der Peitsche. »Lauter, lauter, lauter.«

Der Applaus übertönte seine Stimme.

Hakeem nahm den Pokal und zwängte sich durch die Reihen seiner Mitschüler nach hinten. Als er an Eniola vorbeikam, streckte der die Hand aus, um ihm zu gratulieren, aber Hakeem hielt den Pokal mit beiden Händen umklammert und schien ihn nicht einmal kurz loslassen zu wollen, um Eniola die Hand zu schütteln.

Mr. Bisade stand mit ausgebreiteten Armen vor der Menge, sagte etwas, das niemand hören konnte, und grinste, als gelte der Applaus ihm. Als einige Jungs zu johlen begannen, knallte er mit der Peitsche, und der Applaus verebbte.

»Denkt über die heutige Mahnung nach«, sagte Mr. Bisade mit der dröhnenden Stimme, die den täglichen Bibel- oder Koranversen vorbehalten war. »Sie stammt aus der Heiligen Schrift. ›Wohl dem, der die Furcht nicht verlernt! Wer aber sein Herz verhärtet, wird in Unglück fallen.‹ Im Übrigen hat mich die Schulleitung gebeten, euch mitzuteilen, dass ihr noch bis kommenden Montag die Schulgebühren begleichen könnt. Ist das nicht großzügig? Euch bleibt noch eine ganze Woche Zeit. Und wenn ihr schon bezahlt habt, bringt mir den Nachweis, damit ich euch eine Quittung ausstellen kann. Wenn ihr das Geld nicht bis zum Beginn der nächsten Woche bezahlt habt, braucht ihr euch hier nicht mehr blicken lassen. Alle Schuldner werden …?«

»Bestraft und heimgeschickt«, antworteten ein paar Schüler.

»Schuldner werden …?«

»Bestraft und heimgeschickt.« Diesmal war der Chor der Stimmen so laut, dass Eniola die Vibration bis in die Brust spürte. Oder war das sein Herz, das so schnell klopfte, als würde er immer noch rennen? Er musste schleunigst mit seinen Eltern darüber sprechen, vielleicht schon heute Abend. Als Nächstes wurde die Schulhymne gesungen, und er konnte sich kaum an den Text erinnern, weil seine rechte Hand zitterte, als er sie auf sein Herz legte, um den Eid auf das Land zu sprechen.

*

Das Radio der Nachbarin war zu laut. Wenn er aufmerksam lauschte, konnte Eniolas Vater das Luftholen des Nachrichtensprechers zwischen den Sätzen hören. Er war sicher, dass das Radio selbst im nächsten Haus noch zu hören war, aber er beschwerte sich nie bei der Nachbarin. Wie könnte er, wo er der Frau noch dreitausend Naira schuldete? Viel wichtiger war jedoch, dass er, wenn er allein zu Hause war, für jedes Geräusch dankbar war, das ihn von der Dunkelheit ablenkte, die immer wieder in seine Gedanken kroch.

Die Dunkelheit war schon da, solange er denken konnte, schnappte nach den Säumen seines Verstandes. In seiner späten Jugend war sie schließlich zu einer alten Bekannten geworden, die kam und ging wie eine Erkältung. Er zog sich zurück, während er darauf wartete, dass die Verzweiflung sich verflüchtigte, ignorierte alle Angebote, zu Treffen mit Freunden oder in der Kirche zu gehen, unfähig, Trost oder Freude in den Dingen zu finden, die ihm normalerweise in Zeiten der Traurigkeit Halt gaben. Er erkannte, dass es die Dunkelheit sein musste, wenn er tagelang keinen Appetit hatte oder seine Lieblingsbücher ihn nicht mehr zu fesseln vermochten. Als Erwachsener hatte er das Muster durchschaut, hatte sich immer darauf verlassen können, dass sie nach ein paar Tagen oder Wochen verschwand. Bis jetzt.

Der Nachrichtensprecher verabschiedete sich. Die Ein-Uhr-Nachrichten waren zu Ende; Eniola und Busola würden in einer Stunde nach Hause kommen. Bevor sie aus dem Haus gegangen war, hatte seine Frau ihm gesagt, dass die Kinder *gari* zum Mittagessen bekommen sollten. Er erhob sich vom Bett und ging zum Vorratsschrank. Wenn er sich schon nicht dazu aufraffen konnte, das Zimmer zu verlassen, konnte er wenigstens das Mittagessen für die Kinder zubereiten. Er maß das *gari* ab. Nur eine Tasse, nicht genug, um auch nur annähernd den Rand des Messbechers zu erreichen. Das war alles, was seine Frau hatte zusammenkratzen können.

Sie war wieder unterwegs, suchte wahrscheinlich die Müllberge nach Plastikmüll und Flaschen ab, die sie verkaufen konnte. Er hätte mit ihr dort draußen sein sollen, sich als Tagelöhner verdingen, die Wäsche anderer Leute waschen, ihre Toiletten reinigen, auf den Müllkippen nach Flaschen suchen oder Zementsäcke auf einer Baustelle schleppen. Nur wenige Monate zuvor hatte er einige dieser Arbeiten noch verrichten können. Dann waren sie eines Tages zusammen auf der Müllkippe gewesen, und er hatte gar nicht gemerkt, dass er weinte, bis seine Frau ihm den Arm um die Hüfte legte. Er erkannte erst, wie sehr er zitterte, als er versuchte, ihr zu folgen, während sie ihn von der Müllhalde fortzog.

Was hatte die Tränen ausgelöst? Die Erkenntnis, dass all seine Bildung nutzlos und all seine Entscheidungen falsch gewesen waren, da sie ihn zu diesem Moment geführt hatten, in dem seine Frau auf der Suche nach etwas Verwertbarem durch den Müll anderer Leute watete? Das Wissen, dass ein altes T-Shirt, das sie hier womöglich fanden, gewaschen werden konnte, damit Eniola etwas zum Anziehen bekam?

Eniola war innerhalb weniger Jahre in die Höhe geschossen und überragte mittlerweile seinen Vater. Es erschreckte Baba Eniola, dass sein Sohn sich immer weiterentwickelte, im Leben voranschritt, obwohl ihm viele Dinge verwehrt blieben, die er gebraucht hätte. Er hatte gehofft, seinem Sohn eine Vielzahl von Möglichkeiten bieten zu können, aber mehr und mehr davon wurden mit jedem neuen Jahr überflüssig. Die Zeit war gnadenlos, hielt nie an, noch nicht einmal, um Menschen nach einem Absturz die Chance zu geben, sich wieder aufzurappeln. Und so wuchsen die Gliedmaßen seines Sohnes weiter, auch wenn es unmöglich war, ihm eine Garderobe zu geben, die mit der Entwicklung seines Körpers Schritt hielt. Baba Eniola konnte nicht mit Stolz davon sprechen, wie schnell sein Sohn seine Altersgenossen in puncto Körpergröße überholt hatte. Nicht, solange die Hosensäume des armen Jungen immer höher stiegen, sich immer weiter von seinen aschfahlen Knöcheln entfernten.

Eine andere Nachrichtensprecherin verkündete, dass es 2 Uhr sei. Zeit für die Nachrichten zur vollen Stunde. Baba Eniola hielt die Dose mit *gari* hoch. Das würde nicht für beide Kinder reichen. Er fragte sich, ob Busola wieder den ganzen Nachmittag damit verbringen würde, durchs Zimmer zu stapfen und sich über den Mangel an Essen zu beschweren. Sie gehörte nicht zu denen, die Leiden klaglos ertrugen. Doch Baba Eniola war diese Reaktion lieber als das Schweigen seines Sohnes. Immerhin wusste er, was in Busola vorging. Was sich unter Eniolas Schweigen verbarg, war unmöglich zu sagen. Verzweiflung? Groll? Verachtung für einen Vater, der seine Familie enttäuscht hatte?

Die Nachrichtensprecherin berichtete, dass die Wählerregistrierung für die Wahlen im kommenden Jahr nun eröffnet sei. Baba Eniola warf einen Blick auf die Narbe, die sich von seinem Handgelenk zum Ellbogen erstreckte. Er konnte nicht an die Wahlen denken, ohne sich gleichzeitig an seine Zeit in Akure nach den Wahlen im August '83 zu erinnern. Er hatte dort einen entfernten Verwandten, einen Lokalpolitiker, besucht. Kurz nach seiner Ankunft in Akure hatte ein Mob das Haus seines Verwandten in der Methodist Church Street umstellt. Baba Eniola und viele der Verwandten im Haus hatten es geschafft, zusammen mit den Kindern des Mannes über den Zaun zu fliehen. Die meisten blieben unverletzt, aber einer der Angreifer hatte Baba Eniola am Arm verletzt, als der sich über den Zaun in Sicherheit bringen wollte. Der Politiker hatte weniger Glück. Er wurde geschnappt, auf die Straße gezerrt und bei lebendigem Leib verbrannt.

Baba Eniola seufzte, füllte eine große Schale mit Wasser und schüttete das *gari* hinein, in der Hoffnung, dass es sich um eine Sorte handelte, die gut aufquoll. Die winzigen Körnchen sogen binnen Minuten das Wasser auf und füllten schließlich die gesamte Schüssel aus. Baba Eniola saß auf dem Bett, erleichtert und beruhigt von seinem kleinen Erfolgserlebnis. Nun würde das Essen doch für beide Kinder reichen.

Busola stürmte als Erste ins Zimmer, leise vor sich hin summend. Sie wedelte mit einem Blatt Papier, bevor sie ihn begrüßte. »Schau mal, Baami, ich habe heute die volle Punktzahl in einem unangekündigten Test geholt.«

Baba Eniola nahm das Blatt und betrachtete es. In roter

Tinte hatte die Lehrerin »Sehr gut« unter die Punktzahl geschrieben.

»Guten Tag, Sir«, begrüßte Eniola ihn, als er das Zimmer betrat.

»Niemand in meiner Klasse hat mehr als sechs Punkte geschafft.« Busola grinste. »Außer mir, ich habe zehn geholt.«

Baba Eniola sah sich den Test genauer an. Gut. Es ging um Sachkunde. Dieses Kind würde nicht die Fehler seines Vaters wiederholen. Sie würde Ärztin oder Ingenieurin werden. Schlimmstenfalls Buchhalterin. Er würde ihr nicht erlauben, ihre Fähigkeiten auf irgendetwas zu verschwenden, das nicht ohne Umwege in den Wohlstand führte. Sie war klüger, als er je gewesen war, warum sollte er sie Botanikerin werden lassen oder was auch immer sie neulich erwähnt hatte?

Er erkannte sich oft in seiner Tochter wieder. Wenn er sah, wie sie an einem Buch schnupperte, bevor sie es aufschlug, konnte er ihr Entzücken nachempfinden. Es tat weh, dass er sie nicht in die Buchhandlung mitnehmen und zusehen konnte, wie sie mit demselben Vergnügen darin herumwanderte, wie er es früher getan hatte. Sie war ebenso naiv wie er. Daher die Bemerkung, sie wolle Botanikerin werden. Er selbst hatte zu Beginn seiner Lehrerausbildung verschiedene Möglichkeiten gehabt. Er hätte sich der Naturwissenschaft zuwenden können, was seine Eltern für praktischer und nützlicher gehalten hatten, aber nein, er musste sich für das entscheiden, was er liebte. Geschichte.

Später, als einige seiner Lehrerfreunde sich zusätzlich als Geschäftsinhaber verdingten und zum Nachteil ihrer Schülerinnen und Schüler ganz auf ihre Läden konzentrierten, widmete sich Baba Eniola weiter ganz dem Unterrichten. Er verschrieb sich vollkommen dem Lehrstoff, den er fest im Gedächtnis seiner Schüler verankern wollte. Was war das noch gleich für ein Unsinn gewesen, den er zu Beginn jedes Halbjahrs von sich gegeben hatte? Das Wissen um ihre Vergangenheit werde sie auf die Zukunft vorbereiten oder irgend so ein Quatsch. Damals hatte sich sein Engagement nobel und ehrenhaft angefühlt. Doch wohin hatte es ihn geführt?

»Du sagst ja gar nichts«, bemerkte Busola.

»Was?«

»Du guckst nur den Test an, du gratulierst mir gar nicht!«

Baba Eniola gab ihr das Blatt zurück. Er war dankbar dafür, dass sie immer noch Forderungen an ihn stellte. Sie ging davon aus, dass er zu mehr imstande war, als in den Tagträumen zu versinken, denen er sich oft hingab, dass er mehr leisten konnte, als den ganzen Tag im Haus herumzuhängen. Manchmal vertrieb ihr Glaube an ihn sogar für kurze Zeit die Dunkelheit.

»Gut gemacht«, sagte Baba Eniola. »Sehr gut.«

Sie nickte grinsend.

»Gibt's was zu essen?« Eniola war gerade dabei, sein Schulhemd auszuziehen.

»Ja.« Baba Eniola zeigte auf die Schüssel mit *gari*.

Busola schnappte sich einen Löffel und begann zu essen. »Das ist zu weich. Warum hast du so viel Wasser reingetan?«

»Hör auf zu meckern«, sagte Eniola.

»Warum muss es so weich sein, wenn es keinen Zucker und keine Erdnüsse dazu gibt?«

Eniola nahm seinen Löffel auf. »Damit es für uns beide reicht.«

»Ich hab nicht mit dir geredet.« Busola ließ den Löffel sinken. »Ich kann das nicht essen. Baami, hast du was wegen der Stellen gehört, für die du dich beworben hast?«

Busola wartete auf eine Erklärung, die er ihr nicht geben konnte. Baba Eniola wandte den Blick ab. Er hatte Angst, in Tränen auszubrechen, wenn er etwas sagte. Er legte sich auf das Bett und fühlte, wie alle Energie aus seinem Körper wich und Verzweiflung sich in ihm ausbreitete. Nicht einmal das Mittagessen konnte er zubereiten. Busola wiederholte die Frage, die er nicht beantworten konnte, ohne tiefer in der Dunkelheit zu versinken. Niemand wollte einen Geschichtslehrer einstellen. Nicht einmal die maroden Privatschulen, die er einst verachtet hatte. Die hatten Geschichte ohnehin nicht mehr im Lehrplan. Wenn er mit Busola darüber sprach und dabei zu weinen begann, ohne es zu merken – was manchmal vorkam –, würde ihn dann die Dunkelheit verschlingen?

Baba Eniola drehte sich zur Wand. Busola stellte eine weitere Frage. Eniola verabschiedete sich und erklärte, er mache sich auf den Weg zu Aunty Caro. Die Stimmen seiner Kinder klangen wie schwache Echos, nicht eindringlich genug, um ihn dazu zu bewegen, den Kopf zu heben und sich von Eniola zu verabschieden, bevor der den Raum verließ.

*

Vor dem Bungalow von Aunty Caro hingen zwei Schilder. Das eine war schwarz, kniehoch und trug die Aufschrift *»Caros Näerei«*. Es war schon hier gewesen, lange bevor Eniola vor einem Jahr seine Lehre begonnen hatte, und die Schrift war fast verblasst. Das andere Schild, das höher war als das Gebäude selbst, war erst einige Monate nach Beginn seiner Lehre aufgestellt worden. Das Schild und die neue Industrienähmaschine waren Aunty Caros Geschenke an sich selbst zu ihrem fünfzigsten Geburtstag gewesen. Glitzernde blaue Buchstaben vor einem weißen Hintergrund verkündeten:

TIME WAIT FOR NO. 1
INTERNATIONALES MODE DESIGN, SCHNEIDEREI UND NÄEREI
Kontaktieren Sie uns für Businesskleidung,
Aso-ebi-Festmode und
HOCHZEITSKLEIDER.
Wir arbeiten mit Spitze, Gini Brokat, Waxprint und Adire.
Nur Näerinnen. Keine Männer.
Probieren Sie an, wir kleiden Sie aus.

Aunty Caro war dürr wie ein Besenstiel und überragte die meisten Männer. Sie war einer von nur zwei Menschen, die größer waren als er. Meist trug sie knöchellange A-Linie-*boubous* mit V-Ausschnitt und goldener oder silberner Stickerei am Saum. Jetzt stand sie draußen, in einer Hand einen Adire-Stoff, den sie mit einer Schere zerschnitt.

Vor dem Geschäft befand sich eine Betonplattform, zu der drei Stufen hinaufführten.

»*Hin kurole*, Aunty Caro«, begrüßte Eniola sie von der letzten Stufe aus.

Sie schaute auf und sagte etwas, das im Dröhnen des schwarz-gelben Generators unterging, der auf einer Ecke der Betonplattform stand.

Eniola ging zu ihr, nahm eine Seite des Stoffs und trat damit ein paar Schritte zurück, bis er ganz aufgespannt war. Mit gerunzelter Stirn bewegte sie sich mit jedem Scherenschnipp auf ihn zu, bis sich ihre Zehen berührten und der Stoff zerteilt war. Zum Dank klopfte sie ihm zweimal auf die Schulter. Ein Klaps war eine Warnung, zwei hießen »danke«. Drei waren leicht verwirrend, weil sie – je nach Geschwindigkeit – sowohl »gut gemacht« als auch »lass das« heißen konnten.

Aunty Caro übergab ihm den Stoff, ging zum Generator, beugte sich darüber und fummelte an einem Draht herum. Er ging mit, weil er irgendwie das Gefühl hatte, dass er alles überprüfen musste, was sie überprüfte, dass er den Generator reparieren sollte, obwohl er keine Ahnung von derartigen Geräten hatte. Sein Vater war entlassen worden, bevor in jedem zweiten Haus in ihrer Straße einer im Flur oder Vorgarten vor sich hin ratterte. Tagsüber wurden die Generatoren im Vorgarten zur Schau gestellt, nachts im Flur versteckt. Ein Vorgehen, das sich etabliert hatte, nachdem einem Mann seiner gestohlen worden war, der daraufhin die restliche Nacht Flüche ausgestoßen hatte, von denen er behauptete, sie seien Geisterpfeile, die den Dieb innerhalb von drei Tagen durchbohren und töten würden. Einige Leute schworen, dass der Nachbar des Mannes den Generator gestohlen hatte, doch obwohl der Nachbar kurz nach dem Vorfall zu humpeln begann, war er drei Tage und drei Jahre später noch immer am Leben. Tatsächlich starb mindestens ein weiteres Jahr lang niemand in der Nachbarschaft, nicht einmal eine alte Frau, die so alt und gebrechlich war, dass ihre Kinder ihr Haus in Vorbereitung auf die große Beerdigung schon zweimal neu gestrichen hatten. Bald raunte man sich andere Dinge über den Mann zu, dem sein Generator gestohlen worden war: Angeblich gehöre *er* einer bewaffneten Räuberbande an, und mit dem Diebstahl seines eigenen Besitzes habe ihn nur *esan* ereilt, die Vergeltung für seine Verfehlungen. Trotzdem ließ nach diesem Vorfall niemand mehr seinen Generator über Nacht draußen. Die meisten Generatoren waren schwarz-blau oder schwarz-gelb und wurden »Ich bin besser als meine Nachbarn« genannt.

Sie waren so billig, dass viele in der Straße sich einen neuen oder gebrauchten leisten konnten, und klein genug, um abends von einem Teenager ins Haus getragen zu werden. Hätte seine Familie einen »Ich bin besser als meine Nachbarn« besessen, hätte sein Vater Eniola bestimmt beigebracht, wie man an dem Seil ziehen musste, um ihn in Gang zu bringen. Mittlerweile wäre er allein für das Gerät zuständig und würde wöchentlich das Öl wechseln oder was auch immer.

Aunty Caro behandelte den Generator mit derselben Sorgfalt wie ihre neueste Nähmaschine. Keiner ihrer Lehrlinge durfte ihn anrühren, nicht einmal mit der Spitze des Fingernagels. Als jetzt das Dröhnen des Generators anschwoll und er so stark zu vibrieren begann, dass er auf der Stelle zu tanzen schien, richtete Aunty Caro sich auf und wischte sich die Hände an ihrem *boubou* ab. Sie nahm Eniola den Stoff ab, warf ihn sich über die Schulter und ging zur Vordertür ihres Bungalows. Er folgte ihr in den dunklen Flur, der das Gebäude in zwei Wohnungen unterteilte. Manchmal, wenn sie mit einem ihrer Lehrlinge sprach, der sie nach seiner Ausbildung verlassen wollte, erzählte Aunty Caro, dass sie nie in einem anderen Haus gewohnt hatte. Es war vor ihrer Geburt aus Lehm errichtet worden, und nachdem sie es von ihren Eltern geerbt hatte, ließ sie die Wände verputzen und in leuchtendem Blau streichen. Das war vor der Eröffnung von *Time Wait for No. 1* gewesen, die sie mit dem Geld finanziert hatte, das sie in ihren Zwanzigern als durchreisende Schneiderin verdient hatte; sie war mit ihrer ersten Singer auf der Schulter durch die Straßen gezogen, vom Coca-Cola-Depot über Isale General, Ileri Oluwa Enterprises bis zur Ayeso, um an der Haustür Kleidung auszubessern. Sie hatte jahrelang gespart und war die Arbeiten am

Haus einen Schritt nach dem anderen angegangen, wenn sie genug Geld angespart hatte, um sich einen Sack Zement oder einen Eimer Farbe leisten zu können. Eniola fand, dass das Haus merkwürdig aussah, und fragte sich, warum sie es nicht einfach abgerissen und neu gebaut hatte. Es war klein, alt und mit ungleichmäßigen Farbschichten bedeckt, die bei der kleinsten Berührung abblätterten. Aber Aunty Caro war stolz auf den Umbau und nutzte ihn bei scheidenden Lehrlingen gern als Beispiel für das, was man mit Schneiderei erreichen konnte.

Als ihre Eltern noch lebten, hatte Aunty Caros Familie in einer der beiden Wohnungen gelebt und die andere vermietet. Jetzt wohnte sie in einer davon und nutzte den Flur und die andere für *Time Wait for No. 1*. Das ehemalige Schlafzimmer war mit Regalen bestückt, die meterweise Waxprint und Satin enthielten, und diente als Lagerraum. Das ehemalige Wohnzimmer beherbergte sechs Nähmaschinen und zwei lange Tische; einer mit Stoffen, die auf die Verarbeitung warteten, die anderen waren mit fertigen Kleidungsstücken überladen, die gebügelt werden mussten. Im Flur gab es zwei Bänke für Kundinnen, aber wenn eine von ihnen besonders wohlhabend oder geschätzt war, führte Aunty Caro sie durch den Flur in ihr eigenes Wohnzimmer. Hin und wieder durfte Eniola dort gemütlich in einem der großen Sessel sitzen und mit dem Übungsheft auf dem Schoß seine Hausaufgaben machen. Manchmal kam sie herein und warf einen Blick über seine Schulter, beobachtete, die Hände in die Hüften gestützt, wie sein Stift sich über die Seite bewegte, obwohl sie beide wussten, dass sie nicht lesen konnte, was er schrieb.

Im ersten Monat seiner Ausbildung hatte Aunty Caro Eniola Maßnehmen und Zuschneiden beigebracht. Sie hatte ihm die Nähmaschine neben sich zugewiesen und ihm gezeigt, wie man verschiedene Nähte anfertigte. Doch als der Monat um war und seine Eltern das Lehrgeld nicht entrichten konnten, nahm sie ihn beiseite und erklärte ihm, sie könne ihn nicht weiter ausbilden. Sie verstehe ja, dass sein Vater arbeitslos sei, aber ihr gebe schließlich auch niemand Nadel und Faden umsonst. Verstehe er, was sie meinte? Er könne weiterhin nach der Schule zu *Time Wait for No. 1* kommen, um das eine oder andere zu lernen, aber sie werde ihm nicht weiter beibringen, wie man die Nähmaschine bediente, bis seine Eltern bezahlten.

Aunty Caro hatte drei Auszubildende, die ihr Lehrgeld tatsächlich bezahlt hatten. Funke, die älteste und ranghöchste, war schon seit zwei Jahren bei Aunty Caro und hatte nur noch ein Jahr vor sich, bevor sie sich selbstständig machen konnte. Wenn Aunty Caro sie zur Schneiderin ernannte, konnte sie sich der Schneiderzunft anschließen und ihren eigenen Laden eröffnen.

Maria und Seyi hatten die Lehre nur wenige Monate vor Eniola angefangen, aber da sie das Lehrgeld beglichen hatten, konnten sie schon deutlich mehr als er. Sie waren in der Lage, Röcke, *iro, buba* und ab und zu *boubou* zu nähen, ohne Aunty Caro um Hilfe bitten zu müssen. Das hieß auch, dass sie ihn auf Botengänge schicken konnten, denn die Dinge, bei denen er mithelfen durfte, waren nicht eilig, wohingegen sie selbst Kleidung anfertigten, die tatsächlich von Kundinnen getragen wurde. Manchmal gab er vor, sie nicht zu hören, wenn sie ihn baten, kalte Getränke und Chips kaufen zu gehen. Im Gegensatz zu Aunty Caro oder Funke ließen sie nie einen Schluck Cola oder Fanta für ihn in der Flasche. Seyi und Maria tranken sie bis auf den letzten Tropfen aus und trugen ihm dann auf, sie zurückzubringen und ihnen das Pfandgeld auszuhändigen. Das taten sie sogar dann, wenn sie gerade nicht an einem Auftrag arbeiteten, als wäre er ihr Dienstbote. Seyi war nicht einmal älter als er. Sie war seine Klassenkameradin bis zur JSS 3 gewesen, als sie schwanger wurde und der Schule verwiesen wurde, weil ihre Anwesenheit, wie Mr. Bisade der versammelten Schule mitteilte, der Moral abträglich sei. Und auch wenn Mr. Bisade es nicht erwähnte, wussten alle, dass Ahmed, ein Mitschüler, der Vater des Babys war. Bei der Namensgebungszeremonie des Kindes hatten Seyi und Ahmed Kleider aus demselben Spitzenstoff getragen, und Ahmed hatte die Namen des Babys verlesen. Er ging jetzt in die letzte Klasse der Oberstufe.

Eniola konnte es schon kaum ertragen, wenn Maria ihn mit einem Auftrag losschickte, aber Seyi? Er verabscheute die beiläufige Art, mit der sie ihn hin und her scheuchte, als wären sie nicht im selben Alter, und auch dafür, wie sie abrupt Naira-Scheine aus ihrem BH zog, sodass kurz ihre Haut aufblitzte, bevor sie ihm das Geld gab. Und auf dem ganzen Weg zum Laden spürte er die Wärme ihrer Haut an den Scheinen und hatte immerzu den Drang, die Scheine an seine Nase oder seine Lippen zu halten. Zweimal hatte er genug eigenes Geld gehabt, um zu kaufen, was sie wollte, und hatte Seyis Scheine tagelang behalten und sie dann und wann mit geschlossenen Augen an die Wange gedrückt, während er sich vorstellte, wie sie ihre Brust berührt hatten. Wie es sich anfühlen würde, wenn er sie berühren würde.

Eniola saß gegenüber von Seyis Nähmaschine an einem Tisch, der mit meterweise Spitzenstoff und alten Ausgaben der Zeitschrift *Ovation* beladen war. Wann immer er Gelegenheit hatte, blätterte er in der Zeitschrift und versank beim Betrachten der Hochglanzseiten in einer anderen Welt. Dann hatte er das Gefühl, sich auf ein Leben vorzubereiten, das er vielleicht irgendwie, irgendwann führen könnte. Aunty Caro hatte immer einen Stapel von gebrauchten Zeitschriften vorrätig, damit ihre Kundinnen sich einen der Schnitte aussuchen konnten, wie sie von all den Frauen präsentiert wurden, die auf einer großen Party in Lagos, London, Abuja, Paris oder auf einer Insel fotografiert worden waren, deren Namen Eniola mit den Lippen formte, aber nicht auszusprechen wagte. Er musterte die wohlhabenden Männer in ihren *Aso-oke-agbadas*, die Stofffalten hoch auf den Schultern aufgetürmt, oder königlich in *George Wrapper* und weißen Hemden, die das Sonnenlicht zu reflektieren schienen. Er betrachtete ihre Armbanduhren, die gemusterten Wände, vor denen sie standen, die vergoldeten Stühle, auf denen sie saßen, die Korallenperlen um ihren Hals, die ihnen in mehreren Reihen oder in einem einzelnen Schwung bis zum Bauchnabel reichten. Einige blickten ernst drein, andere grinsten in die Kamera, die Hand auf die Schulter ihrer sitzenden Frau oder auf den eigenen Wohlstandsbauch gelegt.

»Bist du nur hier, um *Ovation* zu lesen?«, fragte Seyi, noch bevor er die erste Seite umgeblättert hatte. »*Abi*, sind das etwa deine Verwandten auf den Fotos?«

Marias Lachen traf Eniola wie eine Ohrfeige. Seine Verwandten konnten sich nicht einmal diese Zeitschrift leisten.

Seyi hielt ihm einen blauen *wrapper* hin.

»Kannst du den nicht selbst falten?«, fragte Eniola und legte die Ausgabe der *Ovation* zurück auf den Tisch.

»Und wer näht dann diesen *boubou* fertig?« Seyi breitete ihre Hände aus und sah nach rechts und links, erst zu Funke, die gerade Knöpfe an eine pinke Jacke nähte, dann zu Maria, die ein Schnittmuster mit Kreide aufzeichnete.

Er nahm den Wickelrock, wandte Seyi den Rücken zu

und schaute zum Fenster, damit er ihr triumphierendes Lächeln nicht sehen musste. Das gestärkte Kleidungsstück raschelte beim Zusammenfalten. Der Himmel verdunkelte sich von Blau zu Indigo, und Windstöße ließen die hölzernen Fensterläden in den Angeln schwingen, während hinter ihm Seyis Pedal klapperte, als sie weiter am *boubou* arbeitete.

Ein roter Mercedes M-Klasse fuhr vor dem Laden vor.

»Yeye ist da«, verkündete Eniola und sah zu, wie der Fahrer ausstieg und die Tür für eine Frau Ende vierzig öffnete. Sie starrte die Abwasserrinne an, die zwischen der Straße und Aunty Caros Laden verlief, als wäre sie drauf und dran umzukehren, statt über die schmale Planke zu balancieren, die als behelfsmäßige Brücke diente.

»Funke, tu mir den Gefallen und hol Yeye etwas zu trinken«, sagte Aunty Caro. »Nein, warte, wo willst du denn hin? Du weißt doch noch gar nicht, was sie möchte. Warte, bis sie da ist.«

»Ja, *ma*«, sagte Funke und zog die Silben dabei wie immer in die Länge, damit ihr Stottern nur wie ein leichtes Zittern in der Stimme klang.

Als Yeye über die Planke eilte, glitzerten die Goldfäden, die den Ausschnitt ihres bodenlangen Kleides zierten, bei jeder Bewegung. Eniola erinnerte sich an das Kleid. Aunty Caro hatte niemanden im Laden auch nur gestattet, den Stoff zu berühren, während sie daran arbeitete. Als Eniola einmal einen zu Boden gefallenen Stofffetzen aufhob und zu dem Häufchen Stoff legte, aus dem er eines Tages eine Patchwork-Bluse für Busola nähen wollte, hatte Aunty Caro mit den Fingern geschnipst und gesagt: »Gib das zurück. Für einen Meter von dieser Spitze kann man dich und deine ganze Familie kaufen. Mach mir bitte nicht das Leben schwer.«

Der fruchtige Duft von Yeyes Parfüm erfüllte die Räumlichkeiten von *Time Wait for No. 1* bereits, bevor sie den Laden betrat.

»Caro! Caro, *tori Olohun*, kratz ein bisschen Geld zusammen und lass diesen Graben zubetonieren. Nur eine kleine Brücke. Das Ding, das du da hast, ist dünn wie ein Bleistift. Eines Tages bricht es durch, und du kommst in Schwierigkeiten. Was, wenn jemand reinfällt, Caro? Was, wenn *du* reinfällst? Ich warne dich, Caro.«

»Ich höre dich, *ma*, ich kümmere mich drum.« Caro nahm Yeye die Taschen ab. »Guten Abend, Yeye, lass uns ins Wohnzimmer gehen.«

»Nein, nein, ist schon in Ordnung. Ich bleibe nicht lange.«

Aunty Caro führte Yeye zu dem einzigen zweisitzigen Sofa im Laden und schob einen Berg Stoffe beiseite, sodass gerade genug Platz für Yeye war.

»Was können wir dir anbieten?«, fragte Aunty Caro, als Yeye sich setzte. »Cola oder Fanta? Zobo?«

»Ich würde gern was trinken, aber Wuraola hat gesagt, keinen Zucker mehr. Wegen meines Blutzuckers oder so.« Yeye seufzte. »Diese Ärzte. Sie wollen, dass wir uns in unserem kurzen Leben selbst das kleinste Vergnügen versagen.«

»Eine Flasche bringt dich nicht um«, sagte Aunty Caro.

»*Abi*? Aber weißt du, ich sage immer zu ihrem Vater, dass wir Wuraola zur Uni geschickt haben, also müssen wir nun ihr Wissen ertragen. Wir genießen das Geld, das wir ausgegeben haben.«

Aunty Caro schmunzelte. »Wie geht's unserer jungen Ärztin denn? Wir haben sie seit Monaten nicht mehr zu Gesicht bekommen.«

»Sie hat keine Zeit für sich. Es geht ihr ganz gut, wegen

ihr bin ich auch –« Yeye brach mitten im Satz ab. »Guten Abend, vor lauter Reden habe ich vergessen, deine Leute zu begrüßen. Maria? Seyi? Eniola, *abi*? Und … Funke? Guten Abend zusammen, *gbogbo riin ni mo ki o.*«

Sie antworteten alle gleichzeitig, während sich Yeye weiter mit Aunty Caro unterhielt.

»Tja, also, ich bin wegen Wuraola hier. Kannst du dir vorstellen, dass dieses Mädchen sich immer noch nichts aus dem Spitzenstoff hat nähen lassen, den wir für meinen Geburtstag gekauft haben? Es ist jetzt drei Monate her, dass wir ihn zusammen ausgesucht haben, man sollte doch meinen, dass das Kind sich allmählich mal einen schönen Schnitt ausgesucht hätte. Wer weiß, wahrscheinlich wartet sie bis zwei Tage vor der Feier. Aber ich habe etwas mitgebracht.« Yeye beugte sich vor und nahm die goldene Papiertüte, die sie neben sich aufs Sofa gelegt hatte. Auf einer Seite prangte das große Foto einer lächelnden Yeye, auf den anderen mehrere kleinere, auf denen sie saß, stand oder tanzte. Unter dem größten Foto stand in grünen Buchstaben:

CHIEF (MRS.) CHRISTIANAH ALAKE MAKINWA
YEYE BOBAJIRO AUS IJESALAND @ 50.

Yeye hielt Aunty Caro die Tüte hin, die einen Ballen grünen Spitzenstoff herausholte, bevor sie die Tüte neben Yeyes Füße auf den Boden stellte.

»Du kannst die Tüte behalten«, sagte Yeye. »Das ist das Gastgeschenk, das wir zusammen mit den *Aso ebi* verteilen. Ich wollte dir schon die ganze Zeit eine vorbeibringen, hab's aber immer vergessen.«

»Sie ist wirklich hübsch.« Aunty Caro hob die Tüte auf und betrachtete sie.

»*Abi*, Layi hat sie in Akure anfertigen lassen. Eine große Menge, tausend Stück oder so, und er hat sie rechtzeitig zurückgebracht, damit ich sie als Verpackung für die *Aso ebi* nutzen kann. Sehr aufmerksamer Junge. Schön verarbeitet, sehr hübsch.«

»Wie könnten sie nicht hübsch sein, wo du doch so hübsch bist?«

»Caro, mein Gesicht ist doch schon ganz faltig.«

»Dein Gesicht macht sie doch erst so schön. Yeye, du siehst immer noch aus wie eine *sisi*.«

Yeyes runde Wangen kräuselten sich in einem Lächeln.

»Hat die Ärztin sich für den Stoff einen Style ausgesucht?«

»Wuraola? Style, von wegen, sie hat gesagt, sie würde dich bis morgen anrufen, aber falls sie es nicht tut, bitte hilf mir, sie daran zu erinnern. Du hast ihre Nummer? Gut. Und achte bitte darauf, dass sie nichts Altmodisches aussucht, ich will etwas Modernes. Näh ihr etwas, das schicke Mädchen heutzutage tragen. Du weißt ja, wir beten zu Gott, dass wir bald ihre Hochzeit feiern können. Aber dem Glauben kann man nachhelfen, *abi*, Caro? Sie muss auf dieser Party gut aussehen. Bitte näh ihr etwas Schönes.«

»Keine Sorge, Yeye. Ich rufe sie morgen wegen dem Style an.«

Yeye erhob sich. »Du hast Wuraolas Maße noch, oder? Gut. Sie hat zwar etwas abgenommen, seit sie wieder arbeitet, aber viel ist es nicht. Näh es einfach fertig und bring es vorbei, dann können wir es anpassen. Wann bist du so weit, Caro?«

»Gib mir zwei Wochen.«

»Wozu? Nein, nein, ich will es nächste Woche haben. Dann kann sie es anprobieren, und du kannst es anpassen.«

»Yeye, ich habe schon viel Arbeit, aber ich versuche, es bis nächsten Samstag fertig zu machen. Das sind dann keine zwei Wochen.«

»Samstag?«

»Ich bringe es selbst bei euch vorbei.«

»Caro, lass uns nicht wieder streiten. Enttäusch mich dieses Mal nicht.«

»Yeye, das mit letztem Monat tut mir leid. Mein Generator war kaputt.«

»Irgendwas ist doch immer mit deinem Generator, Caro. Enttäusch mich nicht wieder, wenn du nicht von Gott enttäuscht werden willst.«

»Möge Gott keine von uns enttäuschen«, sagte Aunty Caro.

Yeye nahm ihre Handtasche. »*Amin*, ich muss los, ich muss noch zum Markt, bevor es nach Hause geht.«

»Was ist mit den Kleidern, die ich dir umnähen sollte, als du letztes Mal hier warst?«

»Ach, die hätte ich ganz vergessen. *Oya*, bring sie mir.« Yeye streckte die Hand aus.

»Nein, ich trage sie dir zum Auto.« Aunty Caro verschwand im Lagerraum.

»Nicht doch, das ist nicht nötig.«

Aunty Caro tauchte mit einer prall gefüllten schwarzen Plastiktüte wieder auf. Yeye griff danach, aber Aunty Caro trat einen Schritt zurück, sodass ihre Hand ins Leere fasste. Beide Frauen lachten.

»Schon gut, Caro, gib sie einem deiner Lehrlinge. Geh zurück an die Arbeit. Wie heißt der Junge noch mal?«

»Eniola. Los, Eniola.«

Eniola ging zu ihnen, nahm Aunty Caro die Tüte aus der Hand und folgte Yeye aus dem Laden.

Ihr Fahrer stand neben der Autotür und streckte sich. Als er ihr die Tür aufhielt, bedeutete Yeye Eniola mit dem Kopf, ihm die Tüte zu übergeben.

»Baba«, sagte sie zu dem Fahrer, »das Wechselgeld von der Tankstelle, gib dem Jungen davon zweihundert Naira.«

Der Fahrer nahm einen zerknitterten Schein aus seiner Brusttasche und reichte ihn Eniola.

»Danke, *ma*. Gott segne Sie, *ma*. Danke, *ma*.« Eniola kniete vor ihr nieder; sie nickte und schwieg.

Bevor sie ins Auto stieg, blickte sie auf, und Eniola folgte ihrem Blick. Die dunklen Wolken gerieten in Bewegung, zogen schnell weiter.

*

Eniola verließ *Time Wait for No. 1* erst nach Einbruch der Dunkelheit.

Auf dem Heimweg griff er wieder und wieder in seine rechte Tasche, um den Zweihundert-Naira-Schein zu berühren. Seinen Zweihundert-Naira-Schein.

Er könnte sich davon neue Socken kaufen, zwei gute Paar, die keine Löcher hatten, sodass seine dummen Mitschüler ihn während der Morgenversammlung nicht mehr auslachen konnten. Nein, er sollte sich besser eine Schultasche zulegen. Die Riemen seiner alten waren beide ausgefranst, und wenn sie erst einmal rissen, wusste er, dass seine Mutter ihm sagen würde, er müsse bis zum Ende des Schuljahres damit auskommen. Wenn er *okrika* kaufte, könnte er vielleicht sogar eine Tasche mit Designerlogo bekommen. Nike, Puma, vielleicht sogar FUBU. Die Secondhand-Händler hatten immer gute Sachen, die sogar besser waren als Neuware. Seine Mutter sagte das ständig. Aber würden zweihundert Naira für eine Tasche reichen? Vielleicht sollte er das Geld besser behalten, bis er mehr zusammenhatte und sich beides kaufen konnte. Er wusste zwar nicht, wo er mehr Geld herbekommen sollte, aber Yeyes Großzügigkeit fühlte sich wie der Anfang an. Aus allen Auszubildenden hatte sie ihn auserwählt; vielleicht war ihm das Glück jetzt gewogen, und die reichen Kundinnen würden ihm das Geld nur so nachwerfen, wenn sie in den Laden kamen. Er könnte so lange sparen, bis er ein-, zweitausend zusammenhatte. Oder vielleicht sollte er Aunty Caro fragen, wie hoch sein Lehrgeld war. Wenn er von ihr genug lernte, konnte er zur Uni gehen. Das hatte sie ihm zu Beginn seiner Ausbildung erzählt. Der einzige Grund, warum sie nicht selbst zur Uni gegangen sei, sei der gewesen, dass sie nicht schlau genug war, um auch nur ein Jahr an der weiterführenden Schule zu bestehen. Er hingegen war bereits im fünften Jahr und würde sie abschließen. Wenn er hart genug arbeitete und nachts aufblieb, um zu lesen, könnte er die Prüfungen vielleicht nächstes Jahr schaffen. Er konnte nur heute Nacht noch nicht damit anfangen.

Schon seit Wochen gab es in der Straße keinen Strom mehr, aber er fand sich auch ohne Beleuchtung zurecht. Er hätte den Weg mit verbundenen Augen zurücklegen können und hätte trotzdem gewusst, wo sich jedes Gebäude befand. Vielleicht sollte er sein Erspartes für eine aufladbare Leselampe ausgeben, die er nachts benutzen konnte. Aunty Caro würde ihm erlauben, sie im Laden aufzuladen.

Er kam gerade an dem mittlerweile eingestürzten Krankenhaus vorbei, in dem er geboren worden war, als er hörte, wie jemand seinen Namen rief. Er schaute nach links in eine Nebenstraße und sah Hakeem auf sich zukommen.

»Du bist heute Abend nicht zum Spiel gekommen«, sagte Hakeem und ging neben ihm her.

»Ich war bei Aunty Caro.«

»Du hättest dabei sein sollen.«

Eniola zuckte die Schultern. Hakeem schien alles zuzufliegen. Während Eniola jedes Mal, wenn er sich nach der Schule einem Fußballfeld näherte, seine Mutter sagen hörte: *Verspiel nicht deine Zukunft*, spielte Hakeem fast täglich und schaffte es dennoch, Klassenbester zu sein. Vielleicht blieb er nachts zum Lesen auf. Aber vermutlich nicht. Er war einer der Menschen, die einfach Glück hatten, Menschen wie Yeye, die dazu geboren waren, um all die guten Dinge zu bekommen. Eniola berührte erneut den Zweihundert-Naira-Schein. Vielleicht war er jetzt auch einer von ihnen.

»Ich hab drei Tore geschossen«, sagte Hakeem.

Natürlich. Im Dunkeln sah er das Aufblitzen von Hakeems Grinsen.

»Ein Hattrick, hast du gehört? Alle haben dumm geguckt.«

Eniola grinste und gab ein Geräusch von sich, das Bewunderung ausdrücken sollte.

»Verblüffend, ich weiß.« Hakeems Zähne leuchteten in der Dunkelheit, als er erneut grinste. Sein Grinsen war Eniola vertraut, da er es jeden Tag auf dem Gesicht seiner Schwester sah. Es war der fröhliche Gesichtsausdruck von jemandem, der es gewohnt war, dafür bewundert zu werden, dass er Klassenbester war, Preise gewann und alle anderen in fast allem übertrumpfte.

»Wo kommst du gerade her?«, fragte Eniola, bevor Hakeem ansetzen konnte, den Hattrick zu beschreiben.

Hakeem hielt zwei weiße Kerzen hoch. »Meine Mutter hat mich losgeschickt, um die hier zu kaufen. Die wiederaufladbare Lampe ist hin, und nach den ganzen Explosionen hat sie jetzt Angst vor Petroleum.«

Ein kleines Mädchen lief ihnen entgegen, rollte mit einem Stock einen alten Fahrradreifen vor sich her und schrie vor Vergnügen. Hakeem drehte sich um und sah ihr nach, als sie vorbeilief.

Ein Motorrad tauchte vor ihnen auf und kam blitzschnell näher. Eniola sprang aus dem Weg. Dann warf er einen Blick zurück und sah, dass Hakeem immer noch dem Mädchen nachschaute und dem Motorrad den Rücken zugewandt hatte. Ohne zu überlegen, sprintete Eniola zurück und zerrte Hakeem aus dem Weg, als das Motorrad dröhnend an ihm vorbeifuhr, so nah, dass der Ellbogen des Fahrers Eniola an der die Seite traf.

»*Ori riin daru, hin ti fe ku!*«, schrie der Fahrer ihnen zu.

»Willst du draufgehen?« Eniola schob die zitternden Hände in die Taschen. »Was gab's denn da zu sehen?«

»Sie hatte nur einen Schuh an«, sagte Hakeem. »Hast du das nicht gesehen? Ihr linker Fuß war nackt.«

»Ja, und?« Eniola wandte sich ab.

Hakeem holte ihn ein, aber keiner der beiden sprach, bis sie das eingezäunte Gebäude erreichten, in dem Eniolas Familie gewohnt hatte, als sein Vater noch Arbeit hatte. Das Gebäude, in das Hakeems Familie eingezogen war, gleich nachdem Eniolas hatte ausziehen müssen.

»Gute Nacht«, sagte Hakeem und schlug mit der Faust gegen das Tor. Es würde sich jetzt öffnen, und er würde das Paradies betreten, das Eniola verloren hatte.

Wortlos ging Eniola schneller.

Er war beinahe zu Hause, als ihm jemand auf die Schulter klopfte. Überrascht schaute er sich um und erkannte Hakeem.

»Was ist?«, sagte Eniola.

»Ich hab vergessen, dir meinen tief empfundenen Dank

auszusprechen«, sagte Hakeem. »Du hast mir das Leben gerettet.«

»Das glaube ich nicht.«

»Sei nicht so bescheiden. Danke, Eniola«, sagte Hakeem und machte kehrt.

Während Eniola Hakeem nachsah, der zu dem blauen Haus zurückging, wurde ihm bewusst, dass er der einzige Junge in seiner Klasse war, der ihn noch bei seinem richtigen Namen nannte. Der Einzige, der ihn nicht täglich mit der Erinnerung an das Leben quälte, das er hätte führen können, wenn er nur das Glück gehabt hätte, auf die Unity School zu gehen.

4

Kunle wartete neben ihrer Heckklappe. Er trug das schwarze Jackett, das er so mochte. Als würde er nicht spüren, wie gründlich die Sonne die Morgenkühle des Harmattans vertrieben hatte.

»Gehst du nicht ein vor Hitze?«, sagte Wuraola.

»Wie wär's mit ›Guten Morgen, mein Schatz‹ oder ›Schön, dich zu sehen‹? Oder vielleicht ›Wie nett, dass du gekommen bist‹, oder noch besser ›Ich wollte dich gerade zurückrufen‹«, sagte Kunle, wobei er die einzelnen Möglichkeiten an den Fingern abzählte.

»Das auch, aber diese Jacke. Ist dir nicht viel zu warm?«

»Du hast meine Anrufe nicht angenommen.«

»Ich habe überhaupt keine Anrufe angenommen. Von egal wem.«

»Jetzt bin ich schon ›egal wer‹ für dich.« Er legte eine Pause ein, um Gänsefüßchen in die Luft zu zeichnen, während er »egal wer« sagte, und sie betrachtete seine Hände. Diese Finger. Sie dachte in jeder freien Minute daran, wie seine langen Finger zum Nagelbett hin schmaler wurden, wie unglaublich geschickt sie in ihr waren.

»Ich bin also einfach nur irgendeine beliebige Person, die dich anruft, ja?«

Wuraola kramte in ihrer Tasche nach dem Autoschlüssel. »Beruhige dich bitte, du weißt, was ich damit ausdrücken will. Selbst meine Mutter hat mich wegen des Kleides für ihren Geburtstag angerufen, und ich konnte nicht … Wo habe ich bloß den Schlüssel gelassen? Ich hatte bis jetzt nicht eine ruhige Minute.«

»Wir fahren mit meinem Wagen.« Kunle deutete quer über den Parkplatz auf seinen blauen Nissan Sentra.

»Ich will noch etwas auf meinen Rücksitz legen.« Wuraola ließ den Schlüssel vor Kunles Gesicht baumeln. »Und wer sagt, dass ich mit dir irgendwohin fahre?«

Er lachte, lehnte sich an ihr Auto und blockierte so den Zugang zum Fahrersitz.

»Los, lass mich die Tür aufschließen«, sagte Wuraola.

»Du hast meine Anrufe nicht angenommen.«

Meist hatte Kunle einfach nur Spaß daran, sich mit ihr zu zanken. Er nannte es Sparring und erklärte, er finde es stimulierend. Wuraola hatte nichts gegen den Versöhnungssex einzuwenden, der auf das folgte, was sie für vorgetäuschte Dispute hielt. Sie spielte mit, legte Streitlust an den Tag, damit er später stolz behaupten konnte, sie mit Wonne fügsam gemacht zu haben. Sie störte jedoch, wie fragil die spielerische Stimmung war: Eine sogenannte Sparring-Runde konnte in der Pause zwischen einem Wort und dem nächsten in echten Streit ausarten.

Sie hielt sein Handgelenk fest und versuchte, ihn von der Tür wegzuziehen, aber er rührte sich nicht vom Fleck und lächelte auch nicht. Kampfmodus also. Obwohl sie mit all ihrer Kraft versucht hatte, ihn wegzuziehen, hatte er sich kein Stückchen bewegt. Vielleicht hatte er gar nicht zanken wollen, manchmal war es schwierig, den Unterschied zu erkennen.

»Und du hast dir nicht mal die Mühe gemacht, zurückzurufen oder eine Nachricht zu schicken.«

Sie schloss kurz die Augen. War seine Stimme mit jedem Wort lauter geworden?

»Schreist du mich an?«, fragte sie.

»Willst du etwa behaupten, dass ich nicht das Recht habe, verletzt zu sein?«

»Ich frage dich eigentlich nur, ob du mich gerade anschreist.«

»Was soll das heißen? Dass ich nicht reagieren darf, wenn du meine Anrufe ignorierst? Läuft es jetzt so zwischen uns?«

Wuraola sah sich auf dem Parkplatz um. Da es Samstag war, waren weniger Autos und weniger Menschen da als sonst, was aber auch bedeutete, dass seine Stimme weiter trug. Zu ihrer Rechten hatten ein paar Männer, die gerade eine Trage in einen Krankenwagen schoben, innegehalten, um sie anzustarren. Ja, es war nicht nur ihr müdes Gehirn, das ihr vorgaukelte, dass er mit erhobener Stimme sprach: Kunle hatte wirklich geschrien.

»Würdest du zur Seite gehen?« Sie sprach leise, ruhig. Hier, in aller Öffentlichkeit würde sie keinen Unsinn anfangen.

»Was willst du denn so unbedingt in deinen Wagen legen, dass es okay für dich ist, meine Fragen zu ignorieren?«

»Kunle, lass mich bitte einfach dieses Lehrbuch loswerden. Wir können reden, wenn wir unterwegs sind. Geh zur Seite.«

»Und was, wenn ich das nicht tue?«

Wuraola neigte ihren Kopf zur Seite. »Ernsthaft?«

Er zuckte die Schultern und verschränkte die Arme vor der Brust. Die Gesten erinnerten sie kurz daran, wie er gewesen war, als sie beide noch jünger waren und die gleiche Grundschule besuchten, bevor sie dann auf verschiedene Internate geschickt wurden, um die Sekundarstufe zu absolvieren. Kunle begleitete seinen Vater oft zu den Treffen der IEMPU, weil ihrer beider Eltern annahmen, dass er mit Layi befreundet war. Doch obwohl die beiden Jungen gemeinsam in die Klasse zwei Jahre über Wuraola gingen, hatte der Freundeskreis ihres Bruders sich bereits gebildet, bevor Kunles Familie in die Stadt gezogen war, sodass er nicht dazugehörte. Wuraola und Layi hatten ihn damals ausgelacht, hatten imitiert, wie er die Schultern zuckte und die Arme verschränkte, bevor er zu einem Erwachsenen rannte und sie verpetzte, weil sie ihn geneckt und sein »Ich erzähle es meinem Daddy und sage es eurer Mummy« nachgeäfft hatten. Jetzt schürzte er genau wie damals die Lippen, das Einzige, was fehlte, war, dass er wütend davonstapfte. Wuraola hätte fast aufgelacht, konnte ihre Erheiterung jedoch gerade noch verbergen.

Sie ging um das Auto herum, schloss die Tür an der Beifahrerseite auf und warf das Neuroanatomiebuch auf die Rückbank. Sie hatte das Buch Anfang der Woche in ihre Handtasche gestopft, in der – rückblickend törichten – Hoffnung, dass sie Zeit haben würde, um es wenigstens durchzublättern. Ihre Fachärzte würden sie für die letzte Idiotin halten, wenn sie in ein paar Wochen ihre Rotation in der Neurologie begann. Alle waren Idioten, wenn sie mit der Neurologie anfingen. Aber das Ziel bestand darin, ein Durchschnittsidiot zu sein. Sie war die ganze Woche über nicht dazu gekommen, das Buch auch nur aufzuschlagen, aber der Riemen ihrer Handtasche franste allmählich aus, weil sie es die ganze Zeit mit sich herumschleppte. Es war an der Zeit, sie gegen eine Laptoptasche einzutauschen. Sie glitt auf den Beifahrersitz und lehnte sich dann auf die Fahrerseite hinüber, um den Motor anzulassen.

Wuraola ließ den Motor eine Weile laufen, bevor sie die Klimaanlage einschaltete. Sie betätigte die Zentralverriegelung und stellte die Rückenlehne ganz nach hinten. Ein kalter Luftschwall hüllte sie ein, als sie Kunle anlächelte. Er starrte zurück. Sie lächelte weiter, weil sie wusste und genoss, dass ihn das auf die Palme brachte. Einen kurzen Moment lang fragte sie sich, ob er sie verlassen und zu seinem Auto gehen würde. Wenn ja, würde sie ihm folgen. Es ergab keinen Sinn, sich an diesem Morgen hinters Steuer zu setzen. Ihre Hände hatten gezittert, als sie die Station vor ein paar Minuten verlassen hatte, und sie hatte es nur mithilfe eines Energydrinks durch die Nacht geschafft, den ein anderer Assistenzarzt ihr gegeben hatte. Kunle klopfte an die Scheibe und bedeutete ihr, die Tür zu öffnen. Sie kurbelte die Scheibe nur so weit nach unten, dass er höchstens einen Finger in den Wagen hätte stecken können.

»Du solltest dich dafür entschuldigen, dass du mich angeschrien hast«, sagte sie.

Er zog eine Grimasse. »Hast du dich entschuldigt, weil du meine Anrufe ignoriert hast?«

»Ich habe gearbeitet, als du angerufen hast.«

»Hättest du nicht eine Nachricht schicken können?«

»Weißt du eigentlich, was Ärzte so machen, wenn sie Notdienst haben?«

»Du bist ganz schön von dir eingenommen.«

»Okay. Nimm den Finger da raus, damit ich die Scheibe hochkurbeln kann.«

»Wura, mach bitte einfach die Tür auf.«

»Bitte« war keine Entschuldigung. Zumindest nicht in dem Ton, aber es musste reichen. Sie war zu müde und hungrig, um ein Drama daraus zu machen. Wenn sie das hier hinter sich lassen und sich auf den Weg machen konnten, würde sie endlich etwas zu essen bekommen. Sie ließ ihn einsteigen und wappnete sich für eine längere Tirade. Kunle sagte nichts und setzte so abrupt zurück, dass sie durchgeschüttelt wurde.

»Ich dachte, wir fahren mit deinem Wagen.« Sie stellte ihre Rückenlehne wieder senkrecht und schnallte sich an. »Können wir was zu essen kaufen? Ich hab Hunger.«

Kunle antwortete nicht.

»Können wir bei *Captain Cook* anhalten, bevor wir zu dir fahren? Wir könnten ja für den Anfang nur eine Fleischpastete holen. Was meinst du? Okay, dann sag halt nichts. Aber rede nie wieder so mit mir. Ich warne dich. Warum musstest du so herumschreien, wo alle es hören konnten, wozu?«

Er fuhr langsamer, als sie das Tor des Krankenhauses erreichten. Irgendwo zwischen der Sekundarschule und der Universität hatte sich der weinerliche, mürrische Kunle in einen Mann verwandelt, der das Fenster herunterkurbelte und die Wachposten mit lobenden Worten wie »Gute Arbeit, Major« und »Vielen Dank, Officers« überschüttete, sodass sie ihn durchwinkten, ohne ihn aufzufordern, den Kofferraum für eine Überprüfung zu öffnen. Seine Taktik bestand darin, die Kluft zwischen Wunsch und Wirklichkeit mit Worten wie »Major« und »Officers« zu überbrücken. Die Männer und die Frau, die er angesprochen hatte, trugen keine Titel, waren nichts weiter als Wachposten. Sie hätten gar nicht weiter von einem militärischen Rang entfernt sein können, doch ihre erfreute Reaktion auf Kunles Schmeichelei legte nahe, dass sie früher danach gestrebt hatten. Auch wenn sie Angestellte des Krankenhauses waren, gab es Gerüchte, dass die Stellen bald an private Firmen vergeben werden würden. Sie war nicht sicher, ob Kunles Gewohnheit, sich bei Fremden auf diese Weise beliebt zu machen, eher ausbeuterisch oder wohlwollend war. Vielleicht war sie – wie es bei vielen großzügigen Gesten der Fall war – beides. Sobald sie das Krankenhaus hinter sich gelassen hatten, drehte sie sich zur Seite und betrachtete die Stände und Häuser, die an ihr vorbeirauschten, bis sie zu einem Traum verschwammen.

Es regnete. Sie kniete mitten auf einem Highway und beugte sich über ein Baby, dessen Wimmern selbst über die Donnerschläge hinweg zu hören war, und horchte auf seinen Herzschlag. Irgendwo schlug eine Standuhr Mitternacht. Sie hörte das Aufheulen von vorbeirasenden Lastern und Tankwagen, das Quietschen von Reifen auf dem nassen Asphalt, die Schreie des Geiers, der sich auf ihrer linken Schulter niedergelassen hatte. Doch den Herzschlag des Babys vernahm sie nicht. Selbst dann nicht, als es auf dem Highway leerer wurde und der Regen aufhörte, selbst dann nicht, als die Sonne aufging. Als der Ruf des Geiers mit dem Geschrei des Säuglings zu einem ohrenbetäubenden Kreischen verschmolz, versuchte Wuraola, ihn loszulassen, bemerkte jedoch, dass ihre Hände an ihm festzukleben schienen.

Sie erwachte zu einem hämmernden Geräusch, und dieser Lärm war eine Verschnaufpause. Dieses Mal hatte der Traum geendet, bevor sich ein weiterer Geier auf ihrem Kopf niederlassen konnte. Wochen, nachdem er während ihrer Schicht gestorben war, träumte sie fast täglich von dem Säugling und fragte sich nach dem Aufwachen, ob es irgendetwas gab, das sie noch für ihn hätte tun können. Es war schon besser geworden, in letzter Zeit träumte sie nur noch während der kurzen Schlafphasen im Bereitschaftsdienst oder direkt danach.

Pius: 2,2 kg, Vaginalgeburt in der 29. Schwangerschaftswoche. Apgar-Werte 5 und 6 in der ersten beziehungsweise fünften Minute.

Wuraola versuchte, ihre Gedanken erneut auf seine Zwillingsschwester, Priscilla, zu lenken, die überlebt hatte.

»Erinnerst du dich, was du geträumt hast?«, fragte Kunle.

»Was?«

»Du hast seltsame Geräusche von dir gegeben, als würdest du weinen. Vermutlich, weil du irgendwas geträumt hast.«

Wuraola dachte daran, wie Priscilla, die eine kräftigere Lunge besaß, sich in genau dem Moment, in dem Pius' Atmung ins Stocken geriet und aufhörte, mit einem durchdringenden Schrei selbst aus dem Schlaf gerissen hatte, der kaum vom Brutkasten gedämpft wurde.

»Weißt du es noch?«

»Nein«, sagte Wuraola. Sie hatte ein paar Tage nach seinem Tod mit Kunle über Pius gesprochen, aber von den Träumen hatte sie niemandem erzählt.

»Wir sollten hinuntergehen, bevor die nächste Fuhre gestampfte Yamswurzel fertig ist«, sagte Kunle und schaltete den Motor aus.

Sie waren in Olohunwa, gegenüber von dem Grundstück, auf dem Kunles Eltern ihr Haus errichtet hatten. Man mutmaßte, dass die Cokers beschlossen hatten, so nah an der Hauptstadt zu bauen, weil Kunles Vater immer noch vorhatte, als Gouverneur zu kandidieren. Als sie Kunle danach gefragt hatte, erklärte er ihr, es sei einfach ein günstiger Zufall gewesen. Seine Mutter habe die Landparzellen von ihrer Großmutter geerbt.

Kunle war Nachrichtensprecher bei der Nigerian Television Authority in der Hauptstadt des Bundesstaats und arbeitete daran, nach Lagos oder Abuja versetzt zu werden. Er war sicher, dass der Brief jeden Tag eintreffen konnte, und hatte sich daher nicht die Mühe gemacht, sich eine eigene Wohnung zu suchen. Stattdessen gestaltete er das Dienstbotenquartier bei seinen Eltern um und pendelte jeden Tag zur Arbeit.

Wuraola gähnte. Sie wäre am liebsten ins Bett gekrochen. »Wieso holen wir uns nicht einfach etwas zu essen und nehmen es mit zu dir?«

»Meine Eltern sind noch zu Hause«, sagte er und stieg aus dem Wagen.

Kunles Eltern erwarteten, dass sie die ganze Zeit in ihrem Wohnzimmer verbrachte, wenn sie bei ihnen war, als wäre sie immer noch das kleine Mädchen, das im Schlepptau ihrer Mutter zu den Treffen der Mothers' Union kam, wenn Professor Cordelia Coker als Gastgeberin fungierte. Wann immer die ältere Frau ihnen auf dem Grundstück begegnete, schenkte sie Wuraola ein schmallippiges Lächeln, sodass diese sich fragte, ob die tierischen Laute, die Kunle von sich gab, wenn er kam, aus dem Dienstbotenquartier über den gepflasterten Hof bis ins Doppelhaus schallten, in dem seine Eltern lebten. Es war einfacher, nicht zu viel Zeit dort zu verbringen, wenn sie zu Hause waren.

Sie stieg aus dem Wagen und ging zum Imbiss hinüber. Davor stampften Männer und Frauen Yamswurzeln; das Geräusch der Stößel klang mal gedämpft, wenn sie die weiße Masse trafen, mal lauter, wenn sie auf dem Boden des Mörsers landeten. *Po-ki-po*. Kunle war schon drinnen. Sie setzte sich neben ihn auf die Bank und griff nach dem Getränk, das er bestellt hatte.

Er lachte. »Du bist so was von stur.«

»Du bist derjenige, der sich nicht dafür entschuldigen will, dass er laut geworden ist, und ich soll stur sein?« Sie trank einen großen Schluck von seinem Bier. Er legte ihr den Arm um die Schulter und zog sie an sich.

»Wollten deine Eltern nicht zu dieser Beerdigung in der Kathedrale?«, erkundigte sich Wuraola.

Kunle warf einen Blick auf die Uhr. »Ja, sie wollten in ungefähr einer Stunde losfahren. Wir könnten das Essen mitnehmen, wenn du sie noch begrüßen willst.«

»Mach weiter Witze, und ich verbringe den Rest des Tages damit, ihrer Idealvorstellung von der Freundin ihres Sohnes zu entsprechen. Dann schauen wir mal, wie dir das gefällt.«

»Du hast mir gefehlt«, murmelte er in ihr Haar.

Die Kellnerin kam an ihren Tisch, und sie bestellte das Gleiche wie immer. Gestampfte Yamswurzel und *efo riro*. Für sie mit Ziegenfleisch, für ihn mit *bushmeat*.

*

Vor diesem Morgen hatten sie sich zwei, nein, drei Wochen nicht gesehen. Meine Güte, wie hatte ihr das gefehlt. Sein an sie geschmiegter Körper, nachdem sie sich geliebt hatten, sein Atem, der über ihre Schläfe strich, das Gewicht des Arms, den er immer über ihren Bauch legte, die beruhigende Wärme seines Körpers. Lust war der einfache Teil. Man konnte sie beschreiben und verstehen. Sich euphorisch auf den Schwingen von Adrenalin und Dopamin erheben. Und dann mit Oxytocin wieder runterkommen. Liebe, tja, das war eine eher nebulöse Angelegenheit. So unbeständig und undurchschaubar wie die wechselnden Stimmungen von

Kunle. Er hatte sie noch einmal auf die Telefonanrufe angesprochen, als sie mit dem Essen fertig waren, und hatte den ganzen Weg zu seinem Zuhause geschwiegen. Drinnen angekommen griff er sofort nach ihren Brüsten und umarmte sie, als wäre alles vergessen, wenn auch nicht vergeben. Als er zu schnarchen begann, löste sie sich aus seinen Armen und ging duschen.

Er hatte keine Körperlotion, nur eine große Dose Vaseline, die wahrscheinlich noch ein ganzes Jahr reichen würde. Sie begnügte sich mit ihrer Handcreme und streifte sich eins seiner Hemden über, bevor sie ins Wohnzimmer ging. Dort legte sie sich aufs Sofa und hoffte, nach der Dusche ausreichend müde zu sein, um schlafen zu können. Das Sofa hatte Kunles Eltern gehört, als er noch jünger war, und sie erinnerte sich, wie sie einmal darauf gesessen und versucht hatte, ein Bonbon, das ihr in den Spalt zwischen den Polstern gefallen war, herauszufischen. Es gelang ihr, bevor ihre Mutter es bemerkte, aber als sie es schnell wieder in den Mund steckte, schrie Layi: »Schmutziges Mädchen!« Sie hätte sich fast an dem Bonbon verschluckt, als ihre Mutter und Professor Cordelia ihre Unterhaltung unterbrachen und sie anstarrten. Layi verpetzte sie. Die Mütter lachten nur und setzten ihr Gespräch fort. Als sie an jenem Abend wieder zu Hause waren, saß Wuraola mit einem leeren Teller vor sich am Tisch, während ihre Familie aß. Ihren Eltern zufolge hatte sie die Familie Makinwa in aller Öffentlichkeit blamiert und verdiente es nicht, für den Rest des Tages auch nur einen Bissen zu essen. Später am Abend kam Layi mit zwei Scheiben Brot und einer Entschuldigung in ihr Zimmer geschlichen.

Wuraola wälzte sich hin und her, konnte jedoch keine bequeme Position finden. Das Bett wäre besser gewesen, aber sie wollte nicht dorthin zurück. Nachdem sie die Kissen noch einmal zurechtgerückt hatte, griff Wuraola nach der Fernbedienung und zappte sich durch die Sender. Sie blieb bei Channel O hängen, weil dort *African Queen* lief.

Kunle hatte ihr die CD geschenkt, als er sie das erste Mal in Ife besucht hatte. Sie steckte monatelang in dem CD-Spieler neben ihrem Bett, ohne dass sie sie je gewechselt hatte. Später kaufte sie eine zweite CD und hörte sie in ihrem Auto, bis sie so verkratzt war, dass nur noch ein Lied abgespielt werden konnte. In der Woche vor ihren Abschlussprüfungen war ihre einzige Lernpause der Moment, in dem sie zurück zum Wohnheim fuhr, um schnell zu duschen, und *Keep on Rocking* war genau die Abwechslung, die ihr Kopf brauchte. Obwohl ihre Freunde sie von der Rückbank aus angeschrien hatten, nahm sie eine Hand vom Steuer, um damit gegen das Dach der Fahrzeugkabine zu klopfen, als 2Face sie aufforderte, die Decke zu berühren. Sie löste ihre Zöpfe, die sie zu einer Art Knoten hochgebunden hatte, aus dem Haarband und schwang sie vor und zurück, während 2Face sang: *»It is allowed to get naughty in this plantation?«* Das schrie praktisch danach, beide Hände vom Steuer zu nehmen und in die Luft zu boxen. Grace, die erste Freundin, die Wuraola in ihrem Medizinstudium gefunden hatte, saß üblicherweise während der Fahrt neben ihr und schaffte es immer, alles zu verschlafen. Die CD gab den Geist auf, noch bevor ihre Abschlussprüfungen vorbei waren, und sie war nie dazu gekommen, sie zu ersetzen.

Die zweite Frau, die in dem Video von *African Queen* zu sehen war, hatte Wuraola schon immer fasziniert. Ihre Haare waren so kurz geschnitten, dass die verbliebenen Stoppeln kaum noch sichtbar waren. Manchmal wünschte sich auch Wuraola, von ihrer Haarpracht frei zu sein, aber dabei gab es einiges zu bedenken. Womöglich würden ihre zu großen Ohren wie die eines Kaninchens von ihrem Kopf abstehen. Oder sie würde wie ein gerupftes Huhn aussehen. Ihre Mutter würde sie mit ihrem Unfassbar-dass-ich-neun-Monate-meines-Lebens-auf-dich-verschwendet-habe-Blick bedenken, und zwar mindestens zehn Jahre lang oder bis eine von ihnen das Zeitliche segnete. Trotzdem beugte sie sich jedes Mal vor, wenn die rasierte Frau ins Bild kam, studierte die Ähnlichkeiten ihrer Gesichtszüge, als wäre das ein Indikator dafür, wie erfolgreich ihre eigene Verwandlung sein würde. Es gab auch Menschen, die den Todesblick ihrer Mutter überlebt hatten. Layi zum Beispiel lebte immer noch, obwohl er vor zwei Jahren seine medizinische Laufbahn an den Nagel gehängt hatte. Auch sie konnte ihr Glück versuchen.

Jemand klopfte an die Tür, und bevor sie vom Sofa aufstehen konnte, betrat Kunles Vater das Zimmer. Er starrte sie einen endlosen Moment lang an, ließ die Tatsache auf sich wirken, dass sie Kunles Hemd trug. Sie setzte sich auf, kniete sich zur Begrüßung hin und wusste danach nicht genau, was sie nun mit ihrem Körper anstellen sollte – aufstehen oder hinsetzen. Sie erhob sich und zog an den Hemdschößen, sodass sie ihr beinahe bis zu den Knien reichten.

Professor Babajide Coker was groß und schmerbäuchig, die Art Mann, denen eine *agbada* gut stand. Er war kahl, seit sie ihn kannte, hatte jedoch einen dichten Schnurrbart, der immer dunkler zu werden schien, je älter er wurde. Ihre Mutter war sich sicher, dass er ihn regelmäßig färbte. Bis jetzt hatte sich Wuraola noch verkniffen, Kunle danach zu fragen.

»Wie geht es Ihnen, Sir?«, fragte Wuraola.

»Dr. Makinwa, wie schön, Sie hier zu sehen«, sagte Professor Coker, während er auf ihre Knie starrte, die trotz der Zerrerei an dem Hemd immer noch unbedeckt waren.

African Queen war zu Ende, und ein anderes Lied, das sie nicht kannte, wurde gespielt. Vier Frauen wanden sich und krochen über den Boden eines Lagerhauses, umringten einen Mann mit nacktem Oberkörper, der in ein Galgenmikro sang. War es unhöflich, nach der Fernbedienung zu greifen und den Fernseher auszuschalten?

»Wo ist mein Sohn?«

»Kunle?« War es richtig, den Fernseher laufen lassen, während der halb entblößte Mann die Hüften in Richtung der Kamera schwang?

Professor Coker zog eine Augenbraue hoch, als hätte er sie am liebsten gefragt: »Habe ich noch andere Kinder, von denen ich nichts weiß?«

»Er ist auf seinem Zimmer, Sir«, sagte Wuraola.

»Da Sie nun schon hier sind«, begann Professor Coker in einem Ton, der ihr zu verstehen gab, dass sie besser nicht hier sein sollte, »warum geben Sie ihm nicht Bescheid, dass ich ihn sprechen möchte?«

»Ja, Sir«, sagte Wuraola, nur zu froh, das Wohnzimmer zu verlassen.

Kunle lag auf dem Bauch, eine Hand hing an der Bettkante herunter. Sie sammelte mit einer Hand seine Kleidung auf und stieß ihn mit der anderen an. Es war wohl besser, wenn er vollständig angekleidet zu seinem Vater ging. Nicht dass es einen Unterschied machte, der Mann konnte sich schließlich zusammenreimen, was vor sich gegangen war, und es war bestimmt nicht das erste Mal, dass er eine Frau in Kunles Wohnzimmer antraf. Als sie Teenager waren, hatte jeder Kunle beneidet, weil er der Einzige war, dessen Eltern Übernachtungsbesuch von Mädchen erlaubten. Professor

Coker wusste, dass sein Sohn sexuell aktiv war, doch der Blick, den er ihr zugeworfen hatte, besagte, dass er von ihr etwas anderes erwartete.

Kunle wachte auf, als sie ihn in die Schulter kniff.

»Kini?«, sagte er, setzte sich auf und griff nach ihr.

Sie entzog sich ihm. »Dein Vater ist hier. Er möchte dich sprechen.«

Kunle streckte sich und warf einen Blick auf die Wanduhr. »Sie sind schon zurück?«

»Vermutlich sind sie nicht zum Leichenschmaus gegangen. Nehme ich zumindest an. Ob deine Mutter auch schon zurück ist, weiß ich nicht.«

Sie reichte ihm ein Kleidungsstück nach dem anderen, gab ihm ein frisches Hemd aus dem Schrank. Nachdem er das Zimmer verlassen hatte, zog sie ihre eigenen Sachen an, steckte die zerknitterte Bluse in den Rock, als würde sie sich für die Arbeit fertig machen. Sie ging in das Wohnzimmer, die Schuhe und ihre Tasche in der Hand, die Haare zurückgebunden, sodass ihr ganzes Gesicht zu sehen war, so wie auf der Station; bereit, wie eine Erwachsene mit Professor Coker zu sprechen.

»Wo ist er hin?«, fragte sie und schaute sich im Zimmer um.

Kunle zuckte die Achseln. »Er ist wohl ins Haupthaus zurück. Ich gehe mal rüber und … du kommst am besten mit.«

»Ja, ist wohl besser«, sagte Wuraola und zog ihre Schuhe an.

»Hat er irgendwas gesagt?«

»Er wirkte enttäuscht, dass ich halb nackt auf deinem Sofa lag.«

Kunle lachte. »Sie mögen dich.«

Er sprach oft von seinen Eltern, als bildeten sie eine Einheit, als wäre er in dem Glauben aufgewachsen, dass sie auf eine fundamentale Art untrennbar waren.

»Du meinst, sie mögen meine Eltern«, entgegnete sie.

»Sie denken, dass du aus einer geeigneten Familie kommst.«

Ihre Eltern dachten das Gleiche über ihn. In seinem allerersten Anflug von Interesse an einem ihrer Freunde hatte ihr Vater sich nach Kunles Wohlergehen erkundigt. *Er hat bei der letzten Nachrichtensendung gehustet, geht es ihm gut? Wie kommt er auf der Arbeit zurecht? Wie steht es mit seiner Versetzung?* Die Unterhaltung endete damit, dass ihr Vater bemerkte, Kunle sei ein guter Mann. Als sie auf der weiterführenden Schule war, hatte sie anhand der Tatsache, welche Mädchen sie zu sich nach Hause einladen durfte und welche nicht, gelernt, dass die Meinung ihres Vaters über andere Menschen stark von seiner Meinung über deren Eltern beeinflusst war. Und es war klar, dass – soweit es ihren Vater betraf – Kunle der beste Freund war, den Wuraola je haben würde, ja, er war praktisch für geeignet befunden, seine Enkel zu zeugen.

Kunle hielt ihr die Tür auf, als sie das Dienstbotenquartier verließen. Er versuchte, sie an sich zu ziehen, als sie sich dem Haupthaus durch ein Labyrinth von Ixora und Hibiskus näherten, doch sie schüttelte seine Hand ab. Er schien das alles amüsant zu finden. Es war unmöglich für ihn zu verstehen, was sie wusste und ihm jeden Abend aufs Neue erklärte, an dem sie sich weigerte, bei ihm zu übernachten. Dass seine Eltern sie nach einem anderen Maßstab beurteilen würden als ihn – ihre eigenen Eltern machten es genauso, verdammt noch mal. Dabei spielte es auch keine Rolle, dass die Cokers fanden, sie stamme aus einer guten Familie, was auch immer das bedeuten sollte. Seine Eltern würden die

Tatsache, dass sie bereit war, mit Kunle Sex zu haben, nein, dass sie es sogar gern tat, nicht gutheißen. Seit der Pubertät war ihr klar, dass das Ausmaß ihres Verlangens als nicht angemessen betrachtet wurde. Von Jungen wurde erwartet, dass sie Sex wollten, sie dagegen sollte die Jungen zurückweisen – das taten gute Mädchen, um ihren Familien keine Schande zu machen.

Wuraola wünschte sich, sie wäre die Art Frau, die diese Dinge nicht mehr scherten. Und sei es nur, damit sie das, was sie wollte, ohne Schuldgefühle genießen und Professor Coker in die Augen sehen konnte, wenn er sie mit durchdringendem Blick taxierte. Aber es kümmerte sie nun einmal. Was er über sie dachte und – was noch wichtiger war – die Meinung seiner Frau waren ihr wichtig.

Wuraola hatte versucht, die perfekt geschwungenen Augenbrauen von Professor Cordelia Coker zu kopieren, seit sie ihren ersten Augenbrauenstift vom Schminktisch ihrer Mutter stibitzt hatte. Ihre Bewunderung hatte während ihrer Rotation in der Augenheilkunde schon an Verehrung gegrenzt, sodass sie sogar kurzzeitig überlegt hatte, sich ebenfalls auf dieses Gebiet zu spezialisieren, damit Professor Cordelia ihre Mentorin würde. Die Frau war noch vor ihrem dreißigsten Geburtstag Fachärztin geworden und mit sechsundvierzig Professorin. Sie hatte eine glockenhelle Stimme und schien in einer Wolke aus blumigem Parfüm durch die Krankenhausflure zu schweben. Die Hälfte von Wuraolas Klasse schwärmte für sie. Wuraola war heilfroh, dass Professor Cordelia nicht in Kunles Wohnzimmer gekommen war. Ihr Mann würde ihr vermutlich von seinen Beobachtungen berichten, aber das war immer noch besser, als sehen zu müssen, wie sie selbst vor Enttäuschung die perfekten Brauen anhob.

Sie gingen durch die Küche, am Hausmädchen vorbei, das einen Topf schrubbte, ins Esszimmer, in dem Kunles Eltern nebeneinandersaßen und ein Gericht aus Kochbananen und Gemüse verzehrten.

»Wie geht es dir, meine Liebe?«, sagte Professor Cordelia und bedeutete Wuraola, sich auf den Stuhl neben sie zu setzen.

»Mir geht es sehr gut, danke, *ma.*«

»Möchtest du auch etwas essen? Es dürfte noch etwas übrig sein.«

»Nein, danke, *ma.*«

»Bist du sicher? Das hier ist frischer *worowo*, probier das mal mit etwas Banane.«

»Danke, ich möchte nichts, *ma.*«

»Wir haben schon etwas gegessen, nachdem ich sie abgeholt habe.« Kunle setzte sich neben Wuraola.

»Ach, du bist schon eine Weile hier?«

»Ja, *ma.* Wir, hm, ich war bei Kunle.«

»Oh, verstehe.«

»Ich habe dein Auto gar nicht gesehen, als wir zurückgekommen sind«, stellte Kunles Vater fest.

»Ich habe es am Krankenhaus stehen lassen, Sir«, erklärte Kunle. »Du wolltest mit mir reden?«

Professor Babajide blickte zwischen Kunle und Wuraola hin und her.

»Du kannst es ihm ruhig sagen, sie ist seine … sie sind zusammen«, sagte Kunles Mutter.

»Vielleicht sollte ich besser gehen.« Wuraola stand auf.

Das Hausmädchen kam ins Zimmer, um den Tisch abzuräumen.

»Bring Wura einen Saft«, sagte Kunle zu ihr.

»Setz dich wieder hin, Wura.« Kunles Mutter wendete

sich an ihren Mann. »Das ist Wuraola, warum benimmst du dich so? Sie ist schließlich Otunba Makinwas Tochter.«

Kunles Vater lehnte sich auf seinem Stuhl zurück. »Hmmmm. Ich weiß, dass Ihr Vater große Pläne für Sie hat, genau wie ich. Sie sind kein gewöhnliches Mädchen.«

Wuraola befahl sich selbst, dieses Mal seinem Blick standzuhalten. Es war klar, was er andeutete: Die Pläne ihres Vaters beinhalteten nicht, dass sie Sex mit ihrem Freund hatte und danach auf seiner Couch ein Nickerchen machte wie ein gewöhnliches Mädchen. Und es war niemand anderes als Professor Coker, der ihr das mitteilte. Professor Coker, dessen Hochzeitsfotos Kunle als den Ringträger zeigten.

»Worum geht es eigentlich?«, fragte Professor Cordelia. »Wura, kommst du im Krankenhaus nicht zurecht? Die Zeit als Assistenzärztin kann schwierig sein, *abi*? An einem Tag ist man noch Studentin, am nächsten erwarten die Patienten von einem, dass man auf alles eine Antwort hat.«

»Sie kommt gut zurecht, sie gehört tatsächlich zu den Besseren«, sagte Professor Babajide Coker.

»Ich freue mich, das zu hören, Wura, du warst schon immer klug.«

Das Hausmädchen kam mit einem Saftkarton zurück. Alle schwiegen, während sie etwas Saft in ein Glas goss und das Zimmer wieder verließ.

»Wie auch immer, Kunle, ich wollte dir noch etwas sagen.«

»Ja, Sir.«

»Der Parteivorsitzende hat am Trauergottesdienst teilgenommen, und wir hatten das Glück, uns unterhalten zu können, bevor er wieder gehen musste. Er glaubt, dass die nächste Wahl unsere Chance sein könnte. Die Mitglieder sind bereit, mich aufzustellen, aber ich muss jetzt anfangen, mich vorzubereiten, und ich möchte, dass du dich ebenfalls beteiligst.«

»Herzlichen Glückwunsch, Sir«, sagte Kunle.

»Tja, warten wir, bis wir die Nominierung wirklich in der Tasche haben – in der Politik können die Dinge sich ganz schnell ändern.«

Professor Cordelia drückte ihrem Mann die Schulter. »Ich habe dieses Mal ein gutes Gefühl.«

Professor Babajide sah Wuraola demonstrativ an. »Und da sich die Dinge in der Politik schnell ändern können, besprechen wir diese Unterhaltung mit niemandem außerhalb der Familie, bis es notwendig wird, diesbezügliche Informationen mit Außenstehenden zu teilen.«

»Natürlich, Sir.« Wuraola schwenkte den Rest des Saftes in ihrem Glas. Sie musste ihn austrinken und zehn, fünfzehn Minuten warten, ehe sie sich verabschieden konnte. Ihre Mutter hatte es ihr eingebläut: Man wartet einen Moment, nachdem man eine Erfrischung serviert bekommen hat, damit die Gastgeber nicht glaubten, man wäre nur gekommen, um etwas zu essen oder zu trinken.

»Also, Kunle, fang an, dir Gedanken zu machen. Die Partei stellt uns ein paar Medienfachleute zur Verfügung, aber du musst mein Sprecher sein. Ich möchte, dass du dich um alles kümmerst, und das funktioniert nur, wenn du bessere Ideen hast.«

»Ja, Sir, ich arbeite daran. Nochmals herzlichen Glückwunsch, Sir.«

Professor Cordelia strich ihrem Mann über den Rücken. »Erlaub dir, den Moment zu genießen.«

Wuraola trank den Saft aus, achtete aber darauf, noch einen winzigen Rest übrig zu lassen – man trank das Glas nie bis auf den letzten Tropfen aus. Glückwünsche lagen ihr auf der Zunge, leicht wie eine Waffel, die jedoch bereits schmolz. Sie würde Kunles Vater nicht beglückwünschen, nicht, nachdem er sie als Außenstehende bezeichnet hatte. Das war genau das, was sie nervös gemacht hatte, als sie Gefühle für Kunle zu entwickeln begann – wie die Überschneidungen in ihrem Leben die Dinge verkomplizieren würden. Mit jeder anderen Person hätte sein Vater nie in so scharfem Ton gesprochen, aber weil sie die Tochter seines Freundes war, glaubte er, sie maßregeln zu können, als wäre er ihr Vater.

»Wie läuft es bei den Rotationen?« Professor Cordelias klinische Praxis befand sich im Krankenhaus Ife, weshalb Wuraola ihr also während ihrer Assistenzarztzeit kaum begegnete.

»Es läuft gut, *ma.*«

»Gut, dass du für die Ausbildung hierhergekommen bist, so bekommst du viel mehr mit«, sagte Professor Cordelia.

Wuraola lächelte. »Ja, *ma*, in der Geburtshilfe hatte ich drei Geburten.«

»Das wäre in Ife unwahrscheinlich gewesen, bei all den Ärzten in Ausbildung, die es dort gibt.«

»Ja, *ma*, ich bin froh, dass ich zurückgekommen bin. Es ist zwar anstrengend, aber ich lerne viel.«

»Ich hoffe, es ist nicht zu aufreibend?«

»Sie bekommt nicht genug Schlaf«, sagte Kunle.

Professor Babajide Coker erhob sich ächzend. »Sie hat sich nun mal dafür entschieden, und Resilienz ist die halbe Miete.«

»Das heißt aber nicht, dass sie an Schlafmangel leiden sollte.«

»Wenn sie noch genug Zeit hat, um sie bei Kunle zu verbringen, kann der Schlafmangel ja nicht so schlimm sein.«

Professor Babajide verließ das Esszimmer und ging ins Wohnzimmer.

»Hör nicht auf ihn, Wura. Er ist nur im Stress wegen dieser Wahlsache.« Professor Cordelia seufzte. »Wir legen uns für die nächsten zwei Jahre besser ein dickes Fell zu, Kunle.«

Wuraola stand auf. »Ich glaube, ich sollte mich jetzt besser auf den Heimweg machen, *ma*.«

»Zu deinem Assistenzarzt-Wohnheim?«

»Nein, *ma*, ich fahre nach Hause, wenn ich am Wochenende keinen Dienst habe.«

»Das ist ja schön, Liebes.«

»Ich verabschiede mich noch vom Prof.«

Sie ging durch den Torbogen, der beide Bereiche voneinander trennte.

Professor Coker saß in einem Ohrensessel, ließ die Fingerknöchel knacken und starrte in die Ferne.

Wuraola räusperte sich, um ihn auf sich aufmerksam zu machen.

Professor Coker drehte sich zu ihr um.

»Ich fahre jetzt, Sir.« Sie rang sich ein Lächeln ab.

»In Ordnung. Richten Sie Otunba und Yeye Grüße von mir aus.«

»Ja, Sir. Mache ich.«

»Warten Sie, Wuraola. Kommen Sie noch mal kurz her.«

Wuraola trat näher.

»Hör mal, wenn du und Kunle heiraten wollt, und das nehme ich doch stark an, musst du aufpassen, dass du nicht vor der Zeremonie schwanger wirst. In der Kathedrale könnt ihr nicht getraut werden, wenn du schwanger bist. Der neue Pastor ist da sehr strikt. Hast du mich verstanden?«

Wuraola nickte und richtete den Blick auf die Stelle, an

der das Licht des Kronleuchters Professor Cokers Glatze glänzen ließ.

*

Kunles Mutter bestand darauf, dass Wuraola sich nicht hinters Steuer setzte, solange sie sich nicht ein bisschen ausgeruht hatte.

»Kunle muss doch sowieso sein Auto am Krankenhaus abholen. Soll er es holen, nachdem er dich sicher nach Hause gebracht hat.«

»Er hat vor, es am Montag zu holen, *ma*. Er fährt mit dem Prof zum Krankenhaus und von dort aus zur Arbeit.«

»Wie viele Minuten dauert es wohl, bis er dich nach Hause gefahren hat?« Sie wandte sich dem Haus zu. »Lakunle! Sie liegt direkt neben meiner Brille.«

Sie standen bei Wuraolas Wagen und warteten auf Kunle, der nur eben die Souvenirtasche der Mothers' Union holte, die seine Mutter ihr für ihre Mutter mitgeben wollte.

Er tauchte mit der Stofftasche wieder auf, hielt sie aber so lange hoch, bis seine Mutter mit einem Nicken bestätigte, dass er die richtige Tasche gefunden hatte.

»Du bringst sie nach Hause, *abi*? Oder hast du heute Abend etwas anderes vor?«

»Na ja, Wura spielt doch so gern Superwoman, und manchmal lasse ich sie einfach machen«, sagte Kunle.

»*Oya*, gib ihm die Schlüssel. Du kannst ein Nickerchen machen, während er fährt.«

Kunle fing an, über die Kampagne zu reden, sobald sie eingestiegen waren.

»Wir dürfen es noch nicht wie eine Kampagne aussehen lassen, wir müssen erst noch eine Zeit lang mit den Gemeindeprojekten weitermachen und darauf achten, dass sein Name immer wieder an auffälliger Stelle erwähnt wird.«

»Projekte? Geht es nicht lediglich um ein Bohrloch?«

»Wir können leicht noch ungefähr sechs weitere bohren, über das ganze Land verteilt. Dann so eine Qualifizierungsmaßnahme für junge Leute. Dafür können wir sein Foto auf Plakate drucken.«

»Wofür sollen sie sich qualifizieren?«

Kunle runzelte die Stirn. »Wie meinst du das?«

»Auf welche Qualifikationen konzentriert ihr euch? Bei diesem Maßnahmen-Dingsbums?«

»Irgendwas – was lernen Frauen heutzutage? Perlenherstellung oder so?«

Wuraola schüttelte den Kopf. »Woher soll ich das wissen?«

»Du bist doch eine Frau?«

»Deswegen kann ich noch lange nicht sagen, wofür Frauen sich qualifizieren wollen. Ich kann dir höchstens ein paar Anekdoten erzählen, aber vielleicht versucht du es erst mal mit einer Machbarkeitsstudie?«

»Es könnten ja auch Backkurse sein oder sonst was. Und auch etwas für die Jungs.«

»Was hast du denn nun wirklich vor?«

»Ich erklär's dir doch gerade.«

»Ich meine, was für Ziele hat dein Vater? Alle Projekte, die ihr durchführen wollt, könnten darauf Bezug nehmen. Das könnte euer Organisationsprinzip sein.«

»Eine bessere Gesundheitsversorgung, bessere Straßen, bessere Bildung. Diese Dinge können wir nicht in eine Qualifikationsmaßnahme einbeziehen. Wir sollten uns etwas überlegen, wie wir seine Initialen nutzen, wie man sie auf alles drucken kann, was wir herausgeben, damit alles genauso aussieht wie das, was wir später für die richtige Kampagne verwenden. Was meinst du?«

»Alle nennen ihn Prof B. im Krankenhaus, ich schätze mal, um ihn von deiner Mutter zu unterscheiden.«

»›Prof B.‹ ist zu nichtssagend. Babajide Coker. Wir können ihn Professor B. J. nehmen.«

Wuraola unterdrückte ein Kichern. »›B. J.‹ ist vielleicht etwas zweideutig.«

Er brauchte einen Moment, um zu verstehen, worauf sie anspielte.

»Dann eben P. J. C., Professor Jide Coker. Wir müssen den ›Professor‹ irgendwie beibehalten, das klingt beeindruckender.«

»Eigentlich wollte ich die genauen Zahlen von dir hören. Bessere Gesundheitsversorgung, was bedeutet das genau? Mehr Zentren für medizinische Grundversorgung? Wie viele? Will er die Bezahlung der staatlichen Ärzte erhöhen? Die Weiterbildung nach dem Abschluss? Die Arbeitsbedingungen? Solltest du die Medienkampagne nicht um solche Dinge herumbauen? Selbst bei diesem Qualifikations-Dings klingt es so, als ginge es dir in Wirklichkeit nur darum, seine Fotos auf Plakate zu drucken, und nicht um die Jugend selbst.«

»Du kennst dich mit Politik nicht aus.«

»Das ist herablassend.«

»Das ist eine Tatsache.« Seine Hände schlossen sich fester um das Steuerrad. »Du weißt verdammt noch mal nicht alles.«

»Lakunle Coker.« Manchmal genügte es, ihn mit einer längeren Version seines Namens anzureden, um ihn wieder zur Vernunft zu bringen.

»Tut mir leid, ich meinte eigentlich nur, dass man in diesem Land so keine Politik macht, okay? Wir brauchen einfachere Botschaften, irgendetwas, das auf einen Sack Reis oder einen Beutel Salz passt. Du weißt doch, dass das die Hauptwerbematerialien sind? Reis, Salz, meterweise Waxprint-Stoff. Darauf kannst du keinen ausführlichen Plan drucken. Höchstens eine kurze Liste mit sieben Punkten.«

Wuraola dachte an den schlaffen Mund von Pius, das zahnlose Zahnfleisch. Wie er mit zugekniffenen Augen gestorben war, als hätte er, während er mühsam nach Luft rang, erkannt, dass diese Welt einen schrecklichen Anblick bot. Sie wandte sich von Kunle ab. Hätte sie nur darauf bestanden, selbst zu fahren. Hätte sie das Fenster aufgemacht, dann hätten Wind und Lärm sie wach gehalten, bis sie zu Hause angekommen wäre.

Sie fuhren an der Obokun-Statue vorbei und hielten auf die große Moschee zu.

»Halt an«, sagte sie, als sie auf Höhe der Moschee waren.

Auf der gegenüberliegenden Straßenseite hatten Händler ihre Tische aufgebaut, auf denen alles von Obst über Schuhe bis hin zu Video-CDs und Textilien zum Verkauf angeboten wurde. Sie beugte sich zur Fahrerseite hinüber, kurbelte das Fenster herunter und winkte einen Händler heran.

Er eilte auf den Wagen zu.

»Haben Sie *Face 2 Face*?«

»Hab ich was?«

»*Face 2 Face*. Das 2Face-Album, haben Sie das?«

»Ach, das, klar. Hat ja jeder jetzt. Kleinen Moment, bin gleich zurück.«

»Ich hätte gedacht, dass dein Vater zumindest einen Plan für die Gesundheitsversorgung hat. Ich meine, er muss einfach. Sprich doch noch mal mit ihm darüber, bevor du dich auf eine Strategie für den Wahlkampf festlegst. Du wirst dich wundern, wie gut das bei den Leuten ankommt. Menschen sterben ohne Grund, Kunle. Das willst du gar nicht genauer wissen.«

Der Händler kam mit der CD zurück, und Kunle bezahlte, bevor sie ihr Portemonnaie zücken konnte. Er hupte ein Taxi an und fädelte sich vor ihm in den Verkehr ein.

»Er hatte Vorfahrt.« Sie nahm die CD aus der Papphülle.

»Das heißt nicht, dass er hier langkriechen darf.«

Nachdem sie die CD eingelegt und zu *Odi Ya* vorgespult hatte, schloss Wuraola die Augen und überließ es dem Lied, Pius' letzte pfeifende Atemzüge zum Verstummen zu bringen. Sie genoss den Rhythmus, 2Faces Gesang, bei dem seine Stimme mehrfach – dreifach, vierfach? – aufgenommen wurde, die unerwartete Freude des Übergangs zum a cappella am Ende.

»Mir gefällt nicht, wie du mit mir sprichst.«

»Was? Ich hab doch nur versucht ... Was hab ich denn ...? Ich bin zu müde, Kunle. Können wir später darüber reden?«

»Du bist immer zu müde.«

»Ja, wie es der Zufall will, stimmt das, und du machst es nicht besser. Du machst mir nur noch mehr Stress. Können wir es nicht einfach gut sein lassen?«

»Du hast meine Entschuldigung noch nicht einmal zur Kenntnis genommen.«

»Zu sagen ›Tut mir leid, aber –‹ zählt nicht als Entschuldigung. Nicht, dass das irgendeine Rolle spielt. Ich habe gesagt, vergessen wir's. Kann ich nicht einfach mal in Ruhe Musik hören?«

»Ich meine nur, die Menschen in diesem Land wollen etwas anderes, verstehst du? Mit den Dingen, die du genannt hast, gewinnt man hier keine Wahlen, okay?«

»Großer Gott. Okay. Was auch immer.«

»Ich habe das Gefühl, die Sache interessiert dich gar nicht genug, als dass du für uns kämpfen würdest.«

»Worum kämpfen? Kunle, ich mag dich wirklich sehr, das weißt du. Nur ... Bitte.«

»Du weißt, dass ich dich liebe.« Er legte eine Hand auf ihr Knie und drückte es leicht. »Obwohl du so verdammt stur bist.«

Wuraola sagte nichts. An irgendeinem Punkt, nachdem sie zusammengekommen waren, war er zu der Überzeugung gelangt, dass sie störrisch war, und wenn er es ansprach, dann entweder aus Wut, als eine Art Beleidigung, oder weil ihn die Vorstellung irgendwie anmachte und er ihre Weigerung, bei einem Thema nachzugeben, als Herausforderung betrachtete.

Seine Hand glitt ihren Oberschenkel hinauf. Also machte es ihn an. Immer noch besser, als wenn er glaubte, sie versuche, ihn herauszufordern.

Sie bogen in die Straße ein, die ihre Eltern nach sich benannt hatten, weil sie die Ersten gewesen waren, die dorthin gezogen waren. Das Haus ihrer Eltern war das zweite ganz am Ende, hinter den stacheldrahtbewehrten Mauern war nur das Dach erkennbar.

Das Tor öffnete sich, nachdem Kunle zweimal gehupt hatte, und Wuraola winkte dem Wachmann zu, als sie hindurchfuhren. Der salutierte scherzhaft. Das Haus selbst befand sich in einiger Entfernung vom Tor, dazwischen lag eine ausgedehnte Rasenfläche, die Platz für Wohltätigkeits-Fußballspiele und einen künstlichen Wasserfall bot, der nur eingeschaltet wurde, wenn ihr Vater besondere Gäste empfing. Sie fuhren die Kiesauffahrt entlang, die an der Eingangstür vorbei zu einem mit Betonplatten gepflasterten, rechteckigen Platz führte, wo die Wagen meist bei einer Gruppe Indischer Mastbäume geparkt wurden.

Kunle legte ihr den Arm um die Schulter, als sie quer über den Rasen zum Haus gingen.

Wuraola klingelte zweimal und nahm den Schlüssel aus der Tasche.

Die Tür wurde aufgerissen, noch ehe sie den Schlüssel ins Schloss stecken konnte, und Motara hätte sie fast umgerannt, als sie aus dem Haus stürmte. Sie trug Shorts und ein Tube-Top, das ihre Mutter nie im Haus geduldet hätte, als Wuraola noch ein Teenager war.

»Du, hast du etwa vergessen, wie man ältere Menschen begrüßt?«, fragte Wuraola.

Motara blieb nicht stehen, sondern stapfte weiter in Richtung der Mastbäume.

»Tut mir leid«, sagte Wuraola zu Kunle. »Sie vergisst ihre Manieren, wenn sie schlechte Laune hat.«

Kunle zuckte die Schultern. »Sie ist halt eine Göre.«

Das hatte sie selbst viele Male zu Kunle, ihren Eltern, Layi oder Motara gesagt, doch aus Kunles Mund ärgerte es sie. Sie schüttelte seinen Arm ab, als sie ins Haus traten.

Im Wohnzimmer war niemand, aber im Obergeschoss lief der Fernseher. Wuraola konnte Bukky Wrights Stimme hören. Ihre Mutter schaute sich wieder einmal *Saworoide* an.

Kunle griff nach ihrer Hand, als sie die Treppe hinaufgingen, aber sie tat, als würde sie es nicht bemerken, und ging voraus, immer zwei Stufen auf einmal. Der Treppenabsatz führte direkt ins Familienwohnzimmer. Es war für die meisten Gäste nicht zugänglich, sondern nur für die, die wie Kunle und seine Eltern praktisch zur Familie gehörten. Freunde der Familie, wie ihr Vater sie nannte.

Wuraolas Mutter hatte sich auf eins der langen Sofas gelegt, ihre Füße ruhten auf zwei Kissen. Ihr Gesicht leuchtete auf, als sie den Blick vom Fernseher löste und Kunle erkannte.

»Lakunle, Lakunle! Wuraola hat mir gar nicht gesagt, dass du kommst.«

Kunle hatte sich niedergeworfen, sodass sein Kinn die Teppichkante berührte. »Einen wunderschönen Nachmittag, *ma*.«

»Wie geht es deiner Mutter? Und dem Professor?«

»Es geht beiden gut, *ma*. Sie lassen herzlich grüßen.«

Wuraola umarmte ihre Mutter von hinten. »Yeye. Die einzig wahre Yeye Bobajiro, alle anderen sind nur Fälschungen.«

»Wuraola *omo* Yeye, hast du dich endlich an deine Mutter erinnert, hm?«

»Gib doch einfach zu, dass dein Lieblingskind dir gefehlt hat.«

»Steh auf, Lakunle, steh auf. *Omo dada*, bitte setz dich.« Yeye warf Wuraola einen Blick zu. »Was für ein wohlerzogener junger Mann. Das findet man heutzutage selten.«

Kunle war immer im Haus willkommen, und meist war Wuraola froh, dass seine Anwesenheit ihre Mutter zu beleben schien. Doch manchmal ärgerte sie die Warmherzigkeit, die ihre Mutter ihm entgegenbrachte. Auch jetzt konnte sie die Wut spüren, die langsam und gallebitter in ihrer Kehle aufstieg.

Die gleiche Frau war wortlos an Nonso vorbeigegangen, als der sich vor ihr niedergeworfen hatte, das Kinn auf den Teppich gelegt, genau wie Kunle gerade. Armer Nonso. Er verharrte weiter in dieser Haltung, als Yeye das Familienwohnzimmer verließ, und erhob sich erst wieder, als irgendwo im Flur eine Tür zuschlug. Sie hatte ihn bei einer Willkommensparty im ersten Jahr des Medizinstudiums kennengelernt, er war damals im dritten Jahr gewesen. Sie waren erst in ihrem zweiten Jahr Freunde geworden, als sie beide im Komitee für die Gesundheitswoche mitgearbeitet hatten. Am Ende ihres dritten Jahres waren sie Freunde gewesen, die miteinander telefonierten, bis der Handyakku den Geist aufgab. Freunde, die den Valentinstag zusammen verbrachten und in den Armen des anderen einschliefen. Freunde, die sich manchmal küssten und ein bisschen fummelten. Manchmal waren sie mit anderen zusammen, blieben aber Freunde, hielten Kontakt, erzählten sich die neuesten Horrorgeschichten und machten nur in den Pausen zwischen ihren jeweiligen Expartnern miteinander rum. Sie hatte schon immer mehr auf die Beständigkeit von Freundschaften vertraut als auf die von romantischen Beziehungen, zumindest hatte sie das behauptet, bis er sie bat, sie während der freien Zeit bei ihren Eltern besuchen zu dürfen, und alles nahm eine beängstigende, verheißungsvolle Qualität an.

Nonso war während seines ganzen Besuches angespannt gewesen, zu nervös, die Colaflasche anzurühren, die sie ihm gebracht hatte; er schaute immer wieder ängstlich zur Tür hinüber, als könnte ihre Mutter jederzeit mit einer Machete in der Hand ins Zimmer zurückkommen. Und sie kam tatsächlich zurück. Nonso warf sich erneut auf den Boden, doch Yeye sah nur Wuraola an. *Wage es nicht noch einmal, irgendeinen fremden Jungen mit nach Hause zu bringen.* Nonso stürmte aus dem Zimmer, und sie fuhr fort: *Hör zu, wenn ich diesen Igbo-Jungen je wiedersehe, wird Gott eine neue Seele im Himmel begrüßen. Du hast ihn sogar mit nach oben genommen! Was für eine Frechheit!*

Während ihrer ganzen Beziehung – Affäre, Liebschaft, wie auch immer man dieses Jahr, das sie selbst nie für sich definiert hatten, bezeichnen mochte – hatte Nonso sich Sorgen gemacht, wie seine Eltern reagieren würden, wenn er ihnen eine Yoruba als seine feste Freundin vorstellte. Sie hätte nie gedacht, dass seine ethnische Zugehörigkeit ein Problem für ihre Familie darstellen könnte. Schon gar nicht für ihre Mutter, die immer, wenn Mr. Okorafor die wöchentlich stattfindenden Bibelstunden in der Kathedrale leitete, noch Tage später davon schwärmte, wie glücklich sie sich deshalb schätze.

Die beiden waren per Textnachricht übereingekommen, dass es den Ärger nicht wert wäre, für mehr zu kämpfen, ihre Freundschaft sei genug. Und auch wenn das mit dem Sex aufhörte, blieben sie in Kontakt, selbst als er das Studium abschloss, nach Nsukka zog und ihre langen Gespräche von Pausen mit vor Möglichkeiten knisterndem Schweigen unterbrochen wurden. Es fühlte sich nicht wie eine Trennung an, bis er heiratete.

Wuraola war zu seiner Hochzeit eingeladen, ging jedoch nicht hin. Ihre gemeinsamen Freunde überschwemmten Facebook mit Fotos von dem Ereignis, und sie war den ganzen Tag verletzt und niedergeschlagen, als wäre sie tatsächlich Zeugin geworden, wie er einer anderen Frau das Jawort gab. Die Frau war größer als Nonso, und ihr Hochzeitskleid betonte die schmalste Taille, die Wuraola je bei einer Erwachsenen gesehen hatte. Während sie durch die Fotos scrollte, fragte sich Wuraola, ob er sich das vielleicht schon die ganze Zeit gewünscht hatte. Eine Frau mit heller Haut, die der Titelseite einer Zeitschrift entstiegen sein könnte. Es war leichter, in dieser Form über seine Frau zu denken, ohne zu berücksichtigen, dass sie ihr Studium in Ibadan als Jahrgangsbeste mit Auszeichnung in Chirurgie und Kinderheilkunde abgeschlossen hatte. Dr. Rukayat Quadri. Nicht nur eine Yoruba, sondern eine Yoruba muslimischen Glaubens. Jemand, der jeden Ärger wert war.

»Hörst du? Ich sagte, du sollst Kunle etwas zu essen holen.«

Wuraola nahm ihren Arm von Yeyes Schultern. »Ich muss mich schnell umziehen.«

»Geh ihm erst etwas zu trinken holen.«

»Ist Rachel auf dem Markt?«

»Was haben die Angelegenheiten meines Dienstmädchens mit deinem Gast zu tun?«

»Kunle, du kannst doch warten, oder? Oder bist du am Verhungern?«

Er hätte das alles beenden können, indem er Yeyes Angebot höflich ablehnte, aber nein, er lächelte nur, ohne etwas zu erwidern.

»Wuraola, wie viele Minuten würde es schon dauern, etwas aus der Küche zu holen?«

»Mummy, ich mach's ja gleich, ich will mich nur eben umziehen.«

Wuraola drehte sich um und ging durch den Flur zu ihrem Zimmer hinunter. Sie streifte sich gerade die Schuhe ab, als ihre Mutter hereinkam.

»Seit wann bist du so respektlos, Wuraola? Ich habe dich gebeten, etwas zu tun, und du sagst, du musst dich erst umziehen. Und das in Anwesenheit eines Gastes. Besteht deine Bluse etwa aus Skorpionen und Wanderameisen?«

Wuraola zog den Reißverschluss an ihrem Rock auf. »Wenn es dir so wichtig ist, wieso bringst du ihm dann nicht selbst etwas zu essen?«

»Ich soll es selbst tun?«

Wuraola faltete den Rock zusammen und achtete darauf, ihrer Mutter nicht ins Gesicht zu sehen.

»Ich, Wuraola? Bin ich jetzt zu unbedeutend, um dich um einen Gefallen zu bitten?«

»Du könntest doch einfach das Dienstmädchen bitten.«

»Du willst mich also in meinem eigenen Haus auf Dienstbotengänge schicken, *abi*? Bist du jetzt die Mutter und ich das Kind?«

»So war das nicht gemeint, *ma*.«

»Wann hast du dich in Layi oder Motara verwandelt? Von ihnen würde ich erwarten, dass sie sich so benehmen, aber nicht von dir, Wuraola, nein, nicht von dir.«

»Kann ich mir wenigstens etwas überziehen, oder soll ich nur in meiner Bluse wieder rauskommen?«

»Bemüh dich nicht. Ich kümmere mich selbst um deinen Gast, aber du solltest wissen, dass sich das nicht schickt. Es spielt keine Rolle, ob du vorher gesehen hast, dass er einen halben Elefanten verschlungen hat, du bietest ihm trotzdem etwas an. Vor allem mittags, das gehört sich einfach so.«

Als die Tür hinter ihrer Mutter ins Schloss fiel, ließ Wuraola sich auf einen Stuhl sinken und zog sich die Bluse aus. Genau das, dieses konstante Herummäkeln an ihrem Verhalten, war der Grund, warum sie ihre Wochenenden lieber in dem heruntergekommenen Wohnheim verbrachte, in dem das Krankenhaus die Assistenzärzte unterbrachte. Sie wäre nicht nach Hause gefahren, wenn sie sich hätte sicher sein können, dass Layi oder Motara ihrer Mutter bei den Vorbereitungen für ihre Geburtstagsparty halfen. Layi würde höchstens Geld schicken, und Motara würde sich irgendwie aus der Affäre ziehen. Mit den Details musste sich immer Wuraola herumschlagen. Sie war diejenige, mit der ihre Mutter Pläne schmiedete und ihre Sorgen teilte, und dieser Geburtstag war wichtig für sie. Obwohl sie nichts bereute und auch nicht einsah, warum sie Kunle zuallererst etwas zu essen bringen musste, würde sie sich später, wenn er nicht mehr da war, bei ihrer Mutter entschuldigen. Das war das Einzige, was sie tun konnte, um den Frieden wiederherzustellen.

*

Einmal klopfen, Pause, zweimal klopfen, Pause, dreimal klopfen, Pause. Otunba lächelte. Seine Erstgeborene. Er stellte sich gern vor, dass dies ihr Code war, dass Wuraola nur so anklopfte, wenn sie vor seiner Bürotür stand. Viermal klopfen, Pause. Er warf einen Blick auf seine Armbanduhr. Fast 20 Uhr. Vielleicht war das Essen fertig, und sie war gekommen, um zu fragen, ob er es gebracht haben wollte. Es war das erste Mal seit Wochen, dass Wuraola über Nacht zu Hause war. Er würde eher nach unten gehen, damit er Zeit mit ihr verbringen konnte, während die Familie aß. Fünfmal klopfen, Pause.

Otunba klappte das Buch zu, das er gerade las, und lehnte sich auf dem Stuhl zurück. »Diesmal habe ich nicht abgeschlossen. Komm ruhig herein.«

Wuraola betrat das Zimmer.

»Hast du dich endlich dazu durchgerungen, nachzusehen, ob deine alten Herrschaften noch leben?«

»Also wirklich. Ich war doch vor ein paar Wochen erst zu Hause. Guten Abend, Sir.«

»Hast du seitdem meine Telefonnummer verloren?«

»Ich hatte einfach viel um die Ohren.« Wuraola zwinkerte ihm zu. »Ich versuche, so reich zu werden wie du.«

Otunba lachte und deutete mit dem Kopf auf einen der Stühle auf der gegenüberliegenden Seite des Schreibtischs.

»Professor Coker ist hier, um dich zu sprechen.«

»Oh, und ich dachte, du wärst gekommen, um Zeit mit mir zu verbringen.«

»Yeye hat jede Menge Aufgaben für mich. Ich habe sie heute schon einmal verärgert, also bin ich besser für den Rest des Abends ein braves Mädchen, damit sie zufrieden ist.«

»Du könntest ihr eine Goldkette kaufen, damit lässt sich alles aus der Welt schaffen.«

»Das Friedensangebot ist mir zu teuer«, sagte Wuraola. »Der Prof ist im Familienwohnzimmer, soll ich ihm sagen, dass du gleich kommst?«

»Nein, nein. Bring ihn hierher.«

»In Ordnung, Sir.«

Wuraola schloss die Tür hinter sich, und Otunba stand von seinem Schreibtisch auf. Er ließ sich in einen der bequemen Sessel neben dem Bücherregal sinken und wartete auf seinen Freund. Diesmal klopfte niemand an, ehe die Tür sich öffnete.

»Ich hätte vorher anrufen sollen, aber ich war gerade in der Gegend und habe spontan beschlossen, auf einen Besuch vorbeizuschauen«, verkündete Professor Coker, nachdem er das Zimmer betreten hatte.

»Du bist hier jederzeit willkommen.« Otunba bedeutete Professor Coker, sich in den Sessel neben ihm zu setzen. »Was möchtest du trinken?«

»Yeye hat mir schon etwas gebracht.«

»Wie geht es Cordelia?«, erkundigte sich Otunba.

»Gut.«

»Keine Beschwerden mehr?«

Kurz nachdem die Cokers in die Stadt gezogen waren,

musste Cordelia fast jeden Monat ins Krankenhaus. Wenn sie nicht gestürzt war, hatte sie einen Unfall im Haushalt. Hinzu kamen die allergischen Reaktionen, unter denen sie ständig litt. Ihr Gesicht war deswegen teilweise tage- oder wochenlang geschwollen. Das hatte Otunba eine ganz Zeit lang sehr zu schaffen gemacht, und er hatte seinen Freund gedrängt, untersuchen zu lassen, ob das Haus, in dem sie damals lebten, nicht von Schimmel befallen war. Doch im Laufe der Jahre lernte er zu akzeptieren, dass das nun einmal zu Cordelias Konstitution gehörte. Sie kam immer noch mit allergiebedingten Schwellungen im Gesicht zu Veranstaltungen, aber sie schien nicht mehr so oft ins Krankenhaus zu müssen wie zuvor.

Professor Coker zuckte die Schultern. »Es geht ihr prima, ich soll dich grüßen.«

»Und Kunle?«

»Hast du ihn nicht heute Nachmittag gesehen? Er hat deine Tochter hergebracht.«

»Ich hatte meine Frau gebeten, mich nicht zu stören«, erklärte Otunba. »Ich wollte unser Vertragsangebot für das Arbeitsministerium überarbeiten. Ich kann den Jungs im Büro nicht immer vertrauen, ich muss mir alles genauestens ansehen, bevor sie es einreichen.«

»Dann störe ich dich wohl.«

»Schon gut, ich brauchte sowieso mal eine Pause.«

»Gut, dann fasse ich mich kurz.« Professor Coker räusperte sich. »Ich wollte dir nur persönlich mitteilen, dass ich entschieden habe, mich um das Amt des Gouverneurs zu bewerben.«

»Wirklich?«

»Ich habe das Formular für die Nominierung schon abgeholt.«

»Fantastisch.« Otunba klopfte seinem Freund auf die Schulter. »Das sind wunderbare Neuigkeiten. Darauf sollten wir anstoßen!«

Professor Coker schüttelte den Kopf. »Wir können anstoßen, wenn ich gewonnen haben.«

»Man muss die kleinen Freuden des Lebens genießen, Coker. Ich habe hier Champagner im Kühlschrank. Lass uns feiern.«

»Dafür kommt schon noch der passende Moment. Jetzt brauche ich etwas weitaus Wichtigeres von dir.«

»Und was ist das?«

»Deine Unterstützung.«

»Die hast du selbstverständlich. Musst du da noch fragen?«

»Ich meine dein Geld. Ich bin darauf angewiesen, dass du Geld investierst und deinen Namen für die Kampagne zur Verfügung stellst. Dein Name ist sehr wichtig.«

Otunba seufzte.

»Du weißt, was ich meine. Dein Vater ist in dieser Stadt immer noch eine Legende. Ich denke an Wahlkampfplakate mit der Aufschrift: ›Mit freundlicher Unterstützung von Otunba Ademola Makinwa‹. Oder noch besser: ›Otunba Ademola Aremu Makinwa‹.« Professor Coker beugte sich vor. »Benutz auch deinen zweiten Vornamen, das war schließlich auch der Name deines Vaters. Die Menschen schließen immer noch seinen Namen in ihre Gebete ein, um zu seinem Reichtum zu kommen, wie du weißt.«

»Jetzt brauche ich doch einen kleinen Schluck.« Otunba ging zu dem Minikühlschrank neben seinem Schreibtisch. Er ließ sich Zeit damit, ein Bier herauszunehmen. Es war wenig überraschend, dass Coker zu ihm kam. Alle sprachen immer davon, wie viel Geld Otunbas Vater zu Lebzeiten besessen hatte, aber die wenigsten machten sich bewusst, wie wenig von diesem Vermögen noch übrig war, seit man es in über dreißig Teile gesplittet hatte. Es war nicht so, dass Otunba mittellos war. Er hatte genug Geld geerbt, um jahrzehntelang nicht arbeiten zu müssen, trotzdem arbeitete er hart. Er hatte sich innerhalb von zwei Jahren nach seiner Zulassung als Anwalt von der Rechtspraxis verabschiedet und ein Unternehmen gegründet, das diverse Importe für Regierungsbehörden tätigte. Das Militär war noch an der Macht gewesen, als er seine Firma gegründet hatte, und sein Bruder hatte den Kontakt zu den richtigen Leuten hergestellt, die seine Angebote annahmen. Das Importgeschäft hatte Einbußen hinnehmen müssen, nachdem das Militär nichts mehr zu sagen hatte. Seine Firma hatte sogar mehr als ein Jahr lang rote Zahlen geschrieben, bis er verstanden hatte, wie die neuen Machtmenschen in Abuja tickten.

»Sieh es als Investition an«, sagte Professor Coker, als Otunba zu seinem Sessel zurückkehrte.

»Hat es nicht Fesojaiye auch auf diesen Gouverneursposten abgesehen?«

»Hör zu, ich habe die Unterstützung des Parteivorsitzenden. Er hat es mir persönlich gesagt, deshalb habe ich mir das Formular schon abgeholt. Das ist mein Moment, und ich werde wegen Fesojaiye keinen Rückzieher machen. Es sind ja nur Gerüchte, schließlich wurde noch nicht offiziell bekannt gegeben, dass er sich wirklich zur Wahl stellt. Ich verspreche dir, es handelt sich um eine gute Investition.«

Otunba trank einen Schluck Bier. Investition. So hatten es Fesojaiyes Mitarbeiter auch genannt. Investieren Sie in die Kampagne, heimsen Sie im Gegenzug Aufträge ein. Ein Telefonanruf, eine unterschriebene Nachricht oder eine SMS von Fesojaiye würden Otunba in den meisten Fällen den

Weg zur Bewilligung ebnen, wenn er sich bei den Ministerien um Aufträge bewarb, die unter der Leitung von Fesojaiyes Arbeitsausschuss standen. Seine monatlichen Beiträge für Fesojaiyes nächste Wahlkampagne waren keine Bestechungsgelder. Es waren Investitionen.

»Nach allem, was wir wissen, kann es gut sein, dass Fesojaiye seinen Sitz im Repräsentantenhaus behalten will.«

»Es ist nur so, dass ich auch Fesojaiye unterstütze. Seine Leute haben mich bei den letzten Wahlen angesprochen, und ich habe für seine Kampagne gespendet. Seit damals spende ich auf monatlicher Basis für eine zukünftige Kampagne, ich bin also ziemlich sicher, dass der Mann vorhat, für den Gouverneursposten zu kandidieren.«

»Ah, ah, ich verstehe.« Professor Coker trommelte mit den Fingern auf sein Knie. »Deswegen hat also dein Unternehmen wieder an Fahrt aufgenommen?«

»Fesojaiye war hilfreich, ja.«

Otunba trank einen weiteren Schluck, während Professor Coker aufstand und anfing, auf und ab zu gehen.

»Deine Unterstützung wäre wirklich wertvoll für uns, Demola.«

»Zwei Dinge. Zum einen ist es eine geschäftliche Entscheidung, okay? Ich muss berücksichtigen, was am nützlichsten für mich ist. Zum anderen … Ich habe Fesojaiye vielleicht zweimal persönlich getroffen. Ich habe noch nicht einmal seine Telefonnummer, aber wenn ich seine persönlichen Assistenten kontaktiere, bekomme ich innerhalb weniger Tage, was ich brauche. Er hat seinen Teil der Abmachung eingehalten. Und du solltest wissen, dass er in dem Ruf steht, rachsüchtig zu sein.« Otunba legte eine Pause ein, um sein Bier auszutrinken.

»Ich habe auch das eine oder andere gehört.«

»Ich muss erst darüber nachdenken, was es für mich und das Unternehmen bedeuten würde, wenn ich jetzt die Seiten wechsele. Es ist eine Sache, meine Beiträge zu den Geldmitteln von Fesojaiye zurückzuziehen, eine andere, für alle erkennbar einen anderen Kandidaten zu unterstützen. Dieser Mann könnte sich entscheiden, uns bei allem, was mein Unternehmen in Abuja angehen will, Steine in den Weg zu legen. Diese ganzen einträglichen Aufträge der Ministerien könnten sich ganz leicht in Luft auflösen. Wie du siehst, gibt es für mich einiges zu bedenken.«

»Eine Sache hast du vergessen, Otunba.«

»Und was wäre das?«

»Wir könnten bald miteinander verwandt sein. Bei deiner Investition in meine Ambitionen geht es nicht nur ums Geschäft. Es ist auch eine Investition in Wuraolas Zukunft.«

»Du glaubst also, dass es die Kinder ernst miteinander meinen?«

Professor Coker nickte. »Ich weiß, dass zumindest mein Sohn es ernst meint.«

»Hmmm. Gut, ich werde das in meine Entscheidung miteinbeziehen.« Otunba lehnte sich vor. »Setzen wir uns und sehen wir uns die Zahlen genauer an. Wie viel stellst du dir denn für den Anfang vor?«

*

Wuraolas Friedensangebot an ihre Mutter bestand darin, sie zu Aunty Caro zu begleiten. Sie gingen spät aus dem Haus, kamen nach Einbruch der Dunkelheit dort an und mussten mit der Handytaschenlampe den Weg beleuchten, um den Steg zu überqueren. Sie hielt die Hand ihrer Mutter, als sie über die wacklige Planke balancierten.

»Warum lässt sie das nicht endlich in Ordnung bringen?«

»Genau das habe ich ihr letztes Mal auch gesagt, als ich hier war, weißt du? Ich habe sie gewarnt. Vielleicht liegt es am Geld.«

»Sie braucht nur ein solideres Brett zu nehmen und es fest anzunageln. Dafür hat sie doch wohl genug Geld.«

»Danke.« Yeye ließ Wuraolas Hand los, als sie vor Aunty Caros Geschäft stehen blieben. »Glaub bloß nicht, dass du alles darüber weißt, wie andere Menschen ihr Leben leben.«

Wuraola lachte. »Aber du glaubst doch auch immer zu wissen, wie ich meins leben soll.«

»Das ist etwas anderes, du bist ein Teil von mir.«

Aunty Caro öffnete die Tür, bevor sie klopfen konnten, eine Petroleumlampe in der Hand. »Yeye, guten Abend. Dr. Wura, ich habe dich wieder und wieder wegen deinem Style angerufen.«

»Deshalb sind wir hier, Caro. Sie will sich jetzt etwas Schönes aussuchen.«

»Tut mir leid, Aunty Caro. Ich wollte dich zurückrufen, habe es aber immer wieder vergessen.«

Aunty Caro ging voraus in ihr Wohnzimmer und dann quer durch den Flur, um ein paar Zeitschriften zu holen. Die Lampe nahm sie mit.

Auf dem Tisch in der Mitte stand eine Kerze, von der noch mehr Wachs auf eine ohnehin schon wachsverkrustete Milchdose tropfte. Schatten huschten durch den Raum, wenn die Flamme flackerte. Da sie die Dunkelheit nicht vertreiben konnte, gab sie sich damit zufrieden, sie neu anzuordnen.

Aunty Caro kam kurz darauf mit einem Zeitschriftenstapel zurück, den sie Wuraola in die Hand drückte.

»Vielen Dank, dass du uns zu jeder Tages- und Nachtzeit empfängst, Caro«, sagte Yeye.

Aunty Caro lächelte und stellte die Petroleumlampe auf den Stuhl neben Wuraola.

Bei den Zeitschriften handelte es sich zumeist um alte Ausgaben von *Ovation*, die neuste war mindestens zwei Jahre alt. Es gab darin nichts, was Wuraola auch nur ansatzweise gefiel. Als sie schließlich auf ein bodenlanges Kleid mit langen Ärmeln deutete, schüttelte ihre Mutter den Kopf.

»Auf keinen Fall, darin siehst du aus, als kämst du aus dem Kloster.«

»Ich finde es hübsch.«

»Du bist eine *sisi*, es gibt keinen Grund, sich wie eine alte Frau anzuziehen. Hör zu, auf dieser Party sind auch viele begehrte Junggesellen, Layi lädt viele seiner Freunde aus Lagos ein. Zeig deine Beine oder deine Schultern, dieses Ding verdeckt ja deinen ganzen Körper.«

»Was ist mit Kunle? Dein guter Junge aus der guten Familie? Magst du ihn plötzlich nicht mehr?«, fragte Wuraola.

»Ich mag ihn schon«, sagte Yeye, »aber nach einem Jahr spielt ihr immer noch Freund und Freundin, vielleicht ist er nicht der Ehemann, der dir vorbestimmt ist.«

»Im Ernst? Vorbestimmt?« Wuraola lachte. »Ein vorbestimmter Ehemann, also wirklich, Yeye.«

»Freund und Freundin, ihr seid doch keine fünfzehn mehr. Ich mag ihn, aber er hat dich noch nicht geheiratet, hat sich noch nicht mit dir verlobt, darum müssen wir uns andere Optionen offenhalten. *Abi*, hat er dir gegenüber etwa von Hochzeit gesprochen? Lass es mich sofort wissen, damit ich Pläne schmieden kann.«

Wuraola griff nach einer anderen Zeitschrift und hielt sie ins Licht der Petroleumlampe. Kunle hatte ein paar Mal übers Heiraten gesprochen, aber das würde sie ihrer Mutter nicht auf die Nase binden. Sie konnte auf all die guten Ratschläge verzichten, die persönlich, per Textnachricht oder Telefongespräch auf sie einprasseln und sie im Morgengrauen aus dem Schlaf reißen würden. Als sie dreiundzwanzig geworden und aufgrund verschiedener Streiks an der Uni immer noch im dritten Studienjahr gewesen war, hatte ihre Mutter aufgehört, ihr ans Herz zu legen, dass sie ihre Nase in die Bücher stecken und alle Jungs links liegen lassen sollte, und sich seitdem für jedes Detail ihres Liebeslebens interessiert. Das war einer der Gründe gewesen, warum Wuraola geglaubt hatte, Nonso erlauben zu können, sie zu besuchen.

Mittlerweile war Wuraola achtundzwanzig, und obwohl ihre Mutter noch nie Bemerkungen darüber gemacht hatte, dass ihr dreißigster Geburtstag vor der Tür stand, waren ihre Tanten weniger zurückhaltend. Einige hatten Wuraola ins Gesicht gesagt, sie habe schon mehr als genug Ehrenrunden als Singlefrau gedreht, mit fünfundzwanzig habe man das beste Heiratsalter eigentlich hinter sich, und nun, da sie ihr Haltbarkeitsdatum überschritten habe, müsse sie sich mit einem Witwer oder einem geschiedenen Mann begnügen oder, Albtraum aller Albträume, allein bleiben. Seit mehr als einem Jahr nahm sie ihre Anrufe nicht mehr entgegen, doch die meisten ihrer Tanten ließen sich davon nicht beirren und riefen sie von einer unbekannten Nummer an. So oder so, es war beunruhigend. Zu spüren zu bekommen, dass sie schon jetzt in etwas versagte, von dem sie bis vor Kurzem gar nicht geahnt hatte, dass es allen so wichtig war. Sie hatte zu wissen geglaubt, was man von ihr erwartete: gute Noten zu schreiben und Ärztin zu werden. Doch je näher sie dem medizinischen Staatsexamen kam, desto mehr schien diese Leistung in den Augen ihrer Familie zu verblassen, da nach dem Ende des Studiums kein Mann darauf wartete, sie zu heiraten. Bei ihrer Einführungsfeier war sie verwirrt gewesen, weil die Schwestern ihrer Mutter ihr gesagt hatten, sie solle im Haus warten, bis Kunle kam, damit sie die Gäste gemeinsam begrüßen könnten. Zwei ihrer Tanten hatten das Kleid unter die Lupe genommen, das sie auf der Party tragen würde, und hatten daran herumgemäkelt; ganz gleich, was sie auf der Geburtstagsparty ihrer Mutter trug, sie würden auch daran etwas auszusetzen haben.

»Aunty Caro, das ist der Style, den ich möchte«, sagte Wuraola. »Ich mag den klassischen Schnitt.«

Aunty Caro warf einen Blick in die Zeitschrift, dann schaute sie Wuraolas Mutter an.

»Sei doch gescheit, Wuraola, das ist viel zu altmodisch, darin halten dich alle für eine Großmutter«, sagte Yeye. »Guck dir die Frau doch nur an, die es trägt. Sie sieht aus, als hätte sie schon sechzehn Kinder und achtundvierzig Enkel. Willst du an meinem Geburtstag wirklich so herumlaufen?«

»Aber es gefällt mir nun mal.«

»Caro, hilf mir, das Mädchen zur Vernunft zu bringen. Das ist so was von prüde, so etwas tragen doch nur Nonnen, die Jesus geheiratet haben.«

»Yeye, ich glaube, dieser Style würde Dr. Wura gut stehen.«

»Caro, *iyen nipe*, du bist ein Judas. Wir müssen zusammenhalten, um diesem Mädchen Vernunft einzubläuen.«

Aunty Caro lachte. »Sie sollte tragen, was ihr gefällt.«

»Danke, Aunty Caro«, sagte Wuraola.

»Hier geht es nicht darum, was ihr gefällt, es geht darum, was sie will und was dem gefällt, den sie will.«

»Was will ich denn?«

»Einen Ehemann.«

»Aunty Caro, bitte, wann hast du das Kleid fertig? Kannst du jemanden schicken, der es mir auf der Arbeit vorbeibringt?«

»Wuraola, willst du in dieser wichtigen Angelegenheit wirklich den Rat einer Frau annehmen, die nie einen Ehemann hatte?«

»Mummy!«

»Caro weiß, dass ich nur scherze. *Abi*?«

»Dr. Wura, steh auf und lass mich noch einmal Maß nehmen«, sagte Aunty Caro. »Du hast seit dem letzten Mal abgenommen.«

5

Eniola rutschte immer wieder der Kugelschreiber aus der Hand. Seine Handflächen waren nass vor Schweiß. Sein Gesicht fühlte sich feucht an, seine Achseln klebrig. Er steckte die Kappe auf den Kugelschreiber und legte ihn auf sein aufgeschlagenes Erdkundeheft. Es gelang ihm nicht, dem zu folgen, was der Lehrer an die Tafel schrieb, außerdem würde er es später von Hakeem abschreiben können. Dessen Notizen waren sowieso übersichtlicher; er unterstrich die Überschriften und Zwischenüberschriften mit grünem Filzstift und notierte die Definitionen mit rotem Kugelschreiber.

Es war Montag, aber die Schulgebühren waren bei der Morgenversammlung noch nicht erwähnt worden. In den Jahren zuvor waren die Namen der Schüler, die der Schule Geld schuldeten, nach den Gebeten verlesen worden, und diejenigen, die wie Eniola trotz Mr. Bisades Warnungen zur Schule gekommen waren, wurden bestraft, bevor man sie nach Hause schickte. Doch an jenem Vormittag war Mr. Bisade noch vor Ende der Versammlung verschwunden, und es hatte keine Bestrafung gegeben.

Eniola wischte sich die Hände an den Armen ab, bis sie sich trocken anfühlten. Er war immer der Letzte in seiner Klasse, der die Schulgebühren bezahlte, deshalb war er an

Bestrafungen gewöhnt. Es war das Warten, das er unerträglich fand. Er hatte vorgehabt, in Aunty Caros Geschäft zu gehen, wenn man ihn fortschickte. Er wünschte, er wäre schon da, könnte Wickelröcke falten und das Gelächter seiner Klassenkameraden vergessen, deren Eltern die Schulgebühren pünktlich bezahlt hatten.

Als Mr. Bisade kurz vor dem Ende der ersten Stunde in seine Klasse kam, war Eniola fast froh. Was auch immer passierte, würde jetzt passieren, und seine Hände würden endlich aufhören zu zittern.

Die Klasse erhob sich, als Mr. Bisade den Raum betrat: »Guten Morgen, Sir, schön, Sie zu sehen, Sir. Gott segne Sie, Sir.«

»Setzt euch, setzt euch«, sagte Mr. Bisade. Er hatte seine dreischwänzige Peitsche dabei.

»Soll ich –«, begann der Erdkundelehrer.

Mr. Bisade warf einen Blick auf seine Armbanduhr. »Fünf Minuten, nein, Sie brauchen nicht zu warten, Sie können gehen.«

Der Erdkundelehrer nahm seine Notizbücher vom Tisch und verließ den Raum.

»Ich komme gerade von einem Sondertreffen mit der Besitzerin und freue mich, euch mitteilen zu können, dass unsere Schulleitung beschlossen hat, barmherzig zu denen unter euch zu sein, die uns noch Schulgebühren schulden.« Mr. Bisade räusperte sich. »Statt euch heute nach Hause zu schicken, wenn ihr nicht all eure Gebühren bezahlen konntet, werden wir die Gnadenfrist verlängern. Wenn ihr die Hälfte der Gebühren bezahlt habt, werdet ihr erst nach den Zwischenprüfungen nach Hause geschickt.«

Einige Schüler applaudierten, hörten jedoch sofort wieder auf. Eniola hörte ein paar von seinen Klassenkameraden erleichtert aufseufzen, doch er selbst konnte sich das nicht erlauben. Seine Eltern hatten nicht einen Naira der überfälligen fünftausend bezahlt. Er kaute auf seinen Fingernägeln, während seine Mitschüler zu tuscheln begannen. Wer konnte schon sagen, ob es möglich wäre, in naher Zukunft auch nur zweitausendfünfhundert Naira aufzubringen? Er dachte an den Zweihundert-Naira-Schein, den Yeye ihm gegeben hatte; er hatte ihn an diesem Morgen zusammengefaltet in seine Brusttasche gesteckt. Wie viel Prozent von zweitausendfünfhundert waren zweihundert?

»Ruhe!«, rief Mr. Bisade. »Schon besser. So, und von nun an werden wir die Dinge folgendermaßen handhaben. Wenn ihr die Hälfte eurer Schulgebühren bezahlt habt, braucht ihr euch bis zu den Zwischenprüfungen keine Sorgen zu machen. Und nun zu den hartnäckigen Schuldnern, die sich geweigert haben, überhaupt etwas zu bezahlen.«

Paul lachte.

»Wir werden auch euch gegenüber barmherzig sein. Ihr werdet diese Woche noch nicht nach Hause geschickt, genauer gesagt wird euch eine Gnadenfrist von ganzen zwei Wochen gewährt, aber ich werde euch jeden Morgen das Frühstück servieren. Und wenn ihr nach Hause kommt, erinnert ihr eure Eltern daran, dass sie eure Schulgebühren bezahlen sollen, damit eure Lehrer nicht hungern müssen. Was habe ich gesagt? Sie sollen eure Schulgebühren bezahlen, damit …?«

»Damit unsere Lehrer nicht hungern müssen«, wiederholte die Klasse.

»Lauter.«

»Damit unsere Lehrer nicht hungern müssen.«

»Gut. Wir erlauben euch, am Unterricht teilzunehmen, aber zuerst werden wir euch jeden Tag das Frühstück servieren, und wenn ihr kein Frühstück wollt, bleibt zu Hause. Wollt ihr wissen, woraus das Frühstück besteht?«

»Ja«, rief Paul.

»Ich sagte, wollt ihr wissen, woraus das Frühstück besteht?«

Die ganze Klasse murmelte ein Ja.

»Ihr bekommt sechs Schläge hiermit.« Er knallte mit der Peitsche. »Jeden Morgen während der gesamten barmherzigen Gnadenfrist. Und wenn die zwei Wochen vorbei sind, werdet ihr nach Hause geschickt. Ist das klar? Gut. Wenn ihr euch für besonders schlau haltet, kommt nach der Gnadenfrist zur Schule, ohne mindestens die Hälfte eurer Gebühren bezahlt zu haben. Nachdem ich euch den Hintern versohlt habe, wisst ihr nicht mal mehr euren Namen. Und nun die beiden Schüler, die in den Genuss des heutigen Frühstücks kommen.« Er holte einen Zettel aus seiner Hosentasche und entfaltete ihn.

Eniola verschränkte die Hände, um sie stillzuhalten.

»Nur zwei in dieser Klasse, das ist gut. Los, applaudiert euch. Sandra Oche und Eniola Oni, klatscht ihr auch? Ihr chronischen Schuldner! Weshalb klatscht ihr? Nur zu, kommt her und genießt euer Frühstück.«

Eniola und Sandra gingen nach vorn.

»Los, Sandra, *ladys first*. Wohin willst du sie?«

Mädchen konnten sich aussuchen, ob sie die Schläge auf die linke Hand oder den Rücken haben wollten. Die Jungen hatten keine Wahl, Mr. Bisade schlug sie immer auf den Rücken.

Sandra weinte schon jetzt so heftig, dass sie nicht antworten konnte. Sie streckte die linke Hand aus, und die Bestrafung begann. Das arme Mädchen zog die Hand nach jedem Schlag zurück, hielt sich das Handgelenk und trat mehrmals von einem Fuß auf den anderen, bevor sie ihre Hand erneut ausstreckte. Ihr Schluchzen wurde nur vom gelegentlichen Gelächter einiger Klassenkameraden übertönt.

Als Sandra schluchzend zurück zu ihrem Platz ging, trat Eniola vor, drehte Mr. Bisade den Rücken zu und spannte den Körper an, um sich für den ersten Schlag zu wappnen. Er war vorbereitet und trug an diesem Vormittag drei Unterhemden unter der Schuluniform. Die ersten fünf Schläge trafen den unteren Teil seines Rückens, wo sie von den Unterhemden abgemildert wurden. Doch beim letzten zielte Mr. Bisade höher, sodass die Peitsche sich um Eniolas Hals wickelte. Er unterdrückte einen Aufschrei und biss sich auf die Zunge, bis er Blut schmeckte. Dann verzog er die Lippen zu etwas, das, wie er hoffte, einem Lächeln glich, und ging zurück an seinen Platz. Niemand lachte über ihn. Diesmal hatte er es geschafft, still auszuharren.

Als Mr. Bisade gegangen war, versammelten sich Sandras Freundinnen um sie, um ihr zu sagen, wie leid es ihnen tue, doch die viele Aufmerksamkeit führte nur dazu, dass sie noch lauter schluchzte. Eniola hätte am liebsten geschrien, sie solle still sein. Er wünschte sich, dass der nächste Lehrer pünktlich kam, damit die Mädchen, die Sandra umringten, aufhörten, ihm mitleidige Blicke zuzuwerfen. In den Jahren zuvor hatte er die Schule wenigstens direkt nach der Bestrafung verlassen können, um mit seiner Scham allein zu sein. Jetzt musste er hier sitzen und sich von seinen Mitschülern bemitleiden lassen. Wenn das Barmherzigkeit war, dann wollte er sie nicht.

*

Der Besitzer hatte sich nicht die Mühe gemacht, das zweistöckige Gebäude streichen zu lassen, in dessen Erdgeschoss Eniolas Familie ein Zimmer gemietet hatte. Wie die meisten anderen Häuser in diesem Teil der Straße wiesen die Außenwände einen Farbton zwischen Beton- und Schimmelgrau auf.

Auf dem Heimweg von Aunty Caros Geschäft sah Eniola seinen Vater vor einer dieser grauen Mauern hocken, eine Petroleumlampe in der Hand. Anfangs glaubte Eniola, er wollte etwas von dem Schimmel abkratzen, aber als er näher kam, sah er, dass auf dem Boden überall *gari* lag.

»Guten Abend, Sir«, sagte Eniola.

Sein Vater nickte, ohne aufzusehen.

Das verschüttete *gari* hätte für mindestens drei Mahlzeiten gereicht, und Eniola brauchte sich nicht hinzuhocken, um zu wissen, dass es ihnen nie gelingen würde, die Körnchen vom Sand zu trennen. Hätte es wenigstens auf einem Haufen gelegen, hätten sie vielleicht immer noch genug für eine Mahlzeit aufsammeln können.

»Was ist passiert?«, fragte Eniola.

»Busola.« Eniolas Vater richtete sich auf. »Sie ist hingefallen und hat alles verstreut. Gehen wir, hier können wir nichts mehr tun.«

Drinnen saß Busola auf dem Bett, und ihre Mutter kniete neben ihr.

»Das brennt«, rief Busola, als ihre Mutter das zerschrammte Knie mit einem in Petroleum getränkten Tuch abwischte.

»Schrei nicht so«, sagte Eniolas Mutter. »Ich habe dir gesagt, du sollst vorsichtiger sein. Siehst du jetzt, was passiert ist? Gott sei Dank hat dein Kopf nichts abbekommen.«

»Haben wir noch Geld?«, fragte Eniolas Vater.

Seine Mutter schüttelte den Kopf. »Ich habe alles für das *gari* ausgegeben.«

»Gleich morgen gehe ich zu meinem ehemaligen Schulleiter«, sagte Eniolas Vater. »Vielleicht leiht er uns was. Letztes Jahr hat er mir versprochen, wenn ich eine Kleinigkeit brauche ...«

»Die Leute machen einem andauernd Versprechungen, aber wenn man sie dann besuchen will und an die Tür klopft, macht niemand auf.« Sie tätschelte Busola das Bein. »Was sollen wir heute Abend nur essen?«

Eniola lehnte sich an eine Wand; er griff in seine linke Brusttasche und berührte den Zweihundert-Naira-Schein. Mit dem Geld könnte man etwas *gari* und Palmöl kaufen.

»Dieser Mann ist anders«, sagte Eniolas Vater.

Eniolas Mutter bedeutete ihrem Mann, ihr die Lampe zu geben. Sie hielt sie dicht vor Busolas Knie und nickte zufrieden. »Leg dich jetzt hin«, sagte sie. »Morgen geht's dir schon wieder besser.«

Sie gab ihrem Mann die Lampe zurück. »Was machen wir heute Abend?«

»Hast du wirklich kein Geld mehr?«, fragte er.

»Wenn ich irgendwo auf dieser Welt noch Geld hätte, glaubst du, ich würde meine Kinder hungern lassen?«

Eniola umfasste den Schein. Seine Mutter öffnete den Mund, um etwas zu sagen, dann machte sie ihn wieder zu, verschränkte die Arme und starrte die gegenüberliegende Wand an. Als sie schließlich sprach, klang ihre Stimme rau. »Müssen wir wieder hungrig schlafen gehen?«

»Ich habe etwas«, sagte Eniola.

Seine Eltern drehten sich mit großen Augen zu ihm um, als hätte er ihnen gerade erzählt, er wäre mit Zwillingen schwanger. Selbst Busola setzte sich im Bett auf.

Er zog das Geld aus der Tasche. Seine Eltern griffen gleichzeitig danach, sodass ihre Hände gegeneinanderstießen. Er gab seinem Vater das Geld.

Sein Vater beäugte den Schein, als könne er gefälscht sein.

»Woher hast du das?«, fragte seine Mutter. Sie baute sich vor ihm auf, die Hände in die Hüften gestemmt; die Standpauke über Ehrlichkeit stand ihr schon ins Gesicht geschrieben.

»Eine von Aunty Caros Kundinnen hat es mir geschenkt.«

Seine Mutter presste die dünnen Lippen zusammen.

»Du kannst Aunty Caro fragen«, fügte Eniola hinzu. »Ich sage die Wahrheit.«

Ihre Mutter umarmte ihn. Er verzog das Gesicht, als sie die schmerzende Stelle an seinem Nacken berührte, die Mr. Bisades Peitsche hinterlassen hatte.

»Ich danke dir, mein Eniola«, sagte sie. »Mögest auch du Kinder bekommen, die sich um dich kümmern.«

6

Wuraolas Tanten fielen am Mittwoch bei ihnen zu Hause ein. Sie kamen mit Klagen und Kühlboxen voll gebratenem Fleisch, mit lebenden Ziegen und Ausrufen, Ermahnungen und säckeweise Reis und Aboniki-Balsam.

Klagen und Kühlboxen voll gebratenem Fleisch – um Himmels willen, wie konnte Yeye die Party nur in ihrem Garten abhalten? Es ging schließlich nicht um Wuraolas zehnten Geburtstag oder Motaras Namensgebungszeremonie, sondern um ihren Fünfzigsten! Nicht alle Menschen hatten das Glück, ihren Fünfzigsten zu erleben! Ihre Mutter – mochte sie im Jenseits ihr Luxusleben weiterführen – hatte an ihrem vierzigsten Geburtstag die Sonne nicht mehr aufgehen sehen. Und das, nachdem ihr Vater sich von der Welt verabschiedet hatte, noch ehe er neunundvierzig wurde. Was das nicht Grund genug, dass all ihre Nachkommen ihren fünfzigsten Geburtstag feiern sollten wie einen Sieg? Ein großer Sieg schrie geradezu nach einem wunderschönen, großen Fest. Und nach Dankbarkeit. Jawohl, Dankbarkeit. Gab es keine Veranstaltungsorte in dieser Stadt? Yeye hätte die Party in Lagos, Ibadan oder Abuja feiern können. War Geld ein Problem? Sie hätten alle etwas beisteuern können. Sie hatten es für die anderen Schwestern getan, warum sollten sie nicht bereit, froh und glücklich sein, es auch für ihre jüngste zu tun? Wenn Yeye Geld für die Party fehlte, hätte sie sich ihren älteren Schwestern nicht anvertrauen können? Hatte ihr Stolz Yeye daran gehindert, um Hilfe zu bitten? Hatten Zeit und Entfernung das geschwisterliche Band zwischen ihnen geschwächt? Nein? Wieso wurde dieses wichtige Ereignis dann auf Yeyes Rasen gefeiert? Hätten sie doch nur vor ihrer Ankunft davon gewusst, dann hätte man noch etwas machen können. Ach, es hatte auf der Einladung gestanden? Wieso sollten sie die Einladung lesen, obwohl sie ohnehin jede Woche mit Yeye sprachen? Wieso hatte Yeye nicht den Mund aufgemacht, um ihnen zu sagen, wo die Party abgehalten wurde? Keine Einladung, keine Ahnung. Wie auch immer, das würde sich bei Yeyes Sechzigstem nicht wiederholen. Auf keinen Fall, nicht, wenn sie alle noch lebten und sich darum kümmern konnten. So die besondere Gnade Gottes es erlaubte. Im Namen Jesu, keine von ihnen würde fehlen. Niemand würde krank werden, dank der Barmherzigkeit des Allmächtigen.

Und wer trug jetzt die Kühlboxen ins Haus, damit Motara die Fleischstücke zählen konnte?

Es waren fünf, eine von jeder Schwester. Zweihundert Stück Truthahnfleisch von Aunty Biola, die sich nicht die Mühe hätte machen müssen, überhaupt etwas mitzubringen. Nicht nach allem, was sie für Yeye und ihre Schwestern getan hatte, seit ihre Eltern gestorben waren. Nur Gott allein konnte die Frau dafür entlohnen. Vierhundert Stück Hähnchenfleisch von Aunty Abeni. Sie war schon immer großzügig gewesen. Wusste Wuraola, dass Aunty Abeni als Kind ihren Fisch mit Yeye geteilt hatte, damit sie mehr zu essen hatte? Und hätte Yeye sie darum gebeten, hätte sie ihr sogar den ganzen Fisch überlassen. Man sollte ja keine Lieblingsgeschwister haben, aber Aunty Abeni hatte immer ein gutes Herz gehabt. Aunty Sunmbo hatte es geschafft, einhundert Stück Hammelfleisch mitzubringen, trotz allem, was sie mit ihrem unterbelichteten Ehemann durchmachte. Sie war unglaublich tapfer, ja wirklich. Zweihundert Stück Schweinefleisch von Aunty Mosun. Ja, von der Schweinefarm, die sie sich angeschafft hatte. Und war es zu glauben, dass Aunty Jumoke zweihundert Stück Rindfleisch mitgebracht hatte? Rindfleisch? Wieso sollte irgendjemand Rindfleisch mitbringen? Alle wussten, dass am Donnerstag zwei Kühe geschlachtet werden würden, sie hatten sogar Geld beigesteuert, um eine davon zu kaufen. Man sollte nicht schlecht von älteren Geschwistern sprechen, aber Aunty Jumoke hätte wirklich besser nachdenken können.

Lebende Ziegen und Ausrufe – Motara war ja schon fast erwachsen. Und Motara war unhöflich geworden, sie hatte ein so großes Mundwerk, dass sie ein Haus hätte verschlingen können. Und dann die winzigen Shorts und ihr tief ausgeschnittenes Top. War das ein Tattoo? Nein? Aber wie konnte sie sich eins mit Filzstift aufmalen, sie wohnte schließlich noch zu Hause? Wie konnte sie es wagen? Was würde sie erst anstellen, wenn sie auf die Universität ging? Yeye musste etwas dagegen unternehmen, bevor Motara Schande über die Familie brachte. Man sollte sie besser auf eine private Universität schicken, am besten eine christliche. Hatte Yeye auch dafür gesorgt, dass jemand die Ziegen, die sie mitgebracht hatten, räucherte und kochte?

Ermahnungen und säckeweise Reis – war Yeye auch sicher, dass sie gut auf die Party vorbereitet war? Wirklich? Die Schuhe, die Yeye tragen wollte, waren zu hochhackig für ihr Alter. Wusste sie nicht mehr, wie Jumoke auf der Party zu ihrem Fünfzigsten mitten auf der Tanzfläche hingefallen war? Die anderen Schuhe waren zu flach, erinnerte sie sich nicht mehr, wie gut die Fotos geworden waren, die Jumoke an ihrem fünfzigsten Geburtstag hatte machen lassen? Andererseits passten die Schuhe farblich genau zu ihrem Outfit. Ja, ja, ja, ja und ja. Sie hätten ihr etwas aus Lagos, Ibadan und Abuja mitbringen können. Yeye musste aufhören, sich zu so benehmen, als hätte sie keine Schwestern. Sie wollten nur helfen, wieso weigerte sie sich, sich helfen zu lassen? War in ihrer Vorratskammer noch Platz für die Säcke mit Reis, obwohl Yeye gesagt hatte, sie brauche keinen Reis? Wozu waren sie Schwestern, wenn sie ihr nicht einmal Reis zum Geburtstag mitbringen durften? Reis, ganz normalen Reis. Und Yeye sagte ihnen wieder und wieder, es sei mehr als genug Essen da. Aber was hatte Yeye schon für eine Ahnung? Ihre Schwestern hatten alle schon ihren fünfzigsten Geburtstag gefeiert, sie wussten Bescheid. Man konnte nie zu viel Reis für eine Party haben. Es war besser, wenn man am Ende noch etwas übrig hatte.

»Du kannst den Reis nach der Party verschenken, wenn alle gegangen sind«, sagte Wuraola zu ihrer Mutter, als diese eine Verschnaufpause einlegte.

»Willst du mit ihnen reden?«

»Ich habe wirklich nicht viel Zeit, *ma*. Ich habe die Station verlassen, um deinen Anruf anzunehmen, und muss gleich wieder zurück.«

»Ich kann dich auf Lautsprecher stellen, alle haben nach dir gefragt.«

»Ich habe mit Aunty Jumoke gesprochen, bevor sie Lagos heute Morgen verlassen hat.«

»Was ist mit Aunty Abeni?«

»Ich habe letzte Woche mit ihrem Sohn gesprochen.«

»Du solltest sie öfter anrufen.«

Aunty Abeni war schon seit vielen Jahren davon überzeugt, dass sie an irgendwelchen Krankheiten starb, die ihre Ärzte nicht diagnostizieren konnten. Immer wenn Wuraola sich breitschlagen ließ, die, wie man an jedem Bluttest und jeder Computertomografie erkennen konnte, gesunde Sechzigjährige anzurufen, lenkte diese das Gespräch auf irgendeine neue mörderische Erkrankung, die, wie sie sicher war, ihren Körper befallen habe.

»Ich sehe sie ja, wenn ich nach Hause komme.«

»Und wann ist das?«, fragte Yeye.

»Wie gesagt, erst am Freitag.«

»Kannst du nicht morgen schon kommen?«

»Das ist absolut unmöglich.«

»Unmöglich? Bist du sicher? Du könntest morgen nach der Arbeit nach Hause kommen, über Nacht bleiben und am Freitag von hier aus zur Arbeit fahren.«

»Das geht nicht, ich habe morgen Notdienst.« Sie hatte es geschafft, den Notdienst am Wochenende mit einem Kollegen zu tauschen, aber niemand wollte eine Donnerstagnacht tauschen.

»Selbst Layi kommt noch vor dir hier an.«

»Ich bin vor halb fünf zu Hause.«

Yeye seufzte. »Aunty Jumoke reibt mir alle fünf Minuten die Knie und Knöchel mit Aboniki-Balsam ein. Sie glaubt immer noch, damit könnte sie mein Hinken heilen. Diese Leute wollen mich mit ihrem ganzen *wahala* umbringen.«

»Wieso bringst du sie nicht in einem Hotel unter?«

»Meine Schwestern? In einem Hotel? Wie, in einem Hotel? Wir reden hier von meinen Schwestern. Was ist nur los mit dir?«

»Schon gut, tut mir leid. Ich wollte nur helfen.«

»Helfen? Oder liegt es daran, dass du dir ein Zimmer mit

deiner eigenen Schwester teilen musst, wenn sie da sind? Sie haben recht, ich habe euch Kinder zu sehr verwöhnt. Meine Schwestern und ich haben uns ein einziges Zimmer geteilt, als unsere Eltern noch lebten. Sechs von uns, in einem einzigen Zimmer. Und jetzt willst du, dass ich sie in ein Hotel stecke, weil du dir kein Bett mit Motara teilen willst? Wie auch immer, ich muss jetzt Schluss machen, Aunty Mosun kocht *egbo*. Ich glaube, sie ist gleich fertig, und ich will nicht, dass sie alles ohne mich aufessen. Komm doch nach Hause, heute Abend will sie Bohnen kochen, damit sie morgen früh *muke ewe* kochen kann. Du kennst mich, ich habe keine Zeit, um zwölf Stunden lang Bohnen zu kochen, komm her und nutz die Gelegenheit, solange sie noch da ist.«

*

Als Wuraola am Freitag nach Hause kam, waren mehrere Männer damit beschäftigt, auf dem Rasen Partyzelte aufzustellen, während andere Plastikstühle und -tische vom Lastwagen der Mietfirma abluden. Die Tanten beobachteten die Männer, riefen ihnen hin und wieder Anweisungen zu. Sie saßen auf Plastikstühlen an einem Plastiktisch, der mit Tellern voller Fleisch beladen war. Alle hatten einen Softdrink in der Hand, außer Aunty Abeni, die nur Wasser trank.

Wuraola kniete sich zur Begrüßung hin und legte das Kinn auf den Tisch, während die Frauen ihre höflichen Fragen beantworteten. Bei den meisten liefen die Geschäfte gut, nur ein paar der Kinder wollten nicht hören, ob Wuraola nicht mit ihnen reden könne? Sie sei so ein gutes Vorbild. Ein, zwei Ehemänner waren immer noch Nichtsnutze, aber alles in allem müssten sie Gott für ihr Leben dankbar sein.

Wuraola erhob sich, umarmte alle der Reihe nach und nahm sich einen Hähnchenschenkel von einem der Teller.

»Ach, Wura, bevor du gehst, was habt ihr für Bier im Haus? Nicht das für die Party morgen. Das, was ihr im Kühlschrank habt.«

»Aunty Mosun, solltest du wirklich noch trinken?«, fragte Aunty Jumoke, ehe Wuraola etwas erwidern konnte.

Aunty Mosun lehnte sich zurück. »Solltest du so mit deiner älteren Schwester reden?«

»Ich gebe dir nur einen guten Rat.« Aunty Jumoke klatschte in die Hände.

»Den kannst du für dich behalten, Jumoke. Die junge Frau da ist Ärztin und hat keine Einwände, und du spielst hier die große Ratgeberin. Keine Ahnung, welche Universität dir einen Doktortitel verliehen hat, dass du glaubst, anderen solche Ratschläge geben zu können.« Aunty Mosun drückte Wuraola die Hand. »Liebes, wenn du reingehst, bitte jemanden, mir eine Flasche Stout nach draußen zu bringen. Schön kalt. Du weißt schon, eine Flasche, die ordentlich lange im Kühlschrankknast gestanden hat.«

Mindestens ein Dutzend Plastikstühle waren ins Wohnzimmer gebracht worden, um die Sitzmöbel dort zu ergänzen, und jeder davon war besetzt. Yeye eilte geschäftig hin und her und gab Rachel und Motara, die die Gratulanten bedienten, Anweisungen. Als Wuraola sich einen Weg zur Treppe bahnte, erkannte sie die Frauen von Yeyes Marketinggesellschaft, die Leiterinnen der Mothers' Union und mehrere Ehefrauen von Mitgliedern der IEMPU. Sie begrüßte alle, dann eilte sie nach oben, denn wenn sie noch länger im Wohnzimmer blieb, würde Yeye ihr irgendeine dringende Aufgabe geben.

Sie war überrascht, ihre Freundinnen Tife und Grace im

Familienwohnzimmer vorzufinden. Sie waren zwar auch zu der Party eingeladen, doch sie hatte sie nicht vor dem nächsten Morgen erwartet.

»Ihr habt mir gar nicht gesagt, dass ihr heute schon kommt, ihr Lieben.«

Grace erhob sich, um sie zu umarmen, während Tife sitzen blieb und an einem Glas Wein nippte.

»Ich hoffe, wir sind willkommen«, sagte Tife.

»Natürlich, weshalb solltet ihr nicht willkommen sein?« Wuraola setzte sich neben Tife und drückte ihre Schulter. »Vielen, vielen Dank, ihr Süßen. Wie geht es euch? Wie geht's Ife? Konntet ihr euch beide freinehmen? Keine von euch hat heute Notdienst, oder?«

»Welche Frage sollen wir zuerst beantworten, Madam?«, fragte Grace.

»Wo schlaft ihr heute Nacht? Das Haus ist so voll, dass ich mir ein Zimmer mit Motara teilen muss, meine Tanten haben fast alle anderen Zimmer in Beschlag genommen. Vielleicht suchen wir euch ein Hotel?«

Grace grinste. »Kunle hat sich schon darum gekümmert.«

»Mein Kunle?«

»Er hat alles arrangiert, das Hotel gebucht, sogar bezahlt. Er ist wirklich ein Schatz.«

»Ach ja? Wir haben vorhin telefoniert, bevor ich das Krankenhaus verlassen habe, und er hat mir nichts davon erzählt.«

»Ich muss meine Meinung über den Jungen revidieren.« Tife schwenkte ihr Weinglas.

»Welche Meinung hattest du denn vorher über ihn?«, fragte Wuraola.

»Dass er ein ziemlicher Aufreißer ist«, antwortete Tife.

Grace schnaubte. »Du hältst doch jeden Typen für einen Aufreißer.«

»Und wann hatte ich damit je unrecht?«, fragte Tife.

»Ach, komm schon, fang nicht wieder damit an«, sagte Grace.

Tife stellte ihr Weinglas auf einem Hocker ab. »Die Wahrheit ist eben bitter, Mädels.«

»Hat man euch etwas zu Essen gebracht?«

»Kunle war mit uns essen, als wir angekommen sind. Wir waren in diesem Pfeffersuppenrestaurant in Akewusola. Ich muss zugeben, dass ich ganze drei Portionen vertilgt habe«, gestand Tife.

»Ihr habt ihn getroffen? Das hat er auch nicht erwähnt, als wir miteinander gesprochen haben.«

»Das hätte ja auch die Überraschung ruiniert«, sagte Grace.

»Also braucht ihr nichts? Kunle hat sich schon um alles gekümmert?«

Tife rieb sich den Bauch. »Sehr gut sogar. Der Typ ist zumindest einer der netteren Aufreißer. Du weißt schon, Aufreißer light. Ich bin beeindruckt, na ja, zumindest ein bisschen.«

Kunle und seine Eltern waren an jenem Abend zum Essen eingeladen. Sechs Plastiktische wurden draußen zu einer langen Tafel zusammengestellt, an deren oberen Ende Wuraolas Vater Platz nahm. Yeye, Kunles Eltern und Layi saßen neben ihm, während Grace, Tife und Kunle Wuraola am anderen Ende der Tafel flankierten. Die Tanten saßen mit Layis schwangerer Frau Odunayo in der Mitte und erzählten ihr alles über die schwindenden Erträge der Ölpalmen, die sie von ihrem Großvater geerbt hatten. Aus irgendeinem

Grund saß Motara nahe bei den Zelten, weit weg von allen anderen.

Grace rührte ihr Essen kaum an. Sie wollte die Facharztprüfung noch vor dem Nationalen Jugenddienst schreiben, konnte sich jedoch nicht zwischen Innerer Medizin und Pädiatrie entscheiden.

»Es ist ja nicht so, als könntest du gleich anfangen zu arbeiten, wenn du bestehst«, sagte Tife, wobei ihr ein paar Reiskörner aus dem Mund fielen. »Du musst zuerst dem Land dienen, also krieg dich wieder ein und überleg in Ruhe, bevor du dich entscheidest.«

»Es wird wahrscheinlich eher Innere. Aber ich muss mich bald festlegen, ich will mich nächste Woche für die Prüfung anmelden.«

»Wozu die Eile?«, fragte Tife.

Grace zuckte die Schultern. »Wann willst du deine ablegen, Wuraola?«

»Jetzt noch nicht.«

»Siehst du? Es ist vernünftig, sich Zeit zum Nachdenken zu nehmen, du willst doch keine Facharztausbildung machen, die du schrecklich findest.« Tife spießte mit der Gabel ein Stück Fleisch auf.

»Tife, Grace denkt schon seit dem fünften Jahr darüber nach. Sie ist uns weit voraus und –«

»Wuraola, könntest du mir eisgekühltes Wasser bringen?«, fragte Kunle.

Als Wuraola aufstand, verkniff sie sich die Frage, warum er zuvor um ungekühltes gebeten hatte. In der Küche überwachte Rachel die beiden zusätzlich eingestellten Köche, die Fisch grillten. Wuraola schnappte sich eine Wasserflasche aus dem Kühlschrank und trank einen Schluck daraus.

Als sie nach draußen trat, waren alle aufgestanden, und

Kunle kniete neben der Veranda, eine Ringschatulle in der Hand.

Sie hörte nicht, was er sagte.

Ihre Tanten applaudierten, Aunty Mosun scharrte mit den Füßen, begierig zu tanzen. Grace tanzte bereits zu einem unhörbaren Rhythmus. Selbst Tife grinste. Ihre Eltern schmiegten sich aneinander, und ihr Vater hatte ein seltenes Lächeln im Gesicht. Professor Cordelia hatte sich die Hand auf die Brust gepresst, als wollte sie ihr Herz zurückhalten, und ihr Mann hatte das Weinglas schon zum Toast erhoben. Das Blitzlicht blendete Wuraola, als Layi ein Foto machte.

»Sag Ja, sag Ja!«, rief Odunayo.

Wuraola streckte die linke Hand aus.

Teil II

Auf der Black Sisters Street

Die Welt war genau so, wie sie sein sollte. Nicht mehr und definitiv nicht weniger. Sie besaß die Liebe eines guten Mannes. Ein Haus. Und ihr eigenes Geld – noch neu, frisch, im gesündesten aller Grüntöne –, und der Gedanke daran gab ihr Auftrieb, verschaffte ihr ein solches Hochgefühl, dass sie vor sich hin summte.

Chika Unigwe, *On Black Sisters Street*

7

Eniola brachte es nicht über sich, seine Eltern an die Schulgebühren zu erinnern. In all den Halb- und Schuljahren hatte er ihnen mehrfach sagen müssen, dass man ihn der Schule verweisen würde, wenn sie nicht innerhalb eines Monats, innerhalb von zwei Wochen oder eines Tages bezahlten. Mit jedem Halbjahr fiel es ihm schwerer, den Mund aufzumachen, um mit seinen Eltern über die Schulgebühren zu reden, und manchmal dachte er tagelang darüber nach, wann und wo er das Thema anschneiden sollte, nur um dann häufig noch eine Stunde oder einen Tag länger zu warten. Wenn er es schaffte, es anzusprechen, und in seiner Hast, es hinter sich zu bringen, über die Wörter stolperte, machte die Reaktion seiner Eltern ihn oft traurig. Die Art, wie sein Vater auf den Boden oder an die Decke starrte, den Blick auf einen einzigen Punkt gerichtet. Wie seine Mutter das Kinn auf die Brust sinken ließ und sich das Gesicht rieb, als wollte sie unsichtbare Tränen wegwischen. Immer wenn er sie um etwas bat, was mit Geld zu tun hatte – um ein neues Mathematikbuch, eine Hose für seine Schuluniform, die nicht ein gutes Stück über seinen Knöcheln endete oder im Schritt kniff, ein Hemd, das nicht unter den Achseln scheuerte – taten sie ihm so leid, dass er sich wünschte, zu den Schülern zu gehören, die ihre Hausaufgaben erledigen konnten, ohne sich auf diverse Beispiele aus Schulbüchern zu beziehen.

Busola dagegen schien das Unbehagen ihrer Eltern kaltzulassen. Sie beschwerte sich über die Schläge, die sie in der ersten Woche der Gnadenfrist einstecken musste. Im Laufe der Woche hob sie jeden Tag ihre Bluse an, damit ihre Eltern die Striemen sehen konnten, die sich auf ihrem Rücken vervielfältigten und übereinanderschlängelten wie Würmer. Sie fragte sie, wann sie die Gebühren endlich bezahlen würden, wurde laut, brach in Tränen aus und weigerte sich, Wäsche zu waschen oder das Geschirr zu spülen, bis sie eine Antwort erhielt. Und obwohl er ihren Zorn verstand, war Eniola erstaunt, dass sie ihn nicht schweigend ertragen konnte, wie er es zu tun gelernt hatte. Zugleich war er dankbar, dass sie die Stimme erhob; es hatte seine Eltern dazu gebracht, alle verfügbaren Verwandten und Freunde um Geld anzubetteln. An den meisten Tagen in dieser Woche war ihre Mutter zu diversen Müllhalden gegangen, um Plastikflaschen und Dosen herauszufischen, die sie einer Erdnussverkäuferin für weit weniger Geld verkaufte, als sie erwartet hatte.

Am Samstagmorgen weckte Busola alle auf, als sie die Teller und Töpfe, die zu spülen sie sich am Vorabend geweigert hatte, aufeinanderstapelte, sodass das Klappern und Klirren immer lauter wurde, je mehr der Geschirrberg wuchs. Eniola setzte sich auf der Matratze auf, als seine Schwester Löffel in einen Topf warf. Ihre Eltern gähnten und drehten sich im Bett um, klammerten sich bis zuletzt an den Schlaf, bis Busola eine Pfanne fallen ließ. Als sie die Pfanne aufhob und sie zurück in den Schrank mit den Küchenutensilien pfefferte, fragte sich Eniola, wieso sie

sie überhaupt herausgeholt hatte. Das Ding war nicht mal schmutzig. Sie hatten seit Monaten nichts mehr gebraten.

Als die Eltern sich im Bett aufsetzten, sank Busola auf die Knie, um sie zu begrüßen, aber noch ehe sie etwas erwidern konnten, begann sie sich wegen der Schulgebühren zu beschweren.

»Busola.« Ihre Mutter hob die Beine aus dem Bett. »Die Sonne ist noch nicht mal aufgegangen, lass den Tag doch erst einmal heraufdämmern, bevor wir darüber reden.«

Busola deutete auf das Fenster. »Die Sonne geht schon auf, es dämmert. Bin ich es nicht, die am Montag in der Schule Prügel bekommt? Das lasse ich mir nicht bieten, ich kann es nicht ertragen, noch eine Woche Schläge zu kassieren. Wenn ihr nicht bezahlt, lasst mich ab Montag zu Hause bleiben. Sie werfen mich sowieso nach den Schlägen raus, wenn ihr bis dahin nicht bezahlt habt, also lasst mich lieber gleich zu Hause bleiben.«

»Nicht in diesem Haus. Wenn du woanders Miete bezahlst, kannst du dort bleiben, aber du bleibst nicht in diesem Haus. Wir bemühen uns, Busola, wir bemühen uns doch.«

»Wie viel habt ihr denn jetzt? Könnt ihr die Hälfte bezahlen?«

»Wieso bist du heute am frühen Morgen schon auf Ärger aus? Ich hab dir gesagt, wir versuchen, das Geld aufzutreiben. Du warst zu Hause, als ich gestern vom Markt gekommen bin, du warst da, als dein Vater –«

»Wieso sagst du nicht, wie viel du hast, hm? Wieso? Sag einfach, wie viel du hast und –«

»Dir bleibt immer noch eine Woche Schule, bevor wir bezahlen müssen, wieso kannst du nicht etwas Geduld haben?«

»Du bist ja nicht die, die Schläge kriegt.« Busola wurde laut. Schrie ihre Mutter fast an. Ihre Mutter, deren Stimme zitterte und immer leiser wurde und die das Kinn auf die Brust sinken ließ. Eniola sah seine Schwester stirnrunzelnd an und schüttelte den Kopf. Sie müsste es mittlerweile besser wissen. Was würde all das Geschrei schon ändern?

»Wieso bist du so? Schlagen sie deinen Bruder nicht auch, Busola? Hast du Eniola je so mit deinem Vater und mir reden hören? Wieso benimmst du dich, als wäre es eine Riesensache?«

»Weil mein ganzer Rücken geschwollen ist. Jeden Tag setzt es Schläge. Die Leute in der Klasse werden mich auslachen. Und ihr seid dafür verantwortlich!« Busola deutete vorwurfsvoll auf ihre Eltern, während sie sprach.

»Und, bringt dich das etwa um?« Eniola sprang von der Matratze, als er die zitternde Stimme seiner Mutter nicht länger ertrug. »Wieso schreist du hier rum, als müsstest du etwas erdulden, was noch niemand erdulden musste? Wieso bist du so aufmüpfig? Bist du die Einzige in diesem Haus, die in der Schule geschlagen wird?«

Busola verdrehte die Augen. »Mag ja sein, dass du gerne leidest, keine Ahnung. Aber ich mach den Mund auf. Ich will nicht, dass mich diese Woche schon wieder irgendein dummer Lehrer schlägt. Leide so viel, wie du willst. Aber ich werde nicht schweigend leiden.«

»Wer hat gesagt, dass ich schweigend leide? Hab ich dir gesagt, dass –«

»Seid jetzt still, alle beide, bitte haltet den Mund. Wollt ihr, dass euer Vater und ich so früh am Tag Kopfschmerzen kriegen?«

Die Stimme ihrer Mutter war kaum mehr als ein Flüstern,

aber es genügte. Eniola hielt den Mund, und selbst Busola hörte auf, sich zu beklagen. Aber da Busola nun einmal Busola war, murrte sie weiter leise vor sich hin.

8

Als ihre Tochter endlich aufgehört hatte, sich zu beschweren, und das schmutzige Geschirr in den Hinterhof gebracht hatte, holte Iya Eniola das Geld hervor, das sie seit Beginn des neuen Schuljahrs in einer alten Geldbörse ansparte. Sie zählte die Scheine jeden Tag viermal, vor dem Zubettgehen und direkt nach dem Aufwachen. Ob an dem wundervollen Januartag, an dem sie dem schmalen Bündel einen Fünfhundert-Naira-Schein hatte hinzufügen können, oder an den vielen Tagen, an denen sie nicht einmal einen Fünf-Naira-Schein besaß – Iya Eniola zählte das Geld. Zweimal morgens und zweimal abends.

In einem anderen Leben, als sie nur Abosede genannt wurde, bevor sie ihren zukünftigen Ehemann kennengelernt hatte, der jetzt von ihr abgewandt im Bett lag, hatte sie Spaß am Rechnen gehabt. Alles andere an der Schule hatte sie verwirrt, schon vom ersten Tag an, an dem sie mit einem Stück Kreide ihr erstes »A« von der Tafel auf ihr Holzbrettchen abgeschrieben hatte. Aber aus irgendeinem Grund waren ihr Zahlen immer real und nützlich vorgekommen; sie blieben, wo sie waren, während die Buchstaben des Alphabets und die Worte an der Tafel vor ihren Augen zu verschwimmen schienen. Als sie die Schule verließ, nachdem sie so viele

Klassen wiederholt hatte, dass sie nicht nur das größte Kind in ihrer Klasse war, sondern auch das einzige Mädchen, das einen BH trug, fehlte ihr nur das Rechnen eine Zeit lang. Wenige Tage, nachdem sie zufällig aufgeschnappt hatte, wie eine Lehrerin der anderen erzählte, dass sie ein hirnloser Dummkopf sei, teilte Abosede ihren Eltern mit, dass sie nicht mehr zur Schule gehen und stattdessen zu ihrer Großmutter ziehen wolle. Ihre Eltern waren einverstanden. Ihre Großmutter lebte auf demselben Grundstück, und Abosede musste nur über den Hof gehen, um ihr neues Zuhause zu erreichen.

Abosedes Großmutter verkaufte als Einzige in der Nachbarschaft *akara*. Alle, einschließlich ihrer sechs Kinder, nannten sie Iya Alakara, und je nachdem, nach welchem großen Krieg sie tatsächlich geboren war, war sie entweder achtzig oder neunzig, als Abosede die Schule abbrach. Iya Alakara lehnte jegliche Hilfe ihrer Kinder und Enkelkinder beim Einweichen oder Enthülsen der Bohnen für ihre *akara* strikt ab. Als Abosede bei ihr einzog, dankten ihr sämtliche Verwandte – Stiefmütter, verheiratete Onkel, geschiedene Tanten, Cousinen und Cousins –, die in den fünf Häusern auf dem Familienhof wohnten, dafür, dass sie die täglichen Arbeiten des ältesten Familienmitglieds übernehmen wollte. Aber Iya Alakara stand weiterhin jeden Tag vor allen anderen auf dem Hof auf, um die *akara* für den morgendlichen Verkauf zu frittieren, und drohte Abosede, sie zurück zu ihren Eltern zu schicken, wenn sie es wagte, die Utensilien oder Zutaten anzurühren.

Abosede fand einen anderen Weg, ihrer Großmutter bei ihren Geschäften zu helfen. Sie fing an, die Umsätze in einem ihrer alten Hefte zu notieren und den Verdienst am Monatsende zusammenzurechnen. Als sie ihrer Großmutter die Gesamtsumme verkündete, lachte die alte Frau, bis sie einen Hustenanfall bekam, sodass Abosede ihr Wasser holen musste. »Dank dir, aber hast du von meinem angeblichen Gewinn das abgezogen, was ich für die Herstellung der *akara* ausgegeben habe? Das Geld fürs Feuerholz? Fürs Palmöl? Für die Bohnen? Was ist mit Zwiebeln und Salz? Pfeffer? Alles schön und gut, aber nächsten Monat solltest du mich fragen, wie viel ich für all das ausgebe, *ehn*. Ich hab dieses Geschäft schon geführt, bevor dein Vater gezeugt wurde, Abosede, ich weiß, wie ich meinen Gewinn berechne. Auch ohne dass ich's in der Schule gelernt hab, hab ich Wissen in mir. Ich weiß nur nicht, wie man die Zahlen aufschreibt, also ist es gut, dass du's getan hast. Ich dank dir. Danke, dass du versuchst, mir zu helfen.« Iya Alakara hielt einen Moment inne und bedeckte den Mund mit einer Hand. »Ich sag's dir jetzt, Abosede, auch wenn ich's eigentlich nicht tun wollte, ich bin ja nicht deine Mutter. Aber irgendwie bin ich ja auch deine Mutter, also sperr die Ohren auf und hör zu. In der Welt, in der wir jetzt leben, musst du sowohl das Wissen studieren, das sie dir in der Schule beibringen, aber auch das, was Gott in dich eingepflanzt hat. Wenn die Welt sich dreht, müssen wir gucken, in welche Richtung sie sich dreht, und ihr folgen. Und nach allem, was ich heute sehe, dreht die Welt sich hin zum Wissen, das sie dir in der Schule beibringen. Ich hab zugeschaut, wie die Kinder deines Vaters eins nach dem anderen die Schule verlassen haben. Erst dachte ich, du würdest weiterlernen, aber jetzt hast du's genauso gemacht wie sie. Ich mach mir Sorgen um deine Zukunft, Abosede. Wieso hast du bloß die Schule verlassen? *Koitiiri?* Wieso?«

Abosede brachte es nicht über sich, ihr zu erzählen, wie die Buchstaben übers Blatt zu tanzen schienen, wenn sie zu lesen versuchte. Einmal hatte sie sich einer Lehrerin anvertraut, doch die war nur zu dem Schluss gekommen, dass sie tatsächlich ein hirnloser Dummkopf war. »Ich war's einfach leid, jeden Tag zur Schule zu gehen. Aber mach dir keine Sorgen, ich heirate jemanden mit Abschluss. Einen Lehrer mit zwei Staatsexamen, versprochen.«

»Abosede. Abosede. Hmmmm. Abosede! Wie oft habe ich deinen Namen gesagt?«

»Dreimal, *ma*.«

»Wie viele Ohren hast du?«

»Zwei, *ma*.«

»Was machst du mit deinen Ohren?«

»Ich hör zu, *ma*.«

»Dann hör mir jetzt gut zu – was nicht deins ist, ist nicht deins, selbst wenn du jemanden heiratest, der's hat. Was nicht deins ist, ist nicht deins. Sei nicht faul, Abosede, ich warne dich, sei nicht faul.«

Iya Alakaras Sorge, was aus ihrer Enkelin werden sollte, schwand nicht, und sie kam immer wieder auf die Schule zu sprechen. Bis zu ihrem letzten Tag auf Erden ein Jahrzehnt später war Iya Alakara davon überzeugt, dass Abosede wieder zur Schule gehen und ihre Ausbildung beenden sollte, selbst wenn das bedeutete, dass sie mit fünfundzwanzig Jahren älter war als einige der Lehrkräfte.

Abosedes Eltern machten sich dagegen keine Sorgen um ihre Zukunft. Sie gingen davon aus, dass Iya Alakara Abosede beibrachte, wie man *akara* machte, die außen so knusprig und innen so saftig waren, dass Leute vom anderen Ende der Stadt kamen, um bei ihr zu kaufen. *Akara*, die so pikant und schmackhaft waren, dass eine der Frauen des Owa jeden zweiten Tag einen Boten schickte, der ein Dutzend erstand. Und obwohl man unmöglich sagen konnte, ob die Königin die *akara* selbst verspeiste oder sie dem Owa servierte, prahlte die ganze Familie damit, dass ihre *akara* sogar im Palast verzehrt wurden. Abosedes Eltern erwarteten, dass nach dem Ableben der alten Frau – niemand glaubte, dass sie noch ein weiteres Jahrzehnt erleben und zwei ihrer Kinder überleben würde – Abosede ihre große Pfanne erben und zur neuen, legendären Iya Alakara der Familie werden würde.

Als Iya Alakara zwei Tage vor Abosedes Hochzeit starb, wurde die große Pfanne dem Berg von Dingen hinzugefügt, die Abosede in die neue Wohnung mitnehmen sollte, die ihr Ehemann gemietet hatte. Sie behielt die Pfanne, doch es gelang ihr nie, so perfekte *akara* herzustellen wie ihre Großmutter. Im ersten Monat nach ihrer Hochzeit versuchte sie es täglich und scheiterte. Sie weichte die Bohnen zu lange ein, sodass sie nur noch schwer zu enthülsen waren, sie erhitzte das Öl zu stark, sodass die *akara* außen schwarz wurden, bevor sie innen gar waren, oder der Teig zerfiel, wenn sie ihn ins Öl gab, anstatt hübsche, runde Bällchen zu ergeben. Abosede brach in Tränen aus, als sie das Ergebnis ihrer Mühen probierte, und sehnte sich nach Iya Alakaras Hand auf ihrer Schulter und ihrer heiseren, allwissenden Stimme. Sie hätte ihr gesagt, was sie wegen des gescheiterten *akara*-Geschäfts oder der täglichen, lautstarken Auseinandersetzungen mit ihrem Mann tun sollte, was sie mit ihrem Leben anfangen sollte.

Es dauerte etwa ein Jahr, bis Abosede einsah, dass aus ihr nie eine Iya Alakara werden würde. Sie packte die Pfanne weg, doch als ihr Sohn geboren wurde und sie zu Iya Eniola wurde, sorgte sie dafür, dass ihre Familie jeden Samstag *akara* zum Frühstück bekam. Oft erzählte sie beim Essen Geschichten über ihre Großmutter, bis ihr Mann und ihr

Sohn auf jene Art nickten, die darauf schließen ließ, dass sie nicht mehr zuhörten. Doch auch heute zog sie, obwohl sie nur 2370 Naira gespart hatte – nicht einmal genug, um die Hälfte der Schulgebühren für ein Kind zu bezahlen –, einen Fünfzig-Naira-Schein aus dem Bündel und bat Eniola, so viele *akara* zu kaufen, wie er für das Geld bekam. Ja, es gab noch etwas *gari* im Schrank mit den Schüsseln und Lebensmitteln. Ja, manchmal hatten die Kinder morgens keinen Hunger oder taten zumindest so. Ja, ihr Ehemann schien mittlerweile in der Lage zu sein, nur von Luft und Wasser zu leben. Aber sie hatte ihrer Familie jeden Samstagmorgen in den letzten fünfzehn Jahren *akara* serviert, und nein, daran würde sich nie etwas ändern. Ganz gleich, was mittlerweile aus ihr geworden war, sie war immer noch die Enkelin von Iya Alakara, und sie aß jeden Samstagmorgen *akara*. Dabei blieb es. Fünfzig Naira vom angesparten Schulgeld auszugeben würde den Kohl auch nicht fett machen.

Eniolas Geburt hatte ihrer Ehe gutgetan. Weil er als Baby schon schreiend aufwachte, wenn jemand im Nebenzimmer eine Stecknadel fallen ließ, mussten sie und ihr Mann ihre Unstimmigkeiten ausräumen, ohne laut zu werden. Und nachdem sie sich ein paar Monate lang nicht angeschrien hatten, fiel ihr wieder ein, warum sie sich für ihn entschieden hatte und nicht für einen der anderen Verehrer, an die sie seit ihrer Hochzeit immer wieder denken musste. Als Eniola krabbeln konnte, begann sie mit dem Verkauf von Eis am Stiel; und ihre Mischung aus Tasty Time, Zucker und Wasser war bei vielen kleinen Kindern in der Nachbarschaft so beliebt gewesen, dass sie sich bald einen kleinen Gefrierschrank für das Wassereis leisten konnte. Ihr Leben hatte strahlend und offen wie das Lächeln ihres Sohnes vor ihr gelegen. Für ihn hatte sie einen Speiseplan zusammengestellt, an den er hoffentlich sehnsüchtig zurückdenken würde, wenn er später von zu Hause auszog. Sonntagabends gab es gebratenen Reis, und zur Feier des neuen Monats kochte sie an jedem ersten Sonntag gestampfte Yamswurzel und zwei verschiedene Suppen. *Egusi* für den Rest der Familie und Okra für ihren Ehemann, der Yamswurzel mit nichts anderem aß. Mittlerweile blieb Iya Eniola nichts anderes übrig, als zu kochen, was auch immer ihre Vorräte hergaben. Aber samstagmorgens konnte sie sich einreden, sie würde noch immer ein Leben führen, in dem Speisepläne möglich waren.

Als ihre Kinder diese Woche mit roten Striemen auf dem Rücken von der Schule heimkamen, das Gesicht vor Schmerz und Ärger verzerrt, ihr ganzer Körper ein Zeugnis dafür, wie sehr sie sie im Stich gelassen hatte, hatte sie wieder an Iya Alakaras Meinung zum Thema Schulbildung denken müssen. So auch jetzt, als sie die Scheine zurück in die Geldbörse schob und dem Drang widerstand, sie ein drittes Mal zu zählen.

Sie drückte ihrem Mann die Schulter. »Baba Eniola, du musst aufstehen. Mit Traurigkeit können wir die Schulgebühren nicht bezahlen. Sie raubt dir nur die Kraft. Ich weiß, dass du wach bist, Baba Eniola. Baba Eniola?«

Iya Eniola stand auf und fing an, das Zimmer aufzuräumen. Sie hatte es für ungerecht gehalten, die Zukunftsaussichten ihrer Kinder dadurch zu verschlechtern, dass sie jemanden heiratete, der wie sie mit dem Lesen Schwierigkeiten und das Schreiben aufgegeben hatte, deshalb hatte sie sich für jemanden mit akademischer Ausbildung entschieden. Als sie ihren zukünftigen Mann bei einer Ostermesse kennengelernt hatte, war er Student am Baptisten-College in Iwo gewesen. Das zweite Staatsexamen, auf das er hinarbeitete, hatte ihm die Postfachnummer ihrer Familie beschert. Kurz nach ihrer ersten Begegnung fuhr er zurück nach Iwo und schrieb ihr von dort mehrere Briefe.

Meine geliebte Abosede,
ich hoffe, diese Zeilen treffen dich in einem Zustand des Frohsinns an. Wenn dem so ist, gelobt sei der Herr.

Er füllte Seite um Seite mit Liebeserklärungen und Neuigkeiten aus seinem Leben – er schlafe mit ihrem Foto unter dem Kopfkissen, er lese gerade Achebes neusten Roman *Termitenhügel in der Savanne,* er träume jede Nacht von ihr und werde sie bald besuchen kommen. Mit der Hilfe einer Nachbarin, der sie gegen Bezahlung einen Liebesbrief diktierte, antwortete sie ihm ein einziges Mal und ließ ihn wissen, dass sie ebenfalls in ihn verliebt sei. Sie hatte gehofft, er werde ihr seltener schreiben, wenn er wüsste, dass sie seine Gefühle erwiderte, aber von nun an schrieb er ihr jede Woche. Sie erzählte ihm nie, dass sie Stunden brauchte, bis sie sich mit gerunzelter Stirn und schmerzendem Kopf von »Meine geliebte Abosede« bis zu seiner üblichen Abschiedsformel durchgekämpft hatte.

Wenn ich meinen Stift in den goldenen Korb der Liebe zurücklege, denke ich an deinen wunderschönen Hals.
Für immer dein Bewunderer, Busuyi

Ihre Nachbarin bot ihr an, ihr Busuyis Briefe vorzulesen. Gegen ein Entgelt natürlich. Aber Abosede nahm lieber die Mühe auf sich, sie selbst zu lesen, aus Angst, was die Frau den anderen Nachbarinnen erzählen würde, wenn sie Dinge las wie:

Mein Inbegriff der Schönheit, bei unserem Wiedersehen werde ich dich eng an mich ziehen, damit dein Körper mir an all den Stellen nahe ist, an denen ich von dir berührt werden möchte.

Bei seinen Besuchen brachte er ihr Bücher mit, die sie lächelnd entgegennahm. Sie gab vor, den Einband zu bewundern, damit sie den Titel entziffern und laut vorlesen konnte: *One Man, One Wife* von T.M. Aluko, *Aja lo leru* von Oladejo Okediji, *Silas Marner* von George Eliot. Sie liebte ihn dafür, dass er ihr Bücher schenkte, die sie nicht lesen konnte. Für die Briefe, von denen sie Kopfschmerzen bekam, dafür, dass er sie anlässlich ihrer Verlobung nach Ibadan mitnahm, damit sie im Odusote-Buchladen einkaufen konnten, und dafür, dass er sie nicht ansah, als wäre sie ein Dummkopf, als sie ihm schließlich nach einem Monat Ehe gestand, wie schwer ihr das Lesen fiel, sondern anfing, ihr vor dem Zubettgehen Gedichte vorzulesen. Selbst dann, wenn sie sich kurz zuvor noch angeschrien hatten und sie ihm mit zugewandtem Rücken zuhörte.

Trotz allem Unsinn, den ihre Brüder jetzt über ihn erzählten, wusste sie, dass ihr Mann kein Faulpelz war. Jahrelang hatte sie sich gefragt, ob ihre Lehrerin recht gehabt hatte und ihre Schwierigkeiten in der Schule bedeuteten, dass sie dumm war. Dann hatte das unerschütterliche Vertrauen ihres Mannes in ihre Ideen – wo sie leben sollten, was sie mit ihrem Geld anfangen sollten, wann sie Kinder haben sollten – sie nach und nach vom Gegenteil überzeugt. Selbst wenn die Verzweiflung seinen Körper gerade daran hinderte, seinem Herzen zu gehorchen, weigerte sie sich, ihren Brüdern recht zu geben: Er war seit seiner Entlassung kein fauler Mann geworden. Und sie wusste, wusste mit absoluter Gewissheit, dass dieser Mann, der an ihrer Schulter geweint hatte an dem Abend, an dem sie beschlossen hatten, all seine Bücher zu verkaufen, nicht wollte, dass seine Kinder nicht mehr zu Schule gingen. Wenn er könnte, würde er aufstehen und ihr helfen, die Schulgebühren zusammenzubekommen. Ihre Brüder taten manchmal so, als wäre die Vergangenheit ein Traum, den es zu vergessen galt, und alles, was zählte, sei das Heute. Aber was machte es schon, dass nun sie sich darum kümmern musste, das Geld für die Miete aufzutreiben? Hatte er sich nicht in den ersten zehn Jahren ihrer Ehe darum gekümmert? Während sie mit dem Gewinn aus ihrem Wassereis-Geschäft Lebensmittel kaufte, hatte er Schulgeld und Miete beglichen, den Wagen getankt und seinen Eltern bis zu ihrem Tod einen monatlichen Zuschuss zukommen lassen. Wenn ihre Brüder all das außer Acht ließen, wenn sie über die Ehe ihrer Schwester redeten, war das nicht Iya Eniolas Problem.

Nachdem sie die Kleidung zusammengefaltet hatte, die ihre Kinder im ganzen Zimmer verstreut hatten, ging sie zu ihrem Ehemann zurück. Die Sprungfedern quietschten, als sie sich neben ihn aufs Bett setzte und ihm eine Hand auf die Schulter legte. Sie ließ auch dann nicht los, als er versuchte, sie abzuschütteln.

»Ich wollte wegen der Kinder gestern nichts sagen«, begann sie. »Es ist schlimm genug, dass sie sich um die Schulgebühren sorgen müssen – ich wollte nicht, dass sie etwas mitbekommen und sich noch mehr Gedanken machen. Verstehst du? Baba Vermieter sagt, er will dich heute Morgen sehen. Vielleicht kannst du gleich nach dem Essen hochgehen und mit ihm sprechen? Eniola sollte gleich mit den *akara* zurück sein, und wir haben auch noch ein bisschen *gari*.«

Seine Haut war so dünn, dass man die Knochen darunter fühlte. Er starrte die kahle Wand an. Erinnerte er sich noch, wie er tagelang gebraucht hatte, sich für einen von drei Gelbtönen zu entscheiden, als er ihr ehemaliges Schlafzimmer nach Eniolas Geburt neu streichen wollte? Gehörte das zu den Dingen, über die er in all den Stunden nachdachte, die er neuerdings damit verbrachte, ins Leere zu stieren? Am liebsten hätte sie sich vorgebeugt und mit der Zunge seinen Kiefer nachgezeichnet, um ihn aus seiner allmorgendlichen Wand-Anstarrerei zu reißen, aber sie hielt sich zurück. Eins der Kinder könnte hereinkommen.

»Ich habe den Vermieter gefragt, ob er nicht auch mit mir sprechen kann, aber er meinte, du hast die Wohnung gemietet, nicht ich. Du weißt, dass ich alles mit ihm klären würde, wenn er mich lassen würde. Gehst du nach dem Essen hoch?«

Sie fuhr über seine rissigen Lippen, in der Hoffnung, er würde den Mund öffnen und ihre Finger hineingleiten lassen. Doch er reagierte nicht.

»Was könnte er außer der Miete mit dir zu besprechen haben? Mehr ist es bestimmt nicht. Du brauchst ihn nur auf die richtige Art anzuflehen, dich hinzuknien und so. Ihn zu bitten, uns mehr Zeit zu geben. Vielleicht kannst du ihm auch von den Schulgebühren erzählen. Ja, erzähl ihm, dass wir uns auf die Gebühren konzentrieren mussten. Wir konnten den Wald vor lauter Bäumen nicht sehen, so was in der Art. Du weißt doch noch, wie gern er Sprichwörter mag. Wenn wir das Schulgeld bezahlt haben, können wir über die Miete nachdenken, aber im Moment sind die Schulgebühren das Wichtigste. Nein. Nein, sag ihm lieber nicht, dass die Schulgebühren das Wichtigste sind. Sag einfach, dass wir bald bezahlen. Baba Eniola? Bitte sprich mit mir. Wir müssen uns was überlegen. Ich habe alles versucht, und ich will nicht wieder meinen Bruder um die Gebühren anbetteln müssen.«

Weil sie Angst hatte, dass ihre Kinder die gleichen Schwierigkeiten mit dem Lesen haben würden wie sie, hatte Iya Eniola bei jeder Schwangerschaft gebetet, dass sie die Fähigkeit ihres Vaters erben würden, eine Seite von Anfang bis Ende mit einer Leichtigkeit zu lesen, die für sie immer noch an Zauberei grenzte. Sie hatte auch Sorge gehabt, ob sie schreiben lernen würden. Was wäre, wenn es ihnen so schwerfiele wie ihr? Gab es eine Welt, in der sie Fragen in Klassenarbeiten mündlich beantworten konnten und nicht aufschreiben mussten? Eine Welt, in der sie nicht gehänselt und ausgelacht wurden, wenn sie länger brauchten als ihre Klassenkameraden, um auf eine Frage zu antworten, bei der sie etwas von der Tafel, aus dem Schulbuch oder ihrem eigenen Schulheft vorlesen mussten? Es gab Momente, in denen sie sich fragte, ob sie überhaupt Kinder hätte in die Welt setzen dürfen.

In Eniolas ersten Schuljahren bat sie ihren Ehemann, ihm seine Schulaufgaben jeden Tag laut vorzulesen, in der Gewissheit, dass ihr Sohn so alles verstehen würde, gleichgültig, ob ihre Gebete erhört worden waren oder nicht. In ihrer eigenen Schulzeit hatte sie die meisten Dinge, die ihre Lehrerin gesagt hatte, leicht verstehen und auswendig lernen können. Doch selbst als Eniolas Zeugnisse zeigten, dass er bei seinen Tests und Prüfungen durchschnittliche Ergebnisse erzielte, war sie noch nicht davon überzeugt, dass ihr Sohn keine Schwierigkeiten hatte, bis er einen Samstag damit verbrachte, ein Schulbuch namens *Queen Primer* von der ersten bis zur letzten Seite laut vorzulesen. Erst als ihr Mann zustimmend nickte, nachdem Eniola das Buch zugeklappt hatte, glaubte sie, dass ihm ihr Schicksal erspart geblieben war.

Bei Busola war sie entspannter. Ihre Tochter konnte das ABC auswendig, noch ehe sie in den Kindergarten kam, und hatte es seit dem ersten Schuljahr immer unter die besten drei ihrer Klasse geschafft. In der zweiten Klasse der Grundschule hatte sie Preise in Sozialkunde, Mathematik und Englisch gewonnen. Früher hatte es Iya Eniola mitten in der Hausarbeit zum Lächeln gebracht, dieses Geschenk, dass ihre Kinder ohne Mühe lernten und nicht die gleichen Demütigungen wie sie von ihren Lehrern und Mitschülern ertragen mussten. Mit dieser Freude war es schon lange vorbei. Ein Jahrzehnt bevor ihre Kinder überhaupt gezeugt worden waren, hatte sie Entscheidungen zu treffen versucht, um sie vor diesem Schmerz zu bewahren, und doch litten sie. Sie selbst hatte wegen schlechter Noten Schläge bekommen. Jetzt bekamen die beiden Schläge, weil Iya Eniola die Schulgebühren nicht bezahlen konnte. Ihre Brüder bestanden darauf, dass ihr Ehemann schuld daran sei und sie ihm das so oft wie möglich vorhalten solle.

Sie setzte sich auf die Bettkante und kehrte ihm den Rücken zu. »Baba Eniola, ich werde heute Nachmittag meinen ältesten Bruder besuchen. Ich glaube, wir sollten ihn bitten, uns Geld zu leihen.«

Vor zwei Jahren hatte der gleiche Vorschlag einen Streit ausgelöst, der eine ganze Woche lang anhielt. Jetzt wartete sie darauf, dass die Bettfedern knarzten, dass er sich aufsetzen, mit lauter oder brüchiger Stimme widersprechen würde. Sie wollte, dass er wütend war, verletzt. Irgendetwas.

Schließlich stand sie auf und griff nach einem Besen. Sie würde weiter mit ihm reden, wenn sie mit dem Fegen fertig war, würde ihn wenn nötig aus dem Bett zerren, um ihn zu einer Antwort zu bewegen. Vielleicht war es an der Zeit, die Methoden auszuprobieren, die ihre Brüder vorgeschlagen hatten? Sie hatte gerade die Matratzen der Kinder an die Wand gelehnt, um darunter sauber zu machen, als Eniola hereinkam und der Duft von *akara* sich im Raum ausbreitete.

Ihr Mann setzte sich auf, als Eniola ihr den Besen abnahm.

»Soll ich dir auch *akara* bringen?«, fragte sie ihn.

Er schüttelte den Kopf.

Wenigstens reagierte er. Er hatte sich im Bett aufgesetzt und würde vielleicht sogar gleich aufstehen. Er litt an etwas, das sie nicht vollständig verstand. Sie würde geduldig mit ihm sein.

*

Ein paar Stunden später stand Iya Eniola auf dem Hof des Grundstücks, auf dem sie aufgewachsen war, und beobachtete, wie zwei Mädchen etwas in den Sand zeichneten. Sie trugen knielange Kleider aus demselben Blumenstoff, sodass sie als Zwillinge hätten durchgehen können, wenn das eine nicht deutlich größer gewesen wäre als das andere. Iya Eniola kannte beide nicht. Wahrscheinlich waren es Kinder neuer Mieter, die seit ihrem letzten Besuch hier eingezogen waren. Die Mädchen bemerkten sie nicht, als sie mit kurzen Stöcken Linien im Sand zogen und nur innehielten, um störende Steine zu entfernen. Zuerst zeichneten sie ein Rechteck, dann teilten sie es mit einer Mittellinie in zwei Teile. Als sie begannen, an einem Ende des Rechtecks einen Bogen zu zeichnen, erkannte Iya Eniola, dass sie *suwe* spielen wollten, und ging weiter zum Haus ihres Bruders.

Bevor sie ihm gesagt hatte, er könne ihr die Beine abhacken, falls sie je wieder einen Fuß auf den Hof der Familie setzte, hatte Iya Eniola ihren ältesten Bruder Alagba oft besucht. Sie waren die Einzigen, die nicht weggezogen waren, um in Lagos, Lokoja und Port Harcourt ihr Glück zu suchen wie die anderen Geschwister. Sie hatte Trost aus diesen Besuchen geschöpft und war geblieben, bis die Sonne vom Himmel verschwand und Alagba sie bat, zu ihrem Mann zurückzukehren, bevor es zu dunkel wurde. Als ihre Kinder noch kleiner gewesen waren, hatte sie sie mitgenommen, weil er geschickt darin war, sie mit Süßigkeiten aufzumuntern oder abzulenken. Als ihr Mann noch Arbeit hatte und ihr Eis am Stiel sich gut verkaufte, brachte sie Alagba zu Weihnachten Flaschen mit Pflanzenöl und Schüsseln voller Reis mit. Nachdem ihr Mann seine Stelle verloren hatte, ließ Alagba sie nie mit leeren Händen nach Hause gehen. Er schenkte ihr geräucherte Rohrratten, die er bei der Jagd erlegt hatte, und drückte ihr beim Abschied Naira-Scheine in die Hand. Von ihren drei Brüdern war er der einzige, bei dem sie sich immer darauf verlassen konnte, dass er ihr Geld gab, wenn sie ihn darum bat. Das lag vermutlich daran, dass er nicht für eine Frau oder Kinder zu sorgen hatte wie die anderen. Obwohl er fünfzehn Jahre älter war als sie, war Alagba nicht verheiratet und hatte ihres Wissens nach keine Kinder.

Alagba war auch der einzige ihrer Brüder, der noch auf dem Familienhof lebte. Er wohnte in einem Haus, das ein vor langer Zeit verstorbener Großonkel erbaut hatte, und weigerte sich, eins der unbewohnten Zimmer unterzuvermieten, obwohl zwei der fünf Räume leer standen. Er nutzte einen Raum als Wohn-, einen weiteren als Schlafzimmer. Als er sich endlich einen Paraffin-Herd kaufte, half sie ihm, ihn in einem der ehemaligen Schlafzimmer aufzubauen, sodass er nur die Außenlatrine mit den anderen Hofbewohnern teilen musste. Eins der Häuser war vermietet, aber die anderen befanden sich in unterschiedlichen Zuständen des Verfalls. Iya Alakaras Haus war vor einigen Jahren bei einem Kurzschluss niedergebrannt, und das Haus, das ihr Vater errichtet hatte, war einige Monate nach dem Tod ihrer Mutter bei einem Sturm abgedeckt worden. Jetzt waren die Wände eingestürzt, und in den Fluren ihrer Kindheit wuchs hohes, üppiges Gras.

Bei ihrem letzten Besuch waren alle Brüder zum Osterfest in der Stadt gewesen, und bei Yamswurzelstampf und *egusi*-Suppe hatten sie darüber gesprochen, dass alle Kinder zum Wiederaufbau des Hauses beitragen sollten. Alagba hatte betont, dass es ihre Pflicht sei, dafür zu sorgen, dass das Haus ihres Vaters nicht verfiele. Irgendjemand, sie konnte sich nicht erinnern, wer, hatte gesagt, er wünschte, der Hof läge an einer der Hauptstraßen, dann würde eine dieser neuen Banken es ihnen bestimmt abkaufen. Alagba war wütend geworden, und die Brüder hatten eine Stunde lang gestritten, ob die Banken den Familien wirklich Millionen von Naira zahlen würden, damit sie auf dem Land, auf dem die Gräber ihrer Eltern und Vorfahren lagen, Bankgebäude errichten konnten. Als Alagba schließlich schwieg, zu aufgebracht, um die Möglichkeit auch nur zu besprechen, hatten die anderen Brüder darüber gestritten, wie sie das Geld aufteilen würden, falls die Banken interessiert wären. Sollten sie es durch vier teilen, gemäß der Anzahl der Ehefrauen ihres Vaters, oder durch sechsundzwanzig, damit alle Kinder den gleichen Betrag bekämen? Oder besser noch durch fünf, denn schließlich hätten sie ja die Idee gehabt, und keins ihrer Halbgeschwister hätte seit dem Tod des Vaters auch nur einen Fuß auf den Hof gesetzt. Iya Eniola hatte den getrockneten Fisch in ihrer *egusi*-Suppe gekaut und abgewartet, bis sie mit dem Geschrei aufhörten, damit sie etwas sagen konnte. Obwohl die Frauen ihrer Brüder ihr immer wieder flehentliche Blicke zuwarfen, damit sie endlich eingriff, wusste sie, dass sie nur abzuwarten brauchten. Sie war daran gewöhnt, dass ihre Brüder sich mit erhobenen Stimmen und anschwellenden Schläfenadern Argumente an den Kopf warfen, die ins Leere führten.

Nachdem sie gegessen hatten und die sauber geleckten Finger in flache Schalen mit Seifenwasser getaucht hatten, gähnten ihre Brüder, streckten die Beine und fragten, ob ihre Frauen Zahnstocher gekauft hatten. Die Kinder brachten das schmutzige Geschirr in den Hof, und die Frauen gingen in die provisorische Küche, um das Abendessen vorzubereiten, während die Männer, die keine eindeutige Antwort auf die Frage nach den Zahnstochern bekommen hatten und annahmen, dass es nicht ihre Aufgabe sei, sie zu suchen, sich mit überlangen Fingernägeln in den Zähnen pulten. Endlich allein mit ihren Brüdern, unterbreitete Iya Eniola ihnen ihre Idee.

Sie war an diesem Tag zum Familienhof aufgebrochen, ohne sich vorher mit ihrem Mann zu besprechen. Hätte sie es getan, wäre sie vielleicht für die Reaktion ihrer Brüder gewappnet gewesen – hätte sich darauf vorbereiten können, dass ihnen die Augen fast aus dem Kopf quollen, dass sie den Mund aufrissen, als würden sie gleich anfangen zu geifern. Es war, als hätte sie vorgeschlagen, Iya Alakaras Schädel auszugraben und auf dem Marktplatz zu verbrennen. Als wäre der erste Fleck Erde, den Iya Eniolas Füße in diesem Leben berührt hatten, nicht auch der Boden dieses Hofes gewesen, als würde ihr kein Anteil am Erbe zustehen.

Es schien ihr so einfach. Die Entlassung hatte sie gezwungen, sich mit ihrem Mann und den Kindern ein Zimmer zu teilen, in einem Haus, das nicht besser war als das auf dem Familiengrundstück. Nach einigen Jahren dort hatte der Vermieter gefordert, dass sie die Miete zwei Jahre im Voraus zahlten, und sie wusste, dass sie sich das nicht leisten konnten. Es ergab also durchaus Sinn, dass sie genauso gut wieder auf den Familienhof ziehen und in dem Haus leben konnte, das jetzt an Fremde vermietet wurde. Doch an jenem Ostermontag hatten ihre Brüder insistiert, es zieme sich nicht, wenn sie mit Ehemann und Kindern wieder auf den elterlichen Hof zöge. Als Alagba andeutete, sie könne nur als geschiedene Frau zurückkehren, hatte sie angenommen, dass er scherzte, bis er ihren Ehemann einen dummen, faulen Nichtsnutz nannte.

Da hätte sie auf der Stelle ihre Handtasche nehmen und gehen sollen. Stattdessen hatte sie ihren ältesten Bruder mit Worten niedergemacht, die ihr in den folgenden Jahren den Schlaf rauben würden. Sie ging erst, nachdem sie geschworen hatte, nie mehr auf den Familienhof zurückzukehren, und ihre Brüder aufgefordert hatte, ihr die Beine abzuhacken, falls sie es doch tun sollte. Und nun war sie wieder hier, vor Alagbas Haus.

Sie klopfte zweimal, und als niemand öffnete, drückte sie das Ohr an die Tür und überlegte, ob sie bei einem der Mieter eine Nachricht hinterlassen sollte. Es kam ihr falsch vor, nach über drei Jahren, in denen sie nicht mit ihm gesprochen hatte, durch eine von Fremden überbrachte Nachricht wieder mit Alagba Kontakt aufzunehmen. Sie klopfte erneut, und diesmal hörte sie schlurfende Schritte. Sie trat einen Schritt zurück, warf einen Blick auf ihr Kleid und zupfte den dazu passenden Schal zurecht.

Die Tür öffnete sich, und da stand er, hagerer und gebeugter, als sie ihn in Erinnerung hatte, und blinzelte sie an. Er blieb in der Türöffnung stehen, trat nicht beiseite, um sie hereinzulassen.

»Guten Tag, Sir.« Sie kniete vor ihm nieder.

»Hast du dich also doch an deine Familie erinnert.« Er öffnete die Tür weit und streckte die Hände aus, um ihr aufzuhelfen.

Sie gingen ins Wohnzimmer. Iya Eniola war erfreut zu sehen, dass er neue Kissenbezüge hatte. Die Zeit musste freundlich zu ihm gewesen sein. So freundlich, dass er die braunen Baumwollbezüge, die er jahrzehntelang benutzt hatte, durch braune Samtbezüge ersetzt hatte. Nicht freundlich genug, dass er sich ein ganz neues Sofa hätte leisten können, aber immerhin. Es schien ihm nicht schlechter zu gehen als bei ihrer letzten Begegnung. Er sollte ein paar Tausend entbehren können, wenn sie es richtig anstellte.

Sie saßen sich gegenüber, die Beine gegen einen großen Tisch in der Mitte des Raums gedrückt, der einen Großteil des Zimmers einnahm. Sie rückte nach hinten, um etwas mehr Platz zu haben.

»Wenn du den Stuhl zu weit zurückschiebst, geht die Tür nicht mehr auf.«

Sie nickte und verkniff sich die Frage, wozu er den Tisch noch behielt. Ein Bein war wackelig, und das Resopal auf der Tischplatte blätterte an diversen Stellen ab.

»Wie geht's Eniola?«, fragte Alagba.

»Gut, Sir. Er lässt herzlich grüßen.«

»Hmmm. Würde ich ihn noch erkennen, wenn ich ihn sehe? Er muss doch fast erwachsen sein.«

»Er ist schon größer als sein Vater.«

»Hmmm. Und Busola?«

»Sie geht jetzt auf die weiterführende Schule.«

»Immer noch eine gute Schülerin?«

»Eine sehr gute, Sir.«

»Das freut mich. Danken wir Gott, der unser Wiedersehen mit Freude segnet.«

In der folgenden Stille kaute sie auf der Innenseite ihrer Wange herum und wünschte, er würde sie nach ihrem Ehemann fragen. Er tat es nicht.

»Und wie geht es dir?«

»Na ja, du siehst ja, dass ich noch da bin, wo du mich zurückgelassen hast, aber wir danken Gott.« Er schwieg und funkelte sie an. »Menschliche Schwäche und menschlicher Frevel können das Werk Gottes nicht zerstören.«

Iya Eniola schob den Stuhl nach hinten und kniete nieder.

»Es tut mir leid, Alagba. *E ni mo mi binu lugbee*. Furchtbar leid.« Sie legte die Ellbogen auf den Tisch und beugte sich vor.

»Steh auf, Abosede.«

Sie rührte sich nicht, und er starrte sie an und blinzelte erst, als seine Augen sich mit Tränen füllten. Es schmerzte sie, dass sie ihn wieder zum Weinen gebracht hatte, allerdings weniger als die Tatsache, dass er sie bewusst Abosede genannt hatte. Sie wandte den Blick von seinen feuchten Wangen ab und schaute auf die gesprungene Tischplatte hinunter. Auch wenn er der Ältere war und ihr diese Respektsbezeugung nicht unbedingt schuldete, hatte Alagba sich angewöhnt, sie nach der Geburt ihres Sohnes Iya Eniola zu nennen. Auch als sie ihn das letzte Mal gesehen hatte, hatte er sie wieder Abosede genannt, und sie wusste, dass er diesen Namen auch jetzt absichtlich verwendete. Er nahm ihr weg, was er ihr geschenkt hatte, um sie daran zu erinnern, dass sich in ihrer Beziehung etwas verändert hatte.

»Bitte, ich flehe dich an, vergib mir. Was ich gesagt habe,

war schrecklich, Gotteslästerung. Ich weiß nicht, was in mich gefahren war.«

»Wie heißt es so schön?«, fragte Alagba. »Gotteslästerung und die Wahrheit haben dieselbe Mutter. Warum tut es dir also leid? Alles, was du gesagt hast, war die Wahrheit.«

Aber sie hatte vieles gesagt, das nicht der Wahrheit entsprach, Verunglimpfungen wiederholt, die sie im Laufe der Jahre von Cousins und Nachbarn gehört hatte, Dinge, die sie nicht einmal selbst glaubte. Mit einigen Cousins sprach sie nicht einmal mehr, weil diese dieselben Worte benutzt hatten, die sie ihrem Bruder an jenem Ostermontag wutentbrannt entgegengeschleudert hatte. Als Alagba ihren Mann als dummen, faulen Nichtsnutz bezeichnete, hatte sie ihn einen Idioten und Versager genannt, einen Taugenichts, der nie den Hof verlassen hatte, auf dem er geboren worden war, einen Erstgeborenen, der seiner Stellung nicht würdig war, der von seinen jüngeren Brüdern nahm, statt ihnen etwas zu geben, eine Enttäuschung für ihre Eltern und für alle Frauen, die seinen Heiratsantrag abgelehnt hatten. Einen schrecklichen Autofahrer. Sie hatte sogar sein Humpeln nachgeäfft, als sie sich über ihn lustig machte.

»Bitte vergib mir, ich habe nichts davon ernst gemeint. Ich habe im Zorn gesprochen.«

»Zorn ist gut, er enthüllt vieles. Wenn Menschen im Zorn sprechen, höre ich hin, denn dann kommen ihre wahren Gedanken über dich ans Licht, alles, was sie sonst verbergen.«

»Das stimmt nicht. Ich glaube diese Dinge nicht über dich.«

»Was stimmt denn nicht, Abosede? Was stimmt nicht daran? Hatte ich eine Frau? Hatte ich Kinder?«

Iya Eniola legte die Stirn auf den Tisch und scherte sich nicht darum, als sich ein abgebrochenes Stück Resopal in ihre Haut bohrte. Sie verdiente es nicht besser. Ihre Brüder hatten versucht, sie zu beruhigen. Hatten an ihrem Kleid gezerrt, sie in den Arm gekniffen, sie auf den Stuhl gedrückt. Sie war wieder aufgesprungen und hatte Alagba weiter angeschrien. Sie trat auf ihn zu, bis sie direkt vor ihm stand, als sie ihn fragte, wo seine Frau und Kinder seien, da er anscheinend glaube, anderen Leuten Eheratschläge geben zu können. Dann wurde es still im Zimmer, ihre Brüder flehten sie nicht mehr an, still zu sein, starrten sie nur an. Ihr zweitältester Bruder, Baba Supo, hatte sich zu Alagba gesetzt und ihn umarmt, während er weinte. Und nach ihrer Tirade, als sie sich plötzlich so ausgelaugt fühlte, dass sie schon fürchtete, ohnmächtig zu werden, sagte Alagba in die Stille hinein, die nur vom Rascheln des Vorhangs im Wind unterbrochen wurde: »Abosede.«

Bevor er weitersprechen konnte, war sie aus dem Zimmer gestapft, vorbei an ihren Schwägerinnen, die sich im Flur versammelt hatten, um zu lauschen, und hatte geschworen, niemals zu dem elenden Hof zurückzukehren.

»Alagba«, sagte sie jetzt, unfähig, den Kopf vom Tisch zu heben. »Bitte verzeih mir.«

Früher war er verheiratet gewesen. Er war Taxifahrer gewesen und hatte gespart, um mit seiner schwangeren Frau vor der Geburt aus dem Elternhaus ausziehen zu können. Aber eines Tages, als er mit seiner Frau von der Hochzeit eines Freundes nach Hause gefahren war, hatte ein Lkw sein Taxi gerammt. Als er im Krankenhaus aufwachte, lag seine Frau in der Leichenhalle. Danach schien er jedes Interesse daran verloren zu haben, den Hof zu verlassen. Ihre Eltern hatten ihn vor ihrem Tod oft darauf angesprochen; sie beharrten darauf, dass die Frauen ihm nur deshalb einen Korb gaben, weil er immer noch zu Hause wohnte.

»Es tut mir so leid, dass ich dich angeschrien habe. Die Scham hat mich seitdem davon abgehalten zurückzukommen. All die Jahre. Ich wusste nicht, wo ich überhaupt anfangen sollte, mich bei dir zu entschuldigen. Was kann ich tun, um es wiedergutzumachen? Ich war nicht einmal sicher, ob du mir heute die Tür öffnen würdest. Von all unseren Brüdern spricht nur noch Baba Supo mit mir. Weil die, die ich nicht beleidigt habe, so wütend auf mich sind wegen der Sachen, die ich zu dir gesagt habe, wusste ich nicht, was ich von dir erwarten kann. Ich hatte Angst herzukommen. Bitte, Alagba.«

»Hmmm. Deshalb hast du drei Jahre gebraucht?«

»Ich habe mich vor mir selbst geschämt.« Sie hob den Kopf und sah zu ihm auf. Seine Augen waren gerötet, aber seine Wangen waren trocken. »Alagba, bitte glaub mir.«

»Na, schön, ich habe gehört, was du sagst. Setz dich.«

»Alagba, bitte, ich flehe dich an.«

»Iya Eniola, ich sagte doch, ich habe gehört, was du sagst. Warum sollte ich lügen? Wenn ich noch wütend wäre, würde ich es dir sagen.«

»Ich danke dir, danke, Sir.« Sie stützte sich auf dem Tisch ab und zuckte zusammen, als das Resopal ihr die Handflächen zerkratzte.

Die Scham hatte sie davon abgehalten hierherzukommen, aber sie war auch von ihrem eigenen Leben überfordert gewesen. Zu Beginn eines jeden Jahres hatte sie sich vorgenommen, sich mit Alagba zu versöhnen, aber bis Ende Januar hatten Gebühren, Rechnungen und die vielen kleinen Katastrophen eines Lebens, in dem man nie wusste, woher die nächste Mahlzeit kommen würde, ihren Eifer gedämpft. Sie hatte wirklich gehofft, ihn nicht um Hilfe anflehen zu müssen, wenn sie nach all den Jahren zum ersten Mal wieder auftauchte. Dann müsste er nicht zwangsläufig denken, sie entschuldige sich nur bei ihm, weil sie seine Hilfe brauchte, und müsste einsehen, dass er in Bezug auf ihren Mann falsch gelegen hatte. Sie hatte sich geschämt, aber auch darauf gewartet, dass sich das Schicksal wendete, sodass sie nicht zu Fuß, sondern in einem Wagen kommen würde, aus einem Haus mit Wasserhähnen und Waschbecken.

»Möchtest du Wasser?«, fragte Alagba und machte Anstalten, aufzustehen.

»Lass nur, ich hole es schon selbst.«

Die Becher waren noch da, wo sie immer gestanden hatten: auf einem Hocker neben dem großen Tontopf, den Iya Alakara Alagbas Frau zur Hochzeit geschenkt hatte. Iya Eniola hatte immer vermutet, dass er sich keinen Kühlschrank kaufte, weil er wollte, dass sein tägliches Leben auf irgendeine Art von einem Gegenstand abhing, der ihn an die Frau erinnerte, die er verloren hatte. Nicht, weil er sich nicht einmal einen gebrauchten Kühlschrank leisten konnte, wie er immer behauptete, wenn sie sich über den Topf beklagte. Sie hob die Abdeckung an und nahm einen Plastikkrug vom Hocker. Es war nicht mehr viel im Topf, und sie musste den Arm bis zum Ellbogen hineinstecken, bevor der Krug das Wasser berührte.

»Ich hoffe, du musst es dir nicht selbst vom Brunnen holen?«, fragte Iya Eniola, als sie einen Becher füllte. »Gibt es Nachbarskinder, die dir helfen?«

»Gott lässt mich nicht im Stich. Er schickt mir Hilfe.«

Sie stellte den Becher vor ihm ab. »Ich habe dich nicht im Stich gelassen, Alagba. Es tut mir leid.«

»Habe ich deinen Namen erwähnt?«

Sie füllte ihren eigenen Becher und setzte sich wieder, während sie überlegte, wann wohl der richtige Zeitpunkt wäre, ihn um Geld zu bitten. Es war falsch, ihn am selben Tag darum zu bitten, an dem sie sich entschuldigt hatte, aber ihr blieb keine andere Wahl.

»Wie ist es dir in den letzten Jahren ergangen?«, fragte sie.

»Gott hat meine guten Taten nicht mit Bösem vergolten, also bin ich dankbar.« Er griff nach seinem Becher und begutachtete den Inhalt, bevor er trank. »Und du? Wie stehen die Dinge?«

»Den Kindern geht es gut. Wir sind alle gesund.«

»Dank sei Gott und seiner Gnade.«

»Mein Mann sucht noch immer nach Arbeit. Manchmal hat er einen Aushilfsjob hier und da, er hat es mit Maurerarbeiten versucht, aber du weißt ja, wie es beim Häuserbauen ist.«

Ihr Bruder starrte sie an, als hätte er noch nie von Häusern oder von Maurern gehört.

»Als Maurer hat er nicht ständig Arbeit. Ist ein Haus einmal fertig, ist es mit der Arbeit vorbei, bis ein neues Haus gebaut wird. Und es ist nicht gut bezahlt. Wie hoffen also, dass er einen Bürojob findet.«

»Hmmm. Bürojob.«

»Ja, Sir. Dafür wäre er geeignet, es würde wirklich gut zu ihm passen. Aber er ist nicht faul, kein bisschen. Im Moment macht er alles, was er finden kann. Er wollte schon Träger auf dem Markt werden, aber ich habe ihm gesagt, er solle nicht einmal daran denken.«

»Wieso?«

»Da tragen sie schwere Sachen, und er ist so dünn geworden. Ich habe Angst, dass er unter einem schweren Sack Reis zusammenbricht und stirbt.«

Ihr Bruder lächelte zum ersten Mal, seit sie hereingekommen war. »Arbeit bringt einen Menschen nicht um.«

»Er scheut die Arbeit nicht, es ist nur so, dass – er sucht ja noch. Er sucht wirklich nach einer Stelle.«

»Und seit wie vielen Jahren sucht er nun?«

Iya Eniola seufzte und schaute sich um. Die Wände waren kahl bis auf einen Kalender der Christ Apostolic Church. Auf dem Bild in der oberen Hälfte umringten lächelnde Gesichter das Porträt des Kirchengründers Joseph Ayo Babalola, der Kalenderblattteil darunter zeigte noch Januar an, obwohl er schon vor Wochen auf Februar hätte umgeblättert werden müssen.

»Du bist noch jung genug, um diesen Mann zu verlassen und einen besseren zu heiraten. Und auch wenn du dein Gesicht verziehst, als wäre es eine ausgepresste Orange, Abosede, muss ich dir trotzdem die Wahrheit sagen.«

Wieder »Abosede«. Die Wut brannte ihr in der Kehle, stechend und scharf. Sie trank einen Schluck Wasser, um sie hinunterzuspülen. Wieso hatte sie gehofft, dass eine Entschuldigung ihn davon abhalten würde, ihre Ehe wieder schlechtzumachen?

»Angenommen, Baba Eniola wäre so faul, wie du sagst, kann ich dann nicht etwas aus mir machen? Warum muss die Lösung für meine Probleme eine weitere Ehe sein? Sollte ich nicht in der Lage sein, meine Kinder selbst zu versorgen? Bin ich nicht diejenige, die sie bekommen hat?«

»Dazu gehören zwei Menschen. Warum solltest du die Verantwortung allein tragen, obwohl er am Leben und gesund ist? Warum? Wo es da draußen bessere Männer gibt, die dir helfen können, Abosede. Wenn es dir nicht um dich selbst geht, dann tu es für deine Kinder.«

»Was denkst du, warum ich hier bin, Alagba? Ich denke nur an sie.«

Ihr Bruder legte den Kopf schief.

»Es tut mir so leid, dass ich dich angeschrien habe. Ich wollte nicht, ich … ich …«

»Schon gut, schon gut.« Alagba seufzte. »Du hast dich allein um das Wohl der Kinder gekümmert?«

»Ich bin gekommen, um mit dir über die Schulgebühren zu sprechen.«

»Das war mir klar.«

»Es ist nicht der einzige Grund, warum ich gekommen bin.«

Er stützte das Kinn auf eine Faust und sah sie an.

»Ich bin auch deshalb gekommen, aber ich habe mich nicht deshalb entschuldigt. Ich schwöre, ich wollte das schon vor langer Zeit tun, ich habe nur … Ich schwöre es beim Grabstein meiner Mutter.«

»Lass das Grab unserer Mutter aus dem Spiel. Bitte, lass sie in Frieden ruhen.«

»Ich meinte … Ich weiß nicht, wie …« Den Tränen nahe, starrte sie auf ihre verschränkten Finger. Ihre abgekauten Fingernägel und geröteten Nagelbetten erschreckten sie noch immer. An einem Daumen war der Nagel halb abgekaut. Hatte sie das getan, nachdem sie hier angekommen war oder davor? Sie hatte diese Angewohnheit schon zu Schulzeiten entwickelt, sah immer erst im Nachhinein die Beweise, konnte sich aber nie daran erinnern, die Hände an die Lippen geführt und einen Finger nach dem anderen abgeknabbert zu haben. Einige Jahre nach ihrem Schulabbruch waren die Nägel nachgewachsen, lang und gebogen, schöner als die künstlichen Nägel, die mittlerweile so beliebt waren. Als sie heiratete, hatte sie angefangen, sie zu lackieren. Nach der Geburt der Kinder wurde der Griff in den Beutel, prall gefüllt mit Fläschchen voller Farben und Wunder, zu einer Quelle der Freude und Ruhe für sie. Nie ließ sie jemanden zusehen; das war allein ihre Zeit. Während der halben Stunde, für die sie sich zum Nägellackieren im Badezimmer einschloss, machte sie sich keine Gedanken über die Stimmungsschwankungen ihres Mannes, Busolas Wackelzahn oder Eniolas aufgeschlagenes Knie. In dieser ruhigen halben Stunde kam es nur darauf an, die Schichten richtig aufzutragen. Blau, Grün, Gold und Silber waren ihre Lieblingstöne, die sie jeden Samstag auftrug, damit der Lack am Sonntagmorgen frisch war, wenn sie mit ihren Sandaletten in die Kirche ging. Und jetzt kaute sie offenbar wieder auf den Nägeln herum, so fest, dass die Haut gerötet war.

»Sprich weiter«, sagte ihr Bruder.

»Wir können das Schulgeld nicht bezahlen. Ich hab's versucht – ich meine, wir haben's versucht. Mein Mann und ich haben alles getan, was in unserer Macht steht, um genug Geld zusammenzubekommen. Um dir klarzumachen, wie sehr ich mich bemüht habe, Alagba, an einem Tag – war es letzte Woche? – habe ich Busola ein bisschen Geld gegeben, damit sie fürs Abendessen *gari* kauft. Auf dem Heimweg ist das Kind hingefallen und hat das *gari* verschüttet. An dem Abend hatten wir nichts zu essen im Haus, aber ich habe mein Erspartes nicht angerührt. Ich habe uns lieber alle hungrig zu Bett gehen lassen, Alagba. Das war besser, als fürs Essen mehr auszugeben, als ich eingeplant hatte. Aber alle meine Bemühungen – alle unsere Bemühungen sind gescheitert. Ich würde dich nicht anbetteln, aber wir brauchen mehr als die zehntausend Naira für die Schulgebühren. Unser Vermieter fordert die Miete ... Nein, Alagba, nein, ich meine ja gar nicht, dass wir hier einziehen wollen.«

»Selbst wenn du das meintest, ist es immer noch unmöglich.« Alagba schüttelte den Kopf. »Das gehört sich einfach nicht, *laye laye*.«

»Gut, Sir.«

»Na schön. Also, wie hoch ist das Schulgeld?«

»Zehntausend Naira für beide, aber wir haben bisher nur gut zweitausend zusammen. Letzte Woche haben sie angefangen, die Kinder jeden Tag zu bestrafen. Morgen wird die Anzahl der Schläge verdoppelt.« Sie schluckte und presste eine Handfläche gegen ihre Kehle, in der Hoffnung, das Zittern in ihrer Stimme zu dämpfen. »Danach müssen sie zu Hause bleiben. Bitte, ich flehe dich an. Wenn du uns irgendwie unterstützen kannst, ist kein Betrag zu klein. Du bist der Einzige, der mir noch helfen kann. Letzte Woche habe ich Baba Supo angerufen, aber er kann mir nichts schicken. Ich bin nicht wütend oder so, ich verstehe ihn ja. Wir haben alle unsere eigenen Probleme. Er hat selbst Kinder und muss Schulgebühren bezahlen. Also, Sir, bitte. Irgendetwas.«

»Hmmm. Du brauchst … lass uns sagen, achttausend.«

»Ja, Sir. Sie gehen schon auf die billigste Schule, die wir finden konnten. Die einzige andere Möglichkeit ist, sie auf eine öffentliche Schule zu schicken.«

»Und was lernen sie auf öffentlichen Schulen?«

»*Abi*? Deshalb strengen wir uns doch so an, damit sie auf eine Privatschule gehen können, selbst wenn es nur die billigste ist. So haben sie eine bessere Chance, sich wenigstens ein bisschen Wissen anzueignen.«

»Recht so, das ist es, was gute Eltern tun.«

»Ja, Sir.«

»Iya Eniola, ich will dir helfen, aber ich kann nur eintausend Naira entbehren.«

»Alagba, bitte, denk nicht mehr daran, wie ich dich beleidigt habe. Wenn es wenigstens zweitausend wären, bitte. Dann werde ich alles in meiner Macht Stehende tun, um die restlichen eintausend aufzutreiben. So können wir wenigstens die Hälfte zahlen und die Schule um mehr Zeit bitten.«

»Iya Eniola, wenn wir Gott beleidigen und er uns vergibt, wie könnte ich, ein Sterblicher, dir nicht vergeben? Es geht hier nicht um die Vergangenheit. Wenn ich dir böse wäre, würde ich es dann an deinen Kindern auslassen? Auch wenn du sie die letzten Jahre von mir ferngehalten hast, sind sie mir doch so nah, als wären sie mein eigen Fleisch und Blut. Wenn ihnen Gutes widerfährt, ist das zu meinem eigenen Guten. Ich lese täglich die Bibel, und darin steht, dass ich denen, denen es zusteht, das Gute nicht vorenthalten soll, wenn es in meiner Macht steht. Warum sollte ich wegen dir meinen Gott beleidigen? Einmal angenommen, Gott vergibt mir, wenn ich das Geld zurückhalte, wird *alajobi*, das Gesetz der Blutsverwandtschaft, mich nicht verdammen? Würden mich die Geister der Ahnen, die auf diesem Hof umgehen, nicht bis zum Tag meines Todes verfolgen, weil ich so geizig war? Wenn ich könnte, Iya Eniola – bitte, schau mir ins Gesicht –, wenn ich dir helfen könnte, würde ich's tun.«

»Bitte, ich möchte … ich möchte, dass diese Kinder zur Schule gehen. Es ist ihre einzige Chance im Leben. Ich habe keinen Besitz, den ich ihnen vererben kann. Ich kann ihnen nichts geben, das –«

»Glaubst du, ich sehe sie gern leiden? Was glaubst du denn, warum ich so wütend auf deinen Mann bin? Gott hat unsere Familie nicht mit Reichtum gesegnet, aber musstest du je hungern? Sieh dir an, wie dünn dein Hals ist. Wenn er wusste, dass er dich nicht versorgen kann, warum hat er dich geheiratet? Und schau, was du anhast – warst du nicht besser gekleidet, als du noch hier gewohnt hast?«

Iya Eniola schaute auf ihr ausgewaschenes Waxprint-Kleid hinunter. Der Saum war ausgefranst, und bei genauer

Betrachtung fiel auf, dass es an der Hüfte ausgebessert worden war.

»Ich höre jetzt auf, von deinem Mann zu sprechen, bevor wir wieder anfangen zu streiten.«

»Gut, Sir.«

»Aber, Iya Eniola, ich kann es mir nicht leisten, dir mehr als tausendfünfhundert Naira zu geben. Ich habe selbst gerade erst Schulgebühren abbezahlt. Mein Geldbeutel muss sich noch davon erholen.«

Iya Eniola beugte sich vor. Sie musste sich verhört haben. »Du hast gerade was bezahlt?«

»Schulgebühren, ich sagte Schulgebühren.«

»Für wen?«

»Meine Kinder.«

»Kinder? Ist schon gut, Alagba, du willst mir das Geld nicht geben. Kein Problem.«

»Tja, unser Gott hat mich nicht verlassen, als du es getan hast.« Er wies auf die Tür. »Du musst sie doch draußen gesehen haben, als du reinkamst. Meine Frau hat zwei Kinder aus erster Ehe.«

»Frau?«

»Ja, Gottes Gnade währt ewig wie die Sonne, ich habe letztes Jahr geheiratet. Der erste Mann meiner Frau starb nach der Geburt des zweiten Kindes, und seitdem musste sie die Kinder allein versorgen. Das heißt, bis zu unserer Hochzeit im letzten Jahr. Jetzt helfe ich ihr.«

Dies waren freudige Nachrichten, aber Iya Eniola konnte sich nicht einmal ein Lächeln abringen. Sie ließ das Kinn auf die Brust sinken. Alagba war der einzige Mensch, an den sie sich immer in letzter Minute hatte wenden können, weil sie sicher sein konnte, dass er ihr noch den letzten Krümel *gari* geben würde, den er im Haus hatte. Es hatte Zeiten gegeben, in denen er ihr versichert hatte, dass er lieber selbst verhungern würde, als dass Busola und Eniola nichts zu essen hätten. Und jetzt wurde ihr klar, dass sie im tiefsten Innern immer angenommen hatte, dass es in seinem Leben nie jemanden geben würde, dessen Wohlergehen er über ihres stellen würde. An wen sollte sie sich jetzt wenden? Wie sollte sie die Schulgebühren ihrer Kinder aufbringen? Und die Miete? Hätte er ihr je von seiner Heirat erzählt, wenn sie ihn nicht um Geld gebeten hätte? Sie musterte ihn. An der Art, wie er ihrem Blick standhielt, als wäre es normal, dass sie erst nach einem Jahr von seiner Hochzeit erfuhr, erkannte sie, dass er die Neuigkeit weiter vor ihr verborgen hätte. Wie hatte sie so viele Jahre verstreichen lassen können, ohne ihn zu besuchen? Warum war ihr Stolz ihr wichtiger gewesen als ihr Bruder? Und wie, wie war sie zu einer Frau geworden, die sie selbst nicht mehr erkannte, für die das Glück anderer Menschen nur Verzweiflung bedeutete?

»Herzlichen Glückwunsch, Sir.«

»Ich wünschte, Iya Favour wäre jetzt zu Hause.«

»Wer?«

»Iya Favour, meine Frau. Sie ist in Sabo, um Zwiebeln zu kaufen. Sie verkauft Paprika und Gemüse vor dem Haus.«

»Niemand hat mir von der Hochzeit erzählt. Niemand. Ich wäre gekommen, ich wäre –«

»Ich habe unsere Brüder gebeten, dir nichts zu sagen.«

»Alagba, ich weiß, ich habe dich beleidigt, aber warum –«

»Das ist Vergangenheit, jetzt geht's ums Schulgeld deiner Kinder. Du musst gut darüber nachdenken, denn du kannst das hier nicht jedes Jahr tun. Erinnerst du dich, was ich dir beim letzten Mal geraten habe, als wir uns sahen?«

»Dass ich meinen Mann verlassen soll?«

»Nicht das. Über die Kinder.«

»Du sagtest, ich soll sie ein Handwerk erlernen lassen?«

Alagba nickte.

»Eniola ist dabei. Du kennst die Schneiderin im Viertel?«

»Caro?«

»Er ist jetzt ihr Lehrling. Das einzige Problem ist, dass wir auch sie nicht bezahlen konnten. Wir müssen erst das Schuldgeld und die Miete bezahlen, dann finden wir einen Weg, auch sie zu bezahlen.«

»Welches deiner Kinder ist besser in der Schule?«

»Busola.«

»Dann sammle für ihr Schulgeld. Das schaffst du. Wenn wir meinen Anteil dazurechnen, hast du mehr als die Hälfte ihres Schulgelds. Bezahl das. Und jetzt kommt das, was du nicht gern hören wirst: Lass Eniola die Schule abbrechen und –«

»Gott bewahre.« Iya Eniola schnippte mit den Fingern.

»Ah, ich sehe, dass du meinen Rat nicht brauchst.«

»Ich wollte nicht laut werden. Bitte sprich weiter.«

»Er soll abgehen und sich auf die Schneiderei konzentrieren. Er hat jetzt schon eine bessere Bildung als irgendjemand von uns. Wenn er das mit der Schneiderei kombiniert, kann er etwas aus seinem Leben machen. Dann kannst du dich auf Busola konzentrieren, und sie kann das Beste aus ihrer Schullaufbahn herausholen. Das ist besser, als wenn beide das halbe Schuljahr zu Hause sitzen, weil du das Schulgeld nicht bezahlen kannst und sie nur eine notdürftige Ausbildung mitbekommen. Denk darüber nach.«

Sie hatte schon darüber nachgedacht. Wie viel leichter ihr Leben wäre, wenn sie sich nicht um Schulgeld, neue Uniformen, Socken und Sandalen sorgen müsste, um Schulhefte, die zu schnell voll waren, weil die schwungvolle Handschrift ihrer Kinder mehr Platz einnahm als nötig, um die Schulbücher, die sie manchmal quer durch den Raum warfen, sodass sie keine andere Wahl hatte, als sie anzuschreien. Glaubten sie denn, sie hätte einen Geldbaum unterm Bett? Sie hatte erwogen, die Kinder von der Schule zu nehmen, und hatte sich dann über die freudige Erregung geschämt, die sie verspürte, als ihr klar wurde, dass sie viel mehr Geld für Lebensmittel, Miete und vielleicht eine Flasche Nagellack zur Verfügung haben würde. Wenn sie die Schule abbrachen, konnten sie auch unter der Woche mit einem Tablett auf dem Kopf beim Hausieren aushelfen, nicht nur am Wochenende. Ihre Einnahmen würden sich fast verdreifachen, ihre Nägel wären nicht mehr abgekaut, sie könnte vielleicht sogar wieder die Nächte durchschlafen. Aber ihre Kinder.

»Das kann ich nicht tun, Alagba. Es ist meine Pflicht. Ich muss ihnen die Chance geben, ein besseres Leben zu führen als ich.«

»Ich bitte dich nur darum, darüber nachzudenken. Gründlich.« Er stand auf und schlurfte davon, vorbei am Tontopf zu der Tür, die zum Schlafzimmer führte.

Als er die Tür hinter sich schloss, wandte sie sich auf ihrem Stuhl um und suchte nach einem Anzeichen für die Anwesenheit einer Ehefrau in seinem Leben. Es gab keine neuen Vorhänge, keine Hochzeitsfotos an der Wand oder auf dem Tisch mit der Waxprint-Tischdecke, auf dem eine große Bibel neben einer Handglocke lag. Das Einzige, was sich in dem Raum verändert zu haben schien, war der Polsterbezug, der nun, da sie ihn anfassen konnte, für Samt zu kratzig war.

Die Schlafzimmertür öffnete sich quietschend, und ihr Bruder kam zurück und hielt ihr einige gefaltete Geldscheine hin.

»Ich danke dir so sehr.« Sie nahm das Geld und kniete

nieder. »Mögest du kein Wasser in Körben holen oder Löcher im Geldbeutel haben. Dein Geldbeutel möge niemals leer sein, und in deinem Leben möge es keine Verschwendung geben.«

»Setz dich, Iya Eniola, alle Ehre gebührt Gott. Ich sagte, du sollst dich setzen. So ist es besser.« Er seufzte. »Ich wünschte, ich könnte mehr tun. Aber denk darüber nach, was ich dir gesagt habe. Investier dein Geld in Busola, sie hat die besten Chancen. Wenn ein Wunder geschieht und du beide unterstützen kannst, ist das gut, aber wenn du nur deine Tochter zur Schule schickst und sie mit allem versorgen kannst, was sie braucht, um sich zu konzentrieren und als Beste abzuschneiden, finde ich das besser, als wenn beide eine notdürftige Ausbildung bekommen, die sie nirgends hinführt. Die Welt hat sich verändert, früher konnten Menschen sich nach ihrem Schulabschluss eine Karriere aufbauen. Aber jetzt? Sogar die, die zur Universität gehen, müssen um Arbeitsplätze kämpfen. Entscheide dich für die, die den ganzen Weg zurücklegen kann und es sehr gut machen wird – und fördere sie.«

»Ich werd's mir überlegen.«

»Und was Eniola betrifft, er wird es gut haben. Wenn er Schneider wird, kann er sich selbst versorgen. Er wird niemanden um eine Stelle anbetteln müssen.«

Nachdem sie die Geldscheine tief in ihrer Handtasche verstaut hatte, unterhielten sie sich über seine Frau, und er bestand darauf, dass sie erst so viel später zurückkommen würde, dass es für Iya Eniola keinen Grund zu warten gab.

»Vielleicht willst du noch woanders hin?«, fragte er. »Zu jemandem, den du um mehr Geld bitten kannst?«

»Ja, Sir, ich muss gehen. Bitte grüß Iya Favour von mir,

wenn sie zurückkommt. Ich komme bald wieder vorbei, damit ich sie kennenlernen kann.«

»Hinle awe«, sagte er, als sie aufstand.

Sie hielt einen Moment inne und wartete darauf, dass er sie wie üblich bat, ihrem Mann Grüße auszurichten, was er jedoch nicht tat. Es war schwer zu akzeptieren, dass seine Verabschiedung nun bar jeder Höflichkeit war. Noch schwerer war, dass er nicht aufstand, um sie bis zur Kreuzung zu begleiten, wie er es früher getan hatte.

Draußen hatten Favour und ihre Schwester alle Linien im Sand gezogen und mit ihrem Spiel begonnen. Ein Kieselstein fiel in den Sand, als Iya Eniola vorbeikam. Er verfehlte sein Ziel und schlitterte über das Rechteck hinaus. Das kleinere Mädchen gab ein Zischen von sich und stampfte mit dem Fuß auf. Sie spielten tatsächlich *suwe*. Iya Eniola musterte die Mädchen und fragte sich, ob die beiden die leicht hervorquellenden Augen und das Grübchenkinn von der Frau geerbt hatten, die jetzt die Ehefrau ihres Bruders war.

*

Iya Eniola nahm eine Seitenstraße nach der anderen, bis sie auf die asphaltierte Straße gelangte, die zum Kreisverkehr führte. Sie schlängelte sich an Hausierern, *okadas* und Straßenhändlerinnen vorbei und umklammerte ihre Handtasche fester, während sie sich einen Weg durch das Gedränge der Menschen bahnte, die sich in Richtung der Zentralmoschee schoben. Jeder Stoß mit dem Ellbogen, jedes Zerren an ihrem Kleid schien ihr ein versuchter Taschendiebstahl zu sein, und sie fürchtete um das Geld, das Alagba ihr gegeben hatte. Es würde nur einen kurzen Augenblick dauern, die Scheine in ihren Blusenausschnitt verschwinden zu lassen und in ihren BH zu schieben. Das hätte sie tun können, als sie das Haus ihres Bruders verließ. Stattdessen hatte sie gewartet, bis sie eine der belebtesten Straßen der Stadt erreicht hatte, um sich Gedanken darüber zu machen, dass das Geld in Sicherheit war.

Sie bog zu einer Tankstelle ab, die sie als Abkürzung auf die andere Straßenseite nutzen wollte. Drei kleine Mädchen umringten sie, als sie sich der ersten Zapfsäule näherte. Sie fassten sich an den Händen und umstellten sie in einem Halbkreis, während sie sie mit blassen, fast durchsichtigen Augen anflehten. Wenn sie sich zurücklehnten, schwang ihr seidiges Haar bis zur Taille. Was auch immer sie sagten, es wurde übertönt vom Geplapper der Kunden, die mit den Verkäufern am Straßenrand feilschten, vom lauten Hupen der vorbeifahrenden Fahrzeuge und von gelegentlichem Gelächter. Ihr Haar und ihre blasse Haut verrieten, dass die Mädchen von anderswo kamen. Die meisten sagten, sie kämen aus einem Nachbarland. Es verblüffte sie, dass irgendjemand das eigene Land verließ, um hierherzukommen, aber vielleicht wusste Iya Eniola einfach nicht genug über all den Schmerz, den es auf der Welt gab. Sie schüttelte nur den Kopf und wandte den Blick ab, als einem Mädchen die Tränen zu kommen schienen. Es gab noch mehr bettelnde Menschen an der Tankstelle, die sich um Autos und Vorbeigehende scharten und ihnen Teller und Schalen hinhielten. Eine alte Frau schleppte sich von Autotür zu Autotür. Ein mit Jeans bekleideter Mann umklammerte die Schulter eines Jungen und stolperte ihm von Fenster zu Fenster nach. Eine Frau stand gebeugt neben einer Zapfsäule und strich sich mit einer Hand über den Kropf an ihrem Hals, während sie mit der anderen das Geld in ihrer Schale zählte.

Die kleinen Mädchen vor Iya Eniola waren die einzigen

Bettlerinnen ohne sichtbares Gebrechen. Sie versuchte, sich an ihnen vorbeizudrängen, doch sie wichen nur nach hinten oder zur Seite aus und verstellten ihr nach wenigen Schritten wieder den Weg. Sie würden davonlaufen, wenn sie sie ausschimpfte oder bedrohte, aber sie tat es nicht. Sie hatte es nicht eilig und konnte ihnen wenigstens ein bisschen Freundlichkeit schenken, wenn sie schon kein Geld für sie übrig hatte. Also trat sie schnell hierhin und dorthin, sodass die Mädchen sich beeilen mussten, um ihr den Weg zu versperren. Eins der Mädchen begann zu kichern, die beiden anderen grinsten. Iya Eniola lächelte sie an und war überrascht, als sich etwas in ihrem Herzen regte, das sich wie Freude anfühlte. Doch dann stieß eines der Mädchen rückwärts mit dem Jungen zusammen, der den jeanstragenden Bettler führte, fiel hin und riss die beiden anderen mit. Auch der Bettler und der Junge stürzten, und ihre Geldschale fiel zu Boden. Iya Eniola streckte die Hand nach den Mädchen aus, doch die rappelten sich schon wieder auf und flüchteten vor den Angestellten von der Tankstelle, die sie anschrien.

»Seid ihr auch nicht verletzt?«, rief Iya Eniola ihnen nach, während sie auf die Straße rannten.

Da es den Mädchen offenbar so gut ging, dass sie noch rennen konnten, wandte Iya Eniola ihre Aufmerksamkeit dem in Jeans gekleideten Bettler und seinem Helfer zu. Der Bettler saß auf dem Boden, während der Junge die verstreuten Naira-Scheine aufsammelte.

»Ach, Verzeihung, entschuldigen Sie«, sagte Iya Eniola zu ihm. »Kann ich Ihnen helfen?«

Er drehte sich zu ihr um: Seine Augen flackerten unstet, blinzelten nicht. »Nein. Ich brauche meinen Helfer.«

Iya Eniola schaute sich um. Sie waren den Wagen, die die Tankstelle anfuhren, nicht direkt im Weg, aber wer konnte schon wissen, ob sie nicht irgendein Verrückter über den Haufen fahren würde?

»Soll ich Ihnen beim Aufstehen helfen? Ihr Freund ist noch beschäftigt, wir können zusammen auf ihn warten. Darf ich?«

»Was, wenn hinter Ihnen jemand steht? Jemand, mit dem Sie mich entführen wollen? Ich kann es ja nicht sehen. Lassen Sie mich in Ruhe, Frau. Mein Helfer kommt gleich.«

Iya Eniola entschied, mit ihm zu warten, bis der Helfer die verstreuten Scheine aufgehoben hatte und zurückkam. Ein Auto raste vorbei und wirbelte einen der Zwanzig-Naira-Scheine auf, die Iya Eniola vor die Füße gefallen waren. Sie bückte sich, um dem Bettler beim Aufheben zu helfen, bevor das Geld davonflatterte. Doch als sie die Hand danach ausstreckte, schnappte der Bettler es ihr vor der Nase weg.

Er starrte sie finster an, während er den Schein in seine Brusttasche stopfte. Sein Blick war jetzt klar.

»He!«, sagte sie. »Sie sind ja gar nicht blind.«

Er legte einen Fingen an die Lippen. Eine Bitte.

Nein, eine Warnung. Geschmeidig wie eine Schlange zog er etwas aus seiner Tasche, das aussah wie ein Stück Holz, klappte es mit dem Daumen auf und enthüllte eine gezackte Klinge.

Iya Eniola taumelte rückwärts und lief auf die Straße, wobei sie dem Drang widerstand, einen Blick zurückzuwerfen. Sie überquerte so schnell es ging die Straße, rannte zwischen zwei Taxis hindurch und ignorierte die wütenden Fahrer, die ihr Verwünschungen zuriefen.

9

Als Motara ihr erneut gegen das Schienbein trat, beschloss Wuraola, aufzustehen. Sie war schon seit etwa einer Stunde wach. Müde, aber unfähig, wieder einzuschlafen, obwohl sie inzwischen vierhundert Schafe gezählt hatte. Motara wälzte sich unterdessen im Bett herum; sie schlief offensichtlich immer noch so unruhig wie damals als Kleinkind, als sie so häufig aus dem Bett gerollt war, dass ihre Matratze auf den Boden gelegt worden war.

Der Nachttischwecker zeigte in rot blinkenden, kantigen Ziffern 4:17 Uhr an. Wuraola setzte sich auf und tastete mit einem Fuß auf dem Boden nach den Hausschuhen. Es würde ein langer Tag werden, an dem sie beständig hin und her eilen musste, um sich zu vergewissern, dass der endlose Strom der erwarteten Gäste in jeder Hinsicht zufrieden war: mit den Vorspeisen, den Souvenirs, der Größe und Art der Fleischstücke und der Temperatur der unzähligen Drinks auf den Tischen. Sie verstand zwar nicht, warum derlei Details eine so große Rolle spielten, aber sie wusste, dass sie vielen Menschen wichtig waren. Ein älterer Cousin väterlicherseits hatte zwei Jahre lang nicht mit ihr geredet, weil sie bei der Hochzeit eines anderen Cousins das Catering beaufsichtigt hatte und ihm Fisch statt Huhn serviert worden war.

Wuraola war sicher, dass ihre Mutter um halb sieben ins Zimmer stürmen und sie auffordern würde, bei den Millionen Dingen zu helfen, die noch vor Beginn der Party gegen Mittag erledigt werden mussten. Yeye hielt es für ein Anzeichen von Faulheit, nach Sonnenaufgang noch im Bett zu liegen, und schien das Konzept, dass man am Samstag oder in den Ferien ausschlief, nicht zu begreifen. Gelegentlich fragte sich Wuraola, ob Yeyes Beharren darauf, dass alle bei Sonnenaufgang aufstehen sollten, der Grund dafür war, warum ihre Eltern getrennte Schlafzimmer hatten.

Wuraola zog die Vorhänge auf, damit sie sich im gebrochenen Licht der Außenlampen orientieren konnte. Sie ging vom Fenster zum Schminktisch und hörte die gedämpften Stimmen der Cateringmitarbeiter aus dem Hinterhof. Am Abend zuvor hatten Yeyes Schwestern, nachdem sie Wuraolas Verlobung mit Glückwünschen, zwei Flaschen Champagner und erdrückenden Umarmungen gefeiert hatten, einen Zeitplan für die Frauen aufgestellt, um den angeheuerten Cateringservice in der Nacht zu beaufsichtigen. Man hatte Wuraola gebeten, das Zeitfenster zwischen Mitternacht und 1 Uhr zu übernehmen. Als sie ablehnte, musterte Aunty Biola sie enttäuscht, sagte jedoch nichts, weil Kunle anwesend war. Doch Wuraola hörte den unausgesprochenen Vorwurf. Aunty Biola, deren Erwartungen und Ermahnungen stets auf die Ehe abzielten, fragte sie stumm, wie sie es bereits getan hatte, als Wuraola gerade einmal laufen konnte: Wirst du dich im Haus deines Ehemanns ebenso benehmen? Wuraola und ihre Cousinen rissen oft Witze darüber, wie es Aunty Biola gelang, alles auf ihre Zukunft als Ehefrauen zu beziehen – die Farbe ihrer Haut und Haare, ihre Noten und Hochschulkurse, die Anzahl ihrer Kirchenbesuche, ob sie Extensions oder Lippenstift trugen. Neuerdings erinnerte das Lachen einiger Cousinen allerdings eher an eine Mischung aus Husten und Schniefen, eine leicht zu durchschauende Tarnung der Tränen, die einige von ihnen zurückhielten.

Wuraola könnte so sein, wie Aunty Biola sie haben wollte, und nach unten rennen, um eine der Tanten, die gerade die Partyvorbereitungen beaufsichtigte, abzulösen. Aber es kümmerte sie einfach nicht, ob die Cateringmitarbeiter beim Kochen ein paar Fleischstücke stibitzten. Sie suchte auf der Frisierkommode nach Patricia Cornwells *Herzbube*, dann schaute sie unters Bett und hinter die Vorhänge. Sie hatte noch Zeit, ein, zwei Kapitel zu lesen, bevor sie sich um andere Dinge würde kümmern müssen. Schließlich fand sie das Buch unter einem Berg Unterwäsche in ihrem Kleiderschrank.

Als sie noch ein Teenager gewesen war, hatten ihre Eltern sie jedes Mal bestraft, wenn sie sie dabei erwischten, wie sie eine der Regency-Romanzen las, die sie so liebte. Aber auch das Schrubben von Teppichen mit der Zahnbürste, das Treppensteigen auf den Knien und der gelegentliche Klaps eines Hausschuhs auf die Handfläche hatten sie nicht abgeschreckt; stattdessen fand sie einfach einen Weg, wie sie die Bücher verstecken konnte. Mittlerweile bevorzugte sie Thriller und Krimis, aber ihr Instinkt, sie zu verbergen, blieb derselbe. Auch wenn die Buchumschläge nicht mehr aufreizend waren und Yeye aufgehört hatte, in ihren Sachen zu schnüffeln, um Beweise dafür zu finden, dass sie trank, rauchte, Sex hatte oder andere Dinge tat, die laut Yeyes Warnungen zu Tod, Verarmung oder einem Leben als alte Jungfer führen würden. Mit ihrem Handy und *Herzbube* in der Hand betrat Wuraola den Flur und schloss die Schlafzimmertür. Sie streckte die linke Hand aus und bewunderte ihren Verlobungsring. Sie war mit dem Ring am Finger eingeschlafen, zu bezaubert von seinem Glanz, um ihn abzunehmen. Der Ring bestand aus Roségold, der Stein war birnenförmig und funkelte. Als alte Jungfer würde sie jedenfalls nicht sterben.

Sie ging durch den stillen Flur, blieb einen Moment im Wohnzimmer stehen und entschied dann, sich nicht in einen der Sessel zu setzen. Eine vorbeikommende Tante könnte sie ertappen. Stattdessen ließ sie sich auf dem angrenzenden Balkon in einem gepolsterten Korbsessel nieder. Sie versuchte zu lesen, doch es gelang ihr nicht recht, sich in Dr. Scarpettas Welt versetzen zu lassen. Kunle war etwa eine Stunde nach seinem Heiratsantrag gegangen, und sie hatten eine weitere Stunde am Telefon gehangen, nachdem er zu Hause angekommen war. Sie hatten darüber gesprochen, wie er den Heiratsantrag geplant hatte, hatten ihr bisheriges gemeinsames Leben Revue passieren lassen und sich an die Momente erinnert, in denen sie festgestellt hatten, dass sie sich ineinander verliebt hatten. Als Wuraola schließlich in den Schlaf hinüberglitt, fühlte sich der Antrag wie die Krönung an, der Scheitelpunkt der Bögen ihrer beider Leben, ein Zusammenlaufen, so unvermeidlich wie das Schicksal. Sie legte den Roman beiseite und schickte Kunle eine SMS.

Schon wach?

Keine Antwort. Sie lehnte sich zurück und blickte zum tintenschwarzen Himmel auf. Kunles Wecker klingelte normalerweise um fünf, und er drückte nie die Schlummertaste, sondern schleppte sich immer aus dem Bett, um eine Joggingrunde auf dem Gelände zu absolvieren. Vielleicht war er gerade unterwegs. Oder er ignorierte ihre Nachricht, weil er ihr immer noch böse war. Sie hatten letzte Nacht am Telefon gestritten. Er wollte, dass sie innerhalb von sechs Monaten heirateten, sie wollte mindestens noch ein Jahr warten. Sie musste ihr staatliches medizinisches Jahr direkt nach der Ausbildung als Fachärztin beginnen und konnte in jeden Bundesstaat Nigerias versetzt werden. Wenn sie vor dem staatlichen Jahr heirateten, dürfte Wuraola am Wohnort ihres Ehemannes arbeiten. Seine Argumente ergaben durchaus Sinn, aber sie wollte nicht nachgeben. Sie freute sich darauf, während des staatlichen Jahrs woanders zu leben, weit weg von den beiden Städten, in denen sie die meiste Zeit ihres Lebens verbracht hatte. Die Hochzeit konnte bis nach diesem Jahr der Freiheit warten, Freiheit von den engen Kreisen, in denen sie sich seit ihrer Kindheit bis zur Universität bewegt hatte, wo sie sich zumeist dann ein Zimmer mit jemandem teilte, der mit ihren Eltern bekannt war. Ihr Handy vibrierte.

»Hallo, Baby«, sagte Wuraola und hielt sich das Handy ans Ohr.

»Hallo«, sagte Kunle.

»Warst du joggen?«

»Nein.«

»Regnet's bei euch?«

»Nein, mir war einfach nicht danach.«

Sie wusste, dass er versuchte, unbeschwert zu klingen, aber das Zittern in seiner Stimme verriet ihn und erinnerte sie an das erste Mal, als sie ein Zittern in seiner Stimme bemerkt hatte, während er ein Lächeln vortäuschte. Kunle hatte die weiterführende Schule abgeschlossen, Wuraola war in den Ferien vom Internat nach Hause gekommen, und ihr Vater schickte sie mit einem versiegelten Briefumschlag zu den Cokers. Weil sie ihre Eltern belauscht hatte, wusste sie, dass der Briefumschlag Dollarscheine für Kunles Vater enthielt, der dabei war, sich auf ein Sabbatjahr in Saudi-Arabien vorzubereiten. Kunles Familie lebte noch in den Personalunterkünften des General Hospitals, und weil die Reihen identischer Bungalows Wuraola verwirrten, hatte der Fahrer ihres Vaters sie bis zur Haustür der Cokers gebracht. Als sie ausstieg, hatte Kunle auf dem Rasen gestanden, mit dem Rücken zum Haus, in dem seine Eltern über sein Zeugnis stritten. Layi, der all seine Prüfungen mit Bravour bestanden hatte, hatte Wuraola schon von Kunles schlechten Noten berichtet. Kunle war in Biologie und Chemie durchgefallen, Fächer, die für ein Medizinstudium im ganzen Land unabdingbare Voraussetzung waren. Kunles Vater wollte, dass er die Prüfungen wiederholte. Seine Mutter hingegen fand, er solle sich anderen Fächern zuwenden und eine Zukunft in der Medizin vergessen. Kunles gerötete Augen verrieten, dass er geweint hatte oder kurz davorstand, doch er lächelte Wuraola an, als sie näher kam. Das Lächeln verrutschte auch dann nicht, als sie vor ihm stand, unsicher, was sie sagen sollte, nachdem sie ihm den Umschlag in die Hand gedrückt hatte. Er fragte sie nach der Schule, rasselte mit zunehmend lauter Stimme Fragen herunter, was jedoch nicht verbergen konnte, dass seine Eltern sich im Haus immer noch stritten. Es war unmöglich, das Geschimpfe, das Geschrei und das laute Klirren zu ignorieren, mit dem etwas auf dem Terrazzoboden zerbarst. Überwältigt von einer plötzlichen Welle der Zärtlichkeit für einen Jungen, den sie bis dahin kaum wahrgenommen hatte, war Wuraola vorgetreten und hatte Kunle umarmt, bevor sie zum wartenden Auto zurücklief. Sie spürte diese Zärtlichkeit auch jetzt, als sie ihn sich auf seinem Bett liegend vorstellte, immer noch bedrückt von ihrem Streit letzte Nacht.

»Ich werde mir das mit der Hochzeit überlegen«, sagte sie.

»Das war alles, worum ich dich letzte Nacht gebeten habe, bevor du mich niedergebrüllt hast.«

»Hab ich doch gar nicht.«

»Ich möchte nur, dass unser gemeinsames Leben so bald wie möglich beginnt. Ich wünschte, ich würde schon jetzt jeden Morgen neben dir aufwachen. Wura, verstehst du denn nicht, was du mir für eine Stütze bist?«

»Mach dir keine Sorgen, wir werden einen Kompromiss finden. Können wir über was anderes reden?«

»Ja … Was hast du an?«

Sie zupfte am Saum ihres Nachthemds. »Nichts.«

Ihm stockte der Atem, und sie beobachtete, wie die aufgehende Sonne die Wolken in ihr flammendes Licht tauchte.

10

Noch bevor sie an jenem Samstag duschte und ihre Zähne putzte, setzte sich Yeye Christianah Alake Makinwa an ihren Frisiertisch und polierte ihren Goldschmuck. Sie legte jedes Stück in ihre Handfläche und rief sich ins Gedächtnis, wie viel Gramm es wog. Bei den Ketten und Ringen gelang ihr das, ohne das graue Notizbuch zu konsultieren, in dem sie alle wichtigen Käufe notiert hatte. Jede zweite Woche fragte sie Alhaja Ruka, eine ehemalige Nachbarin, die mit gebrauchtem Goldschmuck handelte, nach ihrem Kaufpreis pro Gramm. So wusste sie, wie viel sie für ihren eigenen Schmuck bekommen würde, falls ihr Mann – was der Himmel verhüten mochte – um all sein Geld betrogen würde, all ihre Geschäfte in Flammen aufgingen oder irgendeine Katastrophe ihre Schwestern befiel, sodass sie von Elend und hoffnungsloser Verarmung bedroht war. Sollte das je eintreffen, würden sich diese Schmuckstücke als ihre Rettung erweisen.

Yeye wickelte alle achtzehnkarätigen Stücke – Ketten, Ohrringe, Ringe und Armbänder, die wenigen, nie getragenen Fußkettchen – in ein Anlaufschutztuch ein und legte sie dann in eine hölzerne Schmuckschatulle. Die Schatulle war nicht neu, aber noch nie benutzt worden. Gekauft und zurückgelegt, als Wuraola fünfundzwanzig geworden war – jenes Alter, in dem Yeye gehofft hatte, dass ihre erste Tochter heiraten oder sich zumindest verloben würde –, hatte sie in der linken hinteren Ecke des Frisiertisches auf diesen Tag gewartet.

Nachdem Yeye alles im samtigen Inneren der Schatulle verstaut hatte, klappte sie sie zu und legte die gefalteten Hände darauf. Am liebsten wäre sie singend ins Bad gehüpft, so wie als Kind, als sie die Arme im Kreis geschwungen hatte, während ihre Mutter Wasser aus einem stählernen Badeeimer schöpfte und sie damit besprengte. Yeye hatte ihre Lust zu tanzen bezähmt und sich nur noch leicht hin und her gewiegt, sobald ihre Mutter ihre Schulter mit einer Hand packte, um ihr mit der anderen Hand den Rücken zu schrubben. Doch sie sang weiter, bis die Seifenblasen von ihrer Haut gespült und ein Handtuch um die Schultern geschlungen worden waren. Wenn ihre Mutter es eilig hatte, brachte Yeyes Rastlosigkeit ihr einen Klaps auf den Po ein, doch meist flehte ihre Mutter sie nur an, endlich stillzuhalten. Yeye tanzte auch heute am Morgen oft noch ins Bad, stand jedoch beim Duschen still. Nun gab es keine Hand mehr, die ihre Schulter festhielt, sie konnte leicht ausrutschen, und niemand war da, der sie auffing, wenn sie stürzte. Sie würde auf der Tanzfläche herumwirbeln können, so viel sie wollte. So lange konnte sie noch warten.

Sie verstaute die Schmuckschatulle in einer Schublade und richtete ihre Aufmerksamkeit auf die weniger hochwertigen Stücke, die in einem Haufen vor ihr auf dem Frisiertisch lagen. Vierzehn und zehn Karat, italienisch und brasilianisch, und irgendwo war auch noch das vergoldete, aus Ohrringen und Kette bestehende Set, das Aunty Biola ihr vor der Hochzeit geschenkt hatte. Es waren die einzigen

Schmuckstücke gewesen, die sie in den ersten zwei Jahren ihrer Ehe besessen hatte, jener Zeit, bevor sie zu der Frau wurde, deren Mann scherzte, dass er mehr Geld für ihren Schmuck als für die Schulgebühren ihrer Kinder ausgab. Das traf nur so lange zu, wie ihre Kinder auf die Grundschule gingen, doch er wiederholte den Witz trotzdem immer wieder, wenn er kopfschüttelnd die Schecks ausstellte, damit sie »ihre Klunker« kaufen konnte. Yeye störte seine Spöttelei nicht, solange er ihr die Schecks unterschrieben aushändigte.

Wie sich herausstellte, hatte Aunty Biola mit all ihren Behauptungen recht gehabt. Damit, dass Ademola, der bebrillte jüngere Bruder von Colonel J. D. Makinwa, sich von Yeye angezogen fühle, dass Ademola nicht der Typ sei, eine Vaterschaft zu leugnen, wie es der Ehemann von Aunty Jumoke anfangs getan hatte, und selbst wenn, werde der Colonel dafür sorgen, dass sein jüngerer Bruder das Richtige tue.

Yeye war neunzehn gewesen, als Aunty Biola sie Ademola Makinwa in den 1970ern auf einer Neujahrsfeier vorgestellt hatte. Das Militär war schon fast ein Jahrzehnt an der Macht, Aunty Biola war seit drei Jahren die dritte Frau und Favoritin eines Brigadegenerals, und ihre Mutter war bereits seit vier Jahren tot. Was machte es da schon, dass der Brigadegeneral schon mehrere Ehefrauen hatte? Aunty Biola hatte eines seiner Zweifamilienhäuser in Bodjia für sich allein, und er kümmerte sich um ihre jüngeren Schwestern, als wären sie seine eigenen Kinder. Er eröffnete für Yeye ihr erstes Bankkonto und zahlte ihr eine monatliche Summe ein, bis sie Ademola Makinwa heiratete.

Während ihrer Herrschaft als Favoritin des Brigadegenerals sorgte Aunty Biola mit großem Eifer dafür, dass ihre

Schwestern geeignete Männer kennenlernten und heirateten. Die Männer, die Aunty Biola als geeignet betrachtete, hatten an der Universität studiert, waren wohlhabend und alleinstehend. Sie erklärte ihren Schwestern oft, dass es zwar nichts gab, das sie tun könne, um zu verhindern, dass diese in polygamen Ehen endeten, sie wolle allerdings sicherstellen, dass sie zumindest die Position der erste Frau einnahmen, da jede andere wertlos sei. Sie sagte dies sogar in Anwesenheit des Brigadegenerals, was Yeye die Schamesröte ins Gesicht trieb, den Mann allerdings nicht zu stören schien.

Die meisten Offiziere aus Aunty Biolas Bekanntenkreis waren bereits verheiratet, hatten allerdings Cousins und Brüder, deren familiäre Nähe zur Macht sie geeignet erscheinen ließen. Ademola gehörte zu diesen geeigneten Männern. Von dem Moment ihres Kennenlernens am Neujahrstag bis zu ihrer Hochzeit wurde Yeyes Seite der Beziehung von ihrer Schwester gelenkt. Sie saß während der Neujahrsfeier an Ademolas Tisch, positionierte sich, wie von Aunty Biola vorgesehen, ihm gegenüber, in seiner Sicht-, jedoch außerhalb seiner Reichweite. Er starrte sie die ganze Nacht hindurch an. Einmal beugte er sich über den Tisch, um mit ihr zu reden, doch die Musik war zu laut, und sie kam ihm nicht entgegen. Als die Party im Morgengrauen zu Ende ging, kamen sie, immer wieder gähnend, ins Gespräch. Noch im selben Monat lud er sie zu zwei Geburtstagspartys ein. Nach einer davon holte sie ihm auf dem Rücksitz seines Wagens einen runter und sah grinsend zu, wie er stumm vor Verblüffung den Mund aufriss. Selbst ihr Körper schien Aunty Biola zu gehorchen, und sie wurde innerhalb eines Monats, nachdem sie Ademola kennengelernt hatte, mit Layi schwanger. Und genau wie ihre Schwester prophezeit hatte, konnte

Yeye das Jahr mit einem Sohn und einem Ehering ausklingen lassen. Achtzehn Karat, italienisches Gold. Dafür hatte Aunty Biola gesorgt.

Nach der Hochzeit hörte Yeye nicht mehr auf Aunty Biola, doch das hinderte die ältere Frau nicht daran, ihr bei den wenigen Telefonaten auf dem blauen Wählscheibentelefon, die NITEL erlaubte zu sagen, wie sie leben sollte. Frustriert von der knackenden Telefonleitung kam Aunty Biola sogar aus Ibadan herüber und verbrachte Stunden damit, Yeye zu beschwören, zu überreden und ihr am Schluss sogar zu befehlen, sich Geld von ihrem Ehemann zu besorgen, es wenn nötig sogar zu stehlen, um dafür Gold zu kaufen.

Doch für Christianah Alake Makinwa, geliebte Frau von Ademola und liebevolle Mutter von Olayiwola, klangen Aunty Biolas Worte zunehmen verbittert und abgebrüht. Es waren wenig überraschende Vorschläge von einer Frau, die das Ende ihrer Herrschaft als Favoritin erreicht hatte und sich nicht mit dieser Tatsache abfinden konnte. Aber für eine Frau, deren Mann sie anbetete? Die letzten Ratschläge, die man annehmen sollte. Aunty Biola wusste nicht, wie Ademola Yeye ansah, wenn sie allein waren, hatte nicht die Versprechungen gehört, die er ihr wieder und wieder gab, bevor sie einschlief. Anders als die Ehemänner ihrer Schwestern, die ihre Kinder kaum zur Kenntnis nahmen, bis diese laufen oder sprechen konnten, half Ademola ihr mit Layi vom Tag an, als sie ihn aus dem Krankenhaus nach Hause holten. Er stellte eine Wiege in sein Büro, damit das Baby die Samstage bei ihm verbringen und Yeye ausschlafen konnte, so lange sie wollte. Wenn sie nachts aufstand, um Layi zu stillen oder ihn wieder in den Schlaf zu wiegen, war auch Ademola auf. Manchmal band er sich den Jungen mit einem alten Wickelrock auf den Rücken und tanzte durch das Schlafzimmer. Das brachte Layis Geschrei zwar nicht zum Verstummen, aber Yeye zum Lachen.

Für eine kurze, wunderbare Zeit glaubte Yeye, dass das Band zwischen ihr und ihrem Mann für alle außer ihnen selbst unbegreiflich war. Ihre Ehe glich keiner anderen. Ihre Liebe – und sie lernte ungefähr um Layis ersten Geburtstag herum, ihn zu lieben – war unbegreiflich für ihre älteren Schwestern, die zu diesem Zeitpunkt Geld zusammenlegten, um ein Stück Land zu kaufen, von dem ihre Männer nichts ahnten. Yeye war nicht an ihrem Plan beteiligt, wollte ihren Ehemann nicht anlügen, um an das Geld zu kommen, das sie benötigte, um vier Parzellen Land auf ihren Namen zu erhalten, und weigerte sich, Gold als Schutz vor zukünftigem Unglück zur Seite zu legen. Sie und Ademola würden zusammen untergehen oder aufsteigen. Stattdessen hatte Yeye während der ersten zwei Jahre ihrer Ehe einen Teil ihres Haushaltsgeldes gespart, bis sie fast genug zusammenhatte, um ein Stück Land in Oke Omiru zu kaufen. Als sie ihrem geliebten Ehemann von dem Land erzählte, fragte er sie, wofür sie es brauche, obwohl er doch zwei Hektar Land in Ido Ijesa geerbt habe und alles, was er besaß, auch ihr gehöre, auch wenn ihr Name nicht im Grundbuch stehe. Im darauffolgenden Monat erklärte Yeye ihm, dass sie nicht länger vergoldeten Schmuck tragen wolle. Was würden die Leute von ihm denken, wenn sie wüssten, dass seine Frau billiges *panda* trage?

Während das Gespräch mit ihrem Mann über ihre Absicht, ein Stück Land zu kaufen, ein Familientreffen nach sich zog, bei dem ihre Schwiegereltern Yeye beschuldigten, ihren Sohn umbringen zu wollen, fing Ademola nie an zu diskutieren, wenn sie ihn um Geld für den Kauf einer Kette bat. Manchmal sprach er in einem fast bewundernden Ton davon, wie eitel sie sei, und Yeye erwiderte, sie könne keinen unmodernen Schmuck tragen. Und wie Aunty Biola ihr empfohlen hatte, erwähnte sie den Wiederverkaufswert der Schmuckstücke mit keinem Wort.

Da Wuraola nun verlobt war, konnte Yeye die Schmuckstücke aus achtzehnkarätigem Gold nicht mehr als Teil ihrer Notfallrücklage betrachten, aber wenn sie nach der Party zu ihrem Fünfzigsten eine Reihe unerwarteter Schicksalsschläge von der Art ereilen würde, die Aunty Biola ständig befürchtete – Brände, Diebstähle, wichtige Aufträge, die Ademola verlor, der Tod ihres Ehemannes, Scheidung –, könnte sie allein durch den Verkauf der vierzehnkarätigen Stücke vier bis fünf Millionen Naira aufbringen. Als sie alle goldenen Schmuckstücke poliert und wieder verstaut hatte, legte Yeye die vergoldeten Ohrringe an, die Aunty Biola ihr geschenkt hatte, als sie achtzehn wurde. Sie betrachtete ihr Gesicht im Spiegel. Die Ohrringe reichten ihr bis auf die Schultern, was für eine Frau, die ihren fünfzigsten Geburtstag feierte, unangemessen wäre. Heute würde sie etwas Subtileres tragen, Klipse, die ihre Ohrläppchen bedeckten und nicht zu lang waren. Sie strich über die Stelle, an der die Ohrringe ihre Haut berührten. Wenn sie schon nicht das jahrzehntealte Geschenk von Aunty Biola tragen konnte, wäre es nett, sie während der Feier zumindest an einer ihrer Töchter zu sehen. Sie waren beide jung genug für diesen Look, wobei es wohl am besten wäre, die Ohrringe Wuraola anzubieten. Wuraola würde sich vielleicht bereit erklären, sie zu tragen, und da sie bald heiraten würde, konnte Yeye das als Einleitung für ein Gespräch über Wuraolas Kleiderwahl benutzen. Vermutlich plante ihre älteste Tochter, heute praktisch unsichtbare Ohrstecker zu tragen. Hätte sie früher etwas zu Wuraolas ewigen schwarzen, grauen und braunen Outfits sagen sollen? Vielleicht hätten leuchtendere Farben ihrer Tochter eher einen Verlobten beschert, nicht erst jetzt, wo sie gefährlich nah an der Dreißig war. Yeye lachte. Vermutlich hätte auch das nicht geholfen, aber um Himmels willen, das Mädchen kleidete sich, als würde sie Trauer tragen.

Yeye faltete die Hände zum Gebet und schloss die Augen. Ihre Wuraola heiratete. Endlich. *Oluwaseun.* Ehre sei Gott in der Höhe und den Menschen Friede auf Erden.

Als Layi sich direkt vor Weihnachten vor so vielen Jahren seinen Weg in ihr Leben schrie, hatte Yeye angenommen, dass die Furcht, die sie verspürte, nur vorübergehend war. Nur eine Folge davon, wie nah sie nach der mehr als dreiundzwanzig Stunden dauernden Geburt dem Tod gekommen war. Aber die Angst verschwand nicht wie erwartet. Sie blieb, als sie erst Layi, dann Wuraola und schließlich Motara stillte. Als sie ihnen Mittagessen einpackte, bei den Hausaufgaben half, Strafen verhängte und Zeugnisse begutachtete, war die Furcht ihr ständiger Begleiter, näher und beständiger als ihr eigener Schatten. Sie lauerte am Rand ihres Bewusstseins, wenn sie schlief, sodass sie den Namen des einen oder anderen Kindes rief, selbst wenn ihre Albträume nichts mit ihnen zu tun hatten. Und dann, bei Layis Hochzeit, geschah etwas Seltsames und Wunderbares. Obwohl ihre Angst um ihn nach seiner dummen Entscheidung, seine medizinische Laufbahn an den Nagel zu hängen und »seine Träume zu leben«, zu nackter Panik geworden war, schrumpfte sie schlagartig zu einer leichten Beunruhigung, sobald er sein Ehegelübde gesprochen hatte.

In der ersten Woche nach Layis Hochzeit hatte Yeye vergeblich darauf gewartet, dass die Angst zurückkam. Stattdessen fühlte sie sich frei und unbelastet, wie jemand, der eine Prüfung bestanden hatte. Schließlich wich die Beunruhigung einem gewissen Frieden. Was machte es schon, dass Layi entschieden hatte, seine medizinische Laufbahn abzubrechen? Schließlich hatte er immer noch seinen Bachelor in Medizin und Chirurgie, und was auch immer er nun damit anstellte, war das Problem seiner Frau. Dieses neue Gefühl von Freiheit war von einem Anflug von Schuldgefühl begleitet, von der Vorstellung, dass sie eine schlechte Mutter wäre, da sie sich nun weniger Sorgen machte.

Doch die Schuldgefühle waren unbeständig und leicht zu ignorieren, ebenso wie der Gedanke, dass Layi traurig sein könnte über ihr nun geringeres Interesse an den Einzelheiten seines Lebens. Yeye hatte schon lange ihren Frieden mit der Vorstellung gemacht, dass ihre Kinder sie auf irgendeine Weise als unzulänglich betrachten könnten. Wenn sie glaubten, was jeder behauptete, dass Mütter wie vollkommene Götter aus kostbarem Gold waren – wie sollte sie da in der Lage sein, ihre Erwartungen zu erfüllen? Es war das Schicksal von Göttern, gestürzt zu werden. Yeye fürchtete nicht, dass ihre Kinder denken könnten, sie sei eine schlechte Mutter; das war unvermeidlich. Was ihr mehr Angst einjagte als alles andere, war die Möglichkeit, dass ihre Kinder unter ihrer Aufsicht zu Schaden kommen könnten. Da Layi nun verheiratet und auf eine Art mit seiner Frau verbunden war, die sich, auch wenn sie nie an ihre eigene Beziehung zu ihrem Sohn herankommen würde, als ebenso umfassend erwiesen hatte, rief Yeye im Schlaf nicht mehr den Namen ihres Sohnes. In einem Jahr oder weniger würde sie auch aufhören, Wuraolas zu rufen.

Yeye erhob sich mit neuem Elan. Vor einer Woche hatte sie noch Sorge gehabt, Kunle könne womöglich nur Wuraolas Zeit vergeuden. Jetzt hatte sie eine Hochzeit zu planen.

*

»Der Fotograf ist da und wartet unten auf dich. Soll er ins Familienwohnzimmer raufkommen?«

Yeye hielt den *gele* auf ihrem Kopf fest und warf einen Blick über ihre Schulter. Motara stand an der Tür, ein Stück gebratenes Fleisch in der Hand.

»Warum hast du nicht geklopft? Wie oft habe ich dich schon gewarnt?«

»Ich kann mich gar nicht mehr erinnern, wie oft du einfach in mein Zimmer gestürmt bist.« Motara biss ein Stück Fleisch ab. »Allein in diesem Monat schon zigmal.«

»Ja, und? Willst du mir damit sagen, dass ich deine Erlaubnis brauche, um irgendein Zimmer in diesem Haus zu betreten? Nimm dich in Acht, mach mich heute nicht wütend.«

»Okay, schon gut.« Motara zuckte mit den Schultern. »Aber ich habe geklopft.«

»Omotara Makinwa.«

»Es stimmt aber. Ich habe geklopft, bevor ich reingekommen bin.« Motara zeigte auf Yeyes *gele*. »Du hast den da gebunden, und er hat so laut geraschelt wie der, bei dem ich dir letzte Weihnachten geholfen habe. Deswegen hast du mich nicht gehört. Mama aller Mamas. Du siehst echt gut aus. Deine Schuhe sind in Ordnung, *sha*, und die Handtasche und der Spitzenstoff auch. Operation ›Blendet sie mit Pailletten‹.«

Yeye starrte Motara aufgebracht an. Wuraola war als Teenagerin innerhalb von Sekunden mit der Wahrheit herausgerückt, sobald Yeye sie ohne zu blinzeln angestarrt hatte. Layi hatte länger durchgehalten, allerdings hatte er sich im Zimmer umgesehen, sich am Kopf gekratzt oder das wiederholt, was er gerade gesagt hatte, als würde es das wahr machen. Aber Motara schaute einfach zurück und kaute weiter auf dem gebratenen Fleisch. Unbeeindruckt. Wuraola hätte wegen so etwas Trivialem nie gelogen, sie hätte sich einfach entschuldigt, dass sie ohne Ankündigung hereingeplatzt war. Motara dagegen log die ganze Zeit – um etwas zu bekommen, was sie haben wollte, um einer Bestrafung zu entgehen oder weil ihr langweilig war.

Yeye stützte die Ellenbogen auf den Frisiertisch, wobei sie darauf achtete, den *gele* nicht loszulassen. Der Stoff – *alaari*, gewebte Baumwolle, die mit weicher Seide durchsetzt war – raschelte im Gegensatz zu dem Damast vom letzten Jahr nur kaum. Yeye warf einen Blick auf die Uhr. Sie hatte keine Zeit, Motara der Lüge zu überführen. Ihr blieb gerade einmal etwas mehr als eine Stunde für die Porträtfotos, ehe die Party begann.

»Komm her«, sagte Yeye. »Komm und hilf mir.«

»Aber ich hab fettige Hände.«

»Geh und wasch sie dir in meinem Bad.«

»Was mache ich mit dem Knochen?«

»Knochen?«

»Vom Fleisch. Was soll ich damit machen?«

»Lass mich überlegen, hmmm. Wieso legst du ihn nicht einfach auf meinem Kopf ab?«

Motara verdrehte die Augen, stolzierte murrend ins Bad. Yeye war erleichtert, dass niemand ihre Unterhaltung mitbekommen hatte. Die ganze Familie war ohnehin schon der Meinung, dass sie nicht streng genug mit Motara war. In diesem Alter wären Layi und Wuraola ganz sicher bestraft worden, wenn sie gemurrt hätten, nachdem Yeye ihnen eine Anweisung gegeben hatte. Wuraola hätte sie darauf hingewiesen, wenn sie im Raum gewesen wäre, und hätte sich mit geschürzten Lippen an die Stirn getippt. Ihre Ausdrucksweise hatte sich verbessert, aber ihre Körperhaltung verriet immer noch die gleiche Enttäuschung wie beim ersten Mal, als sie davongewatschelt war, um Yeye bei ihrem Vater anzuschwärzen.

Yeye rechtfertigte sich nicht mehr dafür, wie sie Motara erzog. Sie hatte es ein paar Jahre lang versucht, aber ihre älteren Kinder hatten alles, was sie sagte, als Bestätigung ihrer Vermutung aufgefasst: dass sie zu einer Mutter geworden war, die bis in die frühen Morgenstunden mit ihrer Teenagertochter plauderte, statt sie zum Lernen anzuhalten, weil sie endlich ein Kind hatte, das sie mochte.

Was war es noch gleich, was Layi neulich gesagt hatte, als sie über die Träume sprachen, die er angeblich leben wollte, anstatt seinen Studienabschluss für etwas Sinnvolles zu verwenden? »Ich weiß, dass du mich liebst, aber ich glaube nicht, dass du mich je gemocht hast.« Das hatte er ihr an den Kopf geworfen. Dass Motara, die verschlief, log, fast nie im Haushalt half, nur durchschnittliche Noten schrieb, weil sie sich keine Mühe gab zu lernen, das einzige Kind war, das Yeye mochte. Wo hatte Layi solche Unterscheidungen gelernt? Wäre er damit beschäftigt, irgendwo seine Facharztausbildung zu machen, hätte er keine Zeit, sich Theorien darüber zurechtzulegen, wer ihn mochte und wer ihn nicht strahlend genug anlächelte, wenn er unangekündigt hereinschneite. Natürlich mochte sie ihn.

In Wahrheit war es viel einfacher, als Layi annahm. Motara war das einzige Kind, das in der Pubertät nicht zu einer mürrischen und leisen Version ihrer selbst geworden war.

Während Motara jede Nacht in Yeyes Bett kroch, als sie ihre erste Periode bekam, hatte Wuraola schon ein ganzes Halbjahr lang im Internat menstruiert, bevor Yeye davon erfuhr. Als sie die Einkaufsliste überflog, die Wuraola ihr damals zu Beginn der Osterferien übergeben hatte, las sie plötzlich »Damenbinden« zwischen »Nixoderm« und »Venus Bodylotion«. Yeye war sich immer bewusst gewesen, dass Wuraola ihre erste Periode in der Schule bekommen würde. Sie hatte sich vorgestellt, wie Wuraola es ihr zuflüstern würde, wenn sie zu Beginn der Ferien vom Schulgelände fuhren, eine Mischung aus Furcht und Freude in der Stimme, die sie nicht mehr bezähmen könnte. Wenn sie nach Hause kamen, würde Yeye Wuraola mit auf ihr Zimmer nehmen, sich mit ihr Seite an Seite aufs Bett setzen, ihrer Tochter einen Arm um die Schultern legen und ihr von ihrer eigenen ersten Periode erzählen. Sie würden zusammen darüber lachen, wie dumm es gewesen war, dass Yeye, die sich danach sehnte, so wie ihre älteren Schwestern zu sein, zweimal über den Beginn ihrer Periode gelogen hatte, bevor es in einer Mathematikstunde endlich so weit war. Das Blut war durch ihre Unterwäsche und den Rock gesickert und hatte sich auf dem Stuhl gesammelt, während ihr Lehrer den Satz des Pythagoras erklärte. Als Yeye die Einkaufsliste auf dem Stück Papier anstarrte, das Wuraola von einem Rundschreiben der Schule abgerissen hatte, wusste sie, dass sie diesen Moment, ihren Moment, nicht einfach mit einem Wort auf einer Einkaufsliste abhaken durfte. Sie war in Wuraolas Zimmer gegangen, bereit, darüber zu sprechen, wie es gewesen war. Für Wuraola, für sie, für ihre älteren Schwestern, die sich in dem Zimmer, das sie sich als Kinder geteilt hatte, Geschichten erzählt hatten.

»Ich hoffe, es war beim ersten Mal nicht allzu schmerzhaft. Es ist doch nicht passiert, als du im Unterricht warst, oder?«

»Was?«, fragte Wuraola.

Yeye setzte sich auf das Fußende von Wuraolas Bett. »Deine erste Periode.«

»Ja, *ma.*«

»Und, wie war's?«

»Ganz okay, *ma.*«

»Erzähl mir, wie es passiert ist.«

»Wieso?«

»Na schön, komm näher, dann erzähle ich dir …«

»Ich habe sie seit Januar, und meine Hausmutter hat mir schon alles erzählt, was ich über das Thema wissen muss.«

»Januar? Wuraola? Wie, Januar? Warum hast du es mir nicht gesagt, als ich zum Tag der offenen Tür bei euch war? Oder in den Ferien?«

»Schrei mich bitte nicht an. Kauf einfach die Binden, *ma.*«

Vielleicht war das Problem, dass Layi und Wuraola auf ein Internat gegangen waren. Ein Detail, das sie manchmal als weiteren Beweis dafür anführten, dass Motara ihr Lieblingskind war. Allerdings vergaßen sie dabei, bis Yeye sie daran erinnerte, dass sie es waren, die hatten fortgehen wollen. Layi hatte praktisch darum gebettelt, zusammen mit seinen Freunden aufs Internat zu dürfen. Wuraola hatte sich über die Auswahl ihrer Schule mit ihrem Vater unterhalten, lange bevor Yeye erfuhr, was letztlich beschlossen worden war. Sie hatten bekommen, was sie wollten, und kamen am Ende jedes Halbjahrs immer verschlossener nach Hause, bis sie sich ihr überhaupt nicht mehr öffneten, undurchschaubar, ein unlösbares Rätsel.

Motara war nicht undurchschaubar. Sie äußerte frei heraus, was ihr durch den Kopf ging. Vielleicht manchmal etwas zu frei, aber meistens gefiel Yeye das an ihr. Wie diese Lüge über den raschelnden *gele*: In einer oder zwei Wochen, wenn sie sich über etwas anderes unterhielten, würde Motara ihr gestehen, dass sie gelogen hatte, und es mit einem Schulterzucken abtun. Wenn Yeye gute Laune hatte, würden sie vielleicht sogar darüber lachen. Das hatte nichts mit Bevorzugung zu tun. Nein, sie kannte ihre Letztgeborene einfach besser als die beiden anderen in diesem Alter.

Als Motara aus dem Badezimmer zurückkam, nahm sie Yeye die Enden des *gele* aus den Händen und wollte ihn ihr sofort um den Kopf binden.

»Du solltest erst den Knoten reinmachen«, sagte Yeye.

»Willst du nicht lieber, dass die Kosmetikerin das macht? Sie bindet den *gele* auch für eine deiner Schwestern in meinem Zimmer. Soll ich sie holen gehen?«

»Da binde ich ihn mir lieber selbst.«

»Aber du machst es ja nicht selbst, ich bin diejenige, die …«

»Jetzt mach schon.« Yeye nahm ihre Handtasche und überprüfte noch einmal den Inhalt. Das Handy, ein Umschlag mit druckfrischen Naira-Scheinen, zwei Stifte, ein kleines Notizbuch.

»Dreh den Kopf nach links«, sagte Motara. »Okay, gut. Genau so.«

Yeye ließ die Handtasche zuschnappen.

Motara seufzte.

»Alles in Ordnung?«

»Ich habe ein Riesenproblem.«

»Wie bitte? Motara, was, was ist los?« Yeye versuchte, Motaras Gesichtsausdruck im Spiegel zu erkennen, doch der *gele* war im Weg.

»Sitz still, so fällt alles wieder auseinander.«

»Du sagst, du hast ein Problem.«

»Ja, ein Riesenproblem. Mein Parfüm ist fast alle, und ich habe keinen neuen Flakon. Es sind noch ungefähr fünf Sprühstöße drin.«

Yeye atmete tief durch, um sich zu beruhigen. »Das ist dein Problem?«

»Und du kannst es lösen.«

Das war Motaras Vorstellung von einem Problem? Layis Problem schien darin zu bestehen, ob seine Eltern ihn ebenso sehr mochten, wie sie ihn liebten. Geschützt durch die Herkunft, die sie für ihn ausgewählt hatte, indem sie seinen Vater zum Mann nahm, und ausgestattet mit der Ausbildung, die zu ignorieren er sich leisten konnte, weil ihre Wahl garantierte, dass er auf der Jagd nach dummen Träumen nicht verhungern würde, beschwerte sich Layi, dass sie ihn nicht ausreichend mochte, um an diese Träume zu glauben. Und Wuraola? Sie hatte keinerlei Probleme, soweit Yeye das beurteilen konnte. Jetzt nicht mehr, nun, da sie verlobt war und heiraten würde, bevor sie dreißig wurde.

Yeye lächelte und rückte ihr Korallenarmband zurecht. Ihre Kinder führten das Leben, das sie sich früher gewünscht hatte. Ein Leben, das, auch wenn ihnen ein plötzliches Unglück geschah, solange es sie nicht umbrachte, durch den guten Namen der Familie und den Kontostand des Mannes gepolstert war, den sie als ihren Vater erwählt hatte. Ein wohlhabender Onkel oder Cousin oder eine wohlhabende Tante würden sie retten, falls ihre Eltern es nicht konnten. Wenn alles den Bach hinunterging, wartete auf ihre Töchter immer noch ein Haufen Gold, der in einem feuersicheren Safe eingeschlossen war. Und für alle drei ihre Anteile an dem Land, das sie und ihre Schwestern gemeinsam gekauft hatten, nachdem sie die ersten beiden Jahre ihrer Ehe damit verschwendet hatte zu glauben, dass die Liebe eines Mannes unerschöpflich sei.

»Ist dein Vater bereit für den Fotografen?«, fragte Yeye.

»Ja, er wartet im Familienwohnzimmer, zusammen mit Kunles Vater und deinen Schwestern.«

»Professor Coker ist hier?«

»Ja, er ist gekommen, als ich gerade aus dem Familienwohnzimmer gegangen bin.«

»Aha. Ist seine Frau auch da?«

»Ich glaube nicht.« Motara nahm eine Stecknadel vom Frisiertisch und steckte sie in den *gele*. »Kunle war auch nicht dabei.«

»Er muss etwas mit deinem Vater zu besprechen haben. Sei vorsichtig, verletze mich nicht. Verzieh das Gesicht, so viel du willst, aber erstich mich nicht.«

»Mit einer Stecknadel?«

»Motara, da Kunle nun deine Schwester heiratet, musst du aufhören, ihn nur mit dem Vornamen anzureden. Füg immer etwas hinzu, zeig etwas Respekt.«

»›Brother‹ oder ›Uncle‹?«

»Ja, nimm ›Uncle‹, das ist respektvoller.«

Motara lachte. »Vielleicht sollte ich anfangen, ihn ›Daddy‹ zu nennen? Das wär doch Respekt hoch zehn.«

»Na schön, benutz ›Brother‹, wenn dir ›Uncle‹ zu viel ist.«

»Ich mach so was nicht. Wie kann er erwarten, dass ich ihn Uncle Kunle nenne, wenn ich noch nicht mal meinen eigenen Bruder Uncle oder Brother Layi nenne. Das ist ihm bestimmt total egal.«

Motara hatte sich geweigert, dem Namen ihrer Geschwister einen von Yeyes Vorschlägen – Brother, Uncle, Sister oder Aunty – voranzustellen, sobald sie so deutlich sprechen konnte, dass sie auch von Fremden verstanden wurde. Im

Gegensatz zu Wuraola, die im Alter von fünf Jahren von Brother Layi sprach, wenn er anwesend war, und bei Layi blieb, wenn er nicht da war, ignorierte Motara sämtliche Bitten und Drohungen und nannte ihre älteren Geschwister weiterhin nur beim Vornamen. Familienmitglieder betrachteten es als Yeyes Fehler, wenn Motara ältere Cousins und Cousinen einfach beim Vornamen nannte, als wären sie ihre Freunde. Dass Motara keine Spur von Scham oder Reue zeigte, wenn sie sich bei ihr beschwerten, sondern nur halbherzig die Schultern zuckte, weil sie das Thema offenbar nicht genug interessierte, um darüber zu streiten, und sie nicht vorhatte, ihr Verhalten zu ändern, wurde das als Anzeichen dafür angesehen, dass Yeye ihr jüngstes Kind nach Strich und Faden verwöhnte. Als Motara begann, den Namen ihrer Geschwister ein Doktor voranzustellen, nachdem Layi während des Medizinstudiums mit den klinischen Praktika begann, werteten die Verwandten das nicht als Verbesserung, sondern als Beweis dafür, dass das Mädchen mit Yeyes Segen tat, was es wollte.

»Woher willst du wissen, dass es Kunle egal ist?«, fragte Yeye.

»Mach dir keine Gedanken deswegen, ich nenne ihn Kunle, seitdem ich klein war, das macht ihm nichts aus.«

»Als du klein warst, war er noch nicht der Verlobte deiner Schwester, Motara. Nun, da sie bald heiraten, liegen die Dinge anders.«

»Okay.« Motara zuckte mit der Schulter. »Ich bin mit deinem *gele* fertig. Gefällt's dir?«

»Perfekt.«

»Gern geschehen.« Motara ging langsam zur Tür.

»He, komm zurück«, sagte Yeye. »Hilf mir beim Aufstehen.«

»Wie geht's deinem Knie?«

Yeye griff nach Motaras Hand. Ihrem Knie ging es gut. Sie hätte allein aufstehen können, aber sie wollte Motara nah sein und ihr in die Augen sehen, die ihren Blick nie richtig erwiderten. Auch jetzt blickte das linke Auge sie direkt an, das rechte schien den Frisiertisch zu betrachten. Als der Arzt der Familie vor Jahren eine Zweistärkenbrille zur Korrektur empfahl, war Yeye erfreut gewesen, als Motara sich weigerte, sie zu tragen.

Motara drückte Yeyes Hand. »*Oya*, gehen wir.«

Yeye hörte Gitarrenklänge, als sie in den Flur hinaustraten. Sie erkannte das erste Riff von King Sunny Ades *Congratulations*. Jemand hatte *Seven Degrees North* aufgelegt. Als Yeye das Familienwohnzimmer betrat, tanzte Aunty Biola neben dem Couchtisch.

»Komm, meine Liebe. Komm.« Aunty Biola streckte ihr die weit geöffnete Arme entgegen.

Yeye ließ die Hand ihrer Tochter los und fing ebenfalls an zu tanzen. Sie wiegte sich zur anschwellenden Musik und näherte sich Aunty Biola, während ihre anderen Verwandten klatschten, sangen und jubelten. Als Aunty Biola Yeye in die Arme schloss, waren alle auf den Beinen.

Aunty Biola lehnte sich zurück und musterte Yeye von oben bis unten. Zufrieden verzog sie das Gesicht zu einem breiten Lächeln und sang mit King Sunny: »*Congratulations on your birthday today, celebrant, we wish you happy birthday!*«

»Fünfzig!« Aunty Biolas Stimme bebte, als sie nach Yeyes Schultern griff und sie an sich zog. »Unser Nesthäkchen wird fünfzig.«

»*Hin se*, Aunty *mi. Hin se gbogbo ugba, gbobgo ojo*«, flüsterte Yeye.

Sie konnte den ganzen Tag damit verbringen, *hin se, hin se, hin se* zu wiederholen, und es wäre nie genug. Sie schuldete ihrer Schwester eine Dankbarkeit, die weit über bloße Worte hinausging. Vor ungefähr dreieinhalb Jahrzehnten hatte Aunty Biola ihr den Unterarm gedrückt, als sie Yeye erklärte, dass ihre Mutter wirklich bei dem Autounfall gestorben war, den Yeye überlebt hatte. Und während Yeye sich – mit eingegipsten, hochgelagerten Beinen – daran zu erinnern versuchte, wie man atmete, hatte Aunty Biola sich über ihr Bett gebeugt und ihr einen Schwur zugeflüstert, für den sie alles opfern würde, was sie sich je erhofft hatte: »Ich kümmere mich um dich, keine Sorge, ich kümmere mich um dich.«

»Ich habe dir doch gesagt, du sollst aufhören, dich dafür zu bedanken, dass ich meine Pflicht getan habe.« Aunty Biola löste sich von ihr und klatschte in die Hände. »Du musst Fotos machen. *Ka ri* Fotograf, *hin pe*? Wo ist er? Oh, Sie sind das? *Se kia awe*, dann mal an die Arbeit.«

Der Fotograf, ein Mann, dessen Oberlippe unter einem dicken Schnurrbart verschwand, deutete auf einen Sessel. »Wir können mit Bildern von ihr beginnen, auf denen sie hier in diesem Sessel sitzt.«

»Nein, nein«, sagte Aunty Biola. »Das ist nicht der richtige Hintergrund, die Wand ist zu eintönig. Layi? Komm her und pack mit an. Hilf diesem Mann, den Sessel zu tragen. Ihr solltet ihn vor einem Vorhang aufstellen. Schauen wir mal, wie das wirkt.«

Während Aunty Biola Layi und den Fotografen herumkommandierte, ging Yeye durch den mit Menschen gefüllten Raum, hielt inne, um ihre Schwager zu begrüßen, die alle an diesem Morgen angekommen waren. Sie fing bei Aunty Biolas zweitem Ehemann an und arbeitete sich von Sofa zu

Sofa vor, bis sie sich schließlich bei Aunty Jumokes Ehemann für die Schlüsselanhänger-Souvenirs bedankte, die er für die Feier mitgebracht hatte. Als Yeye damit fertig war, all ihre Geschenke und Erinnerungsstücke entgegenzunehmen und sich zu bedanken, war der Sessel zu Aunty Biolas Zufriedenheit positioniert. Sie ging zu dem Polstermöbel und konnte an Aunty Biolas besorgtem Stirnrunzeln erkennen, dass ihr Hinken ausgeprägter war als sonst. Schon nach dem kleinen Tänzchen verspürte sie einen dumpfen Schmerz im linken Knie.

»Wo ist dein Vater?«, fragte Yeye Wuraola, während sie sich mit einem Seufzen in den Sessel sinken ließ.

»Er ist in seinem Büro«, sagte Wuraola, ohne von ihrem Handy aufzuschauen. »Er spricht mit Kunle, Professor Coker und Honourable Fesojaiye.«

»Ach, Honourable ist hier?« Fesojaiye, den Yeye zwar dem Namen nach kannte, aber noch nie getroffen hatte, war der Repräsentant ihres Wahlbezirks in der Nationalversammlung.

»Er wollte Kunles Vater zu Hause aufsuchen, aber der war schon hier. Also hat Kunle ihn mitgebracht.«

Aunty Sunmbo nickte Wuraola zu. »Kunle ist ein wunderbarer Junge, und wie ich höre, stammt er auch aus einer geeigneten Familie. Glückwunsch, meine Liebe, da hast du eine gute Wahl getroffen.«

»Sehr geeignet«, sagte Aunty Biola. »Gut gemacht, Wuraola.«

Wuraola spähte auf den Bildschirm ihres Handys. »Okay … Danke, *ma*.«

Yeye lächelte für die Kamera. Gott bewahre, dass sie es je laut aussprechen würde, aber Kunle war ein weitaus besserer Fang, als sie Wuraola zugetraut hätte. Je länger Wuraola

Single war und einen unseriösen Freund nach dem anderen hatte, desto mehr hatte Yeye gefürchtet, dass sie sich, wenn sie sich für einen entscheiden wollte, mit einer Auswahl von Männern begnügen müsste, die ihren Zenit schon überschritten hatten und nur deswegen noch nicht verheiratet waren, weil sie sonst niemand wollte. An ihren schwärzesten Tagen hatte sie sich vorgestellt, dass Wuraola mit einem Trinker ohne richtige Schulbildung endete, dessen Eltern in einem Haus ohne fließend Wasser lebten. Und wie hätte das Schicksal ihrer Tochter da auf die rechte Spur kommen sollen?

Doch Gott war gnädig. Da brauchte man sich Lakunle Coker nur anzusehen. Jede Frau, ob einundzwanzig oder achtundzwanzig, konnte sich glücklich schätzen, ihn zu heiraten. Ja, seine Noten waren eine kleine Katastrophe gewesen, als er die weiterführende Schule verließ. Mrs. Ajadi von der Mothers' Union hatte einmal erzählt, seine Ergebnisse bei der ersten Prüfung für die weiterführende Schule hätten seine Mutter zum Weinen gebracht. In fünf von neun Fächern durchgefallen. Schrecklich. Er hatte mehr gelernt, als seine Eltern nicht mehr darauf bestanden, dass er Medizin studierte, und machte schließlich einen Abschluss im Zweierbereich in einem anderen Fach. Öffentliche Verwaltung oder Unternehmensverwaltung. Vielleicht auch Public Relations. Was auch immer es war, er hatte gut abgeschnitten. Während eines Gesprächs bei einem Gebetstreffen der Mothers' Union nach seiner Abschlusszeremonie hatte Kunles Mutter allen verkündet, er habe den Einser-Abschluss nur um wenige Punkte verfehlt.

Auf jeden Fall verfügte seine Familie über gute Beziehungen. Yeye wusste von seiner Mutter, dass Kunle mehrere hochkarätige Stellenangebote bekommen hatte, für die er sich nicht hätte bewerben müssen, die er einfach so hätte haben können. Ein Onkel in Abuja wollte, dass Kunle die Marketingabteilung seiner Firma leitete. Eine Tante bei der Nigerian National Petroleum Corporation wollte ihm ebenfalls eine Stelle besorgen. Und nun hatte Wuraola erzählt, er habe den Versuch, sich nach Lagos oder Abuja versetzen zu lassen, aufgegeben, weil sein Vater ihn wegen der Kampagne in der Nähe haben wollte. Ein vernünftiger Junge und ein guter Sohn. Was war schon die Chance, dem ganzen Land die Neun-Uhr-Nachrichten vorzulesen, wenn er stattdessen seinem Vater helfen konnte, Gouverneur des Bundesstaates zu werden? Wäre er Arzt gewesen, wäre er natürlich vollkommen gewesen. Allein die Vorstellung: Wuraola als weibliche Hälfte von Dr. & Dr. (Mrs.). Perfekt! Aber was auch immer Kunle dadurch verloren hatte, als er nicht Medizin studierte, machte er durch die familiären Beziehungen wieder wett, die ihn jede Leiter, die er erklimmen wollte, hinaufbefördern und jeden Sturz abfedern würden, bevor sie ihn abermals hinaufbeförderten. Yeye hatte lange genug gelebt, um zu wissen, dass Aunty Biola immer recht hatte: Wahrer Wohlstand war generationsübergreifend, und so, wie Nigeria beschaffen war, bedeutete die Herkunft oft mehr als irgendwelche Qualifikationen.

Der Fotograf bat Yeye, sich mit ihren Kindern vor eine kahle Wand zu stellen.

»Ich sollte neben dir stehen«, sagte Motara zu Yeye.

»Das ist nicht die richtige Reihenfolge«, widersprach Layi. »Ich stehe rechts, Wuraola links, und du stehst neben Wuraola.«

»Warum? Dr. Wura ist die Kleinste. Sollte sie nicht ganz am Rand stehen?«

Yeye spürte, wie sich Wuraola neben ihr versteifte. Auch

wenn sie Absätze trug, war Wuraola kleiner als ihre Schwester. Als Wuraola noch eine Teenagerin gewesen war, hatte Yeye gehofft, dass sie noch ein paar Zentimeter wachsen würde. Zum Glück war Kunle viel größer als sie. Seine Gene würden ihren Kindern zumindest eine Chance geben, etwas größer heranzuwachsen. Yeye zupfte ihre *buba* glatt. Ja, Kunle war fast perfekt.

»Motara, es gibt keinen Grund, deine Schwester wegen eines Fotos zu beleidigen.« Yeye drückte Wuraolas Schulter.

»Aber ich hab doch gar nicht …«

»Bleib einfach da, wo dein Bruder es gesagt hat.« Yeye rückte ihre Kette zurecht. »*Oya*, lächeln. Lächeln auch wirklich alle?«

Der Fotograf nickte. Ein Klicken. Ein Blitz. Neue Position: Yeye im Sessel sitzend, ihre Kinder hinter sich.

»Okay, jetzt die angeheiratete Familie.« Aunty Sunmbo stand auf und winkte ihren Ehemann zu sich.

Aunty Biola bedeutete ihnen, sich wieder zu setzen. »Layi, wo ist deine Frau? Deine Frau sollte auch auf dem Bild sein.«

»Vielleicht sollte Kunle auch mit dabei sein?«, bemerkte Aunty Jumoke, die sich im Sessel umdrehte und zum Flur hinüberschaute.

Aunty Biola schüttelte den Kopf. »Das machen wir später. Er ist immer noch im Büro, und wir müssen bald mit den Fotos fertig sein. Ich will sehen, ob diese Dekorateure endlich das Podium angepasst haben. Layi, wo ist Odunayo? War sie nicht gerade noch hier?«

»Ich weiß nicht«, sagte Layi. »Ich habe gesehen, wie sie nach unten gegangen ist.«

Obwohl er hinter ihr stand, konnte Yeye spüren, dass er sich am Hinterkopf kratzte und sich im Raum umsah, schon jetzt von der Fotosession gelangweilt und erpicht darauf, sich anderen Dingen zuzuwenden.

Wuraola ließ sich in einen Sessel sinken. »Der Abgeordnete, der gekommen ist, um sich mit Kunles Vater zu treffen, hat ein paar junge Männer mitgebracht. Also habe ich darum gebeten, dass sie mit hinuntergeht und dafür sorgt, dass sie etwas zu essen bekommen. Gebratener Reis ist doch in Ordnung, oder?«

Aunty Sunmbo stand auf. »Aunty Biola, lass uns einfach die Fotos mit unseren Ehemännern machen.«

»Ja. Ja.« Layi umarmte Yeye von hinten, dann war er fort, zupfte seine *agbada* zurecht, während er die Treppe hinuntereilte. Er hatte es schon eilig gehabt, seit er laufen konnte, und manchmal fragte sie sich, ob er je dort ankommen würde, wo er hinwollte.

Yeye lehnte sich in ihrem Sessel zurück. »Warten wir noch ein paar Minuten, vielleicht gesellt sich mein Mann bald zu uns.«

Aunty Sunmbo räusperte sich. »Mein Ehemann kann nicht länger warten. Er hat noch ein Treffen.«

Natürlich musste dieser nutzlose Mann gehen. Welche neue Ehefrau besuchte er denn heute? Wer heiratete denn heutzutage noch sechs Frauen? Und das, obwohl Aunty Sunmbo ihn nie davon abgehalten hatte, so viele Freundinnen zu haben, wie er wollte. Nein, er musste sie gleich alle heiraten. Selbst der Brigadegeneral hatte bei Frau Nummer vier Schluss gemacht.

Yeye lächelte Aunty Sunmbos Mann an. »In Ordnung, Herr Ingenieur, dann komm her. Los, Herr Fotograf, Sie haben es gehört, wir müssen uns beeilen.«

Während Yeyes Schwestern darüber diskutierten, welcher Hintergrund am besten geeignet sei, gingen Wuraola und

Motara nach unten, hängten sich zueinander passende Taschen über die Schultern und hielten den Saum ihrer fließenden Kleider hoch. Yeyes Schwestern hatten entschieden, sich vor der Schiebetür zum Balkon aufzustellen, bevor eine weitere Diskussion begann, ob man die schweren Vorhänge davor schließen sollte oder nicht.

»Himmel, dann machen wir eben zwei Fotos.« Aunty Sunmbos angespannt klingende Stimme übertönte das Gezanke.

Nach ein paar Bildern machten die Männer sich auf zum Festzelt. Aunty Sunmbos Ehemann ging zu seinem Treffen, doch sie begleitete ihn nicht zum Auto und verabschiedete sich auch nicht von ihm. Aunty Abeni beschrieb den anderen Männern, wo sie die Tische im Zelt fanden, die für sie vorgesehen waren.

»Sie können doch einfach nach Wuraola oder Odunayo Ausschau halten, wenn sie unten sind«, sagte Yeye.

»Na, sie werden sich schon nicht verlaufen.« Aunty Biola kramte in ihrer großen Handtasche.

Yeye wandte sich von ihren Schwestern ab, zog den Vorhang ein Stück zur Seite und spähte durch die Glastür nach draußen. Autos säumten schon jetzt zu beiden Seiten die Straße vor dem Tor. Die Gäste kamen in Zweier- oder Dreiergrüppchen und blieben stehen, um Bekannte zu umarmen, bevor sie im großen weißen Zelt verschwanden.

Die Band sollte bald anfangen zu spielen.

Yeyes Mutter hatte sich ebenfalls eine Party zu ihrem fünfzigsten Geburtstag gewünscht. Auch wenn sie sich keine so große Feier wie diese hätte leisten können, war Yeye sicher, dass ihre Mutter eine Liveband engagiert hätte, weil sie für ihr Leben gern tanzte. Zumindest hatten sie in den Jahren davor über ihre Traumparty geredet. Bevor Yeyes Vater krank geworden war und all seine Firmen und sein Besitz verkauft worden waren, um die Krankenhausrechnungen zu bezahlen. Bevor Yeyes Mutter ihr Gold veräußert hatte. Bevor Aunty Biola und Aunty Abeni ihr Studium an der Universität abbrechen mussten. Bevor das einzig Wertvolle, was der Familie noch geblieben war, das Haus war, das ihr Vater gebaut hatte. Bevor er drei Jahre, nachdem der erste Tumor aus seinem Gehirn entfernt worden war, hinter jenem Haus begraben wurde. Vor dem Ende all dessen, was hätte sein können.

Yeyes Vater war der Erste aus seiner Familie gewesen, der die Schule besucht hatte, der Einzige unter seinen Geschwistern, der einen Universitätsabschluss gemacht hatte, der Erste und Einzige, der ein Haus hatte bauen lassen. Auch wenn er sich nur gerade erst aus der Armut herausgekämpft hatte, war ihr Vater davon überzeugt, dass er schon jetzt ein reicher Mann sei. Die Hälfte seines Geldes ging an Cousins und Cousinen, an Nichten und Neffen. Der endlose Strom von Verwandten, die wegen Geld und Gefälligkeiten zu ihren Eltern kamen, bis ihr Vater krank wurde. Die gleichen Menschen, die so taten, als wären sie nicht zu Hause, wenn Yeye und ihre Mutter an die Türen ihrer Mietshäuser klopften. Was hätten sie schon tun können, wenn sie die Tür geöffnet hätten? Ein Haus verkaufen, das ihnen nicht gehörte, um für eine weitere Operation zu bezahlen? Ein reicher Mann unter zehn mittellosen Männern war nicht wirklich reich, er hatte nur noch nicht entdeckt, dass er arm war.

»Alake? Alake?«

Yeye wandte sich vom Balkon ab; einen Moment lang hatte sie geglaubt, ihr Vater stehe hinter ihr und rufe ihren Namen. Doch es war nur Aunty Biola, die auf ihren alten

Namen zurückgegriffen hatte, nachdem sie mehrmals Yeye gerufen hatte. Niemand nannte sie mehr Alake, seitdem sie und ihr Ehemann in dem Jahr, in dem Wuraola geboren worden war, den Chief-Titel erhalten hatten.

»*Seesi?*«, fragte Aunty Biola.

»Mir geht es gut.«

»*Koitiiri ki o mi wo sii.*«

»Aunty Biola, mach dir keine Sorgen. Mir geht es gut. *Oya*, lass uns das Foto machen.« Yeye entfernte sich von der Glastür und ließ sich in einem Sessel nieder.

Aunty Biola reichte ihr ein gerahmtes Foto, und Yeye stellte es, ohne einen Blick darauf zu werfen, auf ihr Knie. Es war ein Foto ihrer Mutter. Von vorher. Hatte sie nach jener Diagnose überhaupt noch Fotos machen lassen? Yeye und ihre Schwestern verwendeten das Foto bei Hochzeiten und wichtigen Geburtstagen. Ihre Mutter saß in der *Ya-mi-tut-katuka*-Pose auf einem Stuhl. Die Hände auf den Knien, in einer Hand eine Handtasche, die andere ausgebreitet, damit man die Goldringe an jedem Finger sehen konnte, beide Handgelenke mit Perlen geschmückt. Der *iro* oberhalb der Taille geknotet. Zwei Schichten Korallenperlen lagen auf ihrer *buba*. Der *gele* und der *iro* aus *aso-oke* waren vermutlich rot, aber das konnte man nicht mit Sicherheit sagen, da es ein Schwarz-Weiß-Foto war. Sie lächelte. Ein Auge blickte in die Kamera, während das andere, das rechte, etwas außerhalb des Bilds fixierte. Yeye dachte oft an diese Augen, die sie nie direkt ansahen.

»*Oya*, lächle.« Aunty Biola beugte sich leicht über sie, als erwartete sie, den Rahmen auffangen zu müssen, falls er Yeye aus den Fingern glitt. »Und halte das Foto ein Stück höher, noch ein bisschen mehr. So ist es gut.«

»Du lächelst genau wie sie«, sagte Aunty Jumoke.

»Nein«, sagte Aunty Abeni. »Motara, die lächelt genau wie sie.«

Sie hatten die Tradition am Morgen von Aunty Biolas Hochzeit begründet. Es war die einzige Hochzeit, die sie vor dem Haus ihres Vaters gefeiert hatten, als wäre er noch am Leben, um seine Schwiegerfamilie zu begrüßen. Vieles hatte sich in dem Haus verändert, aber es hingen immer noch viele Fotos ihrer Eltern an den eidottergelben Wänden. Als der Fotograf gekommen war, hatte Aunty Biola auf das Bild ihrer Mutter gedeutet. Es war Yeye gewesen, die auf einen Stuhl kletterte, um es von der Wand zu nehmen. Als Yeye auch nach dem Foto ihres Vaters griff, bat Aunty Biola sie, es hängen zu lassen. Anfangs hatte Yeye den schmerzerfüllten Ausdruck auf dem Gesicht ihrer Schwester für einen Anflug von Trauer gehalten. Doch dann hatte Aunty Biola mit vor Wut schneidender Stimme gesagt: »Ich will diesen Mann nicht auf meinen Hochzeitsfotos haben, soll doch sein hochgeschätzter Sohn Fotos mit ihm machen.« Später an jenem Tag, nachdem die Schwestern sich um Aunty Biola geschart hatten, die das Foto ihrer Mutter auf dem Knie hielt, saß der hochgeschätzte Sohn bei der Hochzeit auf dem Platz seines Vaters. Er wurde zu keiner der anderen Eheschließungen eingeladen. Bei den anderen Feierlichkeiten, die alle in dem Haus des Brigadegenerals in Ibadan stattfanden, saß Aunty Biola auf dem Platz ihrer Mutter, und der Stuhl, der für ihren Vater gedacht war, blieb leer.

Aunty Biola behauptete, dass sie keinerlei Kontakt zu dem hochgeschätzten Sohn habe, weil er zwar ihr Bruder, nicht jedoch der Sohn ihrer Mutter sei und niemand einem Bruder oder einer Schwester trauen könne, die nicht an derselben Brust gestillt worden war. Hinter ihrem Rücken erzählten Aunty Abeni und Aunty Sunmbo jedoch eine andere Geschichte. Aunty Biola und der hochgeschätzte Sohn, der nach ihrem Vater Festus hieß, waren im gleichen Monat zur Welt gekommen. Er war der Sohn der Geliebten ihres Vaters, wohingegen sie die Tochter ihrer Mutter war, mit der ihr Vater zu jenem Zeitpunkt zwei Jahre verheiratet gewesen war. Aunty Biola und Festus jr. waren vom ersten Schultag an Klassenkameraden, doch ihr Vater bezahlte die Schulgebühren seines Sohnes immer zuerst. Als die Zeit kam, in der beide auf die Universität gehen sollten, hatte ihr Vater gerade erst sein zweites Elektrofachgeschäft eröffnet und nicht genug Geld, um beide Kinder im ersten Studienjahr zu unterstützen. Aunty Biola musste zwei Jahre zu Hause bleiben und als unbezahlte Kassiererin in der brandneuen Filiale von »Festus Akinyemi and Sons Electronics« arbeiten, bevor sie gemeinsam mit Aunty Abeni an der Universität anfangen konnte, wohingegen Festus jr. bereits im dritten Jahr war. Laut Aunty Abeni und Aunty Sunmbo tat Aunty Biola deswegen so, als hätte es ihren Vater nie gegeben. Vielleicht hatten sie ihr alle erlaubt, ihn aus ihren Leben zu streichen, weil er auf dem Krankenbett seinen gesamten Besitz, der zu jenem Zeitpunkt nur aus ein paar Armbanduhren und dem von ihm gebauten Haus bestand, Festus jr. vermachte. Die Schwestern hatten nie darüber gesprochen, dass sie in ihrem eigenen Elternhaus zu unliebsamen Gästen geworden waren, nachdem Festus jr. es nach dem Tod ihres Vaters in Besitz genommen hatte. Doch all das wieder aufzuwärmen war unnötig. Aunty Biolas Heirat mit dem Brigadegeneral hatte sie vor der Obdachlosigkeit bewahrt. Sie hatten überlebt. Sie alle.

Jetzt griff Yeye nach Aunty Biolas Hand, während ihre Schwestern sich für ein Gruppenfoto mit ihrer Mutter um sie versammelten. So hielten sie es jedes Mal. Zuerst die

Hauptperson der Feier mit ihrer Mutter, die nun – gefangen in der Zeit – die Jüngste auf den Bildern war, dann alle zusammen mit ihr. Und wie immer rief Aunty Biola leise den Namen jeder Schwester, um sich zu vergewissern, dass alle da waren.

»Kommst du nicht mit uns?«, fragte Aunty Sunmbo.

Yeyes Schwestern hatten ihre Handtaschen an sich genommen und schlenderten zum Treppenabsatz.

»Ich habe noch keine Fotos mit meinem Mann gemacht.«

Aunty Biola warf einen Blick zur Tür, die zum Flur führte. »Kannst du die nicht später machen?«

»Ich sollte auf ihn warten.« Yeye wollte, dass ihr Mann an ihrer Seite war, wenn sie auf der Party erschien. Sie tanzte zwar manchmal ins Badezimmer, aber Ademola war eigentlich ein weit besserer Tänzer. Er nahm ihre Hände, wann immer sie zusammen tanzten, und zog sie eng an sich, sodass sie sich auf ihn stützen konnte, wodurch ihre Knie weniger belastet wurden.

»Ruf mich an, wenn du ins Zelt kommen willst, damit wir am Eingang auf dich warten und vor dir her tanzen können. So machen wir es, ja?«

»Aunty Biola, vielen Dank für alles.«

»Ich habe doch gesagt, du sollst aufhören, mir zu danken. Wann hörst du endlich auf mich?« Aunty Biola ging die Treppe hinunter. Die anderen Schwestern folgten ihr, ihre Absätze klapperten auf den Marmorfliesen.

Yeye lehnte sich in ihrem Sessel zurück und starrte einen Punkt auf dem Tisch an, bis alle Geräusche in den Hintergrund traten, die um ihre Aufmerksamkeit wetteiferten. Die hartnäckige Schlagzeugbegleitung von Yinka Ayefeles *Beru Ba Monuro* im Zelt, die Unterhaltungen, die aus dem Erdgeschoss heraufschallten, das Klirren und die dumpfen Geräusche, als der Fotograf in einem Rucksack wühlte. Yeye hatte sich diese Fähigkeit angeeignet, als Wuraola noch ein Kleinkind war und ihr unaufhörlich plappernd durch das ganze Haus gefolgt war, bis Yeye schon fürchtete, sie würde ihrer Tochter eines Tages den Mund zunähen, nur um etwas Ruhe zu bekommen. Manchmal wünschte sie, sie hätte damals besser zugehört. Vielleicht war irgendwo in diesem Geplapper der Schlüssel verborgen gewesen, mit dem sie die schweigsame Teenagerin, zu der Wuraola herangewachsen war, dazu hätte bringen können, sich zu öffnen. Sie erlaubte diesem Gedanken nie, Wurzeln zu schlagen, verjagte ihn mit den Erinnerungen an Wuraola, die als Teenager in genau diesem Familienwohnzimmer bis spät in die Nacht hinein mit ihrem Vater geredet hatte, die Knie unters Kinn gezogen. Mit Ademola, der sich, als die Kinder noch klein waren, in seinem Büro eingeschlossen hatte, wo er vor ihrem Geplapper sicher war.

Niemand erwartete, dass die Geburtstagsfeier um genau 12 Uhr mittags beginnen würde, aber worüber unterhielten die Männer sich nur so lange? Yeye warf einen Blick auf die Uhr. Sie konnte noch eine halbe Stunde auf Ademola warten. Sich vierzig Minuten zu spät zu präsentieren war nicht zu schlimm. Außerdem würde es ihn verletzten, wenn sie ohne ihn gehen würde, und sie müsste den nächsten Monat damit verbringen, ihm zu beweisen, dass er ihr wichtig war. Nur er. Nicht die Schecks, die er ausgestellt hatte, um diese Feier zu bezahlen, und auch nicht all die Würdenträger und Chiefs – sogar der *lejoka* würde kommen, weil sie, Yeye, Ademolas Frau war. Das Bedürfnis ihres Mannes nach Bestätigung löste Gereiztheit in ihr aus. Was machte es schon, wenn sie sich wegen seines Namens, seines Wohlstands und seiner Familie, in der es niemandem schlecht ging, für ihn entschieden hatte? Wie konnte er ihr nicht wichtig sein, wo sie ihm so dankbar war? Sie kümmerte sich um seine Mahlzeiten, bediente ihn eigenhändig, schlüpfte einmal pro Woche zu ihm ins Schlafzimmer, damit sie sich lieben konnten, und wies ihn nie ab, wenn er nachts in ihr Zimmer kam und an der Schnürung ihres Nachthemds zupfte. Aber er hatte immer mehr von ihr gewollt, hatte die Dinge, die sie aufzählte, als Pflichterfüllung abgetan. Als könnte genau das nicht auch eine Form der Hingabe, der Liebe sein. Sie schmollte nicht tagelang in der Hoffnung, dass er ihr bewies, wie wichtig sie ihm war. Nach mehr als drei Jahrzehnten der Ehe? Wozu sollte sie da noch Beweise brauchen? Er ließ zu, dass sie sich auf ihn stützte, wenn sie tanzten, damit sie ihre Knie schonen konnte. Das war Beweis genug für sie.

Eine Tür am anderen Ende des Flurs wurde zugeworfen, und Yeye spürte, dass es Ärger gab. Ademola knallte nie Türen zu. Nicht wenn er es eilig hatte oder spät dran war. Selbst dann nicht, wenn er so wütend war, dass sich das Weiße seiner Augen rot färbte, als würde er im nächsten Moment in zornige Tränen ausbrechen. Er bewegte sich stets gemessen. Er setzte Teetassen geräuschlos auf Untertassen ab, drehte ihr mit einer fließenden Bewegung den Rücken zu, sodass die Matratze kaum wackelte, zog vor ihrem Gesicht Türen mit einem festen Klicken ins Schloss. Wenn Ademola eine Tür zuschlug, bedeutete das, dass in seinem Büro etwas vorgefallen sein musste. Es konnte nur er gewesen sein, keiner der Männer, mit denen er sich getroffen hatte, wäre so unhöflich. Yeye reckte den Hals.

Die Männer gingen nacheinander durch den Flur. Honourable Fesojaiye ging voraus, seine grüne *buba* spannte über seinem Bauch. Er wurde von zwei Männern begleitet, die sich beim Näherkommen als Jungen entpuppten. Beide waren höchstens siebzehn, groß und muskulös, mit kümmerlichen Bärten, die Yeye an die Zeit erinnerten, als Layi sich jeden Abend das Kinn mit Spiritus eingerieben hatte, um den Bartwuchs zu fördern. Wenige Schritte hinter ihnen gingen Seite an Seite Kunle und sein Vater. Dann erschien ihr Ehemann, Otunba Ademola Makinwa, der sie alle überragte. Er richtete seine *agbada*, während er mit dem Selbstbewusstsein eines Mannes dahinmarschierte, der schon sein ganzes Leben lang wusste, dass alle anderen auf ihn warten würden. Das Stirnrunzeln auf seinem Gesicht bestätigte ihre Vermutung, dass dies kein angenehmes Treffen gewesen war.

»Gut, ähm.« Der Abgeordnete sah auf die Uhr. »Einen schönen Nachmittag noch, Yeye.«

Yeye erhob sich. »Ihnen ebenfalls, Sir.«

»Wir sind uns nie vorgestellt worden, aber ich habe Sie bereits auf einigen Partys gesehen. Herzlichen Glückwunsch, *ma*.«

»Vielen Dank.«

»Und Gratulation zur Verlobung Ihrer Tochter.« Er warf einen Blick zurück in den Flur. Kunle und sein Vater waren stehen geblieben und unterhielten sich flüsternd mit Ademola. »Der Glückspilz hat es mir auf dem Weg hierher selbst erzählt.«

»Wir freuen uns sehr darüber. Vielleicht sind Sie ja dabei, wenn wir Hochzeit feiern?« Yeye lächelte.

»Möge Gott unser aller Leben bis dahin und darüber hinaus erhalten. Wenn ich eine Einladung erhalte, werde ich kommen. Ich habe mit den Männern gesprochen, aber sie haben sich als starrköpfig erwiesen. Yeye, erlauben Sie mir, mit Ihnen zu reden, damit Sie mir helfen können, sie zu überzeugen.« Er umfasste Yeyes Schultern und drückte sie. »Bitten Sie Ihren Ehemann, seinen Freund zu warnen, sich nicht selbst unglücklich zu machen. Yeye, ich bin der nächste Gouverneur dieses Bundesstaates. Der Professor soll sich von niemandem täuschen lassen. Dort im Büro habe ich ihn immer wieder gebeten, mein Gesundheitsbeauftragter zu sein, wenn ich Gouverneur werde, aber er hat abgelehnt. Das Angebot ist hiermit vom Tisch. Es ist an der Zeit, dass ihn jemand warnt. Aber was, wenn er die Warnung missachtet? Yeye, niemand von uns soll über der Leiche seines Kindes weinen.«

Der Mann ging, bevor Ademolas Faust ihn am Hinterkopf treffen konnte. Seine Begleiter folgten ihm, gingen rückwärts, bis sie den Treppenabsatz erreicht hatten.

»Was für eine Unverschämtheit!«, rief Professor Coker und folgte Ademola auf dem Fuß ins Familienwohnzimmer. »Wie dreist dieser Mann ist. Sehe ich aus wie jemand, den man so mir nichts, dir nichts bedrohen kann?«

Ademola legte den Arm um Yeye, und sie schlang ihren um seine Taille, die Finger in den Falten seiner *agbada* vergraben, damit sie nicht zitterten.

»Nichts als leere Drohungen«, sagte Kunle. »So gehen sie vor, Einschüchterungen und Drohungen, das hat nichts zu bedeuten.«

»Tut mir leid, dass du diese peinliche Situation miterleben musstest«, sagte Professor Coker. »Yeye, es tut mir sehr leid.«

»*Ko si* Problem.« Yeye schluckte. »Könntet ihr euch zu den anderen Gästen gesellen, damit wir einen Moment für uns allein haben?«

»Natürlich, selbstverständlich. Noch einmal, es tut mir wirklich sehr leid.« Professor Coker und sein Sohn verließen das Zimmer.

»Sie auch«, sagte Yeye zu dem Fotografen.

»Aber die Fotos mit Ihrem Ehemann, *ma.*«

»Können Sie während der Feier machen.«

Sie wartete, bis alle Schritte verhallt waren, bevor sie begann, auf und ab zu gehen.

»Alles in Ordnung?«, fragte er.

»Nein.« Yeye seufzte. »Was dieser Mann gesagt hat ...«

»Kümmere dich nicht um ihn.«

»Unsere Tochter heiratet Kunle.«

»Und?«

»Was, wenn etwas passiert?«

»Was zum Beispiel?«

»Ein Anschlag.«

Ademola lachte. »Mach dir keine Sorgen. Anschlag, so ein Unsinn, das kann nicht passieren. Fesojaiye würde es nicht wagen. Coker hat die Unterstützung des Parteivorsitzenden. Will sich diese kleine Ratte etwa gegen den Vorsitzenden erheben? Der ist doch nicht dumm.«

Yeye blieb vor ihrem Ehemann stehen. »Was ist daran so lustig? Das, was Williams passiert ist, ist noch keine fünf Jahre her.«

»Williams?«

»Funsho Williams, haben sie den nicht wegen des Gouverneurspostens in seinem eigenen Haus umgebracht?«

»Das hier ist nicht Lagos, Liebes. Jetzt mach dir keine Sorgen. Es passiert schon nichts, es ist nur Politik.«

»Wieso hast du das Treffen in deinem Büro abgehalten?«

»Wieso nicht?«

»Wenn du wusstest, dass es Schwierigkeiten geben könnte, hättest du dem Professor sagen können, er soll sich mit ihm in seinem Auto treffen oder so.«

»Coker und ich stecken da jetzt zusammen drin. Ich finanziere die Hälfte seiner Kampagne.«

»Du tust was? Wie bitte, Ademola? Warum hast du mir nichts davon gesagt? Ist das nicht riskant?«

Er richtete die Falten seiner *agbada*. »Mach dir deswegen keine Sorgen, es ist eine gute Investition.«

Sie betrachtete sein Gesicht. Die buschigen Augenbrauen, die sie ihm nicht zupfen durfte, die Lachfältchen, die von seinen Nasenflügeln abgingen und seine Mundwinkel einrahmten, das Kinn, das aussah wie aus Stein gemeißelt. Sie suchte nach einem Anzeichen dafür, dass er ebenfalls beunruhigt war und sie nur zu beschwichtigen versuchte, fand jedoch keines. Er schaute unbesorgt zurück. Sie hatte seine ruhige Zuversicht immer bewundert, dass alles, was gut war in seinem Leben, entweder bleiben oder noch besser werden würde. Er hielt das Glück für selbstverständlich. Als wäre es unmöglich, dass es ihn auch nur einen Moment lang verlassen könnte. Sie dagegen hatte das Gefühl nie abschütteln können, dass das Leben ein Krieg war, eine Reihe von Schlachten mit vorübergehenden Glückssträhnen.

»Bist du bereit?«, fragte er und hielt ihr die Hand hin. Yeye legte die Hand in seine und ließ sich von ihm die Treppe hinunterführen.

11

Gegen Nachmittag fühlte Eniola sich im Haus wie gefangen. Obwohl es ein Samstag war, konnte er nicht zu Aunty Caro gehen, denn sie hatte sich den Tag freigenommen, um zur Geburtstagsparty einer Kundin zu gehen. Alle im Geschäft waren überrascht und erfreut gewesen, als die Einladung von Yeyes Chauffeur gebracht worden war. Aunty Caro hatte Eniola gebeten, ihr den Inhalt vorzulesen, als könnte sie noch immer nicht glauben, dass sie wirklich auf der Gästeliste stand. Am nächsten Tag hatte sie all ihre Spitzenkleider hervorgeholt und die Lehrlinge wieder und wieder gefragt: »Sieht das aus wie etwas, das eine reiche Madam tragen würde?« Eniola hatte auf ein goldenes Kleid gezeigt, das mit silbernem Chiffon eingefasst war, nachdem Seyi und Maria sich ebenfalls dafür entschieden hatten. Obwohl er nach all den Stunden, in denen er in *Ovation* geblättert hatte, sicher war, dass das Kleid nicht annähernd wie etwas aussah, das eine reiche Madam tragen würde, gab ihm die Tatsache, dass er einer Meinung mit Seyi und Maria war, ein Gefühl von Sicherheit. Sollte Aunty Caro später unzufrieden sein, dass sie dieses Kleid angezogen hatte, würden sie alle drei die Schuld tragen, und sein Anteil daran würde verkraftbar sein.

Gejohle, Geschrei und das laute Geräusch eines Balls, der

draußen hin und her gekickt wurde, quälten Eniola. Er sollte dort draußen sein und mit den anderen Jungs spielen. Stattdessen musste er drinnen bleiben, weil der Vermieter oft auf seinem Balkon saß, um den Jungen der Nachbarschaft beim Fußballspielen vor dem Haus zuzusehen. Eniola befürchtete, wenn er nach draußen ging, um am nachmittäglichen Spiel teilzunehmen, werde der Vermieter ihn fragen, wieso sein Vater nicht nach oben gekommen war, um sich mit ihm zu treffen. Vielleicht würde er ihn sogar nach der Miete fragen und ihn so anschreien, dass alle Jungs es mitbekamen. Paul mit dem großen Mund und den langen Beinen war ebenfalls dort, dribbelte und schoss Tore, bereit, sich alles zu merken, was der Vermieter Eniola an den Kopf warf. Und am Montag würde Paul alles vor ihren Klassenkameraden zum Besten geben, und alle würde lachen.

Eniola drehte sich auf den Rücken. Seine Mutter war noch nicht zurück, und sein Vater lag reglos in einem zerknitterten Laken auf dem Bett. Er war einmal aufgestanden, um auf die Toilette zu gehen, seit Eniolas Mutter das Haus verlassen hatte. Zumindest nahm Eniola an, dass er dort gewesen war, als er nach wenigen Minuten wieder in die Wohnung gehuscht kam. Eniola hatte gehofft, er werde nach oben gehen und mit dem Vermieter reden, aber nein, er würde warten, bis Eniolas Mutter ihn an seine Pflicht erinnerte. Eniola schluckte den Ärger hinunter, der in ihm aufflammte, erstickte ihn mit einer so lebhaften Erinnerung, dass er den Knoblauch fast riechen konnte, als er sie sich ins Gedächtnis rief.

Ein paar Monate, nachdem die Landesregierung Hunderte Lehrer an einem einzigen Tag entlassen hatte, hatte Eniolas Familie Mr. Olabode besucht, einen Freund seines Vaters, der ebenfalls gefeuert worden war. Die Tür stand einen Spaltbreit offen, als sie ankamen, und nachdem Eniolas Vater zweimal geklopft hatte, drückte er sie auf. Als sie Mr. Olabodes Wohnzimmer betraten, dauerte es einen Moment, bis sie begriffen, was sie sahen. Mr. Olabode hing an einem dicken Seil, der am Deckenventilator befestigt war, angezogen, als wollte er zur Arbeit gehen, mit einem Gürtel und Schuhen, die zu seiner braunen Krawatte passten. Alle starrten die Leiche eine Weile in verblüfftem Schweigen an. Als Eniola zu seinem Vater hinüberschaute, sah er, dass der Mr. Olabode mit Neid und Bewunderung im Blick betrachtete. Er war so entsetzt über den Gesichtsausdruck seines Vaters gewesen, dass er nach Luft geschnappt und alle aus ihrer tranceartigen Erstarrung gerissen hatte. Dann hatte Eniolas Mutter ihm die Augen zugehalten, sodass er den Knoblauch an ihren Fingern riechen konnte, den sie zu Hause klein geschnitten hatte.

In der Todesanzeige, die ein paar Tage später erschien, hieß es, Mr. Olabode sei nach kurzer Krankheit gestorben. Mehrere andere Lehrer, die entlassen worden waren, starben in den nächsten zwei Jahren ebenfalls nach kurzer Krankheit, und immer, wenn Eniola davon hörte, erinnerte er sich an den Gesichtsausdruck des Vaters, bevor seine Mutter ihm die Augen zugehalten hatte. Und immer, wenn er heute, Jahre später, seinen Vater anschreien wollte, er solle endlich aufstehen und etwas tun, erinnerte er sich daran, wie sehr dieser Mann sich danach sehnte, tot zu sein. Oft verflog sein Zorn dann; manchmal wurde er von Angst verdrängt.

Die Luft im Raum war stickig und abgestanden. Eniola hatte sich T-Shirt und Unterhemd ausgezogen. Er wünschte, er könnte auch die Shorts ablegen, aber Busola lag neben ihm auf dem Bauch und las ein Buch.

»Worum geht's?«, fragte Eniola und fächerte sich mit den Händen Luft zu.

Busola schwieg eine Weile, sodass er sich schon fragte, ob sie ihn überhaupt gehört hatte. Dann sagte sie: »Das ist von der Schwester meiner Freundin, der ältesten. Sie lesen es, weil es auf der Lektüreliste des West African Examination Council steht. Was steht auf deiner Lektüreliste?«

Er hatte gesehen, wie Gleichaltrige im Kunstkurs Ausgaben von *Hamlet* oder *Zwanzig Säcke Muschelgeld* dabeigehabt hatten. »Ich sagte, worum geht's?«

»Um den Chichidodo.«

»Was?«

»Den Chichidodo«, sagte Busola. »Das ist ein Vogel, aber ich weiß nicht genau, ob es ihn wirklich gibt.«

»In dem Buch geht es um Vögel?«

»Nein, nein. Aber der Chichidodo ist ... Man versteht es erst, wenn man das Buch liest. Ich kann es dir geben, wenn ich es durchhabe. Ich bin fast fertig.«

Er hatte kein Interesse daran, ein Buch zu lesen. Er wollte draußen sein, frei über den roten Sand laufen, die Brise auf dem Rücken spüren, während er ein Tor schoss. Nicht in diesem Zimmer festsitzen und sich irgendetwas über einen Vogel anhören, während ihm das Laken am schweißnassen Rücken festklebte.

Als er sich auf die Seite rollte, wurde die Tür geöffnet.

Seine Mutter kam herein und legte den Schal ab. »Bei der Hitze könnte man draußen ein Ei kochen.«

»*Hin kaabo*, Ma«, sagte Eniola und setzte sich auf.

Busola schlug ihr Buch zu. »Hast du die Schulgebühren zusammen?«

Eniolas Mutter setzte sich zu ihrem Mann aufs Bett und legte ihm die Hand auf die Schulter.

»Hast du das Geld?«, fragte Busola.

»Wo sind deine Manieren? Biete mir ein Glas Wasser an, hörst du? Heiß mich zu Hause willkommen, wie dein Bruder es getan hat. Stattdessen kommst du mir mit den Schulgebühren, als hättest du keine Erziehung genossen.«

Busola atmete tief ein, was sie oft tat, bevor sie sich beschwerte, aber jemand klopfte an die Tür und bewahrte Eniola davor, sich ihr Gejammer anhören zu müssen.

»Wer ist da?«, fragte Eniola.

»Der Besitzer der Tür.« Die dröhnende Stimme war unverkennbar – es war der Vermieter.

Eniolas Vater, der bis dahin einen Großteil des Tages im Bett gelegen hatte, setzte sich auf und schaute sich im Raum um, als hoffte er, eine Wand möge sich auftun, um hindurchzuflüchten.

»Er will mit dir reden, Baba Eniola«, sagte Eniolas Mutter.

Eniolas Vater stand auf. »Bitte«, sagte er zu Eniolas Mutter und legte flehend die Handflächen zusammen, bevor er schnell unters Bett kroch.

»Muss ich erst die Tür einschlagen?«, rief der Vermieter.

»Es ist offen, Sir, aber lassen Sie mich –« Eniolas Mutter eilte zur Tür und fiel auf die Knie, als der Vermieter ins Zimmer stürmte. »Guten Tag, Sir.«

»Kommen Sie mir nicht mit leeren Höflichkeiten, Iya Eniola«, rief er und klopfte mit seinem geschnitzten Spazierstock auf den Boden. »Ich bin hier, um Ihren Ehemann zu sehen. Wo ist er?«

»Er ist nicht da«, sagte Eniolas Mutter. »Äh, er ist auf eine … auf eine Reise gegangen. Er musste vor ein paar Stunden aufbrechen. Äh, der Onkel seines Bruders hat ihn angerufen und gesagt, es gäbe einen Notfall, um den er sich kümmern –«

Der Vermieter sah sich im Raum um. »Ich habe doch eine Männerstimme gehört, als ich vor der Tür stand.«

»Ja, ja, das war mein Sohn.« Sie deutete auf Eniola. »Er bekommt jetzt eine Männerstimme, klingt schon wie sein Vater. Na los, Eniola, sag was, begrüß den Herrn.«

»Guten Tag, Sir«, sagte Eniola.

Der Vermieter ging im Zimmer herum, vorbei am Holzschrank mit der Kleidung, an den Töpfen und Schulbüchern, vorbei am geschlossenen Fenster mit dem schäbigen Vorhang. Als der Vermieter still vor dem Bett stehen blieb und den Kopf schieflegte, als würde er lauschen, hielt Eniola den Atem an.

»Iya Eniola, richten Sie Ihrem Mann, wo auch immer er sich aufhalten mag, aus, dass ich nächste Woche mein Geld haben will. Wenn Sie mir das Geld bis Ende der nächsten Woche nicht bezahlt haben, müssen Sie mein Haus verlassen.«

Eniolas Mutter nickte. »Gut, Sir, ja, Sir. Ich sag's ihm.«

Der Vermieter drehte sich um und ging zur Tür. »Ich hatte wegen Ihrer Kinder Mitleid mit Ihnen, aber jetzt geht das nicht mehr. Wissen Sie noch, wie ich Ihnen gesagt habe, Sie brauchen die Stromrechnung zwei Monate lang nicht zu bezahlen?«

»Ja, Sir, ich erinnere mich, danke, Sir.« Eniolas Mutter verbeugte sich tief, bis sie mit der Stirn fast den Boden berührte. »Wir sind sehr dankbar.«

»Sie können nicht behaupten, ich wäre nicht großzügig gewesen. Diesmal werde ich Sie vor die Tür setzen, ob Ihr Mann da ist oder nicht.« Erneut klopfte der Vermieter mit dem Spazierstock auf den Boden. »Haben Sie verstanden, was ich gesagt habe?«

»Absolut, Sir«, sagte Eniolas Mutter. »Danke, Sir.«

Nachdem der Vermieter gegangen war, herrschte Stille im Raum.

Eniolas Mutter erhob sich, schloss die Tür und blieb mit der Hand auf dem Türknauf dort stehen. »Morgen früh gehen wir betteln.«

»Was hast du gesagt?«, fragte Eniola.

Ohne sich umzudrehen, wiederholte ihre Mutter: »Morgen früh gehen wir betteln.«

12

»Sag schon, wie fühlt es sich an, verlobt zu sein? Anders, hm?«, fragte Grace. Wuraola war für die Tische eins bis zwölf zuständig und gerade an Nummer sechs stehen geblieben, um sich zu vergewissern, ob ihren Freundinnen der gegrillte Fisch serviert worden war.

Tife verdrehte die Augen und spießte mit der Gabel ein Stück Seewolf auf. »Wer sagt, dass es ein besonderes Gefühl sein muss? Ist ja nicht so, als wär ihr ein neuer Finger gewachsen. Sie trägt nur einen Ring an einem ihrer alten.«

Wuraola hatte nicht erwartet, dass sie sich anders fühlen würde, und anfangs war es auch nicht so gewesen. Weder nach dem Antrag noch an diesem Vormittag. Doch jetzt, knapp drei Stunden nach Beginn der Party, hatte sich die Verlobung in etwas Reales, Greifbares verwandelt. Als würde sie plötzlich einer anderen Kategorie angehören als noch am Vortag um dieselbe Zeit. Wenn sie bei einem Tisch haltmachte, tätschelten ihr die Frauen den Rücken oder ließen ihr Essen stehen und erhoben sich, um sie zu umarmen. Die Männer schüttelten ihr so kräftig die Hand, dass sie fürchtete, sie könnten ihr die Schulter ausrenken. Die Auntys lächelten sie an, wann immer sich ihre Blicke begegneten. Selbst Aunty Biola, von der Wuraola erwartet hatte, dass sie wegen ihrer Auseinandersetzung über die Köche noch einen Groll gegen sie hegen würde.

Der Unterschied zeigte sich an der Art, wie ihre Eltern hereingetanzt kamen, nachdem sie endlich beschlossen hatten, auf der Feier zu erscheinen, in weit ausgelassenerer Stimmung, als eine Party zum fünfzigsten Geburtstag es rechtfertigte, als würden sie schon jetzt in der Vorfreude auf die Zeremonien schwelgen, die in Wuraolas Hochzeit gipfeln würden. Oder daran, wie Yeye allen zur Begrüßung zuflüsterte: »Vielen Dank, vielen Dank. Du musst bald wiederkommen, um hier mit uns zu feiern. Unsere ältere Tochter heiratet, weißt du?« Und schließlich daran, wie ihr Vater Wuraola und Kunle vor den Gästen immer wieder »das angehende Brautpaar« nannte. Als wären die beiden wiedergeboren worden und müssten den Freunden der Familie, die sie seit ihrer Kindheit kannten, erneut vorgestellt werden.

Wuraola war überrascht, wie sehr sie die Aufmerksamkeit genoss. Sie war davon ausgegangen, dass es sich nur wie eine neue Art Druck anfühlen würde, die Kehrseite davon, auf Feierlichkeiten wie dieser ständig gefragt zu werden, wann sie endlich heiraten werde. Stattdessen grinste ihr Vater über das ganze Gesicht, wie damals, als sie bei der ersten Preisverleihung an der weiterführenden Schule alle Auszeichnungen ihrer Stufe gewonnen hatte – nicht nur die für Mathematik und Naturwissenschaften, sondern auch die für Pünktlichkeit und gutes Benehmen. Eine solche Glanzleistung sollte ihr danach nie wieder gelingen, obwohl sie weiterhin jedes Jahr Preise bekam. Nie würde sie die Befriedigung darüber vergessen, wie stolz ihre Eltern gewesen waren; es war, als wäre ein Licht in ihrem Inneren entzündet worden, das nach außen strahlte und alle in ihre Freude einhüllte. Aber das Gefühl, das sie jetzt auf der Party zum fünfzigsten Geburtstag ihrer Mutter empfand, war noch intensiver. Das Lächeln, mit dem man sie überall empfing, war noch strahlender als bei allem, was sie sonst erreicht hatte. Man umarmte sie länger, strich ihr über den Rücken, als wollte man sie nie wieder loslassen. »Die ganze Makinwa-Familie ist stolz auf dich«, hatte der Bruder ihres Vaters, der Oberst im Ruhestand, bei seiner Ankunft zu ihr gesagt. »Deine Intelligenz hält dich nicht davon ab, ein Heim zu gründen, wir sind so stolz auf dich.«

Wie es sich anfühlte, verlobt zu sein? Hier auf der Party kam sie sich vor wie ein Star. Alle wollten sie anfassen und mit ihr reden. Doch Wuraola blieb keine Zeit, um Grace und Tife das Gefühl zu erklären. Außerdem hätte sie schreien müssen, um die Musik zu übertönen, und sie war schon jetzt etwas heiser. Sie hatte beschlossen, nur noch zu flüstern oder mithilfe von Post-its zu kommunizieren, die sie in ihrer Handtasche bei sich trug. Es wäre albern, am Montag im Krankenhaus nicht mit ihren Patienten reden zu können. Lächelnd ging sie zum nächsten Tisch. Dort saßen drei Geschwister ihres Vaters, die einzigen, die noch mit ihm sprachen. Bevor sie ihre Frage auf ein Post-it schreiben konnte, bat der Oberst sie, eine weitere Runde Getränke für den Tisch zu holen. Sie bahnte sich im Zickzack einen Weg zum Ausgang, indem sie den Kellnerinnen und Kellnern auswich, die Tabletts mit Tellern zu den Gästen brachten.

Als Wuraola das Verdeck aufklappte und in ein wesentlich kleineres Zelt trat, das weder klimatisiert noch an den Seiten abgedeckt war, wäre sie fast mit Aunty Jumoke zusammengestoßen. Doch ihre Tante bemerkte sie gar nicht. Sie war zu sehr damit beschäftigt, die Chefin des Cateringservice zusammenzustauchen, weil es keine Chilipute mehr gab. Wuraola machte einen Bogen um die Frauen und vermied jeden Blickkontakt. Sie konnte es sich nicht leisten, in die Auseinandersetzung hineingezogen zu werden. Oder schlimmer noch, von ihrer Tante bearbeitet zu werden, bis sie gestand, wo Yeye und Aunty Biola die jeweils fünfzig Portionen eines jeden Fleischgerichts unter Verschluss hielten. Denn bei Partys wie dieser hieß »das Fleisch ist aus« nur, dass man nicht zu den wenigen Auserwählten gehörte, denen Zugang zur geheimen Fleischkammer gewährt wurde. Aunty Jumoke wusste das ebenfalls, weshalb sie schrie: »Auf keinen Fall, ich will kein Hähnchen, meine Gäste essen kein Hähnchen. Wissen Sie nicht, wer ich bin?« Unbeeindruckt von ihrer Tirade darüber, wie oft sie dem Geburtstagskind die Windeln gewechselt habe, stand die Cateringchefin da, die Hände in die Hüften gestützt, und schrie zurück: »Madam, Chilipute ist aus, ich kann sie mir nicht aus den Rippen schneiden.«

Wuraola eilte weiter und ging erst langsamer, als sie den Cateringbereich sicher hinter sich gelassen hatte. Die Kellnerinnen und Kellner dort trugen schwarze Hemden mit Firmenlogo. Die meisten eilten geschäftig hin und her, legten Wein in den Kühlschrank, zogen Wasserflaschen aus großen Fässern voll Eis oder füllten Kühlboxen mit Softdrinks. Wuraola fasste einen Mann am Ellbogen, der nur herumzustehen schien.

»Bringen Sie zwei Flaschen Dom Pérignon an Tisch fünf«, flüsterte sie ihm zu. »Bleiben Sie nirgendwo stehen. Und kommen Sie näher, ich will Ihnen noch etwas sagen. Wenn die Gäste dort Sie um eine weitere Flasche bitten, sagen Sie, Sie holen sie sofort, bringen sie aber erst in zwei Stunden. Hören Sie? Haben Sie mich verstanden? Okay. Sagen Sie das auch Ihren Kollegen. Keine Drinks für Tisch fünf nach dieser Runde. Zwei Stunden lang. Nur Wasser, das können Sie ihnen bringen, klar? Und jetzt geben Sie mir bitte eine Cola.«

Während der Mann die Cola holte, sah sie sich nach einem freien Stuhl um. Schwer zu sagen, wie viele Kilometer sie im Zelt zurückgelegt hatte, als sie von Tisch zu Tisch gelaufen war, um sich zu vergewissern, dass alle Gäste zufrieden waren. Es hatte geholfen, dass sie die spitzen Absatzschuhe gegen flache eingetauscht hatte, aber *kai*, wie viel bequemer wären Shorts. Wuraola musste lachen, als der Kellner ihr die Cola reichte. Yeye würde vor Scham in Ohnmacht fallen, wenn sie in Shorts auf die Party zurückkäme. Sie trank einen Schluck und schloss die Augen. Vielleicht sollte sie in den Cateringbereich zurückkehren und sich etwas zu essen besorgen. Die Frühlingsrolle, die sie von Kunles Teller stibitzt hatte, als sie am Tisch seiner Familie haltgemacht hatte, war das Einzige, was sie den ganzen Tag über zu sich genommen hatte. Aber nein, noch hatte sie keine Zeit zum Essen. Bald mussten den Gästen die Souvenirs überreicht werden, und keines von ihren Geschwistern hatte die individuell angefertigten Notizbücher mit der Aufschrift *Zur Erinnerung, von den liebenden Kindern der Jubilarin* mitgebracht.

Wuraola fischte das Mobiltelefon aus ihrer Handtasche und schickte ihnen eine Textnachricht. »Kommt zum Getränkestand. Wir müssen die Souvenirs holen.«

Sie spürte, wie ihr jemand mit Nachdruck auf die Schulter tippte. »Hey, Goldmädchen.«

Es gab nur einen, der sie so nannte: Kingsley. Sie grinste, als sie aufstand. Er war es tatsächlich, mit seiner Zahnlücke und seiner Brille. Der Erste in einer Reihe von Kommilitonen, mit denen sie nach Nonsos katastrophaler Begegnung mit ihrer Mutter ausgegangen war. Nach Tifes Berechnungen hatte sie in ihrem vierten Studienjahr einen Mann pro Monat gedatet. Wuraola hatte sich nie die Mühe gemacht, Buch zu führen.

»Du hast daran gedacht? Ach, Kingsley, wie lieb von dir.«

Wuraola hatte die Party bei ihrer letzten Begegnung, die schon zwei Monate her sein musste, beiläufig erwähnt.

Kingsley zuckte die Achseln, als wäre es kein Problem, einen freien Samstag zu opfern. »Du siehst fantastisch aus.«

»Danke. Bist du gerade erst gekommen?«

»Nein, ich bin schon seit einer Stunde da oder so. Ich habe im Zelt deinen Namen gerufen, aber bei dem Lärm, na ja.«

»Hast du Grace und Tife schon gesehen? Nein? Sie werden sich total freuen, dich zu sehen.« Wuraola deutete auf das größere Zelt. »Komm, ich führ dich zu ihrem Tisch.«

Kingsley rührte sich nicht, sondern beäugte mit zusammengekniffenen Augen ihren Verlobungsring. Er nahm die Brille ab und setzte sie wieder auf.

»Ist das ein …?«

»Ja, aber erst seit gestern.«

»Wow, herzlichen Glückwunsch, Goldmädchen.« Er steckte die Hände in die Hosentaschen. »Aber keine Sorge, du hast bestimmt mehr als genug zu tun. Ich finde Grace und Tife schon selbst.«

Ehe Wuraola noch etwas sagen konnte, eilte er an ihr vorbei.

Sie sah sich um; da ihre Geschwister immer noch nicht aufgetaucht waren, schickte sie Kunle eine Nachricht. Es dauerte keine drei Minuten, bis er bei ihr war.

Sie gingen zusammen zum Haus, blieben zwischendurch stehen, um die Gäste zu begrüßen, die auf den Rasen gekommen waren, um zu rauchen oder sich zu unterhalten.

»Bin ich ein Einzelkind, oder was? Ständig überlassen sie

es mir, alles zu organisieren. Ich suche das Design aus, hole die Notizbücher von der Druckerei ab und soll jetzt ganz allein fünfhundert Stück tragen? Die beiden wissen doch, dass Yeye auf solche Dinge Wert legt, aber sie rühren keinen Finger, besonders Motara.«

Kunle räusperte sich. »Hast du Kingsley eingeladen? Ich glaube, ich habe ihn gesehen, als ich zu dir gestoßen bin.«

»Ja, aber ich hatte nicht erwartet, dass er kommt, weißt du. Er hat echt viel zu tun, und jetzt hat er seinen Samstag für diese Party geopfert. Aber du kennst ja Kingsley, *sha*, immer aufmerksam.«

Ein Mann in Grün hielt vor drei anderen Männern Hof, die im Halbkreis um ihn herumstanden. Er winkte Kunle zu, als sie vorbeigingen, doch Kunle wandte den Blick ab. Wuraola lächelte, deutete einen Knicks an, und der Mann grinste.

»War das nicht einer von diesen Politikern? Er ist ein Senator oder so, stimmt's?«

»Honourable Fesojaiye. Er sitzt im Repräsentantenhaus.«

»Wieso hast du ihn ignoriert?«

Kunle zuckte die Schultern. »Mach dir darüber keine Gedanken.«

Natürlich stand Motara untätig in der Küche herum. Sie war von sechs Mädchen umringt, die kicherten, während sie eine Geschichte zum Besten gab. Wuraola kannte nur zwei von ihnen, Aunty Jumokes Zwillinge. Am liebsten hätte sie ihre kleine Schwester ignoriert und sich auf das konzentriert, wozu sie gekommen waren, doch ihre Blicke trafen sich, als sie die Treppe hinaufging, und sie winkte Motara zu sich.

»Hast du meine Nachricht nicht gekriegt?«, fragte Wuraola.

»Was?« Motara runzelte die Stirn. »Hallo, Kunle.«

Wuraola beugte sich über das Geländer. »Hast du meine Nachricht nicht gekriegt? Komm mit und hilf mir.«

»Wie redest du denn bitte mit mir? Meine Freundinnen sind da, ich kann sie doch nicht einfach allein lassen.« Motara hob den Saum ihres Kleides und wackelte mit den nackten Zehen. »Außerdem kann ich meine Schuhe nicht finden.«

»Besorg deinen Freundinnen einen Tisch im Zelt, was machen sie hier drinnen?«

»Hast du nicht gehört? Ich habe meine Schuhe ausgezogen, nachdem wir mit Yeye ins Zelt getanzt sind, und ich kann sie nirgends finden.«

»Na und? Du machst dich kein bisschen nützlich, Motara. Komm schon, hilf mir, die Souvenirs rüberzubringen.«

»M-mh, wieso muss ich das machen? Kunle ist doch bei dir. Und du kannst immer noch einen der Kellner bitten, dir beim Tragen zu helfen. Meine Hände tun weh – ich kann jetzt nichts tragen. Alle hier stressen mich total, Aunty Biola, alle, alle stressen nur rum. Und jetzt auch noch du. Bitte, ich muss mich erst ausruhen.« Motara kehrte zu ihren Freundinnen zurück, ohne die Antwort ihrer großen Schwester abzuwarten.

Wuraola schüttelte den Kopf und ging weiter die Treppe hinauf; sie hatte keine Zeit, ihrer Schwester den Kopf zu waschen. Das würde sie später tun.

»Deine Eltern haben das Mädchen total verzogen«, sagte Kunle, als sie den Treppenabsatz erreichten. »Hast du gehört, wie sie mit mir gesprochen hat?«

»Sie hat doch gar nicht mit dir gesprochen.«

»Wieso verteidigst du sie? Zu dir war sie genauso unhöflich.«

»Ich sage nur, dass ich nicht verstehe, worauf du hinauswillst. Sie hat dich doch gar nicht angesprochen.«

»Sie hat über mich gesprochen. Ich mag es nicht, wenn sie einfach meinen Vornamen benutzt, als wären wir befreundet.«

»Tja, sie nennt unseren älteren Bruder auch nicht Brother Layi und mich nicht Aunty oder Sister. Das ist dir doch aufgefallen, oder?«

»Wieso stellst du dich auf ihre Seite?«

Sie waren vor Wuraolas Zimmer angekommen, doch die Tür war verschlossen. Noch so eine Sache, wenn man verlobt war. Kunle durfte jetzt außer dem Familienwohnzimmer noch andere Räume betreten, war dort sogar willkommen. Hatte Aunty Biola ihn nicht heute Morgen bei seiner Ankunft ermutigt, zu Motaras Zimmer zu gehen und Wuraola zu begrüßen? Dieselbe Aunty Biola, die ihr gesagt hatte: »Einen Jungen darfst du nur unten empfangen, bis er dir einen Antrag macht. Was hat er in deinem Zimmer verloren?« Wuraola kramte in ihrer Handtasche nach dem Schlüssel. Versuchte, sich zu erinnern, ob eine der Tanten, die letzte Nacht in ihrem Zimmer geschlafen hatten, ihn sich auf der Party von ihr geborgt hatte.

Kunle funkelte sie an. »Wieso ergreifst du für Motara Partei?«

»Ich möchte nur, dass du die Hintergründe verstehst.«

»Sie nennt dich nicht einfach nur Wuraola.« Er runzelte die Stirn. »Sie nennt dich Dr. Wura.«

»Na ja, das bin ich ja auch.« Wuraola klappte die Handtasche zu. »Wenn du Dr. Kunle genannt werden willst, hättest du Medizin studieren sollen.«

Er gab ihr eine Ohrfeige mit der flachen Hand, wobei sein Zeigefinger ihr ins Auge stach. Schlug dann noch einmal mit dem Handrücken zu, bevor er den Arm sinken ließ.

Wuraola taumelte rückwärts. Er stand mit verschränkten

Armen da, die Lippen zu einer wütenden Linie zusammengepresst, und schaute zu, wie sie sich einen Finger gegen das Auge drückte, das er getroffen hatte. Das Auge, das sie nicht öffnen konnte, weil es zu wehtat.

Zuerst dachte Wuraola, sie wäre diejenige, die schrie, doch als sie wieder beide Augen öffnen konnte, sah sie, dass es Motara war, die am Ende des Flurs stand und sich das Kinn hielt, als müsste sie verhindern, dass ihr Unterkiefer herunterfiel.

TEIL III

Warten auf einen Engel

Als ich mich umdrehte und den Blick über das Tor und den angrenzenden Zaun schweifen ließ, verwandelten sie sich plötzlich in dicke und hohe Mauern, die oben mit Stacheldraht und zerbrochenen Flaschen bewehrt waren, weit ausgebreitete Arme, die zurückhalten, einschränken und begrenzen sollten. Ich wollte keine weiteren Grenzen; nur die, die ich mir selbst setzte.

Helon Habila, *Waiting for an Angel*

13

Eniola hatte sich anfangs geweigert, aber laut seiner Mutter gab es keine andere Möglichkeit. Sie hatten schon alle Verwandten gebeten, so viel beizutragen, wie sie konnten. Und nun, da seine Mutter das bisher gesammelte Geld zählte, wünschte Eniola, zusammengenommen würde es irgendwie reichen. Für die Schulgebühren, für das Essen diese Woche, für das, was noch an Miete gezahlt werden musste. Er hätte sich sogar mit der Miete und den Schulgebühren zufriedengegeben. Er war schon zuvor tagelang ohne Essen ausgekommen und würde es mit Freuden diese Woche wieder tun, um nicht noch einmal auf der Straße betteln gehen zu müssen.

»Dreitausendzweihundertneunzig«, sagte Eniolas Mutter. »Wir haben gestern dreitausendzweihundertneunzig Naira eingenommen.«

Es war schon fast 9 Uhr abends gewesen, als sie alle am vorherigen Abend nach Hause gekommen waren, und Eniolas Mutter hatte sich geweigert, das Geld im Dunkeln zu zählen. Sie waren zweimal auf der Straße gewesen, seit Eniolas Mutter es vorgeschlagen hatte. Letzten Sonntag und gestern. Heute würde der dritte Tag sein.

»Heute wird es besser laufen als gestern«, sagte Eniolas

Mutter und faltete die Scheine zusammen, die sie gerade gezählt hatte. »Am Sonntag sind die Leute großzügiger. Wisst ihr noch am letzten Sonntag? Sechstausend, fast sechstausend insgesamt.«

Seine Mutter glaubte auch, dass die Leute an Freitagen großzügiger waren. Dass die Leute direkt nach dem Freitagsgebet darauf brannten, etwas Gutes zu tun. Nach ihrem letzten Ausflug am vergangenen Sonntag hatte sie vorgeschlagen, dass sie alle am nächsten Freitag vor der Zentralmoschee betteln gehen sollten, doch Eniolas Vater fand seine Stimme wieder und bestand darauf, dass die Kinder stattdessen in die Schule gehen sollten. Als seine Mutter nicht widersprach, fragte sich Eniola, ob sie zu überrascht war, dass sein Vater klang, als würde ihn zum ersten Mal seit einer ganzen Weile wieder etwas kümmern. Eniola vermutete, dass sie zur Moschee ging, während er in der Schule war, wagte aber nicht, sie danach zu fragen. Ihm war aufgefallen, dass die Suppe an jenem Abend Flusskrebse enthielt, und er versuchte, sie zu genießen, ohne darüber nachzudenken, wie verschwenderisch es war, dass sie so etwas aßen, obwohl die Miete noch nicht vollständig beglichen und noch nicht ein Naira von seinen und Busolas Schulgebühren abbezahlt war.

»So, 10 000 Naira Anzahlung, damit wir in der Schule bleiben können, und 25 000 Restmiete für den Vermieter. Das macht 35 000 Naira. Abzüglich der 3290 sind das 31 710 Naira. Wir müssten noch 31 710 Naira zusammenbekommen«, sagte Busola, blätterte eine Seite um und kritzelte etwas in ihren Notizblock. Sie war entschlossen, ihre Hausaufgaben zu erledigen, bevor sie an diesem Morgen das Haus verließ.

»Das ist nicht so viel.« Eniolas Mutter gab das Geld, das

sie gerade gezählt hatte, seinem Vater. »Wir haben dem Vermieter am Freitag schon fünftausend Naira gegeben.«

Obwohl Eniolas Vater nie mit dem Rest seiner Familie betteln ging, wurde das Geld immer ihm übergeben. Er brachte dem Vermieter die Scheine nach oben, bezahlte die Raten und bat um eine Verlängerung des Ultimatums, das der Mann ihnen gestellt hatte. Noch war sie ihnen nicht gewährt worden, aber da der wutentbrannte Auftritt des Vermieters jetzt über eine Woche her war, ging die Familie davon aus, dass die Teilzahlung ihn zumindest etwas beschwichtigt hatte. Gestern hatte sich Busola beklagt, weil kein Geld für ihre Schulgebühren zurückgelegt wurde.

»Also 26710«, sagte Busola.

»Okay.« Eniolas Mutter breitete einen Schal auf dem Bett aus und strich die Falten mit der Handfläche glatt.

Busola kaute an ihrem Kuli. »Oder 36710 Naira.«

»Was?«, sagte Eniolas Mutter.

»36710 Naira, wenn ihr unsere Schulgebühren ganz bezahlen wollt.« Busola klappte ihr Notizbuch zu. »So großzügig ist niemand.«

»Wir bezahlen die Schulgebühren nicht ganz. Wer bezahlt schon alle Schulgebühren auf einmal?«

»Viele Leute. Nonyes Eltern, Tinuolas Eltern, Remis Vater –«

»Habe ich dir eine Frage gestellt?« Eniolas Mutter nahm den Schal und schüttelte ihn heftiger als nötig aus.

Busola erhob sich von der Matratze und packte ihr Notizbuch in ihre Schultasche. »Aber du hast gesagt –«

»Wenn du nicht gleich den Mund hältst …«

»Schon gut«, sagte Eniolas Vater und steckte das Geld in seine Brusttasche. »Bitte schrei Busola nicht an.«

»Wir machen das Schritt für Schritt. Wir bezahlen zuerst

die fünfzig Prozent, die sie verlangen, und dann …« Eniolas Mutter warf den Schal über ihre Schulter. »Los, Eniola, komm her.«

Eniola saß neben seinem Vater auf dem Bett, die Arme locker neben dem Körper. Immer, wenn sie betteln gingen, bestand seine Mutter darauf, ihn auf seine Rolle vorzubereiten. Die Schilder, die sie benutzten, beschriftete ihr Vater; er beschrieb darauf, weshalb man mit ihnen Mitleid haben sollte, und das in einer Detailliertheit, die Eniola für überflüssig hielt. Reichte es nicht, dass die Leute Eniola für taub hielten? Mussten sie auch noch glauben, er hätte beide Eltern bei einem Brand verloren? Doch Eniola beschwerte sich nie über die Schilder. Abgesehen von den Bewerbungen an Schulen und Unternehmen, die nie antworteten, waren die Schilder das Einzige, was sein Vater seit mindestens einem Jahr geschrieben hatte. Und obwohl Eniolas Mutter sagte, sie könnten die ersten Schilder, die er am letzten Sonntag gemacht hatte, wiederverwenden, hatte er vorgestern neue gemacht. Jetzt verteilte er Flüssigstärke auf der Rückseite von denen, die er heute geschrieben hatte, wofür er an diesem Morgen extra früher aufgestanden war, und reichte sie Eniolas Mutter. Sie klebte sie auf Eniolas T-Shirt. Eins vorn, eins hinten.

Eniola wollte etwas zu seiner Mutter sagen, während sie ihn vorbereitete. Irgendetwas, damit sie nicht mehr nach Luft schnappte, als würde sie ertrinken. Er suchte nach den richtigen Worten, doch vergebens. Sie beschmierte seine Hose mit Dreck und rieb ihm Asche auf die Unterarme, damit seine Haut trocken und schuppig aussah.

»Bist du sicher, dass du bereit bist?«, fragte sie.

»Ja, *ma*. Bin ich«, sagte er, obwohl er wusste, dass die Frage nichts mit seinen Gefühlen zu tun hatte. In Wirklichkeit ging es darum, was sie empfinden musste, weil sie ihn zum Betteln zwang. Und so sagte er, was sie hören wollte. Busola würde für sie beide unverblümt die Wahrheit aussprechen.

»Bitte. In Gottes Namen, ich flehe dich an. Achte darauf, dass du nichts sagst. Hörst du?«

»Ja, *ma*.«

Er saß still da, während sie seinen Oberkörper mit dem Schal bedeckte, der auf ihrer Schulter gelegen hatte. Sie schlang ihn zweimal um seinen Körper und knotete die Enden unter seinem Kinn zusammen.

»Was habe ich dir gesagt?«

»Ich weiß schon.« Er stand auf. »Ich werde nichts sagen.« Er lächelte sie an, in der Hoffnung, ihr Stirnrunzeln zu vertreiben. »Ich bin taubstumm, ich kann nichts sagen.«

Ihre Stirnfalten blieben. »Mach keine Witze. Sieh dir nur an, wie groß du bist. Wenn die Leute dich erwischen, werden sie kein Erbarmen mit dir haben. Sie könnten dich beschuldigen, ein Dieb oder ein Ritualmörder zu sein. Alles ist möglich.«

Er wusste, dass er aufbrechen sollte, sobald sie die Schilder mit dem Schal verdeckt hatte, aber nachdem er die weiße Plastikschale vom Bett genommen hatte, blieb er an der Tür stehen und sah seiner Mutter und Busola zu, die sich darauf vorbereiteten, ihren Tag als blinde Frau und deren Tochter zu beginnen.

»Na los, Junge«, sagte Eniolas Mutter, die sich Flüssigstärke über das geschlossene linke Auge schmierte. »Oder willst du bis Sonnenuntergang warten, bevor du losziehst?«

Er marschierte zügig bergauf, sodass ihm die Schale gegen den Oberschenkel schlug. An der ersten Kreuzung wurde er langsamer.

Dort befand sich zu seiner Linken ein Verkaufsstand, an dem eine Frau mit grauen Haaren *akara* zubereitete. Angezogen vom Geruch der in heißem Palmöl frittierten Bohnenbällchen ging er auf den Stand zu. Er erkannte, dass es ihre erste Fuhre des Tages sein musste, denn das große Metallsieb war noch leer. Er sah zu, wie sie den Teig mit einem langen Holzlöffel aus einer Plastikschüssel in das heiße Palmöl gab. Während er sich mit einer Hand an einem der Pfeiler abstützte, atmete er mit offenem Mund ein. Er konnte das fertige Gericht fast schmecken, die saftige Mischung aus Schwarzaugenbohnen, Pfeffer und Zwiebeln.

»Und?«, fragte die Frau. »Bist du hier, um etwas zu kaufen?«

Er sah von den brutzelnden Bällchen auf. Der Blick der Frau war hart, als würde sie schon an seinem geöffneten Mund erkennen, dass er kein Geld in der Tasche hatte.

»Na los«, sagte sie und schwang den langen Löffel in seine Richtung. »Verschwinde. Es ist noch zu früh, um auf Kredit zu verkaufen. Verschwinde. Bring mir bloß kein Unglück.«

Eniola machte den Mund zu und atmete noch einmal tief ein, füllte die Lungen mit dem süßlichen Geruch aus der Pfanne, bevor er weiterging. Nach dem Festmahl mit *eba* und *okro*-Suppe und den Flusskrebsen am Freitag hatte es am Abend zuvor nichts außer zwei unreifen Bananen und Wasser zu essen gegeben. Er versuchte, sich abzulenken, als er in eine weitere Straße einbog. Er fing an, die Autos und Busse zu zählen, die an ihm vorbeifuhren, verzählte sich jedoch ständig, weil sein Magen nicht aufhören wollte zu knurren. Als er Ijofi erreichte, hatte ein Motorradunfall vor dem Krankenhaus den Verkehr zum Erliegen gebracht. Ein paar Augenblicke lang sah er zu, wie eine Frau, deren gelbe Kopfbedeckung über einen halben Meter hoch war, aus ihrem Jeep ausstieg, um den Verkehrspolizisten anzuschreien, der in seinem kleinen Metallhäuschen saß und Wasser aus einem Päckchen trank.

Eniola drückte sich die Plastikschale gegen den Bauch und bahnte sich einen Weg durch die stillstehenden Autos. Er achtete darauf, den vorbeiflitzenden Motorrädern auszuweichen, auf denen Männer in Anzügen und Frauen saßen, die mit beiden Händen ihre hohen *geles* festhielten, die im Wind flatterten wie Vögel, die davonfliegen wollten. Ein Stück die Straße hinauf fachte eine Frau das Feuer unter einem großen Topf Mais an. Neben der Jostade Pharmacy saß eine Schwangere neben einem Tablett mit Obst und schälte eine Orange mit einer Klinge. Auf dem Tablett lagen in Zellophan eingewickelte Ananas- und Papayastücke, die zu Pyramiden aufgestapelt waren. An der nächsten Abzweigung löffelte ein Mädchen Reis in ein zu einer Tüte zusammengerolltes Blatt und gab Paprika-Stew obenauf. Als er an ihr vorbeikam, sah er die Fisch- und Fleischstücke, die in dem Stew schwammen. Als er die Ifofin Road erreichte, hatte er das Gefühl, als würde wie zum Hohn an jeder Ecke Essen zubereitet.

Mehr als einmal hätte er den Schal am liebsten abgenommen und sein Glück bei den Frauen versucht, doch dann rief er sich die Anweisungen seiner Mutter in Erinnerung; er durfte die Schilder nicht enthüllen, bis er die Kirche erreicht hatte. Und obwohl sein Magen knurrte und er das Gefühl hatte, Ameisen würden darin herumkrabbeln und sich einen Weg ins Freie zu knabbern versuchen, ging er weiter. Vorbei an einem frisch gestrichenen, zweistöckigen Kommunalverwaltungsgebäude und der hoch darüber aufragenden Plakatwand, von der der Vorsitzende der Kommunalverwaltung auf ihn herunterlächelte.

Als er Iloro erreichte, war der Boden unter seinen Füßen nicht mehr nur warm, sondern heiß, sodass es ihm vorkam, als würde er barfuß über glühendes Feuerholz laufen. Die Straße sah anders aus als die anderen. Verschwunden waren die Lehmhütten, die sich an Einkaufszentren schmiegten, verschwunden waren die Gräben und Schlaglöcher mitten auf der Straße. Soweit das Auge reichte, waren die Straßen vollständig geteert. Die meisten Häuser, an denen er vorbeikam, waren von Zäunen umgeben, einige davon so hoch, dass er nur die Dächer sehen konnte.

Die St. Paul's Cathedral befand sich auf halbem Weg die Straße hinunter. Grau mit grünen Fenstern und zwei Türmen. Der Zaun war niedriger als die meisten, die er zuvor gesehen hatte, und er konnte darüber drei Ebenen der Kathedrale erkennen.

Orgelmusik schwoll an, als er sich der Kathedrale näherte. Obwohl ihm die Melodie bekannt vorkam, erkannte er sie nicht. Vielleicht war es ein protestantisches Lied. Als er noch ungefähr drei Gebäude von der Kirche entfernt war, versuchte er, den Knoten unter seinem Kinn zu lösen, doch seine Mutter hatte ihn so fest zugebunden, dass er ihn unmöglich mit einer Hand aufbekam. Er klemmte sich die Plastikschale zwischen die Knie, um beide Hände frei zu haben.

Als Eniola sich der Kirche näherte, entdeckte er dort, wo er sich hatte hinsetzen wollen, eine Frau. Sie saß auf einem flachen Hocker mit dem Rücken zu ihm, die geflochtenen Haare reichten ihr bis auf den Rücken. Am letzten Sonntag war er zur Holy Trinity Church gegangen, weil seine Mutter gesagt hatte, große Männer würden Kathedralen besuchen. Er war der jüngste der drei Bettler vor dem Eingang gewesen. Die beiden anderen waren erwachsene Männer gewesen. Und jetzt saß diese Frau hier. Würde sie seine Chancen verschlechtern? Er hoffte, dass sie kein Baby auf den Knien hatte.

Neben ihr angekommen bemerkte er eine große Metallschüssel zu Füßen der Frau, die mit Blumen und Früchten verziert war; der dazu passende Deckel diente als Tablett, das sie auf dem Schoß hielt. Sie schaufelte geröstete Erdnüsse aus der Schüssel auf das Tablett, rieb die Nüsse zwischen den Händen, um die Schale zu entfernen, dann warf sie sie in die Luft, sodass die dunklen Hülsen davonflogen und nur die Nüsse wieder auf dem Tablett landeten. Eniola seufzte. Sie war keine Konkurrenz für ihn, aber jetzt musste er neben ihr sitzen, während sie die Erdnüsse schälte und in alten Zeitungen verpackte. Auf dem Weg hierher hatten sich die nagenden Ameisen in seinem Bauch vermehrt.

Eniola blieb vor der Erdnussverkäuferin stehen und streckte seine Bettlerschale vor. Er gab kehlige Geräusche von sich, bis die Frau aufsah und ihn anlächelte. Ermutigt hielt er ihr die Bettlerschale hin, in der Hoffnung, sie würde ein paar Erdnüsse hineinlegen, statt ihm Geld zu geben.

»Ich bin gerade erst angekommen.« Sie schüttelte den Kopf. »Ich habe noch kein Geld verdient.«

Er steckte sich die Schale zwischen die Knie, rieb sich mit einer Hand den Magen und deutete mit der anderen auf seinen Mund.

Die Frau legte den Kopf schräg und studierte seine Bewegungen. Sie runzelte die Stirn und sagt: »Also bist du hier, um dich über die Leute lustig zu machen, die Gott so geschaffen hat? Was ist das für eine Gemeinheit?«

Eniola vollführte alle Gesten, die ihm einfielen, in dem verzweifelten Versuch, sie davon zu überzeugen, dass er nicht simulierte.

»Mich kannst du nicht reinlegen, Kind. Ausgerechnet mich? Nein, niemals.« Sie musterte ihn und zischte: »Warte besser auf die Kirchgänger, wegen denen bist du doch gekommen. Ich kenne deinen Typ. Hör besser auf, mich anzubetteln, wenn du keinen Ärger haben willst. *Radarada osi*, als hätte ich keine eigenen Kinder zu ernähren.«

Obwohl er sich schämte, hörte Eniola nicht sofort auf, wild zu gestikulieren; er wartete, bis sie sich weiter um ihre Arbeit kümmerte und ihn nicht mehr beachtete. Dann ging er so nah an das Kirchentor heran wie möglich, faltete den Schal seiner Mutter zu einem Quadrat zusammen, legte ihn auf den Boden und setzte sich darauf.

Während er auf das Ende des Gottesdienstes wartete, strich er wiederholt mit den Handflächen über den Boden und fuhr sich damit durchs Gesicht. Seine Mutter hatte ihm erklärt, dass die Leute umso mehr mit Mitleid mit ihm hätten, je schmutziger er wäre. Und mehr Mitleid bedeutete mehr Geld. Er versuchte, nicht über die Worte der Erdnussverkäuferin nachzudenken. War das, was er hier tat, falsch?

Es war nur vorübergehend. Das hatte seine Mutter am Anfang gesagt. Sobald sie genug Geld für die Miete zusammenhätten und sich keine Sorgen mehr machen müssten, auf der Straße zu landen, würden sie damit aufhören.

Er sah zu, wie die Verkäuferin eine weitere Handvoll Erdnüsse in die Luft warf. Hin und wieder flog eine Nuss mit den Schalenresten zu Boden. Glaubte die Frau, irgendjemand würde tun, was Eniola hier tat, wenn er eine andere Wahl hätte? Konnte sie sicher sagen, dass sie in einem Jahr nicht das Gleiche tun würde? Seine eigene Mutter hatte auch einmal Erdnüsse verkauft. Sie hatte alles Mögliche verkauft, bis ihr die Optionen ausgingen. Eniola suchte den Boden ab, ohne die Frau anzusehen. Er wollte keinen Ärger. Er zählte zehn, vierzehn Erdnüsse auf dem Boden. Die letzten vier waren vielleicht auch Kieselsteine.

Eniola rutschte Zentimeter für Zentimeter näher an die Erdnüsse heran und zog den Schal dabei mit sich. Als er die erste aufhob, hätte er sie sich am liebsten direkt in den Mund gesteckt, doch er beschloss, dass ein ganzer Mund voller Erdnüsse seinen Hunger eher lindern würde als eine Nuss nach der anderen. Er hätte länger daran zu kauen, bevor sie, mit zu viel Speichel vermischt, allen Geschmack verloren und ihm den Hals hinunterrutschten. Er blieb auf seiner neuen Position sitzen, die weiter vom Tor entfernt und näher an der Erdnussverkäuferin war. Er hob eine Nuss nach der anderen auf und legte dann eine Pause ein, um sich zu vergewissern, dass die Frau nichts bemerkte.

Die letzte Erdnuss – heute war sein Glückstag, es waren tatsächlich vierzehn Stück – lag in der Nähe der Füße der Frau. Er überlegte abzuwarten, bis eine weitere in seiner Nähe zu Boden fiel. Doch ihm war schon schwindelig vor Hunger, und er brauchte etwas im Bauch, irgendetwas, so viele Erdnüsse wie möglich. Er rückte noch näher an die Frau heran und griff mit derselben Hand nach der letzten Nuss, in der er auch die anderen hielt.

»He, du, Junge«, sagte die Frau. »Was machst du da?«

Er gab unverständliche Laute von sich und verbarg die Hand mit den Nüssen hinter seinem Rücken.

»Rühr meine Ware nicht an, Junge. Das kann ich dir nur raten.«

Er stand auf und ging an seinen vorherigen Platz zurück. Diesmal setzte er sich auf den nackten Boden und legte sich den Schal auf den Schoß. Er legte die Nüsse in den Schal und rieb den Stoff aneinander, um den Sand zu entfernen. Nachdem er sich vergewissert hatte, dass sie sauber waren, nahm er sie und steckte sie sich in den Mund. Er ließ die Nüsse im Mund herumwandern, weichte sie in Speichel ein, presste die Zunge darauf und saugte daran. Als ihm nichts mehr einfiel, womit er das Vergnügen, Essen im Mund zu haben, verlängern konnte, begann er zu kauen und war stolz auf sich, weil er nicht auf ein einziges Sandkorn biss.

Als die Kirchgänger aus dem kleinen Tor der Kathedrale strömten, begab Eniola sich zu der Stelle, wo seiner Vorstellung nach die Wagen stehen bleiben würden, bevor sie auf die Straße hinausfuhren. Der erste Wagen, der vom Platz fuhr, war eine weiße Limousine mit drei Fenstern an jeder Seite. Alle waren schwarz getönt. Er näherte sich der Vorderscheibe, hielt seine Schale davor, bevor er zum zweiten weiterging. Als er das dritte Fenster erreicht hatte, deutete er auf das Schild an seiner Brust und klopfte mit der Schale gegen das Glas. Letzte Woche hatte er gelernt, dass das die meisten Autobesitzer so sehr ärgerte, dass sie die Scheibe herunterkurbelten, um Beleidigungen brüllen zu können. »Hat dein Vater je etwas so Wertvolles besessen? Für dieses Fenster könnte man deine ganze Familie kaufen.« Er hatte auch gelernt, dass ihr Zorn sich in Scham verwandeln konnte, wenn das Schild auf seiner Brust sie überzeugte. Und diese Scham brachte sie oft dazu, die Geldbörse zu zücken. Doch die getönte Scheibe wurde nicht heruntergekurbelt, und so sehr er sich bemühte, hineinzusehen, es gelang ihm nicht. Ohne Augenkontakt zu den Insassen konnte er nicht wissen, ob es ihm gelungen war, sie zu bewegen oder nicht. Die weiße Limousine fuhr auf die Straße hinaus und brauste davon. Er stand da und sah ihr nach. Was, wenn viele von den großen Männern, die diese Kathedrale besuchten, getönte Scheiben hatten?

Der nächste Wagen, der vom Platz fuhr, sah genauso aus

wie der erste, aber die Scheibe des Fahrers war heruntergekurbelt. Als er anhielt, hielt Eniola die Schale hoch und deutete auf das Schild an seiner Brust. Der Fahrer, der ein schlichtes weißes T-Shirt trug, schnaubte, dann beugte er sich über das Lenkrad, um an Eniola vorbei auf die Fahrbahn zu seiner Linken zu sehen. Eniola beugte sich zum Fenster hinunter. Der Fahrer schaute erneut nach rechts und wieder nach links, dann hupte er die Fußgänger an, die vom Kirchplatz auf die Straße traten.

»Samson«, rief eine Frauenstimme aus dem Wageninneren.

»Ja, *ma*!« Der Chauffeur setzte sich auf.

»Lies mir das Schild des Jungen vor.«

»Madam, das hier ist kein Junge, der ist größer als ich. Dauert nicht mehr lange, dann wächst ihm ein Bart.«

»Samson!«

»Okay, *ma*.« Der Fahrer funkelte Eniola an, bevor er mit zusammengekniffenen Augen das Schild ansah. »Bitte, helfen Sie mir. Ich bin ein taubstummes Waisenkind.«

Eniola grunzte und schob das Gesicht näher an Samsons heran, in der Hoffnung, die Frau auf dem Rücksitz könne ihn sehen.

»Gib ihm das Wechselgeld von heute Morgen«, sagte die Stimme aus dem Inneren.

»Ja, *ma*.« Samson griff in seine Hosentasche und ließ einen zerknüllten Zweihundert-Naira-Schein in Eniolas Schale fallen.

Eniola neigte zum Dank den Kopf und winkte dem davonfahrenden Wagen nach.

Als die nächsten drei Wagen kamen, war die Straße leer. Eniola bekam einen trockenen Mund, als er sie davonbrausen sah und er mit einer fast leeren Schale zurückblieb.

Ob die Schulgebühren nun bezahlt waren oder nicht, Eniola wusste, seine Eltern würden darauf bestehen, dass er am nächsten Tag in die Schule ging. Nur für den Fall, würde seine Mutter sagen, nur für den Fall, dass die Schule beschließt, uns einen Teil der Gebühren zu erlassen, nur für den Fall, dass der Schulleiter die Schuldner vergisst, nur für den Fall, dass du noch ein paar Unterrichtsstunden mitmachen darfst, bevor man dich wegschickt. All das schien ihm möglich, bis zu dem Moment, in dem Mr. Bisade dann seinen Namen rief. Entweder bei der Morgenversammlung oder am Ende der ersten Stunde, aber immer, immer vor seinen Klassenkameraden.

Obwohl eine leichte Brise ihm das Gesicht kühlte, lief Eniola der Schweiß den Rücken hinunter, während mehr Wagen an ihm vorbeirasten. Wenn alle Gemeindemitglieder, die einen Wagen besaßen, davonfuhren, bevor er genug Geld einnahm, würden nur die Leute übrig bleiben, die es sich nicht leisten konnten, mit dem Auto zur Kirche zu kommen. Und wie viel würden die in seine Schale legen? Ramponierte, schmutzige, zusammengeklebte Fünf-Naira-Scheine. Die Münzen, die gerade erst wieder eingeführt worden waren, waren nutzlos, denn nicht einmal *baba dudu* wurde mehr für fünfzig Kobo oder einen Naira verkauft. War ein Naira tatsächlich Geld, wenn man damit nicht einmal Süßigkeiten kaufen konnte? Zwölf Ein-Naira-Münzen waren gestern in seiner Schale gelandet, aber kein Händler wollte sie annehmen, als seine Mutter davon Salz kaufen wollte. Eniola umklammerte seine Schale fester. Ihm blieb nur noch wenig Zeit, um genug Geld einzunehmen, oder er würde am Ende durch die Straßen irren müssen wie am Tag zuvor. Und man sehe sich nur an, was ihm das eingebracht hatte, nutzlose Münzen und zerfledderte Scheine.

Eniola ging zur Erdnussverkäuferin zurück und blieb im Schatten eines Kirchentors stehen. Nachdem er sie eine Weile beobachtet hatte, stellte er fest, dass nicht nur Fußgänger bei ihr kauften; auch ein paar Wagen hielten vor ihr an. Hin und wieder stieg ein Fahrer aus, um zu feilschen, aber meist stand die Frau auf und ging mit ihrem Tablett zu den Wagen. Eniola fiel auf, dass, wenn sie die Kunden nicht bedienen konnte, sich schnell eine kleine Schlange von drei, vier Wagen vor ihr bildete.

Die Ministaus waren wie die Erhörung von Eniolas unausgesprochenen Gebeten. Er ging dichter an die Erdnussverkäuferin heran, und immer, wenn ein Auto hielt, versuchte er abzuschätzen, ob es eine Gelegenheit geben würde, sich den Insassen zu nähern. Wenn der Fahrer ausstieg, eilte Eniola zum Wagen, ächzte und deutete auf sein Schild, bis ein Fenster heruntergekurbelt wurde und jemand einen Schein in seine Schale warf. Wenn der Fahrer im Wagen blieb, hatte er gewöhnlich mehr Zeit, seine Nummer abzuziehen, während die Erdnussverkäuferin sich bemühte, sowohl den Fußgängern als auch den Autofahrern gerecht zu werden. Einmal kam er mit seiner Nummer sogar so weit, dass er nicht nur ächzend auf sein Schild deuten, sondern sogar so tun konnte, als würde er gleich vor Schwäche in Ohnmacht fallen.

Eniola achtete darauf, dass seine Schale nie zu voll wurde. Sobald sich fünf Scheine darin befanden, stopfte er drei davon in die Hosentasche. Seine Mutter hatte ihm erklärt, mit einer leereren Schale nähme man mehr ein, und obwohl er den Verdacht hatte, dass das nicht stimmte, gehorchte er weiter ihren Anweisungen.

Ein roter Mercedes fuhr vor. Während der Fahrer zu der Erdnussverkäuferin eilte, betrachtete Eniola das Paar auf dem Rücksitz. Die Frau saß hinter dem Fahrersitz. Sie hatte den Kopf gesenkt, sodass ihr Gesicht fast vollständig von einem breitkrempigen violetten Hut verdeckt wurde. Der Mann, der, wie Eniola annahm, ihr Ehemann war, schaute hierhin und dorthin, während er die Fliege zurechtrückte, die farblich zum Hut seiner Frau passte. Eniola beschloss, sich darauf zu konzentrieren, die Aufmerksamkeit des Mannes zu erregen, denn die Frau war zu abgelenkt von ihrem Mobiltelefon. Er rannte zum Fenster des Mannes und hätte fast gelächelt, als es nach zweimal Klopfen heruntergefahren wurde.

»... und daran erkennt man, dass man sich eine gute Herkunft nicht kaufen kann. Trotz all des Geldes, das er in Abuja gestohlen hat, hält er es für angebracht, das in der Kirche zur Sprache zu bringen? In der Kirche?!« Der Mann griff in seine Tasche und nahm eine Geldbörse heraus. »Was für ein Unsinn.«

»Lass mich noch eben ...«, murmelte die Frau, »die Textnachricht zu Ende schreiben.«

Der Mann öffnete seine Geldbörse. »Ich glaube, er ist direkt hinter uns. Honourable? Ehrenhaft, wer's glaubt.«

»Wir sind kaum aus der Kirche raus«, sagte die Frau mit scharfer, klarer Stimme und funkelte ihren Mann an.

»Hast du Kleingeld?«, fragte der Mann.

»Nein, ich glaube nicht.« Sie schaute wieder auf das Handy, fuhr mit dem Daumen über die Oberfläche und presste die gespitzten Lippen fest aufeinander.

Eniola betrachtete die vertikale Narbe, die sich durch die ergrauende Augenbraue fast bis zum Augenlid zog, und bemühte sich vergebens, ihn auf sich aufmerksam zu machen. Der Mann machte die Geldbörse wieder zu und legte sie neben sich auf den Sitz. Als er auf einen Knopf drückte, lehnte sich Eniola gegen den Wagen und legte eine Handfläche oben auf die Scheibe, die summend wieder hochfuhr. Er grunzte und deutete auf seine Brust. Doch der Mann zuckte nur die Schultern und drückte weiter auf den Knopf, sodass Eniola das Gesicht schief legen musste.

Der Mann tippte seiner Frau auf die Schulter. »Bist du sicher, dass du kein Kleingeld hast?«

Die Frau hob den Kopf, und als sie ihn blinzelnd ansah, hatte Eniola das Gefühl, womöglich wirklich ohnmächtig zu werden. Als ihre Blicke sich trafen, sah er einen Funken des Wiedererkennens in ihren. Er schluckte schwer und drückte sich die Schale an die Brust. Es war Yeye.

»Fragen wir doch …« Sie deutete auf den Fahrer, der sich gerade wieder auf seinen Platz setzte.

Der Mann auf dem Rücksitz rieb sich die vernarbte Stirn. »Ich verstehe nicht, warum du nicht Erdnüsse in der Flasche kaufen kannst wie jeder normale Mensch.«

»Na ja, die hier schmecken besser«, sagte der Chauffeur, als er die spitzen Zeitungspapiertüten auf den Beifahrersitz legte.

»Hast du Wechselgeld bekommen?«, fragte Yeye den Fahrer, ohne den Blick von Eniola abzuwenden.

Eniola spürte, wie es in seinen Eingeweiden rumorte. Er war erledigt. Tot. Am liebsten wäre er davongelaufen. Wieso konnte er seine Beine nicht bewegen?

Der Fahrer drehte sich um, sah Eniola und lachte laut auf. »Ist das der Junge, dem Sie das Geld geben wollen? Der da? Der tut doch nur so.«

Der Schweiß lief Eniola den Rücken hinunter. Gleich würde der Fahrer seinen Namen rufen, und alle würden erfahren, dass er ein Betrüger war. Oder Yeye würde ihm zuvorkommen. So oder so, davonzulaufen wäre sinnlos. Sie würden ihn sowieso erwischen, wenn nicht hier mitten auf der Straße, dann in Aunty Caros Laden.

»Und woher willst du das wissen?«, fragte Yeyes Mann.

»Ich kenne ihn gut. Yeye, erinnern Sie sich nicht an –«

»Ich habe gefragt, ob du Wechselgeld hast.« Yeye schnipste mit den Fingern. »Habe ich dich um eine Geschichte gebeten?«

»Tut mir leid, *ma.* Ja, *ma.*« Der Fahrer reichte zwei Fünfzig-Naira-Scheine nach hinten.

Yeye nahm die Scheine entgegen, beugte sich über ihren Mann hinweg vor und legte sie in Eniolas Schale. Dann nahm sie den Hut ab und sah Eniola an, bis das Fenster sich geschlossen hatte und der Wagen anfuhr.

14

Aro meta. Gold, Weihrauch und Myrrhe. Aschenputtels drei Wünsche. Busola hätte noch mehr aufzählen können. Was machte es also schon, wenn Temi die Augen verdrehte? Busola wusste, was sie wusste. Die Zahl drei hatte immer etwas zu bedeuten. Immer. Da war sie sich ganz sicher.

Als Busola noch in der Grundschule gewesen war, hatten ihre Mutter und Eniola sie ausgelacht, weil sie sich geweigert hatte, einen ganzen Tag lang die Wohnung zu verlassen, nachdem sie auf dem Flur drei Küken gesehen hatte.

»Wer hat dir nur solche Flausen in den Kopf gesetzt?«, hatte ihr Vater gefragt, die Lippen zu einem Lächeln verzogen, das ebenso selten war wie die Erheiterung in seiner Stimme. Seit diesem Vorfall tat Busola so, als wäre ihr die Zahl drei egal.

»Aber wieso? Du solltest die Dritte sein. Sunday wird es nach dir lesen«, sagte Temi und knöpfte einen Knopf an ihrer Schürze zu.

Busola schüttelte den Kopf und warf Sunday einen Blick zu, der neben ihr stand und mit den Fingern auf Temis Schulbank herumtrommelte.

Temi beugte sich auf ihrem Stuhl vor. »Aber du warst vor Sunday da.«

»Soll er es zuerst lesen.« Zwei wären Zufall. Aber drei? Drei? Obwohl Busola nie ganz sicher war, ob es gut oder schlecht war, war sie sicher, dass es ein Omen war.

Temi zuckte die Achseln und legte den Kopf auf den Tisch. »Ich will vor der kurzen Pause noch etwas schlafen.«

Busola ging in den hinteren Teil der Klasse zu ihrem Tisch, der neben dem von Zainab stand.

»Temi hat das Buch nicht für mich zurückgehalten«, sagte Busola zu Zainab, als sie sich an ihren Platz setzte. »Sie hat es Kanmi gegeben. Kannst du dir das vorstellen? Bin ich etwa nicht ihre beste Freundin?«

»Vielleicht hat Kanmi sie schon vor heute gefragt?«, wandte Zainab ein.

»Hat er nicht! Aber selbst wenn, ist das etwa richtig? Ich bin Temis Freundin, sollte ich das Buch nicht als Erste lesen? Sie weiß, dass ich schnell bin. Bin ich normalerweise nicht immer die Erste, die die Bücher liest? Will Temi sagen, wenn ich mal eine Minute nicht da bin, kann sie ein Buch nicht für mich zurückhalten, oder was?«

Zainab legte einen Arm um Busola und drückte ihre Schulter. »Wieso sagst du ihr nicht, wie du dich fühlst?«

»Nur weil ich … weil ich nicht … weil –« Busola schloss die Augen, um die Tränen zurückzuhalten, die ihr schon den ganzen Tag zu kommen drohten, und atmete tief ein. Sie durfte nicht in der Klasse weinen, schon gar nicht während einer Freistunde, wenn jemand sie eine Heulsuse nennen konnte und ihr der Spitzname danach für immer anhängen würde. Sie würde zeichnen. Das beruhigte sie immer. Sie schüttelte Zainabs Hand ab und zog ihr Schmierheft aus dem Stapel Notizbücher auf ihrem Tisch.

Unfassbar. Was für eine Farce. Erst als Vierte an der Reihe. Nicht als Erste oder auch nur als Zweite. Als Vierte – *Vierte*.

Unglaublich. Sie blätterte durch das Schmierheft, bis sie zu dem Teil kam, in den sie die Wörter schrieb, die sie erst vor Kurzem gelernt hatte. Sie fuhr mit dem Finger über die Seite, bis sie bei »Farce« angekommen war. Dahinter stand ein Doppelpunkt, aber noch keine Bedeutung. Sie brauchte ein Wörterbuch. Ein *Oxford Advanced Learner's* oder das *Longman*. Das war der erste Punkt auf der Bücherliste, die sie ihrem Vater gegeben hatten, nachdem sie die allgemeine Aufnahmeprüfung bestanden hatte, aber ihre Eltern kauften ihr nicht einmal ein ganz normales Taschenwörterbuch, und sie hatte jetzt schon fast die Hälfte des zweiten Schuljahrs auf der weiterführenden Schule hinter sich. Sie blätterte eine weitere Seite um. Obwohl sie nicht mehr genau wusste, was genau das Wort bedeutete, war es immer noch eine Farce, dass sie erst als Vierte *Death is a Woman* lesen durfte. Nach Kanmi, nach Mojeed und jetzt auch noch nach Sunday. Und alles nur, weil sie ihre Schulgebühren nicht bezahlt und beschlossen hatte, sich im Wald zu verstecken, bis Mr. Bisade zum anderen Schulgebäude aufgebrochen war.

Busola und Temi waren seit der Grundschule Klassenkameradinnen und in den Grundschulklassen drei bis fünf sogar Sitznachbarinnen gewesen. Sie hätten jetzt beste Freundinnen sein können, aber als Zainab Temi gefragt hatte, wer ihre beste Freundin sei, als sie letzte Woche von der Morgenversammlung zurück zu ihrer Klasse gegangen waren, hatte Temi Busola angefunkelt und »Jesus« gesagt. Temi war eine Lügnerin und Schummlerin, die Busola manchmal ohne Grund den Ellbogen in die Seite stieß, aber nichts davon spielte eine Rolle, weil Temis Vater gebrauchte Bücher an Studenten des College of Education verkaufte und weil sie dementsprechend eine Menge Bilderbücher und Romane besaß. Sie hatte alles: Ladybird-Bücher, Enid Blyton, Pacesetter-Bücher, gekürzte Dickens-Romane, die African Writer' Series. Temi behauptete sogar, es gebe einen Stapel von Mills & Boon-Ausgaben, den sie gelesen hatte, jedoch erst in die Schule mitbringen wollte, wenn sie in die Oberstufe gingen, aber das war vermutlich gelogen. Busola wusste, dass Temi kein Interesse an Büchern hatte. So hatte Busola Temi die Ladybird-Märchen laut vorgelesen, damit Temi ihren Eltern den Inhalt erzählen konnte, um zu beweisen, dass sie die Bücher, die ihr Vater ihr schenkte, auch las.

Schon seit der Grundschule hatte Temi an jedem zweiten Montag ein neues Buch dabeigehabt. Direkt nach der Morgenversammlung wedelte sie damit in der Luft, und interessierte Mitschülerinnen und Mitschüler eilten zu ihrem Tisch. Gemeindemitglieder, die dem Aufruf zum Gottesdienst folgten. Busola war immer die Erste, die sich die Ausleihe sicherte. Sie kam normalerweise mit Temi von der Morgenversammlung zurück und wartete am Tisch ihrer Freundin, während diese ihre Tasche öffnete, um das Buch herauszunehmen.

Eine gute Freundin hätte die Ausleihe für Busola reserviert, obwohl sie heute die Morgenversammlung geschwänzt hatte. Eine gute Freundin hätte *Death is a Woman* zurückgehalten, bis Busola sich in die Klasse geschlichen hätte. Besonders weil es ein Pacesetter-Buch war, das alle lesen wollten. Niemand war vor zwei Wochen an *Die Schönen sind noch nicht geboren* interessiert gewesen oder an *Große Erwartungen* im letzten Schuljahr. Aber wenn sie einen Pacesetter-Roman mitbrachte, verwandelten sich plötzlich alle in Leseratten. Nun konnte der blöde Kanmi, der Temi manchmal wegen ihrer Säbelbeine auslachte, das Buch genießen, während Busola in den nächsten paar Tagen nichts zu lesen hatte als ihr eigenes Schmierheft. Das oder *Sugar*

Girl, das einzige Buch, das sie selbst außer ihren Schulbüchern besaß.

Busola hatte *Sugar Girl* schon so oft gelesen, dass sie sicher war, Ralia, das Sugar Girl, sofort in einer Menge erkennen zu können, wenn sie aus den Buchseiten herausgetreten wäre. So wusste sie zum Beispiel, dass Ralia eine gute Freundin geworden wäre, wenn sie in ihre Klasse gegangen wäre. Ralia, mit all den Mühseligkeiten in ihrem Leben, hätte verstanden, dass Busola gerade heute, nachdem sie sich stundenlang versteckt hatte, um nicht mit den anderen Schuldnern nach Hause geschickt zu werden, nicht nur etwas lesen wollte, sondern ein Buch in ihren Händen halten *musste*.

Mühseligkeiten. Busola blätterte in ihrem Schmierheft, bis sie das Wort fand. Sie hatte vor zwei Wochen die Bedeutung dahintergeschrieben. Ja, wie Ralia war auch sie mühselig oder hatte Mühseligkeiten. Was war korrekt? Sie würde Hakeem fragen, wenn sie ihn auf dem Heimweg traf. Manchmal ging er mit Busola und Eniola nach Hause. Hakeem gab ihr gern sein Wörterbuch, damit sie Wörter nachschlagen konnte. Er beschwerte sich nie darüber, wie lange er vor Busolas Haus warten musste, während sie die Bedeutungen herausschrieb. Er würde verstehen, warum sie die Sache mit dem Buch so ärgerte. Ihr eigener Bruder würde ihr nur sagen, sie solle warten, bis sie an der Reihe sei, wie jeder normale Mensch, als wäre es ungewöhnlich, etwas sofort lesen zu wollen. Aber Hakeem? Hakeem verstand sie und kannte meist schon alle Wörter, die sie gerade erst gelernt hatte. Sie zeigte ihm von Zeit zu Zeit ihr Schmierheft, damit er bestätigen konnte, dass sie die neuen Worte in den Beispielsätzen, die sie sich selbst ausdachte, richtig benutzt hatte. Aber obwohl sie sich fast sicher war, dass er nicht über ihre Zeichnungen lachen würde, zeigte sie ihm nur den Teil ihres

Schmierhefts mit den Wörtern. Die Teile mit den Pflanzen und Tieren zeigte sie niemandem.

Busolas Mutter hatte ihr zu Beginn des Schuljahrs zwei Schmierhefte gegeben. Während sie das erste so benutzte, wie ihre Mutter es vorgesehen hatte, um sich beim Lernen Notizen zu machen, behielt sie das andere als persönliches Notizbuch. Sie zeichnete einen Schädel auf die Vorderseite und schrieb darunter: NUR FÜR BUSOLAS AUGEN – NICHT AUFSCHLAGEN. Im ersten Teil ging es um Büsche, Bäume und Früchte, die sie im Wald hinter der Schule sah. Busola wusste, dass ihre Eltern glaubten, der Schulweg durch das dichte Unterholz mache ihr Angst, aber so war es nicht. Wenn sie nur auf sie hören und Eniola nicht ständig sagen würden, er solle sie den ganzen Weg begleiten und anschließend allein zu seinem Gebäude zurückgehen. Eniola sagte nie etwas, aber daran, wie schnell er einen Fuß vor den anderen setzte, sodass sie kaum den Boden zu berühren schienen, merkte sie, dass es ihm schon Angst machte, das kleine Wäldchen zu durchqueren, das seinen Teil der Schule von ihrem trennte.

Einige ihrer Klassenkameraden hatten ebenfalls Angst, aber viele, wie Temi und Zainab, erkundeten auch gern den Wald, um nach Früchten zu suchen. Bis jetzt hatten sie einen Orangenbaum, mehrere Mangobäume, einen Guavenbaum und erst kürzlich zwei Agbalumo-Bäume entdeckt. Busola beschrieb alle Bäume in ihrem Schmierheft, notierte ihre Größe, gefolgt von der Form der Blätter und zum Schluss den Geschmack der ersten Früchte, die sie pflückte. Sie besuchte die Bäume auch dann noch, wenn sie keine Früchte mehr trugen, schrieb ihre Beobachtungen im Licht auf, das durch die Zweige fiel. Während ihre Freunde immer bestimmte Orientierungspunkte im Auge behielten – Bäume mit seltsamen Einbuchtungen, ein Fleck Erde voller verfaulender Früchte und summender Fliegen –, damit sie sich nicht zu weit von der Lichtung entfernten, auf der ihr Schulgebäude stand, wäre Busola am liebsten endlos durch den Wald gestreift. Seine unbekannten Tiefen jagten ihr keine Angst ein, sie lockten sie. Alles, was sie schon gesehen hatte, das ständige Rascheln und Zwitschern, die Mischung aus Feuchtigkeit, Reife, Fäulnis und Grün, die sie einatmete, wenn sie von Bäumen umgeben war, versprach noch mehr Wunder, die entdeckt werden wollten.

Als ihre Mutter an jenem Morgen darauf bestanden hatte, dass sie zur Schule ging, obwohl kein Naira der Schulgebühren bezahlt worden war, marschierte Busola direkt ins Dickicht, nachdem sie Temi und Zainab verraten hatte, wo sie hinwollte. Zum wahrscheinlich allerersten Mal streifte sie nicht umher. Stattdessen setzte sie sich auf die Wurzeln eines Baumes, dessen Namen sie nicht kannte, und wartete, während die Stunden quälend langsam verstrichen, jede so lang wie ein Jahrzehnt.

Vielleicht hätte sie sich besser gefühlt, wenn die gelbliche Schlange vorbeigekrochen wäre. Darauf hatte sie gehofft, obwohl sie wusste, dass sie dieses spezielle Tier wohl nie wieder sehen würde. Die gelbliche Schlange war etwas Besonderes für sie; sie war der Grund gewesen, warum sie im letzten Schuljahr beschlossen hatte, jemand zu werden, der sein Leben damit verbrachte, durch Wälder zu streifen und zu beschreiben, was sie dort sah.

Später hatte Hakeem ihr erklärt, sie bräuchte nur Forstwirtschaft an der Universität zu studieren, der Rest sei einfach. Er hatte ihr geholfen, das zu benennen, was sie sich wünschte, als sie ihm davon erzählt hatte, aber alles hatte mit der Schlange angefangen. An dem Tag, als Busola die gelbliche Schlange sah, hatte Temi in der kurzen Pause etwas gesagt, was Busola fast zum Weinen gebracht hätte. Sie war in den Wald gerannt. Fort von dem Schulhof, wo Temi und die anderen Mädchen Ten-Ten spielten, vorbei an den Jungen, die in das Gras am Waldrand pinkelten, immer weiter, bis das Blätterdach über ihr nur noch dünne Sonnenstrahlen durchließ. Busola näherte sich einem Mangobaum, als sie die Schlange sah, die sich um einen anderen Baum gewickelt hatte. Sie stand ganz still, atmete so leise wie möglich und beobachtete, wie das Tier den Stamm hinaufkroch und zwischen den Zweigen verschwand. Sie zählte die Farben der schimmernden Haut. Grün, schwarz und jenes leuchtende Gelb, das sie noch nirgendwo sonst gesehen hatte.

Nach der Schule hatte sie Hakeem gefragt, wie jemand, der Wälder studierte, genannt wurde, und als sie nach Hause kam, erklärte sie ihrem Vater, sie wolle Forstwirtschaft studieren. Es war eine der wenigen Gelegenheiten gewesen, bei denen sie erlebt hatte, dass ihr Vater laut wurde. Er stand hoch aufgerichtet vor ihr und schrie, sie werde Ärztin oder Ingenieurin werden, verkündete, sie werde ihr Leben nicht verschwenden so wie er. Während ihre Mutter ihn anflehte, verließ sie den Raum. Sie setzte sich vors Haus, wünschte, sie könnte Hakeem besuchen, aber das durfte sie nicht, weil er ein Junge war. Sie hatte schon Brüste, obwohl sie erst in Kürze dreizehn wurde. Kieselsteinkleine Brüste, aber trotzdem. Sie zeichneten sich unter ihrer Bluse ab und schmerzten, wenn sie damit gegen etwas stieß. Ihre Mutter hatte mit ihrer »Spiel-nicht-mehr-mit-Jungs«-Kampagne angefangen, als sie sie bemerkt hatte. Hakeem hätte die Antwort auf die Frage geben können, die ihr Vater ihr zugeschrien hatte: »Wer wird dich einstellen?«

Ihr Vater irrte sich. Sie wusste nicht genau, was er studiert hatte, aber es war definitiv nicht Forstwissenschaften gewesen. Also was wusste er schon darüber? Wie konnte jemand, der Augen im Kopf hatte, glauben, Zeit im Wald zu verbringen hieße, sein Leben zu verschwenden? Allein schon der Boden, auf dem sie ging, war anders, ständig in Bewegung. Lebendig, mit sich windenden Würmern, knorrigen Wurzeln dick wie Yams, Ranken, die sich aus der Erde ans Licht schoben. Ihr Vater war ein seltsamer, stiller Mann. Ihre Mutter und Eniola behaupteten, früher sei er anders gewesen, aber es fiel Busola immer schwerer, das zu glauben.

Natürlich tauchte die Schlange an jenem Morgen, als Busola darauf wartete, dass die Versammlung und die ersten beiden Stunden vorbei waren, nicht auf, doch sie sah ein Eichhörnchen, das sie zum Lachen brachte. Sie schlug ihr Schmierheft in der Mitte auf, wo sich ihre Zeichnungen zusammendrängten, damit ihr nicht zu schnell der Platz ausging. Nachdem sie eine Weile an dem Radiergummi auf ihrem Bleistift geknabbert hatte, begann sie, das Eichhörnchen zu zeichnen, das sie an jenem Morgen dabei beobachtet hatte, wie es sich in den Büschen versteckte. Ihre Blicke waren sich flüchtig begegnet, bevor es hinter einem Strauch verschwand, doch Busola konnte sich erinnern, dass ein paar Grashalme wie ein Kinnbart an seiner Schnauze gehangen hatten. Sie hatte laut aufgelacht, was das Tier erschreckte und ihm ihre Anwesenheit verriet. Als Zainab nach den ersten beiden Unterrichtsstunden gekommen war, um sie zu holen, hatte sie Busola am Baumstamm sitzend vorgefunden, wo sie, das Schmierheft auf dem Knie, versuchte, den Schwanz des Eichhörnchens zu zeichnen. Busolas Zeichnungen waren hässlich. Ihre Hühner sahen aus wie Moskitos, ihre Eichhörnchen wie Ratten. Das hinderte sie nicht daran, jeden Tag neue anzufertigen. Es beruhigte sie und lenkte sie von Problemen ab. Was machte es schon, dass Zainab lachte, wann immer sie einen Blick auf diese Seite in ihrem Schmierheft erhaschte? Wenn sie sich im Moment auf das Eichhörnchen konzentrieren könnte, das sie heute Morgen gesehen hatte, und Striche ziehen könnte, die sie an den Gras-Kinnbart erinnerten, wäre alles in bester Ordnung. Doch sie konnte sich nicht konzentrieren. Temi war schon immer ein bisschen gemein gewesen, aber seit zwei Wochen verhielt sie sich so, als wären sie keine richtigen Freundinnen. Zainab hatte ihr die Beste-Freundin-Frage gestellt, nachdem Busola ihre Mutter erstmals herumgeführt hatte, als wäre sie blind. Sie waren zum Roundabout Busstop gegangen und in der Nähe der Union Bank stehen geblieben. Vielleicht hatte Temi sie irgendwo gesehen? Vielleicht hatte sie Busola trotz der improvisierten Kopfbedeckung erkannt, die zu tragen ihre Mutter sie gezwungen hatte?

Busola schlug ihr Schmierheft zu und stand auf. Kanmi saß zwei Reihen vor ihr, und weil er so klein war und Bücher beim Lesen hochhielt, konnte sie sehen, wie weit er war, wenn sie den Hals reckte. Er war auf Seite neun. Seite neun! Busola sank wieder auf ihren Platz. Seit heute Morgen, und erst auf Seite neun.

Temi hatte gesagt, dass sie ihm das Buch heute nach der Morgenversammlung gegeben hatte. Das war noch vor der ersten Stunde gewesen; die vierte Stunde, die sie montags freihatten, war schon halb vorbei, und er war noch nicht über Seite neun hinausgekommen. Sie wäre schon auf Seite fünfundzwanzig gewesen, wenn die zweite Stunde vorbei war. Sie hatte die Kunst, während des Unterrichts Romane zu lesen, ohne erwischt zu werden, schon vor langer Zeit perfektioniert. Hätten ihre Eltern nur die Schulgebühren bezahlt, dann hätte sie sich nicht vor den Lehrern verstecken müssen, die die ersten beiden Unterrichtsstunden gaben.

Busola spürte, wie jemand an ihrer Bluse zupfte.

»Ich sagte, ist das nicht deine Mutter?« Zainab deutete in Richtung Tür.

Busola schaute zur Tür hinüber, sicher, dass Zainab sich irren müsse. Doch ihre Mutter stand an der Schwelle und suchte die Klasse nach Busola ab.

Einen wilden Augenblick lang dachte Busola, ihr Vater sei gestorben. Ihr Vater wirkte oft leicht überrascht und enttäuscht, wenn er aufwachte. Mehr als einmal fragte sie sich, ob er so viel Zeit im Bett verbrachte, weil er hoffte, sich einen Weg aus dieser Welt zu schlafen. Sie schloss die Augen und versuchte, sich das Zimmer ins Gedächtnis zu rufen, das ihre Familie Zuhause nannte, so, wie es an jenem Morgen ausgesehen hatte. Wo war ihr Vater gewesen, als sie zur Schule aufgebrochen war? War er wach gewesen? Doch sie konnte ihn vor ihrem inneren Auge nicht sehen, ob schlafend oder wach. Ein Bild des leeren Bettes ihrer Eltern wirbelte ihr durch den Kopf, bis ihr wieder einfiel, wie Mojeeds Vater im Jahr zuvor gestorben war und seine älteste Schwester mitten im Matheunterricht ins Klassenzimmer gekommen war, um ihn zu informieren und mit nach Hause zu nehmen. Busola versteckte ihr Schmierheft unter den anderen Heften und ging zur Tür.

Busolas Mutter stand mit einem Fuß in der Klasse, mit dem anderen draußen. Sie war nicht mehr hier gewesen, seit sie Busola am ersten Tag auf die weiterführende Schule gebracht hatte. Damals war sie auch an der Schwelle stehen geblieben, hatte gezögert, sich im Klassenzimmer umgeschaut und nichts mehr gesagt, nachdem sie einen Lehrer gefragt hatte, wann man Türen und Fenster einbauen würde. Bald, hatte der Lehrer erwidert, sehr bald.

»Sie haben eure Türen und Fenster immer noch nicht in Ordnung gebracht.« Busolas Mutter legte den Arm um sie, zog sie an sich und bugsierte sie in den Flur, der von einem Klassenzimmertrakt zum nächsten führte.

Busola zuckte die Achseln. »Ist alles in Ordnung?«

»Ich hoffe, du guckst immer in deinen Tisch, bevor du dich morgens hinsetzt?«

»Ja, *ma. Baami nko?*«

»Überprüfst du das auch nach allen Pausen?«

»Ja, *ma.* Ich gucke ständig rein. *Baami nko?* Geht's ihm gut?«

»Deinem Vater geht es gut. Sein Rücken tut ihm so weh, dass er heute die Wohnung nicht verlassen kann, aber ansonsten ist alles in Ordnung. Wieso fragst du?«

»Warum bist du hier?«

»Ich bin gekommen …« Busolas Mutter zog ihre Tasche von ihrer Schulter, fischte ein zusammengefaltetes Blatt Papier heraus und gab es Busola. »Ich bin gekommen, um dir die Quittung zu bringen.«

Busola faltete das Blatt auseinander, strich die Falten mit dem Zeigefinger glatt. Siebentausend Naira bezahlt. Mehr als genug, damit sie für den Moment in der Schule bleiben konnte. Sie schlang die Arme um ihre Mutter und drückte sie fest. Nur noch dreitausend Naira, um den Rest der Gebühren für dieses Schuljahr zu bezahlen.

»Danke, Moomi, vielen, vielen Dank.«

»Kein Grund zu weinen. Wisch dir die Tränen ab.«

Busola berührte ihre Wangen und stellte fest, dass sie tatsächlich feucht waren. Sie hatte gar nicht bemerkt, dass sie weinte.

»Sag mir, wo ist das Büro der Buchhalterin?«

Mrs. Rufai, die Betriebswirtschaftslehre unterrichtete und auch die Buchhaltung der Schule übernahm, hatte kein eigenes Büro. Stattdessen teilte sie sich mit zehn anderen ein Lehrerzimmer am Ende des Klassentrakts. Das Lehrerzimmer war der einzige Raum im neuen Schulgebäude, in dem es Türen und hölzerne Fensterläden gab. Beide standen immer weit offen, und die Tür wurde von einem abgebrochenen Stück Zement offen gehalten, damit sie nicht zuschlug.

Buolas Mutter grüßte alle Lehrer, an denen sie auf dem Weg zu Mrs. Rufais Schreibtisch vorbeigingen. Einige grüßten zurück, andere brummelten etwas in ihren Bart, aber die meisten Erwiderungen gingen im Geräusch von knapp einem Dutzend Fächer unter, mit denen die Anwesenden vergeblich versuchten, die Hitze aus dem engen Raum zu vertreiben.

Mrs. Rufai fächerte sich mit dem herausgerissenen Rückendeckel eines Notizblocks Luft zu, als Busola und ihre Mutter vor ihrem Tisch stehen blieben.

»Guten Tag, *ma*«, sagte Busola und hielt ihr die Quittung hin.

Mrs. Rufai nahm die Quittung entgegen und betrachtete sie einen Moment lang mit zusammengekniffenen Augen, bevor sie Busolas Mutter mit einem kleinen Lächeln ansah. »Das ist nicht die volle Summe.«

»Guten Tag, *ma*. Also sind jetzt nur noch dreitausend für Busola zu zahlen?«

»Ja.« Mrs. Rufai nahm ein Notizbuch vom Rand des Schreibtischs und schlug eine Seite mit einer Tabelle auf.

»Ihr Vater lässt fragen, wann wir den Rest bezahlen müssen?«

»Ähm.« Mrs. Rufai schrieb Busolas Namen in das Notizbuch und kritzelte in Klammern »7000« daneben. Danach sah sie mit gerunzelter Stirn auf, als wäre sie überrascht, dass sie immer noch da waren.

»Meine Mutter wollte wissen –«

»Oh, na schön, ja. Sie kann weiterhin kommen, bis die Prüfungen beginnen. Aber wenn Sie bis dahin nicht die ganze Summe bezahlt haben, darf sie keine davon mitschreiben.«

»Gut, vielen Dank, *ma*«, sagte Busolas Mutter, drehte sich um und ging.

»Warten Sie, einen Moment.« Mrs. Rufai klopfte mit dem Stift auf den Tisch. »Haben Sie nicht noch eins auf dieser Schule?«

Busolas Mutter blieb nicht stehen.

»Für Ihr anderes Kind haben Sie noch nichts bezahlt. Soll ich das Geld zwischen den beiden aufteilen?«, rief Mrs. Rufai.

Busolas Mutter beschleunigte ihre Schritte und blieb erst stehen, als sie schon an mehreren Klassenzimmern vorbeigegangen war.

»Sie hat dich nach Eniolas Schulgebühren gefragt«, sagte Busola, die ihrer Mutter gefolgt war.

»Ich will noch auf den Markt, sollte aber wieder zu Hause sein, wenn du aus der Schule kommst. Wenn nicht, guck im Schrank nach, da ist noch *gari*.«

»Willst du dort …« Busola brachte es nicht über sich, das Wort »betteln« laut auszusprechen. Selbst als ihre Mutter eine ergrauende Augenbraue hochzog, wartete Busola schweigend, bis die Erkenntnis in den Augen ihre Mutter aufblitzte.

»Oh, nein, heute nicht.«

»Hast du Eniola seine Quittung auch schon gegeben?«, fragte Busola.

»Woher soll ich so viel Geld haben? Ich habe deine Gebühren bezahlt. Um Eniolas kümmere ich mich später.«

Busola sah zu, wie ihre Mutter einen unsichtbare Fussel von ihrem Kleid zupfte, und wusste, dass etwas nicht stimmte. Ihre Mutter sah Leuten in die Augen, wenn sie sprach, sie schaute nur beiseite, wenn sie aufgebracht war oder log. »Aber warum teilst du das Geld nicht unter uns auf? Du kannst es Mrs. Rufai immer noch sagen, sie hat dich gefragt, ob du das willst, als –«

»Wenn ich das tue, ist es nicht genug, damit ihr beide in der Schule bleiben könnt.«

»Das ergibt keinen Sinn, wir hatten doch –«

»Was? Ich, ich ergebe keinen Sinn, wie? Vielen Dank, Busola. Weißt du, über das, was du vorschlägst, hatte ich noch gar nicht nachgedacht. Ich kratze das Geld zusammen, damit ich deine und Eniolas Schulgebühren bezahlen kann. Aber nein, es ist mir gar nicht in den Sinn gekommen, dass man das Geld aufteilen könnte. Ich musste darauf warten, dass du mich aufklärst. Vielen Dank auch. Was würde ich ohne deine Weisheit nur anfangen?«

Busola kratzte sich am Kopf. »Es tut mir leid, *ma*. Ich frage nur, weil wir gestern noch neuntausend Naira hatten, vielleicht hättest du noch etwas warten können, bevor du bezahlst, damit für uns beide genug Geld da ist. Ich dachte, das wäre der Plan gewesen?«

»Wir haben dem Vermieter schon zweitausend gegeben.«

»Für Eniola ist nichts mehr übrig?«

»Sprich leiser. Wo hätten wir heute Nacht schlafen sollen, wenn wir dem Vermieter das Geld nicht gegeben hätten?« Sie deutete auf Busolas Klassenzimmer. »Auf dem Boden in diesem unfertigen Gebäude?«

»Aber es ist nicht fair, nur meine Gebühren zu bezahlen.«

Busolas Mutter seufzte. »Wir mussten dem Vermieter etwas geben, verstehst du? Keine Sorge, um Eniolas Gebühren kümmern wir uns bald.«

»Willst du damit sagen, ich bleibe auf der Schule, und er wird nach Hause geschickt?«

»Geh zurück und hör auf, mir Löcher in den Bauch zu fragen.« Sie wedelte mit den Armen, um Busola zu bedeuten, sie solle in ihre Klasse gehen.«

Busola verschränkte die Arme und versperrte ihrer Mutter den Weg. Wenn sie es laut aussprach, würde ihre Mutter ihr Respektlosigkeit vorwerfen, aber tatsächlich hatten sie alle gemeinsam gebettelt und das Geld zusammengekratzt. Sollten sie nicht alle mitbestimmen dürfen, wie es ausgegeben wurde? Eniola war am Vortag sogar allein betteln gegangen. Er hatte am Sonntag ohne Hilfe fast zweitausend Naira eingenommen. Und jetzt gaben ihre Eltern nichts davon für seine Schulgebühren aus? Eniola, der vorgeschlagen hatte, dass sie sich heute Morgen versteckte, damit sie am Nachmittag zumindest bei ein paar Unterrichtsstunden mitmachen konnte. Ihr großer, schwerfälliger Bruder, den in der Schule fast niemand Eniola nannte. An guten Tagen riefen seine Schulkameraden ihn Unity, wenn sie besonders laut über ihn lachen wollten, *agunmanye*. Seit sie den zweiten Spitznamen zum ersten Mal gehört hatte, hatte sie viel darüber nachgedacht. Eniola konnte nichts dafür, dass er der größte Junge in seiner Klasse war. Und überhaupt, wie sollte er seinen Kumpels nicht hirnlos vorkommen, wo er doch meist zwei Wochen oder sogar einen ganzen Monat pro Schuljahr zu Hause blieb, weil ihre Eltern die Schulgebühren erst nach dem ersten Halbjahr bezahlen konnten?

»Das ist nicht fair.«

»Ich sagte, wir bezahlen sie bald.«

»Bald heißt nie, oder sag mir, wann. Nächste Woche? Morgen? Dieses Wochenende? Wollt ihr wieder bis nach dem ersten Halbjahr warten? Bis dahin müssten wir die erste Prüfung schreiben.«

»Ich weiß nicht, Olubusola, lass mich vorbei. Ich habe heute noch mehr zu erledigen.«

»Du weißt, dass sie ihn wegen der Schulgebühren fester schlagen als mich? Die älteren Schüler bekommen mehr Schläge. Das hat Mr. Bisade uns selbst gesagt. Sie haben ihn wahrscheinlich auch heute Morgen wieder verprügelt, weißt du, er hat an seiner Schule keinen Ort, wo er sich verstecken kann, und ihr habt ihn heute zur Schule geschickt.«

»Wir bezahlen seine Gebühren bald.«

»Wann? Wann wollt ihr bezahlen? Mr. Bisade schlägt mich erst seit zwei Schuljahren, und ich habe es satt. Eniola macht das schon seit Jahren durch. Seit Jahren, und ihr wollt nichts dagegen unternehmen.« Busola hielt ihrer Mutter den Zeigefinger vors Gesicht. »Hast du letzte Woche seinen Rücken gesehen? Willst du, dass sie ihm das wieder antun, hm? Morgen zwingt ihr ihn, wieder herzukommen, und –«

»Na schön, er kommt nie wieder in diese Schule, hörst du? Niemand zwingt ihn hierherzukommen. Er geht woanders hin. Öffentliche Schulen sind umsonst, also müssen wir uns auch keine Sorgen um die Schulgebühren machen. Bist du jetzt zufrieden?«

Mit diesen Worten schob Busolas Mutter sich an ihr vorbei und ging.

15

Eniola hörte durchdringende Schreie aus der Nachbarklasse und überlegte, ob er gehen sollte. Trotz der Worte seiner Mutter gab es keinen Grund dafür, dass er wie ein Idiot hier sitzen blieb und darauf wartete, dass Mr. Bisade hereinkam und ihn verprügelte. Er hatte in den letzten Wochen genug Bestrafungen erduldet, in dem Wissen, dass er weiter am Unterricht teilnehmen durfte. Heute würden die Schläge von der barschen Aufforderung begleitet werden, das Schulgelände zu verlassen. Und wenn er ihr nicht schnell genug nachkam, würde der Direktor ihn durch die Klasse jagen und ihn schlagen, sobald er in Reichweite seines Stocks oder seiner Peitsche kam. Sie würden im Kreis herumrennen, bis es Eniola endlich gelang, seine Sachen einzusammeln und zum Ausgang zu flüchten. Beides würde durch die Tatsache verkompliziert werden, dass er damit beschäftigt wäre, sich mit beiden Händen den wunden, blutenden Rücken zu reiben. Außerdem ließ sich nicht vorhersagen, auf welchem Teil seines Körpers der nächste Schlag landen würde, was es schwieriger machte, nicht in Tränen auszubrechen. Und mit verschwommener Sicht sahen auch Wände aus wie Türen. In einem Schuljahr war er ohne seine Tasche nach draußen gerannt, da er sie zweimal fallen gelassen hatte, während er im Zickzack vor Mr. Bisades Peitsche davongerannt war.

Nach der Hälfte seines ersten Jahrs an der Glorious Destiny hatte Eniola sich geweigert, an dem Montag, an dem Mr. Bisades gedroht hatte, säumige Schuldner zu bestrafen, in die Schule zu gehen. Seit Vater war an jenem Vormittag zu irgendeinem Vorstellungsgespräch nach Ibadan gefahren, doch als er ein paar Tage später zurückkam, hatte er sich vor Eniola hingekniet und ihn angefleht, wieder in die Schule zu gehen und im Unterricht zu bleiben, bis man ihm befahl zu gehen. »Auch der kleinste Tropfen Bildung zählt«, hatte er gesagt und die Stirn gegen Eniolas gepresst. »Die Narben werden verheilen, aber das, was du lernst, gehört ein Leben lang dir. Niemand kann dir deine Zeugnisse nehmen.«

An diesem Morgen hatte sein Vater das Bett noch nicht verlassen, als Eniola und Busola zur Schule aufgebrochen waren. Glaubte er immer noch an das, was er damals gesagt hatte, als er noch mit ganzen Sätzen kommunizierte statt mit einsilbigen Antworten oder einem Knurren? Was, wenn er nicht mehr daran glaubte und Eniolas Leid dem Mann, den er zufriedenstellen und stolz machen wollte, nichts mehr bedeutete? Eniola schraubte die Kappe auf seinen Stift, schlug das Erdkundeheft zu und steckte beides in seine Tasche. In seiner Klasse gab es nur eine Tür, die sich neben der Tafel befand. Er konnte nicht gehen, ohne die Aufmerksamkeit von Mrs. Isong auf sich zu ziehen, die gerade etwas an die Tafel schrieb.

In den ersten drei Jahren an der weiterführenden Schule hatte er die Worte seines Vaters leise vor sich hingemurmelt, wenn Mr. Bisade, immer dieser boshafte Mr. Bisade, ihn mit einer Peitsche, einem Stock oder einem Gürtel geschlagen hatte, bevor er ihm befahl, die Klasse und das Schulgelände zu verlassen. In seinem ersten Jahr in der Senior Secondary School hatte er die Worte seines Vaters durch eine Szene in seiner Zukunft ersetzt. In dieser Zukunft war er ein Ingenieur, Arzt oder Politiker, der es sich leisten konnte, einen neuen Mercedes Benz zu fahren. Keinen gebrauchten, sondern einen brandneuen, frisch aus der Fabrik. Und was am wichtigsten war, er war mit einer Frau verheiratet, die Funke Akindeles Zwillingsschwester sein könnte. Eines Tages würde er mit seiner Frau auf dem Beifahrersitz und seinen zwei Kindern auf dem Rücksitz durch heftige Regenfälle an Mr. Bisade vorbeifahren, Regenfälle, bei denen die Leute sich fragten, warum der Himmel nicht darunter zusammenbrach, und er würde ihm nicht anbieten, ihn mitzunehmen. Er brauste an ihm vorbei, ihre Blicke begegneten sich, und Mr. Bisade winkte ihm zu, bat um Hilfe. An Tagen wie diesen stellte er sich meist einen bettelnden Mr. Bisade vor, und die Hoffnung auf Rache machte das ängstlich-gespannte Warten darauf, dass sein Peiniger die Klasse betrat, etwas erträglicher. Aber jetzt funktionierte es nicht. Nicht, als sich die Schreie in der Nachbarklasse in Heulen verwandelten. Es würde wahrscheinlich auch dann nicht wirken, wenn der Schulleiter schließlich ihn verprügelte. Eine Zwillingsschwester von Funke Akindele? Wieso sollte eine so schöne Frau wie Funke mit jemandem zusammen sein wollen, der früher auf der Straße gebettelt hatte? Eniola packte seine Tasche und ging zur Tür. Mrs. Isong rief seinen Namen, als er aus der Klasse marschierte, doch er ignorierte sie und fing draußen im Flur an zu rennen.

Er hatte zwei Möglichkeiten. Er konnte zu Aunty Caros Geschäft gehen. Die ganze Nacht hatte er sich gefragt, wie er Aunty Caro seine Begegnung mit Yeye erklären sollte, falls die Frau beschloss, ihn zu verraten. Yeye hatte ihn erkannt.

Da war er sich sicher. Ihr Fahrer ebenfalls, und wer konnte schon wissen, ob sie Aunty Caro nicht berichten würden, dass er ein Betrüger war? Sie würden es ihr wahrscheinlich erzählen, während Seyi da war. Seyi würde Ahmed erzählen, dass er ein Bettler war. Und wenn Ahmed davon wusste, würde seine ganze Klasse, die gesamte Schule davon erfahren. Sollte Aunty Caro ihn heute Nachmittag zur Rede stellen, wusste er nicht, was er sagen sollte, um sein Gesicht zu wahren. Er ging nach Hause.

Als er dort ankam, lag sein Vater noch im Bett. Eniola zog die Schulsandalen aus und setzte sich aufs Bett. Er räusperte sich, in der Hoffnung, sein Vater würde aufhören, die Wand anzustarren, und mit ihm reden.

»Ich habe nicht darauf gewartet, dass der Direktor in meine Klasse kommt, sondern bin vorher gegangen«, sagte Eniola.

Er hoffte, das würde irgendeine Reaktion hervorrufen, ein »Okay« hätte ihm schon gereicht, doch sein Vater gab nur ein Seufzen von sich. Das Geräusch traf Eniola wie eine Ohrfeige, und er hatte das Gefühl, jeden Moment vor Zorn explodieren zu müssen. Hier war er nun, lange vor dem Mittag zu Hause, und sein Vater sagte nicht ein Wort dazu. Keine Entschuldigung dafür, dass die Schulgebühren nicht bezahlt worden waren. Keine Fragen, an wie vielen Unterrichtsstunden er hatte teilnehmen dürfen, bevor er die Schule verlassen musste. Keine Reaktion auf seine Entscheidung zu gehen, bevor er weggeschickt wurde.

Wäre seine Mutter zu Hause, hätte sie ihm sofort versichert, dass alles gut werden würde, dass die Schulgebühren bezahlt würden und er bald wieder in die Schule ginge. Busola versteckte sich für einen Großteil des Vormittags in den Büschen. Seine Mutter war wahrscheinlich unterwegs, um irgendwo noch Geld für seine Schulgebühren aufzutreiben. Und während alle um ihn herum litten und sich abstrampeln mussten, blieb sein Vater einfach im Bett. Eniola presste die geballte Faust gegen die Matratze und dachte an Mr. Olabode, der von der Decke hing, angezogen, als wollte er zur Arbeit gehen, mit einem Gürtel und Schuhen, die zu seiner braunen Krawatte passten. Nach ein paar Minuten spürte er, wie der Zorn der Angst wich, seinen Vater zu verlieren.

»Ich muss noch mal weg, Sir«, sagte Eniola.

Ein weiteres Seufzen, gefolgt von etwas, das wie »also gut« klang.

Eniola zog sein Schulhemd und die beiden T-Shirts aus, die er darunter getragen hatte, um Mr. Bisades Schläge abzumildern. Seine Mutter hätte ihn gefragt, wo er hinwollte. Sie hätte ihn nie von zu Hause fortgehen lassen, ohne sein Ziel zu kennen. Eniola machte sich nicht die Mühe, sich zu verabschieden, als er das Zimmer verließ, knallte jedoch die Tür. Auf dem Weg zu *Time Wait for No. 1* probierte er mögliche Erklärungen für seine Begegnung mit Yeye aus und verwarf sie wieder, denn keine der Lügen, die ihm einfielen, klang überzeugend, als er sie vor sich hin flüsterte.

Aunty Caro zeigte Seyi gerade, wie man einen Plisseerock nähte, als Eniola den Laden betrat. Maria saß über eine andere Nähmaschine gebeugt da und trat fleißig aufs Pedal.

»Ah, da bist du ja, ich habe auf dich gewartet«, sagte Aunty Caro, als sie aufsah und Eniola entdeckte.

»Guten Tag, *ma*«, sagte Eniola.

Aunty Caro nickte. »Du erinnerst dich an die Kundin, die manchmal herkommt? Yeye?«

Eniola ging an Marias Nähmaschine vorbei zu einem Tisch mit fertigen Kleidungsstücken, die gebügelt werden mussten.

Aunty Caro steckte eine Stecknadel in den karierten Stoff. »Sie hat gesagt, sie hat dich gestern gesehen.«

Eniola packte den Tisch mit beiden Händen. Er sah Aunty Caro direkt an und schüttelte den Kopf. Wenn er so tat, als wüsste er nicht, wer Yeye war, konnte er vielleicht behaupten, was sie über ihn gesagt hatte, sei nicht wahr, ohne eine von Aunty Caros Lieblingskundinnen eine Lügnerin zu nennen. Er würde einfach sagen, sie hätte sich geirrt.

»Du kennst sie doch«, sagte Seyi und stützte die Hand in die Hüfte.

»Woher willst du das wissen? Kannst du mir in den Kopf gucken?« Eniola nahm eine Bluse und faltete sie zusammen.

»Du musst die Bluse erst noch bügeln«, sagte Maria, ohne von der *buba* aufzusehen, an der sie gerade arbeitete.

»Sie war doch erst vor Kurzem hier«, sagte Aunty Caro. »Wie auch immer, du musst dich bei ihr bedanken. Vielleicht, wenn sie demnächst mal wieder kommt. Weißt du, sie war heute Morgen da und hat gesagt, sie will deine Lehrgebühr bezahlen.«

Eniola lehnte sich an den Tisch. »Was?«

»Nicht wahr?«, sagte Maria und klatschte mit dem Handrücken in die andere Handfläche. »Es war, als hätte sie von dir geträumt, wir hatten noch nicht mal den Laden gefegt, als sie kam.«

»Sie hat mich nach deinen Eltern gefragt und so, und ich habe ihr erklärt, dass sie dein Lehrgeld nicht bezahlen können, und da hat sie es bezahlt.«

»Einfach so, in bar.« Maria grinste Eniola an. »Du hast vielleicht ein Glück.«

Seyi schnaubte. »Die Frau hat nur zu viel Geld. Eniola hat sonst nie Glück. Als wir Klassenkameraden waren –«

»Seyi, wenn ich deine Stimme noch einmal höre, gehst du

für heute wieder nach Hause, da du anscheinend ja schon weißt, wie man einen Plisseerock näht«, sagte Aunty Caro. »Und was dich angeht, Eniola, von heute an bekommst du deine eigene Nähmaschine. Wir überlegen, welche, wenn ich hiermit fertig bin.«

Eniola verzog das Gesicht zu etwas, das, wie er hoffte, einem Lächeln ähnelte. Also hatte Yeye nicht erwähnt, was genau am Vortag passiert war. Vielleicht war sie nicht verärgert, sondern hatte nur Mitleid mit ihm. Er wandte sich von den Frauen ab und suchte unter dem Stapel Kleidung nach Aunty Caros uraltem Bügeleisen. Er zog es heraus und stöpselte es ein.

Er wusste, dass alle von ihm erwarteten, glücklich und dankbar zu sein. Schließlich war das etwas Gutes. Jetzt hatte er Gelegenheit, das Schneiderhandwerk zu erlernen, statt nur Botenjunge zu sein. Vielleicht würde er noch vor Jahresende in der Lage sein, Kleider, Jacken und *agbadas* zu nähen. Er berührte das Bügeleisen mit einem Finger; immer noch kalt. Das Ding brauchte ewig, bis es heiß war. Er behielt das Beinahelächeln bei, obwohl er nicht froh war. Er musste weiterlächeln. Für Aunty Caro, die sich für ihn zu freuen schien, und für Maria, die unaufhörlich in seine Richtung sah und strahlte. Aber er hätte genauso gut noch in seiner Klasse sein und beim kleinsten Geräusch zusammenzucken können, während er darauf wartete, dass Mr. Bisade auftauchte. Alles, was ihn selbst noch wirklich interessierte, war, wie lange seine Eltern brauchen würden, um die Schulgebühren zusammenzubekommen, damit er wieder in die Schule gehen konnte. Er mochte Aunty Caro, und er wusste, dass die Kenntnisse, die er sich hier erwarb, nützlich sein würden, aber was er sich wirklich wünschte, war die Chance, an einer Universität oder zumindest an einer Fachhochschule zu studieren. Definitiv nicht am Lehrerseminar wie sein Vater. Er wäre lieber für den Rest seines Lebens betteln gegangen, als Lehrer zu werden. Gott verhüte, Gott verhüte, dass es dazu kam. Er dachte an die Stoffreste, die er schon seit Monaten sammelte. Vielleicht konnte er bald eine Patchwork-Bluse für Busola nähen. Das würde sie glücklich machen.

»Los, los«, sagte Aunty Caro. »Schnapp dir die *buba* von Maria und fang an, sie zu bügeln.«

»Ja, *ma*.« Eniola ging zu Marias Nähmaschine.

Aunty Caro sah stirnrunzelnd auf. »Sag mal, wo hat sie dich eigentlich getroffen?«

»Wer?« Eniola griff nach der *buba* und eilte zum Bügeltisch zurück.

»Yeye. Sie hat es nicht erwähnt, und ich habe mich gefragt, wo ihr zwei euch über den Weg gelaufen seid.«

Eniola schob den Stapel Kleider beiseite und strich die *buba* vorsichtig glatt, um den Spitzenstoff nicht zu beschädigen.

»Eniola?«

»In der Kirche, *ma*.«

»Ach«, sagte Aunty Caro. »Ich wusste gar nicht, dass ihr dieselbe Kirche besucht.«

Eniola sagte nichts.

»Schnell, schnell. Bügel die *buba*.«

»Ja, *ma*.«

Erneut testete er die Hitze des Bügeleisens mit dem Finger und schrie auf, als es ihm die Haut versengte.

*

Busola ging im Flur auf und ab, als er nach Sonnenuntergang nach Hause kam. Sie rannte zu ihm, bevor er ganz durch die Haustür war.

»Hast du auf dem Heimweg irgendwelche Dreien gesehen?«, fragte Busola. »Hast du sie gezählt?«

»Wovon redest du?« Er konnte ihr Gesicht nicht deutlich erkennen. Es gab zwar Strom, doch der war so schwach, dass die einzige Glühbirne im Flur nicht mehr Licht spendete als eine Kerze.

»Ich habe hinter der Schule im Wald drei Eier gesehen –«

»Nicht das schon wieder, Busola.«

Sie packte ihn am Arm. »Warte, warte, geh noch nicht rein. Moomi ist heute zu mir in die Schule gekommen, um mir die Quittung zu geben, und ich war in der kurzen Pause im Wald, nachdem sie wieder gegangen war, weil sie mir gesagt hat, dass sie deine Gebühren nicht bezahlt hat, und ich war nicht glücklich darüber. Und da habe ich –«

»Sie hat deine Schulgebühren bezahlt, aber meine nicht?«

»Sie hat gesagt, du gehst nie wieder in die Glorious Destiny.«

»Du weißt nicht, was du sagst.«

»Hör zu, sie hat mir gesagt –«

Er schüttelte ihre Hand ab. »Du irrst dich.«

Eniola wusste, dass sie sich nicht irrte, als er sah, wie seine Eltern ihn anlächelten, sobald er ins Zimmer kam. Sie saßen Seite an Seite auf dem Bett, seine Mutter umklammerte das Knie seines Vaters, und Eniola konnte sich nicht erinnern, wann er seinen Vater zuletzt hatte lächeln sehen.

»Willkommen, Eniola«, sagte sein Vater. »Wie geht es dir?«

Eniola trat einen Schritt zurück und stieß gegen Busola.

Seine Mutter stand auf. »Möchtest du etwas essen?«

»Was ist hier los?«, fragte Eniola. »Warum benehmt ihr euch so komisch?«

Seine Mutter ging zum Vorratsschrank, öffnete einen Topf, und ihm entstieg ein köstlicher Duft nach gemahlener Paprika und Flusskrebs, die dem Jollof-Reis ihr besonderes Aroma verliehen. Jollof-Reis hatte sie zuletzt für ein Weihnachtsfest gekocht, das so lange zurücklag, dass er sich nicht mehr erinnern konnte, wann genau es gewesen war. Jetzt bot sie ihm einen dampfenden Teller mit seinem Lieblingsgericht an, noch bevor er sich die Schuhe ausgezogen hatte. Genau wie er es mochte, gekrönt von einem großen *ofooro*. *Ofooro?* Wann hatten sie zuletzt irgendeine Art von Fisch gegessen? Und wieso bekam er einen ganzen *ofooro* für sich?

Eniola ging an seiner Mutter vorbei zu seinem Vater. »Busola hat gesagt, ich gehe nicht mehr auf die Glorious Destiny.«

»Eniola, das hat Busola von mir. Schrei nicht so, lass deinen Vater in Ruhe, lass ihn –«

»Ich habe nicht mit dir geredet. Ich habe ihm eine Frage gestellt.«

»Bitte, werde nicht laut. Du weißt, dass wir in letzter Zeit viele Probleme hatten. Mit den Schulgebühren, der Miete, mit allem. Wir glauben einfach nur, wir sollten den Druck auf uns alle etwas verringern. Sieh mich an, Eniola, bitte, sieh her. Sie schlagen dich ständig, du hast nicht mal Zeit, alle Unterrichtsstunden zu besuchen. Bevor wir deine Schulgebühren bezahlen können, ist ein weiterer Monat um, und dann haben deine Klassenkameraden die Prüfungen schon geschrieben.«

Er war zweimal laut geworden, aber seine Mutter hatte ihn noch nicht aufgefordert, den Mund zu halten. Stattdessen hielt sie ihm immer noch den Teller hin, redete, als hätte sie keinerlei Absicht, ihm zu sagen, er solle seinen Vater nie wieder anschreien. Ihre Ruhe beunruhigte ihn. »Was willst du damit sagen?«

»Dein Vater hat eine Freundin an der United, eine ehemalige Kollegin. Er ist heute Vormittag dort gewesen, um mit ihr zu reden, und sie sagen, du kannst nächste Woche dort anfangen.«

Eniola trat dichter an seinen Vater heran. »Anfangen? Wo?«

»An der Schule, der United Grammar School«, sagte seine Mutter.

»Hör auf, für ihn zu sprechen. Lass ihn selbst reden, soll er den Mund aufmachen und etwas sagen. Er hat seinen Job verloren, nicht seine Stimme.«

»Bitte, geh deinen Vater nicht so hart an.«

»Welchen Vater? Ist das da ein Vater?« Eniola spürte, wie seine Mutter ihm die Hand auf die Schulter legte, doch er drehte sich nicht zu ihr um. Er beugte sich vor, sah seinem Vater ins Gesicht und schrie, so laut er konnte. »Jetzt sprich, sag was!«

»Du musst nicht mal eine Aufnahmeprüfung ablegen«, sagte sein Vater.

Eniola packte seinen Vater beim Kragen. Der Finger, den er sich an Aunty Caros Bügeleisen verbrannt hatte, pulsierte. Anfangs spürte er nur Schmerz, als hätte er das Eisen noch einmal angefasst. Als würde die Enttäuschung über all die gebrochenen Versprechen seines Vaters – und über die Sache mit der Unity und der Glorious Destiny School – gegen die Haut dieses Fingers pressen und sich in seinem Körper ausbreiten. Dann spürte er, wie der Zorn unter seiner Haut pochte, in seinen Kopf ausstrahlte. United war die öffentliche Schule in der Umgebung, die ihnen am nächsten lag, der Name war die Abkürzung eines längeren Namens, den zu merken er keine Lust hatte. Sein Vater schien nicht geschockt über die Hand zu sein, die seinen Kragen gepackt hatte; seine Lippen waren zwar leicht nach unten verzogen, doch er wirkte fast erleichtert. Hatte er erwartet, dass dieser Tag kommen würde?

»Eniola, bitte hör auf, lass ihn los«, sagte Busola.

Eniola beschwor vor seinem inneren Auge Bilder von Mr. Olabodes Selbstmord herauf, verspürte jedoch keinen plötzlichen Anflug von Mitleid für seinen Vater, keine Furcht, selbst am darauffolgenden Tag nach Hause zu kommen und den Körper seines Vaters von der Decke hängend vorzufinden. Es gab in dieser elenden Bude keinen Ventilator. Wenn sein Vater diese Welt verlassen wollte, musste er auf Gift oder irgendetwas anderes zurückgreifen. Und wäre das nicht besser für alle? Seine Mutter wäre eins der Mäuler los, die sie stopfen musste. Vielleicht würde sie noch einmal heiraten. Einen besseren Mann. Jemand, der nicht zu Hause hockte, während seine Familie auf der Straße betteln musste, um zu überleben.

»Eniola, bitte, bitte«, schrie Busola. »Moomi, jetzt sag doch etwas.«

Er ließ los, entsetzt, wie schnell die Gedanken sich in seinem Kopf abspulten. Er schlug mit der Faust in seine Handfläche und wandte sich von seinem Vater ab. Seine Mutter stand ihm im Weg, hielt ihm immer noch den Teller mit Reis hin. Er nahm ihn ihr weg und warf ihn quer durchs Zimmer, sodass der Reis sich überall verteilte. Der Teller traf eine Wand und landete neben Busola, die auf der Matratze saß, das Gesicht in die Hände gelegt hatte und schluchzte.

Seine Mutter ging ihm aus dem Weg, und er empfand einen Anflug von Angst, der sich auflöste, als er auf sie hinunterschaute. Was konnte sie schon tun? Er war größer und stärker als sie, und das schon seit Jahren. Wieso ließ er sich weiterhin von ihr sagen, was er tun sollte? Er hatte immer auf sie gehört. Seit ihm klar war, wie nutzlos sein Vater geworden war, hatte er alles in seiner Macht Stehende getan, um ihr das Leben zu erleichtern, und nun, wo es darauf ankam, hatte sie sich für Busola statt für ihn entschieden. Eniola blieb die Luft weg, als hätte er einen Schlag gegen den Hals bekommen.

»Eniola, setz dich. Lass uns darüber reden«, sagte seine Mutter.

Eniola schüttelt den Kopf. Er wollte etwas sagen, fürchtete jedoch, in Schluchzen auszubrechen, sobald er den Mund aufmachte. Die beiden Glühbirnen im Zimmer flackerten, als würde bald wieder die volle Menge Strom fließen.

»Ich bin kein bisschen wütend, setz dich einfach nur hin. Lass uns reden.«

Welches Recht hatte sie, auf ihn wütend zu sein, obwohl sie das Geld, für das er geschuftet hatte, nur für seine Schwester ausgab? Eniola ging zur Tür. Sie würde ihm nicht mehr sagen, was er tun sollte. Nie wieder. Das Licht flackerte, als er in den Flur hinaustrat.

»Wo hast du letzte Nacht die Lampe hingestellt? Eniola?«

Er schloss die Tür hinter sich und blieb einen Moment still stehen, damit seine Augen sich an die Dunkelheit gewöhnen konnten. Vor dem Haus war eine lange Bank festgenagelt worden, bevor sie eingezogen waren. Er suchte sich tastend den Weg und setzte sich. Kurz darauf hörte er Schritte im Flur, sah jedoch auch dann nicht auf, als er spürte, wie seine Mutter sich neben ihn auf die Bank setzte.

Sie legte ihm eine Hand auf den Nacken und trommelte einen Rhythmus. Eniola warf einen Blick auf ihr Gesicht, erwartete, es voll Zornesfalten zu sehen, doch ihre Wangen waren feucht. Tja, sollte sie weinen. Es würde ihm nicht leidtun. Sie hatte diese Entscheidung getroffen. Obwohl sie immer zu sagen pflegte, »dein Vater und ich«, und vor allen so tat, als hätte sie immer noch einen Mann, der an seiner Familie interessiert war, wusste Eniola, dass sie die meisten Entscheidungen inzwischen allein traf. Und sie hatte Busola ihm vorgezogen. Obwohl Busola noch fünf Klassen vor sich hatte, bevor sie die weiterführende Schule abschließen konnte, und er nur noch eine.

»Wicso?«, fragtc Eniola. »Wieso?«

Seine Mutter seufzte. »Eniola, das weißt du doch.«

Aber er wusste es nicht, zumindest nicht mit Gewissheit. War es, weil Busola schon immer intelligenter gewesen war? Sie hatte bei der Abschlussprüfung der ersten Klasse als Beste ihrer Klasse abgeschnitten, während er sich durchgemogelt hatte, nie über den einunddreißigsten Platz in einer Klasse von fünfundfünfzig hinausgekommen war. War es, weil seine Eltern ihn für dumm hielten und das Geld, das sie bisher für ihn ausgegeben hatten, für Verschwendung? War es, weil sie Busola mehr liebten und ihn überhaupt nicht? Er hatte keine Ahnung. Alles, was er wusste, war, dass seine Eltern beschlossen hatten, dass er nicht die kleinste Chance verdiente, seine Abschlussprüfung in der billigsten Privatschule abzulegen, die sie finden konnten. Stattdessen schoben sie ihn auf die öffentliche Schule ab, weil es umsonst war, obwohl er im Laufe der Jahre gehört hatte, wie sie beide die Schule als unbrauchbar beschrieben hatten.

»Ich bin einfach nur noch müde«, sagte seine Mutter. »Warum kann uns nicht auch mal etwas Gutes passieren? Und sei es nur für einen Tag. Nur für eine kleine Weile. Es darf alles sein, egal was, nur für eine Weile.«

Eniola wandte den Blick von seiner Mutter ab und sah zu, wie ein Mann die Straße hinunterradelte, seine Stirnlampe erhellte Teile der Straße, als er im Zickzackkurs die Rinnsteine umfuhr. Er konnte nicht anders, sie tat ihm leid. Wenigstens hatte sie es versucht, oder?

Er setzte an, ihr davon zu erzählen, dass jemand seine Lehrgebühren bezahlt hatte, aber dann gab es wieder Strom, und seine Stimme wurde von denen mehrerer Kinder übertönt, die die Worte schrien, die er zu singen gelernt hatte, ehe er wusste, dass damit das Ende des Stromausfalls gefeiert wurde. *Up epa, up nepa, won tim u ina de o.*

16

Dr. Fidelis, eine Fachärztin für Neurologie, leitete donnerstags von 12 bis 15 Uhr die Ambulanzklinik. Mehrere Assistenzärzte hatten Wuraola gewarnt, sie solle gut vorbereitet sein, wenn sie in Dr. Fidelis' Klinik assistierte, und doch hatte sie vergessen, ihren Handschuhvorrat rechtzeitig aufzustocken. Wuraola und Dr. Ali, der leitende Oberarzt der Neurologie, saßen neben Dr. Fidelis. Sie überlegte, ob sie ihm wegen der Handschuhe eine Textnachricht schicken sollte, entschied sich jedoch dagegen; sie hatte gehört, dass es in Dr. Fidelis' Klinik verboten war, Smartphones zu benutzen.

Wuraola holte tief Luft und deutete auf die Packung Handschuhe vor Dr. Ali. »Könnte ich ein paar Handschuhe bekommen, Sir?«

Dr. Fidelis sah Wuraola prüfend an. »Haben Sie heute erst hier angefangen?«

»Äh.« Wuraola schluckte. »Nein, *ma*.«

»Das war eine rhetorische Frage.« Dr. Fidelis sprach langsam, als würde sie mit einem Kindergartenkind sprechen. »Haben Sie mich verstanden?«

»Es tut mir leid, *ma*. Ich hatte vergessen, dass ich keine mehr habe.« Wuraola stand auf. »Bitte, ich gehe auf die

Station und frage die Oberschwester, ob sie mir aushelfen kann.«

Dr. Fidelis hatte sich schon von ihr abgewandt.

Die Oberschwester war nicht auf der Station, und die Schwester, die auf ihrem Platz saß, verdrehte die Augen, als Wuraola sie um Handschuhe bat.

»Wieso haben Sie nicht Ihre eigenen mitgebracht?«

»Normalerweise müsste das Krankenhaus uns damit versorgen.«

»Sehe ich aus wie die Klinikleitung? Beschweren Sie sich dort, oder besser noch, fahren Sie nach Abuja und beschweren Sie sich beim Staatspräsidenten.«

Sie rannte gerade zur Apotheke, als sie mit Kingsley zusammenstieß. Er hielt sie am Arm fest, damit sie nicht hinfiel.

»Langsam, Goldmädchen.« Kingsley schob sich die Brille mit den Colaflaschen-Gläsern die Nase hoch.

»Hallo, Kingsley. Danke, dass du zur Geburtstagsparty meiner Mutter gekommen bist. Tut mir leid, dass ich neulich nicht zurückgerufen habe.« Obwohl sie zur gleichen Zeit im Krankenhaus angefangen hatten, waren ihre Dienstpläne so unterschiedlich, dass sie nie gleichzeitig in der gleichen Abteilung eingesetzt wurden. Sie arbeiteten nur zusammen, wenn sie gleichzeitig in der Notaufnahme Dienst hatten, doch Kingsley rief sie alle paar Wochen an, um zu fragen, ob alles in Ordnung war, oder um ihr das eine oder andere anzubieten. Eine Fahrt in die Stadt, um Pfeffersuppe zu essen, ein motivierendes Buch, das ihr seiner Meinung nach gefallen würde, eine Dose Pfefferminzbonbons. Nach drei Dosen Pfefferminzbonbons hatte sie aufgehört, seine Anrufe entgegenzunehmen.

»Ja, ich wollte dir nur anbieten, dich zu Tifes Geburtstagsparty an diesem Wochenende mitzunehmen. Ich weiß, du fährst nicht gern so lange Strecken.« Kingsley zuckte die Achseln.

»Oh, ja, ja, danke. Ich muss los, ich habe Dienst in Dr. Fidelis' Ambulanz, und ich –«

»Und dann bist du hier draußen?« Kingsley warf einen Blick auf die Uhr. »Du bist spät dran, und die Frau lässt sich nichts bieten. Sie hat mir bei meinem Einsatz in der Neurologie ganz schön die Hölle heiß gemacht, war echt übel. Ich habe gehört, sie hat sich schon geweigert, am Ende eines Einsatzes die Logbücher von Leuten abzuzeichnen, wenn sie mit deren Leistung nicht zufrieden war.«

»Mir sind die Handschuhe ausgegangen, also –«

»Ich hatte heute Nacht Bereitschaft, darum habe ich noch eine Packung im Bereitschaftszimmer. Geh schon mal zurück zur Klinik und warte draußen auf mich, ich bringe sie dir.«

Als er ihr die Handschuhe brachte, war er völlig außer Atem. Sie wollte nur einige wenige aus der Packung nehmen, doch er schüttelte den Kopf, sagte, sie solle sie behalten, und eilte davon, ehe sie ihm danken konnte.

Wuraola hielt einen der Handschuhe hoch, als sie sich wieder auf ihren Platz setzte. »Ich habe welche, *ma.*«

»Sie haben die Patienten warten lassen, Dr. Makinwa.« Dr. Fidelis beäugte Wuraola, als wäre sie eine Kakerlake, die sie in ihrem Essen gefunden hatte. »Ich gebe Ihnen den dringenden Rat, sich an die Arbeit zu machen und zu beweisen, dass Sie während Ihrer Ausbildung etwas gelernt haben.«

»Ja, *ma.*«

Noch etwas, das ihr vorab niemand über ihr erstes Jahr als Ärztin erzählt hatte: Wie gereizt und schlecht gelaunt viele ihrer Vorgesetzten sein würden. Vermutlich waren sie einfach nur müde. Vielleicht sogar noch müder als sie. Bei einer Frau wie Dr. Fidelis, die eine von nur zwei Neurologen in der tertiären Gesundheitsversorgung mit vier Krankenhausabteilungen war, konnte Wuraola sich vorstellen, dass die Müdigkeit sich in eine Erschöpfung verwandelt hatte, die ihr bis ins Mark ging. Wer wäre nach Jahrzehnten mit wenig Schlaf, schlechter Bezahlung und veralteter Ausrüstung sowie selbst gekauften Handschuhen und Masken – denn die Patienten wären alle schon tot und begraben, bevor das Krankenhaus ihnen medizinische Schutzkleidung zur Verfügung stellte – nicht erschöpft?

Wuraolas erster Patient war ein Mann, der an Spondylose litt und nach einer Behandlung mit Kortikoiden keine nennenswerte Verbesserung gezeigt hatte. Und obwohl Dr. Ali sie bei der Arbeit beaufsichtigte, fragte sie sich, was ihr entgangen sein mochte, als Dr. Fidelis den Mann zu sich winkte, als er vom Untersuchungstisch aufstand. Vier Patienten später war deutlich, dass Dr. Fidelis beabsichtigte, alle Leute, die Wuraola an jenem Tag behandelt hatte, einer zweiten Untersuchung zu unterziehen.

»Sie scheinen mir der vergessliche Typ zu sein«, sagte Dr. Fidelis, nachdem sie Wuraolas sechsten Patienten zu sich gebeten hatte.

»Genau genommen ist sie recht kompetent«, sagte Dr. Ali und zupfte an seiner grünen Krawatte.

Dr. Fidelis schrieb etwas in eine Krankenakte. »Darum hat sie wohl auch die Handschuhe vergessen.«

Drei Stunden später zweifelte Wuraola alles an, was sie selbst zu den Patienten sagte. Sie senkte die Stimme aus Angst, Dr. Fidelis könne noch mehr an ihr auszusetzen haben. Dr. Fidelis, die fachlich brillant war und in ihren pastellfarbenen Hosenanzügen mit Kitten-Heel-Pumps stets elegant, war die Art Frau, die sie liebend gern beeindruckt hätte. Es wurmte sie, dass Dr. Fidelis anscheinend den Eindruck gewonnen hatte, dass Wuraola desorganisiert war.

Der Zeiger ihrer Armbanduhr erreichte 15 Uhr und rückte immer weiter. Sie hatte Hunger, aber da weder Dr. Ali noch Dr. Fidelis sich eine Pause gönnten, um etwas zu essen, trank sie nur Wasser und machte weiter, bis sie ihren Stift umklammerte, damit ihre Hände nicht mehr zitterten.

Schließlich, gegen 17 Uhr, zwei Stunden, nachdem die Ambulanzklinik hätte schließen sollen, legte Dr. Fidelis den Stift beiseite und wandte sich an Dr. Ali. »Wer auch immer noch dort draußen wartet, muss schrecklich spät gekommen sein. Sollen sie nächste Woche wiederkommen. Ich kann nicht mehr, heute schaffe ich niemanden mehr, Ali.«

»Okay, *ma*«, sagte Dr. Ali.

Dr. Fidelis hängte sich die Handtasche über die Schulter und stand auf.

»Ihnen noch einen schönen Abend, *ma*«, sagte Wuraola.

Dr. Fidelis schürzte die Lippen und verließ den Raum.

»Machen Sie sich wegen ihr keine Gedanken«, sagte Dr. Ali, nachdem Dr. Fidelis' Schritte verklungen waren.

»Unfassbar, dass ich die Handschuhe vergessen habe.«

»Es liegt nicht an Ihnen, heute macht ihr etwas anderes Kopfzerbrechen. Zwei von ihren Ärzten haben ihre Facharztprüfung bestanden, und sie hat darauf gedrängt, dass sie eingestellt werden. Aber wie sich herausstellt, wird es dazu nicht kommen, denn von Abuja gibt's dafür keinen Etat. Der übliche Unsinn. Sie ist wirklich aufgebracht deswegen.« Dr. Ali öffnete seine Laptoptasche und nahm eine Packung Cracker heraus. »Möchten Sie welche? Ach, Sie haben heute Morgen gut gefrühstückt? Egal, nehmen Sie welche, bevor Sie mir noch ohnmächtig werden.«

»Danke.«

»Und wissen Sie, was passieren wird? Die beiden fertigen Fachärzte sind meine Jungs. Einer hat ein Angebot von vier Privatkliniken in Lagos. Nächste Woche muss er sich entscheiden, welches Angebot er annimmt.«

»Gut für ihn.«

Zusammen begaben sie sich in Richtung Flur.

»Ja, aber ganz schlecht für uns. Sie wissen, wie viele Neurologen wir in diesem Land haben?«

Wuraola schüttelte den Kopf und biss in einen weiteren Cracker.

»Nicht mal hundert im ganzen verdammten Land. Wir haben jetzt weit über hundert Millionen Einwohner, das ist ein Neurologe für über eine Million Menschen.« Dr. Ali lachte. »Und wir schaffen es nicht einmal, diejenigen zu halten, die bei uns in Ausbildung waren. Kennen Sie meinen anderen Jungen, der gerade die Prüfung bestanden hat? Er hat schon sein USMLE abgelegt. Dauert nicht mehr lang, und er verlässt das Land. Wenn wir nicht aufpassen, werden all unsere staatlichen Krankenhäuser bald zu glorifizierten Hospizen verkommen. Noch zehn, fünfzehn Jahre.«

Wuraola öffnete den Reißverschluss ihrer Tasche und nahm ihr Mobiltelefon heraus.

»Und es gibt Leute wie Ihren Bruder, die sagen, scheiß auf das alles.«

»Ach, Sie kennen Layi? Haben Sie Ihren Abschluss auch in Ife gemacht?« Sie überprüfte ihre Nachrichten. Vier von Motara, zwei verpasste Anrufe von Kunle, fünf von ihrer Mutter. Sie stellte das Handy auf Vibrationsalarm.

»Wir waren Kommilitonen.«

»Ich würde den Arztberuf nie verlassen.«

»Nigeria, das sollten Sie verlassen.«

Ihr Telefon vibrierte, als sie in den Flur hinaustraten. Kunle.

»Dann bis morgen, passen Sie auf sich auf, ja?« Dr. Ali winkte ihr zu, als er zum Parkplatz ging.

»Vielen Dank, Sir.« Wuraola hielt die Packung Cracker hoch, während sie weiter den Flur hinunterging.

Sie aß noch einen, bevor sie Kunles Nummer wählte. Er nahm sofort ab. »Tut mir leid, ich war seit dem Mittag im Behandlungszimmer. Ich hatte einen ziemlich anstrengenden Tag.«

»Ich weiß. Ich bin direkt hinter dir.«

Sie blieb stehen und drehte sich um. Dort stand er, in Jeans und einem Poloshirt, an einen Eisenpfahl gelehnt, die Beine an den Knöcheln überkreuzt. Sie stopfte die Packung mit Crackern in ihre Tasche, während er auf sie zukam. Er hatte sie in den letzten paar Tagen seit dem Geburtstag ihrer Mutter immer mal wieder überrascht. Er tauchte abends vor ihrer Tür auf oder mitten am Tag im Krankenhausflur, ohne vorher anzurufen. Sie drehte sich um, und plötzlich war er hinter ihr. Manchmal brachte er ihr Snacks mit. Kekse, Pringles, halb geschmolzene Eiscreme. Er hatte am Montag bei ihr übernachtet, nachdem er sie vor Motara geohrfeigt hatte, aber in den folgenden Nächten war er immer vor Mitternacht gegangen. Er konnte die schmutzige, deckellose Toilette und die fehlenden Kacheln im seifen- und schmutzverschmierten Bad nicht leiden. Ihr war es anfangs ähnlich gegangen, aber jetzt nahm sie es kaum mehr wahr. Sie duschte immer kürzer, nur wenn sie übers Wochenende nach Hause fuhr, konnte sie sich in der Badewanne entspannen.

»Wie lange wartest du schon?«

Kunle stand hinter ihr und begann, ihr die Schultern zu massieren. »Vielleicht eine Stunde.«

»Bitte, fass meinen Kittel nicht an.« Wuraola entzog sich ihm. »Ich habe den ganzen Tag Patienten behandelt. Wer weiß, was für Keime ich mir eingefangen habe.«

»Komm schon, ich wollte doch nur helfen. Du wirkst angespannt.«

»Schon gut.« Sie warf einen Blick auf den Parkplatz. »Wo steht dein Wagen? Ich bin todmüde.«

»Ich habe in der Nähe deines Wohnheims geparkt, also müssen wir laufen. Lass mich deine Tasche tragen.«

»Danke.« Sie gab sie ihm, und sie gingen los. »Es ist eigentlich kein Wohnheim. Es ist eine Residenz. Für Ärzte im Praktikum.«

»Es ist schlimmer als manche Wohnheime.« Er griff nach ihrer Hand. »Zieh mit mir zusammen. Komm schon, wir machen das einfach.«

»Deine Wohnung ist zu weit vom Krankenhaus entfernt.«

»Ich kann dich jederzeit hinbringen und wieder abholen.«

Wuraola lachte.

»Oder du bleibst gleich hier, wenn du Bereitschaftsdienst hast, damit du dich umziehen kannst, oder wie auch immer.«

»Und was sagt deine Mutter dazu?«

»Sie sagt, nach der Verlobungsfeier ist es okay.«

»Du hast schon mit ihr darüber geredet?«

»Ich habe auch mit deiner Mutter gesprochen. Sie sagt, es ist kein Problem, solange wir zuerst die Verlobungsfeier abhalten.« Er löste ihr Haargummi und fuhr ihr mit den Fingern durch die Zöpfe. »Hör zu, ich wünsche mir wirklich sehr, dass du zu mir ziehst.«

»Das hat meine Mutter gesagt?«

»Denk einfach drüber nach, und lass uns nach der Zeremonie darüber sprechen.«

»Okay.« Sie hatte noch sechs Wochen bis zur Verlobungsfeier. Es war der erste Schritt auf dem Weg zur Hochzeit, und sie hatten am Tag nach der Geburtstagsfeier ihrer Mutter einen Kompromiss bezüglich der Termine gefunden.

Kunle wollte, dass die Verlobung innerhalb von zwei Monaten nach dem Antrag gefeiert wurde, die Hochzeit innerhalb von sechs. Wuraola dagegen wollte, dass mindestens ein Jahr zwischen dem Antrag und der Hochzeit verging. Kunle war einverstanden gewesen, ein Jahr mit der Hochzeit zu warten, wenn sie sich auf die frühere Verlobungsfeier einließ. Ihre Eltern waren begeistert. Seine Eltern waren froh, dass die Verlobungsfeier einen ganzen Monat vor den Vorwahlen stattfand. Ihre waren erleichtert, dass sie heiratete, bevor sie dreißig wurde. Yeye rief sie jeden Tag an, um ihr zu erzählen, was sie für die Verlobungsfeier plante. Wie sich in den zwei Wochen seit der Festlegung der Termine herausgestellt hatte, war Wuraolas Entscheidungsspielraum darauf beschränkt, das auszusuchen, was sie bei der Zeremonie tragen wollte; um alles andere kümmerte sich ihre Mutter.

Motara war die Einzige in der Familie, die sich nicht auf die bald stattfindende Feier freute. Unter vier Augen, am Telefon und in mehr Textnachrichten, als sie je irgendjemandem zuvor geschickt hatte, hatte Wuraola Motara versichert, Kunle habe sie vorher nie geschlagen. *Nie. Niemals. Nicht ein einziges Mal.* Diese Worte hatte sie ihr gleich nach dem Vorfall zugeflüstert, während Motara mit ihrer perlenbedeckten Tasche nach Kunle schlug, der davonrannte. Sie schrie sie in jener Nacht, als Motara wieder davon anfing, während Wuraola – deren Beine schmerzten und von den unzähligen Runden im Zelt, bei denen sie sich vergewissert hatte, dass alle zufrieden waren, fast taub waren – einzuschlafen versuchte. Und auch in den darauffolgenden Wochen hatte sie es am Telefon und per Textnachricht wiederholt, war bei ihrer Geschichte geblieben, ganz gleich, was Motara sagte. *Nie, niemals. Nicht ein einziges Mal. Das war das erste Mal, dass so etwas passiert ist, er hat versprochen, dass es nie wieder vorkommt, und ich glaube ihm.*

Nach einer Woche ging sie nicht mehr ans Telefon, wenn Motara anrief, antwortete jedoch gelegentlich auf ihre Textnachrichten. Motaras Hartnäckigkeit war nicht mehr süß und auch nicht mehr rührend. Es war einfach nur beleidigend, dass eine Teenagerin glaubte, sich nach einer kurzen Interaktion von drei Minuten ein Urteil über ihre Beziehung erlauben zu können. Blödsinn. Der Tenor von Motaras Nachrichten – *du lügst, um ihn zu schützen, er misshandelt dich, und du siehst es nicht einmal, heirate keinen Frauenschläger* – ärgerte Wuraola. Sie war kein hilfloses Opfer, das ausgerechnet von Motara gerettet werden musste. Sie wusste, was sie tat.

Natürlich war es nicht das erste Mal, dass Kunle sie geschlagen hatte, sondern das dritte Mal. Dreimal in drei Jahren, dazwischen so viel anderes, das für Motara nicht sichtbar war. Vierundzwanzig Monate. Siebenhundertdreißig Tage. Wie viele Minuten und Sekunden? Drei Schläge, die kaum eine Minute gedauert hatten, und Motara wollte anhand dessen ein Urteil über ihre Beziehung fällen? Das war emotional und theatralisch, genau wie Motara selbst, die sie gedrängt hatte, ins Zelt zu gehen, demjenigen, der gerade redete, das Mikro wegzunehmen und ihren Verlobten vor allen Augen anzuklagen. Sie hatte über den Vorschlag gelacht, weil sie ihn für einen Witz hielt. Dann sah sie, dass ihre Schwester sie mit todernstem Gesicht anblickte.

Layi hatte recht, was Motara anging. Ihre Eltern hatten das Mädchen hoffnungslos verwöhnt, weshalb sie unfähig war, die Auswirkungen ihrer Handlungen auf andere zu berücksichtigen. Wie konnte sie es für gerechtfertigt halten, die Geburtstagsfeier ihrer Mutter zu unterbrechen, indem sie eine Szene machte? Eine Party zu ruinieren, die für Yeye repräsentierte, wie weit sie gekommen war, alles, was sie in ihrem Leben erreicht und überstanden hatte. Wie konnte Motara nicht erkennen, dass das der wahrscheinlich wichtigste Moment im Leben ihrer Mutter war? Dieses Waisenkind, das der Welt sagte: *Und seht mich nur heute an*. Motara lebte in einer Blase, in der sie tat, was immer sie wollte, ohne dass dadurch Folgen entstanden. Natürlich konnte sie sich nicht einmal ansatzweise vorstellen, was es für alle bedeuten würde, wenn Wuraola Kunle verließ.

Während sie zusammen durch die Krankenhausflure gingen, begegneten Wuraola und Kunle mehreren Leuten, die einen oder mehrere Elternteile von ihnen kannten. Nur ein Mann, ein Professor, der gerade von einem Sabbatjahr in Saudi-Arabien zurückgekommen war, wusste noch nichts von ihrer Verlobung. Kunle stellte sie dem Mann sofort als seine zukünftige Frau vor.

»Wieso sagst du nicht ›Verlobte‹?« Wuraola steckte den Schlüssel ins Schloss.

Kunle zuckte die Schultern, als sie die winzige Wohnung betraten. »Ich freue mich eben so.«

Sie ging direkt ins Schlafzimmer. Die Erschöpfung, gegen die sie seit dem Mittag angekämpft hatte, übermannte sie. Wuraola sehnte sich danach, sofort ins Bett zu fallen, doch sie zwang sich, sich auszuziehen. Sie trug nur noch Unterwäsche, als Kunle ihr ein Glas Wasser brachte.

»Danke.« Sie gab ihm das leere Glas zurück und legte sich aufs Bett. »Könntest du den Ventilator für mich einschalten?«

»Natürlich.«

Ja. Natürlich. Kein Problem. Kunle war seit dem Geburtstag ihrer Mutter so nachgiebig und beflissen. Nachdem er den Standventilator eingeschaltet hatte, legte er sich neben sie und platzierte eine Hand auf ihrem Bauch. Er hatte zu klammern begonnen. Suchte bei jeder Gelegenheit Körperkontakt. Er strich mit dem Finger über ihre Haut, eine so federleichte Berührung, dass sie fast nicht mehr wahrnehmbar war. Sie hatten sich seit jenem Tag nicht mehr geliebt. Obwohl seine Augen fast vor Sehnsucht überflossen, hielt er sich zurück, tat Buße. Sie spürte, er wartete darauf, dass sie ihm einen Annäherungsversuch erlaubte, doch Wuraola empfand kein Verlangen. Hatte keins mehr empfunden, seitdem er sie geschlagen hatte. So war es jedes Mal gewesen, wenn er sie geschlagen hatte. Die Begierde nach ihm verschwand für einige Tage, bevor sie mit einer Kraft zurückkehrte, die sie selbst überraschte. Sie strich mit einem Finger über seinen Schnurrbart, der so dünn war, dass er aussah wie mit einem Stift aufgemalt.

»Möchtest du, dass ich dir die Schultern massiere?«, fragte er.

Sie rollte sich auf den Bauch und schloss die Augen.

Er begann, ihre Muskeln zu kneten. »Hast du Stew?«

»Nein. Wieso?«

»Ich könnte Reis oder *eba* für dich kochen.«

Er wolle sie nicht verlieren. Ihre Liebe gebe seinem Leben eine Bedeutung. Was sie hätten, sei etwas Besonderes. Keiner von ihnen könne mit einer anderen Person etwas Ähnliches erleben. All das sagte er ihr seit dem Vorfall jeden Tag, bis sie ihn bat, damit aufzuhören, denn sein kriecherisches Verhalten machte sie krank. Mittlerweile hatte er diese Worte durch Angebote ersetzt, für sie zu kochen oder ihr etwas zu essen mitzubringen.

»Lass uns zu Captain Cook gehen und uns *asaro* holen«, sagte Kunle.

»Sorry, aber ich geh nirgendwohin.«

Sie wollte für immer in diesem Moment bleiben, in dem das Flüstern seines Atems auf ihrer Haut kitzelte, als er sich vorbeugte und die Lippen auf ihr Schulterblatt drückte, unbeschmutzt von allem, was zuvor passiert war oder danach kommen würde. Kein Mann hatte je solche Gefühle in ihr ausgelöst, nicht einmal Nonso. Eingehüllt in den Kokon seiner Aufmerksamkeiten, war sie die prachtvolle Sonne, um die sich sein Leben drehte.

»Hast du heute schon mit deiner Mum gesprochen?«

»Ich muss sie zurückrufen.« Wuraola gähnte. »Aber mir fehlt die Energie dazu.«

»Ich habe sie getroffen, bevor ich hierhergekommen bin.«

»Wie?«

»Ich bin in ihren Laden gegangen.« Er rieb ihren Unterarm. »Klingt, als hätte deine Mutter diese Verlobungsfeier schon seit deiner Geburt geplant.«

Wuraola lachte. »Seid ihr neuerdings beste Freunde, oder was?«

»Sie hat schon alles fertig, die Farbkoordination, das Menü, die Gästeliste. Du brauchst nichts zu tun, außer aufzukreuzen.«

»Ich glaube, wenn ich versuche, irgendetwas anderes zu tun, als auszusuchen, was ich anziehen will, kriegen wir Krach.«

»Und ich habe mit ihr über Motara gesprochen.«

»Himmel Herrgott noch mal, Kunle.«

»Wir sind praktisch verwandt, Wura, ich sollte mit deiner Mutter direkt über solche Dinge reden können. Ich habe ihr erklärt, dass ich nicht möchte, dass Motara mich bei meinem

Namen nennt, und sie war sofort einverstanden. Alles ist in Ordnung, Liebling. Sie hatte sogar selbst schon darüber nachgedacht, dass es am besten wäre, wenn Motara mich Brother Kunle nennt. Das ist jetzt geklärt.« Kunle seufzte gedehnt. »Das hätte ich von Anfang an tun sollen, statt dich deswegen zur Rede zu stellen. Ich hätte direkt zu deinen Eltern gehen sollen. Das wäre die reifere Art gewesen, damit umzugehen.«

Als Wuraola gegen Mitternacht aufwachte, war Kunle verschwunden. Sie stolperte ins Wohnzimmer, um nach der Tür zu sehen, und entdeckte, dass er sie von außen abgeschlossen und den Schlüssel darunter hindurchgeschoben hatte. Er hatte auch einen Nylonbeutel auf einem der schäbigen Sessel zurückgelassen, die zur Einrichtung gehörten. Er enthielt eine Schüssel mit *asaro* und einen in Alufolie eingewickelten Hähnchenschenkel. Sie setzte sich in einen der Sessel, begann zu essen und saugte am Ende sogar das Mark aus den Hähnchenknochen.

*

Kingsley holte Wuraola am Samstag noch vor dem Mittag ab. In seinem Auto roch es, als wären die Sitze über Nacht in Parfüm getränkt worden. Es dauerte eine Weile, bis Wuraola sich an den moschusartigen Geruch gewöhnte und bemerkte, dass Kingsley vor sich hin summte.

»Können wir vielleicht Musik hören?«

»Ich könnte dir stattdessen was vorsingen.« Kingsley bewegte die Schultern zu einem unhörbaren Rhythmus. »Na los, Sonderwünsche werden entgegengenommen. Du weißt selbst, dass du ganz wild darauf bist.«

Wuraola schmunzelte und begann am Radio herumzufummeln. Als Kingsley zu *Call My Name* von Styl-Plus ansetzte, erinnerte sie das an die beruhigenden Wochen, in denen sie handgeschriebene Nachrichten ausgetauscht und sich gegenseitig Romane geschenkt hatten. Sie mochten dieselbe Art von Büchern und plauderten stundenlang über überraschende Wendungen. Er sang ihr etwas vor, wenn sie allein waren, und wiegte sie manchmal in den Schlaf, während er ein Schlaflied summte. Er war genau das gewesen, was sie gebraucht hatte, als die Möglichkeit einer dauerhaften Beziehung mit Nonso sich verflüchtigt hatte. Das Einzige, was sie an den Monaten mit Kingsley gestört hatte, war, dass er seine Nachrichten immer mit »In Liebe, Kingsley« unterschrieben hatte.

Wuraola räusperte sich, als er von *Call My Name* zu *Imagine That* wechselte.

Kingsley lachte. »Entspann dich, Goldmädchen, es ist nur ein Lied.«

Als Kingsley ihr im *Banwill Cuisine* eröffnete, er sei sich nicht sicher, ob sie wirklich ineinander verliebt seien, war sie erleichtert gewesen und hatte ihm so eifrig zugestimmt, dass sie aus Versehen Reis auf die Tischdecke gespuckt hatte. Tife hatte sie Monate später darauf hingewiesen, dass das, was Wuraola als Schlussmachen interpretiert hatte, wohl eher dazu hatte dienen sollen, ihr mehr Verbindlichkeit abzuringen.

»Ich weiß, dass du verlobt bist, und ich freue mich für dich.« Kingsleys Stimme klang dünn und schwach. »Sehr.«

Wuraola schaute aus dem Fenster und beobachtete, wie ein Tankfahrzeug sie überholte. Sie fuhren über die Autobahn, beschleunigten, um abrupt zu bremsen, kurz bevor sie ein Schlagloch erreichten. In ihrem letzten Jahr hatten Tife und Grace ihn ihren Assistenten-Freund getauft, weil er so bemüht war, Botengänge für sie zu erledigen. Grace war amüsiert, doch Tife hatte Wuraola gebeten, damit aufzuhören, ihn im Namen der Freundschaft hinzuhalten.

Wuraola hatte sich als Studentin immer bemüht, mehr wie Tife zu werden. Clever und oft vorausschauend, schien Tife unbelastet von den Erwartungen der anderen und besaß vielleicht deshalb eine grenzenlose Fähigkeit, sich zu amüsieren. Während des gesamten Medizinstudiums gönnte sich Tife jeden Monat Pausen, um einen Berg zu besteigen, einen Strand zu besuchen oder allein im Grünen spazieren zu gehen. Manchmal verließ sie die Stadt, gab sich aber auch mit den Parks und dem Garten der Uni zufrieden, wenn das nicht möglich war. Sie feierte jedes Jahr ihren Geburtstag mit einer Party. Im dritten Jahr, als ihr Geburtstag auf den Tag vor der Anatomieprüfung fiel, feierte sie mit ihren Mitbewohnerinnen bis Mitternacht.

Dieser Krankenhauseinsatz war die längste Zeit, die Wuraola und Tife getrennt voneinander verbrachten, seit sie sich kennengelernt hatten. Wuraola fehlte es, ihre Freundinnen jeden Tag zu sehen, und war überrascht, dass sie nicht so oft telefonierten oder sich Textnachrichten schickten, wie sie angenommen hatte. Wochen vergingen, bevor Tife auf eine Textnachricht antwortete oder zurückrief.

»Ich habe *Expressions* drin«, sagte Kingsley. »Das kannst du anmachen.«

»Was?«

»Das Styl-Plus-Album.«

»Ach, schon gut.«

»Alles in Ordnung?«

»Bestens.«

»Du bist irgendwie … still.«

»Nein, bei mir ist alles gut. Mir geht nur das eine oder andere durch den Kopf.« Wuraola war sich fast sicher, das Tife von ihr erwarten würde, die Verlobung sofort zu beenden, wenn sie wüsste, dass Kunle sie geschlagen hatte, und sei es nur ein Mal. »Hast du je eine Frau geschlagen? Irgendeine?«

Kingsley runzelte die Stirn. »Vielleicht meine kleine Schwester, als wir noch Kinder waren.«

»Eine Freundin?«

»Nie. Wieso?«

»Nur so.«

»Warte, heißt das ... schlägt er dich etwa?«

»Bitte schau auf die Straße.«

»Wuraola.«

Er hatte ihren Namen immer falsch ausgesprochen, sie konnte sich nicht erinnern, wann er sie überhaupt zuletzt Wuraola genannt hatte; er hatte sich schon vor langer Zeit für »Goldmädchen« entschieden.

»Du sagst ja gar nichts.«

»Wozu?« Sie suchte nach der Styl-Plus-CD.

»Schlägt er –«

»Aber nein.« Wuraola lachte. »Wieso sollte ich mit so jemandem zusammen sein wollen?«

Kingsley warf ihr einen Blick zu.

»Bitte, Kingsley, bring uns nicht um, schau nach vorne.« Wuraola nahm die CD aus der Hülle. »Was ich dich noch fragen wollte: Hast du dich schon für eine Fachrichtung entschieden?«

»Das ist gar nicht so einfach. Kommt mir vor wie eine verdammt wichtige Entscheidung, weißt du?«

Kingsley hatte einen Abschluss in Biochemie gemacht, bevor er sich für ein Medizinstudium beworben hatte. Er hatte das staatliche medizinische Jahr schon nach dem Examen abgeleistet und konnte anders als Wuraola direkt nach dem praktischen Jahr mit der Facharztausbildung beginnen. Erleichtert, dass Kingsley sie nicht weiter über Kunle ausfragte, nickte sie, während er seine Optionen aufzählte. Dermatologie, Community Health oder Psychiatrie. Er redete weiter, bis sie das Lehrkrankenhaus erreichten.

Tifes Party fand in Springhill statt, einem Saal in der neuen Mensa, der für alles von Geburtstags-Raves bis hin zu Gebetssitzungen benutzt wurde. Nachdem Kingsley den Wagen geparkt hatte, griff er nach Wuraolas Hand. Sie zuckte bei der unerwarteten Berührung zusammen.

»Wuraola.«

»Es ist nichts. Ich hätte nur nicht gedacht, dass du ... Wir können nicht Händchen halten.«

»Es ist nur so, dass ich nicht weiß, ob du mir die Wahrheit sagst. Ein Teil von mir hofft, dass du es tust, denn ja, wieso solltest du mit so jemandem zusammen sein?« Kingsley griff nach einem Zopf, der sich aus ihrem lockeren Knoten gelöst hatte. »Aber wenn ich ganz ehrlich bin, ein Teil von mir wünscht sich, dass du lügst. Dass er dich geschlagen hat und dich nicht verdient. Denn dann hätte ich vielleicht noch den Hauch einer Chance bei dir.«

»Kingsley, du bist ein guter Freund, aber ich würde nie –«

»Du brauchst es nicht laut auszusprechen. Ich weiß schon.« Kingsley seufzte. »Die Sache ist die, du musst ihn verlassen, wenn er dich schlägt. Das weißt du. Oder?«

»Um es ganz deutlich zu sagen, das tut er nicht.«

Wuraola wollte Kunle nicht verlassen. Das hatte nicht nur damit zu tun, wie peinlich eine gelöste Verlobung wäre oder wie enttäuscht und beschämt ihre Eltern darüber wären. In der Woche nach dem Geburtstag ihrer Mutter war sie überrascht gewesen, wie beraubt sie sich bei dem Gedanken daran, die Beziehung zu beenden, gefühlt hatte. Ihr war klar geworden, dass sie Kunle heiraten wollte und sich nur wünschte, dass er sie nicht mehr schlug, wenn er aufgebracht war. Es war nie über Ohrfeigen hinausgegangen. Und er arbeitete daran, sich zu ändern. Sie wusste, was sie tat. Es war noch nichts, was ihr Sorgen machen müsste, kein Grund, Tife die Details zu gestehen und zuzusehen, wie sich eine Spur von Verurteilung in ihren Blick einschlich. »Wieso hast du ihn nicht schon beim ersten Mal verlassen?«

Als sie Springhill betraten, lief gerade ein Lied von Lagbaja. Die Party hatte noch nicht begonnen, doch Tife tanzte bereits zu *Konko below*, während gut ein Dutzend Leute im Raum sie anfeuerten.

Kingsley fiel ein. »Go, Tife.«

Tife drehte sich um und breitete die Arme aus. »Kingsley! Wura!«

»Wo ist Grace?«, fragte Wuraola, als sie sich umarmten.

»Hast du abgenommen?« Tife lehnte sich zurück und deutete auf ihr Schlüsselbein. »Du bist ganz dünn geworden. Ich hoffe, du hungerst nicht, um in ein dummes Kleid zu passen?«

»Du bist die Einzige, die im praktischen Jahr zugenommen hat, Tife. Völlig unverständlich.« Grace kam mit einer Geburtstagstorte herein, gefolgt von anderen Leuten, die Kühlboxen und abgedeckte Schüsseln in verschiedenen Größen dabeihatten.

»Mann, hab ich Kohldampf«, sagte Kingsley. Er ging im Raum herum und schüttelte allen die Hände, die er kannte. »Grace, kann ich schon was kriegen, um den ersten Hunger zu stillen?«

Grace öffnete eine der Kühlboxen, nahm etwas in eine Serviette Gewickeltes heraus und hielt es Kingsley hin. »Fleischpastete?«

»Danke dir.« Kingsley biss in die Pastete. »Erinnert ihr euch noch an Success?«

Wuraola nickte. »Mein Gott, die Fleischpastete, die sie da verkauft haben, war wirklich unschlagbar.«

Es hatte gegenüber dem Sportzentrum der Universität eine Ladenzeile gegeben, wo sie als Studenten immer hingegangen waren, bis sie bei einem Brand bis auf die Grundmauern niedergebrannt war. Wuraola war oft dort gewesen. Manchmal hatte sie sich beim Megacall eine Dauerwelle machen lassen, manchmal bei Badejoko nach motivierenden Büchern gesucht, bevor sie Stifte kaufte und die farbcodierten Fünf-in-eins-Notizbücher, die sie so liebte. Doch was auch immer sie dorthin führte, Success war immer ihr erstes Ziel gewesen, denn das Pastetensortiment war unschlagbar.

Wuraola bat Grace ebenfalls um eine Fleischpastete.

»Kunle ist ja gar nicht mit dir gekommen«, sagte Grace, die die Kühlboxen und Schüsseln an einer Wand aufreihte.

»Er hat noch einiges für die Kampagne seines Vaters zu erledigen.« Wuraola schluckte. Die Kruste der Pastete war zu trocken, und die Füllung enthielt mehr Kartoffeln als bei einer Fleischpastete angebracht. »Die Vorwahlen sind in knapp zwei Monaten.«

»Das ist ja echt nicht mehr lang.«

»Sie hoffen alle, dass er gewinnt.«

»Ist da nicht – wie heißt noch gleich der Typ aus dem Repräsentantenhaus?«

»Fesojaiye?«

»Ja.« Grace hielt einen Finger hoch. »Ich glaube, ich habe irgendwo gelesen, dass er auch kandidiert?«

»Tja, äh, es ist etwas kompliziert, weil Kunles Vater schon das Versprechen der Partei hat –«

»Nein, nein, nein.« Tife legte Wuraola einen Finger auf

die Lippen. »Heute ist mein Tag. Ihr dürft nur darüber reden, wie wundervoll ich bin, oder mich nach meinem Zehn-Jahres-Plan fragen, mit dem ich die Welt erobern will.«

»Na los, erzähl uns von deinem Zehn-Jahres-Plan.« Wuraola schnappte sich eine Flasche Sprudel und setzte sich auf einen der Plastikstühle, die an der Wand aufgereiht standen.

Tife erläuterte erneut den Plan, den Wuraola schon gehört hatte. Facharztausbildung in den Vereinigten Staaten, danach Rückkehr nach Nigeria, wo sie ihr eigenes Krankenhaus in Abuja eröffnen wollte. Außerdem wollte Tife lernen, wie man fünf Instrumente spielte, alle Kontinente außer der Antarktis bereisen und eine Immobiliengesellschaft gründen. Wuraolas Ambitionen verblassten neben denen ihrer Freundin. Sie wollte nur die Facharztausbildung abschließen und Professorin an der Universität werden. Anders als Tife konnte Wuraola sich keine andere Laufbahn außerhalb der Medizin vorstellen.

»Wann willst du heiraten?«, fragte Biodun, der im Medizinstudium ihr Stufensprecher gewesen war.

»Du solltest besser fragen, ob ich überhaupt heiraten will.«

Ein Aufruhr entstand. Lachen und ein Dutzend »Aaahhs«, durchsetzt mit Kichern. Springhill hatte sich so sehr mit Gästen gefüllt, seit Wuraola und Kingsley angekommen waren, dass es jetzt brechend voll war.

Tife hob die Arme, als wollte sie den Verkehr aufhalten. »Jetzt beruhigt euch mal. Ich versuche nur zu entscheiden, ob die Ehe etwas ist, was ich will, oder nur etwas, was ich wollen soll. Man kann beides leicht miteinander verwechseln.«

»Geht's jetzt los mit den Gebeten oder –«

Tife zuckte die Schultern. »Schwester Grace, bete für uns, wenn du willst. Ich habe nichts dagegen.«

Grace nahm ein Taschentuch aus der Handtasche und bedeckte ihre Haare damit. »Lasst uns alle den Kopf senken, bitte. Nimm die Kappe ab, Biodun.«

Wuraola schloss die Augen, hörte jedoch nicht, was Grace sagte. Es hatte keinen Zweck, mit Tife über ihre Probleme mit Kunle zu reden. Nicht wenn Tife ihr eigenes Leben mit solcher Klarheit betrachtete, sauber zwischen ihren Wünschen und denen, die man ihr aufoktroyierte, unterscheiden konnte, denn dann würde sie wollen, dass Wuraola dasselbe tat. Ihr fehlten die Worte, um zu erklären, dass solche Abgrenzungen bei ihren eigenen Erwägungen nie vorrangig gewesen waren. Sie konnte nicht erklären, wie sehr sie Kunle immer noch wollte. Warum sie, obwohl sie Sorge hatte, dass er nie aufhören könnte, sie zu ohrfeigen, sich keine Zukunft mehr ohne ihn vorstellen konnte. Vielleicht lag es daran, dass sie ihn liebte, sich nicht entsinnen konnte, in jemand anderen je so vernarrt gewesen zu sein wie in ihn. Sich nicht mehr vorstellen konnte, dass es noch einmal so jemanden für sie geben könnte. Waren die Chancen darauf mit zunehmendem Alter nicht immer dünner gesät? Kunle liebte sie, brauchte sie sogar. Und wieder und wieder zu hören, dass er sie brauchte, fühlte sich gut an. Außerdem wäre es eine Riesenblamage für ihre Familie, wenn sie einen Rückzieher machte, ihre Mutter würde ihr Gesicht monatelang nicht in der Mothers' Union zeigen können. Aber vielleicht ging es nicht nur darum. Vielleicht wollte sie tatsächlich heiraten, bevor sie dreißig wurde, wollte nicht wie ihre Cousine sein, die mit fünfunddreißig geheiratet hatte und in den letzten fünf Jahren ihres Alte-Jungfer-Daseins Objekt des Klatsches, der wilden Spekulationen und der Gebete ihrer erweiterten

Familie gewesen war. Wie sie es auch gedanklich drehte und wendete, Wuraola fand nur Erklärungen, für die Tife sicher nichts als Verachtung übrig hätte. Nein, es gab keinen Weg, mit Tife über das, was geschah, zu reden, ohne dass Tife von ihr enttäuscht wäre.

*

Wuraola steckte den Schlüssel ins Schlüsselloch, doch die Tür schwang auf, noch ehe sie ihn drehen konnte.

Auf der anderen Seite stand Kunle.

»Wie bist du hier reingekommen?«

»Mit meinem Schlüssel.«

»Wie meinst du das?«

Kunle machte die Tür hinter ihr zu. Im Schloss steckte ein anderer Schlüssel, und er schloss ab. »Ich habe ihn mir schon vor eine Weile nachmachen lassen. An einem der Samstage, die ich hier verbracht habe, während du geschlafen hast.«

»Aber ich habe dir meinen Schlüssel nicht gegeben.«

»Wieso solltest nicht wollen, dass ich einen habe? Du hast auch einen von meiner Wohnung, außerdem heiraten wir bald, also …« Er hatte sich von ihr abgewandt und war zu dem Schreibtisch gegangen, der auch als Esstisch fungierte.

»Du hättest mich vorher fragen sollen, Kunle.«

Er stellte einen Teller Reis auf den Tisch. »Wie war Tifes Party?«

»Es geht ihr gut, ihr Geschenk hat ihr gefallen, und sie lässt ganz herzlich danken.«

»Ja, hat sie mir schon in einer Textnachricht geschrieben.«

»Und wie war dein Meeting?« Wuraola streifte ihre Schuhe ab und setzte sich auf den Stuhl, während er in die Kochnische ging.

»Dieser Fesojaiye lässt einfach nicht locker. Mein Vater hätte die Möglichkeit haben sollen, ohne Gegenkandidat anzutreten. Zumindest hatte der Vorsitzende ihm das versprochen, aber dieser Idiot glaubt, er kann uns aufhalten.«

»Das tut mir leid.« Sie ging in ihr Zimmer, um sich anzuziehen, dann setzte sie sich zu ihm an den Tisch.

Sie merkte, dass er verärgert war. Er war so auf den Traum seines Vaters fixiert, dass eine diesbezügliche Enttäuschung ihm oft den restlichen Tag verdarb. Am darauffolgenden Morgen würde er wieder bessere Laune und viele neue Ideen haben und wieder optimistischer sein, was die Erfolgschancen anging. Wuraola wollte ihm über die Schulter streichen, doch er schüttelte ihre Hand ab.

»Was ist los?«

»Wie bist du zu der Party gefahren?«

»Was?«

»Dein Wagen hat den ganzen Tag hier gestanden. Wie bist du nach Ife gekommen?«

»Ach, Kingsley ist auch gefahren und hat mich mitgenommen.«

»Kingsley.«

»Ja.« Wuraola ließ Kunle nicht aus den Augen, beobachtete jede seiner Bewegungen.

»Du hast ein gelbes Kleid getragen.« Kunle trank einen Schluck Wasser. »Hat er dir nicht damals gesagt, dass Gelb deine Haut zum Leuchten bringt oder irgend so einen Scheiß?«

Wuraola unterdrückte ein Lachen.

Er packte sie am Handgelenk. »Findest du das etwa komisch?«

»Dass du dich immer noch daran erinnerst, ja.«

Er umfasste ihr Handgelenk fester. Sie ballte die Hand zur Faust und versuchte, sie ihm zu entziehen.

»Du und Kingsley, fünfunddreißig Minuten allein in dem Wagen? Fünfundvierzig. Eine Stunde. Ihr habt vorher im Wagen gevögelt, stimmt's?«

»Lass mich los, Lakunle.«

»Nur ihr zwei, fahrt durch die Gegend, um in Erinnerungen zu schwelgen, was?«

»Lass mich los.« Sie bekam es mit der Angst zu tun.

»Wieso hast du nicht deinen Wagen genommen? Wieso musstest du mit deinem Ex fahren?«

»Lakunle, lass den Blödsinn.«

Sein Griff war schraubstockartig. Er presste den Daumen auf ihre Radialarterie, und plötzlich wurde sie sich seiner Stärke bewusst, der Fähigkeit zur Brutalität jenes Bizeps, den sie so lange bewundert hatte. Ihre Finger wurden taub.

»Wieso bist du mit deinem Ex gefahren?«

Wuraola atmete tief ein, dann schrie sie, so laut sie konnte: »Lass mich los!«

Sie sah nicht, wie er sich bewegte, spürte nur plötzlich, wie seine Hände sich um ihren Hals schlossen. Er drückte sie auf den Stuhl, presste das Gesicht gegen ihres. Tränen traten ihr in die Augen. Der Stuhl stand nur noch auf den beiden hinteren Beinen, drohte umzukippen. Sie sah zu ihm auf, zerkratzte ihm die Arme, griff nach seinem Gesicht, und sie bekam keine Luft mehr, würgte, versuchte verzweifelt zu atmen. Schließlich ließ er sie los, und sie sank auf den Tisch, sabbernd und hustend.

Kunle brachte ihr eine Tasse Wasser. Sie trank zu schnell und verschluckte sich. Er klopfte Wuraola auf den Rücken, nahm ihr die Tasse aus der Hand und hielt sie ihr an die Lippen. Sie schob seine Hand weg und stolperte zur Tür, konnte durch den Tränenschleier kaum etwas erkennen. Er versperrte ihr den Weg zur Tür, als sie sie schließlich erreichte.

»Geh nicht.« Er fiel auf die Knie. »Ich hätte es verdient, aber bitte, geht nicht. Bitte, Wuraola Abeke.«

»Verschwinde.« Wuraola wich vor ihm zurück. Sie wollte schreien, bekam jedoch nur ein heiseres Flüstern heraus. Ihre Zunge fühlte sich an wie ein Handtuch, das man ihr in den Rachen gestopft hatte.

»Nein, bitte, Wuraola. Ich flehe dich an, es tut mir leid. Ich wollte nur verhindern, dass du schreist, das war alles. Das ist alles, Baby, das ist alles. Ich wollte dir nicht wehtun.« Er kroch durch das Zimmer, folgte Wuraola, die auf und ab ging. »Ich schwöre es bei meinem Leben. Beim Leben meiner Mutter. Es tut mir so leid. Wuraola. Bitte.«

Als er nach ihrem Bein griff, rannte Wuraola ins Badezimmer und verriegelte die Tür hinter sich. Sie drehte den Wasserhahn auf, um sein Geheule zu übertönen. Über dem Waschbecken hing ein kleiner Spiegel. Sie beugte sich vor und betrachtete ihr Spiegelbild. Auf ihrem Hals waren keine sichtbaren Blutergüsse zu sehen. Ihre Augen waren blutunterlaufen, doch ihr Lippenstift war nicht verschmiert, ihr Haar immer noch in einem losen Knoten hochgebunden. Das Einzige, was auffiel, war die vereinzelte Strähne, die Kingsley an diesem Nachmittag berührt hatte.

17

Yeye platzte ins Zimmer, ohne anzuklopfen, so wie sie es immer tat.

Motara setzte sich im Bett auf. »Du hast nicht geklopft.«

»Na und?«

»Du solltest meine Privatsphäre respektieren.«

Yeye hob eine Pralinenverpackung vom Boden auf und warf sie nach Motara. »Sieh dich um, das hier ist das Haus meines Mannes. Mein Zuhause. Wenn du im Haus deines eigenen Mannes lebst, und ich komme dich dort besuchen, dann kannst du mir was von Privatsphäre erzählen.«

»Wieso kann es nicht mein eigenes Haus sein?« Siebenundvierzig. Am Sonntagmorgen, als Motaras Vater sie gefragt hatte, ob sie vorhabe, auch ihren Ehemann so lange warten zu lassen, wie sie es mit ihm gemacht hatte, bevor sie zusammen zur Kirche fuhren, hatte Motara beschlossen, eine Woche lang zu zählen, wie oft ihre Familie sie fragen würde, wie sie sich zu verhalten gedenke, wenn sie erst einmal verheiratet war. Oder im Haus ihres Mannes lebte. Das Haus ihres Mannes war das Ziel, auf das alle anspielten, seit sie alt genug war, um zu verstehen, was die Worte bedeuteten. Wenn das, was sie allein in dieser Woche erlebt hatte, ein Hinweis auf die Zukunft war, dann war das Haus des Ehemannes das Ziel aller braven Mädchen, die zu Frauen heranwuchsen, so wie der Himmel das Ziel aller guten Menschen war, die starben. Bisher hatten ihre Eltern und ihre Tanten, mit denen sie in dieser Woche telefoniert hatte, ihrer Zählung nach siebenundvierzig Mal darauf angespielt, wie sie sich bei ihrer Hochzeit, im Haus ihres Mannes, ihren Schwiegereltern gegenüber verhalten würde.

Yeye zog Motara die Bettdecke weg. »Los, geh und hol die Wäsche von der Leine. Ich glaube, es regnet bald.«

»Wieso kann Rachel das nicht übernehmen?«

»Du, was hast du den ganzen Vormittag gemacht? Du hast nicht mal dein Zimmer aufgeräumt. Was hält dich denn gerade davon ab, die Wäsche reinzuholen? Hm? Was?«

Motara hatte einen Großteil des Tages im Bett verbracht und wieder und wieder Wuraolas Textnachrichten gelesen, hin- und hergerissen zwischen Angst und Wut, bis sie Kopfschmerzen bekam. Seit Yeyes Geburtstag hatte sie von Wuraola geträumt. In einigen ihrer Träume war ihre Schwester tot oder in tödlicher Gefahr. Von einem Auto überfahren, bei einem Feuer verbrannt, von einer Menschenmenge angegriffen. Die Szenarien wechselten, aber eine Sache blieb gleich – Kunle war der Verursacher. In der letzten Nacht war sie schweißgebadet aufgewacht, das Nachthemd klebte ihr am Körper. Einmal war Motara sogar zu Yeye ins Bett gekrochen, und ihre Mutter hatte fast eine Stunde lang nachgebohrt, welcher Traum sie aus ihrem Zimmer vertrieben hatte. Das wäre ihre Gelegenheit gewesen, Yeye zu erzählen, was der Idiot Kunle getan hatte. Stattdessen hatte sie so getan, als wäre sie eingeschlafen, damit Yeye sich keine Sorgen mehr um sie machte.

»Ich verstehe nicht, wieso du nicht aus dem Bett aufstehst und diese Sachen in den Müll schmeißt. Werd endlich vernünftig und räum hinter dir auf. Willst du dich so auch im Haus deines Ehemanns benehmen, hm?« Yeye deutete auf den Saftkarton, den Motara am Vorabend auf dem Boden hatte stehen lassen.

»Achtundvierzig«, sagte Motara und stand auf.

»Was?«

»Nichts.«

»In Wuraolas Zimmer hat es nie so ausgesehen.«

Solange sie denken konnte, hatten Motaras Eltern sie beschworen, so zu werden wie ihre große Schwester. Sie wollten, dass sie auf der weiterführenden Schule ebenso gute Noten schrieb, ebenso lieb und umgänglich war wie Wuraola, ihnen im Haus half, Ärztin wurde. Sie hatte sie in fast allen Punkten enttäuscht. Die Krönung war, als sie beim Abitur ausgerechnet in Biologie durchfiel. Jetzt sollte sie lernen, um die Abiturklausur zu wiederholen, doch sie hatte ihr Schulbuch nicht mehr aufgeschlagen, seit sie im Jahr zuvor aus dem Internat zurückgekommen war. Ein zweites Scheitern würde bedeuten, dass ihre Eltern ihre Träume aufgeben und sich ihre eigenen anhören mussten. Wenigstens hoffte sie das. Sie konnte nicht noch ein Jahr verschwenden, nur weil ihre Eltern wollten, dass sie sich in die heilige Wuraola verwandelte. Motara hob den Saftkarton auf und warf ihn in den Abfalleimer.

»Falte die Wäsche zusammen, bevor du sie in die Zimmer der anderen bringst. Lade sie nicht einfach auf meinem Bett ab und warte darauf, dass Rachel kommt und dir beim Zusammenfalten hilft.«

»Aber –«

»Komm mir nicht mit ›aber‹, tu einfach, was ich dir sage, hörst du?«

Motara verließ das Zimmer. Man konnte nicht mit Yeye

diskutieren, wenn sie verärgert war, und sie war gestern mit schlechter Laune aus dem Geschäft zurückgekommen.

Das Geräusch eines Stößels, der in einen Mörser geschlagen wurde, war im Flur zu hören. Es wurde lauter, je näher Motara der Küche kam. Rachel hielt bei der Arbeit inne, als sie Motara sah.

»Du solltest Sachen nicht mitten in der Küche zerkleinern.« Motara rümpfte die Nase. In der Küche roch es nach Blut. Irgendetwas musste ausgenommen und gesäubert worden sein, kurz bevor sie hereingekommen war.

Rachel ging in die Knie, lehnte sich gegen den schweren hölzernen Mörser und ächzte, als sie ihn mit einem kratzenden Geräusch über den Boden bis an die Hintertür schob.

»Ich hab Hunger, haben wir *chin-chin*?«

»Yeye hat gestern welches gekauft«, sagte Rachel, bevor sie die Arbeit wieder aufnahm.

Alle vier Platten des Gasherdes waren eingeschaltet, und es war heiß im Raum. Gelegentlich wehte ein Windstoß durch die offenen Fenster, der den Geruch von Regen mitbrachte und den ekelhaften Blutgeruch ein wenig abmilderte.

Motara suchte auf der Arbeitsplatte nach der Schüssel mit *chin-chin*. Darauf lagen mehrere Bündel *ugu* und *gbure*, die mit Elefantengrashalmen zusammengebunden waren. Die meisten Blätter waren noch frisch und grün. Ein paar färbten sich gelb, doch die meisten sahen schön und genießbar aus; noch war kein Blatt braun oder vertrocknet. Sie schob das Gemüse beiseite, doch noch immer kam keine Schüssel mit *chin-chins* zum Vorschein. Nur kleine Gewürztiegel mit Curry, Pfeffer und Thymian.

»Wo ist das *chin-chin*?«

Rachel arbeitete weiter, und ihre Brust hob sich jedes Mal, wenn sie den Stößel hoch in die Luft schwang. Der Lärm übertönte Motaras Stimme. Sie nahm eine Küchenschere von einer Ansammlung schmutziger Pfannen und Besteck im Spülbecken. Die gezackten Scherblätter waren blutig und rochen nach Fisch. Irgendetwas Fettiges, Makrele wahrscheinlich. Sie klopfte mit der Schere auf die Spüle, bis das Geräusch von Metall auf Metall Rachels Aufmerksamkeit erregte.

Rachel lehnte den Stößel gegen die Wand, sie atmete pfeifend durch den Mund.

»Wo ist das *chin-chin*?«

Rachel kratzt sich am Kopf, dann wischte sie sich die Hände an ihrem braunen Kleid ab.

»Hat Yeye es versteckt?«

»Sie will es für morgen aufbewahren. Aunty Wuras Mann kommt nach dem Gottesdienst vorbei.«

»Er ist noch nicht ihr Mann! Sie haben noch nicht mal die Verlobung gefeiert.«

Rachel zuckte die Schultern und kratzte die zerkleinerte Yamswurzel aus dem Mörser.

Motara ging zum Gasherd und öffnete alle Töpfe, bis sie den mit dem Fisch fand. Es war Makrele. Sie stach mit einer Gabel hinein, dann stellte sie die Gasplatte ab. Yeye musste vergessen haben, dass der Fisch bald durch war. Motara legte eine auf eine Untertasse, teilte die Makrele an der Grätenlinie und schnitt ein kleines Stück davon ab.

Draußen begann es zu nieseln, als sie einen Bissen aß. Sie trat näher ans offene Fenster und sah hinaus. Yeye hatte erwähnt, dass sie Kunle zum Mittagessen eingeladen hatte, aber Motara konnte sich nicht erinnern, ob Wuraola auch da sein würde. Falls ja, konnten sie sich noch einmal unterhalten, und hoffentlich kam Wuraola noch vor der Verlobungsfeier zur Vernunft. Nach der Feier wäre Wuraola so gut wie verheiratet. Wären die Übergabe der Yamswurzeln und die Unterzeichnung der offiziellen Papiere nicht nur noch eine Formalität?

Motara seufzte, fischte ihr Handy aus der Tasche und las noch einmal Wuraolas letzte Nachricht.

Lass es endlich gut sein, Motara, du bist einfach unhöflich. Ich weiß nicht, was du gesehen zu haben glaubst, aber das Letzte, was ich zu alldem sagen werde, ist, dass deine Sicht falsch war und immer noch ist.

Als sie alle vorangegangenen Nachrichten erneut las, machte es klick. Nichts in Wuraolas Nachrichten bestätigte, was Motara gesehen hatte. Sie konnte sie niemandem zum Beweis zeigen.

»Omotara, was ist nur mit dir los? Du hast die Wäsche nicht reingeholt. Stattdessen stopfst du Essen in dich hinein und spielst mit dem Handy herum. Was soll der Blödsinn?«

Motara hob den Kopf und sah ihre Mutter an der Schwelle zur Küche stehen.

»Tut mir so leid, ich –«

Yeye schnaubte und rauschte an Motara vorbei zur Hintertür.

Motara stellte die Untertasse auf die Arbeitsfläche und berührte ihre Haare. Die Haarteile waren noch keine Woche alt. Sie konnte nicht ohne Duschhaube in den Regen gehen.

Als Yeye zurück in die Küche kam, klebte ihr das mit Relaxer geglättete, ergrauende, kurze Haar am Kopf. Sie blieb vor Motara stehen; Regenwasser tropfte auf den Boden.

»Die Sachen sind alle triefnass. Ich konnte nichts mehr retten.«

»Tut mir leid, *ma.*«

»Tu dir selbst leid, denn das wird dir wirklich noch leidtun. Die Leute, die sagen, ich hätte dich verwöhnt, haben nicht unrecht.« An Rachel gewandt sagte Yeye: »Stell alle Herdplatten aus und entschuldige uns, bitte.«

»Mir war einfach danach, noch etwas zu essen, bevor ich die Wäsche reinhole, und dann habe ich es vergessen.«

Als Rachel die Küche verlassen hatte, fuhr Yeye fort: »Weißt du, Kunle ist gestern zu mir ins Geschäft gekommen und hat genau das gesagt.«

»Kunle hat behauptet, ich bin verwöhnt?«

»Er ist zu kultiviert, um es so auszudrücken, aber ich habe seine Botschaft verstanden.«

»Wie meinst du das, du hast seine Botschaft verstanden?« Motara atmete tief durch, damit sie nicht laut wurde oder ihre Stimme zu zittern anfing. »Kunle hat in deiner Gegenwart über mich hergezogen, und du hast einfach dagesessen und ihm geglaubt?«

»Wen schreist du an? Mich? Du wirst mir gegenüber laut, wie? Ist es deine Schuld? Nein, es ist nicht deine Schuld. Ich habe dir diesen Unsinn erlaubt. Alle haben mit mir zu sprechen versucht, aber nein, ich habe nicht zugehört. Jetzt spitz die Ohren und hör mir zu, von heute an nennst du Kunle nicht mehr beim Vornamen. Er ist ab jetzt Uncle Kunle für dich.«

»Was sagst du da? Er ist weder mein Bruder noch mein Onkel.«

»Aber er heiratet bald deine Schwester.«

»Gott verhüte etwas so Schlimmes.«

»Was? Motara, was ist denn nur mit dir los?« Yeye näherte sich mit verschränkten Armen Motara, das Gesicht vor Wut verzerrt. »Was sagst du da über die Hochzeit deiner Schwester?«

Motara verschränkte ebenfalls die Arme und schaute auf ihre Füße hinunter. Dass sie die Wäsche vergessen hatte, tat ihr leid, sie konnte jedoch nicht erkennen, was das mit ihrer Unterhaltung über Kunle zu tun hatte. Tagelang, wochenlang hatte sie darüber nachgegrübelt, wann und wie sie jemandem erzählen sollte, was sie an Yeyes Geburtstag gesehen hatte. Nie schien es der passende Moment zu sein. Vielleicht gab es keinen guten Moment, um jemand anderem mitzuteilen, dass Wuraola in Gefahr war.

»Stimmt was nicht mit deinen Ohren? Wieso um Himmels willen sagst du so etwas? Erklär mir das!«

Motara holte tief Luft und trat näher an ihre Mutter heran. »Kunle hat Wuraola geschlagen, ich habe es gesehen.«

Yeye runzelte die Stirn, dann lachte sie schallend. »Was sind das für Lügen?«

»Nein, nein. Diesmal lüge ich nicht, ganz bestimmt nicht. Ich habe es gesehen, es war an deinem Geburtstag. Er hat sie geohrfeigt. Die Verlobungsfeier kann nicht stattfinden. Du musst sie absagen. Also ja, Gott verhüte etwas so Schlimmes.«

»Halt den Mund. Was redest du da für dummes Zeug? Etwas so Beschämendes würde ich nie tun. Ich bereite doch keine Verlobungsfeier für meine Tochter vor und sage sie dann ab. Warum sollte ich meine Freude in Schande verwandeln?«

»Hast du überhaupt gehört, was ich gesagt habe? Kunle hat Wuraola geschlagen!«

Yeye hielt Motara drohend den Zeigefinger vors Gesicht. »Du lügst.«

»Und was, wenn nicht?«

»Derselbe Kunle, den ich seit seiner Kindheit kenne?«

Yeye schüttelte den Kopf. »Nein. Ich kenne dich, Motara, du lügst nur so zum Spaß.«

»Diesmal nicht.«

»Jetzt hör sofort mit diesem Unsinn auf.« Yeye warf einen Blick auf ihre Armbanduhr. »Es ist schon fast sieben. Servier deinem Vater das Abendessen. Ich muss mich umziehen. Wehe, ich höre irgendwelche Klagen von deinem Vater. Ich warne dich.«

Nach dem Gespräch kam Motara sich dumm vor. Wieso hatte sie nicht gewartet, bis sich Yeyes Laune besserte? Sie hätte klug genug sein müssen, um zu wissen, dass es schreckliches Timing war, das Thema anzuschneiden, nachdem sie ihre Mutter verärgert hatte. In Anbetracht der Tatsache, dass Wuraolas Sicherheit auf dem Spiel stand, hätte sie besser darüber nachdenken sollen, wie sie es auf überzeugende Art ansprach.

In einem der vielen Küchenschränke standen fünf Porzellanschüsselsets, in denen ihrem Vater das Abendbrot serviert wurde. Motara wählte eins davon aus und stellte die Schüsseln auf ein Tablett. Wenn sie das hier nicht richtig hinbekam, würde sie nie wieder mit Yeye über diese Sache reden können.

Sie löffelte *egusi* in eine mittelgroße Schüssel, dann nahm sie vier Klöße aus gestampfter Yamswurzel aus der braunen Kühlbox, in der Rachel sie aufbewahrte, und legte sie in die größte Schüssel. Bevor sie die Schüsseln abdeckte, gab sie eine Auswahl von Schnecken, Fisch und Hähnchen in die andere mittelgroße Schüssel.

Sie ging langsam zum Esstisch, damit die Suppe nicht in der Schüssel herumschwappte und den Rand mit Palmöl besudelte. Das würde ihrem Vater nicht gefallen. Nachdem sie die Schüsseln auf den Tisch gestellt hatte, nahm sie die

Abdeckung ab, um die Suppenschüssel zu begutachten. Mit einem Anflug von Befriedigung sah sie, dass die Innenseite nicht verschmiert war, und sie deckte weiter den Tisch.

Ihr Vater trug im Haus Stoffslipper, bewegte sich leise wie ein Jäger auf der Pirsch und überraschte Motara oft, wenn sie glaubte, sie wäre allein. Sie war immer auf der Hut, um Begegnungen mit ihm zu vermeiden. Besonders jetzt, da sie an der weiterführenden Schule durch ihre Prüfung gerasselt war; sie ging ihm so oft wie möglich aus dem Weg. Er war unerbittlich in seiner Enttäuschung, die – anders bei Yeye – nicht von Zuneigung gemildert wurde. Er war ein Mann, der stolz auf die Leistungen seiner Kinder war und erwartete, dass sie seine Investitionen in sie mit glänzenden Zensuren belohnten. Motaras Noten hatten immer nur knapp über dem Durchschnitt gelegen, und jetzt war sie durch eine Prüfung gefallen. Um kurz vor sieben kam er ins Wohnzimmer und erschreckte Motara, obwohl sie auf seine Schritte gelauscht hatte.

Sie kniete nieder, als er sich setzte, und beugte leicht den Kopf, während er mit den Fingern auf den Tisch trommelte. »Guten Abend, Sir.«

»Wo ist deine Mutter?«

»Sie musste sich umziehen.«

»Hmmmm. Na schön, steh auf.«

Sie erhob sich, nahm die Abdeckungen von den Schüsseln und legte sie in einer Reihe mit der Unterseite nach oben auf die weiße Tischdecke.

Dann legte sie Yamswurzelklöße auf einen flachen Teller.

»Leg die zurück«, sagte er. »Zwei reichen mir.«

Sie löffelte *egusi* aus der Porzellanschüssel in eine kleine Schale, wobei sie darauf achtete, keine Ölspritzer auf der

Tischdecke zu hinterlassen. Sie spießte die Schnecken mit der Gabel auf und gab vier in die Suppenschale, bevor er die Hand hob, um ihr zu bedeuten, dass das genügte.

Motara stand mit hinter dem Rücken verschränkten Händen da, während er die ersten Bissen aß. Er hustete und trank einen Schluck Wasser aus dem Becher, den sie ihm bereitgestellt hatte. Als er den Becher musterte, bevor er ihn auf den Untersetzer stellte, wusste sie, dass etwas nicht stimmte. Sie hatte etwas falsch gemacht.

»Willst du mich umbringen?« Er deutete auf seinen Becher. »Kaltes Wasser an einem Regentag?«

Motara griff nach dem Becher. »Tut mir leid, Sir.«

»Du solltest dem, was du tust, mehr Aufmerksamkeit schenken«, sagte er.

»Ich hole lauwarmes Wasser.«

»Darum geht es nicht. Setz dich, ich muss mit dir reden.«

Motara setzte sich an den Esstisch neben ihren Vater.

Er lehnte sich zurück. »Du solltest dir ein Beispiel an deiner Schwester nehmen.«

»Ja, Sir.« Natürlich, die heilige Wuraola, unsere liebe Frau von der immerwährenden Perfektion.

»Sie ist eine zielorientierte junge Frau. Selbst in deinem Alter war sie schon zielorientiert. Und sieh dir an, wo sie jetzt ist. Verstehst du, was ich sagen will?«

Motara nickte.

»Du bist so flatterhaft, unkonzentriert. Das erkenne ich daran, wie du die Dinge im Haus erledigst, und natürlich spiegelt es sich auch in deinen Schulnoten wider. Du musst darüber hinauswachsen. Ich will, dass du diese Haltung ablegst, sonst hat sie einen negativen Einfluss auf deine Zukunft. Stell dir vor, du bist verheiratet, und deine Schwiegereltern kommen an einem Regentag zu Besuch, und du servierst ihnen ohne nachzudenken kaltes Wasser. Wie würde das aussehen?«

»Neunundvierzig.« Als sie angefangen hatte zu zählen hatte Motara nicht erwartet, in einer Woche bis fünfzig zu kommen, doch jetzt war sie nur noch eine Erwähnung davon entfernt.

»Was hast du gesagt?«

»Danke, Sir.« An einem guten Tag hätte sie Yeye von der Zählerei berichtet und es als Ausgangspunkt dafür benutzen können, die ständigen Anspielungen auf das Heiraten als ultimative Motivation zur Selbstperfektionierung infrage zu stellen, aber mit ihrem Vater ein solches Gespräch zu führen war unmöglich. Außer vielleicht für Töchter wie Wuraola, die alles getan hatten, um seine Erwartungen zu erfüllen, aber Motara wusste, dass sie sich nicht selbstbewusst genug fühlte, um diese Art von Diskussion mit ihm zu führen, solange sie nicht mindestens einen Abschluss in der Tasche hatte.

*

Als Wuraola am nächsten Tag mit Kunle kam, trug sie einen leuchtend blauen Schal um den Hals. Motara blieb im Wohnzimmer, während die beiden mit ihren Eltern über die Verlobungsfeier plauderten, und wartete auf eine Gelegenheit, mit ihrer Schwester allein zu sein. Doch Wuraola wich nicht von Kunles Seite, weder, um nach oben zu gehen und etwas zu holen, was sie im Wohnheim brauchte, noch, um ins Bad zu gehen.

Motara beäugte den Schal den ganzen Nachmittag lang; ihr fiel auf, wie groß er war, dass er jeden Quadratzentimeter von Wuraolas Hals bedeckte und nicht einmal abgenommen oder auch nur gelockert wurde, als sie sich zum Mittagessen hinsetzten. Motara entwickelte eine Theorie, bevor sie sich auf ihren Sonntagsreis stürzte. Wuraola musste unter dem weichen Stoff einen riesigen Bluterguss verbergen. Irgendwie konnte Motara nicht glauben, dass der Vorfall, dessen Zeugin sie geworden war, der erste seiner Art gewesen war. Die Unverschämtheit, Wuraola in ihrem eigenen Zuhause zu schlagen, obwohl ihre Familie ganz in der Nähe war? Nein, er hatte ihr schon Schlimmeres angetan, als sie anderswo und allein waren.

Beim Abendessen wirkte Wuraola zu strahlend und glücklich; selbst beim Kauen hatte sie noch ein Lächeln im Gesicht, als wäre es aufgemalt. Außerdem war Motara sicher, dass ihre Schwester jedes Mal das Gesicht verzog, wenn Kunle nach etwas griff, das auf Wuraolas Seite des Tisches stand. Motara hatte ihn sogar zweimal gebeten, ihr das Salz zu reichen, damit sie Wuraola im Auge behalten und sich sicher sein konnte, dass sie tatsächlich flüchtig das Gesicht verzog.

Motara spürte, wie ihr die Hitze in die Wangen schoss, als Yeye über die *Aso-ebi*-Festkleidung für die Verlobungsfeier sprach. Als ihre Mutter über die Vorzüge von kaffeebraunem Kopfschmuck und pfirsichfarbener Spitze sprach, hätte sie am liebsten geschrien. Es machte ihr mehr zu schaffen als erwartet, dass ihre Mutter ihr nicht glaubte. Natürlich log sie manchmal aus Spaß, aber sie hätte nicht gedacht, dass Yeye, einen Tag nachdem sie erfahren hatte, dass Wuraola womöglich ein Opfer von Misshandlung war, schon wieder so entspannt sein konnte. Hielten alle Motara für einen solchen Witz, dass Yeye sich nicht einmal vierundzwanzig Stunden lang fragte, ob sie nicht vielleicht doch die Wahrheit sagte?

Motara schob ihren leeren Teller von sich und bedankte sich höflich, wie man es ihr schon als Kind beigebracht hatte. »Danke, Sir, danke, *ma*.«

Yeye nickte.

»Dank sei Gott«, murmelte ihr Vater zurück.

»Dr. Wura, ich möchte, dass du Otunba und Yeye erzählst, was Kunle – Uncle Kunle« – Motara drückte die Hände fest auf den Tisch – »dass du ihnen erzählst, was er mit dir gemacht hat.«

Wuraola berührte ihren Schal. »Ich verstehe nicht, was du meinst.«

»Omotara, wenn du jetzt nicht den Mund hältst«, sagte Yeye und funkelte sie von der gegenüberliegenden Tischseite aus an.

Motara sah Kunle unverwandt an, der sich weiter Reis in den Mund schaufelte wie ein Dieb. »Ich habe gesehen, wie er es getan hat. Du musst jetzt den Mund aufmachen.«

Wuraola schüttelte den Kopf und schaute beiseite.

Otunba trank einen Schluck Wasser. »Worum geht es?«

Motara schluckte. »Kunle hat Wuraola an Yeyes Geburtstag geschlagen.«

»Du nennst sie Dr. Wura. Das ist ein Teil des Problems. Du respektierst ältere Menschen nicht. Warum im Namen Gottes bist du so entschlossen, uns Schande zu machen, Motara?« Yeye war laut geworden.

Otunba legte das Besteck auf seine Serviette. »Kunle hat was getan?«

»Sie lügt«, sagten Yeye und Wuraola gleichzeitig.

Motara stand auf. »Ich lüge nicht, Wura … Dr. Wura, du weißt, dass ich nicht lüge. Wieso lügst du für ihn? Wieso schützt du ihn, diesen üblen Typen? Er hat dich in diesem Haus geschlagen. Wieso lügst du?«

»Setz dich und hör auf, so hysterisch zu sein«, sagte Wuraola und schüttete Wasser in Kunles Becher.

»Himmel Herrgott! Was machst du nur? Willst du so unbedingt heiraten? Was stimmt nicht mit dir?«

»Kunle.« Otunba schob den Teller von sich. »Was ist hier los?«

»Tut mir leid, Sir. Ich, ich verstehe das nicht. Es ist, äh, ich habe Yeye am Freitag in ihrem Geschäft besucht und habe mit ihr darüber gesprochen, dass Motara unhöflich zu mir war, und ich glaube, darüber hat sie sich geärgert. Das ist die einzige Erklärung, die ich habe, Sir.«

Otunba warf Yeye einen Seitenblick zu, die nickte, um Kunles Worte zu bestätigen. »Omotara Makinwa, setz dich sofort hin und hör auf, eine solche Szene zu machen.«

Motara nahm auf der äußersten Kante des Stuhls Platz. Ihre Hände zitterten. Tränen traten ihr in die Augen. Sie atmete tief ein, um sich zu beruhigen. »Daddy, sag ihr, sie soll den Schal abnehmen.«

Wuraola lachte höhnisch auf, ein harsches Geräusch.

»Ich weiß, dass sie etwas darunter verbirgt, bitte sag ihr, sie soll ihn abnehmen. Wenn sie blaue Flecken hat, müsst ihr mir glauben.«

Otunba stützte das Kinn auf eine Faust.

»Bitte.«

Otunba nickte. »Na schön, Wuraola, leg den Schal ab.«

»Das ist lächerlich«, sagte Wuraola. »Ich habe nichts zu verbergen, es ist nur ein Schal.«

»Tja dann, nimm ihn ab«, sagte Otunba.

»Ich glaube dir, Liebes.« Yeye streckte über den Tisch hinweg den Arm aus und nahm Wuraolas Hand. »Ich vertraue dir, aber tu uns den Gefallen und nimm ihn ab.«

Motara biss sich auf die Unterlippe, während ihre Schwester den Knoten unter ihrem Kinn löste und den Schal abnahm.

Alle beugten sich vor, um Wuraolas Hals zu inspizieren. Nachdem Motara ihn ein paar Augenblicke betrachtet hatte, ließ sie den Tränen, mit denen sie gekämpft hatte, freien Lauf.

»Brauchst du vielleicht noch eine Taschenlampe?«, fragte Kunle.

Motara beäugte den Hals ihrer Schwester erneut, die Haut war glatt und makellos.

»Motara!« Yeye seufzte. »Solltest du dich nicht bei deiner Schwester und Kunle entschuldigen?«

Motara biss sich auf die Lippe. Sie würde sich nicht bei einem Mann entschuldigen, der vor ihren Augen ihre Schwester geohrfeigt hatte. Niemals. Gott verhüte etwas so Schlimmes.

»Yeye, bitte lass Motara, das ist doch nicht nötig. Es ist keine große Sache.« Kunle lächelte. »Genießen wir das Essen.«

18

Nach dem Mittagessen bat Yeye Wuraola um ein Gespräch unter vier Augen. Wuraola sammelte das Geschirr ein, in der Hoffnung, die Unterhaltung mit ihrer Mutter hinauszuzögern. Ihre Hände zitterten, sodass die Teller, die sie aufeinandergestapelt hatte, klapperten, als sie aufstand.

»Lass das Rachel und Motara übernehmen. Nein, Motara sollte den Tisch heute allein abräumen«, sagte Yeye. »Komm, gehen wir nach oben.«

Wuraola übergab Motara die Teller. Sie setzte sich wieder hin und hob ihren Schal, das letzte Geburtstagsgeschenk von Nonso, vom Boden auf. Es war ein großes Satinding, das sie aus dem Schrank geholt hatte, als sie bemerkte, dass ihr Hals bei jeder Berührung wehtat. Die Haut war empfindlich, vermutlich hätten sich Blutergüsse gebildet, wenn Kunle weiter zugedrückt hätte. Sie hatte Angst gehabt zusammenzuzucken, als ihre Eltern sie umarmten. Bis jetzt hatte der Schal sie vor dem Schmerz ihrer Zuneigung geschützt.

»Wura.« Kunles Flüstern war Flehen und Warnung zugleich. Seine Hand lag auf ihrem Knie, massierte und drückte es, bis sie das Bein schüttelte, damit er aufhörte.

Als er nach dem Vorfall am Abend zuvor endlich die Wohnung verlassen hatte, war sie aus dem Badezimmer direkt ins Bett gegangen und sofort eingeschlafen. Bei Sonnenaufgang war er wieder da gewesen. Obwohl er den nachgemachten Schlüssel dabeihatte, bat er sie, die Tür zu öffnen. Sie tat es, ohne darüber nachzudenken, die Glieder noch behäbig und schwer vor Schlaf. Er sagte, er habe die Nacht im Wagen verbracht, sei zu durcheinander gewesen, um Auto zu fahren; diesmal tue es ihm nicht nur leid, ihm sei klar geworden, dass er ein Problem habe und Hilfe benötigte. Er brauche sie. Sie hatte Mühe gehabt, wach zu bleiben, während er herumstotterte, mit vor Erschöpfung und Angst zitternder Stimme.

»*Oya*, Wuraola, los, lass uns gehen.« Yeye verließ das Esszimmer.

Wuraola wickelte sich den Schal wieder um den Hals. Für den Fall, dass ihre Mutter mit ihr über Motaras Anschuldigung sprechen wollte, wusste sie nicht genau, ob sie lügen oder eine direkte Antwort vermeiden sollte. Bis zum Vorabend war sie entschlossen gewesen, die Wahrheit vor ihrer Mutter nicht zuzugeben, falls Motara ihre Drohung in die Tat umsetzte. Aber jetzt – trotz allem, was Kunle an diesem Morgen gesagt hatte, während er ausgestreckt vor ihr lag, ihren Knöchel umklammerte und bettelte, bis er einschlief – war Wuraola sicher, dass das, was zwischen ihnen geschehen war, eine bedeutsame Verschiebung war, eine Eskalation, die eine andere Reaktion verdiente.

»Weißt du, seit ihr zwei euch verlobt hat, hat Kunles Mutter mich jede Woche angerufen, um Hallo zu sagen«, bemerkte Yeye, als sie ihre Schlafzimmertür aufschloss.

»Wir essen heute mit ihr zu Abend.«

»Und der Professor?«

»Ist nicht da, er ist heute zu einem Treffen mit dem Parteivorsitzenden nach Abuja gefahren.«

»Schließ die Tür hinter dir.«

Yeyes Zimmer zu betreten war wie eine ihrer wunderbaren Umarmungen. Eingehüllt in die verschiedenen Gerüche, die sie mit ihrer Mutter assoziierte – das Blumige von Anaïs Anaïs, der Duft ihres Jovan-Puders, der beißende Mentholgeruch der Robb-Salbe auf ihrem Nachttisch –, empfand Wuraola Trost.

Sie setzte sich aufs Bett und erwartete, dass ihre Mutter sich neben sie setzen und ihr den Arm um die Schulter legen würde. Das tat sie immer, wenn sie jemandem ein Geheimnis entlocken wollte.

»Alle Welt hat mir erzählt, dass ich mit Motara zu nachsichtig bin, aber habe ich je darauf gehört?« Yeye ging zu ihrem feuerfesten Safe und gab den Code ein. »Du auch, du hast es mir oft gesagt, aber ich wollte es nicht hören. Und jetzt sieh dir an, was passiert. Mein eigenes Kind blamiert mich vor meinem Schwiegersohn.«

Wuraola presste die Lippen aufeinander, um sie nicht zu korrigieren. Doch die Formulierung »zukünftiger Schwiegersohn« hatte keine Bedeutung für ihre Mutter. Schwer zu sagen, ob Yeye sich so verhielt, als hätten sie das Ehegelübde schon abgelegt, weil sie Sorge gehabt hatte, Wuraola sei noch nicht verlobt, bevor sie dreißig wurde. Vielleicht lag es aber auch daran, dass Kunle aus einer Familie kam, die sie schon so lange kannten.

»Kunle sagt, du hast nichts dagegen, wenn ich nach der Verlobungsfeier bei ihm einziehe.«

»Ich finde, es ist eine gute Idee.«

»Wow, Yeye, einfach nur wow.«

»Was?« Das Schloss des Safes öffnete sich mit einem Klicken, und Yeye holte eine mittelgroße Schmuckschatulle heraus.

»Bist du dieselbe Frau, die gedroht hat, meine Jungfräulichkeit mit einem Ei zu testen?«

»Wirklich? Das habe ich getan?« Yeye zuckte die Schultern. »Tja, du bist jetzt kein Kind mehr. Wenn wir die Verlobungsfeier abgehalten haben, bedeutete das, dass deine Eltern mit der Verbindung einverstanden sind. Du bist frei. Es ist ja nicht so, als würde er dich nicht schon morgen heiraten, wenn du wolltest. Du bist frei, zieh bei ihm ein. Ich glaube, es ist besser so.«

»Ich glaube nicht, dass das eine gute Idee ist«, sagte Wuraola in der Hoffnung, ihre Mutter werde sie fragen, warum sie Vorbehalte hatte, mit Kunle zusammenzuleben. Doch Yeye setzte sich aufs Bett, legte die Schmuckschatulle zwischen sie und fuhr fort, als hätte es die Unterbrechung nicht gegeben.

»Ich bin sicher, seine Mutter hat auch nichts dagegen. Solange es nach der Verlobungsfeier ist. Sieh dir an, wie wunderbar sich alles für dich entwickelt hat, Wuraola. Ist das nicht wundervoll? Ich will nicht lügen, ich dachte, Kunle würde dir schon bei deiner Einführung einen Antrag machen. Als er das nicht getan hat, habe ich schon befürchtet, er wartet auf jemand anderen, vielleicht ein jüngeres Mädchen, jemanden Anfang zwanzig, du weißt ja, wie Männer sind. Aber sieh ihn dir jetzt an, manche anderen Männer wären verschwunden, als Motara angefangen hat, Blödsinn zu erzählen. Aber schau nur, wir ruhig er die ganze Zeit geblieben ist. Alles passt so gut zusammen. Seine Herkunft, seine Familie, sein Temperament. Es ist wie ein Wunder, nicht?«

Das Wunder war, dass Yeye, die Momente der Freude sonst mit einer Nüchternheit quittierte, die Wuraola darauf zurückführte, dass sie kurz hintereinander beide Eltern verloren hatte, jetzt so unbeschwert in ihrem Glück war. Sie schien sogar glücklicher zu sein als bei Motaras Geburt oder Layis Hochzeit.

»Oder?« Yeye runzelte die Stirn. »Glaubst du, er ist sehr verärgert über Motaras Lügen?«

Das wäre der Moment gewesen, um zu gestehen, dass Motara nicht gelogen hatte. Aber wie würde ihre Mutter sich dann fühlen? Yeye und ihre Schwestern gaben gern damit an, wie sie sich nach dem Tod ihrer Eltern wieder aufgerappelt und ihre Zeit nicht mit Trauer verschwendet hatten. Aber Wuraola wusste, dass Yeye die Last des Verlusts immer noch mit sich herumtrug. Sie zeigte sich darin, wie sie manchmal geistesabwesend über ihr verletztes Bein strich, den Blick auf eine Vergangenheit gerichtet, die niemand außer ihr sehen konnte. Oder darin, wie sie an dem Tag in Tränen ausgebrochen war, an dem Layi sich als Teenager beschwert hatte, er wolle neue Geschichten hören, statt sich ständig die alten anhören zu müssen, die Yeye von ihrer Mutter übernommen hatte. Oder darin, wie oft ihre Freude mit Angst gemischt war, als könnte das Glück nur kurze Zeit währen. Wuraola zupfte ihren Schal zurecht. Wie konnte sie ihrer Mutter diesen seltenen Moment unbändiger Freude nehmen?

»Wuraola?«

»Nein. Nein, er ist nicht verärgert.« Sie wünschte sich nichts mehr, als einen Weg zu finden, um Kunle zu helfen, damit er aufhörte, sie zu schlagen. Darum konnte sie sich selbst kümmern; es gab keinen Grund, das wunderbare Glück ihrer Mutter in etwas weniger Wunderbares zu verwandeln. Und obwohl der Vorfall am Vorabend sich wie eine Eskalation angefühlt hatte, hatte der nächste Morgen einen Durchbruch gebracht. Kunle war klar geworden, dass er ein Problem hatte. Er sagte nicht mal mehr, ein Schlag sei ein Fehler gewesen, sein Verhalten war jetzt ein Problem, das sie gemeinsam lösen mussten. Vielleicht hatte es erst so weit kommen müssen, um ihm einen Schock zu versetzen, der echte Veränderung brachte.

»Was ist eigentlich Motaras Problem, hm? Dass sie zu groß ist, ältere Leute Brother oder Sister zu nennen? Ich habe allen in der Mothers' Union von der Verlobungsfeier erzählt. Jetzt soll ich dorthin zurückgehen und ihnen was genau sagen? Niemals. Das ist nicht mein Los. *Ori mi koo.* Wenn ich mit ihr fertig bin, wird Motara nie mehr solchen Blödsinn machen.«

»Bitte bestraf sie nicht. Ich glaube, sie hat ihre Lektion gelernt.«

»Vergiss sie für den Moment.« Yeye schob die Schmuckschatulle zu Wuraola hinüber, bis sie deren Oberschenkel berührte. »Das wollte ich dir schon geben, nachdem Kunle dir den Antrag gemacht hat, aber ich habe es vergessen, wegen dem Geburtstag und allem. Mach sie auf.«

Wuraola öffnete den Verschluss.

»Ich möchte, dass du das bekommst, nun, da du heiratest.«

Alle Objekte in der Schatulle waren in lavendelfarbenes Papier eingeschlagen.

»Wofür wir beten, was ich mir für dich wünsche und erhoffe, ist, dass du und Kunle in Gesundheit und Wohlstand eine lange, lange Zeit zusammenlebt. Aber man weiß nie, was kommt. Dein Vater hält mich für paranoid, aber ich weiß, wovon ich rede. Heute ist alles bestens.« Yeye schnippte mit den Fingern. »Und dann, einfach so, verändern sich die Dinge. Liebes, in diesem Leben, äh, braucht eine Frau Optionen. Dieses Gold ist Teil meines Vermächtnisses an dich. Es gibt noch andere Dinge, von denen du später erfahren wirst, aber fangen wir damit an. Wenn alles schiefgeht, dann hoffe ich, hast du wenigstens das hier. Bewahre es gut auf und vermehre es im Laufe der Jahre.«

Wuraola sank vor ihrer Mutter auf die Knie. »Ich danke dir.«

Yeye fuhr ihr durch die Zöpfe. »Ich will, dass du in diesem Leben gut versorgt bist, Wuraola. Das ist einer der Gründe, warum ich froh über die Familie bin, in die du einheiratest. Ich bin sicher, dass man sich um dich kümmert. Du solltest nie so leiden, wie ich gelitten habe, Wuraola. Meine Kinder dürfen nicht so leiden.«

*

Die Notaufnahme hallte wider von dem Schreien und Stöhnen der Patienten. Die Bremsen eines Busses für achtzehn Personen hatten auf der Autobahn versagt; er war in zwei Limousinen gekracht, die vor ihm zum Stehen gekommen waren. Wenigstens fünfundzwanzig Patienten wurden innerhalb einer Stunde in die Notaufnahme gerollt oder getragen.

Tifes Geburtstagsparty war eine Woche her. Wuraola hatte zusammen mit Kingsley und Dr. Hassan, einem höhergestellten Assistenzarzt, Dienst in der Notaufnahme. Keiner von ihnen trug OP-Kleidung und Kittel. Die diensthabenden Pflegekräfte hatten ebenfalls keine Uniformen an. In der Notaufnahme konnte es schnell hitzig werden, und es hatte schon Angehörige gegeben, die einen der Ärzte oder eine Krankenschwester angegriffen hatten, weil sie ihre Lieben nicht rechtzeitig hatten behandeln können. Es war wichtig, die Station verlassen zu können, als würde man nicht zum medizinischen Personal gehören.

Kingsley fiel auf, dass die Passagiere aus dem Bus alle Kleidung aus dem gleichen Waxprint-Stoff trugen, was es leichter machte, sie zu erkennen und bevorzugt zu behandeln, da sie vermutlich schwerer verletzt waren als andere Patienten. Es waren nicht genug Ärzte und Pflegekräfte da, um mit dem Ansturm fertigzuwerden, also musste ein System her, um sicherzustellen, dass sie sich um die Leute kümmerten, die am dringendsten Hilfe brauchten. Wuraola bat die Straßensicherheitsbeamten, die zehn Patienten, die auf den ersten Blick am schwersten verletzt schienen, auf die verfügbaren Betten zu verteilen. Sie brauchte ihnen nicht zu sagen, was sie mit den anderen tun sollten, die bereits auf dem Boden der Notaufnahmen abgelegt wurden. An Tagen wie diesen endeten einige Patienten unweigerlich auf den Fluren.

Vor Monaten war Wuraola, nachdem ihr erster Dienst in der Notaufnahme halb vorbei war, von der Station geflüchtet. Sie hatte einer Krankenschwester erklärt, sie müsse auf die Toilette, war jedoch stattdessen nach draußen gegangen und hatte sich übergeben, bis ihr schwindelig wurde. Es hatte in jener Nacht mehrere Verkehrsunfälle gegeben, aber das Blut machte ihr nichts aus, sie gehörte nicht zu denen, die beim Anblick eines herausragenden Knochens oder heraushängenden Auges in Panik gerieten. Es war der Chor der flehenden Stimmen, bei dem sich ihr der Magen umdrehte, das inständige Flüstern, die Hilferufe, die schmerzerfüllten Schreie. Doktor, *nitori Olorun*, Doktor, bitte, Doktor, Hilfe, Doktor. Was ihr Übelkeit verursachte und ihre Hände zum Zittern brachte, war die Erkenntnis, dass manche dieser Stimmen für immer verstummen würden, bevor der diensthabende Arzt sich um den Patienten kümmern konnte. Wenn alle im medizinischen Team zehn Hände und

Augen hätten, dann hätten sie vielleicht die Patienten retten können, die nicht allzu schwer verletzt waren und noch den Hauch einer Chance hatten. Nachdem sie ihr Abendessen in den Rinnstein hinter der Notaufnahme gewürgt hatte, hatte Wuraola sich den Mund ausgespült, sich Wasser ins Gesicht gespritzt und war wieder zur Arbeit gegangen.

Heute konnte sie die Schreie ausblenden. Meist versuchte sie, die Patienten der Reihe nach abzuarbeiten. Man lief sonst Gefahr, von einem Patienten weiterzueilen zu einem anderen, der nach einem Arzt schrie. Wuraola war bemüht, sich darauf zu konzentrieren, eine Behandlung abzuschließen, ohne sich zu fragen, ob jemand anderes starb, weil sie ihn nicht rechtzeitig behandeln konnte.

Kingsley tippte ihr auf die Schulter, als sie gerade das Augenlid eines nicht ansprechbaren Patienten hochzog. »Bitte, kannst du mir helfen, diesen Mann hier zu vernähen?«

»Eine Schwester?«

»Alle sind beschäftigt.« Er hielt seine Taschenleuchte hoch. »Lass mich das erledigen. Glasgow Coma Scale, richtig?«

Wuraola nickte und trat zurück. Kingsley war berüchtigt dafür, dass seine Hände stark zitterten, wenn er Wunden vernähte. Es war schrecklich, wenn er unter Druck stand.

Der Patient hatte eine klaffende Wunde, die von der Schulter bis zum Handgelenk verlief. Er starrte die Decke an, als Wuraola Nadel und Faden nahm.

Wuraola war gut im Vernähen. Ihre Mutter war der Ansicht, jede gute Ehefrau müsse kochen, nähen und backen können. Als Wuraola zehn gewesen war, hatte Yeye ihr beigebracht, wie man Socken stopfte und Rosinenkuchen backte, nur der Kochunterricht musste warten, bis sie nach Abschluss der weiterführenden Schule aus dem Internat zurückkehrte. Von den drei Fähigkeiten, die sie auf Yeyes Wunsch hin beherrschen sollte, war Nähen das Einzige, was Wuraola Spaß machte. An der Uni, weit weg von zu Hause und ihrer Mutter, hatte sie sich geweigert, Sachen zu stopfen, und hatte stattdessen angefangen, an Hautnahttrainern aus Silikon zu üben, und mehrere pro Monat verbraucht; manchmal hatte sie zur Beruhigung auch unreife Bananen und Hähnchenbrüste vernäht. In den letzten paar Monaten war ihr der nahtlose Übergang zur menschlichen Haut gelungen, ohne die Furcht, den Patienten wehzutun, die Kingsley so nervös machte.

Wuraola bemerkte, dass Kingsley der Frau bereits ihr Tuch über das Gesicht gezogen hatte, jedoch immer noch wie angewurzelt an ihrer Seite stand. In einer weniger hektischen Nacht hätte sie ihm die Minute gegönnt, die er nach dem Verlust der Patientin offensichtlich brauchte. Doch jetzt ging sie die mentale Warteschlange durch, die sie sich zurechtgelegt hatte, und stieß auf einen Patienten, der sicher nicht genäht werden musste.

»Kingsley, versorg den Typen, der sich den Magen hält.«

»Hm?«

»Den in dem Chelsea-Trikot. Er war schon hier, bevor sie die Unfallpatienten gebracht haben.«

»Okay.«

Nachdem sie die Wunde vernäht hatte, untersuchte Wuraola den Patienten auf weitere Wunden, dann bat sie ihn aufzustehen.

»Wohin soll ich denn gehen?«

»Bitte setzten Sie sich auf den Boden, Sir. So können wir jemanden ins Bett verlegen, der noch behandelt werden muss.«

»Was glauben Sie, mit wem Sie reden? Ich? Auf den Boden? Wissen Sie eigentlich, wer ich bin?«

Wuraola zog die Handschuhe aus. »Bitte verlassen Sie das Bett, bevor ich wieder zurück bin.«

»Dummes Mädchen. So ein Unsinn, redet mit mir, als wäre ich nicht alt genug, ihr Vater zu sein.«

Wuraola ging kopfschüttelnd davon. Dummes Mädchen, albernes Mädchen, törichtes Mädchen – wütende Männer nannten sie mit Vorliebe *Mädchen*, als hätten sie nur auf die Gelegenheit gewartet, ihr den akademischen Grad abzuerkennen. Sie ging an Kingsley vorbei, als der Mann im Chelsea-Trikot sich plötzlich übergab. Sie sprang gerade noch rechtzeitig aus der Schusslinie. Kingsley war nicht schnell genug.

»O Gott.« Wuraola sah sich um. Es gab niemanden, den sie losschicken konnten, um eine Putzhilfe zu holen.

»Mist.« Kingsleys Hemd war mit Bröckchen von Erbrochenem und Blutflecken übersät.

»Tut mir leid.« Wuraola trat einen Schritt zurück.

»Ich glaube, ich habe etwas davon in den Mund bekommen.«

»Gehen Sie, ziehen Sie sich um und duschen Sie, bevor Sie zurückkommen.« Dr. Hassan bedeutete Kingsley, die Station zu verlassen. »Und schicken Sie uns eine Reinigungskraft.«

*

Vier Tage nachdem er mit Wuraola Dienst gehabt hatte, litt Kingsley unter Unwohlsein und Erbrechen. Er bekam den Nachmittag frei, um sich auszuruhen. Als er später an jenem Abend mit Husten und Brustschmerzen in der Notaufnahme erschien, bat der diensthabende Arzt wegen eines Verdachts auf Lassafieber darum, dass er nach Ife auf eine Isolierstation verlegt wurde.

»Weißt du schon, wann du die Lassa-Testergebnisse bekommst?«, fragte ihn Wuraola, als sie ihn anrief, um ihn zu fragen, wie es ihm ging.

»Sie haben Proben entnommen, aber der Test kann nur in Lagos durchgeführt werden. Also dauert es noch mindestens eine Woche, da die Sendung erst heute Abend oder morgen in Lagos ankommt.«

»Du meinst, sie können den Test nicht mal in Ibadan durchführen?« Sie warf einen Blick zu der Uhr an ihrer Wand. Wenn sie nicht in zehn Minuten losging, würde sie zu spät zur Visite kommen.

»Jemand hat gesagt, in Akure eröffnet bald ein neues Labor, aber bis jetzt können nur drei Labore im ganzen Land eine solche Analyse durchführen, und das nächste ist in Lagos.«

»Tut mir leid.« Wuraola schlüpfte in ihre grünen Ballerinas. »Wie geht es dir?«

»Das Fieber ist gesunken, das ist doch schon etwas.«

»Temperatur?«

»Bei der letzten Messung achtunddreißig.«

»Das ist doch nicht übel.« Sie nahm ihre Handtasche. »Ich muss jetzt los, tut mir leid, dass ich …«

»Ich weiß doch, wie das ist. Keine Sorge, mir geht's gut.«

»Ich rufe dich später am Tag an.«

»Versprechen sind Schulden, Goldmädchen.«

Sie erinnerte sich erst sehr viel später am Abend an ihr Versprechen, als Kunle ihre Anrufliste überprüfte, während sie in der Löffelchenstellung im Bett lagen. Seit Tifes Geburtstag war Kunle jeden Tag vorbeigekommen, um den Abend mit ihr zu verbringen. Er kochte Abendessen oder brachte etwas mit, räumte für sie auf und hatte einmal sogar ihre Unterwäsche von Hand gewaschen, während sie schlief.

»Wieso hast du Kingsley angerufen?«

»Er ist mein Freund.«

»Ich sagte, wieso hast du ihn angerufen?«

Wuraola verspürte den plötzlichen Drang, ins Badezimmer zu flüchten und die Tür hinter sich zu verriegeln. Jemandes Herz hämmerte; sie war nicht sicher, ob es seins oder ihres war. Ihre Zunge bewegte sich nicht, als sie etwas sagen wollte, und obwohl er beide Arme um ihre Taille geschlungen hatte, hatte sie das Gefühl, als würden seine Hände wieder ihren Hals umfassen.

»Wura?«

»Er ist krank.«

»Wieso flüsterst du?«

Wuraola räusperte sich. Bislang wirkte er nicht aufgebracht. »Kingsley ist schon seit ein paar Tagen krank.«

»Wieso hast du das nicht gleich gesagt?« Kunle presste seinen Körper fester an ihren. »Ich hoffe, es geht ihm schon besser?«

Wuraola nickte. Sie schloss die Augen, während er mit den Fingern einen Rhythmus auf ihren Bauchnabel klopfte. Es war offensichtlich, dass er nicht ausrasten würde, trotzdem konnte sie sich nicht entspannen. Nicht einmal dann, als er ihr *Olo Mi* vorzusingen begann. In der Zeit des Staatsexamens rief er sie oft an, hielt das Telefon vor seine Lautsprecher und spielte ihr genau eine Minute lang das Lied vor. Eine Minute der Liebe, wie er es nannte. Es war seine Art, ihr zu helfen, in dieser schwierigen Zeit ruhig zu bleiben. Er hatte auch bei Kay's Chippy Frühstück bestellt, das ihr jeden Tag geliefert wurde. Die Lieferung vom Campus zum Wohnheim der Medizinstudenten hatte wahrscheinlich mehr gekostet als das Essen selbst, trotzdem hatte Kunle dafür gesagt, dass sie ihr Frühstück bekam. An jedem einzelnen Tag.

»Magst du das Lied noch?«, fragte Kunle.

Wuraola legte die Hand auf seine. »Ja, ja. Sing weiter.«

Dann war er eben nicht perfekt, na und? Niemand war das. Zumindest tat er sein Bestes, ihr zu zeigen, wie leid es ihm tat, dass er ihr wehgetan hatte. Das zählte doch, es musste etwas zählen. In der vorangegangenen Nacht hatte er in ihrer Wohnung übernachtet, während sie Dienst gehabt hatte, und kurz vor drei hatte er ihr frisch gekochten Kaffee und eine Packung Kekse gebracht.

Sie hatte immer gewusst, wie sehr es ihn beeindruckte, dass sie Ärztin war. Das war das Erste, was er erwähnte, wenn er sie jemandem vorstellte. »Das ist meine reizende Freundin, sie ist Medizinstudentin. Das ist Dr. Wura, meine wunderbare Freundin. Das ist meine brillante zukünftige Frau, Dr. Wuraola.« Sie hatten sich auf dem Flur getroffen, als er ihr in der vorangegangenen Nacht Kaffee gebracht hatte, und als Wuraola den Thermobecher von ihm entgegennahm, bemerkte sie, wie er mit vor Sehnsucht leuchtenden Augen an ihr vorbei in die Station spähte. Ja, Kunle bewunderte sie, aber die Bewunderung war mit seinen eigenen Enttäuschungen und Unsicherheiten verstrickt. Er wünschte immer noch, er könnte der Arzt sein, den seine Eltern sich gewünscht hatten.

Während Kunle ihr wieder und wieder *Olo Mi* vorsang, musste sie daran denken, dass ihre Eltern, besonders ihr Vater, es vermieden, über oder mit Layi zu sprechen, nun, da dieser seine eigenen Träume zu verwirklichen versuchte. Wenn ihre Eltern, die noch zwei andere Kinder hatten, von denen eins ebenfalls Ärztin war, so von Layis Entscheidung gekränkt waren, wie benahmen sich dann erst die Cokers, die ja mit Kunle allein waren? Der Einzige zu sein, der die elterlichen Erwartungen zu erfüllen hatte, musste schwierig sein.

Wuraola drehte sich zu Kunle um. »Ich hätte nicht bissig sein sollen, als ich dir gesagt habe, du hättest selbst Doktor werden können.«

Kunle zog eine Augenbraue hoch.

»Das, was ich am Geburtstag meiner Mum zu dir gesagt habe. Ich weiß, wie sensibel du in der Hinsicht bist.«

»Ach, Wura.« Er küsste sie auf die Stirn. »Ich wünschte nur, du würdest nicht immer Dinge tun, die mich wütend machen. Du weißt, wie sehr ich dich liebe, oder?«

Sie nickte und ließ zu, dass er sie näher an sich zog.

»Bitte lass uns einfach glücklich sein. Wir waren in der letzten Woche doch glücklich. Zwischen uns war doch alles wunderbar, oder?«

»Ja, absolut.«

Er zog ihren Kopf unter sein Kinn und hüllte sie in eine Umarmung ein, die wie die Rückkehr in eine ursprüngliche Geborgenheit war. Die sichere Dunkelheit des Mutterleibes, die Wärme einer mütterlichen Umarmung, die Erleichterung, zum ersten Mal aus dem Kinderbett gehoben zu werden, wenn man schrie.

19

Eniolas neue Schule, die United Apostolic Missionary Grammar School, gehörte zu denen, die die Regierung, lange Zeit bevor er dort Schüler wurde, von den Kirchen übernommen hatte. Und laut Mrs. Okon, der Freundin, die ihr Vater angefleht hatte, seinen Sohn so spät im Schuljahr noch aufzunehmen, hatte dies die Schulen ruiniert. Wenn Mrs. Okon sich nicht über alles beschwerte, was mit der Erziehung im Land schieflief, unterrichtete sie Englisch in der Oberstufe der United. Sie gehörte zu den wenigen Lehrerinnen, die verlässlich zu ihren Stunden erschienen. Zwei Wochen nachdem Eniola an der United angefangen hatte, war zum Beispiel der Chemielehrer noch kein einziges Mal aufgetaucht.

An jenem Montagnachmittag beklagte sie sich darüber, dass der Schulzaun am Wochenende verschandelt worden war. Obwohl es bis zur Gouverneurswahl noch ein Jahr hin sei, sei der Zaun mit Wahlplakaten von zwei Männern zugekleistert worden, die für die Nominierung der Regierungspartei kandidierten. Mrs. Okon hasste beide Männer, schien sich aber mehr über Honourable Fesojaiye zu ärgern, einen ehemaligen Schüler der United, der noch nie etwas gespendet hatte, nicht einen einzigen Stuhl.

»Keinen Schreibtisch, hm, nicht einmal einen Nagel, aber

einen Monat vor den Vorwahlen, und er kennt plötzlich wieder die Adresse der Schule.«

Die Schülerinnen und Schüler rutschten auf ihren Stühlen herum, warteten darauf, dass sie zu meckern aufhörte. Eniola merkte, dass sie zum Ende kam, als sie den dünnen Stock in die Hand nahm, den sie schwang, wenn sie ihre Hausaufgaben überprüfte. Während der Morgenversammlung brüstete der Schulleiter sich oft damit, dass der erste Laborassistent jetzt Bundesgesundheitsminister war. Das letzte Mal, als Eniolas Klasse das heruntergekommene Biologielabor besucht hatte, wurden sie von einer schwarzen Kobra verjagt, die durch eins der Löcher im Dach hereinkroch, während der Lehrer einen Frosch sezierte. Der Lehrer war seitdem nie wieder mit ihnen ins Labor gegangen.

»Sie sind alle töricht, schlechte Menschen, sage ich euch«, zischte Mrs. Okon und begann, ihre Hausaufgaben zu kontrollieren. Sie ging von Tisch zu Tisch und blieb stehen, um einen Blick in die Hefte der Schüler zu werfen.

Eniola schlug sein Heft auf und wappnete sich, als sie sich ihm näherte.

»Eniola, sag mir eins.« Mrs. Okon deutete mit dem Stock auf sein Heft. »Wieso hast du nicht einmal versucht, die Aufgabe zu bearbeiten? Du hattest das ganze Wochenende und hast nicht eine einzige Frage beantwortet. Wieso, junger Mann? Wieso?«

»Keine Zeit, *ma*. Ich hatte keine Zeit.« Eniola sah auf die leere Seite hinunter, auf der sich seine Antworten hätten befinden sollen. Es ging um eine Zusammenfassung, und er hätte die Hausaufgabe heute vor der Schule erledigen können, wenn es ihn gekümmert hätte, was Mrs. Okon dachte.

»Steh auf! Steh sofort auf.« Mrs. Okon wedelte mit dem Stock in der Luft herum.

Eniola stand auf und steckte die Hände in die Taschen.

»Erklär dich, junger Mann.«

»Hab's vergessen.« Er verschränkte die Arme vor der Brust.

»Und wieso schaffst du es nicht, den Mund aufzumachen und mir das zu sagen? Du hast deine Hausaufgabe vergessen, Eniola? Hast du am Wochenende auch vergessen, etwas zu essen?« Sie schob mit dem rechten Daumen ihre dicke Brille hoch. »Hast du auch vergessen, zu schlafen oder Wasser zu trinken?«

Er starrte sie an.

»Eniola? Eniola? Du wagst es, mich so anzusehen? Okay, dann weiß ich, was ich zu tun habe. Nimm deinen Stuhl, los, nimm ihn.«

Eniolas Klassenkameraden kicherten, der Junge in der Reihe vor ihm streckte ihm die Zunge heraus.

Eniola packte die grießige Rückseite des Holzstuhls und hob ihn hoch.

»Nein, stell das ab.« Mrs. Okon grinste. Sie klopfte mit den Fingerknöcheln auf seinen Tisch. »Heb stattdessen den Tisch hoch. Und ich muss dich warnen, ich werde es deinem Vater melden, wenn du so weitermachst, verstanden?«

An einem anderen Tag hätte Eniola Mrs. Okon vielleicht gehorcht und hätte den Rest der Stunde damit verbracht, seinen Tisch hochzuhalten. Er hätte die Zähne zusammengebissen, während seine Arme zitterten. Aber als sie seinen Vater erwähnte, hätte er den Stuhl, den er noch hielt, am liebsten kurz und klein geschlagen.

Er ließ den Stuhl fallen und rannte aus der Klasse. Mrs. Okon folgte ihm.

»Eniola«, schrie sie. »Komm sofort zurück. Jetzt bist du

in Schwierigkeiten, junger Mann. Wenn ich dich erwische, wirst du schon sehen. Dummer Junge, komm hierher.«

Er konnte ihre Stimme hinter sich hören, als er den Flur hinunter und auf den Schulhof hinausrannte, blieb jedoch nicht stehen.

Er wusste, dass sie ihm nicht nachlaufen würde, nur der Schulleiter verfolgte die Schüler um die Schule herum, bis er sie erwischt hatte. Selbst wenn Mrs. Okon sich an seine Fersen heftete, würde sie ihn sicher nicht einholen. Zumindest für den Moment. Er wusste, sie würde versuchen, ihn zu überraschen, wenn er später bei einem anderen Lehrer im Unterricht saß. Das hatte er sie schon tun sehen. Gewöhnlich kam sie durch die Hintertür und schlug einem unvermittelt auf den Rücken.

Es machte ihm nichts aus, bestraft zu werden, solange er keine Möbel hochhalten musste. Es waren über sechzig Schüler in einer Klasse, die nur für dreißig gedacht war, und Eniolas Hemd war oft schon gegen Mittag mit Schweißflecken übersät und klebte ihm am Körper. Jegliche körperliche Anstrengung würde es nur noch schlimmer machen. Zu Hause hatte Busola angefangen, die Schweißflecken »Karte von Nigeria« zu nennen. Sollte Mrs. Okon ihn seinem Vater melden, wenn sie wollte. Egal, was passierte, er würde keinen Stuhl oder Tisch hochhalten. Das einzig Gute an der United war, dass er noch keinen höhnischen Spitznamen bekommen hatte; er würde nicht zulassen, dass sie ihm das kaputtmachte.

Als Mrs. Okons Stimme verhallte, ging Eniola langsamer. Er näherte sich einem Klassenzimmertrakt, der nicht mehr benutzt wurde, weil ein Sturm das Dach abgetragen hatte. Die bösen Jungs der United, die Typen, vor denen seine Mutter ihn gewarnt hatte, beanspruchten den Ort für sich.

Sie verbrachten oft die Pausen dort. Ein paar blieben den ganzen Tag dort, denn niemand wagte es, ihnen zu befehlen, in ihre Klassen zurückzukehren, weil sie mal einen Lehrer verprügelt hatten, der das getan hatte. Eniola schlenderte auf den verlassenen Trakt zu, begierig, Mrs. Okons Einflussbereich zu entkommen.

Es war still im Gebäude. Im ersten Klassenraum, den er betrat, war niemand, und dem einzigen Stuhl dort fehlten die Beine. Im nächsten Raum, in dem er nach einem weiteren Stuhl suchte, waren zwei Jungs. Sie saßen an einem Tisch und aßen Reis aus einer großen Plastikschüssel. Eniola kannte einen von ihnen. Rashidi war in der zehnten Klasse und wohnte in derselben Straße wie er; sie hatten schon mehrmals Fußball zusammen gespielt, obwohl sie sich danach nie groß unterhalten hatten.

»Du da, was suchst du hier?«, fragte Rashidi und ließ den Löffel auf den Tisch sinken.

»Einen Stuhl«, sagte Eniola und näherte sich den Jungs mit der Reisschüssel. »Ich suche einen Stuhl.«

Der andere Junge schlug Rashidi auf das Knie und lachte. »Guck dir mal an, wie der Junge unseren Reis anstarrt, Hunger-Augen.«

»Hast wohl Hunger, hm?«, fragte Rashidi und deutete mit dem Löffel auf Eniola.

Eniola nickte und fragte sich, ob Rashidi ihm mit dem Essen nur den Mund wässrig machen wollte.

»Wieso fragst du ihn das?«, sagte der andere Junge. »Was geht's uns an, wenn er Hunger hat?«

»Saamu, das ist ein Kumpel von mir, er wohnt in meiner Straße. Du heißt Eniola, richtig?«

»Was geht's mich an, ob der Eniola heißt?«, fragte Saamu.

»Saamu, ich hab doch gesagt, das ist ein Kumpel von mir. Komm, Eniola. Komm und iss.«

Er nickte, ohne zu glauben, dass die Jungen ihm wirklich etwas zu essen geben würden, aber nun, da sie ihn eingeladen hatten, fürchtete er, sie könnten wütend werden, wenn er sich nicht zu ihnen gesellte. Er war hungrig; das Einzige, was ihn zurückhielt, waren die Warnungen seiner Mutter, nichts von dem mitgebrachten Essen der anderen Kinder zu sich zu nehmen. Als er noch wesentlich jünger gewesen war, hatte er ihren Geschichten über gierige Kinder bedingungslosen Glauben geschenkt. Der Junge, der sich in eine riesige Yamswurzel verwandelt hatte, nachdem er den Yamswurzelbrei eines Klassenkameraden probiert hatte, und das Mädchen, das die Kekse, die ihre Freundinnen ihr geschenkt hatten, aus der Tasche nehmen wollte, und die sich dann als zwei abgetrennte Daumen entpuppt hatten, waren so real für ihn wie seine Schwester Busola. Selbst als sich herausstellte, dass die Geschichten erfunden waren, zögerte er immer noch, woanders als zu Hause etwas zu essen. Nur weil seine Mutter behauptet hatte, dass es gefährlich sei. Seine Mutter, die entschieden hatte, nur Busolas Schulgebühren zu bezahlen. Eniolas zog einen Stuhl über den Boden, stellte ihn neben Rashidis und setzte sich.

Rashidi wühlte in einer schwarzen Plastiktüte, die auf dem Boden lag, und holte einen Löffel heraus. Eniola nahm ihn an und stürzte sich auf den Reis.

»Du hast aber wirklich ganz schön Hunger, guck dir an, wie du den Reis in dich reinschlingst.« Rashidi lachte. »Langsam, Junge. Das Essen läuft nicht weg.«

Als die Schüssel leer war, klopfte Rashidi Eniola auf den Rücken. »Im Ernst, Mann, wann hast du zuletzt was gegessen?«

»Gestern Abend«, sagte Eniola.

»Und davor?«

»Vorgestern Abend.«

»Dann isst du nur einmal am Tag was?« Rashidi lächelte und nickte. »Ich erinner mich noch, dass ich früher auch nur einmal am Tag was gegessen hab. Saamu, weißt du noch, wie du nur einmal am Tag was gegessen hast?«

»Dank sei Gott für Honourable«, sagte Saamu, der sich mit einem Fingernagel zwischen den Zähnen herumstocherte. »Er hat uns davon erlöst, zu den Leuten zu gehören, die nur einmal am Tag essen. Möge er ewig leben.«

»Ja«, sagte Rashidi. »Unser Honourable wird nie sterben. Der Gott des Donners wird jeden niederstrecken, der ihn umbringen will.«

Rashidi griff in seine Schul-Shorts und nahm eine Zigarette heraus. »Rauchst du?«

Eniola schüttelte den Kopf und rümpfte die Nase, als Rashidi sich die Zigarette ansteckte.

»Und, wo gehst du morgen zum Frühstück und Mittagessen hin?«, fragte er.

Eniola zuckte die Schultern; er war einfach dankbar für das, was er gerade gegessen hatte. Es gab mal mehr, mal weniger zum Abendessen, weil seine Eltern immer noch versuchten, den Vermieter auszuzahlen. Obwohl seine Mutter ihn anflehte, weigerte er sich, weiter betteln zu gehen, da nichts von dem Geld für seine Schulgebühren verwendet wurde. Als er erkannt hatte, dass seine Eltern Busola ihm vorgezogen hatten, empfand er das als Verrat, ein Gefühl, das sich im Laufe der Zeit noch verstärkte. Nichts, was seine Mutter sagte, konnte ihn umstimmen.

»Du weißt nicht, woher du morgen dein Frühstück bekommen sollst?« Rashidi schüttelte den Kopf. »Hast du etwa noch nie davon gehört, was Honourable macht? In seinem Haus gibt's Frühstück, Mittagessen und Abendessen. Du brauchst nur hinzugehen.«

Eniola runzelte die Stirn; er hatte noch nie von dem gehört, was Rashidi da erzählte. Jeden Tag Gratismahlzeiten? Das klang unmöglich. »Für umsonst? Honourable spendiert den Leuten einfach was zu essen?«

»Nicht den Leuten, nein, nicht allen«, sagte Saamu.

»Nur jungen Männern wie uns. Nicht jedem.« Rashidi paffte die Zigarette. »Willst du echt sagen, niemand hat dich je eingeladen, in Honourables Haus zu essen?«

Eniola schüttelte den Kopf. Er bemerkte, dass sich Saamu und Rashidi einen Blick zuwarfen, dachte sich jedoch nichts dabei.

Rashidi lehnte sich zurück und blies Rauchringe in die Luft. »Sieh dir dieses Leben an. Es gibt Essen umsonst in dieser Stadt. Du hungerst in einer Stadt, wo man umsonst Frühstück, umsonst Mittagessen und umsonst Abendessen kriegt.«

»Und ihr bezahlt gar nichts dafür?«, fragte Eniola.

»Nee. Der Reis, den wir gerade gegessen haben, kommt aus seinem Haus, und wir haben nicht einen Naira dafür bezahlt.«

Saamu stand auf und streckte sich. »Honourable tut das, wozu Gott ihn hierhergeschickt hat. Er tut Gutes für die jungen Männer der Gemeinde.«

Rashidi tätschelte Eniola den Arm. »Weißt du, wenn du Mittagessen willst, kannst du mit uns zu Honourables Haus kommen. Saamu, was hat der Koch gesagt, was wir heute Nachmittag essen?«

Saamu kratzte sich am Kopf. »Yamswurzelstampf, ich glaube, es ist Yamswurzelstampf.«

»Seid ihr sicher, dass man für das Essen nichts bezahlen muss?«, fragte Eniola.

Saamu und Rashidi lachten.

»Möge Honourable Fesojaiye nie sterben. Das Essen ist umsonst, aber wenn du nicht mitkommen willst, kein Problem. Los, Saamu, gehen wir.«

Rashidi drückte die Zigarette an der Sohle seiner Sandale aus, während Saamu die Schüssel und das Besteck in der schwarzen Tüte verstaute.

»Wartet«, sagte Eniola, als die Jungen die Tür erreichten. »Wartet auf mich.«

Eniola glaubte immer noch nicht alles, was Rashidi gesagt hatte. Er folgte den beiden nur, weil er neugierig war.

Die Jungen verließen den leeren Trakt und gingen die kurze Strecke zum Schulzaun. Rashidi und Saamu kletterten rasch darüber.

»Willst du doch nicht mitkommen?«, fragte Rashidi.

Eniola ging am Zaun entlang, bis er zu einer kaputten Stelle kam; dann zwängte er sich durch die Lücke und trat über den Schutt auf die andere Seite.

*

Honourable Kolapo Timothy Fesojaiye war unter vielen Namen bekannt. Für die Kommilitonin, die zu seiner ersten Frau wurde, war er Kola. Bevor alle am Tag der Beerdigung seines Vaters starben, hatten sein Bruder und seine elf Halbgeschwister ihn Timo oder Brother Timo genannt, je nachdem, ob sie älter oder jünger waren als er.

Bei einem der vielen Familientreffen vor der Beerdigungszeremonie seines Vaters hatte der älteste Sohn vorgeschlagen, dass sie alle in einem gemieteten Minibus zu den

Feierlichkeiten fahren sollten, und obwohl Honourable Fesojaiye mehreren Reportern später erklären würde, er sei gegen diese Idee gewesen, wurde sie in die Tat umgesetzt. Da alle anderen, die bei dem Treffen dabei gewesen waren, zu der Zeit, als er die Interviews gab, bereits verstorben waren, konnte man unmöglich wissen, ob er sich tatsächlich dagegen ausgesprochen hatte, den Minibus zu benutzen. Einige Reporter wiesen darauf hin, dass niemand belegen könne, dass der älteste Sohn den Vorschlag gemacht habe. Ein paar behaupteten gar, er sei von Honourable Fesojaiye gewesen.

Von allen Kindern war Honourable Fesojaiye der Einzige, der sich nicht in dem Minibus befand, als dieser mit einem Tanklaster kollidierte und in Flammen aufging. Seine erste Frau, damals in ihrem letzten Jahr als seine einzige Frau, befand sich ebenfalls nicht darin. Das Feuer griff auf die anderen Wagen in dem Konvoi über, sodass Fesojaiye an diesem Tag auch mehrere Onkel, Tanten, Cousins und Cousinen verlor. Fesojaiye und seine Frau würden später behaupten, sie seien nicht in dem Bus gewesen, weil sie auf die Toilette gemusst hätten, wohingegen die anderen Geschwister, begierig, zum Grab ihres Vaters zu kommen, beschlossen hatten aufzubrechen.

Die einzigen Angehörigen von Honourable Fesojaiyes Vater, die das Inferno überlebten, waren seine fünf Ehefrauen. Sie hatten die Kirche zusammen mit dem Leichenwagen längst verlassen, bevor die Kinder alle Beileidsbekundungen entgegengenommen hatten. Aber vier der fünf Frauen waren innerhalb eines Jahrs nach dem Vorfall ebenfalls tot. Die Einzige, die noch ein Jahrzehnt lebte, war Fesojaiyes Mutter.

Es hatte immer Verdächtigungen gegeben, Fesojaiyes Mutter sei in der Lage gewesen, mitten in der Nacht ihre

Gestalt zu wandeln, in Bäume zu fliegen und das Blut Neugeborener zu trinken. Ihre Mit-Ehefrauen behaupteten, sie schlafe mit gegen die Wand gelehnten Beinen, und erzählten es im erweiterten Familienkreis herum, als Beweis dafür, dass sie woanders sei, während ihr Körper im Bett liege. Die meisten Leute glaubten, dass die anderen Ehefrauen logen. Es war unschwer zu erkennen, warum sie auf Fesojaiyes Mutter eifersüchtig waren, die die Favoritin ihres Mannes blieb, obwohl sie nur zwei Kinder hatte. Doch als Fesojaiye als einziges Kind seines Vaters überlebte und zum Alleinerben wurde, war es selbst für die vehementesten Verteidiger seiner Mutter schwer zu leugnen, was die Mit-Ehefrauen schon seit Jahrzehnten behaupteten. Und obwohl sie ihren zweiten Sohn bei dem Unfall verloren hatte, herrschte Einigkeit darüber, dass Fesojaiyes Mutter nicht nur eine Hexe, sondern sogar das Oberhaupt eines mächtigen Hexenzirkels sein müsse. Zweifellos hatte sie all diese Menschen geopfert, damit ihr überlebender Sohn ein großer Mann werden konnte.

Nach dieser Familientragödie führte man Fesojaiyes Erfolge auf die Kräfte seiner Mutter zurück. Als er zwei Jahre nach dem Tod seines Vaters eine Kakaoverarbeitungsanlage eröffnete, erschien niemand aus der erweiterten Familie zu der Zeremonie, weil alle glaubten, seine Mutter opfere die Besucher auf irgendeine mysteriöse Art, um den wachsenden Reichtum ihres Sohnes noch zu vermehren. Familienmitglieder kamen nicht mehr zu den aufwendigen Geburtstagspartys, die er und seine Frau jedes Jahr gaben. Er hatte am selben Tag Geburtstag wie seine erste Frau Aduke, und sie hatten zusammen gefeiert, seit sie sich im Studium an der University of Ibadan kennengelernt hatten.

Ein paar Monate nach der Beerdigung seines Vaters wurde

Fesojaiye und Aduke in Adukes Heimatstadt die Titel einer Chieftaincy verliehen. Und so wurde Fesojaiye im selben Jahr, in dem all seine Halbgeschwister starben, zu Oloye – oder Baba Oloye für seine Freunde und Geschäftspartner. Innerhalb weniger Jahre ergatterte er einen Sitz im Repräsentantenhaus und nannte sich Honourable KTF auf den Wahlplakaten für seine Wiederwahl. Zu diesem Zeitpunkt war Aduke, aus der nach seiner Amtseinsetzung Erelu Aduke geworden war, die Einzige, die ihren Mann noch Kola nannte.

Rashidi und Saamu erzählten Eniola alles über Honourable Fesojaiye, während sie zu seinem Haus gingen.

»Aber woher wisst ihr all diese Dinge?«, fragte Eniola.

Rashidi zuckte mit den Achseln. »Erelu erzählt uns viel.«

»Aber glaub den Unsinn nicht, den die Leute über Honourable verbreiten, der Mann ist ein guter Mensch«, sagte Saamu. »Die sind nur neidisch.«

»Seine Frau redet mit euch?« Eniola musterte seine Begleiter. Beide waren fast so groß wie er, aber nichts an ihnen war besonders genug, um ihnen das Vertrauen einer Frau wie Erelu Aduke einzubringen.

»Erelu lebt nicht mit Honourable in Abuja, sie bleibt hier, um sich um seinen Wahlbezirk zu kümmern.« Rashidi lächelte. »Erelu ist die Mutter aller, die Mama aller Jungs.«

»Erelu, die einzige wahre, gute Frau.« Saamu hielt einen Finger hoch. »Sie ist bis heute dankbar dafür, wie wir Honourable bei der Wahl geholfen haben.«

Eniola hätte gern noch mehr Fragen gestellt, doch sie näherten sich Honourable Fesojaiyes Grundstück. Eine kleine Menschenmenge hatte sich vor dem Tor versammelt, und ein Polizist tastete die Leute ab, bevor er sie auf das Gelände ließ. Saamu bahnte sich mithilfe seiner Ellbogen einen Weg durch die Menge. Eniola folgte ihm, obwohl er anfangs fürchtete, der Polizist könnte ihn wegschicken, doch der Mann nickte Rashidi nur zu, als sie an ihm vorbeigingen. Ein Banner, das verkündete, Honourable KTF sei die beste Wahl für den Gouverneursposten, war über das Fußgängertor gespannt, und es streifte Eniolas Kopf, als sie hindurchgingen.

Das Haus selbst lag ein gutes Stück vom Tor entfernt. Auf dem fußballfeldgroßen Rasen hatten sich viele Leute um Schüsseln mit Essen gedrängt; man hatte sie auf Matten gestellt, die auf dem gesamten Gelände verteilt worden waren. Mindestens hundert Menschen aßen bereits, als Eniola und seine Schulkameraden ankamen.

Erelu Aduke überwachte die Essensausgabe selbst. Eniola erkannte sie, ohne zu wissen, wer sie war. Sie hatte drei vertikale Linien auf jeder Wange, genau so, wie Saamu es beschrieben hatte. Korallenperlen waren in ihr Haar geflochten, und ihre Haut schimmerte durch die Löcher im braunen Spitzenstoff ihres Kleides, zu dem sie glänzende goldene Pantoletten trug.

»Awon temi«, sagte Erelu, als sie Rashidi und Saamu sah.

Die Jungen warfen sich vor ihr zu Boden, dann führte sie sie in eine Ecke des Rasens. Sie plauderte mit ihnen im Schatten eines Mangobaums, während einer ihrer Bediensteten ins Haus ging, um Plastikstühle zu holen.

»Sein Gesicht habe ich hier noch nicht gesehen.« Erelu deutete auf Eniola.

Rashidi legte Eniola eine Hand auf die Schulter. »Er geht auf unsere Schule.«

»So, so.« Erelu grinste. »Und dein Name?«

»Ich heiße Eniola, *ma*.«

»Hmmmm.« An Rashidi gewandt sagte sie: »Und er ist dein Freund?«

Rashidi nickte.

»Eniola, ja?«

Eniola nickte, obwohl er Sorge hatte, sie irgendwie gekränkt zu haben, indem er ihr seinen Namen sagte.

Erelu trat beiseite, damit ihr Bediensteter die Plastikstühle aufstellen konnte. »Ich möchte, dass du Kola kennenlernst.«

Saamu schnappte nach Luft.

»Honourable«, fügte Rashidi erklärend hinzu, als hätte Eniola womöglich nicht verstanden, wen Erelu meinte. »Sie möchte dich Honourable vorstellen. Mann, hast du ein Glück.«

Eine Bedienstete brachte ein Tablett mit Essen.

»Dieser Name.« Erelu zupfte ihren Rock zurecht und ging davon. »Sorgt dafür, dass er wieder mitkommt, ja?«

»Wir haben schon viele mitgebracht, aber sie hat noch nie jemanden Honourable vorgestellt«, sagte Saamu, als sie sich setzten. »Und bei den meisten dauert es Wochen, bevor sie Honourable auch nur vor ihnen erwähnt.«

»Oder Monate«, ergänzte Rashidi.

Eniola sah Erelu Aduke nach, die quer über den Rasen ging. Sie blieb bei verschiedenen Gruppen mit älteren Männern oder Frauen stehen und kniete sich hin, um sie zu begrüßten. Ihr Gesicht war, soweit er erkennen konnte, nie entspannt, sie lächelte unablässig. Und obwohl sie gekleidet war, als wollte sie im nächsten Moment in einen Wagen steigen und zu einer schicken Party fahren, zögerte sie nicht, den Bediensteten Teller und Tabletts aus der Hand zu nehmen, wenn sie ihr zu langsam servierten. Es würde noch eine Woche dauern, bis Eniola klar wurde, dass die Menschen zu bedienen, die sich zweimal täglich auf ihrem Rasen einfanden, keine Unterbrechung ihres Tagesablaufs bedeutete, dass es keinen anderen Ort gab, zu dem sie wirklich musste.

Ihr Tagesablauf war ganz auf die Menschen ausgerichtet, die sich an ihrem Tor einfanden, um zu essen, und so kleidete sie sich jeden Morgen in Spitze, *aso oke* und hochhackige Pantoletten, um Fremden Teller mit *amala* zu reichen.

An jenem ersten Nachmittag, nachdem Eniola das *amala* aufgegessen hatte, beäugte er das zarte Fleisch, hielt es hoch, drehte es hin und her und drückte es, sodass Pfeffersuppe herausquoll und ihm warm und duftend über die Finger lief. Seine Mutter hätte dieses Stück in mindestens fünf Teile zerschnitten, bevor sie es gekocht hätte. Einen Moment lang überlegte er, das Fleisch in Folie einzuwickeln und es Busola mitzubringen. Er entschied sich dagegen und war überrascht, dass er keine Schuldgefühle empfand, als er den letzten saftigen Bissen aß.

*

Rashidi hatte ein Mobiltelefon. Keins von den billigen, mit denen man höchstens noch Textnachrichten verschicken konnte. Dieses Handy verfügte über eine Kamera und konnte Musik spielen. Wenn es vollständig aufgeladen war, ließ Rashidi Dagrins *C. E. O.* in Dauerschleife laufen, während die Jungs in dem verlassenen Klassenzimmertrakt Jackpot spielten. Immer, wenn *Pon Pon Pon* lief, rappte Rashidi zusammen mit Dagrin, umklammerte seine Karten, bis sie Falten bekamen, während er den Refrain grölte: *Pon, pon, pon, pon, pon, pon*. Schüsse, eine Autohupe, die wieder und wieder gedrückt wurde, ein Song über seinen Platz in der Welt. Wenn Eniola sich beschwerte, dass der Lärm ihn von Saamus Hinweisen ablenkte, zuckte Rashidi die Achseln und sagte, die Musik mache ihn glücklich. Rashidis größter Traum war, Dagrin eines Tages persönlich kennenzulernen.

Eniola spielte beim Jackpot gern mit Saamu zusammen. Er war gut darin, seine Karten schnell zu sammeln, und konnte ohne große Hilfe von Eniola gewinnen. Alles, was Eniola tun musste, war, Saamus Gesicht nach Hinweisen abzusuchen. Rashidi hatte keinen ständigen Partner für das Spiel. Meist trieben sich mindestens ein halbes Dutzend in dem verlassenen Trakt herum, und Rashidi fragte einfach irgendeinen Jungen, ob er sein Partner sein wolle.

Nach seinem ersten Abstecher zu Honourable Fesojaiye fing Eniola an, die Schule zu schwänzen, und im Verlauf der Woche schwänzte er immer mehr Unterrichtsstunden, bis er nur noch schnell die Morgenversammlung besuchte, ehe er zu seinen neuen Freunden eilte. Sie spielten WHOT! und Jackpot, kickten einen Ball durch die Gegend, aus dem die Luft halb entwichen war, oder machten mit an die Wand gelehntem Kopf ein Nickerchen.

Jeden Nachmittag kletterten sie über den Zaun und gingen zum Mittagessen bei Honourable Fesojaiye. Zum Abendessen ging Eniola nicht mit. Obwohl seine Mutter nachsichtig mit ihm war, seitdem er die Schule gewechselt hatte, wusste er, dass sie es ihm nicht durchgehen lassen würde, wenn er weit später als sonst nach Hause kam.

Eniola überlegte, ob er seinen Eltern von Honourable Fesojaiye erzählen sollte, entschied jedoch, dass er nicht wollte, dass seine Familie auch dort aß. Das Haus von Honourable war der einzige Ort in seinem Leben, der nicht von ihrem Verrat befleckt war. Selbst Aunty Caros Geschäft schien jetzt Teil ihres Plans zu sein, dass er Schneider werden sollte, statt zu studieren. Aber er hatte diesbezüglich keine Illusionen mehr. Von all den Schülern in seiner Klasse an der United würden es vielleicht zehn auf Anhieb an die Universität schaffen. Er wusste, dass er nicht zu diesen zehn gehören würde. Die winzige Chance darauf, die ihm der Besuch der Glorious Destiny verschafft hatte, war jetzt dahin.

Am Freitag erzählte Erelu ihnen, Honourable werde an jenem Abend kommen, um das Wochenende in der Stadt zu verbringen, und wolle sich am Sonntagnachmittag mit Eniola treffen. Sie wartete Eniolas Antwort nicht ab, sondern ging direkt zur nächsten Besuchergruppe weiter. Es war selbstverständlich, dass er, wenn Honourable ihn zu sich beorderte, verfügbar sein würde.

»Wenn er dich mag, hm«, sagte Saamu, »findet er Arbeit für dich.«

»Und jede Menge Geld.« Rashidi hielt sein Handy hoch.

»Was für Arbeit?«

Saamu und Rashidi lachten.

»Zuerst musst du dich mit Honourable treffen.« Saamu hielt inne, um in ein Stück Hähnchenfleisch zu beißen. »Wenn er dich mag, sagt er dir schon, welchen Job du kriegst.«

»Also, ich zum Beispiel, ich geh mit ihm auf Partys, wenn er in der Stadt ist. Geh etwa so hinter ihm her.« Rashidi stand auf und stolzierte mit geschwellter Brust herum. »Wie eine Polizeieskorte. Manchmal sagt Honourable den Leuten von der Polizeieskorte, sie sollen im Wagen bleiben, und Saamu und ich begleiten ihn irgendwohin. Kennst du diesen dummen Professor? Den auf dem Poster vor der Schule.«

Eniola nickte.

»Wir sind zu einer Party gegangen, haben ihn gewarnt, keinen Blödsinn zu machen, aber als wir ins Haus gegangen sind, zu den Feiernden, hat Honourable den Polizisten gesagt, sie sollen im Zelt warten.«

Saamu zischte: »Professor Dummkopf. Honourable ist

der nächste Gouverneur in diesem Staat, nichts kann ihn aufhalten, niemals.«

Als Eniola am Sonntag aufbrach, waren seine Mutter und Busola noch nicht vom Betteln vor der Kirche zurück. Trotz der wiederholten Bitten seiner Mutter, dass er sich bei seinem Vater dafür entschuldigen sollte, weil er ihn am Kragen gepackt hatte, weigerte sich Eniola, etwas anderes zu dem Mann zu sagen als »*Hin kaaro*, Baami«. So musste er ihn jeden Morgen begrüßen. Er sah keinen Grund, sein Verhalten zu ändern, als er nun zu Honourable Fesojaiyes Haus ging. Eniolas Vater, der wahrscheinlich davon ausging, dass Aunty Caro Aufträge für ihn hatte, murmelte eine kurze Verabschiedung. Eniola antwortete nicht.

Seinen neuen Freunden zufolge bekam jeder, den Honourable genug mochte, um ihn auf die Liste seiner Jungs zu setzten, jeweils sonntags ein Taschengeld. Rashidi und Saamu versicherten ihm, dass selbst wenn Honourable ihn nicht mochte, Eniola trotzdem nach dem Treffen fünftausend Naira in bar bekommen würde. Das Danke-fürs-Kommen-Geld nannten sie es. Eniola zog sein T-Shirt glatt, als er sich Honourables Tor näherte. Mit fünftausend Naira konnte er zur Glorious Destiny gehen und die erforderliche Anzahlung selbst leisten. Aber woher würde er das Geld bekommen, um den Rest zu bezahlen, falls Honourable ihn nicht mochte? Er schüttelte den Kopf, um den Gedanken loszuwerden. Erelu Aduke war die ganze Woche lang freundlich zu ihm gewesen, das musste doch einen Einfluss auf die Entscheidung ihres Mannes haben. Vielleicht hatte sie sogar ein gutes Wort für ihn eingelegt, hatte ihm versichert, Eniola sehe aus wie ein guter Arbeiter. Er dachte nicht groß darüber nach, was man für das Geld von ihm erwartete. Was auch immer es war, konnte nicht so schrecklich sein.

Der Mann fütterte schließlich jeden Tag Dutzende von Menschen durch, ohne etwas dafür zu verlangen.

Erelu Aduke überreichte einer Gruppe von Jungs braune Umschläge, als Eniola sich näherte. Er ging zu der Schlange, hielt sich jedoch zurück und blieb in Rashidis und Saamus Nähe. Die Jungen in der Schlange waren mindestens so groß wie Eniola. Ein paar waren bullig, so muskelbepackt, dass ihre T-Shirts an den Säumen spannten. Zusammen bildeten sie eine einschüchternde Truppe.

Nachdem Erelu die anderen abgefertigt hatte, winkte sie Eniola zu sich und führte ihn die Wendeltreppe an der Außenseite des Hauses hinauf. Sie hob ihren Wickelrock bis zu den Knien hoch und nahm immer zwei Stufen auf einmal. Eniola war außer Atem, als sie den Treppenabsatz erreichten, doch nachdem Erelu die Tür geöffnet hatte, eilte sie gleich weiter durch den unbeleuchteten Flur, ging mit klappernden Schuhen vor ihm her, während seine Augen sich an die Dunkelheit gewöhnten.

Erelu öffnete eine Tür, und Licht fiel in den Gang. Er folgte ihr in den Raum. Die Wände waren mit vor Büchern überquellenden Regalen gesäumt. Eniola hatte noch nie so viele Bücher auf einem Haufen gesehen.

Honourable saß hinter einem großen Schreibtisch und las in einem Buch, den Kopf so tief hinuntergebeugt, dass Eniola die glänzende kahle Stelle darauf sehen konnte.

»Kola.« Erelu klatschte zweimal in die Hände.

Honourable sah auf und rieb sich mit dem Handrücken die Augen. »Er ist da?«

»Ja.«

»Danke, Liebes.« Honourable nickte ihr zu.

Erelu tätschelte Eniola die Schulter. »Warte hier, er ist gleich so weit.«

Eniola nickte.

Honourable blätterte eine Seite um, während die Tür klickend hinter Eniola ins Schloss fiel.

Vier Sessel standen um einen orangefarbenen Teppich auf der einen Seite des Raumes, während der Schreibtisch die andere Seite dominierte. Eniola versuchte, mit zusammengekniffenen Augen die Titel auf den Buchrücken im Regal hinter Honourable zu entziffern. *Bodenrecht in Nigeria; Gewohnheitsbodenrecht in Südwest-Nigeria; Zehn Gebete, um hartnäckige Feinde zu ruinieren; Die Bourne Identität; Zwanzig Gebete gegen satanische Pfeile –*

»Liest du gern?«

»Sir?« Eniola nahm Haltung an. »Ja, ja, Sir.«

Honourable klappte das Buch zu, in dem er gelesen hatte, und musterte Eniola. Der kratzte sich am Oberschenkel, fürchtete, Honourable könne nachbohren. Was sollte er sagen, wenn er Titel nennen sollte? Die Ausgaben von *Hearts* oder *Ein besserer Liebhaber*, die Saamu ihm geliehen hatte? Niemals könnte er mit Honourable über *Zehn Arten, eine viel beschäftigte Frau zu vögeln* oder die Eskapaden von Peter Stringfellow reden, der laut *Ein besserer Liebhaber* mit viertausend Frauen geschlafen hatte. Vielleicht konnte er über die Bibel reden. Er erinnerte sich an genug Geschichten, um den Eindruck zu vermitteln, dass er sie selbst gelesen hatte.

»Du solltest dich setzen.« Honourable deutete auf einen der Sessel.

»Ja, Sir.« Eniola zog die Schuhe aus, bevor er sich in die Sitzecke begab. »Danke, Sir.«

Honourable stand auf, wartete, bis Eniola sich gesetzt hatte, dann ließ er sich in dem Sessel gegenüber nieder.

»Danke, Sir«, sagte Eniola, nachdem mehrere Minuten im Schweigen vergangen war.

Honourable rümpfte die Nase. »Du stinkst.«

Eniola biss die Zähne zusammen und sagte nichts. Er starrte seine staubigen Füße an, während er über die Dinge nachbrütete, die er erwidern könnte. *Ich stinke also? Du hast eine Glatze, und dein Bauch ist dicker als der einer Schwangeren im neunten Monat. Und du hast Glupschaugen wie ein Frosch.*

Doch seine imaginären Antworten nahmen Honourables Worten nicht den Stachel. Er wusch sich zweimal am Tag, mit Seife, wenn es welche gab. Seine Mutter sorgte dafür, dass seine fadenscheinige Kleidung zumindest sauber war, wenn er sie anzog. Samstags wusch sie die Wäsche mit runden, gelben Stücken Sodaseife, die ihr bei jedem Einweichen fast die Haut abschälte. Sie erlaubte ihren Kindern nicht, ihre Kleidung selbst zu waschen, weil die Sodaseife so aggressiv war. Sie habe sich die Hände schon ruiniert, sagte sie oft, Eniola und Busola sollte ihre so lange wie möglich schonen.

»Ich sage meiner Frau, sie soll dir ein Spray geben, bevor du gehst«, sagte Honourable. »Ein Deo. Ich schwitze auch stark, ich verstehe das.«

Eniola sah auf. Honourable wirkte aufrichtig. Er machte sich nicht über ihn lustig.

Honourable lehnte sich in seinem Sessel zurück und legte den Kopf schräg. »Steh auf, lass dich ansehen.«

Eniola stand auf, die bloßen Füße fest in den flauschigen Teppich gedrückt, damit er nicht schwankte. Er spürte, wie sein Hals trocken wurde, als der Blick des alten Mannes über seinen Körper wanderte. Honourables Gesicht war ausdruckslos, als hätte er keinen Menschen, sondern eine ungestrichene Betonwand vor sich.

»Wie alt bist du?«, fragte er.

»Sechzehn, Sir.«

»Du bist achtzehn, verstanden?«, sagte Honourable.

»Ja, Sir.« Eniola nickte. Vielleicht wollte Honourable, dass er sich für die Wahl im nächsten Jahr registrierte. Man musste achtzehn sein, um einen Wählerausweis zu bekommen.

»Erzähl mir das Schlimmste, was du je getan hast.«

»Sir?«

»Raus damit. Mit deinen achtzehn Jahren, was ist das Schlimmste, was du je getan hast? Hast du jemanden abgestochen? Nein, lüg nicht. Deine Freunde haben dir bestimmt erzählt, dass das hier die Regel Nummer eins ist, alle Lügner enden im Feuer, das haben sie dir doch gesagt, oder?«

Eniola nickte. Sie hatten nichts dergleichen erzählt, aber er wollte nicht, dass sie Schwierigkeiten bekamen.

Er räusperte sich. »Letzten Monat habe ich einer Frau, die in der Kirche vor mir saß, das Handy geklaut.«

»Hmmm, haben neben dir keine anderen Leute gesessen?«

»Doch, Sir.«

»Wie kommt es dann, dass sie nicht bemerkt haben, dass du das Handy genommen hast?«

»Alle haben gebetet, Sir, sie hatten die Augen geschlossen.«

»Verstehe. Wo war das Handy?«

»Das Handy?«

»Als du es genommen hast, wo war es? In ihrer Handtasche?«

»Nein, Sir. Sie hatte es neben sich auf die Bank gelegt. Ich musste nur die Hand ausstrecken.«

»Also war sie unvorsichtig.« Honourable stand auf, hob die Falten seiner *agbada* an und zog den dunkelblauen Stoff auf seinen Schultern glatt. »Siehst du, wenn sie dieses Handy wirklich geschätzt hätte, wäre es in ihrer Tasche gewesen. Sie hätte es geschützt. Wie heißt es noch gleich? Eine Ziege kann nur fressen, worauf niemand aufpasst, *abi*? Du hast deine Chance genutzt, das gefällt mir. Man muss sich alles nehmen, was das Leben einem anbietet. Stürz dich auf jede Chance und Gelegenheit. Und was ist passiert, nachdem du das Handy an dich genommen hast? Erzähl's mir.« Honourables Stimme klang jetzt herzlich, sein Gesicht verzog sich zu etwas, was der Beginn eines Lächelns sein mochte.

»Ich habe das Handy ausgeschaltet und die Kirche sofort verlassen. Ich wusste, sie würde es anzurufen versuchen, sobald sie bemerkte, dass es weg war, und ich wollte nicht, dass es klingelt, bevor ich zu Hause bin.«

»Und sie hat es vielleicht schon bemerkt, als das Gebet zu Ende war, also war es gut, dass du früher gegangen bist. Komm mit.« Honourable ging zu seinem Schreibtisch. »Und was hast du mit dem Handy gemacht?«

»Ich habe die SIM-Karte herausgenommen, sobald ich die Kirche verlassen hatte, und sie zerbrochen.« Eniola, der langsam hinter Honourable herging, um nicht mit ihm zu kollidieren, bemerkte zufrieden, dass der ältere Mann seine Entscheidung, die SIM-Karte zu zerstören, statt sie einfach wegzuwerfen, mit einem anerkennenden Nicken quittierte. »Ich bin zu einem Handyshop gegangen und habe ein andere Schutzhülle gekauft, dann habe ich das Handy eine Woche lang benutzt, um sicherzustellen, dass es auch funktioniert.«

»Das ist gut.« Honourable nahm hinter seinem Schreibtisch Platz.

»Setz dich, setz dich auf den schwarzen Stuhl da, ja. So konntest du das Telefon für seinen wahren Wert verkaufen, richtig? Weil du es benutzt hast und wusstest, dass alle Funktionen intakt sind.«

»Ja, Sir.«

»Hmmm, wann hast du es verkauft?«

»Es hat ungefähr einen Monat gedauert, jemanden zu finden, der es kaufen wollte.« Der Schreibtisch stand direkt unter der Klimaanlage, und Eniola begann zu frieren. Er verschränkte die Hände und streckte sie, aus Angst, sie gegeneinander zu reiben und Honourable damit verärgern.

Honourable zog eine Schublade auf und nahm ein Bild heraus. »Dein Name ist Eniola, stimmt's? So hieß auch mein jüngerer Bruder. Eniola Theophilus Fesojaiye. Ein cleverer Junge. Aber dann ist er gestorben, du hast die Geschichte wahrscheinlich schon gehört.«

»Das tut mir sehr leid, Sir.«

Honourable seufzte. »Also, warum?«

»Sir?«

»Warum hast du so lange gebraucht, um einen Käufer zu finden?«

»Ich wollte nicht mit dem Preis runtergehen.« Seine Handflächen wurden wärmer, aber die Wärme kam nicht über seine Handgelenke hinaus.

»Wie viel wolltest du haben?«

»Ich wollte fünfzehntausend Naira.« Er sprach bedächtig, damit seine Zähne nicht klapperten, zwang sich, still zu sitzen, das Zittern zu unterdrücken.

»Und wie viel hast du am Ende dafür bekommen?«

»Vierzehntausendfünfhundert.«

Honourable lachte, ein überraschend schrilles Geräusch. »Das ist gut.«

Ermutigt fügte Eniola hinzu: »Ich habe dem Mann, der es gekauft hat, gesagt, ich will es für zwanzigtausend Naira verkaufen, also war er sehr froh, als ich es ihm für vierzehn verkauft habe.«

»Du gefällst mir.« Honourable strich über das Foto in seiner Hand. »Du gefällst mir sehr.«

Eniola lächelte.

»Für den Moment begleitest du mich erst mal auf Partys. Und in ungefähr zwei Wochen verteilen wir Reis unter den Marktfrauen. Ich will, dass du dabei bist. Das ist alles nicht gefährlich. Zu der Marktsache kommen hauptsächlich Frauen, um sich Säcke mit Gratissalz und -reis zu holen. Du musst respekteinflößend aussehen. Fang an, Liegestütze zu machen, bau deine Muskeln auf. Ich brauche dich vielleicht noch für andere Sachen.« Honourable legte das Foto auf den Schreibtisch. »Etwas, wofür du dich, sagen wir, mehr engagieren müsstest. Unsere Vorwahlen stehen kurz bevor, und es könnte zu Kämpfen kommen. Rashidi will dich trainieren, und ich werde, äh, sicherstellen, dass du die nötige Ausrüstung für den Auftrag hast, den ich dir geben werde. Wenn du nach unten gehst, wird Aduke dir eine Tüte geben, darin sind ein paar hübsche Sachen für deine Familie. Ich kümmere mich um meine Jungs, Eniola. Komm näher, schau dir das Foto an. Schau es dir gut an. Hast du einen Bruder?«

»Nein, Sir, aber eine jüngere Schwester.« Eniola beugte sich vor. Das Foto war alt und fleckig, das Schwarz-Weiß-Bild eines kleinen Jungen in einem *aso-oke*.

»Wie heißt deine Schwester?«

»Busola, Sir.«

»Olubusola, richtig? Stell dir vor, ihr würde etwas passieren.« Honourable schüttelte den Kopf. »Vergiss, dass ich das gesagt habe. Das da auf dem Bild ist mein Bruder, mein Fleisch und Blut. Aber jetzt ist er tot. Eniola Theophilus Fesojaiye. Ihr teilt euch denselben Namen, also bist du schon jetzt etwas Besonderes für mich. Mach dir während deiner Aufträge keine Sorgen um irgendwas. Nicht einmal die Polizei. Niemand kann dir etwas tun.«

»Danke, Sir.« Eniola legte sich auf den Boden.

»Eniola.« Honourable stellte die Ellbogen auf den Tisch. »Ich verrate den Leuten den Namen meines Bruders normalerweise nicht. Dieses Detail bleibt unter uns, hörst du?«

»Ja, Sir.«

»Na schön, dann kannst du jetzt gehen. Halte nach Aduke Ausschau, wenn du runtergehst. Sie erwartet dich mit der Tüte.«

Die Tüte war größer und schwerer, als er erwartet hatte. Sie enthielt kleine Säcke mit Reis, Bohnen und *gari*, ein Glas Pflanzenöl und, wie versprochen, mehrere Flaschen Deospray. Es war auch ein brauner Umschlag unter dem Ölglas, und als Erelu ihn nicht mehr sehen konnte, zählte er die Geldscheine darin. Zehn Fünfhundert-Naira-Noten. Er beschloss, das Geld selbst zu behalten. Die Lebensmittel mit seinen Eltern zu teilen, die ihn betrogen hatten, machte ihm nichts aus. Er würde einen Weg finden müssen, seine Mutter dazu zu bewegen, die großzügige Gabe anzunehmen, ohne ihr die ganze Wahrheit zu sagen. Als er sich dem Haus näherte, war er zuversichtlich, sich eine überzeugende Lüge ausdenken zu können. Die Geschichte, die Honourable so entzückt hatte, war schließlich auch erfunden gewesen. Seine Familie hatte schon seit Jahren keinen Gottesdienst mehr besucht, und er hatte noch nie in seinem Leben etwas zu stehlen versucht.

20

Es ist Jahre her, seit ich zuletzt Tagebuch geführt habe, und seit gestern wünschte ich, ich hätte noch ein richtiges. Dieses Notizbuch muss für den Moment genügen.

Kingsley ist tot.

Es ist erst einen Tag her, seit Grace mich angerufen und mich darüber informiert hat.

Kingsley ist tot. Seine Organe haben versagt. Er hat keinen Herzschlag mehr. Atmet nicht mehr. Er ist tot, tot. Kreislaufkollaps. Atemstillstand. Hirntod. So darüber zu denken hilft auch nichts. Es gibt keinen akzeptablen Weg, diese Tatsache auszudrücken.

Kingsley ist tot.

Ich dachte, es aufzuschreiben würde es begreifbar machen, aber nicht mal diese Worte erscheinen mir real. Ich kann ihn mir einfach nicht tot vorstellen.

Sein Handy ist ausgestellt. Bestimmt schaltet er es bald wieder ein und nimmt meinen Anruf an. Er wird mich fragen, wie die Hochzeitsvorbereitungen laufen, und obwohl ich es nicht tun sollte, werde ich ihm nach einer kurzen Pause sagen, dass sie gut laufen. Die Pause lege ich ein, weil Begehren auch ohne Liebe verführerisch ist. Und er wird mit dieser zu fröhlichen Stimme, die er benutzt, wenn er lügt, sa-

gen, wie sehr er sich für mich freut. Es kann nicht mehr lange dauern.

Tot? Seit gestern Morgen schaffe ich es nicht, mir einen Moment ins Gedächtnis zu rufen, in dem ich ihn schlafend oder auch nur liegend gesehen habe. Für mich ist Kingsley immer lebendig, vital, in ständiger Bewegung. Kingsley, wie er sich mir vorgestellt hat, im Medizinstudium, während einer dieser endlosen Orientierungsveranstaltungen im Hörsaal. Mein Name ist Kingsley, sagte er, aber du kannst mich King nennen.

Tife hat ihr BlackBerry-Statusbild durch ein Foto von Kingsley ersetzt. Als ich sie vorhin angerufen habe, hat sie so heftig geschluchzt, dass ich kaum ein Wort verstehen konnte.

Kingsley, der die Füße in eine Schüssel Wasser gestellt hat und liest. Ich liege auf seinem Bett und nicke immer wieder ein, das Lehrbuch aufgeschlagen auf der Brust. Wir stehen beide kurz vor einer Prüfung, aber wenn ich die Augen aufschlage, schaue ich nicht ins Lehrbuch. Stattdessen wird mein Blick von Kingsleys nackter, haariger Brust angezogen. Ich sehne mich danach, das Gesicht dagegenzupressen.

Grace hat gerade eine Textnachricht über eine Kerzenlichtprozession geschickt, die morgen stattfinden soll. Die Bekleidungsvorgabe ist Schwarz auf Schwarz. Sie organisiert die Prozession, möchte jedoch, dass ich eine Rede halte, weil ich Kingsley näherstand.

Es ist Kingsleys Geburtstag, und er hat mit ein paar Freunden einen Fototermin bei Klicks Studio gebucht. Ich sehe, wie Tife mit Grace tuschelt, als Kingsley und ich zusammen abgelichtet werden. Sie findet, ich hätte nie mit ihm Schluss machen sollen. Sie wünscht sich, dass ich in ihn verliebt wäre, und an ihrem Grinsen erkenne ich, dass sie glaubt, dass es genau so ist. Ich lächle, als das Blitzlicht aufleuchtet, und wünschte, Tife wüsste, wie lange ich mir selbst gewünscht habe, ich wäre in Kingsley verliebt. Es lag nicht an mangelndem Verlangen, dass das Vergnügen seiner Umarmungen nie zu einer transzendenteren Form von Zuneigung erblüht ist.

Im Flur vor meinem Apartment unterhalten sich ein paar Ärztinnen und Ärzte im Praktikum über Kingsley. Jemand weint leise, während er erzählt, wie großzügig Kingsley zu seinen Patienten war. Dann regt sich jemand darüber auf, wie lange es gedauert habe, ein Testergebnis zu bekommen, wie schlimm es sei, dass Kingsley nicht in unserem Krankenhaus habe isoliert werden können, weil wir nicht über die notwendige Ausstattung verfügten, wie schrecklich es sei, dass, nachdem die Hämatemesis eingesetzt und ein starker Verdacht auf Lassafieber bestanden habe, das Krankenhaus kein Ribavirin vorrätig hatte. Kein Ribavirin im Krankenhaus für Kingsley, der die Antibiotikabestände der pädiatrischen Station eigenhändig aufgestockt hatte, nachdem er in der Nacht eine Patientin verlor, weil es auf der Station nicht einen Beutel mit intravenösen Antibiotika mehr gab.

Wieder Kingsleys Geburtstag. All unsere Freunde sind bereits gegangen, aber ich habe mit Kingsley gewartet, um die Bilder auf einem USB-Stick entgegenzunehmen. Wir stehen hinter dem Fotostudio, als ich ihm erzähle, dass ich in Kunle verliebt bin. Und obwohl ich den Verdacht habe, dass er glaubt, die Tatsache, dass unsere Freundschaft weiter besteht, bedeute, dass wir eines Tages wieder ein Paar werden, bin ich überrascht, wie niedergeschlagen er aussieht. Er schaut beiseite und lässt den Blick zu der gelben Balustrade schweifen, die den Steg zum Sportkomplex säumt. Als er sich mir wieder zuwendet, verbirgt er seinen Schmerz hinter einem breiten Lächeln. Ich freue mich so für dich, sagt er.

Die Gruppe auf dem Flur ist weitergegangen, und ich

kann ihre Worte nicht mehr verstehen. Ich habe Kopfschmerzen. Kunle sollte bald hier sein, aber ich will nicht mit ihm über Kingsley reden. Nicht heute.

Kingsley steht in der Notaufnahme, über und über mit dem Erbrochenen des Patienten besudelt, den bevorzugt zu behandeln ich ihn gebeten hatte. O Gott. Wie kann es sein, dass er tot ist? Ich dachte immer, wir hätten noch mehr Zeit.

TEIL IV

Jeder Tag gehört dem Dieb

Aber was, wenn alles, was geschehen soll,
längst geschehen ist und wir nur die Folgen wahrnehmen?

Teju Cole, *Jeder Tag gehört dem Dieb*

21

Eniolas Sorge, was seine Mutter zu den Lebensmitteln sagen würde, die er in Honourables Haus bekommen hatte, war unbegründet. Er kam lange vor ihr nach Hause und verbrachte den frühen Abend damit zu überlegen, welche Ausreden ihm helfen könnten, eine Wahrheit zu verschleiern, die seine Eltern vermutlich nur beunruhigen würde. Es seinem Vater zu erklären bereitete ihm kein Kopfzerbrechen, er fürchtete sich nur davor, was seine Mutter denken könnte. Denn hätte der Mann in den letzten paar Jahren getan, was er hätte tun sollen, bräuchte die Familie die Dinge, die Honourable ihm geschenkt hatte, gar nicht. Doch seine Mutter hatte sich bemüht. Auch wenn ihre Bemühungen ihnen nicht genug Geld eingebracht hatten, um seine und Busolas Gebühren zu bezahlen, sie hatte es immerhin versucht. Seine Mutter kam erst am späten Abend nach Hause. Sie nickte schwach und lächelte, als er ihr die Lebensmittel zeigte. Während sie sieben Tassen Reis, zehn Tassen *gari* und fünf Tassen Bohnen abmaß, erwartete er die ganze Zeit, dass sie sich weigern würde, irgendetwas davon zu essen, bis er ihr verraten hatte, woher die Sachen stammten. Doch das tat sie nicht. Stattdessen umarmte sie ihn, bis seine Arme sich taub anfühlten.

Als Eniola am nächsten Morgen aufstand, schnarchten seine Eltern noch, und Busola sabberte im Schlaf. Singend ging er in den Hof, fühlte sich unbeschwerter und leichter als eine Kükenfeder, als wäre eine Last, die er lange mit sich herumgeschleppt hatte, über Nacht von ihm genommen worden. Er summte ein Liedchen und klopfte mit dem Fuß den Takt dazu, während er sich die Zähne putzte, diesmal nicht mit Salz und einer Zahnbürste, deren Borsten schon lange abgenutzt waren, sondern mit richtiger Zahnpasta und einer neuen Zahnbürste. Doch was ihn zum Tanzen brachte, als er wieder in den Flur trat, war der Gedanke, dass seine Mutter und seine Schwester ebenfalls den kühlen Mentholgeschmack schmecken würden, wenn sie sich später die Zähne putzten.

Das Erste, was er getan hatte, nachdem er am Tag zuvor Honourable Fesojaiyes Haus verlassen hatte, war, für alle eine Tube Zahnpasta und neue Zahnbürsten zu kaufen. Er suchte eine blaue Zahnbürste für sich aus, eine cremefarbene für seine Mutter und eine grüne für Busola, doch bei der vierten zögerte er so lange, dass der Verkäufer schon fragte, ob er doch nur drei haben wolle statt vier. Am Ende entschied er sich für eine schwarze, ohne sich wie bei den anderen die Mühe zu machen, eine in der Lieblingsfarbe seines Vaters auszuwählen.

Busola reckte sich und gähnte, als er die Wohnung betrat.

»Das gibt's ja nicht. Ist das eine neue Zahnbürste?«, fragte sie.

»Wieso schlafen die noch?« Er deutete mit dem Kinn auf seine Eltern.

»Vielleicht, weil sie gestern so spät nach Hause gekommen ist, und er …« Busola zuckte die Achseln, als wäre das

Verhalten ihres Vaters jenseits von Erklärbarkeit und Vernunft.

Eniola wusch sich und zog sich rasch für die Schule an. Als er den Umschlag, den Honourable ihm gegeben hatte, in seine Brusttasche steckte und aus dem Haus eilte, schliefen seine Eltern immer noch. Die Sonne ließ sich noch nicht blicken, aber eine Hälfte des Himmels war mit orangefarbenen Wolken gesprenkelt, die ihr Erscheinen ankündigten. Er ging langsam, blieb bei fast jeder Gelegenheit stehen: Er kickte den schlaffen Ball eines kleinen Jungen zurück, der ihn aus einem Vorgarten auf die Straße geworfen hatte, pausierte erneut, um sich hinter dem Ohr zu kratzen, und pflückte eine Zeit lang Hibiskusblüten an einem Busch vor seiner Schule. Vor dem Treffen mit Honourable hatte er nichts gehabt, und jetzt? Selbst die Zeit schien ihm zu gehören. Die Welt um ihn herum wirkte klarer, heller, als wäre ein Staubfilm, von dem er gar nicht gewusst hatte, dass es ihn gab, über Nacht verschwunden. Vor sich hin summend ging er weiter und verspürte gelegentlich den überwältigenden Drang zu tanzen. Nicht nur ein bisschen mit dem Fuß zu wippen, sondern richtig zu tanzen, einen *galala*. Den ganzen Vormittag wartete er darauf, dass das Gefühl nachlassen würde, aber es hielt immer noch an, als er sich gegen Mittag von Rashidi und Saamu trennte, die zum Mittagessen in Honourables Haus gingen, während er selbst sich zur Glorious Destiny School begab.

Als die beiden Jungs ihn fragten, wo er hinwollte, log er, er habe noch etwas in Aunty Caros Geschäft zu erledigen. Er wollte ihnen nicht enthüllen, dass er zu seiner alten Schule zurückging, um zu fragen, ob man ihn wieder aufnahm. Er hätte ihren Spott nicht ertragen können, falls sein Versuch fehlschlug. Es fiel ihm nicht schwer, sich vorzustellen, dass sie ihn Glorious Destiny taufen würden. Er wollte nicht riskieren, einen noch schlimmeren Spitznamen verpasst zu bekommen als an seiner alten Schule. Bevor er seine neuen Freunde kennengelernt hatte, war das einzig Gute am Schulwechsel gewesen, dass niemand in seiner neuen Klasse wusste, dass man ihn früher Unity genannt hatte.

Eniola überlegte, ob er noch zu Hause vorbeigehen und seine Glorious-Destiny-Uniform anziehen sollte, entschied sich jedoch dagegen. Die braunen Shorts und das gelbe Hemd der United mussten für sein Treffen mit Mr. Bisade genügen.

Rashidi hatte ihm versichert, gegen Ende der Woche werde er einen weiteren Umschlag bekommen, der diesmal nur dreitausend Naira enthalten werde. Eniola schätzte, dass er in einem Monat die Schulgebühren abbezahlen konnte. Danach hatte er vor, Geld für die Schulgebühren des nächsten Jahrs zurückzulegen. Nein, er würde sich noch kein Handy kaufen. Es spielte keine Rolle, wie oft er sich fragte, wie Maria reagieren würde, wenn er mit einem blauen Nokia XpressMusic in der Hand Aunty Caros Geschäft betrat.

Er erreichte die Glorious Destiny während einer Unterrichtsstunde, sodass er direkt zu Mr. Bisade gehen konnte, ohne jemandem zu begegnen. Mr. Bisade zählte das Geld zweimal und warnte ihn, er dürfe die Prüfungen nicht mitschreiben, wenn er die Gebühren bis dahin nicht vollständig beglichen habe.

Zum ersten Mal, seitdem er auf die weiterführende Schule ging, hatte Eniola keine Sorge, dass er die Prüfungen nicht mitschreiben könnte. Er hatte sich an das Gefühl gewöhnt, das ihm zu Beginn des Tages noch merkwürdig vorgekommen war und das er jetzt als die Leichtigkeit erkannte, die mit Freiheit einherging. Freiheit von Sorge und von der

Angst, die ihm im Nacken saß, weil er nie genau wusste, ob seine Eltern sich leisten konnten, was er brauchte.

Eniola hatte nicht die Absicht, an diesem Tag oder in der restlichen Woche schon den Unterricht an der Glorious Destiny zu besuchen. Er wollte in der zweiten Hälfte der nächsten Woche zurückkehren, nachdem er einen weiteren mit Naira-Scheinen gefüllten Umschlag von Honourable kassiert hatte. Davon würde er sich in seiner Zeit in Aunty Caros Geschäft eine neue Schuluniform ohne Löcher nähen. Sie erlaubte ihm, die Nähmaschine zu benutzen, wenn er zuvor seine Pflichten erledigt hatte. Danach wäre noch Geld übrig, um ein Paar neue Sandalen zu kaufen. Aber nur Gummisandalen, nicht die Kitos, die er sich unbedingt wünschte.

Zurück an der United erzählte Eniola Rashidi und Saamu, dass er irgendwann in der nächsten Woche an die Glorious Destiny zurückkehren werde. Kurz herrschte Schweigen, dann zuckten die beiden Jungs die Schultern, als hätten sie nichts anderes erwartet, als würde es keine Rolle spielen, ob er blieb oder nicht. Eniola biss sich auf die Zunge, um nicht zu sagen, dass sie ihm fehlen würden.

Während Rashidi mit seinem XPressMusic herumspielte, informierte Saamu Eniola, dass Honourable seinen Besuch auf dem Markt vorverlegt hatte. Die Jungs würden jetzt am Donnerstag gebraucht werden.

»Oder sind Glorious-Destiny-Schüler dafür zu vornehm?«, fragte Rashidi, ohne von seinem Handy aufzusehen.

»Was?«, fragte Eniola.

»Bist du jetzt zu vornehm, um einer von uns zu sein?«

»Rashidi fängt schon wieder an.« Saamu trommelte auf dem Tisch herum. »Hör auf, Eniola was in den Mund zu legen. Er geht nur zurück, damit er sich auf den Abschluss vorbereiten kann, er ist immer noch einer von uns. *Abi*?«

Eniola nickte. »Ich will mich nur besser auf die Abschlussprüfung vorbereiten. Keine Sorge, ich komme mittags immer noch zu Honourables Haus. Die Schule da hat keinen Zaun oder so. Ich kann leicht abhauen.«

Rashidi wechselte einen Blick mit Saamu, bevor er Eniola anschaute. Eniola, der beiden gegenübersaß, hatte das Gefühl, auf irgendeinen verborgenen Makel hin geprüft zu werden – einen losen Faden am Rock eines fertigen Kleidungsstücks, der den Saum aufzutrennen drohte.

»Ich meine, Rashidi, du wirst mich dort fast jeden Tag sehen. Wo soll ich sonst Geld für meine Schulgebühren oder die Prüfungen hernehmen, wenn ich nicht komme?«

»Okay.« Rashidi sah Saamu an und nickte.

»Holy Michael hat gesagt, wir sollen dir das hier geben.« Saamu griff in seinen Rucksack und legte einen schwarzen Nylonbeutel auf den Tisch.

Eniola konnte ein Lächeln nicht unterdrücken. Holy Michael war ein hünenhafter Mann, der Erelu manchmal begleitete wie ein Bodyguard. Er sprach nur mit den Jungs, wenn er ihnen eine Nachricht von Erelu oder Honourable selbst überbringen musste. Eniola nahm den Beutel in die Hand und schaute hinein.

Rashidi lachte. »Guck, wie der die Zähne zeigt. Der glaubt, da ist Geld drin.«

»Das ist ein Messer«, sagte Saamu.

Es war das kleinste Messer, das Eniola je in der Hand gehabt hatte. Der Griff war braun mit zwei silbernen Punkten, und die Klinge steckte in einer schwarzen Scheide. Als er es in seine Handfläche legte, reichte die Spitze nicht über seinen Mittelfinger hinaus.

»Wozu ist das gut?«, fragte er.

»Schwimmen«, sagte Saamu. »Wozu sonst? Das ist für dein Training, du musst lernen, dich zu schützen.«

»Wovor?«

Rashidi lachte. »Deine Stimme zittert ja, Eniola. Keine Sorge, das ist nur dazu da, Leuten Angst einzujagen, die irgendwelchen Blödsinn versuchen.«

Am nächsten Tag versammelte Holy Michael die Jungen, noch bevor sie zu Mittag gegessen hatten, führte sie hinter das Haus und befahl ihnen, dichter zusammenzurücken, damit niemand aus der Menge, die sich auf Honourables Rasen eingefunden hatte, sie sehen konnte. Eniola versuchte, die Jungs zu zählen, die ihn von allen Seiten zu erdrücken drohten, verlor jedoch irgendwo zwischen dreißig und fünfunddreißig den Faden. Die meisten anderen Jungen waren weit älter. Ein paar sahen aus wie Männer und hatten Bärte, die einen Großteil ihres Gesichts verdeckten. Rashidi und Saamu standen ein Stück von ihm entfernt, doch er konnte sehen, wie sie grinsend die anderen Jungen begrüßten.

Rings um Eniola wurden Schultern geklopft, Hallos ausgetauscht, Wortgefechte ausgetragen, besorgte Fragen nach betagten Eltern gestellt, Leute wurden einander vorgestellt und Wiedersehen gefeiert. Doch alle verstummten, sobald Holy Michael anfing zu sprechen. Seine leise, raue Stimme verlangte absolute Aufmerksamkeit. Er zählte die Dinge, die sie sich merken sollten, an der linken Hand ab. Honourable würde um zehn mit der Lebensmittelausgabe beginnen, aber alle sollten schon um halb zehn da sein. Fünf Leute würden mit der Polizei und Honourable auf dem Podium stehen. Vier würden sich am Rand des Podiums aufhalten, während die anderen in der Menschenmenge untertauchen sollten. Ihre Aufgabe war es, während der Ausgabe unsichtbar zu bleiben. Sie durften sich dem Podium nur nähern, wenn sie bemerkten, dass jemand Honourable anzugreifen versuchte.

Als der Donnerstag näher rückte, brachte Saamu Eniola bei, wie man sich größer machte, zeigte ihm, wie man den Rücken durchdrückte, sodass die Schultern breiter wirkten. »Los, du musst dich aufplustern, nun mach schon!«, blaffte er und verlangte zu wissen, ob Eniola wirklich morgens Liegestütze machte, wie man ihm aufgetragen hatte.

Rashidi zeigte ihm, wie man das Messer in der Scheide am Körper trug, eine Hand in der rechten Hosentasche immer um den Griff gelegt, um es, wenn nötig, jederzeit ziehen zu können. Er versicherte Eniola, alles, was er mit dem Messer anstellen müsse, sei, damit herumzufuchteln oder in die Luft zu stechen. Sie würden lediglich Lebensmittel und Geschenke an die Händlerinnen austeilen, und es war unwahrscheinlich, dass etwas schiefging. Er fing an, mit dem Messer in der Tasche herumzulaufen, wie Saamu vorgeschlagen hatte, damit er sich daran gewöhnen und sich auf Donnerstag vorbereiten konnte. Der Griff drückte gegen seinen Hüftknochen, was ihn zwang, leicht seitlich zu gehen, wenn er den plötzlichen stechenden Schmerz vermeiden wollte.

Am Donnerstagmorgen traf er sich vor der United mit Rashidi und Saamu. Sie stritten sich eine Zeit lang, ob sie zur Morgenversammlung gehen sollten oder nicht, aber Saamu war als Einziger dafür. Eniola hatte bemerkt, wie sehr die Schulrituale Saamu faszinierten. Seine Schuluniform war immer sauber und gebügelt, die Hemdsärmel gestärkt. Obwohl er die wenigen Unterrichtsstunden schwänzte, zu denen überhaupt ein Lehrer aufkreuzte, besaß er Schulbücher und blätterte gelegentlich darin herum, wenn er glaubte, Eniola würde es nicht bemerken.

Nachdem sie Saamu den Wunsch, sich in Reihen aufzustellen und Schulhymnen zu singen, ausgeredet hatten, versuchte Rashidi, Taxis herbeizuwinken.

»Ein Taxi? Dafür schmeiße ich doch kein Geld aus dem Fenster«, sagte Saamu.

Saamu sparte Geld, um sich eine eigene Wohnung leisten zu können, damit seine beiden jüngeren Brüder und seine Schwester bei ihm leben könnten. Er wohnte bei einem Onkel, der ihn nach dem Unfalltod seiner Eltern aufgenommen hatte, als er zehn war. Nun, mit über achtzehn, hatte er seine Geschwister nur ein einziges Mal gesehen, seit sie über das Land verteilt bei verschiedenen Verwandten lebten. Letztes Jahr hatte seine Tante in Abuja seiner Schwester den Hals mit einem Eisen versengt, weil sie Porzellangeschirr zerbrochen hatte.

»Lass das, Rashidi, lass uns lieber laufen. Ich muss die Miete dieses Jahr zusammenbekommen.«

Rashidi gab Saamu einen Klaps auf den Hinterkopf. »Ich bezahl schon für dich, für dich auch, Eniola. Ich bezahl für uns alle.«

Eniola erwartete, dass er den Fahrpreis für drei der sechs Leute entrichten würde, die gewöhnlich in ein Taxi einstiegen. Vier saßen hinten, zwei vorn, sodass aus allen Fenstern Schultern, Arme oder Ärmel lugten. Stattdessen bestand Rashidi darauf, auf ein leeres Taxi zu warten, damit sie alle so bequem sitzen konnten, wie vom Hersteller vorgesehen. Rashidi nahm neben dem Fahrer Platz, Eniola und Saamu auf dem Rücksitz. Als der Fahrer einen weiteren Fahrgast aufnehmen wollte, gab Rashidi ihm genug Geld für sechs Fahrgäste.

Das Taxi klapperte beim Fahren und musste mehrmals neu angelassen werden. Es gab keinen Schlüssel und keine

Zündung, nur zwei Drähte, die der Fahrer gegeneinanderrieb, bis der Motor stotternd zum Leben erwachte und der Wagen ruckelnd anfuhr.

Sie schafften es gerade rechtzeitig zum Haltepunkt, der dem Markt am nächsten lag. Der Ojude Owa genannte Platz befand sich direkt gegenüber, war Teil eines Komplexes, zu dem auch das Rathaus gehörte, und grenzte an den Palast des Owa und den Markt. Als sie aus dem Taxi stiegen, hämmerte Eniolas Herz gegen seine Rippen, und er war überrascht, dass niemand es hören konnte. Er hatte keine Angst. Er war nur aufgeregt. Er zitterte vor Erwartung; als sie sich dem Ojude Owa näherten, griff er in seine Tasche und umfasste das Messer. Seit ein paar Tagen musste er nicht mehr seitlich gehen, sondern empfand es als beruhigend, über die Lederscheide zu streichen.

Ein Podium war auf dem Platz vor der Mauer, die den Markt umgab, errichtet worden. Aus Lautsprechern plärrte ein Lied von Salawa Abeni. Ein Lastwagen parkte bei dem schmalen Tor, das zum Markt führte. Daneben stand Holy Michael und schrie den Fahrer an, der versuchte, es zu öffnen. Als er die Jungs sah, funkelte er sie an.

»Wie kommt's, dass ihr so spät dran seid?«, rief Holy Michael. »Seid ihr auf dem nackten Hintern hergerutscht?«

»Nein, Sir«, sagte Eniola. »Wir haben ein Taxi genommen.«

Ein Rippenstoß, ob von Rashidi oder Saamu, konnte er nicht sagen, verriet Eniola, dass er einen Fehler gemacht hatte.

»Ach, ihr habt euch ein Taxi genommen? Ein Taxi? Du da mit dem großen Mund, antworte mir, bist du taub?«

»J-ja, Sir.« Obwohl er nicht wagte, den Blick von dem Mann abzuwenden, konnte er spüren, dass Rashidi und Saamu nicht mehr hinter ihm standen.

»Also, warum kommt ihr erst jetzt? Na?«

»Wir sind nicht zu spät, Sir, wir sind pünktlich –« Er wich gerade noch rechtzeitig aus, bevor Holy Michaels Faust sein Gesicht traf, und spürte, wie die Fingerknöchel sein Ohr streiften. Er duckte sich vor einem weiteren Schlag, sprang hoch, sodass ein Tritt nur seinen Hosenboden streifte, dann rannte er davon, als Holy Michael ihn an der Schulter zu packen versuchte. Er blieb erst stehen, als er Applaus hörte.

Holy Michael klatschte weiter, während Eniola Atem zu schöpfen versuchte.

»Los, komm her.« Holy Michael breitete die Arme aus, als wollte er Eniola umarmen. »Kein Angst, komm näher, wie heißt du noch gleich, Neuer?«

»Eniola, Sir.«

»Mir gefällt, wie du immer wieder ausgewichen bist. Leute wie dich brauchen wir hier. Weißt du, was mir noch gefällt?« Holy Michael umfasste Eniolas Schulter. »Du hast die Hand nicht aus der Tasche genommen, du warst stets bereit, das Messer zu ziehen. Gut, sehr, sehr gut.«

Holy Michael drückte Eniola die Schulter, bevor er weiterging und allen in Hörweite Anweisungen zubrüllte. Immer mehr von Honourables Jungs kamen durch das Haupttor, das zum Ojude Owa führte. Ein paar kamen durch das Fußgängertor auf den Markt. Holy Michael rief alle Jungen beim Namen und wies ihnen mit dröhnender Stimme diverse Aufgaben zu. Einige mussten die Eingänge zum Markt bewachen, andere ein Banner hinter dem Podium aufhängen, wieder andere mit Megafonen und Flyern auf den Markt gehen.

Eniola und seine Freunde wurden einer Gruppe zugeteilt, die den Lastwagen entladen sollten. Rashidi und Saamu stapelten Reissäcke in einer Ecke, während Eniola und andere

Jungs die Fässchen mit Pflanzenöl in einer anderen abstellten. Es hätte auch meterweise Stoff im Lastwagen sein sollen, auf dem Honourables Gesicht prangte. Jemand hatte vergessen, ihn einzuladen, bevor das Fahrzeug an jenem Morgen Ibadan verlassen hatte. Jetzt stauchte Holy Michael den Fahrer zusammen, als ihm klar wurde, dass er den Frauen, die an der Kundgebung teilnahmen, keine Stoffe schenken konnte. Diesmal endete die Auseinandersetzung damit, dass Holy Michael den Kopf des Mannes gegen den Lastwagen schlug.

»Gott hat dich vorhin gerettet, sonst wäre das dein Schädel gewesen«, flüsterte Rashidi Eniola ins Ohr, während sie zusahen, wie der Fahrer sich das Blut vom Gesicht tupfte.

»Habt ihr Jungs noch nie einen Menschen gesehen? Habt ihr noch nie Blut gesehen? Wieso hört ihr auf zu arbeiten? Seid ihr hier, um fernzusehen?« Die Adern an Holy Michaels Hals pulsierten, wenn er schrie.

Die Jungs wandten sich mit ängstlicher Beflissenheit wieder ihren Aufgaben zu.

Einmal abgeladen, musste der Reis aus den großen Säcken auf kleinere Nylonsäcke verteilt werden. Eniola und ein anderer Junge leerten die Ölfässchen in große Zuber aus, während zwei weitere die Flüssigkeit in transparente Beutel füllten. Eine Gruppe von Neuankömmlingen band die Beutel mit einem Doppelknoten zu und gab jeweils einen mit Reis und einen mit Öl in eine Stofftasche. Es gab Stofftaschen in verschiedenen leuchtenden Farben, und auf allen prangte ein Bild von Honourables Gesicht.

Als Honourable gegen Mittag in Begleitung von Erelu und mehreren Polizisten auf dem Markt eintraf, war alles abgeladen und organisiert. Eine kleine Menge hatte sich vor dem Podium versammelt, und Eniola stand dahinter und sah zu, wie Rashidi und Saamu zu der *makossa*-Musik tanzten, die gerade lief.

Holy Michael drückte Eniola eine Sonnenbrille in die Hand und schob ihn zu Rashidi hinüber. »*Oya*, na los«, sagte er, bevor er zu Honourable eilte.

Eniola war anfangs verwirrt, aber Rashidi wusste, was Holy Michael wollte. Er nahm Eniolas Hand und drängte sich mit ihm durch die Menge, dann bestiegen sie das Podium. Sie waren die Ersten, denn Honourable und sein Gefolge waren stehen geblieben, um mit einer alten Frau in der Menge zu sprechen.

»Los, die Brille«, rief Rashidi über die Musik hinweg.

Eniola setzte die Sonnenbrille auf, steckte die Hand in die Hosentasche und umfasste den Messergriff. Er hatte keine Angst, fühlte sich vom Gewicht des Holzes in seiner Hand beschützt, wie berauscht von dem Wissen, dass alle zu dem Ort aufschauten, an dem er stand. Es war sicher etwas Besonderes, dass Holy Michael ihn schon bei der ersten Kundgebung auf das Podium beorderte, zusammen mit Rashidi und zwei anderen Jungs, die, wie er wusste, schon seit vier Jahren bei Honourables Wahlkampagnen dabei waren. Rashidi hatte die ganze Woche stolz davon erzählt, dass er bei Honourable stehen durfte, was man ihm erst seit der sechsten Kundgebung erlaubte. Saamu war noch nie für diese Rolle auserwählt worden, nicht ein einziges Mal. Rashidi wies ihm eine der vorderen Ecken des Podiums zu und sagte ihm, er müsse die Menge nach Anzeichen von Problemen absuchen, während Honourable sprach.

Honourable schwitzte, als er mit seinem Gefolge das Podium erklomm. Er wischte sich das Gesicht mit einem Taschentuch ab, dann hob er die Hand und winkte, woraufhin die Menge ringsherum in Jubel ausbrach.

Die Polizeibeamten positionierten sich im Halbkreis hinter Honourable und Erelu. Die Musik aus den Lautsprechern verstummte. Eniola umfasste das Messer in seiner Tasche fester. Während einige aus dem Gefolge sich vergewisserten, dass das Mikro funktionierte, holte Erelu eine kleine Puderdose aus ihrer Handtasche, drehte der Menge den Rücken zu und puderte ihre Stirn ab.

Als Honourable das Mikro übernahm, trat Eniola näher an den Rand des Podiums und spähte in die aufwärts gerichteten Gesichter der Menschen. Es gab Gruppen von höhnisch grinsenden jungen Männern, mehrere Mädchen, die ihre Tabletts mit Waren neben sich abgestellt hatten, ein paar Kinder in abgewetzten Uniformen. Obwohl Holy Michael ihnen gesagt haben musste, sie sollten sich in der Menge verteilen, konnte Eniola leicht die an die hundert Frauen erkennen, die mit Bussen aus verschiedenen Teilen des Bundesstaats herangekarrt worden waren. Fast alle waren in den rosafarbenen Waxprint-Stoff mit Honorables Konterfei darauf gekleidet.

Die meisten Marktfrauen, deren Stimmen Honourable sich sichern wollte, noch bevor er von seiner Partei zum Gouverneurskandidaten ernannt worden war, würden nicht kommen. Wenige würden ihre Geschäfte oder Stände verlassen, um stundenlang in der Sonne zu stehen. Einige schickten vielleicht ihre Lehrlinge oder Assistenten, und diejenigen, deren Stände die Mauern des Ojude Owa säumten, konnten die Kundgebung wahrscheinlich ohnehin hören.

Erelu, Holy Michael und eine ausgewählte Gruppe von Jungen würden von Geschäft zu Geschäft und von Stand zu Stand gehen, sobald die Kundgebung beendet war. Sie würden den Rest des Tages Reis und Pflanzenöl verteilen. Später am Abend würde Honourable sich mit den Leitern des

Marktverbandes in deren Haus treffen. Saamu hatte ihm all das in der Woche zuvor erklärt. Er war dabei gewesen, als Honourable zuletzt eine Kampagne durchgeführt hatte, und konnte sich erinnern, wie es damals gelaufen war.

Im Moment sprach Honourable darüber, welchen Unterschied seine Projekte – ein Brunnen, der, wie Eniola wusste, schon seit Monaten nicht mehr funktionierte, ein unfertiger Klassentrakt, das frisch geteerte Stück Straße, das zu Honourables Haus führte – für das Leben der Leute in seinem Wahlkreis bedeuteten.

Die Leute plauderten miteinander, als zuerst Honourable und dann Erelu ihnen für ihre Stimme dankten, die ihm geholfen hatten, ins Repräsentantenhaus in Abuja zu gelangen. Nur wenige Leute schienen zuzuhören, als Honourable sich über die Grenze dessen beklagte, was er als Abgeordneter leisten könne. Als jemand aus seinem Gefolge das Mikro übernahm, um die Menge zu fragen, ob Honourable nicht besser als Gouverneur aufgehoben wäre, schrien nur die in die Kampagnen-Waxprint-Stoffe gekleideten Frauen Ja. Niemanden sonst schien es groß zu kümmern, was Erelu oder die anderen Parteivertreter zu sagen hatten. Die Leute schielten immer wieder zu der Ecke hinüber, wo die Taschen mit Reis und Öl übereinandergestapelt lagen.

Holy Michael betrat das Podium, als der letzte Redner, der lallte und schwankte, als wäre er betrunken, mit seiner Geschichte darüber, wie Honourable für eine Universitätsgründung in der Stadt kämpfte, zum Ende kam. Der springende Punkt schien zu sein, dass Honourable gut darin war, bundesstaatliche Fördermittel zu bekommen. Eniola fragte sich, ob der Mann noch während seiner Rede zusammenbrechen würde.

Die Polizisten, die Honourable und Erelu vom Podium

führten, bahnten ihnen einen Weg zu den Taschen, die ausgeteilt werden sollten.

Holy Michael winkte Eniola und Rashidi zu sich.

»Sonntag. Nicht diesen Sonntag, den danach«, sagte Holy Michael. »Wir haben an dem Abend einen Spezialauftrag, direkter Befehl von Honourable. Rashidi, erinnerst du dich an diesen hirnverbrannten Professor? Der, der Gouverneur werden will?«

»Ja, klar. Wir sind zur Geburtstagsparty der Frau seines Freundes gegangen, um ihn zu treffen.«

»Das gefällt mir an Rashidi. Er hat alle Hirnzellen beisammen. Er erinnert sich an solche Dinge.« Holy Michael schnippte vor Eniolas Nase mit den Fingern. »Der Professor und sein Freund Otunba, hm? Honourable will, dass die beiden wissen, dass der Löwe der mächtigere Vater der Katze ist.«

»Ich wollte Sie schon danach fragen«, sagte Rashidi. »Niemand sollte so mit Honourable sprechen wie die beiden an dem Tag, niemand.«

»Genau! Du hast wirklich alle Hirnzellen beisammen. Honourable will, dass wir diesen Otunba benutzen, um dem dummen Professor eine Warnung zukommen zu lassen. Uns liegen Informationen vor, dass Otunba einer der Hauptsponsoren der Kampagne des Professors ist. Also knöpfen wir uns ihn zuerst vor. Wenn der Professor danach keine Vernunft annimmt, kriegt er eine direktere Warnung. So handhabt Honourable die Dinge, wir warnen die Leute zuerst. Also müsst ihr am Sonntagabend da sein. Wir fahren von Honourables Haus aus.«

Eniola nickte. Er konnte sich abends loseisen, wenn es sein musste; er brauchte nur von Aunty Caros Geschäft aus dorthinzugehen, statt sich vorher nach Hause zu begeben.

Mit seinen Eltern und ihrem Zorn würde er schon fertigwerden, wenn er wieder zu Hause war.

»Okay, Holy Michael. Ich sag Saamu Bescheid«, erwiderte Rashidi.

»Nein, ich meinte dich und Eniola.«

»Der? Ach, Holy Michael, der? Der ist doch noch gar nicht bereit.« Rashidi schüttelte den Kopf. »Kein bisschen, nicht für einen Spezialauftrag.«

»Ich mag ihn, und ich will ihn dabeihaben.«

»Der ist doch noch ein Baby, Holy Michael.«

»Was soll das, Rashidi? Ich bin doch kein Kind«, sagte Eniola. Na und, dann war er eben der Jüngste hier. Das bedeutete nicht, dass Rashidi ihn vor Honourables rechter Hand beleidigen durfte.

»Halt die Klappe«, sagte Rashidi.

Holy Michael umfasste Eniolas Schulter. »Willst du zehntausend Naira verdienen?«

»Sir?«

»Gibt es ein Problem in deinem Leben, das sich mit zehntausend Naira lösen ließe?«

Eniola nickte, zu aufgeregt, um den Mund aufzumachen, ohne zu stottern. War das der Grund, warum Rashidi nicht wollte, dass er dabei war? Damit Saamu den Bonus bekam?

Holy Michael warf die Hände in die Luft. »Siehst du? Er ist bereit.«

»Und was ist mit Saamu?«

»Nein, Rashidi. Geh mir nicht auf die Nerven. Ich sagte, du und Eniola. Verstanden?«

»Ja, Sir.«

Rashidi wartete, bis Holy Michael außer Hörweite war, bevor er sich an Eniola wandte. »Hast du sie noch alle?«

»Was hab ich denn jetzt schon wieder angestellt?« Eniola wich vor Rashidi zurück, der die Fäuste schwang.

»Bist du völlig verrückt geworden? Wer hat dich mitgenommen? Waren das nicht ich und Saamu? Du? Ein Spezialauftrag? Reißt die Klappe auf und sagt: *Ich bin doch kein Kind.* Wenn ich sag, du bist ein Baby, Eniola, dann bist du ein Baby, verstanden?«

»Ich weiß, Saamu war vor mir dein Freund, aber ich brauche die zehntausend Naira auch sofort.«

»Glaubst du, es geht ums Geld? Weißt du, was du dafür tun musst? Ach, Eniola, hältst du das alles hier für ein Spiel? Glaubst du, du musst da nur rumstehen wie eine Statue?«

»Was ist denn?«, fragte Eniola. Er spürte, dass Rashidi eher erschrocken als wütend war, und die Sorgenfalten auf der Stirn seines Freundes beunruhigten ihn.

»Ich hätte nicht gedacht, dass Holy Michael dich mag, ganz zu schweigen davon, dass er dir einen Spezialauftrag gibt.«

»Sag mir, was ich tun muss.« Eniola wurde bewusst, dass er die Hand aus der Tasche gezogen hatte, Rashidi dagegen nicht. Ein weiterer Beweis dafür, dass er noch nicht bereit war und in einem Moment wie diesem vergessen würde, dass er ständig auf der Hut sein musste.

»Als ich dich gefragt habe, ob du mit zu Honourable essen gehen willst, wusste ich nicht, dass Holy Michael dich so schnell auswählen würde. *Ogbeni*, du bist noch nicht bereit.«

»Sag's mir, Rashidi, sag mir einfach, was ich tun muss.«

»Pennt ihr zwei hier eine Runde?« Saamu stand auf der Treppe zum Podium.

»Willst du nicht den Leuten helfen, die Taschen –«

»Holy Michael hat gesagt, ich kann nach Hause gehen«, sagte Saamu. »Hat er dich und Eniola auch entlassen?«

»Saamu, wir haben *wahala*, ein ernstes Problem.« Rashidi ging zu Saamu hinüber.

Eniola folgte ihnen, als sie das Podium verließen. Rashidi erzählte Saamu von dem Gespräch mit Holy Michael, woraufhin Saamu stehen blieb und sich zu Eniola umdrehte.

»Ich hab Holy Michael nicht darum gebeten, dass ich dabei sein darf. Es war allein seine Entscheidung. Tut mir leid.« Eniola konnte dem Drang, sich zu entschuldigen, nicht widerstehen, Saamu brauchte das Geld wahrscheinlich dringender als er. Auch wenn sein Vater ein Nichtsnutz war, er hatte immer noch seine Mutter. Saamu hatte nur sich selbst.

Samuu zeigte mit dem Finger auf Eniola und betrachtete ihn mit zusammengekniffenen Augen, als wäre er eine winzige Ameise. »Du meinst, der ist dabei und ich nicht?«

»So will es Holy Michael«, sagte Rashidi.

»Ist das dein Ernst?«

»Wieso sollte ich über so was Witze machen? Ich weiß nicht, was ich tun soll, der kriegt doch garantiert Schiss. Er ist noch ein Baby. Und dann gibt's Ärger, ich weiß es einfach.«

Saamu überbrückte die Distanz zwischen ihm und Eniola mit einem großen Schritt. »Du, du willst die zehntausend Naira einkassieren, wie?«

»Ich habe versucht, Holy Michael zu überreden, seine Meinung zu ändern, aber du weißt ja, wie er ist.« Rashidi räusperte sich und senkte die Stimme zu einem Flüstern. »Wenn sie uns befehlen, das zu tun, was wir neulich getan haben, wird Eniola überhaupt damit fertig? Nein. Er ist noch nicht bereit, er hat nicht den Mumm für Spezialaufträge, er ist nicht wie wir.«

»Aber er hat den Mumm, Geld zu kassieren.«

Eniola merkte, dass Saamu neidisch war. Das erkannte er

daran, wie er die Worte ausspuckte, an dem höhnischen Grinsen, an der Kraft, mit der er Eniola einen Stoß gab, und daran, wie er es erneut versuchte, als Eniola rückwärtsstrauchelte, aber nicht hinfiel.

Rashidi umfasste Saamus Arme und hielt ihn fest.

»Geh nach Hause«, sagte Rashidi zu Eniola. »Ich sagte, geh! Wir sehen uns später.«

*

Eniola hörte eine fremde Stimme, als er sich der Wohnung seiner Familie näherte. Gott sei Dank eine weibliche, nicht die des Vermieters. Er öffnete die Tür und erstarrte, da die Stimme jener Lehrerin gehörte, die Eniola in der United herumzukommandieren versuchte, nur weil sie einmal eine Kollegin seines Vaters gewesen war. Als er in den Raum trat, fand er sie auf dem Bettrand sitzend, die Hände auf den Knien gefaltet, als wollte sie lieber nichts im Raum berühren.

»Guten Tag«, murmelte Eniola in Mrs. Okons Richtung und warf gleichzeitig seine Tasche auf die Matratze. Sein Vater saß mit müdem Gesichtsausdruck neben Mrs. Okon, als wäre er erschöpft von der Anstrengung, die ihn das Aufsetzen gekostet hatte.

»Spricht man so neuerdings mit seinen Lehrern, Eniola?« Seine Mutter stand am Vorratsschrank und füllte eine Tasse mit Wasser.

»Guten Tag, *ma.*« Er funkelte Mrs. Okon an, denn er wusste, dass sie gekommen war, um sich bei seinen Eltern über ihn zu beschweren.

Mit geschürzten Lippen wandte Mrs. Okon sich an seinen Vater. »Ich bin so enttäuscht von ihm. Er ist kein bisschen wie du. Nein, überhaupt nicht. Nach allem, was ich über dich wusste, weil wir zusammengearbeitet haben, hätte ich nicht gedacht, dass sein Sohn mit Rowdys Umgang hat.«

»Eniola?« Seine Mutter reichte Mrs. Okon die Tasse. »Was hast du dazu zu sagen?«

Eniola setzte sich neben Busola auf die Matratze, die entweder las oder nur so tat.

»Ich kann mich nicht erinnern, wann ich ihn zuletzt in meiner Klasse gesehen habe«, sagte Mrs. Okon.

»Hat dir jemand die Ohren zugenagelt? Eniola, ich sagte –«

»Meine Freunde sind keine Rowdys. Sie sind gute Menschen.«

»Gute Menschen?« Mrs. Okon lachte auf. »Diese Jungs sind Rowdys. Ich habe dich beobachtet. Gehört Saamu nicht zu den Jungen, denen du auf Schritt und Tritt folgst? Er ist jetzt seit mindestens acht Jahren in der Schule. Acht Jahre lang hat er eine Klasse nach der anderen wiederholt, willst du etwa auch so enden?«

Eniola sah, wie seine Mutter die verschränkten Hände auf ihren Kopf legte, wie jemand, den eine große Tragödie ereilt hat.

»Saamu ist kein Rowdy, er ist Waise, aber was wissen Sie schon? Über irgendwas? Wieso soll ich in dieser Klasse hocken? Wie viele Lehrer tauchen an einem Tag auf? Sie sind eine der wenigen, die es tun.« Eniola merkte, dass er laut gewesen war, als Busola ihr Buch zuschlug.

»Siehst du das? Siehst du, wie dein Sohn mit mir spricht?« Mrs. Okon erhob sich.

Eniola legte entschuldigend die Hände zusammen, aber es war seine Mutter, die das Wort ergriff. »Es tut uns leid, Mrs. Okon, sehr, sehr leid.«

»Ich habe mein Bestes für euch getan«, sagte Mrs. Okon. »Ich werde jetzt gehen.«

»Danke, *ma*.« Eniolas Mutter streckte die Hände aus. »Bitte seien Sie nicht beleidigt, er ist nur ... Ich verstehe nicht, was mit ihm los ist. Wir werden mit ihm reden.«

Eniolas Vater erhob sich, als Mrs. Okon aufstand, und brachte sie zur Tür. Als sich die Tür hinter ihnen schloss, sprang Eniola auf und ging zum Vorratsschrank.

»Was macht der Junge nur? Deck den Topf gefälligst wieder zu. Wer hat dir gesagt, du sollst das Essen servieren? Wie kannst du nur, nach allem, was wir gerade gehört haben?«

»Ich muss was essen, bevor ich zu Aunty Caro gehe.«

»Du isst nichts in diesem Haus, bis du dich erklärt hast. Busola, du verliest schon mal die Bohnen, die es zum Abendessen gibt. Los, Eniola, rede mit mir.«

Eniola zog sein Schulhemd aus und streifte ein T-Shirt über. Er musste aus dem Haus, um über seinen Streit mit Saamu nachzudenken. War es überhaupt ein Streit?

»Ich habe nichts zu sagen.«

»Wieso hast du den Unterricht geschwänzt?«

Eniola zuckte die Achseln. »Ich geh nicht mehr in diese blöde Schule.«

Seine Mutter seufzte. »Bist du immer noch sauer wegen der Schulgebühren? Es tut mir leid, Eniola. Aber siehst du, du kannst doch –« Sie verstummte, als sein Vater ins Zimmer kam, schnaufend, als wäre er, nachdem er Mrs. Okon noch ein Stück begleitet hatte, den ganzen Weg zurückgerannt. »Deinem Vater und mir tut es leid, aber im Moment gibt es nichts, was wir tun können. Wir können es uns nicht leisten –«

»Ja, ich weiß, meine Schulgebühren könnt ihr euch nicht leisten, aber Busolas schon.«

»Eniola, das ist keine Entschuldigung. Es gibt keinen Grund, sich mit Rowdys einzulassen. Keinen Grund auf der Welt. Mrs. Okon hat mir erzählt, sie glaubt, dass sie für einen Politiker arbeiten, und das sind die schlimmsten Menschen, mit denen man sich auf dieser Welt einlassen kann.«

Eniola starrte seinen Vater an, versuchte zu begreifen, was in diesem Moment so anders an ihm war. Der Mann redete nicht nur, er schrie fast und gestikulierte wild. Dann fing er sogar an, auf und ab zu gehen, kombinierte seine Stimme mit Bewegung, und das mit einer Eindringlichkeit, die Eniola gar nicht mehr mit ihm in Verbindung brachte.

»Weißt du, was dir in solcher Gesellschaft alles zustoßen kann? Weißt du, dass diese Jungs Kriminelle sein könnten?«, schrie er. »Vergessen wir das für einen Moment. Hast du vor, die Klasse in der United zu wiederholen?«

»Ich verlasse die United«, sagte Eniola.

»Keins meiner Kinder wird die Schule verlassen.«

So etwas hätte auch der Vater, den Eniola als kleiner Junge gekannt hatte, gesagt. In den vergangenen paar Jahren hatte sein Vater sich immer nur zur Wand gedreht. Das war es, was Eniola an seinem Vater merkwürdig vorkam. Der Mann lief herum, redete und zeigte Gefühle, und das auch noch gleichzeitig. Zum ersten Mal seit langer Zeit sah er nicht mehr aus wie jemand, der sich auf den Tod vorbereitete; er wirkte wieder lebendig.

»Ich geh zurück auf die Glorious Destiny«, sagte Eniola. »Ich habe meine Schulgebühren selbst bezahlt.«

»Du hast was?« Eniolas Vater legte ihm eine Hand auf die Schulter.

Eniola schüttelte sie ab und trat zurück. »Zumindest die Hälfte.«

Sein Vater sah alle im Raum an, als erwartete er eine Erklärung von ihnen. Als er sich wieder Eniola zuwandte, war sein Gesicht von etwas wie Wut verzerrt. »Woher hast du das Geld?«

»Von Honourable Fesojaiye.« Eniola zog die Socken und Schulsandalen aus.

»Der Politiker? Mein Gott, Mrs. Okon hat recht.«

Eniola zog seine Flipflops an. Er würde in seinen Schulshorts zu Aunty Caro gehen. »Saamu hat mich ihm vorgestellt.«

»Derselbe Saamu, der seit fast einem Jahrzehnt sitzengeblieben ist, hat dich einem Politiker vorgestellt? Wieso gibt Honourable dir Geld? Bist du einer seiner Schläger?«

»Ich gehe jetzt zu Aunty Caro. Bitte lass mich durch.« Eniola schaute an seinem Vater vorbei.

»Ach, glaubst du jetzt, so kannst du mit deinem Vater in diesem Haus reden, *abi*?«

»Was hab ich denn gesagt?« Eniola sah seine Mutter an. »Ich habe ihn nur gebeten, mich durchzulassen. Ist das ein Verbrechen?«

»Du hast seine Frage nicht beantwortet. Bist du jetzt ein Schläger?«

»Wieso hast du mich das nicht gefragt, als ich dir die Lebensmittel gegeben habe, hm? Die sind von Honourable. Was willst du jetzt dagegen tun? Willst du das Essen wieder ausspucken?«

»Iya Eniola, von dir bin ich auch enttäuscht«, sagte Eniolas Vater zu seiner Mutter. »Dein Sohn hat Essen mit nach Hause gebracht, und du hast ihn nicht gefragt, woher er es hat? Wann hat das angefangen? Du weißt, dass er nicht auf legale Art an Lebensmittel gekommen sein kann, aber du hast sie trotzdem von ihm angenommen.«

»Du? Du bist enttäuscht von mir? Wann hast du zuletzt auch nur einen Naira in diesem Haus für Lebensmittel aufgetrieben?« Die Stimme seiner Mutter war kaum mehr als ein Flüstern. »Sag mir, wann?«

Es wurde still im Raum. In all den Jahren, seit Eniolas Vater seine Arbeit verloren hatte, hatte seine Mutter ihm nie vorgeworfen, die Familie im Stich gelassen zu haben. Zumindest war es nie in Eniolas Gegenwart vorgekommen. Es hatte Zeiten gegeben, in denen er sich wünschte, dass seine Mutter solche Dinge oder Schlimmeres sagte, um ihn aus dem Zustand zu reißen, in dem er versunken war, nachdem er gefeuert worden war. Nun, da es passierte, wünschte er sich weit weg. Wieso hatten die beiden so lange gebraucht, zu den Eltern zu werden, nach denen er sich sehnte?

»Du bist enttäuscht? Antworte mir. Wann hast du mir zuletzt auch nur einen Naira – nein, einen Kobo – zum Unterhalt dieser Familie gegeben?«

»Abosede«, sagte Eniolas Vater. »Abosede, bitte.«

Es war seltsam zu hören, dass sein Vater sie anders nannte als Iya Eniola, zu beobachten, wie sie sich über den Raum hinweg anstarrten, während seinem Vater die Tränen über die Wangen liefen. Es war, als hätte er sie unbekleidet überrascht, wäre Zeuge von etwas geworden, was er nicht sehen sollte. Eniola ging zur Tür. Diesmal trat sein Vater beiseite und ließ ihn gehen.

In Aunty Caros Geschäft musste Eniola sich zweimal räuspern, bevor er alle begrüßen konnte. Er hatte einen guten Tag gehabt, bis Saamu wütend auf ihn wurde. Nach allem, was seither passiert war, hätte er am liebsten geweint.

Er wollte mit niemandem plaudern, als er sich an seinen Platz setzte. Nicht einmal mit Maria, die seinen Blick suchte. Stattdessen konzentrierte er sich auf das Kleid, an dem er seit dem Vortag arbeitete, aus Angst, in Tränen auszubrechen, sobald er den Mund aufmachte. Als er mit dem Kleid fertig war, nahm er die Patchworkbluse zur Hand, die er für Busola nähte. Aunty Caro hatte ihm gezeigt, wie man die Stoffteile übereinanderlegen musste, damit keine Lücken entstanden. Wenn er seine Tagespflichten erledigt hatte, durfte er an der Bluse arbeiten.

Yeye kam, nachdem die Sonne untergegangen war. Die Mädchen waren schon gegangen, und Eniola war zurückgeblieben, um Aunty Caro dabei zu helfen, die noch unfertigen Kleidungsstücke wegzuräumen.

Er warf sich nieder, als Yeye hereinkam. Sie war in Begleitung einer jüngeren Frau, die eine Stofftasche dabeihatte.

»Danke für neulich, *ma*«, sagte Eniola zu Yeye.

Aunty Caro gab Eniola einen Wink, während sie Höflichkeiten mit den Frauen austauschte. Er folgte ihrer unausgesprochenen Anweisung und räumte die Stoffe vom Sofa, damit die Frauen sich setzen konnten.

»Iyawo, yawo«, begrüßte Aunty Caro die jüngere Frau. »Herzlichen Glückwunsch, Dr. Wura.«

»Danke, *ma.*«

Yeye grinste. *»Iyawo niyen.* Ich hoffe, die Sachen sind alle fertig?«

»Ja, *ma.* Eniola, sieh auf dem Tisch nach der cremefarbenen Tasche, in die ich heute Nachmittag Yeyes Sachen gelegt habe.«

»Ich trage nur einen *iro* mit einer *buba*, aber ich möchte, dass Wuraola ihr Kleid jetzt anprobiert, für den Fall, dass es noch geändert werden muss.«

Aunty Caro erhob sich. »Sollen wir in mein Wohnzimmer gehen? Da kann sie sich umziehen.«

»Das wäre gut.« Yeye umfasst eins ihrer Knie, die andere Hand hielt sie ihrer Tochter hin, die ihr aufhalf. »Es war ein langer Tag für mich. Ich war den ganzen Tag auf den Beinen, um die Verlobungsfeier zu organisieren.«

»Gut gemacht, *ma*.« Aunty Caro warf Eniola einen Blick zu. »Bring uns die Tasche, wenn du sie gefunden hast.«

Im Flur redeten die Frauen weiter über die Vorbereitungen für die Verlobungsfeier am Samstag, die noch getroffen werden mussten. Dann wurden die Stimmen leiser, bis nur noch ein leises Gemurmel zu hören war, als sie Aunty Caros Wohnzimmer betraten, und Eniola konnte der Unterhaltung nicht mehr folgen.

Er fand die Tasche unter der Nähmaschine, die Maria benutzte, begab sich jedoch nicht direkt zum Wohnzimmer. Er räumte weiter auf, machte sich sogar die zusätzliche Mühe, die nutzlosen Stofffetzen aufzukehren, die er sonst für die Mädchen übrig ließ. Draußen war es schon dunkel, doch er war noch nicht bereit, nach Hause zurückzukehren. Und wenn er Aunty Caro die Tasche gebracht hatte, was blieb ihm anderes übrig, als dorthin zu gehen?

»Eniola! Hast du die Tasche immer noch nicht gefunden?«, rief Aunty Caro.

Als er Aunty Caros Wohnzimmer betrat, sagte Yeye gerade: »Hilf mir, Wuraola zu überzeugen, sie muss zusehen, dass sie alles im Griff hat. Ich sage ihr schon seit Montag, sie soll das Kleid anprobieren und abholen.«

»Ich hatte noch keine Zeit herzukommen.«

Yeye schnaubte. »Keine Zeit, keine Zeit. Aber gestern hattest du noch genug Zeit, nach Ife zu fahren.«

Dr. Wura schüttelte den Kopf. »Ich war bei der Beerdigung eines Freundes.«

»Was? Welcher Freund?«, fragte Yeye.

»Die Tasche, *ma*«, sagte Eniola, unsicher, ob er sie Aunty Caro oder einer der beiden Frauen geben sollte.

*

»Wuraola, welcher Freund?« Yeye rutschte nach vorn auf die Sesselkante.

Wuraola wandte sich Eniola zu und streckte die Hand aus. »Danke, gib das ruhig mir.«

»Du hast mir gar nicht erzählt, dass ein Freund von dir gestorben ist.«

Wuraola nahm die Stofftasche von Eniola entgegen und legte sie auf ihren Schoß. Sie nahm das schimmernde, aus *iro* und *buba* bestehende Ensemble ihrer Mutter heraus, um das Kleid zu enthüllen, das sie bei der Verlobungsfeier am Samstag tragen würde. Nur der Freitag stand noch zwischen ihr und der Zeremonie, bei der ihre und Kunles Verwandten einander förmlich vorgestellt werden würden. Tanten, Onkel und eine Auswahl von Cousins und Cousinen, Freundinnen und Freunden, die Zeuge werden würden, wie ihre und Kunles Eltern ihnen ihren Segen gaben und sie fest, ja, fast unwiderruflich, auf den Weg geleiteten, der zur Hochzeit führen würde. Sie hielt das Kleid hoch. Es war aus pfirsichfarbenem und kaffeebraunem Stoff, weil Yeye fand, dass die Farben Wuraolas Haut gut zur Geltung brachten, »einfach wunderschön«. Das Kleid war von der Brust bis zu den Knien mit kaffeebraunem Satin unterfüttert, sodass ihre Arme und Beine durch den feinen Spitzenstoff zu sehen sein würden.

»Gefällt es Ihnen?«, fragte Aunty Caro.

Wuraola nickte, ohne darüber nachzudenken. Den ganzen Tag lang war ihr die atemlose Sorge ihrer Mutter wegen des Kleides vulgär vorgekommen. Kingsley war tot. Wie konnte sie sich da über ein paar Meter Spitze und Satin den Kopf zerbrechen?

Bei Kingsleys Beerdigung hatte Tife alle schockiert, indem sie in hemmungsloses Schluchzen ausgebrochen war. Wuraola hatte schon Angst gehabt, sie würde sich auf den Sarg werfen. Ihre eigenen Augen waren während der Zeremonie und danach trocken geblieben, aber in den folgenden Stunden musste sie die Leute ständig bitten zu wiederholen, was sie zu ihr gesagt hatten. Doch oft genügte auch das nicht, um sie aus ihren Erinnerungen an Kingsley zu reißen und in die Wirklichkeit zurückzuholen; die Art, wie er sich nach dem Dienst die Krawatte über die Schulter legte und zu seinem Wagen ging, die genau Farbe der Geldbörse, die er benutzt hatte, solange sie ihn kannte. Eine orangefarbene Brieftasche, die sie an das Logo einer Bank erinnerte. Sie hatte ihn immer fragen wollen, ob die Bank sie ihm als Werbegeschenk gegeben hatte, war jedoch nie dazu gekommen. Nach der Beerdigung war sie wie besessen von diesem Detail. Hatte er das grell orangefarbene Stück selbst ausgesucht? War es ein Geschenk von jemandem, den er liebte? Hatte er es von einem Onkel geerbt, den er respektierte? Sie wünschte sich verzweifelt, etwas Neues über Kingsley herauszufinden. Irgendeine neue Entdeckung zu machen, die die Erkenntnis hinauszögerte, dass sein Bewusstsein von nun an der Vergangenheit angehörte.

»Wuraola, ich rede mit dir.« Yeye beugte sich vor. »Welcher von deinen Freunden?«

»Kingsley.« Wuraola fuhr das Muster auf dem Kleid mit dem Finger nach. Im richtigen Licht konnte es als Orange durchgehen. »Du kanntest ihn nicht.«

»Guten Abend, Aunty Caro.«

Wuraola sah auf. Der Junge, der die Tasche gebracht hatte, war noch einmal zurückgekommen, um sich zu verabschieden.

»Komm morgen nicht wieder so spät«, sagte Aunty Caro.

Wuraola begann, ihre Bluse aufzuknöpfen, sobald der Junge die Tür hinter sich geschlossen hatte.

»Komm her. Ich helfe dir mit dem Rock.«

Sie stand mit dem Rücken zu ihrer Mutter.

»Nein, zieh ihn dir über den Kopf«, sagte Yeye, bevor Wuraola aus dem Rock steigen konnte.

Aunty Caro und Yeye halfen ihr, das Kleid anzuziehen. Sie zerrten und zupften daran herum, schoben ihre Arme in die Träger und zogen es herunter, sodass die kurze Schleppe den Boden berührte.

»Du hast abgenommen«, sagte Yeye und umfasste ihre Taille mit Daumen und Zeigefinger. »Gefällt Kunle das?«

Wuraola ignorierte die Frage. Sie nahm den Saum in die Hand und ging ein paar Schritte.

»Soll ich es an der Taille enger machen?«, fragte Aunty Caro.

»Nein, keine Sorge, *ma*. Das ist schon in Ordnung so.«

»Wuraola, lass sie es ändern, damit es perfekt passt.«

Wuraola ließ den Saum fallen und sah zu, wie er zu Boden fiel. Wäre es weniger unpraktisch, wenn es besser passte? Es war ihr egal. Es war zu schwierig und zu bizarr, Interesse für ein Kleid aufzubringen, obwohl ihr Freund tot war.

»Nein«, sagte sie, blieb vor Aunty Caro stehen und deutete auf den Reißverschluss. »Es ist gut so, danke.«

Später, auf dem Rücksitz von Yeyes Wagen, streckte ihre Mutter über die Tasche mit den Kleidern hinweg den Arm aus, um Wuraola die Schulter zu drücken.

»Das mit deinem Freund tut mir leid.«

Zum ersten Mal seit der Beerdigung war sie den Tränen nah. Vielleicht, weil die zärtliche Berührung so unerwartet kam. In ihrem letzten Jahr in der Grundschule war ihre Klassenlehrerin eine Großmutter gewesen, die ein Glas mit Karamellbonbons in der Schublade ihres Pults aufbewahrte und die Schülerinnen und Schüler, die null Fehler in der Klassenarbeit hatten, mit Umarmungen und Süßigkeiten bedachte. Als das zweite Halbjahr fast vorbei war, erlitt sie im Unterricht einen Herzinfarkt und starb, noch bevor sie ins Krankenhaus gebracht werden konnte.

Das war Wuraolas erste Begegnung mit dem Tod gewesen. Tagelang war sie in Tränen ausgebrochen, wenn sie zum Abendessen gerufen wurde. Ihre Mutter verlor nach zwei Tagen die Geduld mit ihr und ermahnte Wuraola fast eine Stunde lang, sie sei zu weichherzig. Wenn sie schon über jemanden weinte, den sie nur in der Schule sah, was würde sie erst tun, wenn einer ihrer Lieben starb? Dass Yeye eine Möglichkeit wie eine Gewissheit formulierte, hatte Wuraola nur noch mehr durcheinandergebracht. Sie weinte, bis ihr Vater, der schon mit dem Abendessen fertig war, in ihr Zimmer kam, um zu sehen, was los war.

Ihr Vater hielt sie im Arm, bis ihr Schluchzen allmählich verebbte. Dann erzählte er ihr von *akudaayas.* Von Menschen, die in einer Stadt gestorben waren und die in einer anderen Stadt auftauchen konnten, um ihre Zeit auf Erden zu vollenden. Nicht jeder konnte das, aber was, wenn es bei ihrer Klassenlehrerin so war? Er forderte sie auf, sich vorzustellen, dass ihre Lehrerin immer noch irgendwo auf Erden weilte, sich an ein neues Leben gewöhnte, ein Abenteuer erlebte. Sie war eingeschlafen, noch während ihr Vater erzählte, erschöpft vom vielen Weinen.

»Wuraola, du musst deine Tränen trocknen und an die

Dinge denken, die du vor Samstag noch zu tun hast«, sagte Yeye jetzt, als der Wagen auf dem Krankenhausparkplatz zum Stehen kam. »Das Leben hört nicht auf, nur weil du traurig bist.«

»Danke, dass du mich hergebracht hast«, sagte Wuraola, froh, dass sie darauf bestanden hatte, die Nacht in ihrem Wohnheimzimmer zu verbringen. »Wir sehen uns morgen Abend.«

*

Die Verlobungsfeier war für den Mittag angesetzt, um den Familienmitgliedern, die von außerhalb des Bundesstaates kamen, genug Zeit für die Fahrt zu geben. Nachdem sie ihre Eltern bei Sonnenaufgang begrüßt hatte, ging Wuraola in ihr Zimmer zurück und zog sich die Decke über den Kopf. Sie hatte bis weit nach Mitternacht mit Kunle Textnachrichten ausgetauscht und wollte noch eine Runde schlafen, bevor der Tag begann.

»Steh auf, steh auf.« Motara schüttelte sie mit mehr Kraft als notwendig, bis sie wach war.

»Was machst du hier?«

»Yeye hat mich gebeten, bei dir zu bleiben, während du dich auf diese Sache vorbereitest.« Motara zog ihr die Decke weg. »Weil deine Freundinnen ja nicht hier sein können.«

Wuraola rollte sich auf den Bauch. Weder Grace noch Tife hatten den Wochenenddienst tauschen können.

»Steh auf, der Fotograf und die Kosmetikerin kommen gleich. Komm schon, Yeye gibt mir die Schuld, wenn du nicht fertig bist, bevor diese Sache anfängt.«

Wuraola setzte sich auf, während Motara alle Lampen im Zimmer anmachte, sogar die beiden fluoreszierenden Röhren, die nicht mehr benutzt wurden. Motara hatte angefangen, sowohl die Verlobungsfeier als auch die Hochzeit *diese Sache* oder *diese schwachsinnige Sache* zu nennen, als würde es einer Kapitulation gleichkommen, die Zeremonien beim Namen zu nennen.

»Motara, du solltest Kunle richtig kennenlernen. Er ist –«

»Ja. Ich weiß, er ist ein netter Kerl, was ich von ihm gesehen habe, ist nicht alles. Er ist lieb, liebevoll und gütig. Er ist ein Heiliger, nur dass er noch nicht den Märtyrertod gestorben ist. Ja, ich weiß. Kunle ist der verfickte Vater Teresa.«

»Fluch nicht rum.«

»Heirate kein Arschloch.«

»Das ist nur die Verlobungsfeier.«

»Und was kommt dann?« Motara lachte. »Was folgt auf eine Verlobungsfeier?«

»Ich bin sicher, er wird wie ein Bruder für dich sein. Wenn du ihn erst richtig kennst, wirst du sehen –«

»Ich hab schon einen Bruder. Also … nein, danke.«

»Ist Layi schon da?«

»Yeye hat mit ihm telefoniert, bevor ich zu dir gekommen bin, er ist schon auf dem Weg. Stehst du jetzt bitte aus dem Bett auf?«

Nachdem Wuraola geduscht hatte, zog sie einen maßgefertigten Satinbademantel an. Auf der Rückseite war das Wort *»Intromimo«* eingestickt, auf der Brusttasche »Dr. Wuraola«. Es war ein Geschenk von Grace und Tife.

»Es gibt nur noch eins, was ich über diese schwachsinnige Sache zu sagen habe.«

»Okay.« Wuraola nahm vor ihrer Frisierkommode Platz.

»Wenn du diesen Typen heiratest und zu Wuraola Coker wirst, sind deine Initialen W.C. Also wunder dich nicht, wenn dein Leben beschissen wird.«

»Motara, das ist nicht hilfreich. Du versuchst nur noch, mich zu verletzen. Ist es das, was du willst?«

»Wenn es dich zur Vernunft bringt.«

»Genau genommen werde ich Wuraola Elizabeth Abeke Coker heißen.«

Nach diesem Wortwechsel weigerte sich Motara, mit Wuraola zu sprechen, holte jedoch kommentarlos alles, was sie brauchte; die Kosmetikerin und den Fotografen aus dem Wohnzimmer, zwei Äpfel und eine Orange aus der Küche, den Schmuck, den sie heute tragen würde, aus Yeyes Zimmer.

Der Fotograf machte ein paar Bilder von Wuraolas Gesicht. Dann konzentrierte er seine Aufmerksamkeit auf das Outfit, das sie tragen würde, zog die Vorhänge auf, um das Kleid, den *gele*, die hochhackigen Schuhe und den Schmuck im bestmöglichen Licht zu fotografieren.

Wuraola sah im Spiegel zu, wie die Kosmetikerin, die sich als Praise vorstellte, ihre buschigen Augenbrauen zu feinen Bögen rasierte. Sie schloss die Augen, als ihr die feinen Haare auf die Wangen fielen.

»Gut so?«, fragte Praise.

»Ja«, sagte Wuraola, ohne in den Spiegel zu schauen.

Wuraolas Handy vibrierte in der linken Tasche des Satinmantels. Eine Textnachricht. Vielleicht Glückwünsche von einer Freundin oder einem Familienmitglied. Vielleicht ein »Guten Morgen, Schönheit« von Kunle. Heute würden die Nachrichten länger sein. Nach einem Versuch auszudrücken, wie sehr er sie liebte – »mehr als mein Leben, bis zum Mond und zurück, für immer und drei Tage« –, würde eine Bemerkung darüber folgen, wie bedeutsam dieser Tag für ihre Beziehung war. Seine Gefühle waren nicht weniger berührend, nur weil er manchmal dieselben Sätze wiederholte. Er bemühte sich, und er war beständig, das zählte. Er hatte sogar angefangen, Zitate einzustreuen, um sie aufzuheitern, seit Kingsley gestorben war. Am Vortag hatte er jemanden zitiert, der behauptete, dass Dankbarkeit für Luft und Wasser den Weg mit Licht erfüllte. Wuraola hatte zwar keine Ahnung, was um Himmels willen das heißen sollte, aber sie war dankbar, dass er sich so um sie kümmerte. Motara konnte sich lustig machen, so viel sie wollte, aber Wuraola sah mehr in Kunle, als ihre Schwester nach einer kurzen Begegnung von nicht mal fünf Minuten erahnen konnte. Wuraola umfasste das Handy in ihrer Tasche, nahm es jedoch noch nicht heraus. Besser, sich den Anflug von Freude beim Lesen für später aufzuheben.

»Kennen deine Freundinnen Kunle eigentlich?«

Wuraola sah Motara im Spiegel. Sie hockte auf der Bettkante, das Gesicht zu einer Grimasse verzogen. »Ah, du hast aufgehört zu schmollen.«

»Ich meine, kennen sie ihn *wirklich*? Hast du ihnen erzählt –«

»Sei still, Motara, wir sind nicht allein.«

Motara stand auf. »Du hast meine Nummer, wenn du etwas brauchst. Ich bin weg.«

Als Wuraola sich umdrehte und ihrer Schwester nachsah, die aus dem Raum stolzierte, verspürte sie einen scharfen Schmerz über dem Auge. Die Klinge hatte die Haut eingeritzt.

»Tut mir so leid«, sagte Praise und tupfte Wuraola mit einem Reinigungstuch das Blut von der Stirn. »Das Problem war, als Sie sich bewegt haben, ist die Klinge ... ich wusste ja nicht, dass Sie sich umdrehen würden.«

»Ist schon gut«, sagte Wuraola. Es war nur ein kleiner Schnitt, es war nur ein winziges Blutrinnsal, das bald versiegen würde. Niemand außer ihrer Schwester hatte gesehen, wie Kunle sie schlug. Wieso sollte sie ihren Freundinnen freiwillig von dem Vorfall erzählen? Sie wusste, wie sie reagieren würden. Tifes Gesicht würde sich in Zornesfalten legen, während sie Kunle verfluchte. Grace wäre gelassener, aber hinter der ungerührten Fassade würden Entrüstung und Enttäuschung lauern, wenn sie erfuhr, dass Wuraola Kunle nicht verlassen wollte.

Und wie sollte sie es ihnen erklären? Diesen Frauen, deren Meinung über sie ihr so viel bedeutete? Sich ihre Enttäuschung vorzustellen löste nichts als Scham in ihr aus. Tife und Grace, Professor Ezenna, die ihr Gemeindegesundheitsprojekt betreut und ihr gesagt hatte, sie habe eine strahlende Zukunft in der Epidemiologie vor sich. Mrs. Hamid, die stellvertretende Leiterin an ihrer weiterführenden Schule, deren Entscheidung, Wuraola sei dank ihrer Noten eher als ein älterer Junge dafür qualifiziert, die Abschiedsrede zu halten, ihr in den ersten Jahren des Medizinstudiums Auftrieb gegeben hatte. Und natürlich Motara. Wuraola konzentrierte sich auf die Gründe, die sie ihren Freundinnen nennen könnte. Sie wappnete sich für eine Zukunft, in der sie die Wahrheit erfahren könnten. Um die Sorgen zu zerstreuen, die die Fragen ihrer Schwester wachgerufen hatten; die latente Furcht, dass sie womöglich den schlimmsten Fehler ihres Lebens beging.

Erstens – sie liebte ihn. Nicht so, wie sie zuvor Nonso geliebt hatte, mit einer schmerzlichen Zärtlichkeit, die sie nicht begriffen hatte, bis sie ihn für immer verlor. Die Tiefe ihrer Zuneigung zu Kunle war ihr klar geworden, als sie ein Liebespaar geworden waren. Wuraola liebte ihn zutiefst, besitzergreifend. Sie wollte ihn heiraten, damit er ihr gehörte. Sie nahm sich, was sie haben wollte. Sein Lächeln, seinen Körper, seinen Charme, alles ihrs.

»Nach oben schauen«, sagte Praise. Sie schminkte Wuraolas Augen, zeichnete eine Linie auf den äußeren Augenwinkel.

Wuraola blinzelte und schaute zu Praise auf.

»Nein. Ganz nach oben. An die Decke, schauen Sie an die Decke.«

Zweitens – Kunle liebte sie. Wirklich. Ihr waren nie Zweifel an seiner Zuneigung gekommen, außer wenn er ... Und selbst in den Momenten. Was, wenn sie ein Ausdruck der Intensität seiner Gefühle waren? Davon, dass seine Zuneigung an Obsession grenzte? Aunty Biola hatte Wuraola einmal erklärt, es sei besser, jemanden zu heiraten, der einen mehr liebe als man ihn. Und wie bemaß sich der Quotient der Liebe? Wenn der wörtliche und der körperliche Ausdruck eine Einheit bildeten, liebte Kunle sie dann mit seinem ganzen Sein? Selbst die Teile, die er so krampfhaft zu unterdrücken versuchte?

»Können Sie in den Spiegel schauen?«, bat Praise. »Gefällt Ihnen, was Sie sehen? Bis jetzt?«

Ihre Augen waren mit Lidschatten und Lidstrich geschminkt. Sie wirkten definierter, die Pupillen größer, als sie waren. Praise war gut in ihrem Job. Wuraolas Augen waren ganz hübsch, aber nichts Besonderes, und jetzt sahen sie atemberaubend aus.

»Gefällt mir.«

»Okay.« Praise nahm eine kleine Tube heraus und quetschte eine winzige Menge orangefarbener Flüssigkeit heraus.

»Sind Sie nicht schon fertig mit der Grundierung?«

»Doch. Aber ich brauche etwas Concealer für Ihre Schulter, Sie haben da einen Fleck. Ihr Kleid besteht doch aus Spitze, oder? Er könnte zu sehen sein. Ist das ein Muttermal?«

Der Fleck verblasste schon. In ein, zwei Wochen würde er nicht mehr zu sehen sein, aber bei all dem Licht war er sichtbar, auch wenn jemand nicht danach gesucht hatte. Kunle prüfte ihren Körper jetzt auf Flecken. Er tat zwar so, als würde er ihre Haut nur liebkosen, doch sie wusste, dass er sie inspizierte, und wenn er einen fand, presste er das Gesicht darauf. Manchmal war es der Anfang davon, dass sie sich zärtlich liebten. Seine Finger tanzten über ihre Haut, federleicht, als würde sie aus Porzellan bestehen. Und das war Grund Nummer drei. Der Sex war nicht nur gut, er war vielschichtig, voller sich ständig verändernder Stimmungen, pulsierend vor Möglichkeiten und Überraschungen.

»Könnten Sie in die Kamera lächeln? Ich möchte, dass er ein gutes ›Nachher‹-Foto für mich macht«, sagte Praise. »Können Sie etwas mehr, etwas breiter lächeln? Das ist großartig.«

Wuraola betrachtete ihr Gesicht im Spiegel, während die Kosmetikerin zusammenzupacken begann. »Das ist wirklich schön. Vielen Dank, Praise.«

»Ich bin froh, dass wir vor zehn fertig geworden sind. Es ist besser so. Ich mag es nicht, gehetzt zu arbeiten.« Praise stellte ihren Kosmetikkoffer neben die Frisierkommode auf den Boden. »Sollen wir den *gele* jetzt binden oder warten, bis es fast zwölf ist und wir nachschminken?«

»Jetzt nicht, vielleicht gegen halb zwölf.«

»Kann ich im Wohnzimmer warten? Dem im ersten Stock?«

»Ja, Sie beide können hierbleiben. Wenn Sie jemand fragt, ich habe Ihnen die Erlaubnis erteilt.«

Wuraola griff nach dem Handy, nachdem der Fotograf und die Kosmetikerin gegangen waren. Kunle hatte ihr eine

Nachricht geschickt, ein paar andere Leute ebenfalls. Sie hob sich seine Nachricht bis zum Schluss auf.

Grace hatte genau zwei Wörter geschrieben: *Gratuliere, Wuraola*. Tife hatte etwas mehr zu sagen gehabt: *Glückwunsch, Süße, freue mich so für dich, bis bald*. All ihre Tanten hatten lange Nachrichten geschickt, die hauptsächlich aus Gebeten bestanden, die Wuraola nur kurz überflog, bevor sie zur nächsten Nachricht überging. Ihre Schwiegereltern – denn als das betrachtete sie Kunles Eltern bereits – hatten ihr vom Handy seiner Mutter eine sorgfältig formulierte Nachricht gesandt, die mit *B. & C. Coker* unterzeichnet war.

Grund Nummer vier – ihre Familien passten perfekt zueinander. Sie verstand seine Familie. Sie war wie ihre, nur kleiner.

»Kann ich reinkommen?« Jemand klopfte leise. »Wuraola.«

»Ja, Sir.«

Wuraola schob den Stuhl von der Kommode zurück. Ihr Vater betrat den Raum. Er trug die *agbada* aus *alaari*, die er getragen hatte, als er ihre Mutter geheiratet hatte. Yeye hatte keinen Sinn für solche Sentimentalitäten, sie trug ein weinrotes Outfit aus Spitze, das zu seinem passte, aber brandneu war, mit einem *gele* aus Damast.

»Er passt immer noch!«

»Dabei hat deine Mutter behauptet, ich wäre zu alt, ihn zu tragen.« Er breitete die Arme aus und drehte sich einmal im Kreis. »Spannt er am Bauch?«

»Du siehst großartig aus.«

Er wackelte mit den Augenbrauen. »Sag das deiner Mutter.«

»Keine Sorge, das fällt ihr schon von selbst auf, wenn sie aufhört, den Cateringmitarbeitern hinterherzulaufen.«

»Ich bin nur kurz vorbeigekommen, um dich zu umarmen, bevor ich nach unten gehe.« Er breitete erneut die Arme aus.

»Gleich hast du Make-up-Flecken auf deinem –«

»Komm schon.«

Sie ließ sich von den Falten seiner *agbada* einhüllen. Er sang ein Lied, das er ihr als Kind beigebracht hatte; er hatte es früher oft benutzt, um sie aufzubauen. *Teru ba n ba yin e wi o*, sang er. *Eru o b'omo Makinwa*, erwiderte sie.

Er löste sich von ihr. »Feier-des-Lebens-Drinks auf meinem Balkon, sobald das ganze Drama vorbei ist?«

»Ja, bitte.«

»Wir trinken einen Scotch.« Er zwinkerte ihr zu. »Diesmal darfst du ihn sogar austrinken.«

Wuraola grinste. Mit elf oder zwölf Jahren hatte sie zwei goldene Armbänder ihrer Mutter ohne ihre Erlaubnis mit in die Schule genommen und beide verloren, als sie für die Ferien nach Hause zurückkam. In der Hoffnung, dass reumütige Zerknirschung ihre Mutter beschwichtigen würde, hatte sie dummerweise Layis Rat ignoriert, gar nicht zu gestehen, dass sie die Schmuckstücke genommen hatte. Was waren schon zwei Armbänder, wo Yeye doch Dutzende besaß? Wie sich herausstellte, behielt ihr Bruder recht. Am Ende musste sich Wuraola im Zimmer ihrer Mutter auf den Boden knien und den Arm ausstrecken, und Yeye schlug ihr mit einem *pankere* auf die Handfläche. Die Bestrafung, für die sich Yeye entschieden hatte, bestand aus vier Schlägen mit dem Stock, aber nach dem zweiten stieß Wuraola ihre Mutter aufs Bett und rannte davon.

Einmal entkommen hatte sie keine Ahnung, wohin sie sich wenden sollte. Sie lief weiter den Flur hinunter, bis sie vor dem Arbeitszimmer ihres Vaters stand. Sie ging hinein, denn sie wusste, ihre Mutter würde jeden Moment fuchsteufelswild den Flur betreten, den *pankere* noch in der Hand, bereit, die Anzahl der Schläge zu verdoppeln, weil sie ungehorsam gewesen war. Ihr Vater ordnete gerade seine Ausgaben des *Tell Magazine*, als sie in sein Arbeitszimmer platzte. Zu verängstigt, um zusammenhängend zu erzählen, flitzte sie durch den Raum auf den Balkon. Sie blieb am äußersten Rand des Balkons stehen und wagte kaum zu atmen, als Yeye ins Zimmer kam und ihren Vater fragte, ob er sie gesehen hatte. Er log nicht nur, sondern behauptete sogar, Schritte gehört zu haben, die den Flur hinuntereilten.

Als Yeye gegangen war, kam er vor sich hin kichernd zu ihr auf den Balkon, zwei Gläser Scotch in der Hand. Sie sollte einen Schluck trinken, damit sie aufhöre zu zittern, aber nur einen kleinen Schluck. Sie erzählte ihrem Vater nur von den Armbändern, denn er würde sicher böse auf sie werden, wenn er wüsste, dass sie ihre Mutter auch geschubst hatte. Trotz der Beschwichtigungen ihres Vaters war Wuraola davon überzeugt, dass Yeye sich an diesem Tag neue Bestrafungen für sie ausdenken würde. Als sie jammerte, sie wolle noch nicht sterben, hatte er eine Weile gelacht, bevor er ihr half, sich zu überlegen, wie sie Yeyes Bestrafung ganz entkommen könnte. Sie durfte sich in seinem Arbeitszimmer verstecken, bis Yeyes Zorn Besorgnis gewichen war. Dann schmuggelte er sie über die seitliche Treppe hinaus, sodass sie das Haus wieder betreten und sich in die Arme ihrer erleichterten Mutter flüchten konnte, die die Armbänder nie wieder erwähnte.

Als sie an jenem Abend in sein Arbeitszimmer gegangen war, um sich zu bedanken, hatte ihr Vater die Akte geschlossen, in der er gerade gelesen hatte, und sie auf ein weiteres Getränk auf seinen Balkon eingeladen. Diesmal gab er ihr ein Glas Orangensaft. »Anscheinend hat sie dich ja doch nicht umgebracht, also sind Feier-des-Lebens-Drinks angebracht«, hatte er beim Anstoßen gesagt. Im Folgenden feierten sie auch weitere Momente des Triumphs auf diese Art, auch wenn beide Wein tranken, nachdem sie zwanzig geworden war.

»Ich will keinen Scotch«, sagte Wuraola jetzt. »Heute verdiene ich Champagner.«

Ihr Vater lächelte sie an, und das war Grund Nummer fünf. Er lächelte wie damals bei ihrer Immatrikulation an der Universität und zu Beginn ihrer medizinischen Karriere. Dieses wiederkehrende Lächeln ging auf ein früheres zurück, das sie nur von einem Foto kannte, das an ihrem ersten Geburtstag entstanden war. Darauf marschierte sie vom Kuchentisch weg auf ihren Vater zu. Er befand sich am Rand des Bildes, und sie wandte der Kamera den Rücken zu, sodass ihr Gesicht nicht zu sehen war, sein Lächeln dagegen schon. Dieses stolze Lächeln. Wie konnte sie die Verlobungsfeier da absagen und alles ruinieren?

»Wir sehen uns unten.« Ihr Vater umarmte sie noch einmal und ging.

Und da waren sie. Fünf Gründe für die Frauen, die sie enttäuschte, indem sie ihr neues Kleid anzog, in die neuen Schuhe schlüpfte, die Yeye ihr gekauft hatte, den Kopf hierhin und dorthin drehte und, während Praise ihren *gele* band, einfach weitermachte wie geplant. Unbedacht? Nein, nein, nur bedenkenlos. Es war ihre Entscheidung, und sie hatte die Dinge identifiziert, die ihr wichtig waren. Das genügte. Zumindest musste es das für den Moment.

Zweifel überfielen sie immer noch, als sie nach unten ging, um an der Zeremonie teilzunehmen. Dann stand sie im Zelt, und die *alaga* sang für sie.

Teru ba n ba yin e wi o, eru o b'omo Makinwa.

Ein Mann stand vor ihr, schlug mit dem gekrümmten Trommelstock auf die Sprechtrommel. Ihre Familie sang mit, beschleunigte den Rhythmus, bis der Refrain zu einer Hymne, einem Lobgesang wurde, der Zweifel und Furcht zerstreute, bis sie in Hochstimmung war. Ja, sie war eine Makinwa. Und nein, sie hatte keine Angst.

Danach verging die Zeremonie in einem Rausch aus mehreren Liedern und endlosen Gebeten. Aunty Biola legte das Mikro fast eine halbe Stunde lang nicht aus der Hand. Ihr Eröffnungsgebet mäanderte durch die Familiengeschichte, beklagte die Scheidungen, bevor es mit dem Segen für das zukünftige Brautpaar schloss.

Als die *alaga* Wuraola aufforderte, ihrer Familie ihren Verlobten vorzustellen, suchte sie ihn aus der Menge heraus, ohne so zu tun, als wüsste sie nicht, dass er auf der Seite seiner Familie im Zelt saß. Ihre Füße taten jetzt schon weh. Sie mochte nicht Theater spielen und so tun, als würde sie nach einem Mann suchen, der direkt vor ihrer Nase saß. Sie stand zwischen beiden Familien, wandte sich ihrer zu und hielt Kunles Hand hoch, als wäre er eine Trophäe, die sie für ihre Verwandten gewonnen hätte. Sie ratterte all seine Namen herunter, wiederholte alle Koseworte, die sie laut der *alaga* hinzufügen sollte. Als sie das Mikro übergab, warf sich Kunle schon vor ihr nieder, bevor er die Anweisung dazu bekam. Yeye lächelte strahlend, als sie Wuraolas Blick auffing und beifällig nickte.

Nachdem ihre Familie die geplante Verbindung gesegnet hatte, wurden Wuraola und Kunle zum Zweiersofa geleitet, das für sie vorbereitet worden war.

»Gott, das ist unglaublich«, sagte Kunle wieder und wieder, während alle Verwandten kamen, um sich ihrerseits vorzustellen.

Wuraola beugte sich zu ihm hinüber und ließ sich von seiner Begeisterung anstecken, bis auch sie ganz euphorisch war.

22

Am Tag nach der Verlobungsfeier zog Wuraola bei Kunle ein, was sie allerdings als Testlauf bezeichnete. Sie würde eine Woche lang bleiben, dann ins Krankenhaus zurückkehren, was gut zu seinem Zeitplan passte, denn er würde in der darauffolgenden Woche mit seinem Vater nach Abuja reisen.

Anfangs sah sie ihn kaum, weil sie am Montag und Dienstag Dienst hatte. Aber von Mittwoch bis zum Wochenende hatte sie frei, weil sie mit einer Kollegin getauscht hatte.

Kunle hatte angeboten, sie in dieser Zeit zur Arbeit zu bringen und wieder abzuholen, was sie erfreut annahm. Nicht selbst fahren zu müssen bedeutete, dass sie das Frühstück, das er für sie vorbereitet hatte, auf dem Weg zum Krankenhaus essen konnte. Im Laufe der Woche steigerte er sich von Margarinebroten zu gebratener Yamswurzel mit Eiersauce.

Abends brachte er ihr gekühlte Getränke mit und stellte ihren Sitz nach hinten, bevor sie in den Wagen stieg. Sie verschlief einen Großteil der Autofahrt, schlürfte ihr Mineralwasser durch einen Strohhalm, während er ihr von seinem Tag erzählte. Manchmal sang er zum Album von Styl-Plus mit, das im Hintergrund lief, und sie lachte, weil es so schief klang. Er lachte mit, und sein Gesicht legte sich in amüsierte Falten.

Die fröhlichen Momente gaben ihr neue Kraft. Wenn sie zusammen lachten, verwandelte das ihren Alltag in etwas Wundersames, Leuchtendes, ließ ihre Zuneigung zueinander erstrahlen, sodass die Erinnerungen an den Schmerz verblassten. Sie zuckte nicht mehr erschrocken zusammen, wenn er die Hand nach ihr ausstreckte, und am Freitag nannten sie die gemeinsame Woche bereits ihre Vor-Flitterwochen.

Am Sonntag ging Wuraola mit Kunles Eltern in die Kirche. Er blieb zu Hause, nutzte den Vormittag, um für die Reise nach Abuja zu packen. Vorher suchte er ein Outfit für sie aus, das ihm gefiel, ein bodenlanger *boubou*, den sie mit einem Turban, hochhackigen Schuhen und einer dazu passenden kleinen Handtasche kombinierte. Während des Gottesdienstes saß Wuraola neben seiner Mutter, weshalb sie sich Mühe gab, während der Predigt wach zu bleiben.

Als sie von der Kirche zurückkamen, ging Wuraola mit den Cokers ins Haupthaus. Kunle erwartete sie dort. Er umarmte sie, als sie ins Wohnzimmer gingen, und umfasste einen Moment lang ihr Gesicht, bevor er seine Eltern begrüßte.

Am Sonntagmittag gab es bei den Cokers Kokosnussreis und Chilipute. Als Wuraola nach dem ersten Bissen Pute husten musste, strich Kunle ihr über den Rücken und hielt ihr ein Glas Wasser an die Lippen. Seine Mutter brachte ihr gebratenen Fisch, nachdem sich bei Wuraolas zweitem Bissen gezeigt hatte, dass sie so viel Chili nicht vertrug.

Nach dem Mittagessen gingen sie ins Familienwohnzimmer, um zu entscheiden, welchen Film sie sich zusammen ansehen würden. Als Kunles Vater die DVDs durchging, fiel

Wuraola der Titel *Owo Blow – The Revolt* ins Auge, und sie erwähnte, dass sie ihn noch nie gesehen hatte.

»Nur diesen oder keinen der drei?«, fragte Kunles Mutter.

»Ich kennen keinen.«

»Das kann nicht dein Ernst sein«, sagte Kunles Vater. »Also, sollen wir uns den anschauen? Gut.«

»Das ist einer der beliebtesten Filme in diesem Haushalt.« Kunles Mutter senkte die Stimme zu einem verschwörerischen Flüstern. »Kunle schwärmt für Bimbo Akintola, seit wir ihn zum ersten Mal gesehen haben.«

Kunle verdrehte die Augen und küsste Wuraola auf die Stirn. Sie betrachtete sein Profil, als der Film begann. Sonst zeigten sie ihre Zuneigung nie vor seinen Eltern, aber er hatte sie den ganzen Nachmittag bei jeder Gelegenheit berührt. Und jetzt ein Kuss? Er zog eine Augenbraue hoch und lächelte sie an, als er ihren Blick bemerkte. Tja, nun, da sie die Verlobungsfeier hinter sich hatten, war es vielleicht an der Zeit, bei Liebesbekundungen vor seinen Eltern nicht mehr so befangen zu sein.

Bei Einbruch der Dämmerung gingen sie zurück zu seiner Wohnung. Auf Drängen seiner Mutter nahmen sie einen kleinen Behälter Spaghetti mit Corned-Beef-Stew mit. Er hielt ihre Hand, als sie das Haupthaus verließen, ließ sie jedoch los, als sie über den Rasen zu seiner Wohnung gingen.

Er wirkte abgelenkt, als sie das Corned-Beef-Stew aufwärmten, murmelte etwas vor sich hin, als sie ihn fragte, ob er bereit sei für den Abstecher nach Abuja.

»Alles in Ordnung?«, fragte sie, als sie sich zum Essen hinsetzten.

»Was sollte denn nicht in Ordnung sein?«

»Du könntest auch einfach sagen, dass alles in Ordnung ist«, sagte Wuraola.

Sie sprachen nicht miteinander, bis sie fast aufgegessen hatten. Dann fing er an, sie über Kingsley auszufragen.

»Wieso stellst du mir all diese Fragen?«, wollte sie wissen, nachdem sie ihm erklärt hatte, warum es ihr so wichtig gewesen war, zu Kingsleys Beerdigung zu gehen.

»Ich will einfach wissen, ob du immer noch an ihn denkst.«

»Ständig. Als wir heute in der Kirche *Abide with Me* gesungen haben, ist mir wieder eingefallen, dass wir es gesungen habe, kurz bevor der Sarg ins Grab hinuntergelassen wurde.«

»Denkst du noch daran, wie ihr gefickt habt?«

Wuraola ließ die Gabel fallen. »Was ist denn das für eine Frage?«

»Du hast sie nicht beantwortet.«

»Wieso tust du das?«

»Beantworte die Frage.«

Wuraola stellte den Teller in die Spüle und ging ins Schlafzimmer. Obwohl seine Schritte unhörbar waren, weil er Socken trug, wusste sie, dass er ihr folgte. Sie setzte sich aufs Bett und beobachtete, wie er auf und ab ging.

»Du musst dich beruhigen, Kunle. Du hast mich seit Kingsleys Tod so unterstützt. Was soll all das jetzt?«

»›Stattdessen wird mein Blick von Kingsleys nackter, haariger Brust angezogen. Ich sehne mich danach, das Gesicht dagegenzupressen.‹«

»Was?«

»›Es lag nicht an mangelndem Verlangen, dass das Vergnügen seiner Umarmungen nie zu einer transzendenteren Form von Zuneigung erblüht ist.‹«

Wuraola stockte der Atem, als sie die Worte erkannte. Kunle hatte aus dem Tagebuch zitiert, das sie gleich nach Kingsleys Tod angefangen hatte. Sie hatte ihre Handtasche auf dem Bett liegen lassen, nachdem sie ihr Portemonnaie und ihr Handy für die Kirche herausgenommen hatte. »Du hast meine Handtasche durchsucht?«

Mit einer Geste deutete Kunle Anführungszeichen an. »›Ich dachte immer, wir hätten noch mehr Zeit.‹«

Er redete weiter, doch sie hörte nichts mehr. Sie rutschte auf dem Bett zurück, bis sie mit dem Rücken zur Wand saß, und fragte sich, ob sie es schaffen würde, aus dem Zimmer zu rennen, bevor er sie einholte. Sein Badezimmer war keine Option, denn die Tür hatte kein Schloss. Bald würde es kein Entkommen mehr geben. Während sich sein Zorn immer mehr steigerte, ging Kunle vor der Schlafzimmertür auf und ab.

Er schrie jetzt. »Mehr Zeit? Wofür?«

Wuraola presste sich gegen die Wand und spannte den Körper an.

»Wenn ich so darüber nachdenke, war der Sex in den letzten paar Tagen fantastisch. Hast du die ganze Zeit an ihn gedacht?«

»Hör zu, ich habe Kingsley nie geliebt«, flüsterte sie mit erstickter, zitternder Stimme.

»›Die Pause lege ich ein, weil Begehren auch ohne Liebe verführerisch ist.‹«

»Hast du das alles auswendig gelernt? Hör mal, ich habe nur versucht, die Schuldgefühle und das Bedauern zu verarbeiten, die ich zu dem Zeitpunkt empfunden habe. Es hatte nichts mit dir oder mit uns zu tun.«

Er setzte sich neben sie aufs Bett, und einen Moment lang glaubte sie, sie könnten den Streit hinter sich lassen. Dann begann er zu sprechen.

»Weißt du, wie es für mich war, das zu lesen, während du in der Kirche warst? Weißt du, wie sehr du mir damit wehgetan hast?« Er strich ihr über die Haare, packte eine Handvoll. »Was werde ich auf deinem Handy finde, wenn ich es kontrolliere?«

»Kunle, du musst dich beruhigen.«

Er beugte sich vor, als wollte er sie küssen, dann zog er plötzlich so heftig an ihren Haaren, dass ihr kurz die Luft wegblieb.

»Bitte«, beschwor sie ihn. »Es tut mir leid.«

»Mein Gott, es ist also wahr, du hast dich noch nie so schnell für etwas entschuldigt, ich habe recht, was dich und Kingsley betrifft.«

»Nein, nein, nein, nein, nein, bitte, nein.«

Er lockerte seinen Griff. Sie sah ihn flehentlich an. Dann erkannte sie, dass er nicht so wütend war, wie er klang. Das machte ihr noch mehr Angst. Er verlor nicht einfach nur die Beherrschung. All das geschah nicht zufällig; was auch immer folgen würde, war wohlüberlegt. Er hatte den ganzen Tag darüber nachgedacht und beschlossen, sie zu bestrafen.

»Kunle. Bitte.«

Er zerrte sie an den Haaren vom Bett und schleifte sie durch den Raum, einmal, zweimal, dreimal – sie hörte auf zu zählen, als er begann zuzutreten. In dem Moment war sie sicher, dass er sie töten würde. Dass er, als er ihr Tagebuch gelesen hatte, während sie in der Kirche war, einen Plan ausgeheckt hatte, der an irgendeinem Punkt in der Nacht mit ihrem Tod endete. Sie versuchte zurückzutreten, doch er war zu schnell für sie. Und so schloss sie fest die Augen und schrie, bis ihre Trommelfelle kribbelten. Das Haupthaus war nicht allzu weit entfernt, seine Eltern würden sie hören, jemand würde kommen und ihn aufhalten.

Wuraola schrie, bis sie keine Stimme mehr hatte, nicht einmal mehr wimmern konnte. Niemand kam.

23

Während er sie in seinem Toyota HiAce zu dem Spezialauftrag fuhr, sang Holy Michael zu *Opelope Anointing* mit. Neben ihm auf dem Vordersitz des Busses saß ein mürrischer Mann. Eniola erkannte den Mann, er gehörte zu Honourables Polizeieskorte, obwohl er wie Holy Michael nur ein schwarzes T-Shirt und Jeans trug. Statt des rostig aussehenden Gewehrs, das manchmal auf seiner Schulter ruhte, wenn er Uniform trug, lag diesmal eine Handfeuerwaffe auf seinem Knie.

Eniola saß zusammen mit Lapade, einem der anderen Jungen, die er aus Honourables Haus kannte, direkt hinter ihnen. Lapade hatte ebenfalls eine Waffe, die er mit dem Lauf nach unten zwischen den Beinen hielt. Eniola hatte keine Waffe. Silas, der vierte Junge im Bus, ebenso wenig. Silas und Eniola hatten stattdessen Macheten bekommen. Rashidi, der ebenfalls eine Waffe hatte, saß mit Silas in der letzten Reihe.

Bevor sie an jenem Abend von Honourables Haus aus losgefahren waren, hatte Holy Michael ihnen zum gefühlt hundertsten Mal erklärt, was passieren würde. Nachdem er geendet hatte, hatte Rashidi Eniola gefragt, ob er Angst habe, doch bevor er antworten konnte, drängte sich Lapade an ihnen vorbei und sprang in den Bus.

Jetzt flüsterte Rashidi ihm vom Rücksitz aus zu: »Immer noch keine Angst?«

Eniola zuckte die Achseln. An jenem Nachmittag hatte seine Schwester ihn um Geld gebeten, um sich die Haare machen zu lassen. Anfangs hatte er gelacht, weil er glaubte, sie würde scherzen. Busola trug die Haare kurz, und es war ihm nie in den Sinn gekommen, dass sie Spaß an Braids oder Threading haben könnte. Sie schien nur an den Büchern interessiert, die sie sich andauernd von ihren Klassenkameraden ausborgte. Doch als sie sich ans Ohr fasste und den Blick abwandte, wurde ihm klar, dass sein Lachen sie verletzt hatte. Er gab ihr zwei Einhundert-Naira-Scheine aus dem Umschlag, den er am vergangenen Freitag von Honourable bekommen hatte. Es machte ihm kaum etwas aus, dass er dadurch etwas weniger Geld für die Schulgebühren an der Glorious Destiny übrig hatte. Er war einfach nur froh, seiner Schwester etwas schenken zu können, was sie sich offenbar schon lange gewünscht hatte und anders nicht bekommen konnte.

Seine Mutter hatte ebenfalls angefangen, ihn um Geld zu bitten. Unbedeutende Summen. Fünf Naira für Streichhölzer, zwanzig Naira für Salz. Sie kam nie wieder auf die Frage zu sprechen, wie er an sein Geld gelangte. Sein Vater schien unterdessen die Stimme wiedergefunden zu haben, die er vor Jahren verloren hatte. Er sagte jetzt jeden Tag etwas über Honourable Fesojaiye zu Eniola.

Eniola presste die Stirn gegen die Fensterscheibe. Dann hatte er eben eine Machete bekommen, na und? Holy Michael hatte ihm nicht befohlen, jemanden damit zu verletzen, er sollte den Leuten nur ein bisschen Angst einjagen. Wenn er dadurch seiner Mutter und seiner Schwester helfen konnte, war es dann wirklich so falsch, wie sein Vater behauptete?

Der Bus hielt vor einem schwarzen Tor, und alle zogen die Stoffmasken über, die sie bekommen hatten. Eniola zupfte seine noch zurecht, damit er durch die Augenlöcher sehen konnte, als Lapade an das Tor klopfte. Die Wichtigkeit dieses ersten Schritts hatte Holy Michael ihnen die ganze Woche eingebläut. Einmal klopfen. So leise, dass es auch von einem Ast stammen könnte, den der Wind gegen das Tor geweht hatte. Dann noch einmal und noch einmal, bis der Wachmann genug davon hatte zu fragen, ob jemand da war, und das Tor öffnete, um nachzusehen, woher das nervtötende Geräusch kam.

Als der Wachmann das Fußgängertor öffnete, packte Lapade ihn und hielt ihm die Waffe an den Kopf. Holy Michael schaltete die Scheinwerfer aus, bevor er auf das Grundstück fuhr. Er wartete, bis der Wachmann das Tor geschlossen hatte. Nachdem Lapade und der Wachmann in den Bus gestiegen waren, raste Holy Michael über den Rasen auf das Doppelhaus zu, das in der Mitte des großen Grundstücks stand.

Als der Bus wieder zum Stehen kam, stiegen alle bis auf den Polizisten aus. Holy Michael presste dem Wachmann die Waffe zwischen die Schulterblätter und schob ihn vor der Gruppe auf das Haus zu.

Holy Michael klopfte an die Eingangstür. Als eine jung klingende weibliche Stimme fragte, wer da sei, antwortete der Wachmann. Die Frau, die die Tür öffnete, fiel auf die Knie, sobald sie die Gruppe sah.

»N'Abend, Sir, guten Abend. Bitte. Ich habe kein Geld, ich bin nur das Hausmädchen. Bitte, Gott segne Sie, guten Abend, Gott segne Sie.«

»Halt's Maul«, sagte Holy Michael.

Die Frau schien nicht aufhören zu können, vor sich hin

zu brabbeln, nachdem sie von der Tür weggekrochen war, um sie hereinzulassen. »Ich bin nur das Hausmädchen. Bitte, Gott segne Sie, guten Abend, Gott segne Sie.«

»Ich sagte, du sollst das Maul halten.«

»Ja, Sir, ganz recht, Sir, danke, Sir.«

Holy Michael nickte Rashidi zu. »Bring sie zum Schweigen.«

Rashidi näherte sich der Frau und zielte mit der Waffe zwischen ihre Augen. Er drückte nicht ab, richtete nur die Waffe auf sie, bis sie verstummte.

Eniola fielen die Fotos an den Wänden auf, als sie ins Wohnzimmer gingen. Er blieb vor einem stehen, um eine Frau in mittlerem Alter zu betrachten, die ihm ins Auge gefallen war. Ja, es war Yeye, kein Zweifel. Sie war auf fast jedem der gerahmten Familienfotos zu sehen, die die Wände zierten. Yeye, umgeben von ihrer Familie, wie er annahm, Yeye allein, Yeye mit dem Mann, der ihr Ehemann sein musste. Jener Mann, den Honourable dazu benutzen würde, um seinem Rivalen eine Lektion zu erteilen. Eniola wurde schwindelig. Er wollte nicht mehr Teil von alldem sein. Das waren keine gesichtslosen Menschen, die ihm völlig egal waren, es war Yeye. Sie war freundlich zu ihm gewesen. Was für ein Mensch wäre er, wenn er das täte, was man heute von ihm verlangte?

»Eniola?«

Holy Michael wollte etwas von ihm.

»Sir.«

»Bist du hergekommen, um die Fotos anzusehen? Ich sagte, gehen wir.«

Er folgte Holy Michael die Treppe hinauf. Der erste Raum, den sie durchsuchten, war leer. Als sie die zweite Tür öffneten, kam Yeye gerade aus dem Bad, das Kleid immer noch halb hochgezogen. Sie zog es rasch herunter, bevor sie auf die Knie sank, wie Holy Michael ihr befahl.

»Wo ist dein Mann?«

»Keine Sorge, ich kooperiere, keine Sorge.« Yeye hielt den Blick gesenkt.

Holy Michael nickte Eniola zu.

Der rannte ins Bad und fuchtelte dabei mit der Machete herum. »Niemand da«, berichtete er Holy Michael.

»Meine Brüder, wir sind alle Kinder desselben Gottes, also seid ihr meine Brüder«, sagte sie laut, mit gehetzt klingender Stimme. »Nehmen Sie das Gold. Wenn Sie die Schublade öffnen, da drin ist eine Menge Gold, bitte nehmen Sie es einfach.«

»Ich sagte, wo ist Ihr Ehemann?«

»Italienisches Gold, *ma ni*. Es ist kein –«

Holy Michael schlug ihr ins Gesicht, sodass ihr die übrigen Worte im Hals stecken blieben. »Steh auf, sofort, sonst puste ich dir den Kopf weg.«

Eniola verzog das Gesicht, verdrängte die Erinnerungen an Yeyes Freundlichkeit. Jetzt daran zu denken würde ihm nur Ärger mit Holy Michael einbringen.

Yeye fasste sich ans Knie und schüttelte den Kopf. »Sie müssen mir helfen, mein Bein, ich kann nicht … nicht allein.«

Holy Michael nickte Eniola zu. »Hilf ihr.«

Eniola hielt Yeye die Hände hin. Wessen Finger zitterten? Ihre oder seine?

Yeye hielt den Blick gesenkt und sah selbst dann nicht auf, als sie sie aus dem Zimmer in den Flur stießen.

»Wo ist er?« Holy Michael drehte den Knauf der nächsten Tür, die sich nicht öffnete.

»Nein, da ist er nicht, da ist er nicht, bitte. Der Raum ist leer. Gehen wir, ich bringe Sie zu ihm, er müsste in seinem Arbeitszimmer sein.«

»Beweg dich.« Holy Michael trat Yeye gegen das Schienbein.

Am Ende des Flurs klopfte Yeye an eine Tür.

»Motara?«

»Nein, ich bin's.«

»Iya Layi?«

»Ja.« Yeye drehte den Türknauf.

»Gib mir eine Minute, ich mach auf.«

Yeye legte die Hände an ihr Gesicht, während sie warteten.

Ein älterer Mann öffnete die Tür.

»Otunba Makinwa?« Holy Michael gab dem Mann kurz hintereinander zwei Ohrfeigen. »Honourable lässt schön grüßen.«

»Er hat zu hohen Blutdruck«, sagte Yeye. »Bitte hören Sie auf, er hat zu hohen Blutdruck.«

»Dann hat er halt Probleme mit dem Blutdruck.« Holy Michael trat Otunba gegen die Kniescheibe. »Schlimmer ist, er hat Probleme zu erkennen, wer ranghöher ist als er.«

»Bitte, bitte. Da ist Gold, ich habe Gold, nehmen Sie das Gold.« Yeye sah ihren Mann an. »Hast du Geld im Haus?«

Otunba krümmte sich, hielt sich stöhnend das Knie.

»Was ist hier los?«

Als Eniola in die Richtung schaute, aus der die Stimme gekommen war, sah er ein Mädchen in seinem Alter.

»Mo daran«, schrie Yeye. »Geh zurück in dein Zimmer und schließ die Tür ab, Motara.«

Holy Michael feuerte einen Schuss auf das Mädchen ab. Eniola erstarrte, als die Kugel an ihr vorbeiflog und eine Säule traf. »Rühr dich nicht vom Fleck, wenn du nicht sterben willst.«

»Mo gbe.« Yeye schlug die Hände über dem Kopf zusammen. »Alles, was Sie wollen, aber rühren Sie sie nicht … Bitte, alles.«

Holy Michael brachte sie mit einer Ohrfeige zum Schweigen. »Du hast gesagt, in dem Zimmer ist niemand. Wieso lügst du? Willst du sterben? Willst du, dass dein Kind stirbt?«

Yeye schüttelte den Kopf, und ihre Augen quollen hervor, als sie sich den Mund zuhielt.

»Ist sonst noch jemand im Haus?«, fragte Holy Michael. »Antworte mir!«

»Nur unser Hausmädchen. Niemand sonst, Sir, niemand.«

»Du lügst schon wieder.«

»Ich schwöre beim Grab meines Vaters, beim Grab meiner Mutter.«

»Beweg dich«, blaffte Holy Michael.

Er stieß Otunba den Flur hinunter, bohrte den Lauf seiner Waffe in die Nackenfalten des älteren Mannes. Eniola folgte mit Yeye. Er legte ihr die Machete auf die Schulter, die scharfe Seite der Klinge auf ihr Kinn gerichtet.

Das Mädchen, das Yeye Motara genannt hatte, schluchzte schon, als sie sie erreichten. Holy Michael ohrfeigte sie trotzdem und befahl ihr weiterzugehen.

Unten stießen sie alle nach draußen und befahlen ihnen, sich auf den Rasen zu knien.

Lapade holte die Benzinkanister aus dem Bus. Rashidi schnappte sich einen und übergoss alle Wagen auf dem Grundstück damit. Silas nahm zwei und ging zurück ins Haus. Er würde die Möbel im Wohnzimmer damit tränken.

Eniola sollte Otunba für die Fahrt vorbereiten, ihm die Augen verbinden, ihm einen Lappen in den Mund stopfen und seine Handgelenke fesseln.

»Was bist du für ein Idiot?«, fragte Holy Michael. »Wie viele Jahre willst du ihm noch die Augen verbinden?«

»Ich bin gleich fertig.« Eniola hatte die Augenbinde aus dem Bus geholt, den Lappen und das Seil jedoch vergessen. Seine Knie zitterten so stark, dass er sich kaum rühren konnte, und die Augenbinde rutschte ihm ständig aus den Händen. Wie hatte er nur glauben können, er könnte das durchstehen? Er wünschte sich, irgendwo anders zu sein, nur nicht hier. Am liebsten wäre er über den Rasen gerannt und vom Grundstück geflohen, weiter und weiter, bis nach Hause. Aber das war unmöglich, weil das Tor geschlossen war und Holy Michael die Schlüssel hatte. Außerdem sah er die Dinge jetzt klarer – Holy Michael würde ihn erschießen, wenn er floh. Dessen war er sich sicher.

Der Polizist kam hinter dem Haus hervor. Er führte die Hausangestellten, die in den Dienstbotenquartieren lebten, auf den Rasen.

»Los, hilf mir, zu Ende zu bringen, was dieser dumme Idiot angefangen hat«, sagte Holy Michael. »Los, hirnverbrannter Idiot, sammle die Handys ein.«

Froh, eine Aufgabe zu bekommen, bei der er niemanden knebeln musste, begann Eniola bei dem Wachmann. Bevor er die SIM-Karte des Mannes entfernt hatte, ließen die anderen unaufgefordert ihre Handys ins Gras fallen.

Holy Michael sagte zu Yeye, die gerade ihr Mobiltelefon aus der Tasche nahm: »Wir haben gehört, dass deine Tochter gerade ihre Verlobung gefeiert hat.«

»J-j-ja«, sagte Yeye.

»Honourable Fesojaiye hat uns gebeten zu gratulieren.«

Yeye blieb der Mund offen stehen, als sie begriff, dass es sich nicht nur um einen bewaffneten Überfall handelte.

Als das Haus und die Wagen in Flammen standen, zerrte

der Polizist Otunba in den Bus. Eniola zerbrach noch immer die SIM-Karten, als die anderen schon eingestiegen waren. Seine Hände zitterten zu sehr, um die Aufgabe schnell zu erledigen. Seine Brust schmerzte, und in seinen Schläfen pulsierte es; alles wegen des erstickten Schluchzens rings um ihn herum, wegen des knisternden Feuers und der Tatsache, dass er jetzt ein Krimineller war. Ein Kidnapper. In der gesamten Woche hatte Holy Michael nie erwähnt, dass sie Otunba mitnehmen würden. Hatte der Plan nicht nur darin bestanden, der Familie Angst zu machen? Otunba zu fesseln und ihm eine Nachricht von Honourable zu überbringen?

Yeye sah auf. Sie starrte ihn an, musterte sein Gesicht, als versuchte sie, sich an etwas zu erinnern. Vielleicht taugte seine Maske nichts. Yeye konnte immer noch seine Augen, Nase und Lippen sehen. Ihre Augen weiteten sich. O Gott, sie hatte ihn erkannt. Sie wusste, wer er war. Wieso sollte sie ihn sonst so anstarren?

»Willst du hier übernachten?« Holy Michael ließ den Bus an. »Jetzt komm schon her, du kannst die übrigen SIM-Karten auf der Fahrt kaputtmachen.«

Otunba war auf einen Sitz in der zweiten Reihe neben Lapade verfrachtet worden. Eniola setzte sich neben die Tür. Otunba gab erstickte Laute von sich, versuchte, trotz des Knebels zu sprechen.

»*Man yii*, Makinwa, *abi*, was soll das? Halt die Klappe.«

Otunbas Stöhnen wurde lauter. Als sie vom Grundstück fuhren, drehte Holy Michael sich um und schlug Otunba mit einer blitzschnellen Bewegung, die Eniola zusammenzucken ließ, den Lauf seiner Waffe gegen den Kopf.

Der Kopf des Mannes sackte zu Seite, und er verstummte.

»Dass diese Leute aber auch nicht hören wollen«, sagte Holy Michael und fummelte am CD-Player des Wagens herum. Bald sang er wieder mit Dunni Olanrewaju: *»Yoo sagolo lo ja …«*

Eniola fürchtete, Otunba sei bewusstlos oder tot, aber der Mann schwieg nur eine Weile. Als Otunba den Kopf hob, sah Eniola, dass ihm Blut das Gesicht hinunterrann.

Der Schmerz in Eniolas Schläfen breitete sich aus. Er hatte das Gefühl, sich übergeben zu müssen. Er wusste nicht, was als Nächstes kam, wo sie hinfuhren, was noch geschehen würde, was man von ihm erwartete. Er hatte Benzin in einem Haus verteilt. Und nicht in irgendeinem Haus, sondern in dem der Frau, die freundlich zu ihm gewesen war. Und er hatte geholfen, ihren Mann zu entführen.

Etwas an der Art, wie Holy Michael Otunba mit der Waffe geschlagen hatte, machte Eniola Angst. Es war, als hätte er den Mann ebenso gut erschießen können. Würden sie Otunba noch erschießen? Ihn umbringen? Der Schmerz in seinem Kopf hatte sich jetzt auf seinen gesamten Schädel ausgeweitet. Er musste verschwinden. Als er aus dem Fenster sah, war die Umgebung ihm unbekannt. Keins der Gebäude, an denen sie vorbeifuhren, kam ihm vertraut vor.

Neben ihm gab Otunba erneut erstickte Geräusche von sich.

»Hör gut zu«, schrie der Polizist. »Halt bloß die Klappe.«

»Vielleicht möchte er Wasser«, sagte Eniola.

»Zum Baden, oder was?«, sagte Holy Michael. »Jetzt halt endlich die Klappe.«

Otunba schwieg eine Weile; dann begann das Stöhnen erneut, und diesmal deutete er mit den zusammengebundenen Fäusten auf seinen Mund. Eniola warf die SIM-Karten, die er in der Hand hielt, auf den Boden, und beugte sich zu Otunba hinüber. Doch es war unmöglich, den Mann zu verstehen.

Auf dem Vordersitz warf Holy Michal dem Mann einen Blick zu. »Los, kümmer dich um diesen Dummkopf. Wir haben ihn oft genug gewarnt.«

Eniola griff nach seinem Messer. Er hatte nur vor, damit herumzufuchteln. Zu sagen, er könne nicht bei einem Mord mithelfen, und vielleicht zu erklären, dass die Frau dieses Mannes freundlich war, aber als der Polizist Otunba die Waffe vors Gesicht hielt, blieben Eniola die Worte im Hals stecken. Seine Hand bewegte sich wie von selbst. Schnell, wie Rashidi es ihm beigebracht hatte, schlitzte er dem Polizisten den Arm auf.

Der Polizist schrie vor Schmerz auf und ließ die Waffe fallen.

»Was ist hier los? Was ist los?«, rief Holy Michael. »Wieso schreist du so?«

»Eniola hat ihn abgestochen«, sagte Lapade.

»Was? Eniola? *Aye e ti baje loni.*« Holy Michael machte die Musik aus und sah den Polizisten an. »Halt die Wunde zu, um die Blutung zu stoppen. Ich kann jetzt nicht anhalten, aber bald. Sei ein Mann, ja, hör auf zu heulen, ertrag es wie ein Mann.«

Eniola warf einen Blick nach draußen. Er kannte die Straße nicht, aber hatte er eine andere Wahl? Er öffnete die Tür und sprang aus dem Bus. Er fiel hin, rappelte sich sofort wieder auf und rannte los. Rief jemand seinen Namen? Waren das Schritte von Holy Michael hinter ihm oder die eines der Passanten, an denen er vorbeigerannt war? Er wagte nicht zurückzuschauen, für ihn ging es nur vorwärts. Zuerst verließ er die Hauptstraße, dann bog er in eine nicht asphaltierte Nebenstraße ein, die er im Zickzack hinunterrannte, weil er einmal gehört hatte, das sei die beste Art, Schüssen auszuweichen, dann stolperte er durch die Dunkelheit, weil es keine Straßenlaternen mehr gab. Als die nicht befestigte Straße endete, bog er auf einen Fußweg ab. Er rannte, bis er Seitenstechen bekam und stehen bleiben musste, um wieder zu Atem zu kommen. Wenn ihm jemand gefolgt war, hätte er ihn längst eingeholt. Er lehnte sich an ein Gebäude. Seine Wangen waren feucht. Schwer zu sagen, ob vor Tränen oder vor Schweiß. Es hätte beides sein können.

Auf der Straße, an der er vorbeigekommen war, war nicht viel los, aber ein paar Leute waren noch unterwegs. Es konnte noch nicht Mitternacht sein. In den meisten Straßen galt die Regel, dass Leute sich nach Mitternacht nicht mehr draußen aufhalten durften, und in einigen Gegenden sorgten Wachmänner dafür, dass die Regel auch eingehalten wurde. Er ging trotz des Seitenstechens so schnell weiter, wie er konnte. Wenn er auf diesem Weg eine Straße erreichte, die er erkannte, konnte er noch vor Mitternacht zu Hause sein.

*

Busola wartete draußen vor dem Haus auf ihn.

»Wo bist du gewesen? Alle haben sich Sorgen um dich gemacht.« Ohne die Antwort abzuwarten, senkte sie den Kopf, damit er ihre Frisur bewundern konnte. »Ich hab's getan. Sie konnten nur einen *ajankolokolo* mit Threading machen, aber es gefällt mir so gut. Danke, danke.«

Sie umarmte ihn, dann löste sie sich von ihm, um ihn anzulächeln, bevor sie hineingingen.

Ihre Mutter musterte ihn von oben bis unten, als er in die Wohnung trat. »Wieso bist du so schmutzig?«

»Wo warst du?« Sein Vater ging auf und ab. »Warst du wieder mit diesen Politikern unterwegs, hm?«

»Es ist zu spät, um heute noch davon anzufangen«, sagte die Mutter scharf. »Wir reden morgen darüber.«

Eniola hätte sich am liebsten gewaschen, aber er musste sich erst ausruhen. Er würde am nächsten Tag zu Honourables Haus gehen und Holy Michael anflehen, ihm zu verzeihen. Er würde betteln, sich vor ihm niederwerfen, sich auf dem Boden herumwälzen, wenn es sein musste. Saamu hatte recht, er war nicht bereit für Spezialaufträge. Er legte sich auf die Matratze, und ihm fielen die Augen zu. Er ließ die Füße auf dem Boden. Bald würde er aufstehen und sich waschen, bald.

Er wachte auf, als er lautes Klopfen hörte. Irgendwann war der Strom ausgefallen, und es dauerte einen Augenblick, bis seine Augen sich an die Dunkelheit gewöhnt hatten. Jemand hämmerte an ihre Tür. Seine Eltern rappelten sich auf; das Hämmern hörte nicht auf.

»Wer? Wer ist da?«, rief seine Mutter. »Mitten in der Nacht, wer ist da?«

»Vielleicht ist es der Vermieter«, flüsterte sein Vater.

Neben Eniola murmelte Busola etwas und setzte sich auf.

Ihr Vater stand vom Bett auf, als das altersschwache Schloss kaputtging und die Tür aufsprang.

Eniola wurde von Taschenlampenlicht geblendet. Sein Vater keuchte *»Jesu, Jesu, Jesu«*, seine Mutter wimmerte, und er spürte, wie Busola näher an die Wand rutschte, als wollte sie damit verschmelzen. Er war der Letzte, der begriff, was passierte, weil die Taschenlampen auf sein Gesicht gerichtet waren. Dann erkannte er Saamus Stimme.

»Ich hab Ihnen doch gesagt, das ist das Haus von dem Feigling«, sagte er.

»Eniola«, sagte Holy Michael mit leiser, ruhiger Stimme. »Wieso solltest du, wenn du nicht völlig verrückt geworden bist, abhauen, bevor wir unsere Aufgabe erledigt haben? Wolltest du zur Polizei rennen? Alles verraten? Ein Verräter, *ni e abi*?«

Eniola wollte etwas sagen – brachte jedoch nur ein Röcheln zustande.

»Was du brauchst, ist eine Warnung. Eine ernsthafte Warnung.« Holy Michael richtete die Taschenlampe auf das Bett. »Und ihr, seine Eltern, ihr müsst ihn auch warnen. Nur für den Fall, dass er vergisst, dass das hier seine erste Warnung ist. Warnung Nummer eins für ihn. Bis zu dem Tag, an dem das Grab zu seinem Zuhause wird, darf er nie jemandem verraten, was er heute Abend gesehen hat. Wenn doch, werden wir ihn nicht umbringen, das wäre zu einfach. Aber wenn er es wagt, kriegt er eine weitere Warnung.«

»Hörst du gut zu?« Saamu fuchtelte mit der Waffe in der Luft herum.

»Warnung Nummer zwei gilt für alle, die in diesem Haus noch übrig sind, wenn wir gehen. Was wir tun werden, darf niemandem gemeldet werden. Kein Wort zur Polizei. Ich sage euch jetzt, wenn ihr redet, seht ihr eure Tochter nie wieder.«

Saamu packte Busola am Arm und zerrte sie von der Matratze.

»Was ist passiert? Eniola?« Busolas Stimme klang immer noch schlaftrunken. »Was ist passiert? Eniola? Eniola?«

Eniola wollte aufstehen. Holy Michael beförderte ihn mit einem Tritt zurück auf die Matratze. »Sieh mir ins Gesicht. Wenn ich dich je wieder in Honourables Haus erwische, was ich dir dann antun werde, hm, wird schlimmer sein, als lebendig begraben zu werden. Idiot. Jetzt hört mir alle gut zu. Wir gehen jetzt, und ihr rührt euch nicht, bis ihr uns wegfahren hört. Verstanden?«

»Wenn du aufmuckst, *peren.*« Saamu richtete die Waffe auf Busolas Kopf.

»Nick zweimal, wenn du verstanden hast.« Holy Michael lächelte. »Gut, sehr gut.«

Niemand sagte etwas, nachdem die Männer mit Busola verschwunden waren. Eniolas Eltern schlichen zum Fenster, um zu lauschen, ob der Wagen wegfuhr. Eniola wollte aufstehen, doch er konnte nicht. Er zitterte so stark, dass seine Zähne klapperten.

Plötzlich rannten seine Eltern aus dem Haus. Von den Worten, die sie in die Nacht schrien, verstand Eniola nur das Flehen seines Vaters: »Nehmt mich, nehmt mich an ihrer Stelle, bitte, nehmt mich.«

24

Wuraola begutachtete und behandelte ihre Blutergüsse nicht. Nicht einmal dann, als Kunle ihr antiseptische Creme und eine Packung Watte hinlegte.

»Ich mache Tee«, sagte er. »Schwarz oder Ingwer?«

Sie hatten beide nicht geschlafen, nachdem er von ihr abgelassen hatte. Er hatte ihr geholfen aufzustehen und sich auf das Bett zu legen, und dort war sie geblieben und hatte kaum etwas anderes getan, als zu blinzeln und zu atmen. Kunle hatte sich auf den Boden gesetzt und das Kinn auf die Knie gestützt.

»Ingwertee? Ich mach Ingwertee.«

Sie umfasste ihre Brüste, als er aus dem Zimmer ging. Er hatte sie brutal gequetscht und geschrien: »Und, hat Kingsley daran gesaugt? Hat es sich gut angefühlt?«

Kunle kam mit zwei dampfenden Bechern zurück. »Mein Vater will, dass wir um sieben losfahren, also müssen wir uns bald fertig machen.«

»Wir?«

»Ja, wir setzen dich am Krankenhaus ab und fahren dann weiter. Er sagt, das ist kein Problem.«

»Ich habe nicht um eine Mitfahrgelegenheit gebeten.«

»Ich kümmere mich nur um dich. Ich finde, in deinem

Zustand solltest du nicht fahren. Morgen kannst du deinen Wagen zur Arbeit nehmen, aber heute nicht.« Kunle setzte sich auf das Bett. »Gibt es etwas, das du mir sagen möchtest?«

Wuraola warf ihm einen Blick zu. Sie hatte ihm das Gesicht zerkratzt, als er ihre Brüste gepackt hatte, aber die Haut wirkte glatt, unverletzt. Ihre Wangen und die Stirn dagegen fühlten sich wund an, aber sie brachte es noch nicht über sich, ihr Gesicht im Spiegel zu begutachten. Beim Einatmen verspürte sie einen stechenden Schmerz unterhalb der Brüste, aber vermutlich hatte sie keine gebrochenen Rippen.

»Ich meine, wegen letzter Nacht.«

Wuraola wandte sich von ihm ab.

»Sag es, ich weiß, dass du etwas auf dem Herzen hast. Komm schon. Willst du mich jetzt mit Schweigen strafen?« Kunle stellte die Becher auf den Nachttisch. »Wir müssen irgendwann reden, wenn ich aus Abuja zurück bin. Du musst dich wie ein erwachsener Mensch verhalten. Dieses Verhalten muss aufhören. Du kannst mich nicht anschweigen, wenn wir zusammenleben. Das ist so was von kindisch, Wuraola.«

Was sie am meisten ärgerte, war, dass er, nachdem er mit ihr den Boden aufgewischt hatte, immer noch davon überzeugt war, dass sie unbedingt bei ihm einziehen wollte. Wuraola empfand eine Traurigkeit, die an Verzweiflung grenzte. War das die Frau, die sie jetzt war? Eine Frau, die er als selbstverständlich ansah, obwohl er sich ihr gegenüber abscheulich verhalten hatte?

»Schweig, wenn du willst, aber ich werde aussprechen, was ich auf dem Herzen habe.« Kunle zog das T-Shirt aus. »Ich will dein Handy überprüfen, wenn ich wieder da bin – nein, ich werde es tun. Von jetzt an will ich es jederzeit kontrollieren können. Das ist der einzige Weg, wie ich dir je wieder vertrauen kann, nachdem … nach all den Dingen, die ich gestern gelesen habe. Lösch, was du willst, aber du musst wissen, dass du, wenn ich nächste Woche wiederkomme, niemandem mehr irgendwelchen Schwachsinn schicken darfst, okay? Hast du irgendetwas dazu zu sagen?«

Sie würde ihn verlassen. Das hatte sie auf dem Herzen. Es war vorhersehbar, wie er reagieren würde, wenn sie jetzt mit ihm Schluss machte. Er würde sie anflehen, diskutieren; und dann würde er ihren Kopf gegen die Wand schlagen. So weit war er bis jetzt noch nicht gegangen, aber sie wusste, dass er dazu fähig war. Sie würde mit ihm Schluss machen, bevor es so weit kam.

»Du willst immer noch nicht reden?« Kunle seufzte und verzog sich ins Bad. »Wir müssen uns bald fertig machen.«

Sie würde sich von ihm trennen. All die Komplikationen, die diese Entscheidung mit sich brachte, lauerten am Rand ihres Bewusstseins, doch sie konzentrierte sich nur auf diesen Gedanken. Sie würde ihn verlassen. Der Gedanke brachte keine Freude, kein Gefühl von Befreiung mit sich; aber auch keinen Kummer. Nur Leere, wofür sie dankbar war, eine Taubheit, von der sie hoffte, dass sie so lange wie möglich anhalten würde.

Sie würde mit ihm Schluss machen. Das war es, sie brauchte nicht über die Begründungen nachzugrübeln, die sie sich oder anderen liefern musste. Sie würde es tun, weil sie es konnte: Sie würde mittags eine Fleischpastete essen, sie würde eine violette Bluse zur Arbeit tragen, sie würde sich die Haare zurückbinden, bevor sie sich auf die Station begab, und sie würde Kunle verlassen.

*

Hi, an diesem Wochenende erzähle ich meinen Eltern, dass ich dich nicht heiraten werde. Ich schlage vor, dass du deine Eltern ebenfalls darüber informierst.

Wuraola verschickte die Textnachricht, als sie das Krankenhaus erreichte; dann blockierte sie Kunles Nummer.

Während der Morgenvisite vibrierte ihr Handy, bis sie in die Tasche griff und es ausschaltete. Als sie es kurz vor dem Mittag wieder einschaltete, hatte sie mehrere Nachrichten von einer unbekannten Nummer bekommen. Alle Nachrichten besagten, sie solle sofort zurückrufen.

»Kunle, ich will jetzt nicht –«

»Wieso hast du dein Handy ausgeschaltet?«, sagte Yeye am anderen Ende der Leitung.

Wuraola lächelte eine Kollegin an, die im Flur an ihr vorbeikam. »Das ist nicht deine Nummer.«

»Du musst sofort nach Hause kommen.«

»Ich bin bei der Arbeit, *ma*.«

»Ich meine, *sofort*-sofort.«

»Ich kann heute Abend da sein.«

»Wuraola.«

»Was ist los?« Sie hatte es eilig, wieder ins Behandlungszimmer zurückzukommen.

»Dein Vater wurde letzte Nacht entführt.«

»Wie bitte?«

»Ich habe versucht, dich anzurufen, seit wir neue Handys bekommen haben. Layi ist schon hier.«

»Wie ist … Wann …« Wuraola fühlte sich schwach. »Was meinst du?«

»Das ist nichts, worüber man am Telefon spricht. Komm nach Hause.«

Wuraola nahm sich ein Taxi und bezahlte den Fahrer dafür, sie sofort nach Hause zu bringen. Ihre Gedanken überschlugen sich. Es konnte kein Streich sein, auf keinen Fall. Ihre Mutter hatte keinen Sinn für Streiche. Yeye wusste zu genau, dass jederzeit Tragödien geschehen konnten, um damit Scherze zu treiben. Wuraola fragte sich, ob es ein Irrtum sein könnte und ihr Vater nur verreist und nicht zu erreichen war. Vielleicht war er schon wieder zu Hause, wenn sie dort ankam. Sie versuchte, ihre Mutter während der Fahrt anzurufen, aber es ging niemand ran. Sie schickte eine Nachricht nach der anderen an die Nummer, von der Yeye sie angerufen hatte.

Hast du die Polizei alarmiert?
Hast du von ihm gehört?
Gibt es eine Lösegeldforderung?

Keine Antwort. Als das Taxi in die Straße einbog, die zum Haus führte, wählte sie die Nummer ihres Vaters, und eine Stimme informierte sie, dass der Anschluss nicht erreichbar sei.

Zwei fremde Männer am Tor verlangten von Wuraola, Yeye anzurufen, bevor sie sie auf das Grundstück ließen. Sie rannte los, als sie das Haus sah, wurde jedoch wieder langsamer, weil ihr geschundener Körper zu sehr schmerzte.

Die Mauern des Erdgeschosses waren so geschwärzt, dass sie nicht wiederzuerkennen waren. Nur die Metallstäbe der einbruchssicheren Fenster waren geblieben, wo zuvor Glasscheiben und Vorhänge gewesen waren. Es war unnötig, an die Tür zu klopfen, weil es keine mehr gab. Alles, was aus Holz bestanden hatte, war jetzt nur noch Asche. Die Mauern standen noch, waren aber von Ruß überzogen, der Boden mit Glas und den Überresten verbrannter Möbel übersät.

Wuraola zog sich die Bluse über die Nase und bahnte sich einen Weg durch die Trümmer zur Treppe. Alle außer ihrem Vater befanden sich im Familienwohnzimmer. Layi stand auf dem Balkon und schrie jemanden am Mobiltelefon an. Motara schlief und hatte den Kopf auf das Knie ihrer Mutter gelegt, etwas, was sie als Kind nie getan hätte. Ja, ihr Vater wurde vermisst. Was auch immer Motara veranlasst hatte, sich freiwillig bemuttern zu lassen, musste schrecklich sein.

Wuraola setzte sich neben ihre Mutter und legte eine Hand auf Motaras Kopf. »Was ist passiert?«

»Wie geht's dir?«, sagte Yeye, als wäre es ein ganz normaler Tag und sie säßen nicht in einem Raum mit zerbrochenen Fensterscheiben. »Ist dein Gesicht geschwollen? Was ist damit passiert?«

»Es ist nichts.« Sie hatte eine Bluse mit Stehkragen angezogen, um die blauen Flecken an ihrem Hals und ihren Armen zu verbergen, und trug eine Jeans, die die Wunden an ihrem Bein verdeckte. Für ihr Gesicht konnte sie wenig tun.

»Nichts, und das bei all den Schwellungen auf deiner Haut.«

»Muss eine Reaktion auf etwas sein, was ich gestern gegessen habe.« Sie würde ihr den wahren Grund später erklären, nicht jetzt.

»Ist ja schlimm.« Yeye beäugte Wuraolas Gesicht. »Ich hoffe, du nimmst Medikamente?«

»Kümmer dich jetzt nicht um mein Gesicht. Was ist passiert? Du hast gesagt, er wurde entführt?«

Yeye schniefte und blinzelte. »Ich glaube, es hat mit deinen Schwiegereltern zu tun. Der einzige Name, den sie uns genannt haben, war Fesojaiye, das ist der Konkurrent von Kunles Vater bei den Vorwahlen. Sie haben gesagt, er hätte sie geschickt.«

Wuraola nickte. Das war nicht der richtige Zeitpunkt, um zu erwähnen, dass die Cokers nicht mehr ihre Schwiegereltern sein würden.

»Der Erste, den ich angerufen habe, nachdem wir neue SIM-Karten gekauft hatten, und äh, und … und alles, war dein Schwiegervater. Er ist auf dem Weg, um einen Flug nach Lagos zu nehmen. Er will, äh …«

»Nach Abuja.«

»Genau. Layi hat einen Freund, der Honourables Frau kennt, und der hat sie angerufen, um, äh« – Yeye atmete zitternd ein wenig – »Layis Freund sagt, Fesojaiyes Frau meint, sie wüssten nichts darüber, die Entführer müssten gelogen haben, oder ich hätte den Namen nicht richtig verstanden.«

»Wir müssen über Lösegeld nachdenken.« Layi war ins Zimmer zurückgekommen. »Nur für den Fall, dass die Kidnapper welches fordern: Wie viel Bargeld können wir auf die Schnelle auftreiben? Sagen wir, in vierundzwanzig Stunden.«

»Zwanzig Millionen«, sagte Yeye.

»Ich meine allein, ohne ihn. Wir können nicht auf sein Konto zugreifen, oder? Hast du eine Vollmacht?«

»Ich rede nicht vom Geld deines Vaters.« Yeye deutete auf den Couchtisch. »Wuraola, gib mir mein Handy, ich muss mit Aunty Biola reden. Das Land, äh, das Land in Epe, und das, was wir letztes Jahr verkauft haben, in … äh. Gib mir das Handy.«

Nachdem sie mit Aunty Biola gesprochen hatte, war Yeye ruhiger. Sie wies allen Aufgaben zu. Layi wurde zur Polizeiwache geschickt, um eine offizielle Vermisstenanzeige aufzugeben. Yeye hatte schon alle angerufen, die Freunde oder Verwandte bei der Polizei hatten, jemand, der dafür sorgen konnte, dass auch wirklich ermittelt wurde. Jetzt musste sie

Verwandte und enge Freunde der Familie über das informieren, was vorgefallen war. Wuraola und Motara sollten das Glas im Familienwohnzimmer aufkehren und die anderen oberen Räume auf weitere Schäden untersuchen.

Da Motara noch schlief, fing Wuraola allein an zu fegen. Sie fing vor dem Wohnzimmer an. Alles roch nach Rauch, die Fenster und Fenstertüren waren zerborsten, gesprungen oder zerbrochen, aber nichts im Raum war verbrannt. Das Feuer war gelöscht worden, bevor die Flammen auf das obere Stockwerk übergreifen konnten.

Am Telefon beteuerte Yeye den Verwandten, sie sei sicher, ihr Mann werde bald wieder zu Hause sein. Yeyes Beschwichtigungen klangen weise, wie Erkenntnisse, die der Lebenserfahrung entsprangen. Vielleicht hatte Yeye in der Vergangenheit, vor der Geburt ihrer Kinder oder sogar vor ihrer Ehe, Dinge gesehen, die ähnlich verlaufen waren. Hatte erlebt, wie ein entführter Mann fast unbeschadet nach Hause zurückgekehrt war, mit vielen Anekdoten, mit denen er noch Jahrzehnte Partygäste unterhalten konnte. Wuraola fand die gelassene Gewissheit ihrer Mutter beruhigend. Den ganzen Nachmittag lang half sie ihr, die Panik zu unterdrücken, die von Zeit zu Zeit in ihr aufwallte, die ihr die Kehle zuschnürte, ihr die Tränen in die Augen trieb und die Sicht nahm.

Wuraola fegte das Glas in eine Ecke. Nach unten zu gehen, um die Scherben zu entsorgen, kam nicht infrage. Den Anblick der verkohlten Überreste konnte sie nicht noch einmal ertragen. Anderswo im Obergeschoss schienen nur die Badezimmerfenster Schaden genommen zu haben. Sie kehrte gerade die Scherben auf Yeyes Badezimmerboden zusammen, als Motara sich zu ihr gesellte.

Wuraola öffnete die Textnachricht, die sie Kunle geschickt hatte, und reichte ihrer Schwester das Handy. »Ich habe es getan, heute Morgen habe ich es getan.«

Jemandem davon zu erzählen machte die Trennung real. Es war vorbei, sie würde Kunle Coker nicht heiraten, er würde sie nie wieder verletzen. Die Leere, die sie am Morgen empfunden hatte, verwandelte sich in Erleichterung. Vielleicht würde ihr die Tatsache, dass sie Motara davon berichtet hatte, dabei helfen, der Versuchung zu widerstehen, Kunle anzurufen und mit ihm über die Entführung zu sprechen. Er wäre der erste Mensch gewesen, den sie normalerweise kontaktiert hätte, und es war seltsam, dass sie es nicht tun konnte.

Motaras Gesichtsausdruck hellte sich auf, als sie die Nachricht las. »Ist das dein Ernst? Wirklich?«

Wuraolas Rücken und Bauch schmerzten, als Motara sie umarmte, doch sie ertrug es klaglos.

»Wenigstens gibt es heute auch eine gute Nachricht«, sagte Motara, als sie sich von ihr löste.

»Du hast es mir gleich gesagt. Vielleicht wäre Daddy nichts passiert, wenn ich auf dich gehört hätte.«

»Er war schon gut mit Professor Coker befreundet, bevor ich geboren wurde. Nein, komm schon, das hier ist nicht deine Schuld.«

Wuraola fing an zu weinen, als Motara sie erneut in die Arme schloss. Jede Prellung, die Kunle auf ihrem Körper hinterlassen hatte, ob sichtbar oder unsichtbar, schmerzte so heftig, dass sich die Erleichterung in Bedauern verwandelte. Ganz gleich, was Motara sagte, wie konnte sie nicht zumindest die Möglichkeit in Betracht ziehen, dass nichts davon passiert wäre, wenn sie eher zugehört hätte? Sie schluchzte an der Schulter ihrer Schwester, bis ihr schwindlig wurde; sie legten sich zusammen auf das Bett ihrer Mutter.

Kunles Mutter kam an jenem Abend zu Besuch und brachte Plastikbehälter voller Essen und Kartons mit Wasser in Flaschen mit.

Es hatte nichts Peinliches an sich, als sie Wuraola umarmte. »Keine Sorge, Liebes. Kunle hat mir gesagt, du nimmst dir eine Woche frei? Verständlich, absolut verständlich. Ich habe dem Chef deiner Abteilung alles erzählt, und du brauchst nicht hinzugehen, bis alles geklärt ist. Mein Mitgefühl, Liebes. Und ich habe dir den Wagen gebracht, unser Wachmann hat mir geholfen, ihn herzufahren.«

»Danke, *ma*.« Wuraola löste sich aus ihrer Umarmung und setzte sich in den Sessel neben Motara. Es war nicht ihr Problem, wenn Kunle seine Eltern anlog.

Kunles Mutter entschuldigte sich immer wieder bei Yeye und Layi. Ihr Ehemann spreche bereits mit allen, die er in Abuja kannte, um sicherzustellen, dass Honourable für das bezahlte, was passiert sei. »In der Zwischenzeit solltet ihr alle bei uns wohnen. Wir haben genug Platz im Haus.«

Yeye schüttelte den Kopf.

»Das wird nicht nötig sein, *ma*. Wir haben uns schon um ein Hotel gekümmert.«

»Aber –«

»Meine wunderbare Schwiegermutter.« Yeye lächelte. »Keine Sorge. Das ist wirklich aufmerksam von dir, aber es ist nicht nötig.«

»Ich habe das Hotel für eine Woche gebucht«, sagte Layi.

»So gute Menschen«, sagte Yeye zu ihren Kindern, nachdem Kunles Mutter gegangen war. Sie schien nicht zu bemerkten, dass nur Layi zustimmend nickte.

»Wir müssen fürs Hotel packen.« Layi schaute auf die Armbanduhr. »Können wir versuchen, in einer Stunde loszufahren?«

»Welches Hotel?«, fragte Yeye. »War das gerade dein Ernst?«

»Wir können hier nicht schlafen«, sagte Layi.

»Wieso nicht? Niemand kann mich aus meinem Heim vertreiben.« Yeye sah Layi stirnrunzelnd an. »Der Mensch, der mich von diesem Ort verjagt, ist noch nicht geboren worden. Selbst seine Mutter ist noch nicht geboren worden. Mein Mann wird hierher zurückkommen, und wollt ihr, dass er dann ein leeres Haus vorfindet?«

»Aber alles stinkt nach Rauch«, sagte Wuraola. Sie erkannte, dass unter all dem Optimismus ihrer Mutter eine Zerbrechlichkeit verborgen lag.

»Solange wir ein Dach über dem Kopf haben, bleiben wir hier. Ich will kein Wort mehr davon hören, woanders zu wohnen. Was für ein Blödsinn.«

Danach erwähnte niemand mehr das Hotel.

Am Mittwochmorgen schickte Kunle Wuraola Textnachrichten mit Entschuldigungen von einer anderen Nummer aus. Sie war zu abgelenkt, um sie zu blockieren oder zu antworten. Polizisten waren vorbeigekommen, um Yeye, Motara und alle aus dem Dienstbotenquartier zu befragen. Layi war bei den Vernehmungen dabei, und so war Wuraola allein in ihrem Zimmer, als eine Textnachricht nach der anderen ankam, jede Viertelstunde eine. Es war ihr egal, dass er weder essen noch sich konzentrieren konnte, weil ihm alles so leidtat; all ihre Gedanken kreisten um ihren Vater. Sorgten seine Entführer dafür, dass er seine Medikamente nehmen konnte? Hatte er Angst? Bekam er genug Schlaf? Wann würde sie ihn wiedersehen?

Gegen Mittag ging Kunle von Entschuldigungen zu Beschimpfungen über. Sie sei ein Feigling, eine Idiotin, eine verdammte Hure. Sie müsse ihm ins Gesicht sagen, dass es vorbei sei. Ihre Antwort bestand aus einem Satz – »Du weißt, dass mein Vater vermisst wird, oder?« –, bevor sie auch diese Nummer blockierte.

Als er ihr innerhalb einer Stunde Beleidigungen von einer anderen Nummer schickte, ließ Wuraola das Handy auf dem Bett liegen und ging ins Familienwohnzimmer.

Die Polizisten waren fort. Yeye war allein im Raum. Motara und Layi unterhielten sich auf dem Balkon. Layi winkte sie zu sich. »Wir müssen über Daddy reden«, sagte Layi und schaute zurück zum Wohnzimmer, wo Yeye die Kissen neu arrangierte, als würde das Leben auf Erden von der richtigen Dekoration abhängen.

Als Teenager hatten Wuraola und Layi angefangen, ihre Eltern Otunba und Yeye zu nennen. Doch seit Montag war ihr verschwundener Vater wieder zu Daddy geworden.

»Ich glaube, wir sollten die Leichenhallen kontaktieren«, sagte Layi.

Wuraola sah ihren Bruder an und blinzelte. »Wie meinst du das?«

»Ich glaube, er hat recht.« Motaras Augen waren rot und geschwollen. Sie hatte geweint.

»Ich kann nicht glauben, was ihr da sagt.«

»Wir müssen in Betracht ziehen …« Layi holte tief Luft. »Können wir mit jemandem in deinem Krankenhaus sprechen? Da du dort wohnst, ist es für dich vielleicht einfacher nachzufragen …«

Wuraola ließ ihre Geschwister stehen. Sie ging wieder ins Familienwohnzimmer, zurück zu der Gewissheit ihrer Mutter, dass ihr Vater heimkehren würde, noch ehe die Woche vorbei war.

*

Am Freitagvormittag, nachdem sie den ganzen Abend mit ihren Geschwistern diskutiert hatte, telefonierte Wuraola mit einem Assistenzarzt der Pathologie, während sie lauschten, um sich zu vergewissern, dass sie wirklich tat, was sie beschlossen hatten.

Sie bat darum, mit jemandem in der Leichenhalle zu sprechen, der ihr Bescheid geben konnte, wenn eine Leiche eingeliefert wurde, die ihrem Vater ähnelte. Später am Tag meldete sich ein Pathologieassistent bei ihr, der sie bat, ihr ein Foto ihres Vaters zu schicken.

Sie bekam eine Textnachricht, während sie in der Kirche saß.

> Ich habe versucht, Sie anzurufen. Wir haben eine Leiche hier, die dem Foto ähnlich sieht. Bitte kommen Sie vorbei und vergewissern Sie sich.

Es war Sonntag, und Yeye hatte darauf bestanden, dass sie an jenem Morgen alle zusammen den Gottesdienst besuchten. Niemand brachte es übers Herz, ihr zu widersprechen.

Wuraola schlüpfte durch die Hintertür hinaus, ohne jemandem zu erzählen, wo sie hinging. Die Messe hatte gerade erst angefangen. Sie würde vermutlich zurück sein, noch bevor sie zu Ende war. Sich einen Leichnam anzusehen und zu bezeugen, dass es nicht ihr Vater war, würde ihre Sorgen sicher zerstreuen und ihr bestätigen, dass ihr Vater irgendwo dort draußen war und bald zurückkommen würde. Layi hatte die ganze Familie in seinem Wagen zur Kirche mitgenommen. Sie nahm sich lieber ein Taxi, statt ihn um die Schlüssel zu bitten.

Bei ihrer Ankunft am Krankenhaus war ihr beklommen zumute. Der Pathologieassistent wirkte überrascht, als sie ihn mit einem Lächeln begrüßte. Er fragte sie, ob sie noch einen Moment warten wolle, bevor sie die Leichenhalle betrat, doch sie tat den Vorschlag achselzuckend ab.

Fünf Seziertische standen im Raum, zwei davon waren belegt. Sie folgte dem Assistenten an der Leiche eines Mädchens vorbei, das nicht älter sein konnte als dreizehn, zum letzten Tisch.

Es war ihr Vater. Sie musterte die Leiche, suchte verzweifelt nach Anzeichen dafür, dass er es nicht war, fand jedoch keine. Er war es, von den Haaren, die er sich schwarz gefärbt hatte, damit er jünger aussah, bis hin zu dem Grübchen, das sein Kinn teilte, der vertikalen Narbe, die von seiner linken Augenbraue bis zum Lidrand verlief. Sie zählte die Zehen an seinem rechten Fuß. Sechs. Es war ihr Vater.

»Suchen Sie nicht nach etwas, was nicht da ist«, sagte der Assistent. »Wenn es ein Verwandter ist, erkennt man ihn normalerweise sofort. Der Tod verändert den Menschen, aber wenn man ihm ins Gesicht schaut, weiß man es. Sie brauchen nicht sein Bein anzuschauen, um ihn zu erkennen – das ist nicht ihr Vater.«

»Wirklich?« Wuraola wandte sich von der Leiche ihres Vaters ab. Sie bereute schon jetzt, sich draußen nicht noch einen Moment Zeit genommen zu haben, wie der Assistent vorgeschlagen hatte. Sie wünschte, sie hätte noch eine Minute auf der Welt genießen können, in der ihr Vater nicht tot war. Jetzt blieb ihr nur noch die kurze Zeitspanne, in der sie die Einzige war, die davon wusste; sie war noch nicht bereit, das zu ändern.

»Ja, Sie wissen sofort Bescheid, wenn Sie ihnen ins Gesicht schauen, es sei denn, es ist entstellt. Aber das Gesicht dieses Mannes ist nicht entstellt«, sagte der Assistent. »Gott sei Dank, nicht? Wir rufen Sie an, wenn noch jemand eingeliefert wird, auf den die Beschreibung passt, aber durch Gottes Gnade wird Ihr Vater hoffentlich bald heil und gesund gefunden.«

Wuraola blieb auf dem Weg nach draußen bei der anderen Leiche stehen. Obwohl sie ihn vorerst nicht identifizieren mochte, wollte sie noch eine Weile in der Nähe ihres Vaters bleiben. »Wer ist dieses Mädchen?«

»Wir wissen es noch nicht, aber ihre Leiche und die des Mannes wurden im selben Wald gefunden. Vielleicht sind sie miteinander verwandt.«

Das Gesicht des Mädchens war aufgedunsen, doch ihre Frisur war unversehrt, schwarze Fäden glänzten auf ihrer Kopfhaut. Unvermittelt fiel Wuraola ein Spruch aus ihrer Kindheit ein, mit dem sie alle Mädchen aufgezogen hatten, die mit dieser Frisur in die Schule gekommen waren: *»Ajankolokolo elesinsin lori.«*

»Wollen Sie nicht lieber gehen?«, fragte der Assistent. »Wir rufen Sie an oder schicken Ihnen eine Nachricht, wenn irgendetwas ist.«

Wuraola merkte, dass sie schon eine ganze Weile dort gestanden hatte. »Danke, Sir.«

Draußen irrte sie auf dem Parkplatz herum, zwängte sich durch die Lücken zwischen den Wagen, stieß sich die Knie an einer Stoßstange, die Zehen an einem Reifen, weil ihr Blick verschwamm.

Kurz glaubte sie, ihren Vater neben dem Krankenhaustor zu sehen, wie er sie zu sich winkte. Sie wusste sofort, dass sie sich geirrt hatte, es war nur ein Wachmann, der in etwa so groß war wie er. Doch sie verweilte bei der Möglichkeit, dachte über die *akudaayas* nach, über die sie gesprochen hatten, nachdem ihre Lehrerin gestorben war. Die Vorstellung tröstete sie eine Weile. Dass ihr Vater, der in diesem

Leben gestorben war, in einem anderen Leben aufwachte, in dem er ein Wachmann war, der denselben Gang, dieselbe Größe und dasselbe Alter hatte. Doch dann bekam sie Zweifel. *Akudaayas* tauchten meist in Städten wieder auf, die weit von jenen entfernt waren, in denen sie zuvor gelebt hatten, denn in ihrem neuen Leben durften sie keinen Kontakt mit den Menschen haben, die sie vor ihrem Tod gekannt hatten.

Wuraolas Handy klingelte.

»Wo bist du?« Motara klang fröhlicher als in der ganzen Woche zuvor. »Wir verlassen gleich die Kirche.«

Was hatte ihre Mutter neulich noch gesagt? Das war kein Thema, das man am Handy besprechen sollte. »Ich … ich … sehe euch dann zu Hause.«

»Wie bitte? Na schön, es gibt Neuigkeiten. Professor Coker ist aus Abuja zurück, er hat gerade mit uns gesprochen. Er sagt, seine Jungs haben einen Hinweis darauf, wo diese Leute Daddy festhalten. Sie planen eine Rettungsaktion für morgen. Er glaubt, Daddy ist in ein paar Tagen wieder zu Hause.« Motaras Stimme klang so freudig, so hoffnungsvoll.

Wuraola beendete das Gespräch und steuerte auf das Tor zu. Es war Zeit, nach Hause zu gehen.

Sie hielt ein leeres Taxi an und stieg ein. Es war kaum angefahren, als es auch schon wieder anhielt, um noch mehr Passagiere aufzunehmen, doch das machte ihr nichts aus. Wenn sie dem Taxifahrer genug bezahlte, um niemanden sonst aufzunehmen, wäre sie nur schneller zu Hause. Sie hatte es nicht eilig. Sollten Motara und die anderen noch für zehn, fünfzehn Minuten die Hoffnung behalten.

Ein Junge öffnete die Tür zum Rücksitz des Taxis. Seine Beine stießen gegen Wuraolas, weil nicht genug Platz für seine langen Gliedmaßen war. Ihm folgte ein Mann in mittlerem Alter, der wahrscheinlich sein Vater war. Als der Junge näher an Wuraola heranrückte, um Platz für den Mann zu machen, stieß er aus Versehen mit dem Ellbogen gegen eine Prellung an ihrem Arm, und sie stöhnte auf.

*

»Tut mir leid«, sagte Eniola. Er schlang die Arme um seinen Körper, um sich möglichst klein zu machen, damit er die Frau neben sich nicht noch einmal anrempelte. Die Frau erwiderte irgendetwas, doch er schaute sie nicht an. Er sah nur seine Schwester, konnte nur an sie denken.

Eniola hatte sich stundenlang bei seinen Eltern entschuldigt, hatte versucht, ihnen zu erklären, dass er nie nach Hause zurückgekommen wäre, wenn er gewusst hätte, dass jemand aus seiner Familie in Gefahr war. Sein Vater hatte ihn jeden Tag verflucht, seit sie Busola mitgenommen hatten; mehr als einmal hatte er die Faust erhoben, um Eniola zu schlagen, doch bis jetzt hatte er es nie getan. Eniola begrüßte die Verwünschungen als verdiente Strafe. Seine Mutter hatte noch nicht auf seine Entschuldigungen reagiert. Immer, wenn er ihr sagte, wie leid ihm das mit Busola tat, schaute sie weg. Zur Tür ihrer Wohnung, auf die Straße, an die Decke, zum Himmel hinauf; ihre Augenbrauen waren ständig erwartungsvoll hochgezogen, als würde Busola jeden Moment zurückkehren, auftauchen, vielleicht auch vom Himmel herabsteigen.

*

Als sie noch klein war, bat Otunba Wuraola manchmal, sich neben ihn zu setzen, wenn sie schlechter Laune war. Meist fragte er sie nicht einmal, was genau ihr die Laune verdorben hatte; er legte ihr einfach nur die Hand auf die Schulter, bis sie von sich aus den Kopf auf seinen Schoß legte. Dann wiegte er sie in den Schlaf. Wuraolas Handy vibrierte. Layi rief an. Sie schaltete das Handy aus. Er hatte recht damit gehabt, darauf zu bestehen, dass sie in den Leichenhallen nachfragten. Bedeutete das, dass er die schlechten Neuigkeiten verkraften würde? Sollte sie es ihm zuerst sagen? Oder war es am besten, es allen gleichzeitig mitzuteilen? Dann könnte Motara vielleicht endlich den Tränen, die sie in den letzten Tagen zurückgehalten hatte, freien Lauf lassen. Wuraola schaute aus dem Fenster. Was sie gesehen hatte, war real gewesen, aber es fühlte sich nicht so an. Das würde sich ändern, wenn sie es Yeye erzählte, da war sie sich sicher.

*

Bis zu diesem Nachmittag hatten Eniola und seine Eltern sich an Holy Michaels Anweisungen gehalten. Sie hatten niemandem erzählt, was passiert war. Nicht einmal dem Vermieter oder den Nachbarn. Eniola ging nicht zu Honourables Haus. Er ging nirgendwohin. Weder in die Glorious Destiny noch in die United. Er saß den ganzen Tag lang bei seiner Mutter und holte ihr verschiedene Dinge, um die sie nicht gebeten hatte: Wasser, etwas zu essen, einen Fächer, als es zu heiß im Raum wurde. Er behielt mit ihr zusammen die Tür im Auge, während sein Vater im Raum herumlungerte und Eniola über Holy Michael und Saamu ausfragte. Er war aufmerksamer und wacher, als er seit Jahren gewesen war, und überraschte Eniola, indem er über die verbliebenen

Möglichkeiten nachdachte und alle Handlungsoptionen verwarf, die Busola in Gefahr bringen konnten. Seine Mutter dagegen war nur noch ein Schatten ihrer selbst. Es war, als hätten seine Eltern die Rollen getauscht.

Eniola sah seinen Vater an. Etwas in seinem Blick weckte den Verdacht in ihm, dass sein Vater ihn gleich hier im Taxi wieder verfluchen würde. Er wandte den Blick von seinem Vater ab und schaute stattdessen die Frau neben sich an. Sie starrte ihn an, ohne zu blinzeln. Gleich darauf erkannte er sie. Sie hatte einen verblassenden Bluterguss auf der Wange, der bei ihrer letzten Begegnung noch nicht da gewesen war. Doch sie war es. Yeyes Tochter, die Ärztin. Sie starrte ihn immer noch unverwandt an. Yeye musste ihn in jener Nacht erkannt haben, deshalb funkelte seine Tochter ihn so an. Einen Moment lang glaubte er, sie würde ihn packen und zur Polizei schleppen.

»Bitte, ich wusste nicht, dass das Ihre Familie ist«, platzte Eniola heraus, und seine Worte überschlugen sich.

Die Frau sagte nichts.

Eniola legte die Hände zusammen wie zum Gebet. »Es tut mir so leid.«

»Was?«

»Sie haben auch meine Schwester geholt, bitte, es tut mir leid.«

»Kennen wir uns?«

Er verstand, dass sie nur in seine Richtung starrte. Ihr Blick war abwesend, huschte zu seinem Vater, dann zu ihm zurück. Sie hatte ihn nicht erkannt. Er wandte das Gesicht von ihr ab, sodass sie nur noch seinen Hinterkopf sah.

*

Wuraolas ganzer Körper schmerzte. Die Verletzungen, die Kunle ihr zugefügt hatte, fühlten sich frisch an, als wäre sie gerade erst verprügelt worden. Sie wünschte, jemand würde ihren Kopf halten und sie wiegen, so wie Otunba es getan hatte, als sie noch klein gewesen war. Sie hätte dafür bezahlen sollen, das Taxi für sich zu haben. Tränen traten ihr in die Augen. Sie musste zu ihrer Familie, sofort. Sie wünschte sich, den Kopf auf die Knie ihres Vaters zu legen und sich in den Schlaf wiegen zu lassen.

*

An diesem Nachmittag hatte sein Vater Eniola gebeten, ihn zu dem Haus zu führen, wo Saamu wohnte. Als seine Mutter widersprach, wandte er ein, dass Holy Michael ihnen nur verboten hatte, Honourable zu besuchen, von Saamu hatte er nichts gesagt.

Eniola war noch nie bei Saamu zu Hause gewesen, aber er kannte den Weg. Sie würden von der Endhaltestelle des Taxis nur noch ein paar Minuten zu Fuß gehen müssen, vorbei an einer Bank und der Zentralmoschee bis zu der Straße, wo Saamu mit seinem Onkel lebte.

Dann würde Eniola in Gegenwart seines Onkels seinen Appell an ihn richten, um Saamus Widerstand durch den drohenden Zorn seines Onkels zu überwinden. Eniola würde sich vor ihm auf den Boden werfen und so lange liegen bleiben, bis Saamu einlenkte. Er konnte die Lücke, die zwischen diesem Moment und dem Wiedersehen mit seiner Schwester lag, nicht gedanklich überbrücken, aber er wusste, wusste einfach, dass er sie, wenn Saamu seinem Flehen nachgab, wieder in die Arme schließen würde. Es mochte ein paar Tage, sogar eine Woche dauern, aber Holy Michael würde

Busola freilassen. Wenn sie einmal zurück zu Hause war, wäre Busola zunächst böse auf ihn. Sie würde ihn beleidigen, und das mit Worten, die er, wie sie wusste, nicht verstand, daran führte kein Weg vorbei. Aber am Ende würde sie ihn anlächeln, den Schalk im Nacken, und er würde wissen, dass sie ihm bald vergab.

Das Taxi hielt an, aber keiner der Passagiere rührte sich. Eniola wollte noch eine Weile im Wagen sitzen, bevor sie den Weg zu Saamus Haus zurücklegten. Yeyes Tochter, die zu seiner Linken saß, weinte. Er kämpfte gegen den Drang an, sich erneut bei ihr zu entschuldigen, indem er den Blick abwandte. Es war besser, an die Zukunft zu denken, die bald vor ihm liegen würde. Busola, die ihn beschimpfte, schelmisch lächelte und ihn dann, eines herrlichen Tages, umarmte so wie neulich. Eniola schloss die Augen und konzentrierte sich auf dieses Bild: seine Schwester, die ihn ansah, lächelnd, voller Liebe, mit einem Hauch von Dankbarkeit im Blick.

Meister

Geht ein Büffel über hartes Felsgestein,
Sehen wir seine Spuren nicht.
Fällt starker Regen auf hartes Felsgestein,
Sehen wir die Spuren des Regens nicht.

T. M. Aluko, *Kinsman and Foreman*

Caro warf einen Blick auf die Uhr an der Wand. Wenn sie früh aufbrach, konnte sie Yeye besuchen und rechtzeitig zurück sein, um noch ein paar der Kleider fertig zu nähen, an denen sie arbeitete. Vor ein paar Wochen hatte sie einen Teil des Gedenkgottesdienstes zum Jahrestag von Otunba Makinwas Tod im Radio gehört und daraufhin beschlossen, dass sie Yeye einen zweiten Kondolenzbesuch abstatten würde. Sie würde ihr ein Geschenk mitbringen, ein orangefarbenes Kleid aus *adire*. Nach einem Jahr schwarzer Trauerkleidung war Yeye hoffentlich bereit für etwas Farbe.

Sie faltete das Kleid zusammen und legte es in eine Papiertüte. Sobald Eniola da war, konnte sie aufbrechen und den Laden in seiner Obhut lassen. Er kam jetzt vor allen anderen Lehrlingen zur Arbeit, manchmal sogar, bevor sie die Tür aufgeschlossen hatte. Sie war dankbar für sein Engagement, bedauerte jedoch, dass er davon überzeugt zu sein schien, dass er nie wieder zur Schule gehen würde. Diesen Jungen, der noch vor etwas über einem Jahr seine Hausaufgaben in ihrem Wohnzimmer erledigt hatte, schien seine Schulbildung nicht mehr zu kümmern. Die wenigen Male, die sie ihn darauf angesprochen hatte, beharrte er darauf, er habe es nicht verdient, zur Schule zu gehen. Sie verstand immer noch nicht, was er damit meinte. Die Leute sagten, seine Schwester sei die Intelligentere gewesen. Erinnerte ihn die Schule zu sehr an sie? Caro hoffte, er werde seine Meinung bald ändern.

Sie sah die Plakate, als sie vor das Geschäft trat, um auf Eniola zu warten. Irgendwann in der Nacht hatten sie ihre ganze Fassade damit zugekleistert. Sie hatte neulich ein paar Jungs davongejagt, die versucht hatten, ein paar Wochen vor der Gouverneurswahl Flugblätter aufzuhängen. Wahrscheinlich waren dieselben Jungs in der Nacht zurückgekehrt, um ihre Fassade mit den Danke-für-Ihre-Stimme-Plakaten des neuen Gouverneurs zu verschandeln. Caro fing an, sie abzureißen, beschloss dann jedoch, auf Eniola zu warten. Er war groß genug, um auch die oberen Poster zu erreichen, ohne sich auf einen Hocker stellen zu müssen. Außerdem schien er neuerdings erpicht darauf, neben der Schneiderarbeit noch Extraaufgaben zu erledigen. Sie hatte den Verdacht, dass er seinen Körper immer in Bewegung halten wollte, um den Gedanken, die ihn quälten, zu entkommen. Kein Wunder. Nach all der Zeit wurde seine Schwester immer noch vermisst.

Als Eniola sich bei seiner Ankunft vor ihr auf den Boden warf, blieb er fast eine Minute lang dort liegen, als wollte er nie wieder aufstehen. Er war immer ein respektvoller Junge gewesen, aber in letzter Zeit hatte sie sich darüber gewundert, dass seine Achtungsbezeugungen sich immer länger hinzuziehen schienen, als wollte er sich für irgendetwas entschuldigen. Eines Tages würde sie mit ihm darüber sprechen. Zusammen standen sie vor den Dankesplakaten, und sie sagte ihm, er solle sie abreißen, ohne ihre Wand zu beschädigen.

Caro bemerkte erst, dass er weinte, als sie ein Wimmern

hörte. Sie trat zu ihm, legte ihm einen Arm um die Schultern und drückte ihn an sich. Er ließ es zu, starrte jedoch weiter das grinsende Gesicht des neuen Gouverneurs an und schluchzte immer lauter. Caro drückte ihn fester. Sie würde ihren Besuch bei Yeye verschieben und warten, bis Eniola sich beruhigt hatte. So hatte sie ihn noch nie gesehen. Sie wischte ihm das tränennasse Gesicht mit dem Ärmel ab. Im vergangenen Jahr war er nur noch ein Schatten seiner selbst gewesen, war jedoch nie vor ihren Augen zusammengebrochen.

Eniola holte tief Luft, und Caro hörte, wie in der Ferne der Regen auf die Dächer prasselte. Irgendwo brach ein Gewittersturm los, dessen Wolken bereits den Eingang zu ihrem Geschäft verdunkelten; bald würde sie das Unwetter erreichen. Sie würde Yeye erst später am Tag einen Besuch abstatten können.

Danksagung

Ich danke Clare Alexander für ihre unermüdliche Hilfe und Unterstützung. Kathy Robbins für ihr kontinuierliches Vertrauen in meine Arbeit. Allen bei Aitken Alexander Associates, Canongate, Knopf und Ouida.

Ebenso gilt mein Dank meinen außergewöhnlichen Lektorinnen, Jenny Jackson und Ellah Wakatama, die dieses Buch besser gemacht haben. Ein besonderes Dankeschön an Tiara Sharma, Melissa Yoon und Rali Chorbadzhiyska für ihre Hilfe.

Darüber hinaus danke ich: Jamie Byng, Jenny Fry und Lọlá Shónẹ́yìn, die mich jahrelang bei meiner Arbeit unterstützt haben. Professor Chima Anyadike, Dr. Bisi Anyadike, Suzanne Ushie und Dr. Joanna Lipper für ihre nie nachlassende Großzügigkeit und Freundlichkeit. Trezza Azzopardi, Richard Beard, Andrew Cowan und Jean McNeil, die mich früh unterstützt haben, als ich als Studentin an diesem Projekt zu arbeiten begann. Kọ́lá Túbọ̀sún für die Hilfe bei den diakritischen Zeichen.

Die Ox-Bow School of Art, MacDowell Colony, Saari Residence, 9mobile Nigeria und die University of East Anglia haben mir mithilfe von Stipendien ermöglicht, mich ganz diesem Roman zu widmen. Dafür bin ich dankbar.

Mein Leben ist nur möglich, weil es meine Familie gibt. Danke: Professor Fámúrewà, für deine unendliche Liebe und unermesslichen Opfer. Dr. JọláaJésù, für deine Gesellschaft und dein ansteckendes Lachen. Dem OmoNoahbi-Clan – den drei Fábìyís, den Ògúnlùsìs, den Ẹ̀sans, den Adébáyọ̀s und den Adéyẹmís –, für euren unablässigen Beistand. Den Idumas – Mummy Sarah, Rev. Emeka, Neme, Enyi und Amara –, für den Platz in eurem Herzen.

Lieber Daddy, ich hoffe, ich habe dich stolz gemacht.

Meinem geliebten Ehemann Emmanuel, dein sanftes Licht ist ein Segen für mich. Danke für eine Liebe, die bleibt, jetzt und für immer.